青少版经典名著书库

简·爱

[英]夏洛蒂·勃朗特 著　爱德少儿编委会 编译

爱德少儿编委会

主　编：童　丹
副主编：陈慧颖
编　委：安　心　代成妙　杜佳晨　高敬华
　　　　姜　月　刘国华　路　远　谭蓉平
　　　　唐　倩　田海燕　任仕之　余小溪
　　　　余信鹏　张重庆　张凤娟　张　云
　　　　张运旭　钟孟捷　朱梦雨

浙江人民美术出版社

图书在版编目（CIP）数据

简·爱 /（英）夏洛蒂·勃朗特著；爱德少儿编委会编译. — 杭州：浙江人民美术出版社，2021.6（2025.3 重印）
（青少版经典名著书库）
ISBN 978-7-5340-8743-1

Ⅰ. ①简… Ⅱ. ①夏… ②爱… Ⅲ. ①长篇小说—英国—近代 Ⅳ. ①I561.44

中国版本图书馆 CIP 数据核字（2021）第 061493 号

责任编辑：程　璐
责任校对：雷　芳
装帧设计：爱德少儿
责任印制：陈柏荣

青少版经典名著书库

简·爱　[英] 夏洛蒂·勃朗特　著　　爱德少儿编委会　编译

出版发行：	浙江人民美术出版社
地　　址：	杭州市环城北路 177 号
经　　销：	全国各地新华书店
制　　版：	湖北省爱德森森文化传播有限公司
印　　刷：	河南华彩实业有限公司
版　　次：	2021 年 6 月第 1 版
印　　次：	2025 年 3 月第 4 次印刷
开　　本：	695mm × 980mm　1/16
印　　张：	36
字　　数：	510 千字
书　　号：	ISBN 978-7-5340-8743-1
定　　价：	45.80 元

如发现印装质量问题影响阅读，请与承印厂联系调换。

前 言

　　19世纪一部轰动英国文坛的自传体小说《简·爱》横空出世,一举打破英国文坛萎靡不振的文风。作者夏洛蒂·勃朗特1816年出身于英国北部一个贫穷的牧师家庭,在那个牧师受到上流社会排挤的时代里,一家人举步维艰,苦苦维持着生计。

　　1821年,在夏洛蒂五岁时,母亲离世,留下一群幼小的孩子。父亲因为精力有限、经济窘迫,不得不把夏洛蒂和她的两个姐姐送到寄宿学校。寄宿学校的简陋,老师的苛刻,严厉的惩罚,周围人的嘲笑,都在夏洛蒂的心里打下深深的烙印。而她两个姐姐的离世,更是让夏洛蒂幼小的心灵深受创伤。

　　1831年,夏洛蒂进入了罗沃德寄宿学校。这里的老师循循善诱,和前面的环境形成强烈反差。这让夏洛蒂第一次感受到了生活的美好,这些美好犹如一道阳光,照亮她灰暗的生活。然而好景不长,家中突然出现变故。

　　夏洛蒂的两个妹妹艾米莉和安妮在两年内先后离世。五年后,夏洛蒂和牧师尼古拉斯成婚后不久也因病去世,年仅三十九岁。她甚至来不及记录自己的爱情。如果她没有离我们而去,或许会有更多的《简·爱》流传下来。而这些,永远都不得而知了。

　　从小历经磨难,身体、精神都受到折磨的夏洛蒂,直到最后,依旧对生活充满热情。而这也是作者笔下简·爱的灵魂。

　　作者于1847年完成了《简·爱》,1855年便与世长辞。她甚至不知道在她离去之后，大家有多么喜爱她的作品和她笔下的简·爱。那个不卑不亢，认为人人精神都应平等，认为人人灵魂都可沟通的简·爱，一直是照耀后人，为人们在生活、在爱情上指引方向的灯塔。

这个社会是个染缸，充斥着冷眼与嘲笑，恃强凌弱更是屡见不鲜，而简·爱选择反抗，她就像暴风骤雨中一朵百折不挠的小花，一切的失意与委屈都成了打磨她坚强内心的磨刀石。

简·爱从最开始父母双亡，寄人篱下，受尽舅妈和表兄表妹的侮辱、蔑视与毒打，到最后逃离盖茨黑德。夏洛蒂把自己在寄宿学校里的心境带给了盖茨黑德里的简，同样，她给了简自己最引以为傲的坚强。这些不幸的经历真实地映射了夏洛蒂的生活。然而，这样的开端让简·爱更加昂首挺胸。她知道，越是孤独，越是没有支持，越是没有朋友，她越是需要坚强，越是需要尊重自己。如果这世界只有一个人还爱着自己，还支持自己，还鼓励自己，那么，这个人一定就是自己。

其实，故事在这里便结束了。后面更多的是夏洛蒂内心的向往，她在生活中受尽了苦难，她用她的坚强与整个世界的磨难抗争，是时候在书里留下一抹余香了。她把这一世坚强的心在书里种下了。她憧憬着简能在她的笔端，完成那个她永远也做不了的梦。

让我们走进《简·爱》，走进这个坚强女孩的内心，去感受她眼中世界的不同，她会给你带来很多感悟的。

目 录
CONTENTS

第一章	寄人篱下	1
第二章	红屋闹鬼	8
第三章	片刻安宁	17
第四章	简·爱被访	26
第五章	备感失望	43
第六章	认识朋友	59
第七章	受到惩罚	68
第八章	澄清误会	79
第九章	海伦之死	88
第十章	探索新生	99
第十一章	米尔科特	111
第十二章	初遇主人	128
第十三章	认识主人	141
第十四章	再次谈话	154
第十五章	突然失火	169
第十六章	表露心迹	183
第十七章	等待回音	194
第十八章	神秘女巫	217
第十九章	占卜未知	234

第二十章	梅森遇害	247
第二十一章	舅妈去世	265
第二十二章	当爱来到	289
第二十三章	意外求婚	298
第二十四章	幸福日子	311
第二十五章	婚期临近	335
第二十六章	婚礼异常	350
第二十七章	悄然离去	364
第二十八章	路途艰难	393
第二十九章	寄居沼泽	413
第三十章	沼泽见闻	427
第三十一章	乡村学校	438
第三十二章	古怪牧师	448
第三十三章	一笔财富	461
第三十四章	表兄求婚	477
第三十五章	答应表兄	503
第三十六章	故地重游	516
第三十七章	重拾爱情	528
第三十八章	幸福美满	552

尊严与爱——《简·爱》读后感 ……… 558

参考答案 ……… 561

第一章

寄人篱下

M 名师导读

　　年仅十岁的简·爱在父母去世后被送到里德舅妈家里寄养,里德舅妈不喜欢简·爱。而里德舅妈的儿子约翰也随意虐待她。在她反抗约翰无理的殴打时,她被舅妈关进了里德舅舅去世的红房子里,这给简·爱带来了巨大的童年阴影。

　　那天是无法出去散步了,尽管早上我们还在光秃秃的灌木林间闲逛了一个小时。可是吃过午饭(没客人来,里德太太午饭总吃得很早)以后便刮起了凛冽的寒风,天上阴云密布,随即又下起了大雨,这就谈不上再到外面活动了。

　　这倒正合我的心意,本来我一向就不喜欢远距离散步,尤其是在午后的冷天气里。试想,在阴冷的傍晚回到家里,手脚都冻僵了,还要被保姆贝茜数落得不痛快,又因为自觉体格不如伊丽莎、约翰和乔治亚娜健壮,心里既难过又惭愧。【写作借鉴:心理描写,写出了简·爱敏感的内心。长期的寄居生活压抑了她的天性。舅舅去世,舅妈的冷淡,这一切都使简·爱内心极度抑郁。】

　　此时伊丽莎、约翰和乔治亚娜都在客厅里,簇拥着他们的妈妈。而她则斜倚在炉边的沙发上,一副心满意足的样子。我呢,她就让我不必跟他们坐在一起了,她说要是没有亲耳从贝茜那儿听到,并且亲眼看到我确实在尽力培养一种单纯随和的性情、活泼可爱的举止,那

1

简·爱

她真的没法让我享受那些只配给予快乐知足的孩子们的特殊待遇了。

"贝茜说我干了什么?"我问。

"简,我不喜欢吹毛求疵(cī)[吹开皮上的毛寻找疤痕。比喻挑剔别人的缺点,寻找差错],或者寻根究底的人;再说,一个小孩子家这么跟大人顶嘴可真有点可怕。找个地方去坐着,不会说话就别张嘴。"

客厅的隔壁是一间小小的早餐室,我悄悄溜了进去。屋内有一个书架。我从上面拿了一本,特意挑那种满是插图的。我爬上窗龛(kān)里的座位上,缩起脚,像土耳其人那样盘腿坐下,把云纹呢红窗帘几乎拉拢,这样我就在一个加倍隐蔽的地方安下身来。

褶(zhě)裥(jiǎn)[做装饰用的悬垂的叠缝装饰]重重的猩红窗幔挡住了我右边的视线,左边是一扇扇明亮的玻璃窗,它们在十一月阴沉沉的白昼下成了我的屏障,但同时又并不把我跟它们隔绝开来。在翻开书页的间歇中,我时不时地眺望一下这个冬日午后的景象。远处,只见云遮雾罩,白茫茫一片;近处,呈现的是湿漉漉的草地和风吹雨打的树丛,一阵持续的凄厉寒风,驱赶着如注的暴雨,横空而过。【名师点睛:运用景物动态描写,写出了简·爱迷茫无助的内心,想要把自己隔绝起来,却又觉得很孤单。】

我重新又去看我的书——那是比依克的《英国禽鸟史》[比依克:英国木刻家,以为书籍制作插图闻名。由他制作插图的《英国禽鸟史》一书是他的代表作之一],我对文字部分不感兴趣,不过尽管是个孩子,书中某些文字说明我还是不能当它空页似的一翻而过。其中有讲到海鸟栖息的"孤寂的岩石和海岬",【名师点睛:对文字部分不感兴趣却对海岬和岩石产生浓厚的兴趣,这就形成鲜明对比,更加突出简·爱孤独落寞的内心。】讲到从最南端的林内斯,或者叫纳斯,直到北角,岛屿星罗棋布的挪威海岸——

那里北冰洋卷起巨大漩涡,

绕着北方极地荒凉的岛屿咆哮,

而大西洋的汹涌波涛，

注入风吹浪打的赫不里底群岛。

还有一些地方是我不能放过的，那就是下面这些荒凉的海岸：拉普兰、西伯利亚、斯匹次卑尔根、新地岛、冰岛和格陵兰，还有那辽阔的北极地区和阴暗冰冷、荒无人烟的苦寒之地。那是冰雪的贮藏所，经过长久的积累，已经形成了一片辽阔荒凉的冰野。像阿尔卑斯山的高峰一样晶莹剔透，包围着地极，把无穷无尽的寒冷都汇聚在这里。我对这些惨白色的区域，形成了一个朦朦胧胧但是却只属于自己的看法，像孩子们脑海中似懂非懂的想法，却又格外清晰。导言这几页的文字，与后面的插图相配。屹立在波涛汹涌的浪花飞溅的大海中间的礁石，搁浅在荒滩上的破船，还有那从云朵的缝隙中俯视沉船的幽灵般寂静却又皎洁的月光，使得文字中的这些画面更加生动形象，更加隽永。

我说不清是一种什么样的情调弥漫在孤寂的墓地：刻有铭文的墓碑、一扇大门、两棵树、低低的地平线、破败的围墙。一弯初升的新月，表明正是黄昏的时候。

两艘轮船停泊在水波不兴的海面上，我以为它们是海上的鬼怪。

魔鬼从身后按住窃贼的背包，那模样实在可怕，我赶紧翻了过去。

那个头上长角的黑色怪物，独踞于岩石之上，远眺着一大群人团团围住绞架。【名师点睛：通过插图上的景物描写，写出简·爱丰富的想象力，同时也解释了上文简·爱无法融入家庭的小部分原因。她和里德舅妈的家人性格上有差异。】

每一幅画都是一个故事，在我这样一个理解力还不发达、情感还不健全的孩子看来，这些故事往往都是很神秘的，但也总是很有趣味，就像某些冬夜，贝茜碰巧心情不错时讲述的故事一样。遇到这种时候，贝茜会把熨衣桌搬到保育室的壁炉旁边，让我们围着它坐好。她一面熨里德太太的网眼饰边，把睡帽的边缘熨出褶裥来，一面让我们全神

▶ 简·爱

贯注地倾听她一段段爱情和冒险故事。这些片段取自古老的神话传说和更古老的歌谣，或者如我后来所发现，来自《帕美拉》和《莫兰伯爵亨利》[《帕美拉》，英国作家理查逊的作品，是英国文学史上最早的家庭伦理小说。《莫兰伯爵亨利》，未详]。【名师点睛:运用动作描写，写出了保姆贝茜的温柔。而贝茜的温柔则是简·爱在童年寄人篱下的生活里少有的温暖。】

当我膝头摊着比依克的书的时候，心中很高兴，就怕别人来打扰，可它却偏偏来得很快。早餐室的门一下打开了。

"喂！忧郁小姐！"约翰·里德叫唤着，随后打住了，可能是他发觉房里无人。

"见鬼，她上哪儿去了呀？"他接着说，"丽茜！乔琪！（他喊着他的姐妹）简不在这儿，告诉妈妈她跑到雨里去了，这个小坏蛋！"

"幸亏我拉上了窗帘。"我心想，同时急切地希望他不会找到我藏身的地方。约翰·里德自己是发现不了的，他眼睛不好使，头脑也不灵活，可惜伊丽莎在门口一伸进头来，就说：

"她在窗台上，没错，杰克[约翰的昵称]。"

我只好走了出来，因为一想到要是被杰克硬拖出去，身子便直发抖。【写作借鉴:"发抖"一词反映出简·爱对约翰·里德平日所作所为的恐惧，也从侧面表现出简·爱生活的悲惨与无助。】

"你有什么事？"我既难堪又胆怯地问。

"该说'你有什么事，里德少爷？'"对方回答。"我要你到这儿来。"说着就在一把扶手椅上坐下，做了个手势示意让我走近去站在他跟前。

约翰·里德是个十四岁的学生，比我大四岁。他长得又高又胖，皮肤黝黑，并不显得健康；另外，他还习惯在饭桌上狼吞虎咽，这使他肝火很旺，目光呆滞，脸颊的肉下垂松弛。【写作借鉴:对约翰体态、外貌特征的描述，直接表明了约翰的丑陋，这为下文做了铺垫。】这时，他本应该在学校里，可是他妈妈把他领了回来，说是因为"身体不太好"。但他的老师斯迈尔先生却认为，要是家里少送些糕点糖果去，他就会很正常。可是，做母亲的不愿意听这个刺耳的意见，而宁愿抱着另一种较为高雅的看法，那就是约翰之所以脸色不好是因为用功过度，或者是想家。【写作借鉴：老师的建议同里德太太的看法做对比，讽刺了里德太太是一个粗俗、无知以及过分溺爱孩子的女人。】

约翰对他的母亲和姐妹没有过多的感情，但是对我他是颇为讨厌的。他经常殴打我、欺负我、虐待我，弄得我每根神经都怕他，只要他一走近，我全身的肌肉就紧绷起来，可是面对这种情况我却无人可以诉说。仆人们可不愿为了帮助我而得罪里德少爷，里德太太面对这种事总是视而不见，装聋作哑。虽然他也会在她面前这样做，不过，背着她打骂我的次数就更多了。

我已经习惯于服从约翰，我来到他的椅子前面。他以不伤害舌根为限度尽可能地对我伸出舌头，居然伸了三分钟之久。我知道他快动手打我了，我一边担心被打，一边端详着这个即将要打我的人的丑恶嘴脸。我不知道他是否从我脸上看出来我的心思，因为他二话没说，就突然用力打了我一下，我一个趔(liè)趄(qiè)[身子歪斜，行路不稳的样子]，从他的椅子那里后退一步才站稳。

"这是对你的教训，谁叫你刚才那么无礼地跟妈妈顶嘴，"他说，"谁叫你偷偷摸摸躲到窗帘后面，谁叫你在两分钟以前眼光里露出那副神气，你这只耗子！"

我听习惯了约翰·里德的责骂，从不想理睬，心里只想着怎么去忍受接下来比谩骂更难以忍受的殴打。【写作借鉴：运用人物内心的活动将简·爱的忍耐表现了出来。】

"你躲在窗帘后面干什么？"他问。

"我在看书。"

"把书拿来。"

我走回窗前把书拿了过来。

"你没有资格动我们家的书。妈妈说的，你靠别人养活，你没有

5

简·爱

钱，你爸爸什么也没留给你，你应当去讨饭，而不该同像我们这样体面人家的孩子一起过日子，不该同我们吃一样的饭，穿妈妈掏钱给你买的衣服。现在我要教训你，让你知道翻我们书架的'好'处。这些书都是我的，连整座房子都是，过不了几年就都归我了。滚，站到门边去，离镜子和窗子远些。"

我照他的话做了，起初并不知道他的用意。但是他把书举起，拿稳当了，立起身来摆出要扔过来的架势时，我一声惊叫，本能地往旁边一闪，可是晚了，那本书已经扔过来，正好打中了我。我应声倒下，脑袋撞在门上，碰出血来，疼痛难忍。我的恐惧心理已经越过了极限，被其他情感所代替。【写作借鉴：约翰粗鲁的动作，使读者感受到了他的野蛮和残暴，让读者不禁同情起简·爱这个孤苦无依的孩子。】

"你是个恶毒残暴的坏孩子！"我说，"你像个杀人犯……你像是个监工头……你就像那些罗马暴君！"

我读过哥尔斯密[1728—1774，英国作家，著名代表作有《威克菲牧师传》等]的《罗马史》，对尼禄、克利古勒[古罗马皇帝。前者以荒淫无道著称，相传曾火焚罗马城；后者以暴虐疯狂闻名，自称为神]这些人有了自己的看法。而且我还在心里暗暗做过一些类比，但绝没想到竟会这样公开说出来。

"什么，什么！"他大声叫喊，"她竟敢对我说这样的话？你们听见了吧？伊丽莎、乔治亚娜，我不该去告诉妈妈吗？不过我得先……"

【写作借鉴：运用语言描写，写出了约翰的冷漠和卑鄙，还有自私，同时也表现了简·爱在这个家里的悲惨处境。】

他向我直冲过来。我只觉得他抓住了我的头发和肩膀，他真是在跟一个亡命之徒决一死战了。我发现他真是个暴君，是个杀人犯。我觉得有一两滴血从头上顺着脖子淌下来，感到一阵热辣辣的剧痛，这些感觉一时占了上风，我不再畏惧，而是发疯似的同他对打起来。我不太清楚自己的双手到底干了些什么，只听得他一面骂我"耗子！耗子!",一面杀猪似的号叫着。伊丽莎和乔治亚娜早已去找里德太太了,她已经跑上了楼梯,来到现场,后面跟随着贝茜和女佣艾博特。她们把我们拉开了,我只听见她们说:

"哎呀,哎呀,多撒泼,居然敢打约翰少爷!"

"谁见过这样发脾气的!"

随后里德太太补充说:

<u>"带她到红房子里去关起来。"于是马上就有两双手按住了我,把我推上楼去。</u>【名师点睛:从里德太太和仆人的话语中可以看出,里德太太对于约翰的偏袒和仆人的冷漠,侧面烘托了简·爱生存的艰难及寄人篱下的苦楚。】

Z 知识考点

1. 简·爱在_____里看书时被_____发现,从而引来了约翰无理的殴打。

2. 里德太太对约翰的态度是 （   ）

　　A. 责骂、讨厌

　　B. 温柔

　　C. 过分溺爱

3. 约翰为什么对简·爱态度恶劣?

_____

_____

Y 阅读与思考

1. 里德舅妈为什么不喜欢简·爱?

2. 结合第一章分析里德太太的性格。

简·爱

第二章
红屋闹鬼

> **M 名师导读**
>
> 简·爱在生命受到威胁的巨大恐惧下,对约翰的殴打进行了反抗,反而被里德舅妈关进红房子。之后由于恐惧和饥饿,她大病了一场,也看清了里德舅妈家里人的冷漠和残酷,这也为她进入罗沃德学校拉开了序幕。

我这一路反抗,这在我是件新鲜的事情。可这样一来就大大加重了贝茜和艾博特小姐对我的厌恶。我确实有点失常,或者像法国人说的,我有点超出了我的常规。我意识到,因为我片刻的反抗会给我招来多大的惩罚。于是,我像任何一个造反的奴隶一样,在绝望中下定决心,要反抗到底。

"抓住她的胳膊,艾博特小姐,她像一只发了疯的猫。"

"真丢脸!真丢脸!"这位女主人的侍女叫道,"多可怕的举动,爱小姐,居然打起小少爷来了,他是你恩人的儿子,你的小主人!"

"主人?他怎么会是我主人?难道我是仆人不成?"

"不,你连仆人都不如。你不干事,吃白食。喂,坐下来,好好想一想你有多坏。"【名师点睛:运用语言描写,写出了年幼的简·爱追求平等的思想,可是却遭到仆人无情地打压。同时写出仆人的欺高压低的思想。】

这时候她们已把我拖进了里德太太所指的房间,推到一条矮凳上,我不由自主地像弹簧一样跳起来,但立刻又被两双手按住了。

"要是不乖乖地坐着，就得把你绑起来。"贝茜说，"艾博特小姐，把你的袜带借给我，我那副会被她一下子绷断的。"

艾博特小姐转而从她粗壮的腿上解下那条必不可少的带子。捆绑前的准备工作以及由此带来额外的耻辱，略微消解了我的激动情绪。【写作借鉴：运用语言、动作描写，写出了仆人对简·爱的冷漠态度，也写出了简·爱在这个家里的地位低微。】

"别解啦，"我叫道，"我不动就是了。"

作为保证，我让双手紧挨着凳子。

"记住别动。"贝茜说，知道我确实已经平静下去，便松了手。随后她和艾博特小姐抱臂而立，沉着脸，满腹狐疑[一肚子都是疑惑，形容疑虑很多、极不相信]地瞪着我，不相信我的精神还是正常似的。

"她以前从来没有这样过。"末了，贝茜转身对艾博特说。

"不过她向来就是这样的，"对方说，"我常常和太太说起我对这个孩子的看法，太太也同意我。她是个贼头贼脑的小家伙，我从来没有见过像她这个年纪的小姑娘居然会这么狡猾。"【写作借鉴：仆人的语言描写，说明了她们不喜欢简·爱的原因。】

贝茜没有搭腔，但不一会便对我说：

"小姐，你该明白，你受了里德太太的恩惠，是她养着你。要是她把你赶走，你就得进贫民院了。"

听了这些话，我无话可说。这些话对我来说并不新鲜。我最早的生活回忆中就包含着这样的暗示。这种指责我靠别人养活的话，在我的脑海里已经是陈词滥调了，这些话使人非常痛苦，让人似懂非懂，但是却又无可奈何。【名师点睛：描述了简·爱从小就寄人篱下，连仆人都对她不友好，她的生活境遇十分糟糕。面对这种事情，她既愤慨又无可奈何。】

"你不能因为太太好心把你同里德小姐和少爷一块抚养长大，就以为自己与他们平等了。他们将来会有很多很多钱，而你却一个子儿也

9

简·爱

不会有。你得学会谦恭些，尽量顺着他们，这才是你的本分。"

"我们同你说这些话，是为了你好。"贝茜补充了一句，声调并不粗暴。"你该学得有用一些，学得乖巧一些，那样的话，你也许还能把这儿当作家住下去，要是你再发脾气，再粗暴无礼，我敢说太太一定会把你赶出去。"

"另外，"艾博特小姐说，"上帝会惩罚她，也许会在她耍脾气时，把她处死。死后她能上哪儿呢？来，贝茜，咱们走吧，随她去。反正我是无论如何打动不了她啦。爱小姐，你独个儿待着的时候，祈祷吧。要是你不忏悔，说不定有个坏家伙会从烟囱进来，把你带走。"【写作借鉴：仆人的语言描写，在简·爱受伤被关进红房子的时候，仆人们并不觉得是约翰的错误，反而认为是简·爱无理。】

她们走了，关了门，随手上了锁。

红房子是间空余的卧房，难得有人在里面过夜。其实也许可以说，从来没有。除非盖茨黑德府上偶尔拥进一大群客人时，才有必要动用全部房间。但府里的卧室，数它最宽敞、最堂皇了。一张红木床赫然立于房间正中，粗大的床柱上，罩着深红色锦缎帐幔，活像一个帐篷。两扇终日窗帘紧闭的大窗，半掩在清一色织物制成的流苏之中。地毯是红的，床脚边的桌子上铺着深红色的台布，墙呈柔和的黄褐色，略带粉红。大橱、梳妆台和椅子都是乌黑发亮的红木做的。床上高高地叠着褥垫和枕头，上面铺着雪白的马赛布床罩，在周围深色调陈设的映衬下，白得炫目。几乎同样显眼的是床头边一把铺着坐垫的大安乐椅，一样的白色，前面还放着一张脚凳，在我看来，它像一个苍白的宝座。【名师点睛：写出了红房子的华丽和寂静，也为下文简·爱受惊生病做铺垫。】

房子里没有生火，所以很冷；因为远离保育室和厨房，所以很静；又因为谁都知道很少有人进去，所以显得庄严肃穆。只有女佣每逢星期六上这里来，把一周内静悄悄落在镜子上和家具上的灰尘抹去。还有里德太太本人，隔好久才来一次，查看大橱里某个秘密抽屉里的东西。这里存放着各类羊皮文件，她的首饰盒，以及她已故丈夫的肖像。上面提到的最后几句话，给红房子带来了一种神秘感、一种魔力，因而它虽然富丽堂皇，却显得分外凄清。

里德先生死去已经九年了，他就是在这间房子里咽气的，他的遗体在这里让人瞻仰，他的棺材由殡葬工人从这里抬走。从此之后，这里便始终弥漫着一种阴森森的祭奠氛围，所以不常有人闯进来。【名师点睛：描写了红房子环境的凄清冷寂，为下文简·爱的胡思乱想以至昏厥而大病一场做铺垫。】

贝茜和刻薄的艾博特小姐让我一动不动坐着的是一张软垫矮凳，摆在靠近大理石壁炉的地方。我面前是高耸的床，我右面是黑漆漆的大橱，橱上柔和、斑驳的反光使镶板的光泽摇曳变幻。我左面是关得严严实实的窗子，两扇窗子中间有一面大镜子，映照出床和房间的空旷和肃穆。我说不准他们锁了门没有，等到敢于走动时，便起来看个究竟。哎呀，不错，比牢房锁得还紧啊。返回原地时，我必须经过大镜子跟前。我的目光被吸引住了，禁不住探究起镜中的世界来。在虚幻的映像中，一切都显得比现实中更冷落、更阴沉。那个陌生的小家伙瞅着我，白白的脸上和胳膊上都蒙上了斑驳的阴影，在一切都凝滞时，唯有那双明亮恐惧的眼睛在闪动，看上去真像是一个幽灵。我觉得她像那种半仙半人的小精灵，恰如贝茜在夜晚的故事中所描绘的那样，从沼泽地带山蕨丛生的荒谷中冒出来，现身于迟归的旅行者眼前。我回到了我的矮凳上。【名师点睛：在简·爱丰富的想象中，红房子里的景象变得十分恐怖。简·爱受到了惊吓，这也导致她后来大病一场。】

这个时候的我忽然迷信起来，但是迷信还没有到它完全胜利的时候，我的火气还很旺，反抗被奴隶的心还在气势汹汹地鼓舞着我，我需要和回忆搏斗一下，才能在这个可怕的事实面前屈服。

约翰·里德的专横霸道、他姐妹的高傲冷漠、他母亲的厌恶、仆

简·爱

人们的偏心,像一口混沌的水井中黑色的沉淀物,一股脑儿泛起在我烦恼不安的心头。

为什么我总是受苦、总是遭人白眼、总是让人告状,永远受到责备呢?为什么我永远不能讨人喜欢?为什么我尽力博取欢心,却依然无济于事呢?【写作借鉴:运用心理描写以及一系列疑问句,加强语气,突出了简·爱在里德舅妈家受到的不公平待遇,同时也突出了简·爱追求平等的思想。】伊丽莎自私任性,却受到尊敬;乔治亚娜好使性子,心肠又毒,而且强词夺理,目空一切,偏偏得到所有人的纵容。她的美貌,她红润的面颊,金色的卷发,使得她人见人爱,一俊便可遮百丑。至于约翰,没有人同他顶撞,更不用说教训他了,虽然他什么坏事都干:捻断鸽子的头颈,弄死小孔雀,放狗去咬羊,采摘温室中的葡萄,掐断暖房上等花木的嫩芽。有时还叫他母亲"老姑娘",又因为她皮肤黝黑和他自己的一样而破口大骂。他蛮横地与母亲作对,经常撕毁她的丝绸服装,而他却依然是她的"宝贝蛋"。我不敢做错事情,竭尽全力把事情做好,然而还是有人从早到晚骂我,整天都有人骂我淘气、讨厌、阴险、鬼头鬼脑。【名师点睛:在寄人篱下的生活中,简·爱无论怎样努力都无法获得冷漠的里德舅妈的认可。】

我因为挨了打、跌了跤,头依然疼痛,依然流着血。约翰肆无忌惮地打了我,却不受责备,而我不过为了免遭进一步的无理殴打,反抗了一下,便成了众矢之的。【写作借鉴:对比阐述简·爱的悲惨遭遇。】

"不公平,不公平!"我的理智呼喊着。【写作借鉴:运用人物心理活动将简·爱对这个家的不满表现了出来。】令人痛苦的刺激使得我的理智暂时早熟地发挥了作用。决心也同样被鼓舞起来,催促着我用一些激烈的手段来摆脱难以忍受的迫害,比如说逃跑,或者出走,万一走不了我就绝食把自己饿死。

那个阴沉的下午,我心里多么惶恐不安!我的整个脑袋如一团乱麻,我的整颗心在反抗:然而那场内心斗争又显得多么茫然、多么无知啊！我无法回答心底那永无休止的问题——为什么我要如此受苦。此刻，在相隔——我不说多少年以后，我看清楚了。

我在盖茨黑德府上格格不入。在那里我跟谁都不像。同里德太太、她的孩子们、她看中的家仆，都不融洽。他们不爱我，说实话我也一样不爱他们。他们没有必要热情对待一个与自己合不来的家伙，一个无论是个性、地位，还是嗜好都同他们泾渭分明的异己；一个既不能为他们效劳，也不能给他们增添欢乐的废物；一个对自己的地位心存不满而又蔑视他们想法的讨厌家伙。【写作借鉴：运用心理描写，写出了简·爱不受里德舅妈一家欢迎的原因，有一部分是因为简·爱和他们性格不合，而且也不愿意乖乖屈服于他们的威胁之下。】我明白，如果我是一个聪明开朗、漂亮顽皮、不好伺候的孩子，即使同样是寄人篱下，同样是无亲无故，里德太太也会对我的处境更加宽容忍让；她的孩子们也会对我亲切热情些；用人们也不会一再把我当作保育室的替罪羊了。

阳光开始从红房子里消逝，已经过了下午四点，阴沉沉的下午渐渐转变为凄凉的黄昏。我听见雨水拍打在楼梯上窗户的声音，风在房子后的树林里呼啸，我的身体一点点变得和石头一样冰冷，然后我的勇气也慢慢消失了。往常那种屈辱感，那种缺乏自信、孤独沮丧的情绪浇灭了我将消未消的怒火。谁都说我坏，也许我确实如此吧。我不是一心谋划着让自己饿死吗？这当然是一种罪过。而且我该不该死呢？或者，盖茨黑德教堂圣坛底下的墓穴是个令人向往的归宿吗？听说里德先生就长眠在这样的墓穴里。这一念头又勾起了我对他的回忆，而越往下细想，就越害怕起来。我已经不记得他了，只知道他是我舅舅——我母亲的哥哥——他收养了我这个襁褓中的孤儿，而且在弥留之际，要里德太太答应，把我当作她自己的孩子来抚养。里德太太也许认为自己是信守诺言的。而我想就她本性而论，也确是实践了当初的许诺。可是她怎么能真心喜欢一个不属于她家的外姓，一个在丈

简·爱

夫死后同她已了却一切关系的人呢？她发现自己受这勉为其难的保证的约束，充当一个自己无法喜爱的陌生孩子的母亲，眼睁睁看着一位不相投的外人永远硬挤在自己的家人中间。对她来说，这想必是件最恼人的事情了。

我突然有了一个奇怪的想法，我不怀疑，也从没怀疑过，如果里德舅舅在世，他一定会对我很好的。此刻，我坐在那儿看着发白的床和笼罩在阴影里的墙壁——也不时将迷惑的眼睛转向那面微微发光的镜子——回想起自己听到过的关于死人的故事，他们身处墓中，为自己临终的愿望没人遵从而烦恼不安，于是重返人间惩罚不守誓言的人，替受迫害者报复。我想，里德先生的幽灵，因为自己妹妹的孩子所遭受的亏待而深受折磨，也许会离开他的安息之地——无论在教堂下面的墓穴里还是在死者们那个不为人知的世界——并来到这屋里，出现在我面前。【名师点睛：交代了简·爱恐惧的原因，她觉得里德先生的鬼魂会重返人间。】我擦干眼泪，停止哭泣，唯恐巨大的悲哀会唤醒某种超自然的声音，使其前来给我安慰；或者从阴暗的地方引出某种光芒四射的面容，这面容会带着奇异的同情向我俯过身来。此种想法在理论上能给人安慰，但倘若实现的话我会感到可怕，所以我竭尽全力将其遏制，努力让自己保持镇定。我把头发从眼前抖开，抬起头，大胆地环顾这黑暗的屋子，就在这时墙上显露出一丝光线。我问自己，那是月光透过窗帘的缝隙照进来的吗？不，月光是静止的，而这光线移动着，我凝视着的时候它移到了天花板上，在我头顶上方颤动。要是现在，我就不难猜测到，此种光线很可能是某人穿过草坪时从其提灯里发出来的。【名师点睛：在简·爱十分恐惧的情况下出现了当年的她无法解释的现象，简·爱终于受不了了，为下文简·爱的受惊昏迷做进一步的铺垫。】可当时，由于我时刻准备着会见到恐怖的情景，神经因焦虑而颤抖，所以我想到那种四处闪射的光，就是某个从另一世界来的幽灵派出的使者。我的心怦怦直跳，头脑发热,耳朵里回荡着一个声音——我以为是翅膀拍击时发出的。好像什么东西在向我靠近,我觉得压抑和窒息,再也忍耐不下去了。我向门冲去,拼命摇动着锁。脚步声在外面的通道上跑过,钥匙在转动,随即贝茜和艾博特走进来。

"爱小姐,你生病了吗?"贝茜问。

"放我出去!让我到保育室去!我看见一个亮光,那一定是鬼要出现了。"我抓住贝茜的手,她没有把手缩回去。

"是怎么回事?"一个咄咄逼人的声音问道。接着,里德太太从走廊里走过来:"艾博特,贝茜,我早已吩咐过,让简·爱待在红房子里,由我亲自来管。"

"简小姐叫声很大,夫人。"贝茜恳求着。

"放开她,"这是唯一的回答,"松开贝茜的手,孩子。你尽可放心,用这办法是不会出去的。我有责任让你知道,鬼把戏不管用。现在你要在这里多待一个小时,而且只有老老实实,不能动一下,才放你出来。"【写作借鉴:运用语言描写,写出了里德舅妈的冷漠,面对简·爱如此的哀求却完全无动于衷。】

"哦,舅妈,可怜可怜我吧!饶了我吧,我受不了了,用别的方式惩罚我吧,我真是要吓死了,如果……"【写作借鉴:运用语言描写,写出了简·爱的惊慌和哀求。说明她在红房子里受到极大的惊吓。】"闭嘴!这样穷凶极恶,真是太讨厌了!"她说。毫无疑问,我在她眼里,是一个脾气暴躁、心灵卑鄙、阴险狡诈的混合物。

贝茜和艾博特走了出去。里德太太对我疯狂的近乎绝望的痛苦号叫无动于衷,猛然把我往后一推,锁上了门。她走后不久,我便一阵痉挛,昏了过去。这场吵闹结束了。

15

▶ 简·爱

Z 知识考点

1.简·爱因为_____被关进红房子。

2.仆人们对简·爱的态度是 （ ）
　A.毕恭毕敬　　　B.顺从讨好　　　C.冷漠针对

3.简·爱认为里德太太不喜欢自己的原因是什么？
_____
_____

4.简·爱在红房子里看到了什么，想到什么？
_____
_____

Y 阅读与思考

1.简·爱起初不肯承认错误,为什么到最后要请求宽恕？

2.红房子对简·爱的一生有什么影响？

第三章

片刻安宁

M 名师导读

昏迷醒来的简·爱却受到药剂师的关爱，这让她备感温馨，同时也为她带来了新的希望。在仆人们一次偶然的谈话过程中，简·爱不小心知道了父母去世的悲惨故事，这会对她幼小的心灵有哪些影响？

在我的记忆里，接下来的一件事是，我仿佛从一场恐怖的噩梦中醒了过来。我看见面前有一片可怕的红光，里面交叉着一根黑黑的东西；还听见有人在说话，声音空空洞洞的，仿佛被疾风或者激流掩盖住似的；还有一种压倒一切的恐怖感，弄得我神思恍惚。没过多久，我意识到有人在搬弄我，把我扶起来坐好，以前还从没有谁这样温和地对待过我呢。我把头靠在一只枕头或胳膊上，感到非常舒适。【名师点睛：片刻的舒适让简·爱十分留恋，这同时也说明了简·爱在这个冷漠的环境里从未受到过关心，暗示简·爱十分渴望被爱。】

五分钟后，心头的疑云消散了。我完全明白我在自己的床上，那红光是保育室的炉火。这时候是夜间，桌上燃着蜡烛。贝茜端着脸盆站在床脚边，一位老先生坐在我枕边的椅子上，俯身向着我。

我感到一种无法形容的宽慰，深信得到了保护，觉得安全，因为我知道这屋里有一个生人，他不属于盖茨黑德府第的人，不是里德太太的亲戚。我把视线从贝茜身上移开（虽然有她在旁远不如有别的人——如艾博特在旁那么让人讨厌），仔细打量着那位先生的面容。

简·爱

我认识他,他是劳埃德先生,一个药剂师,有时仆人们生病了,里德太太就把他叫来,而她却专门为自己和她的孩子们雇请了一位医师。
【写作借鉴:对比,写出了简·爱在里德太太心中和仆人的地位差不多。】

"瞧,我是谁?"他问。

我叫出了他的名字,他悄然一笑,说:"很快会好起来的。"随后他扶我躺下,并吩咐贝茜千万小心,在夜里别让我受到打扰。他又叮嘱了一番,说了声第二天再来后,便走了。我非常难过,有他坐在我枕边的椅子上,我感到既温暖又亲近;而他一走,门一关上,整个房间便暗了下来,我的心再次沉重起来,一种无可名状的哀伤向我袭来。

"你想睡觉吗,小姐?"贝茜相当温和地问。

我简直不敢回答她,害怕她下一句话就会粗暴起来。"我试试看。"我说。

"你想喝水吗,或者能吃点东西吗?"

"不,谢谢,贝茜。"

"那么我想我得去睡觉了,已过12点了。不过,晚上你需要时可以叫我。"

这是多么有礼呀!我因此壮着胆子问了一下。

"贝茜,我怎么啦?生病了?"

"我看你是病了吧,在那间红屋子里哭叫着。但你一定很快就会好起来的。"

贝茜走进旁边的仆人房间,我听见她说:

"莎拉,来跟我睡到保育室去,我今晚再怎么也不敢和那个可怜的孩子单独睡在同一间屋子里,说不定她会死掉。她昏过去真是太奇怪了,我不知道她是不是看见了什么。"【名师点睛:贝茜和仆人的对话,描述出简·爱在昏迷后的遭遇,侧面烘托了里德舅妈的狠心。】

莎拉过来和贝茜待在一起,她们两个上床后又窃窃私语半小时后才睡。我听到她们谈的只言片语,由于听得不太清楚只能推测她们说的大意。

"有样什么东西从她身边经过,全身穿着白的,随后又不见了。""一条大黑狗跟在他的身后……""房门口传来三下很响的敲门声,教堂的墓地有一道光,就照在他的坟上。"

她们两个终于睡了,炉火与蜡烛也都熄灭了。而我却害怕得睡不着觉,在恐惧中度过了漫长的夜晚,耳朵、眼睛和大脑都同样处于紧张状态,这种恐惧只有孩子们才能体会到。

红房子的这件事发生以后,并没有引起什么严重的或是长期的身体上的疾病,它只是叫我的精神受到了一次惊吓,直到今天,我仍然心有余悸。是的,里德太太,你让我精神上遭受了多么巨大的痛苦,但我应该原谅你,因为你不知道自己都做了什么:一方面你把我的心都撕碎了,另一方面你却以为自己不过是在根除我的坏脾气。

第二天中午,我起来穿好衣服,裹了块浴巾,坐在保育室壁炉旁边。我身体虚弱,几乎要垮下来。但是我最严重的疾病,还是在于心灵上的痛苦,这种痛苦使我不断地默默流泪,我刚把一滴咸咸的眼泪从我的脸颊上擦去,就又有一滴眼泪滑落。不过,我想我应当高兴,因为里德一家人都不在,他们都坐了车随妈妈出去了。【名师点睛:写出了简·爱的境遇,她因为在红房子里受到的惊吓给自己留下了严重的心理阴影,心里痛苦但又无从排解。】艾博特在另一间屋里做针线活。而贝茜呢,来回忙碌着,一面把玩具收拾起来,将抽屉整理好,一面还不时地同我说两句少有的体贴话。对我来说,过惯了那种成天挨骂、辛辛苦苦吃力不讨好的日子后,这光景该好比是平静的乐园。然而,我的精神已被折磨得痛苦不堪,终于连平静也抚慰不了我,欢乐也难以使我兴奋了。

贝茜到楼下厨房去了一次,带回来一个馅饼,用色彩鲜艳的盘子盛着。盘子上画的是极乐鸟栖息在鲜花和玫瑰花蕾的花环里,这幅画曾激起我热切的羡慕之情。我也曾好几次要求把盘子放在手里仔细瞧瞧,但在这以前,始终被认为不配拥有这个权利。此刻,这只珍贵的器皿就搁在我膝头上,我还受到热诚邀请,品尝器皿里一小圈精美的

简·爱

糕点。徒劳的垂爱啊！跟其他久拖不予而又始终期待着的宠爱一样，来得太晚了！我已无意品尝这馅饼，而且那鸟的羽毛和花卉的色泽也奇怪地黯然无光了。【写作借鉴：运用前后对比写出了简·爱内心的难过，以前最喜欢的东西也无法排解她内心的忧郁，另一方面说明这件事情对简·爱的影响颇深。】我把盘子和馅饼挪开。贝茜问我是否想要一本书。"书"字瞬间刺激到我，我求她去图书室取来一本《格列佛游记》。我曾兴致勃勃地反复细读过这本书，认为书中叙述的都确有其事，因而觉得比童话写得有趣。至于那些小精灵们，我在毛地黄叶子与花冠之间，在蘑菇底下和爬满老墙角落的常春藤下遍寻无果之后，终于承认这悲哀的事实：他们都已逃离英国到某个原始的乡间去了，那儿树林更荒凉茂密，人口更为稀少。而我坚信，小人国和大人国都是地球表面实实在在的一部分。我毫不怀疑有朝一日我会去远航，亲眼看一看一个王国里小小的田野、小小的房子、小小的树木；看一看那里的小人、小牛、小羊和小鸟们；目睹一下另一个王国里如森林一般高耸的玉米地、硕大的猛犬、巨大无比的猫以及高塔一般的男男女女。然而，此刻当我手里捧着这本珍爱的书，一页页翻过去，从精妙的插图中寻觅以前从来不曾落空过的魅力时，我找到的只是怪异和凄凉。巨人都是些瘦骨嶙峋的恶魔，小人都是些恶毒可怕的小鬼，而格列佛是最可怕、最危险的流浪者。我合上书，不敢再看，把它放在了那个还没尝过的馅饼旁边。

我以前经常听这首歌，而且总是带着轻松愉悦的心情来听的，因为贝茜的嗓音很甜，至少，我是这么想的。可是现在，我却从她的语调里听出一种无法形容的哀愁。【写作借鉴：运用对比描写，写出了简·爱由于内心的忧郁导致不管听到什么语调都是无尽的哀伤。】有时，她干活出了神，把叠句唱得很低沉，拖得很长。一句"很久很久以前"唱出来，如同挽歌中最哀伤的调子。她接着又唱起一首民谣来，这回可是真的哀怨凄恻了：

    我的双脚酸痛啊四肢乏力，

前路漫漫啊大山荒芜。
没有月光啊天色阴凄，
暮霭沉沉啊笼罩着可怜孤儿的旅途。

为什么要让我孤苦伶仃远走他乡，
流落在荒野连绵峭岩重叠的异地？
人心狠毒啊，唯有天使善良，
关注着可怜孤儿的足迹。

从远处吹来了柔和的夜风，
晴空中繁星闪烁着温煦的光芒。
仁慈的上帝啊，你赐福于万众，
可怜的孤儿得到了保护、安慰和希望。

哪怕我走过断桥失足坠落，
或是在迷茫恍惚中误入泥淖。
天父啊，你带着祝福与许诺，
把可怜的孤儿搂入你怀抱。

哪怕我无家可归无亲无故，
一个给人力量的信念在我心头。
天堂啊，永远是归宿和安息之所，
上帝是可怜孤儿的朋友。

"来吧，简小姐，别哭了。"贝茜唱完了说。其实，她无异于对火说"你别燃烧了！"不过，她怎么能揣度出我被极度的痛苦所折磨？【写作借鉴：运用比喻的修辞方法，说明简·爱觉得自己的痛苦无法排解，只会越演越烈。】午饭前，劳埃德先生又来了。

"怎么，已经起来了！"他一进保育室就说，"嗨，保姆，她怎么样了？"贝茜回答说我情况很好。

简·爱

"那她应该高兴才是。过来，简小姐，你的名字叫简，是不是？"

"是，先生，我叫简·爱。"

"瞧，你一直在哭，简·爱小姐，你能告诉我为什么吗？哪儿疼吗？"

"不疼，先生。"

"啊，我想是因为不能和小姐们一起玩才哭的。"贝茜插话说。她这么冤枉我，损伤了我的自尊心，所以我立即回答："我长这么大还没有为这事哭过呢。"

"嘿，小姐！"贝茜说。

善良的药剂师似乎有点摸不着头脑，我站在他的面前，他死死地盯住我。他的眼睛很小，是灰色的，而且并不明亮；不过，如果是现在，我一定会认为他的眼睛很锐利。他的脸显得既和善又很严厉。他从容地看了我一会儿之后，说：【写作借鉴：描写了药剂师的外貌，写出了他的和善，同时也为下文药剂师为简·爱作证做了铺垫。】

"昨天你怎么生病了呢？"

"她摔了一跤。"贝茜又插嘴了。

"摔跤，胡闹！她这样的年纪还不会走路？八九岁总有了吧。"

"我是被人给打倒的。"自尊心又一次受到伤害，我冒昧地做了这样的解释。"但就那样也不至于生病。"我趁劳埃德先生取了一撮鼻烟抽起来时说。这时催促仆人们吃饭的铃声响了，贝茜不能不走，准时吃饭是盖茨黑德府的一条规矩。

"你不是因为摔了跤才生病吧？究竟怎么回事呢？"贝茜一走，劳埃德先生便追问道。

"他们把我关在一间闹鬼的屋子里，整整一天。"

我看到劳埃德先生微微一笑，同时又皱起眉头来："鬼？瞧，你毕竟还是个孩子！你怕鬼吗？"

"里德先生的鬼魂我是怕的，他就死在那房子里，还在那里停过灵柩。多狠心呀，把我一个人单独关在里面，连根蜡烛也不点。"【写作借

鉴：运用人物语言将简·爱怨愤的心理与受伤的心灵表现了出来。】

"胡说！就因为这个使你心里难过？现在大白天你还怕吗？"

"现在不怕，不过马上又要到夜里了。另外，我不愉快，很不愉快，为的是其他事情。"

"其他什么事？能说些给我听听吗？"

我多么想详详细细地回答他的这个问题啊，要回答这个问题又是多么困难，不过，这是我把自己的悲痛一吐为快的第一个也是唯一一个机会，我生怕错过，在困惑了一会儿之后，竭力给出了一个贫乏无力却又完全真实的答案。

"可能是因为我没有父母，没有兄弟姐妹的原因。"

"可是你有一位和蔼可亲的舅妈，还有表兄妹们。"

我愣了一下，然后笨拙地说：

"可是约翰·里德把我推倒了，舅妈又把我关在红房子里。"

"住在盖茨黑德府这样漂亮的房子里，你还不高兴吗？"

"这又不是我的房子，先生。要是我有地方去，我宁肯走。可是不等长大成人我不可能离开盖茨黑德府。"

"也许可以，谁知道呢？除了里德太太，你还有别的亲戚吗？"

"我不知道，有一次我问过舅妈。舅妈说即便有些姓爱的亲戚，也一准是一群要饭的。"

"要是有这样的亲戚，你愿意去吗？"

我仔细想了一下，贫穷在成年人心里是可怕的，在孩子们心中那就更可怕了，他们始终把贫穷这个字眼和破破烂烂的衣服、吃不饱的食物、没生火的炉子、粗暴的态度和卑劣的习性联系在一起。在我看来，贫穷就是堕落的同义词。

"不，我不愿与穷人在一起。"这就是我的回答。

"即使他们对你很好也不愿意？"

我摇了摇头，不懂穷人怎么会对人仁慈。不用说，我还得学他们

简·爱

的言谈,与他们一样没有文化,长大了像常见到的那种贫苦女人那样。

"你想上学吗?"

我又思考起来。我几乎不知道学校是个啥样子,贝茜有时说它是这样一个地方:在那儿,小姐们都戴着宽大的硬领圈和脊骨矫正板坐着,人人都得十分文雅谨慎。【写作借鉴:运用心理描写,写出了简·爱对学校的初步印象,也为下文和简·爱的学校形成对比。】约翰·里德讨厌学校,辱骂老师,不过我和他的喜好是不一样的。如果说,贝茜讲的学校纪律(那是她来盖茨黑德府前,在某个家庭里干活时听那家的小姐们说的)有些吓人,但其中关于小姐们所学得的某些才艺,我想也是同样吸引人的。她夸耀说她们画的山水和花儿多么漂亮,唱的歌弹的曲多么好听,织的包多么美,还说她们能翻译法文书。我听着的时候就为之心动,甚至妒忌起来。【名师点睛:为后文简·爱进入学校后所能达到的水平做铺垫。】此外,进学校将会是一个彻底的改变,意味着一次远行,与盖茨黑德府完全分别,并进入一种新的生活。

"我真的愿意去上学。"这是我深思熟虑之后轻声说出的。

"唉,唉,谁知道会发生什么?"劳埃德先生站起来说,"这孩子该换换环境,换换空气,"他自言自语地补了一句,"精神不很好。"

这时贝茜回来了,同时也传来马车在砾石路上辘辘驶过的声音。

"是你女主人吗,保姆?"劳埃德先生问,"我想在走前和她谈谈。"

贝茜请他到早餐室去,还给他带路。从那以后发生的事情来看,我猜那位药剂师后来和里德太太谈话的时候,一定大胆地建议把我送到学校去,这个建议无疑被采纳了。有一天夜里,艾博特和贝茜在保育室里谈论起这件事,那时候,我已经上床了,她们以为我睡着了。艾博特说,她敢肯定,太太一定高兴,可以摆脱这样一个讨人嫌的坏孩子。说我似乎一直在秘密监视每个人,好像想在背地里做什么见不得人的勾当一样。

就是这一回,我从艾博特与贝茜的谈话中第一次知道,我父亲生前是位牧师,我母亲不顾亲戚朋友的反对嫁给了他。我的外祖父里德,一气之下同她断绝了父女关系,没留给她一分钱。我父母结婚才一年,父亲就得了斑疹伤寒,因为他奔走于副牧师供职地区——一个大工业城镇的穷人中间,而当时这个地方正流行着斑疹伤寒。我母亲从父亲那儿染上了同一疾病,结果前后双双故去,相差不到一个月。

贝茜长叹一声:"可怜的简小姐真是苦命的孩子啊!"【名师点睛:运用语言描写,写出了贝茜对简·爱的同情,同时也写出了贝茜的善良。贝茜是简·爱悲惨童年生活中为数不多的带给她温暖的人。】

"对呀,"艾博特说,"她要是漂亮可爱,别人倒也会可怜她。可是像她这样的丑小鸭,实在令人厌烦。"

"确实如此,"贝茜表示同意,"至少在同样的环境下,乔治亚娜这样的美人儿更加招人喜爱。"

"是啊,我太爱乔治亚娜小姐了。"艾博特嚷道,"小宝贝儿长长的卷发,蓝蓝的眼睛,脸颊那么可爱,就像画出来似的!贝茜,我猜晚饭吃威士忌兔子。"

"我也是——外加烤洋葱。走,我们下楼去。"她们走了。

Z 知识考点

1.简·爱因为_____和_____才得病。

2.里德太太为什么找药剂师来治疗生病的简·爱?(结合原文回答)

Y 阅读与思考

1.简·爱为什么在面对贝茜的温柔时反而感到难过?

2.劳埃德先生为什么提议要简·爱去学校?

简·爱

第四章

简·爱被访

> **名师导读**
>
> 在劳埃德先生的建议下,年幼的简·爱被送到一所半慈善性质的学校里。学校的负责人是个伪君子,由于听了里德舅妈的话,对简·爱的印象并不好,那么简·爱在罗沃德学校会经历什么呢?

从我与劳埃德先生的交谈中,从上述贝茜与艾博特的谈话中,我聚集起了足够的希望,希望着让自己的日子过得更好。一种变化似乎在靠近——我静静地渴望着、等待着它。然而它却迟迟不来,一天天、一周周过去了,我也恢复了健康,但对于我心中的问题谁也没再有过任何暗示。里德太太有时用一种严厉的眼神打量我,但很少和我说话。自从我生了那场病以后,她在我和她的孩子中间划下一条比以前更明显的界限,指定我一个人睡在一间小屋子里,命令我一个人吃饭,整天待在保育室里,而我的表兄表妹们却经常待在休憩室。她没有做出任何送我进学校的表示;不过,我还是本能地很肯定,她不会让我和她待在同一个房子里久住下去。因为如今她看我的眼神里有一种比以前更加无法克制的、根深蒂固的嫌恶。【名师点睛:里德太太对简·爱的态度越来越恶劣,也为下文里德太太隐瞒简·爱亲人的事做铺垫。】

伊丽莎和乔治亚娜显然依照吩咐行事,尽可能少和我说话。约翰一见到我就把舌头猛伸出来,有一次还想惩罚我。像上次一样,我怒不可遏,忍无可忍,激起了一种犯罪的本性,顿时扑了上去。他觉得最好还是罢手，大骂着跑开了，还诅咒发誓说我打破了他的鼻子。我确实曾用拳头对准过他那高高的鼻子想狠狠给他一拳，看见我的拳头或是怒容吓住他时，我真想趁势让他低头，可这时他已经和自己的妈妈在一起了。我听见他又哭又闹地开始说，可恶的简·爱怎样像只疯猫一样向他扑去，这时舅妈相当严厉地让他住嘴：

"别在我面前提起她，约翰，我叫你不要走近她，她不配人家对她的关心，我不愿你或者你的姐妹跟她在一块儿。"

这时，我扑出栏杆，向他们大叫一声：

"你们还不配和我在一块儿呢。"

里德太太是个相当胖的女人，可是一听见我这不可思议的大胆反抗，便凶狠地把我拖进保育室，按倒在小床的床沿上，气势汹汹地看着我。

"如果里德舅舅还活在世上，你还会这样做吗？里德舅舅在天上，你做的一切和想的一切，他都会看得见，我爸爸妈妈也看得见，他们知道你整天把我关起来，还巴不得我死掉。"我的舌头不由自主地吐出了这些话。【名师点睛：写出了简·爱对里德太太第一次的正面反抗，在简·爱的叙述中了解里德太太刻薄的为人。】

里德太太狠命地推搡我，扇我耳光，然后气咻(xiū)咻[形容喘气的声音]地扔下我走了。【写作借鉴：运用一系列动词，将生气中的里德太太形象地刻画了出来。】

贝茜又不厌其烦地对我进行了长达一个小时的说教，证实我无非是家里养大的最不可救药的孩子，弄得我也有些半信半疑。因为我确实觉得，在我胸膛里翻腾的只有恶感。

十一月、十二月甚至第二年的一月都过去了一半。大家怀着平常那种节日的欢乐在盖茨黑德府第庆祝了圣诞节和新年，彼此互赠礼物，举行了宴会和晚会。种种快乐，我当然都不准享受，我有的那份乐趣，就是看伊丽莎和乔治亚娜天天穿上盛装，看她们穿上薄纱衣服，束着

简·爱

大红色的阔腰带,披着小心卷起来的卷发下楼;随后,我就会听见下面传来弹奏钢琴或竖琴的声音,男管家和男仆来来去去的脚步声,以及点心饮料在互相传递时玻璃杯和瓷器发出的叮当声,客厅的门打开又关上时传出的断断续续的谈话声。我对这种消遣方式感到厌倦后,便从楼梯顶回到孤独寂寞的保育室,在这儿我尽管有些忧愁,但却不痛苦。说实话,我一点也不想去和他们在一起,他们当中几乎没人理睬我。假如贝茜够亲切友好,那么晚上静静和她待一会儿,强似在满屋少爷小姐、太太先生中间、里德太太令人生畏的目光下,挨过那些时刻。但是,贝茜往往把小姐们一打扮停当,便抽身上厨房、女管家室等热闹场所去了,还总把蜡烛也带走。接着,我只能干坐着,把玩偶放在我的膝盖上。一直等到火渐渐灭下来。偶尔向四下里看看,看是不是还有比我想象中更坏的东西在这间昏暗的屋子里作祟。等炭火渐渐燃尽,我就马上脱衣服,把结和带子乱扯一通,上床躲避寒冷和黑暗。我总是抱着玩偶上床,人总是要有一样喜欢的东西,既然没有更值得爱的东西,我只好设法疼爱一个小叫花子似的玩偶。尽管这个玩偶已经破烂不堪,活像个小小的稻草人。此刻忆起这件往事,也令我迷惑不解,当时,我是带着何等荒谬的虔诚来溺爱这个小玩具的呀!【名师点睛:简·爱特别喜欢那个破烂的玩偶是有原因的,她觉得那个玩偶的遭遇和她相似,在内心深处同情可怜那个玩偶,也是在心疼当年的自己。】我还有点相信它有血有肉有感觉,只有把它裹进了睡袍我才能入睡,一旦它暖融融、安然无恙地躺在那里,我便觉得愉快多了,而且深信这玩偶也有同感。

我似乎要等很久很久客人们才散去,才能听到贝茜上楼的脚步声。有时她会在晚宴中场上楼来,找顶针或剪刀,或者端上一个小面包、奶酪饼什么的当作我的晚餐。她会坐在床上看我吃。我一吃完,她会替我把被子塞好,亲我两下,说:"晚安,简小姐。"贝茜和颜悦色的时候,我就觉得她是人世间最好、最漂亮、最善良的人。【名师点睛:贝茜对简·爱偶尔的贴心关爱让简·爱觉得十分开心，侧面写出了简·爱对被爱的渴望。】我热切希望她总是那么讨人喜欢，那么和蔼可亲，不要老是指使我、骂我、无理责备我。我现在想来，贝茜一定是位很有天赋的姑娘，因为她干什么都在行，还有善讲故事的惊人诀窍，至少保育室故事留给我的印象，让我可以做出这样的判断。如果我没把她的模样和身材记错，她还很美丽。我记得她是个苗条的年轻女人，有漆黑的头发，乌黑的眼珠，非常端正的五官和健康明亮的肤色。可就是脾气暴躁，反复无常，对道义和公理都没有什么高明的观念。尽管如此，在盖茨黑德府的人中，我最喜欢她。

时值一月十五日，大约是早上九点钟，贝茜已下楼去用早餐，我的表兄妹们还没有被叫唤到他们妈妈身边。伊丽莎正戴上宽边帽，穿上暖和的园艺服，在喂她的家禽。这是她喜欢干的活，她也同样喜欢把蛋卖给管家，把卖的钱攒起来。她有做买卖的天赋，也有攒钱的特殊癖好，这不但表现在卖鸡蛋、卖小鸡上，也表现在斤斤计较地和园丁讲花根、花枝和花种的价格上。园丁从里德太太那儿得到过命令，小姐花坛上开的花，不管她要卖掉多少，他都得买下来。而要是能赚大钱，伊丽莎连出售自己的头发也心甘情愿。【名师点睛：写出了里德太太对自己亲生女儿的宠爱，说明她并不是天生冷漠，只是因为不喜欢简·爱这个外姓人而已。】至于所得的钱，起初她用破布或陈旧的卷发纸包好，藏在偏僻的角落里。但后来其中一些秘藏物被女佣所发现，她生怕有一天丢失她值钱的宝藏，同意由她母亲托管，收取近乎高利贷的利息——百分之五十或六十，一个季度索讨一次。她还把账记在一个小本子上，算得分毫不差。

乔治亚娜坐在一条高脚凳上，对镜梳理着自己的头发。她把一朵朵人造花和一根根褪色的羽毛插到卷发上，这些东西是她在阁楼上的一个抽屉里找到的。我正在铺床，因为根据贝茜的严格指令，我得在她回来之前把一切都收拾停当（贝茜现在常常把我当作保育

简·爱

室女佣来使唤，吩咐我整理房间、擦掉椅子上的灰尘等）。我铺好床、叠好被子和睡衣，便到窗台那儿去，把散放在那儿的图画书和布娃娃的家具收拾一下。我突然听到乔治亚娜命令我，不许碰她的玩具（因为那些小椅子、小镜子、小巧可爱的盘子和杯子都是她的私人物品），于是我只好住手。一时无所事事，我便开始往凝结在窗上的霜花哈气，在玻璃上化开了一小块地方，透过它可以眺望外面的院落，那里的一切在严霜的威力之下，仿佛凝固了似的寂然不动。

从窗口可见到门房和马车道，正当我把覆盖在窗户上的银白色霜花哈掉，以便有个空隙见到外面时，我看见大门被打开了，一辆马车隆隆驶过。我漠然地观察着车爬上车道，盖茨黑德府第常有马车到来，但没一个客人是我感兴趣的。马车停在宅邸前面，随即传来响亮的门铃声，客人被让进了房里。这一切对我来说都不算什么，我茫然的注意力立刻就被一样更活泼可爱的东西吸引住了。那是一只饥饿的小知更鸟，它飞过来，停在窗外紧挨着墙外的掉尽叶子的樱桃树上啾啾叫。我吃早餐剩下的面包和牛奶还搁在桌上，我咬了一口面包卷，把它弄碎，想推开窗子，把面包屑放到外面的阳台上，这时候贝茜奔到楼上，到保育室来了。

"简小姐，把围裙脱掉。你在那儿干什么呀？今天早上抹脸、洗手了吗？"

我先没有回答，顾自又推了一下窗子，因为我要让这鸟儿万无一失地吃到面包。窗子终于松动了，我撒出了面包屑，有的落在石头窗沿上，有的落在樱桃树枝上。随后我一面关好窗，一面回答说：

"没有呢，贝茜，我才掸好灰尘。"

"你这个粗心大意的淘气鬼！这会儿在干什么呀？你的脸通红通红，好像干了什么坏事似的，你开窗干什么？"

贝茜似乎很匆忙，已等不及听我解释，省却了我回答的麻烦。

她把我拖到洗脸架旁边，用肥皂和一块粗毛巾把我的脸和手狠狠地擦洗了一番，幸好擦洗的时间不长，又用毛刷给我刷了头发，叫我解下围裙，然后催我到楼梯口，叫我马上下去，早餐室里有人找我。

【写作借鉴：运用动作描写，写出了贝茜的焦急状，为下文布罗克赫斯特先生的出现做铺垫。】

我本想问她是谁在找我，可是贝茜已经走了。近三个月来，我从没被叫到里德太太跟前。由于在保育室里禁锢了那么久，早餐室、餐室和客厅都成了令我恐惧的地方。

这时，我站在空空荡荡的大厅里，面前就是餐室的门。我停住了脚步，腿直发抖，直到早餐室一阵喧闹的铃声使我横下了心来：我非进去不可。【写作借鉴：运用细腻的笔法将简·爱恐惧不安的心理表现了出来，为下文设置了悬念。】

"谁会来找我呢？"我心里有些疑惑，一边用手旋转那很紧的门把手，转了一两秒还转不开，"除了里德舅妈之外，我还会在客厅里见到谁呢？——男人还是女人？"把手转动了一下，门开了。我进去行了一个低低的屈膝礼，抬起头来竟看见了一根黑色的柱子！至少，乍一看，我觉得直挺挺站在地毯上穿黑衣服的笔直的细长个子确实很像根黑柱子。顶上那张冷酷的脸，仿佛是雕出来的面具，当作柱头放在柱子上。

【写作借鉴：运用外貌描写，写出了布罗克赫斯特先生的冷漠与死板，为后文布罗克赫斯特先生对简·爱的诽谤埋下伏笔。】

里德太太坐在壁炉旁往常所坐的位置上，她示意我走近她，我照着做了。她用这样的话把我介绍给那个毫无表情的陌生人："这就是我跟你谈起过的小女孩。"

他——因为是个男人——缓缓地把头转向我站立的地方，用他那双浓眉下闪着好奇目光的灰色眼睛审视着我，随后响起了他严肃的男低音：

"个子这么矮，几岁了？"

"十岁。"

简·爱

"你叫什么名字，小姑娘？"

"简·爱，先生。"

说完，我抬起头来。他的五官都生得很大，五官和身体的轮廓同样地严肃古板。

"瞧，简·爱，你是个好孩子吗？"

里德太太猛地摇了一下头，等于是替我做了回答，并补充说："这个话题最好暂时不谈，布罗克赫斯特先生。"

"听到这样的话真是太遗憾啦！我得和她谈谈。"他俯下笔直的身子，在里德太太对面的扶手椅里坐下。"过来吧。"他说。

我从地毯上走过去，他让我端端正正地站在他面前。这时候，他的脸差不多正对着我的脸，他长的是怎么样一张脸啊，多大的鼻子！怎样的嘴！多大的龅牙！

"再也没有什么比看见一个淘气的孩子更令人忧愁的事了，"他开始道，"尤其是一个淘气的小姑娘。你知道坏人死后会去哪里吗？"【写作借鉴：运用外貌描写及语言描写，生动形象地表现了布罗克赫斯特的伪君子形象。】

"他们会下地狱。"我的回答既现实又正统。

"地狱是什么地方？你知道吗？"

"是个火坑。"

"你愿意掉到那个火坑里，永远被火烤吗？"

"不，先生。"

"那你怎样做才能躲避呢？"

我认真地想了一会儿，终于做出了令他们不满意的回答："我得保持健康，我不想死去。"【名师点睛：简单明了的对话说明了简·爱是个倔强的女孩。】

"你怎么可能保持健康呢？每天都有比你年龄小的孩子死掉。"

我没法消除他的疑虑，便只好低下头去看他那双站立在地毯上的大脚，还叹了一口气。

"我希望你这声叹息是从心里发出来的，希望你后悔不该给你那位了不起的女恩人带来烦恼。"

"恩人！恩人！"我内心在说，"他们都说里德太太是我的恩人。如果是这样，那么恩人就是一种讨厌的东西。"

"你早晚都做祈祷吧？"讯问我的人继续问道。

"嗯，先生。"

"读《圣经》吗？"

"有时读。"

"情愿的吗？你喜欢它吗？"

"我喜欢里面的《启示录》《但以理书》《创世纪》《撒母耳记》《出埃及记》中的一部分，以及《列王记》和《历代志》中的一些段落，还有《约伯记》和《约拿书》。"

"你喜欢《诗篇》吗？"

"不，先生。"

"不喜欢？啊，太让人吃惊了！我有一个小儿子，比你还小，他能背六首《赞美诗》。问他想要哪个——是吃一块姜饼呢，还是学一首《赞美诗》，他会说：'哦！一首《赞美诗》呀！天使都唱《赞美诗》。我希望在这儿做一个小天使。'然后他得到两块姜饼，对他小小的虔诚给予报偿。"【写作借鉴：语言描写，写出了布罗克赫斯特先生的虚伪，以及扼杀人的欲望。】

"《赞美诗》没有趣味。"我说。

"这就证明你的心坏，你得祈求上帝给你换一个，给你一个新的洁白的心，拿掉你的石头的心，给你一个肉的心。"

我正要问他怎么换，里德太太说话了：

"布罗克赫斯特先生，我相信我在三个星期之前给你的那封信中已经说过，这个小姑娘的脾性和我希望的很不一样。如果你准许她进

简·爱

罗沃德学校,我乐意恭请校长和教师们对她严加看管,尤其要提防她身上最大的毛病,一种爱说谎的习性。我当着你的面说这件事,简,目的是让你不好再瞒骗布罗克赫斯特先生。"【名师点睛:里德舅妈在布罗克赫斯特面前说的话,是对简·爱无情的诋毁,表现了里德舅妈的冷漠。】

我有足够的理由解释我怕里德太太,也有足够的理由憎恶她。因为残酷地伤害我,已经成为她的本性。我在她面前从不会开心。不管我多么小心地服从她,不管我怎么竭力地讨好她,我的种种努力还是被她拒绝了,她还是用上面的话来伤害我。她当着陌生人的面,竟如此指控我,实在伤透了我的心。我依稀感到,她抹去了我对新生活所怀的希望,这种生活是她特意为我安排的。尽管我不能表露自己的感情,但我感到,她在通向我未来的道路上,播下了反感和无情的种子。【写作借鉴:简·爱的心理描写,写出了里德太太的冷酷无情,也为下文简·爱在学校受到污蔑的事做铺垫。】我看到自己在布罗克赫斯特先生的心目中已经变成了一个狡猾恶毒的孩子,我还能有什么办法呢?

"说实在,没有。"我思忖道。一面竭力忍住哭泣,急忙擦掉几滴显露我心中痛苦的泪水。

"对于一个孩子来说,欺骗确实是一个可悲的缺点,"布罗克赫斯特先生说,"它近乎说谎,而所有的说谎者,都有份儿落到燃烧着硫黄烈火的湖里。不过,我们会对她严加看管的,我要告诉坦普尔小姐和教师们。"【名师点睛:布罗克赫斯特先生的话,表露了他是个道貌岸然的伪君子。只听信里德舅妈的一面之词,就对简·爱如此严加批判,足见他的势利之心。】

"我希望用适合她前途的方式来教育她,"我的恩人继续说,"使她成为有用之才,永远保持谦卑。至于假期嘛,要是你许可,就让她一直在罗沃德过吧。"【写作借鉴:运用语言描写,写出了里德舅妈迫不及

待想要把简·爱送走，特别想摆脱简·爱这个包袱，可以看出里德舅妈的自私冷血。】

"你的决断无比英明，太太，"布罗克赫斯特先生回答，"谦恭是基督教徒的美德，对罗沃德的学生尤其适用。为此我下了指令，要特别注重在学生中培养这种品质。我已经研究过怎么样最好地把她们俗世的骄傲情绪压制下去。前不久，我还得到了可喜的依据，证明我获得了成功。我的第二个女儿奥古斯塔随同她妈妈访问了学校，一回来她就嚷嚷着说：'啊，亲爱的爸爸，罗沃德学校的姑娘都显得好文静、好朴实呀！头发都梳到了耳后，都穿着长长的围裙，上衣外面都有一个用亚麻细布做的小口袋，他们几乎就同穷人家的孩子一样！'还有，她说，'她们都瞧着我和妈妈的装束，好像从来没有看到过一件丝裙似的。'"

"这种情况我完全赞成，"里德太太回答道，"就是找遍整个英国，也很难找到一个比罗沃德学校更适合像简·爱这样孩子待的机构了。韧性，我亲爱的布罗克赫斯特先生，我主张干什么都要有韧性。"

"夫人，韧性是基督徒的首要职责。它贯穿于罗沃德学校的一切安排之中：简单的伙食、朴素的衣服、不讲究的设备、勤劳艰苦的习惯，在学校里，在寄宿者之间，这一切都已蔚然成风。"【写作借鉴：布罗克赫斯特先生用极为高尚的话语，说出了罗沃德学校艰苦的原因，实际就是为他的自私吝啬找了一个完美的借口。】

"说得很对，先生。那我可以相信这孩子已被罗沃德学校收为学生，并根据她的地位和前途加以训导了，是吗？"

"是的，太太，她会被安置在精选植物的苗圃里。我相信，她享受了被选中的这种特权，一定会表示感激。"

"既然这样，我会尽快送她来的，布罗克赫斯特先生，不瞒你说，我真是迫不及待地想要早点摆脱这个越来越讨厌的责任。"【名师点睛：里德舅妈直接在简·爱的面前说出这样的话，说明她是从内心里对简·爱

简·爱

有着厌恶之心，极其希望她能尽快离开里德家。】

"的确，的确是这样，太太。现在我就向你告辞了。一两周之后我才回到布罗克赫斯特府去，我的好朋友——一位副主教不让我早走。我会通知坦普尔小姐，让她知道一个新来的姑娘要到。这样，接收她也不会有什么困难了。再见。"

"再见，布罗克赫斯特先生。请向布罗克赫斯特太太和小姐，向奥古斯塔、西奥多和布劳顿·布罗克赫斯特少爷问好。"

"一定，太太。小姑娘，这里有本书，题目叫《儿童指南》，祷告后再读，尤其要注意那个部分，说的是'一个满口谎言、欺骗成性的淘气鬼，玛莎·格××暴死的经过'。"【写作借鉴：语言描写，写出了布罗克赫斯特先生的尖酸刻薄，对年幼的简·爱用故事威胁她，希望她听话，达到道德家口中好孩子的标准。】

说完，布罗克赫斯特先生把一本装有封皮的薄薄小册子塞进我手里，打铃让人备好马车，便离去了。

房间里只剩下了里德太太和我，在沉默中过了几分钟。她在做针线活，我在打量着她。那时候，里德太太三十六七岁，她是个身体强壮的女人，阔肩膀，四肢强健，不算太高，身材壮硕，脸相当大，下颚很发达很壮实，额头很低，下巴又大又突出，嘴巴和鼻子还算端正，淡淡的眉毛下一双无情的眼睛，她的皮肤黝黑而没有光泽，头发差不多和亚麻一个颜色，她的身体结实得像一口钟一般，疾病从来不敢接近她。【写作借鉴：对里德太太的外貌描写，写出了她的无情和严厉，同时也侧面表达了她对简·爱的冷酷之心。】她是个精明而严厉的总管，她的一家大小和所有的佃户全都归她管，只有她的孩子们会偶尔反抗她的权威。她讲究衣饰，她还有一种能把她的漂亮衣服衬托得更美的风度和仪态。

我坐在一条矮凳上，离她的扶手椅有几码远，打量着她的身材，仔细端详着她的五官。我手里拿着那本记述说谎者暴死经过的小册子，他们曾把这个故事作为一种恰当的警告引起我注意。刚才发生的一幕，里德太太跟布罗克赫斯特先生所说的关于我的话，他们谈话的整个内容在我的脑子里仍然很新鲜、残酷、刺人，每一个字我都敏锐地感到，就跟清清楚楚听到了一样，这时候一种愤恨之情在我心里翻腾。【写作借鉴：简•爱的心理描写，"新鲜""残酷""刺人"写出了布罗克赫斯特先生和里德太太之间的对话毫不留情地伤害了简•爱，让简•爱在内心深处生出对他们的愤恨，以及想对这种不公平待遇的反抗。】

里德太太放下手头的活儿，抬起头来，眼神与我的目光相遇，她的手指也同时停止了飞针走线的活动。

"出去，回到保育室去。"她命令道。我的神情或者别的什么想必使她感到讨厌，因为她说话时尽管克制着，却仍然极其恼怒。我立起身来，走到门边，却又返回，穿过房间到了窗前，一直走到她面前。

我必须说话，我一直受到残酷的践踏，如今非反抗不可了。可是怎么反抗呢？我鼓足勇气，直截了当地发动了进攻：

"我不骗人，要是我骗人，我会说我爱你。但我声明，我不爱你，除了约翰•里德，你是世上我最不喜欢的人，这本写说谎者的书，你尽可以送给你的女儿乔治亚娜，因为说谎的是她，不是我。"【写作借鉴：简•爱的语言描写，写出了她内心的不满以及对乔治亚娜的讽刺，简•爱奋力地反抗，这种思想的萌生也为她以后人格的完善打下了基础。】

里德太太的手仍一动不动地放在她的活儿上，冷冰冰的目光，继续阴森森地凝视着我。

"你还有什么话要说？"她问，那口气与其说是人们通常用来和孩子说话的语气，还不如说是人们通常用来和成年的仇敌说话的口气。

她的眸子和嗓音，激起了我极大的反感，我激动得难以抑制，直打哆嗦，继续说了下去：

"我很庆幸你不是我亲戚，今生今世我再也不会叫你舅妈了。长大了我也永远不会来看你，要是有人问起我喜不喜欢你，你怎样待我，

简·爱

我就说，我一想到你就感到恶心，因为你对我已经残酷到了可耻的地步。"【写作借鉴：简·爱的话直言不讳，在里德舅妈对她冷言冷语的情况下，她也生出了对里德舅妈的厌恶，没有丝毫畏惧的心理。】

"你怎么敢说这话，简·爱？"

"我怎么敢？里德太太，我怎么敢？因为这是事实，你以为我没有情感，以为我不需要一点爱抚或亲情就可以打发日子，可是我不能这么生活。还有，你没有一点怜悯之心，我到死也不会忘记你是怎么推我的，粗暴地凶狠地把我推进红房子里，把我锁在里面。尽管我很痛苦，尽管我一面泣不成声一面叫喊，'可怜可怜我吧！可怜可怜我吧，里德舅妈！'你要我受到惩罚，只不过是因为你的坏儿子无缘无故地打了我，把我推倒。不管谁问，我都要把这个千真万确的事实告诉他，别人以为你是个好人，可是你坏，你狠心，你才会骗人呢！"【写作借鉴：简·爱的语言说明了里德舅妈的护短之心，不顾简·爱的苦苦哀求，还是把她关进了红房子里，导致简·爱大病一场，同时也揭露了里德舅妈的冷血无情。】

我还没有回答完，内心便已开始感到舒畅和喜悦了，那是一种前所未有的奇怪的自由感和胜利感，无形的束缚似乎已被冲破，我争得了始料未及的自由。这种感觉倒不是没有原因的，里德太太看上去很害怕，活计也从她的膝头上掉了下来，她举起手，摇来晃去，愁眉苦脸，像是要哭一样。

"简，你搞错了，你怎么了？怎么抖得那么厉害？想喝水吗？"【写作借鉴：里德太太的语言描写，写出了她的心虚。说明她确实对简·爱苛刻，还害怕事情败露使自己的名声受到损害。】

"不，里德太太。"

"你想要什么别的吗，简？说实在的，我希望成为你的朋友。"

"你才不会呢。你对布罗克赫斯特先生说我品质恶劣、欺骗成性，那我就要让罗沃德的每个人都知道你的为人和你干的好事。"

"简，这些事儿你不理解，孩子们有缺点应该得到纠正。"

"欺骗不是我的缺点！"我发疯似的大叫一声。

"但是你性子暴躁，这点你得承认，简。现在到保育室去吧，乖乖躺一会儿。"

"我不是你的乖乖，我不能躺下，快些送我到学校去吧，里德太太，因为我讨厌住在这儿。"

"我真的要尽快送她去上学了。"里德太太轻声嘀咕着，收拾好针线活，蓦地走出了房间。

我被单独留下来，成了战场上的胜利者。这是我所打过的最艰难的一仗，也是我取得的第一个胜利。【写作借鉴：强调数字描写是将简·爱内心对里德太太的反抗斗争，以及所取得的成就对简·爱的重要性表现了出来。】起初，我暗自微笑，觉得高兴，可是就像我加速跳动的脉搏一样，这阵猛烈的快乐很快减退了。一个孩子像我这样跟长辈斗嘴，像我这样毫无顾忌地发泄自己的怒气，事后必定要感到悔恨和寒心。我在控诉和恐吓里德太太时，内心恰如一片点燃了的荒野，火光闪烁，来势凶猛。但是，经过半个小时的默默反思，我已经觉得自己的行为是疯狂的，觉得自己那种被人恨、又去恨别人的处境是可悲的，我内心的这片荒地已灰飞烟灭，留下的只有黑色的焦土了。【名师点睛：写出了简·爱在顶撞里德太太后内心的感觉，她觉得自己这样做是不对的，是可悲的，从侧面烘托了简·爱的善良。】

我第一次尝到了复仇的滋味，犹如芬芳的美酒，喝下时热辣辣好受，但回味起来却又苦又涩，给人有中了毒的感觉。现在，我倒是很愿意去求得里德太太的原谅。可是，凭借我的直觉经验告诉我，我知道，我这么做只会使她加倍轻蔑地唾弃我，而她的唾弃，又会把我天性中狂暴的冲动激发出来。【写作借鉴：心理描写，"轻蔑""唾弃"写出了简·爱在里德舅妈家里受到的待遇，再次证明了简·爱在里德舅妈家过的是寄人篱下、毫无尊严的生活。这让她的内心很难过。】

简·爱

　　我要是能拿出比说些恶毒话更高明的手段，能滋长某种不像满心郁怨那么凶狠的感情就好了。我取了一本阿拉伯故事书，坐下来很想看看，却全然抓不住要领，我的思绪飘忽在我自己与平日令人引人入胜的书页之间。我打开早餐室的玻璃门，只见灌木丛中一片沉寂，虽然风和日丽，严霜却依然覆盖着大地。我撩起衣裙裹住脑袋和胳膊走出门去，漫步在一片僻静的树林里。但是沉寂的树木、掉下的杉果、以及那凝固了的秋天的遗物——被风吹成一堆，如今又冻结了的褐色树叶，都没有给我带来愉快。我倚在一扇大门上，凝望着空空的田野，那里没有觅食的羊群，只有冻坏了的苍白的浅草。这是一个灰蒙蒙的日子，降雪前的天空一片混沌，有时飘下来一片片雪花，落在坚实的小道和灰暗的草地上，却并不融化。我，一个够可怜的孩子，伫立在那里，一遍又一遍地问自己："我该怎么办呢，我该怎么办呢？"【写作借鉴：景物描写的孤寂苍凉以及简·爱的扪心自问，写出了简·爱在报复里德舅妈后孤单无助的落寞心情。】

　　突然我听到一个清晰的嗓音在喊道："简小姐，你在哪儿？快来吃中饭！"

　　是贝茜在叫，我心里很明白，不过我没有动弹。她步履轻盈地沿小径走来。

　　"你这个小淘气！"她说，"叫你，为什么不来？"

　　和我刚才脑子里的念头相比，贝茜的到来似乎是一件很快活的事，虽然她和往常一样，有些生气。其实，同里德太太发生冲突、并占了上风之后，我并不太在乎保姆一时的火气，倒是希望分享她那充满活力、轻松愉快的心情。【写作借鉴：通过简·爱的心理描写，说明贝茜的适时出现缓解了简·爱抑郁的心情，与贝茜的交往是简·爱在里德太太家悲惨生活中为数不多的温暖。】我只是用胳膊抱住了她，说："得了，贝茜，别骂我了。"

　　这个动作比我往常肯做出来的任何举动都要直率大胆，不知怎的，倒使贝茜高兴了。

"你是个怪孩子，简小姐，"她说，低头看着我，"一个喜欢独来独往的小东西。你要去上学了，是不是？"

我点了点头。

"离开可怜的贝茜，你不难过吗？"

"贝茜怎么会把我放在心上呢？她总是骂我。"

"谁叫你是那么个古怪、胆小、怕难为情的小东西，你应该胆大一点。"

"什么！好多挨几顿打？"

"瞎说！不过你经常受到虐待这倒是真的，我妈上个星期来看我的时候就说，她不愿意让自己的任何一个孩子处在你这样的境遇中。好啦，进去吧，我有一个好消息和你说。"

"我想你没有，贝茜。"

"孩子！你这是什么意思？你盯着我的那双眼睛多么忧郁！瞧！太太、小姐和约翰少爷今天下午都出去用茶点了，你可以跟我一起吃茶点。我会叫厨师给你烘一个小饼，随后你要帮我检查一下抽屉，因为我马上就要为你整理箱子了。太太要你一两天之内就离开盖茨黑德，你可以挑一下，要带走哪些玩具。"【写作借鉴：贝茜的语言描写，写出贝茜的善良以及对简·爱的关心，把简·爱当作一个小孩子一样对待。】

"贝茜，你得答应我，在我走之前不再骂我。"

"好，我不再骂你。可你也得记住，做一个乖孩子，别再怕我。万一我说话凶一点，可别吓得跳起来，那样可真叫人生气。"

"我想我再也不怕你了，贝茜，因为我已经习惯了，很快我又有另外一批人要怕了。"

"如果你怕他们，他们会不喜欢你的。"

"像你一样吗，贝茜？"

"我并不是不喜欢你，小姐。我相信，我比其他人都要喜欢你。"【写作

简·爱

借鉴:贝茜的语言描写,直接写出了贝茜对简·爱特别的关心和喜爱。】

"你没有表现出来。"

"你这狡猾的小东西,你说话的口气不一样了,怎么会变得那么大胆和鲁莽呢?"

"哦,我不久就要离开你了,再说——"我正想谈谈我与里德太太之间发生的事,但转念一想,还是不说为好。

"那么你是乐意离开我了?"

"没有那回事,贝茜。说真的,现在我心里有些难过。"

"现在,我的小姐说得多么冷淡啊!要是我想要你吻我一下,你也许还不愿意呢,你会说'我有点不愿意'。"

"我来吻你,而且我很乐意,把你的头低下来。"贝茜弯下了腰,我们相互拥抱着,我跟着她进了屋子,得到了莫大安慰。下午在和谐平静中过去了。【写作借鉴:简·爱的语言描写和动作描写,写出了贝茜和简·爱的亲密,在贝茜的身边,简·爱感到了前所未有的安心与快乐。】晚上,贝茜给我讲了几个最迷人的故事,唱了几首最优美的歌,我这样的人,生命中也有阳光灿烂的时刻呢。

Z 知识考点

1.布罗克赫斯特先生为了警告简·爱,送给她一本_____。

2.根据本章情节,分析布罗克赫斯特先生的性格。

_____

_____

Y 阅读与思考

1.罗沃德学校的环境如何,结合原文回答。

2.里德太太为什么在简·爱爆发脾气之后反而对她很客气?

第五章

备感失望

> **M 名师导读**
>
> 简·爱被送到罗沃德学校,这是年幼的简·爱第一次离开熟悉的环境,去一个遥远而陌生的城市。来到罗沃德的她孤单而无助,在罗沃德艰苦的条件下她认识了一个新朋友,开始了一段新的人生之路。

一月十九日这天早晨还没到五点钟,贝茜就端了蜡烛来到我房间,看见我已经起身,并差不多梳理完毕。她进来之前半小时,我就已起床。小半个月亮从我床边的窄窗户中把月光泻进来,我已经借着月光穿了衣服,洗了脸。【写作借鉴:简·爱的动作描写,写出了简·爱对即将离开盖茨黑德的兴奋和对新的地方的期待。】那天我就要乘坐早晨六点钟经过院子门口的马车,离开盖茨黑德。只有贝茜已经起来了,她在保育室里生了火,这会儿正动手给我做早饭。孩子们想到出门而兴奋不已,是很少能吃得下饭的。我也是如此,贝茜硬劝我吃几口为我准备的热牛奶和面包,但白费工夫,只得用纸包了些饼干,塞进了我兜里。随后她帮我穿上长外衣,戴上宽边帽,又用披巾把她自己包裹好,两人便离开了保育室。经过里德太太卧房时,她说:"想进去同太太说声再见吗?"

"算啦,贝茜,昨天晚上你下楼去吃晚饭的时候,她走到我床边,说是早晨我不必打搅她或表兄表妹们了。她让我记住,她永远是我最好的朋友,让我以后这么谈起她,对她感激万分。"【写作借

▶ 简·爱

鉴：简·爱的语言描写，"打搅"写出了里德太太从来没有把简·爱当作自己家人，同时也写出了里德太太的虚伪，对简·爱不关心，又希望简·爱在外面说自己的仁慈。】

"你怎么回答她呢，小姐？"

"我什么也没说，只是用床单蒙住脸，转过身去对着墙壁。"

"那就是你的不是了，简小姐。"

"我做得很对，贝茜。你的太太向来不是我的朋友，她是我的敌人。"

"简小姐，别这样说！"

"再见了，盖茨黑德！"我路过大厅走出前门时说。

月亮已经落下去了，天很黑，贝茜提着一盏灯。雪刚融化，台阶和碎石路上都是湿漉漉的，闪闪烁烁地映出了灯光。冬日的清晨又湿又冷，我匆匆地在车道上走着，牙齿直打颤。【写作借鉴：描写了冷清孤寂的冬日景象，写出了简·爱离开时里德舅妈的漠不关心，同时也暗指简·爱将在罗沃德的灰暗生活。】看门人的小屋子已经升起了火。我的箱子在前一天晚上已经送下来了，用绳子捆好放在门边。离六点钟只有几分钟了。六点刚过不久，远远地传来车轮声，通报马车来了，我走到门边，看着马车的灯在黑暗中飞快地过来。

"她一个人走吗？"门房的妻子问。

"是呀。"

"离这儿多远？"

"五十英里。"

"多远的路啊，我奇怪里德太太怎么敢让她一个人走那么远。"

马车到了，套着四匹马，车顶上坐满了乘客。马车车夫大声催促着我，我的箱子被人递了上去。我搂着贝茜的脖子连忙吻她，也被拉开了。

"千万好好照应她呀！"护车人把我提起来放进车里时，贝茜对他说。

"行，行！"这就是回答。车门砰的一声关上了，一个声音叫起来，"好啦！"我们就出发了。我就这样告别了贝茜和盖茨黑德府第，被车子急速地载向未知的世界——我那时把它看作是遥远而神秘的地方。【写作借鉴：心理描写，写出了简·爱对未知生活的隐隐向往和对未知的恐惧。】

一路行程，我已记得不多。只知道那天长得出奇，而且似乎赶了几百里路。我们经过几个城镇，在其中很大的一个镇停了下来。车夫卸了马，让乘客们下车吃饭。我被带进一家客店里，车夫要我在那儿吃点东西，可是我不想吃。他便把我留在那个大屋子里。屋子的两头各有一个壁炉，天花板上挂下一个枝形吊灯。墙上高高钉着一个小型的红色陈列架，上面摆满了乐器。我在房间里来回走了很久，心里很不自在，害怕有人会进来把我拐走。我相信确有拐子，他们所干的勾当常常出现在贝茜火炉旁所讲的故事中。护车人终于回来了，我再次被塞进马车，我的保护人登上座位，吹起了闷声闷气的号角，车子一阵叮当，驶过了L镇的"石子街"。

下午空气潮湿，有点雾气，天渐渐黑下来，我开始觉得我们真的离盖茨黑德很远了。我们不再穿过城市，野外的景色也变了，一座座灰蒙蒙的大山突出在地平线上。暮色渐浓，车子驶进一个山谷，那里长着一片黑乎乎的森林。夜幕遮盖了一切景物，之后很久，我听见狂风在林中呼啸。【写作借鉴：景物描写，写出了路途的遥远和位置的偏僻，也为下文罗沃德的艰苦埋下伏笔。】

这风声像催眠曲，最后让我睡着了。但没睡一会儿车子突然停下，把我惊醒了。只见车门打开，好像有个仆人站在门口，借着灯光我看见了她的面容和衣服。

"车里有个叫简·爱的小姑娘吗？"她问。我回答"有"，然后被抱下去，我的箱子也被递下来，随即马车就驶走了。

简·爱

坐了那么久,四肢都僵了,又被车子的颠簸和发出的声音弄得迷迷糊糊的。等到恢复正常以后,我向四下看了看,空中充满了风雨和黑暗,然而,我隐隐约约看到前面有一堵墙,墙面上还有一扇门。我跟随新的领路者经过了这扇门,之后她又把门关上锁好。现在可以见到一座或几座房子——因这儿的建筑铺得很开——有许多窗户,有的透出亮光。我们走上一条宽阔的石子路,溅着水往前走,从一个门穿过去;随后,那仆人带着我们穿过一个过道,来到一间生着火的屋子里,她就让我一个人待在那里。

我在炉火旁站住,烤着自己冻得发麻的手指,然后环顾周围。这里没有蜡烛,不过炉里发出摇曳的火光,时时显露出纸糊的墙壁、地毯、窗帘和光亮的桃花心木家具。这是一间客厅,没有盖茨黑德府第的客厅宽大,也没那么豪华,不过却很舒适。我困惑不解地猜测墙上那幅画的意思。正在这时门被打开了,有个人拿着一盏灯进来,另一个人紧紧跟在后面。

第一个人是一位高个子的女士,黑头发,黑眼睛,白白的额头十分宽大。她半个身子都裹在大披肩里,容貌严肃,举止端庄。【写作借鉴:外貌描写,生动形象。】

"这孩子太小啦,真不该让她一个人来!"她一边说一边把蜡烛搁在桌上。她仔细打量了我一两分钟,然后又补充道:

"最好还是让她早点上床休息,她看上去累了。你累了吗?"她把手放在我的肩头问我。

"有点,夫人。"

"也一定饿了。让她睡觉前先吃点晚餐,米勒小姐。这是你第一次离开父母出来上学吗,小姑娘?"【写作借鉴:语言描写,写出罗沃德的教师对年幼的简·爱的关心和怜惜,也和上文里德太太对简·爱的粗暴态度形成对比。】

我对她解释说我没有了父母。她问他们去世了多久,我多少岁了，叫什么名字，能不能读写和干点针线活。她用食指轻轻摸摸我的脸蛋，说她希望我是个好孩子，便把我和米勒小姐一起打发走了。

那位刚离开的小姐约莫二十几岁，跟我一起走的那位比她略小几岁，前者的腔调、目光和神态给我印象很深，而米勒小姐比较平淡无奇，显得身心交瘁，但面色却还红润。她的步态和动作十分匆忙，仿佛手头总有忙不完的事情。【名师点睛：通过简·爱的视角将两人的外貌以及装束呈现给了大家，也暗示出两人不同的身份。】她看上去像个助理教师，领着我在一个形状不规则的大楼里走过一个又一个房间，最后走进了一个又阔又长的房间。屋子两头各摆着两张大木板桌，每张桌子上点着两支蜡烛，一群年龄在九岁、十岁到二十岁之间的姑娘，围着桌子坐着，大概有八十人。她们清一色地穿着式样古怪的毛料上衣，系着长长的亚麻细布围裙。这会儿正是学习时间，她们都在用心熟读明天的功课。【名师点睛：简·爱对罗沃德的初次印象，姑娘们粗劣的衣服隐约透露出怪异、森严的规矩，为下文罗沃德的艰苦生活埋下伏笔。】

米勒小姐示意我坐在门边的长凳子上，随后走到房间的一边，大声嚷道：

"班长们（指负有某些指导学生职责的高年级学生），把书本放在一旁收好！"

四个高高的姑娘从各自不同的桌子上站起来走了一圈，把书本收集起来放好。米勒小姐又一次命令道：

"班长们，去端晚饭盘子！"

高个子姑娘们走了出去，回来时每人端了个大盘子。盘子里放着一份份食物，不知是什么，中间是一大罐水和一只大杯子。那一份份食物都发了出去，想喝水的人都喝了，那只大杯子是公用的。

【名师点睛：简·爱在罗沃德的第一次吃饭，就看出罗沃德环境卫生是多

简·爱

么恶劣。】因为口渴，我喝了点水，但没有去碰食物，激动和疲倦已使我没有胃口。

吃过晚饭，米勒小姐开始念祈祷文，各个班级的姑娘两个一排地排着队上楼去了。这会儿我疲倦得支撑不住了，几乎没有留心寝室是什么样的地方，只知道，也和教室是一样的，是间很长的屋子。这一夜，米勒小姐要我和她一起睡，她帮我脱衣服。躺下以后，我看到那长长的一排床，每张床上都很快地睡上两个人。十分钟以后唯一的一盏灯也熄灭了，屋子里寂静无声、漆黑一片，我睡着了。

这一夜很快过去，我疲倦得甚至连梦都没有做，只是醒了一次，听见外面狂风呼啸，下着瓢泼大雨，我感觉到米勒小姐是睡在我旁边的。当我第二次睁开眼时，响亮的铃声传来，女孩们正起床穿衣。此时天还没有亮，屋子里燃着一两支灯芯草蜡烛。我也不情愿地起了床，天气冷得刺骨，我哆嗦着尽量穿好衣服，趁着有一个盆空时把脸洗了下——不久盆子就没闲着，因六个女孩只有一个盆子，搁在屋子中间的架子上。【写作借鉴：动作和环境描写，"哆嗦""刺骨"等词写出了简·爱身处的地方住宿设施差，她在罗沃德的第一天早上是被冻醒的。】铃声第二次响起，大家两个一排地排好队下楼，走进灯光昏暗的教室里。米勒小姐在这儿念完祈祷，随后她大声叫道：

"现在分班站好！"

在随后几分钟里出现了一阵剧烈的骚动，米勒小姐不断叫道："别出声！""安静！"待混乱平息下来时，我看见所有人在四张桌子旁的四把椅子前排列成四个半圆形，人人手里都拿着书。有一本像是《圣经》的大书放在每张桌子上，前面都有一个空着的座位。在后来片刻的暂停时间里，很多人发出轻微的嗡嗡声，米勒小姐从一个班走到另一个班，将这种模糊的声音制止。【写作借鉴：语言和动作描写，写出了罗沃德学校森严的规矩，也和下文糟糕的伙食形

成了呼应。】

远处传来叮当的铃声，立即有三位女士走进教室，每一位都走到一张桌前自己的位子上坐下。米勒小姐坐的是第四把空着的椅子，它离门口最近，在这儿聚集着的是最小的孩子，我被叫到这个低级班里，排在末端。

现在，一天的功课开始了。背诵过白天的短祷告文，接着背诵了几段经文，随后慢慢念出了《圣经》，这样持续了一个小时。等到这功课做完，天已经大亮，各个班级列队到另一间屋子里吃饭。我很高兴，因为我已经饿坏了。【名师点睛：对早读的描写，说明罗沃德的环境不是太好，而且学习过程死板，隐约透露出简·爱以后在这里的生活会很艰苦。】

饭厅是个大房间，天花板很低，光线昏暗，两张长桌子上放着两盆热气腾腾的东西，但让我吃惊的是，它们散发的味道一点也没法引起人的食欲。站在排头第一班的高个子姑娘们开始窃窃私语：

"真烦人，粥又烧焦了！"

"安静！"一个嗓音叫道。说这话的不是米勒小姐，而是一个高级教师。她身材矮小，皮肤黝黑，衣服穿得很漂亮，但是脸色很难看。【名师点睛：衣服和脸色形成鲜明对比，为下文这位教师的古板性格的描写做了铺垫。】她坐的桌子的对面是一个比较健壮的女士。我想找第一天晚上见到过的那个女人，但没有找着，连她影子也没有见到，米勒小姐在我坐着的那张桌子占了个下首位置。而一位看上去很怪、颇像外国人的年长妇女——后来才发现她是法语教师——在另外一张餐桌的相对位置就座。做了一个很长的祷告，唱了一首赞美诗，随后一个仆人给教师端来了茶点，早饭就这样开始了。

我饿极了，虚弱不堪，狼吞虎咽地吃下一两调羹我那份粥，根本没去想它的味道如何。但当饥饿感暂时缓解之后，我发觉自己吃的是一堆让人作呕的东西。煮焦的稀饭几乎和腐烂的土豆一样糟糕，

简·爱

无论你怎样饥饿，不久都会对它感到恶心。【写作借鉴：通过动作描写，写出了罗沃德的食物十分糟糕，即使十分饥饿也不想吃，从而表明了罗沃德的艰苦。】汤匙被慢慢移动着，我看见每个姑娘尝尝自己的食物，竭力要咽下去，可是很快就失败了。早餐就这样结束了，谁也没有吃到什么。我们为并没有吃到的食物做感恩祷告，又唱起第二首赞美诗，随即离开餐厅往教室走去。我走在后面，经过那些桌子时我看见一个教师端起一盆稀饭尝了尝。她看看其他教师，她们脸上都表现出不满的样子，其中一个矮胖的教师低声说：

"这东西太恶心了！真不像话！"【写作借鉴：通过教师的神态和动作描写，表达了她们其实对罗沃德的食物也有很多不满，说明罗沃德的饮食质量差。】

一刻钟以后才又开始上课。这一刻钟，教室里乱哄哄的，非常热闹，因为在这一段时间里，是允许大声说话的。大家充分利用了这份特权，整个早上的谈话都集中在早饭上，人人都破口大骂。可怜的人儿啊！这就是她们仅有的安慰。此刻米勒小姐是教室里唯一的一位教师，一群大姑娘围着她，悻悻然做着手势同她在说话。我听见有人提到了布罗克赫斯特先生的名字，米勒小姐一听便不以为然地摇了摇头，但她无意去遏制这种普遍的愤怒，无疑她也有同感。【名师点睛：从姑娘们的谈话和神态中隐约透露出，布罗克赫斯特先生和罗沃德学校条件的艰苦有着密切的关系，为下文他的出现和他躲避伤寒做铺垫，从而揭露出他伪君子的形象。】

教室里的钟敲了九下，米勒小姐离开了她的圈子，站到房间正中央叫道：

"安静下来，回到你们自己的座位上去！"

纪律得胜了，五分钟以后，这一群乱哄哄的人变得井然有序，相对的安静平息了七嘴八舌的喧闹。级别较高的教师们准时各就各位，不过好像还在等候什么。长凳沿教室边排列，八十个姑娘打直身子一动不动地坐着,她们看起来像是一群离奇的人,头发很朴实,全都直直地梳到后面,看不到任何卷发。褐色长裙的颈部提得高高的,脖子上围了一个狭小的花边,长裙前面缝有亚麻布小兜(像英格兰高地人的钱袋),是专门当作针线包用的。所有姑娘也都穿着羊毛长袜和乡下做的鞋子,用黄铜扣扣着。有二十多个这种装束的姑娘都已成人,或者说成了年轻女人,这种衣服不适合她们穿,哪怕最漂亮的姑娘,穿这件衣服都显得怪模怪样的。【名师点睛:对罗沃德学校衣服的描写,无论哪个姑娘穿上都显得怪异,说明衣服的粗劣,和下文布罗克赫斯特先生的家人华美的衣服形成对比。】

　　我仍然在看着她们,也时时端详着教师们——她们没一个真正讨我喜欢的,那个矮胖的有点粗鲁,皮肤黝黑的有点凶狠,法国人显得严厉古怪,而米勒小姐又太可怜了!她脸色发紫,一副饱经风霜、过度操劳的样子。我的眼睛从一张脸看到另一张脸,这时候,整个学校的人好像都被一根弹簧发条带动似的,同时站了起来。【写作借鉴:运用人物肖像描写和神态描写,写出了教师们的不同外貌,从"粗鲁""凶狠"等词语可以看出简·爱并不喜欢这个学校,和前文的期待形成了巨大的反差。】

　　怎么回事?我并没有听见什么指示,感到摸不着头脑。没等我冷静地想一下,各班又坐回到原位上,不过大家的眼睛都转向一处,我也沿着他们的方向看去,正好看见了昨晚来接我的那个人。她站在长长的教室末端的炉边——教室两端都有一个炉子——严肃地默默地查看着两排姑娘们。米勒小姐走近她,好像问了个问题,得到了回答后,又回到原来的地方,大声说道:

　　"第一班班长,去把地球仪拿来!"

　　第一班班长去执行命令的时候,米勒小姐请示的那个女士慢慢地走到屋子中央。我想,我那个管崇敬的器官真是了不起,我的眼睛追随着她的脚步,我不由自主地产生的崇敬之情依然存在。当时

▶ 简·爱

带着这种心情,我的目光尾随着她的脚步。这会儿是大白天,她看上去个子高挑,皮肤白皙,身材匀称,棕色的眸子透出慈祥的目光,细长似画的睫毛,衬托出她又白又大的前额,两鬓的头发呈暗棕色,按流行样式束成圆圆的卷发,当时光滑的发辫和长长的卷发,并没有成为时尚。她的服装也很时髦,紫颜色布料,用一种黑丝绒西班牙饰边加以烘托。一只金表(当时手表不像如今这么普遍)在她腰带上闪光。要使这幅画像更加完整,读者们还尽可补充:她面容清丽,肤色苍白却明澈,仪态端庄。【写作借鉴:运用外貌和神态描写,写出了坦普尔小姐的温柔善良,也为下文她对海伦的温柔和对简·爱的关心做铺垫。】至少这样,可以对坦普尔小姐的外貌有一个正确的概念。也就是玛丽亚·坦普尔,这个名字,是我后来在让我送到教堂去的祈祷书上看到的。

罗沃德的校长(即这位小姐)在搁在桌子上的一对地球仪前坐下,把第一班的学生叫到她身边,开始讲述地理课。低级班的学生则被其他老师叫去,先是复述历史和语法等,这样持续了一小时,然后学习写作和算术。坦普尔小姐为年龄大一些的姑娘上了音乐课。每节课的时间都按照钟点进行着,最后十二点的钟敲响了,校长站了起来。

"我有话要跟学生们讲。"她说。

下课的喧闹已经开启了,但是她一讲话,就立刻安静下来,她接着说:

"今天早晨的早饭,你们都吃不下去,大家一定饿坏了,我已经吩咐厨师给大家准备了面包和乳酪当点心。"

教师们带着某种惊异的目光看着她。

"这事由我负责。"她带着解释的口气向她们补充道,随后马上走了出去。【写作借鉴:坦普尔小姐的语言和动作描写,写出了她的善良及对学生的关心,"惊异"使她和其他老师形成对比。】

面包和乳酪马上端进来分给大家，全校的人都欢天喜地、兴高采烈的。这时来了命令："到花园里去！"每个人都戴上一个粗糙的草帽，帽子上拴着用染色白布做成的带子，同时还披上了黑粗绒料子的斗篷。我也是同样的打扮，随着潮水般涌出的人群，走到露天的场所。

　　这花园是一大片圈起来的场地，四周围墙高耸，看不到外面的景色。一边有一条带顶的回廊，还有些宽阔的走道，与中间的一块地相接。这块地被分割成几十个小小的苗圃，算是花园，分配给学生们培植花草，每个苗圃都有一个主人。鲜花怒放的时节，这些苗圃一定十分好看，但眼下一月将尽，一片冬日枯黄凋零的景象。我站在那儿，向四周看去，寒冷的天气冻得我直打哆嗦，我觉得这种天气实在不适宜做户外活动。这一天太冷，虽然没有在下雨，但暗黄色的灰蒙蒙的细雾把天衬托得很暗，昨天的大水还没有退尽，结实一点的姑娘在跑来跑去，做着一些大运动量的游戏；但所有苍白瘦弱的姑娘都挤在走廊上躲雨和取暖。浓雾渗透进了她们颤抖着的躯体，我不时听见一声声干咳。【名师点睛：这么阴冷的天气还要学生在户外活动，表明了罗沃德学校有点不近人情。】

　　我没有和别人说过话，似乎也没有人注意到我。我一个人站着十分寂寞，不过我对那种孤独感已经习惯了，所以这并不使我太难过。我倚在游廊的柱子上，用黑色的斗篷紧紧地裹着自己，竭力忘却身外刺骨的严寒，忘却肚子里折磨着我的饥饿，全身心去观察和思考。我的沉思太捉摸不定，太支离破碎，不值得记下来；我似乎不知道我在哪儿。盖茨黑德和往昔的生活似乎已经远离，与现时现地已有天壤之隔。现实既模糊又离奇，而未来又不是我所能想象的。我朝四周看了看修道院一般的花园，又抬头看了看建筑。这是幢大楼，一半似乎灰暗古旧，另一半却很新。新的一半里安排了教室和寝室，直棱格子窗里灯火通明，颇有教堂气派。门上有一块石头牌

53

简·爱

子，上面刻着这样的文字：

罗沃德义塾——这部分由本郡布罗克赫斯特府的内奥米·布罗克赫斯特重建于公元××××年。"你们的光也当这样照在人前，叫他们看见你们的好行为，便将荣耀归给你们的天父。"——《马太福音》第五章第十六节。

我一遍遍读着这些字，觉得它们应该有自己的解释，却无法充分理解其内涵。我正在思索"学校"一词的含义，竭力要找出开首几个字与经文之间的联系，却听得身后一声咳嗽，便回过头去，看到一位姑娘坐在近处的石凳上，正低头聚精会神地细读着一本书。从我站着的地方可以看到，这本书的书名是《拉塞拉斯》。这名字听起来有些陌生，因而也就吸引了我。【名师点睛：简·爱和海伦第一次见面的时候，海伦在读书，也为下文海伦的博学多才做了铺垫。】她翻书的时候，碰巧抬起头来，于是我直截了当地问：

"你这本书有趣吗？"我已经起了某一天向她借书的念头。

"我是喜欢的。"她顿了一两秒钟，打量了我一下后回答道。

"书里说些什么？"我接着又问，我几乎不知道哪里来的勇气，居然敢这样和陌生人攀谈。这和我的性格与积习相悖(bèi)[相违背，相反]，不过她的专注兴许打动了我，因为我也喜欢读书，尽管是浅薄幼稚的一类。对那些主题严肃、内容充实的书，我是无法消化或理解的。

"你可以看看。"那个姑娘一边回答，一边把书递给我。

我看了看，粗粗一翻，我便确信书的内容不像书名那么吸引人。以我当时浅薄的品位判断，《拉塞拉斯》显得很枯燥。我看不到仙女，也看不到妖怪，密密麻麻印着字的书页中，没有鲜艳夺目丰富多彩的东西。我把书递还给她，她默默地收下了，二话没说又要回到刚才用功的心境中去，我却再次冒昧地打扰了她：

"你能不能告诉我，门上那块石匾上写的字是什么意思？罗沃德义塾是什么意思？"

"就是你来住宿的这所房子。"

"他们为什么叫它'义塾'呢？与别的学校有什么不同吗？"

"这是个半慈善性质的学校，你我以及所有其他人都是慈善学校的孩子。我猜想你也是个孤儿，你父亲或者母亲去世了吗？"【写作借鉴：语言描写，通过海伦的解释来说明罗沃德的办学性质。】

"我能记事之前就都去世了。"

"是呀，这里的姑娘们不是失去了爹或妈，便是父母都没有了，这儿叫作教育孤儿的学校。"

"我们不付钱吗？他们免费照顾我们吗？"

"我们自己，或者我们的朋友付十五英镑一年。"

"那他们为什么管我们叫慈善学校的孩子？"

"因为十五英镑不够付住宿和学费，缺额由捐款来补足。"

"谁捐呢？"

"这附近或者伦敦心肠慈善的太太们和绅士们。"

"内奥米·布罗克赫斯特是谁？"

"就像匾上写着的那样，是建造大楼新区部分的太太，她的儿子监督和指挥这里的一切。"

"为什么？"

"因为他是这个学校的司库和管事。"

"那这幢大楼不属于那位戴着手表、告诉我们可以吃面包和乳酪的高个子女人了？"

"属于坦普尔小姐？啊，不是！但愿是属于她的。她所做的一切要对布罗克赫斯特先生负责，我们吃的和穿的都是布罗克赫斯特先生买的。"

"他住在这儿吗？"

"不——住在两英里外，一个大庄园里。"

▶ 简·爱

"他是个好人吗？"

"他是个牧师，据说做了很多好事。"

"你说那个高个子女人叫坦普尔小姐？"

"不错。"

"其他教师的名字叫什么？"

"红脸蛋儿那位叫史密斯小姐，她管针线活计还有裁剪，因为我们的衣服和外套都是自己做的；黑头发的矮个子叫斯卡查德小姐，她教历史和英语；披着围巾，用一根黄缎带把一块手帕系在腰间的是皮埃罗夫人，她从法国来，教法语。"

"你喜欢这些教师吗？"

"很喜欢啊。"

"你喜欢那个黑乎乎的小个子和××太太吗？——我没法把她的名字读成像你读的那样。"

"斯卡查德小姐性子很急，你可得小心，别惹她生气；皮埃罗太太倒是不坏的。"

"不过坦普尔小姐最好，是不是？"

"坦普尔小姐很好，很聪明，她在其余的人之上，因为她懂得的比她们多得多。"【写作借鉴：海伦的语言描写，说明她比较喜欢坦普尔小姐，从侧面反映了坦普尔小姐知识渊博、善解人意。】

"你来这儿很久了吗？"

"两年了。"

"你是孤儿吗？"

"我母亲死了。"

"你在这儿愉快吗？"

"你问的问题也未免太多了，现在我已经回答了你许多问题，这会儿可要看书了。"

但这时候吃饭铃响了，大家又回到房子里。此刻弥漫在食堂里的气味，并不比早餐时我们闻到的气味更诱人。<u>午饭是用两个白铁大容器装起来的，里面散发出一股臭肥肉的浓烈味道。我看见那堆东西里混杂着煮坏的土豆和古怪的臭肉片。每个学生分到一份，量还算大。</u>【名师点睛：对午餐的描述，说明简·爱以后艰苦的生活还长着呢，也为后文罗沃德爆发伤寒埋下伏笔。】我尽量吃着，心里纳闷，不知是否每天都吃这样的东西。

午餐后，我们马上又回到教室开始上课，一直持续到下午五点。

下午唯一可以注意的事是：我看见跟我在走廊里谈话的那个姑娘，被斯卡查德小姐从历史课上撵出去，站在大教室中央。我觉得这种惩罚太让人丢脸了，尤其是对于这么大一位姑娘——她看起来也有十三岁以上了吧。我以为她会表现出非常难过或丢脸的样子，但让我意外的是她既不哭泣又不脸红，只是镇静而严肃地在众目睽(kuí)睽[许多人睁着眼睛看着，指在广大群众注视之下]之下站在那儿。"她怎么能如此平静、如此坚定呢？"我心想，"要是我，我肯定会希望脚下的地裂开把我吞没算了。她好像在想着什么别的事，而不是她所受到的惩罚，她目前是在想着什么并非身边或眼前的事情。我曾听说过白日梦——她这时在做白日梦吗？她的眼睛就没从地板上移开，我敢肯定她的注意力一定不在地板上，她的视线似乎是朝着她自己。我相信，她在看着曾经记忆中的什么，而不是看着眼前真正的东西。我不知道她是哪种姑娘，好姑娘还是坏姑娘呢？"【写作借鉴：简·爱的心理描写和海伦的神态形成对比，说明海伦的平静十分不寻常，也为下文教师的百般刁难做铺垫。】

五点钟刚过，我们又用了一顿饭，有一小杯咖啡和半片黑面包。我狼吞虎咽地吃了面包，喝了咖啡，吃得津津有味，不过要是能再来一份，我会非常高兴，因为我仍然很饿。吃完饭后是半小时的娱乐活动，然后是学习，再然后是一杯水、一个燕麦饼，祷告，上床。这就是我在罗沃德第一天的生活。

简·爱

Z 知识考点

1.里德太太在简·爱离开盖茨黑德前一晚来看她,她对里德太太的态度是 （　　）

  A.不理不睬

  B.大哭一场

  C.和里德太太大吵一架

2.简·爱是在什么情况下认识海伦的?

_____

_____

Y 阅读与思考

1.罗沃德是个什么性质的学校?

2.面对责罚时海伦做了什么?

第六章

认识朋友

M 名师导读

　　简·爱成为罗沃德正式学生的第一天在寒风中开始。简·爱发现老师似乎特别不喜欢自己的第一个朋友,可是海伦对待这件事情的态度让简·爱很不理解,但这对简·爱有了很深的影响。

　　第二天和前一天一样开始,借着灯草芯蜡烛的亮光起身,穿衣服。可是这一天早上,我们得免去洗脸这个仪式了:壶里的水都冻住了。从前一天傍晚开始,天气变冷,刺骨的寒风整夜呼呼地吹着,穿过我们寝室的窗缝,吹得我们在床上直打哆嗦,水管里的水都冻成了冰。【名师点睛:说明了罗沃德艰苦恶劣的条件和森严的规矩,在寒风凛冽的冬日也要按时起床,不能有丝毫懈怠。】

　　做祈祷和念诵《圣经》要占去长长的一个半小时,没等结束我已经觉得要冻僵了。终于到了早餐时间,这天的粥没有煮焦,还是能够吃的,只是量不多。我那一份看上去多么少啊!我希望它能增加一倍。【写作借鉴:心理描写,表明了罗沃德学校的伙食要么是做得不好且量多,要么是做得虽好但量很少。说明了学校服务管理不用心。】

　　在这一天,我被正式编入四班,还给我指定了正式的作业和功课。在这以前,我一直是罗沃德学校的一个旁观者,如今,要成为那儿的正式的学生了。由于我不太习惯记背东西,最初感到功课又长又难,作业一会儿变成这个,一会儿变成那个,也让我不知所措。让我高兴的

简·爱

是，大约下午三点钟时，史密斯小姐把一段两码长的棉布窄边以及针和顶针交到我手上，让我去教室一个安静的角落坐下，给衣服缝边。那时其他学生们大多也在做针线活，但有一个班仍站在斯卡查德小姐的椅子周围朗读。由于十分安静，所以能听到她们学的是什么课程，每个女孩读得如何，以及斯卡查德小姐对她们的表现给予批评或表扬。她们学的是英国历史，我在那些朗读的人中注意到在走廊里认识的女孩。开始上课时，她排在全班的头上，但因发音出现一点错误，或者没注意停顿了一下，她便突然被弄到全班的末尾。【名师点睛：简·爱作为一个旁观者，看出了斯卡查德小姐并不喜欢那个女孩，甚至可以称为对她很严厉。】即使在那个并不引人注意的位置，斯卡查德小姐还是叫她成为引人注意的对象，她常常对她说："彭斯，你站没站相，把鞋帮踩在地上了，快把脚趾伸直。""彭斯，你伸着下巴，讨厌死了，快缩回去。""彭斯，我要你把头挺直，我不许你这样站在面前。"等等，等等。【写作借鉴：斯卡查德小姐的语言描写，说明她对海伦十分严厉，她并不喜欢海伦。】

在把某一章读完两遍后，女孩们便合上书本，接受检查。这课有一部分讲述查理一世[1600—1649，英国斯图亚特王朝国王，1625—1649在位]统治时期，以及各种关于排水量、手续费和造船费[英国历史上，战时对港口、沿海城市等征收的税]的问题，她们大多好像回答不了。可是，每个难题一到了彭斯那里就能迎刃而解。她似乎把课文的所有内容都记在脑子里，对每个细节了如指掌，每个问题都能对答如流。我一直希望斯卡查德小姐会称赞她用心，可是她非但没有这么做，反而大声嚷道：

"你这讨厌的脏姑娘，你早上根本没有洗过指甲！"【名师点睛：通过简·爱的描述说明海伦博学多才。可是斯卡查德的态度却并不好，引起读者的好奇：为什么她不喜欢海伦？】

彭斯没有回答，我对她的沉默觉得不解。

"为什么她不向斯卡查德解释一下呢？"我想，由于水冻住了，她既不能洗指甲也不能洗脸。

　　这时史密斯小姐让我拿着一束线，才把我的注意力转移开。她一边绕着线，一边不时地和我谈话，问我以前是否上过学，是否能刺绣、缝合与编织等。直到她让我离开时，我才得以继续观察斯卡查德小姐的举动。我回到原位，此刻斯卡查德小姐正指示做什么，我没有听明白。彭斯马上走出教室，到放书的小小的里屋去，半分钟以后又回来了，手里拿着一束小树枝，树枝的一头绑在一起，她恭恭敬敬行了一个屈膝礼，把这个不祥的刑具交给斯卡查德小姐。随后，她不等别人命令，就自己解开了围裙，教师立刻用那个树枝在她脖子上狠狠抽打了十几下。彭斯没有流出一滴泪水，我停下手中的针线活，因看见这幅情景手指不住地发抖，感到一种无可奈何的愤怒，可是她仍然只是像平常那样非常镇定的样子。

　　"你这个头脑麻木的孩子！"斯卡查德小姐叫道，"不管怎样都纠正不了你那种邋(lā)遢(tā)[不整洁，不利落]的习惯，把枝条拿走。"

　　彭斯照办。她从书室里出来时我仔细观察着她，她刚把手帕放回衣袋，一丝泪痕还在瘦瘦的脸颊上发光。【名师点睛：作者运用细腻的写作手法将海伦细微的行为加以描述，使得读者深切感受到了海伦内心那种委曲求全的难过心境。】

　　傍晚的游戏时间，我认为是罗沃德一天之中最愉快的时候。五点钟大口吃下的面包和咖啡虽不耐饥，却还能叫人生机勃勃起来。经过漫长的一天之后我们放松下来，教室里也比早上更暖和，因为这时允许让炉火烧得更旺一些，以便在一定程度上代替一下未点燃的蜡烛。那红红的黄昏，没人阻止的喧闹，嘈杂的人声，给人一种可喜的自由自在的感觉。

　　就在我看见斯卡查德小姐体罚学生彭斯的这天傍晚，我像往常一样独自在一把把长凳、一张张桌子和一组组笑闹人群当中走着，但我并不觉得孤独。每当走过窗口，我时不时掀起窗帘，望望外面。大雪

简·爱

纷飞，下面的窗格上已经堆满了雪。把耳朵凑在窗户上，我能从屋内的欢声笑语中分辨出窗外阵阵狂风的哀号。

假如我最近离开的是一个美好的家庭和仁慈的父母，这个时刻我就会为分别深感悔恨，那呼啸的风就会让我感到难过，这昏暗中的喧闹就会让我不得安宁！说实话，狂风和喧闹这两者却引起我一阵奇异的激动，我不安和兴奋起来。只希望风号叫得再狂暴一些，暮色由昏暗变成漆黑，混乱进一步成为喧闹。

我越过长凳，钻过桌子，朝一个壁炉走去，发现彭斯跪在炉子高高的铁栏旁边，借着灰烬暗淡的光专心而平静地读着一本书，全神贯注，默不作声，看得出了神，忘掉了周围的一切。

"还是那本《拉塞拉斯》吗？"我来到她背后问。她回答是。五分钟以后她就把书合了起来，这使我很高兴，我紧挨着她，在地板上坐下。
【写作借鉴：一系列动作描写，说明了简·爱和海伦友谊的开始。】

"除了彭斯，你还叫什么？"

"海伦。"

"你从很远的地方来吗？"

"从较远的北边来的，快到英格兰的边缘上了。"

"你会回去吗？"

"我希望能回去，可将来的事谁都说不准。"

"你一定想离开罗沃德吧？"

"不，我为什么想离开罗沃德，我是被送到罗沃德受教育的，不达到这个目的，即使离开了，也没有什么用。"【写作借鉴：海伦说的话，表明了她和简·爱思想的不同。而这种不同的思想对以后简·爱的人生影响也很大。】

"斯卡查德小姐对你那么凶狠！"

"凶狠？一点也不！她很严格。她不喜欢我的缺点。"

"要是她用那束枝条处罚我，我就会从她手里夺过来，当着她的面把枝条折断。"

"要是你那么做了，布罗克赫斯特先生会把你赶出学校的。让你的亲戚朋友感到痛苦，不如忍受一个除了你以外没有人会感到痛苦的结果。"【写作借鉴：通过海伦的言语，可以看出她是个隐忍、心地善良的好姑娘，时刻为别人着想，同时侧面烘托出斯卡查德小姐的无理取闹是多么不近人情。】

"可是挨打、在满屋子是人的房间当中罚站，毕竟是可耻的呀！"

"可是既然躲避不了，那就不能不忍受，遇到命运注定要你忍受的事，你只说受不了，那就是愚蠢和软弱。"

我听了感到很是奇怪，我不能理解这"忍受"信条，更不可能明白或同情她对惩罚者所表现出的宽容。不过我仍觉得海伦·彭斯是根据一种我所不能理解的思想来考虑事情的。

"你说你有缺点，海伦，是什么呢？我觉得你太好了。"

"那你就听我说吧，别以貌取人。像斯卡查德小姐所说的那样，我很肮脏邋遢，东西从来都是被我放得乱七八糟的；我粗心大意，老是记不住规则；【写作借鉴：海伦的语言描写，说明她比简·爱成熟，有非常清醒的自我认知，完全不像同龄稚气未脱的孩子。】该学习功课的时候我却读别的书；我做事没有条理，瞧，我有时也像你一样，受不了井井有条的安排。这一切都使斯卡查德小姐生气，她生来就爱整洁、守时，一丝不苟。"

"也爱发怒，对人冷酷。"我补充道，但海伦·彭斯不接受我的看法，闭口不言。

"坦普尔小姐跟斯卡查德小姐对你一样严厉吗？"

一听说坦普尔小姐的名字，她那严肃的脸上立即掠过亲切的微笑。

"坦普尔小姐非常善良，她看到我的错误，总是和蔼可亲地给我指出。我最珍视她的称赞，但是连她的称赞也不能鼓励我经常保持小心谨慎、考虑周到。"

简·爱

"那倒是奇怪的，"我说，"要做到谨慎还不容易吗？"

"对你来说很容易。早上我仔细观察了你上课时的情形，发现你非常认真专心，米勒小姐讲课并向你提问的时候，你好像从不想别的事。瞧，我就老是要走神，本该听斯卡查德小姐讲课，努力思考她说的一切，却常常连她的声音都没听到，竟然想起别的什么事来。有时候，我以为我在诺森伯兰郡，我听到周围的声音，我以为是我家附近那一条小溪穿过深谷的潺潺流水声，所以轮到我回答问题时，就得先把我叫醒，否则我倾听的就是幻想中的小溪声，而不是教师念书的声音。【写作借鉴：'潺潺流水声''深谷'等一系列景物在海伦的脑海里活灵活现地呈现出来，说明海伦是个想象力丰富的人，罗沃德森严死板的规矩并不适合她。】所以，我一点也没办法回答。"

"可是你今天下午回答得多好！"

"那只是偶然巧合，因为我对我们读的内容很感兴趣。我不明白，一个像查理一世那样想做好事的人，怎么有时会干出那么出乎意料的蠢事来？他为人正直、谨慎，可是除了王权以外，他什么都看不到。要是他能把目光放长远一些，看看所谓的时代精神的趋势，那该有多好。【写作借鉴：通过海伦的语言描写，发现海伦对历史有着自己独特的见解，说明她是个很有思想的人，再一次证明海伦并不适合罗沃德学校死板的教育。】虽然这样，我还是喜欢查理一世，我尊敬他，我怜惜他，这位可怜的被谋杀的皇帝。不错，他的仇敌最坏，他们让他们没有权利伤害的人流了血，竟敢杀害了他！"

此刻海伦在自言自语了，她忘了我无法很好理解她的话，忘了我对她谈论的话题一无所知，或者差不多如此。我把她拉回到我的水准上来。

"那么坦普尔小姐上课的时候你也走神溜号吗？"

"当然不！因为坦普尔小姐总是有比我的想法更富有新意的知识要讲，她所传授的知识很多是我所希望获得的。"

"这么说，你在坦普尔小姐的课上做得很好吧？"

"是的,但那是被动的,我没有做什么努力,只是随心所欲,这样的好可没什么了不起的。"

"很了不起,别人待你好,你待别人也好。我就一直希望这样做。要是那些残暴的人,人们一味地对他和气、顺从,那坏人就可以随心所欲地胡作非为了,他们永远不会有什么顾忌,他们也就永远不会改好,反而会变得越来越坏。要是无缘无故挨打,那我们就要狠狠地回击,肯定得这样,狠到可以教训那个打我们的人,让他再也洗手不干了。"【写作借鉴:简·爱直白的语言说明她对平等与尊重的渴望,反映了简·爱敢于反抗的精神,勇于为自己为正义讨回公道。】

"我想,等你长大了你就不会有这种奇怪想法了,现在你不过是没有受过教育的不懂事的小姑娘。"【名师点睛:海伦的话无疑是对的,即使后来简·爱回忆这段往事,也是对自己的幼稚同海伦的成熟做了深刻的对比剖析。】

"可我是这么感觉的,海伦,那些不管我怎样讨他们欢心,还是讨厌我的人,我必定会厌恶的。有些人给我不公平的惩罚,我不能不去反抗,这是很自然的事情,正如有些人疼爱我,我敬服他,或者是我觉得应该受到惩罚的时候,我就会心甘情愿地受罚。"

"异教徒和野蛮部落才坚持那种学说,但基督徒和文明的民族否认这一点。"

"怎么回事?我弄不明白。"

"最能克服憎恨的不是暴力,最能医治创伤的也不是复仇。"【名师点睛:简·爱和海伦的语言形成了鲜明的对比,从侧面反映了海伦的处事原则,也暗示了简·爱的反抗心理。】

"那又怎样呢?"

"读一读《新约全书》吧,注意一下基督的言行,把他的话当作你的行为准则。"

"他怎么说的?"

简·爱

"你们的仇敌要爱他，诅咒你们的要为他祝福，恨你们、凌辱你们的要待他好。"

"我怎么可能做到爱里德太太，还为她的儿子约翰祝福。"

这回轮到海伦·彭斯要求我解释明白了。我便以自己特有的方式，一五一十地向她诉说了自己的痛苦和愤懑(fèn mèn)[气愤，抑郁不平]。我一激动，就变得尖酸刻薄，我怎么想就怎么说，毫无克制，语气也十分尖刻，也不想着说得委婉一些。

海伦耐心地听完了我的话。我以为她会说些什么，但她并没有。

"好吧，"我耐不住终于问，"难道里德太太不是一个冷酷无情的坏女人吗？"

"毫无疑问，她对你不客气。因为，你瞧，她不喜欢你的性格，就像斯卡查德小姐不喜欢我的脾性一样，可是她的言行你却那么耿耿于怀！她的不公好像已经在你心坎里留下了特别深刻的印象！无论什么虐待都不会在我的情感上烙下这样的印记。要是你忘掉她对你的严厉，忘掉由此而引起的愤慨，你不就会更愉快吗？在我看来，生命过于短促，不能用来记仇蓄恨。在人世间，我们人人都有一身罪过，而且不可能不是这样的，但是我们相信，不久就会有这么一天，我们摆脱腐朽的躯壳，也就摆脱了这些罪过，堕落和罪孽就会跟着我们累赘的血肉之躯离开我们，只剩下精神的火花。生命和思想的不可捉摸的源泉，纯洁得像它当初离开造物主使万物才具有生命的时候一样。它从哪来，回哪去，说不定又会被授给一种比人类更高级的生物，说不定按照荣耀品位的上升，从苍白的人类灵魂升华到光明的天使。它肯定不会相反，从人降到魔鬼，不会，我相信不会，我的信条不是这样的。这个信条没人教导过我，我也很少提到，可是，我喜欢这个信条，也固守这个信条。因为，它把希望赋予每一个人；它使永生成为一种安息，而不是恐惧和深渊。此外，有了这个信条，我能够清楚地分辨罪犯和他的罪孽，我可以真诚地宽恕前者，而对后者无比憎恶；有了这个信条，我绝不会因为复仇而焦心，绝不会因为堕落而深恶痛绝，绝不会因为不公平而过分沮丧，我平静地等待着末日，平平静静地过日子。"

海伦向来耷拉着脑袋，而讲完这句话时她把头垂得更低了。从她的神态上我知道她不想跟我再谈下去了，而情愿同自己的思想交流。【写作借鉴：简单的动作说明海伦那一刻内心的复杂情绪，对于身边的人和事的考虑完全不符合她的年纪。】她也没有很多时间可以沉思默想了，马上就来了一位班长，一个又大又粗的姑娘，带着很重的昆布兰口音叫道：

"海伦·彭斯，你要是还不去把你的抽屉整理干净，把你的活计都叠起来，我就把斯卡查德小姐请来看看。"

海伦的幻想烟消云散，她长叹一声，站了起来，没有回答，也没有耽搁，便服从了这位班长。

Z 知识考点

1. 简·爱在正式上课的时候被分到_____班。
2. 斯卡查德小姐为什么要责打海伦（多选）　（　）（　）
   A.她没穿鞋　　B.她没洗指甲　　C.她本身就不喜欢海伦
3. 简洁描述海伦不逃避斯卡查德小姐责罚的原因。

4. 结合本章分析海伦的性格。

Y 阅读与思考

1. 简·爱为什么会对海伦感兴趣？
2. 海伦在回答问题时表现得很好，却依然受到处罚，为什么？
3. 简·爱为什么会同海伦在一件事上有分歧？

简·爱

第七章

受到惩罚

> **M 名师导读**
>
> 　　罗沃德的艰苦日子使简·爱颇为难过,还要忍受年纪比自己大的姑娘的欺负,伪君子布罗克赫斯特先生同时也向全校宣布简·爱是个说谎者。在她最难过的时候,海伦的微笑使她受到了莫大的鼓舞,当时的场景使简·爱很多年以后还记忆犹新。

　　在罗沃德的一个季度像是一个时代那么漫长,而且还不是一个让人愉快的时代。在这一个季度里,我得做种种令人生厌的斗争来克服困难,使自己习惯新的规则,习惯陌生的工作。【名师点睛:陌生的环境和生活中的不适应与担忧,让简·爱觉得时间都过得那么慢。】我一直担心,生怕在这方面出错,为此所受的折磨,甚过于我命里注定肉体上要承受的艰苦,虽说艰苦也并不是小事。

　　在一月、二月和三月的部分日子里,由于厚厚的积雪,我们除了去教堂,便是在花园的围墙之内了。我们的衣服太过于单薄,抵不住严寒;我们没有高帮的靴子,雪灌进了我们的鞋子里,在鞋子里融化;我们没戴手套的双手冻麻了,冻疮累累,就和我们的脚一样。我到现在还记得清清楚楚,就因为这个原因,每天晚上脚都发烫,难受得叫人发狂,早上把脚伸进鞋子里,真是叫人痛苦。【名师点睛:说明在罗沃德的日子过得十分艰苦寒酸,所有的孩子们都又冷又饿,同时也从侧面烘托了布罗克赫斯特先生的吝啬与自私,活脱脱一个道貌岸然的伪君子。】食品供应不足也令人沮丧，这些孩子都正是长身体的年纪，胃口很好，而吃的东西却难以养活一个虚弱的病人。营养缺乏带来了不良习气，这可苦了年纪较小的学生。大姑娘们饿坏了，一有机会，或是哄骗，或是恐吓，要小姑娘把自己的口粮交出来。【名师点睛：在恶劣环境的影响下，为了生存，人性与道德变得岌岌可危。】有很多回，我在吃茶点时一边把那一口宝贵的黑面包分给两个讨食者，而把半杯咖啡给了第三个，自己便狼吞虎咽地把剩下的吃掉，一边因为饿得发慌而暗暗落泪。

在那严寒的季节里，星期天是个悲哀的日子，我们得走两公里去布洛克布里奇教堂，我们的保护人在那做礼拜。出发的时候很冷，到达的时刻就更冷了。早祷时我们几乎都已冻僵，这儿离校太远，不能回去用饭，两次祷告之间便吃一份冷肉和面包，分量也跟平时的饭食一样，少得可怜。下午的礼拜结束以后，我们从一条毫无遮蔽的崎岖山路回来，冬日的刺骨寒风从一排积雪的山峰向北刮来，几乎把我们脸上的皮都刮掉了。【写作借鉴：运用夸张的手法突出山路的崎岖和寒风的凛冽。】

我至今仍然记得，坦普尔小姐轻快地走在我们萎靡不振的队伍旁边，寒风吹得她的花呢斗篷紧贴在身上。她一面指导一面以身作则，鼓励我们振作精神，照她所说的，"像不屈不挠的战士"那样奋勇前进。另外几个教师，可怜的家伙，一般都没精打采的，哪里顾得上鼓励别人呢！【名师点睛：坦普尔小姐无论在何时何地都关心鼓励着学生，和其他教师只顾自己、无精打采形成对比，说明坦普尔是个很有爱心的热心人。】

回校以后，我们多么渴望熊熊炉火发出的光和热！但至少对年幼学生来说，并没有这福分。教室里的壁炉顿时就被两排大姑娘团团围住，小一点的姑娘只能在她们后面，成群地蹲着，把冻僵的胳膊裹在围裙里。

▶ 简·爱

吃茶点时，我们才得到些许安慰，发给了双份面包——一整片而不是半片——附加薄薄一层可口的黄油，这是一周一次的享受，一个安息日复一个安息日，大家都翘首企盼着。【名师点睛：如此简单的点心却是简·爱以及学校的孩子们"翘首企盼"的，充分体现了罗沃德生活的艰苦。】我一般都设法把这份丰厚的点心留一半给自己，而其余那一半不得不分给别人。

星期天晚上我们要背诵教堂的教义和问答《马太福音》的第五、第六和第七章，还要听米勒小姐冗长的讲道，她禁不住哈欠连天，证明她也倦了。这些节目之间，常常出现的插曲是，五六个小姑娘扮演犹推古[保罗讲经时，有一个少年，名叫犹推古，坐在窗台上，困倦沉睡，保罗讲了多时，少年人睡熟了，就从三层楼上掉下去，扶他起来，已经死了]的角色，她们疲惫不堪，即使不是从三层楼掉下来，而是从凳子上掉到地上。补救办法是把她们硬塞到教室的中间，迫使她们一直站着，直至讲道结束。有时她们的双脚不听使唤，瘫下来缩作一团，于是便不得不用班长的高凳把她们支撑起来。

我还没有提到布罗克赫斯特先生的造访，其实这位先生在我抵达后第一个月的大部分日子里都不在家，也许他在朋友副主教那里多逗留了些时间。他不在倒是一件让我愉悦的事情。不用说，我自有理由害怕他的到来。他终于还是来了。【名师点睛：简·爱的内心十分恐惧布罗克赫斯特先生的到来，这也为下文简·爱的遭遇做了铺垫。】

那天下午(那时我到罗沃德已经三个星期了)，我手里拿了块写字板，正为长除法中的一个总数发愁，眼睛望着窗外，看到有一个人影闪过。我几乎本能地认出了这瘦瘦的轮廓。两分钟以后，全校上下，包括教师在内，都马上起立，我不抬头就知道她们欢迎的是谁。这人大步流星地走进教室。瞬间，在早已起立的坦普尔小姐身边，便竖起了同一根黑色大柱，就是这根柱子曾在盖茨黑德的壁炉地毯上不祥地对我皱过眉。这时我侧目瞟了一眼这个"建筑物"。对，我没猜错，是布罗克赫斯特先生，他穿着大衣，纽扣都扣紧了，看上去比以前更加细长、更加严厉。【写作借鉴："更"字准确刻画出布罗克赫斯特先生的冷酷，同时也突出简·爱内心的恐惧。】

见到这个幽灵，我有理由感到丧气。我记得清清楚楚，里德太太曾恶意地向他暗示过我的品行等，布罗克赫斯特先生曾答应把我的恶劣本性告诉坦普尔小姐和教师们。我一直害怕这一诺言会得到实现——每天都提防着这个"即将到来的人"。他报告一下我过去的生活和谈话，就可以永远把我判定为一个坏孩子，如今，他终于来了。他站在坦普尔小姐身旁，跟她在小声耳语。毫无疑问他在说我坏话，我急切而痛苦地注视着她的目光，无时无刻不期待着她乌黑的眸子转向我，投来厌恶与蔑视的一瞥。【写作借鉴：简·爱的心理描写说出了她内心的痛苦。"厌恶""蔑视"等形容词说明简·爱对坦普尔小姐的在意，如果她听信他的话，会给简·爱带来巨大的伤害。】我也在静听着，我正好坐在靠近屋子上首的地方，他说的话我能听见一大半，谈话的内容解除了我的恐惧感。

"坦普尔小姐，我想在洛顿买的线是管用的，质地正适合做白布衬衣用，我还挑选了同它相配的针。请你告诉史密斯小姐，我忘了买织补针的事。不过，下个星期可以送一些纸来，每个学生只能发一张纸，她们记性不好，发多了容易弄丢。啊，小姐！但愿你们的羊毛袜子能照看得好些！上次我来这里的时候到菜园子里转了一下，仔细瞧了瞧晾在绳子上的衣服，看见有不少黑色长袜都该补了，从破洞的大小来看，肯定袜子没有经常补好。"【名师点睛：布罗克赫斯特先生进校门以后就开始表达不满，他的话表面上是说明他希望学生小心谨慎，实际是为他自己的吝啬自私找一个好借口而已。】

他顿了一下。

"你的指示一定执行，先生。"坦普尔小姐说。

"还有，小姐，"他继续说下去，"洗衣女工告诉我，有些姑娘一

▶ 简·爱

周用两块清洁的领布。这太多了，规章上限定只能换一次。"

"我想这件事我可以解释一下，先生。上星期四，艾格妮丝和凯瑟琳·约翰斯通应朋友邀请，上洛顿去用茶点，我允许她们在这种场合戴上干净的领布。"

布罗克赫斯特先生点了点头。

"好吧，一次还可以通融，只是不要让这种事情常常发生。还有件事也让我十分吃惊。我和总管算账，发现两个星期之内，居然给姑娘们吃了两次面包和干酪，这是怎么回事？我查了一下规定，没有发现里面提到过点心之类的饭食。是谁搞的改革？又得到了谁的批准？"【名师点睛：布罗克赫斯特先生的话，写出了他的专制独裁，以及吝啬冷漠，只是一次点心就让他盘问不休。】

"我必须对这一情况负责，先生，"坦普尔小姐回答说，"早饭烧得很糟糕，学生们都咽不下去。我不敢让她们一直饿着肚子到吃中饭。"【名师点睛：坦普尔小姐在冷漠残酷的制度下，尽力帮助学生打圆场，和布罗克赫斯特先生的小心思形成鲜明对比。】

"小姐，请允许我占用你一点儿时间，你总该明白，我教育这些姑娘，不是打算让她们变成娇生惯养的大小姐，而是叫她们养成吃苦耐劳、严于律己的好习惯。万一有什么不合口味的事情发生，就像做坏了一顿饭啦，一顿饭没烧熟，或者是烧过头了，那就不该因为失去了一点滋味，就用更精美的食物来代替，来弥补这件事。那样只会娇纵肉体，偏离这所学校的办学目的。这件事应当在精神上开导学生，鼓励她们在暂时困难的情况下，发扬坚韧不拔的精神。在这种场合，该不失时宜地发表一个简短的讲话。一位贤明的导师会借此提一下最初的基督徒的苦行，提一下殉道者的痛苦，提一下天上我主的训诫，要他们的门徒拿着十字架跟随他们。【名师点睛：写出了布罗克赫斯特先生的虚伪和做作。】说一下他给予的警告：人活着不是单靠食物，乃是靠上帝口里所说出的一切话。说一下他神圣的安慰'饥渴慕义的人有福了'。啊，小姐，当你不是把烧焦的粥，而是把面包和奶酪放进孩子们嘴里的时候，你的确可以喂饱她们的恶浊躯壳，而你却没有想到，你在使她们不朽的灵魂挨饿！"【写作借鉴：通过他的语言描写，说明布罗克赫斯特在打着上帝的名义为自己的自私冷漠找借口，吝惜在学生身上多花的一分钱。】

布罗克赫斯特先生又顿了一下，也许是感情太冲动的缘故。他开始讲话时，坦普尔小姐一直低着头，但这会儿眼睛却直视前方。她生来白得像大理石的脸，似乎透出了大理石所特有的冷漠与坚定，特别是她的嘴巴紧紧闭着，仿佛要用雕刻家的凿子才能撬开似的，她的眉宇间也慢慢露出十分严厉的神色。

与此同时，布罗克赫斯特先生倒背着双手站在炉子跟前，威风凛凛地审视着全校。他突然眨了眨眼睛，仿佛看到了什么刺目或者惊扰他眸子的东西，他回过头去，用比刚才更加急促的语调问道：

"坦普尔小姐，坦普尔小姐，那个，那个卷发姑娘是怎么回事？红头发的，小姐，怎么卷过了，满头都是卷发？"他用拐杖指着那可怕的对象，他这样指的时候，手还在打哆嗦。【写作借鉴："哆嗦"一词的运用以及他的语言刻画出一个无聊的卫道士形象。】

"那是朱莉娅·塞弗恩。"坦普尔小姐平静地回答。

"朱莉娅·塞弗恩，小姐！为什么她，或是别人，烫起卷发来了？她竟然在我们这个福音派慈善机构里，违反了这里的一切清规戒律，公然随从世俗，梳起了一头卷发。"

"朱莉娅的头发天生就是卷的。"坦普尔小姐更加若无其事地回答说。

"天生！不错，但我们不能迁就天性。我希望这些姑娘都成为蒙受神恩的孩子，为什么要留那么多头发？我一再表示希望头发要剪短，要朴实，要简单。坦普尔小姐，那个姑娘的头发必须统统剪掉，明天我会派个理发匠来。我看见其他人头上的那个累赘物也太多了——那个高个子姑娘，叫她转过身来。叫第一班全体起立，转

▶ 简·爱

过脸去朝墙站着。"

坦普尔小姐用手帕捂了一下嘴唇，仿佛要盖住脸上情不自禁的微笑一样。不过，她还是下了命令，第一班的姑娘听懂了要做什么事，就都服从了。我坐在我的凳子上，微微向后靠一些，就可以看到她们的表情是多么不自然，挤眉弄眼、撇嘴，表示她们对这种操演的不满。可惜布罗克赫斯特先生没能看到，要不然他也许会感受到，他纵然可以摆布杯盘的外表，但其内部，却远非他所想的那样可以随意干涉。【写作借鉴：姑娘们的神态、动作描写，说明了姑娘们对布罗克赫斯特先生的不满与不屑，侧面烘托了他的虚伪。他想要摆布学生们，却不知道学生们的内心并不信服他。】

他把这些"活奖章"的背面细细打量了大约五分钟，随后宣布了判决，他的话如丧钟般响了起来：

"头上的顶髻都得剪掉。"

坦普尔小姐似乎在抗辩。

"小姐，"他进而说，"我要伺候的主人，他的王国不属于任何世界，我的天职就是压制这些姑娘肉体上的欲望，教导她们朴素淡雅，不把头发编起来，不穿华丽的衣服。而我们面前的每个年轻人，出于虚荣都把一束束头发编成了辫子。我再说一遍，这些头发必须剪掉，想一想为此而浪费的时间，想……"

布罗克赫斯特先生说到这儿被打断了。另外三位来访者，都是女的，此刻进了房间。她们来得再早一点就好了，赶得上聆听他关于服饰的高论。她们穿着华丽，一身丝绒、绸缎和毛皮。三位中的两位年轻的（十六七岁的漂亮姑娘）戴着当时十分时髦的灰色水獭皮帽，上面插着鸵鸟毛。这华美的帽檐下面，是卷得很精致的头发。上了年纪的那位太太裹着一条贵重的貂皮丝绒披巾，额前披着法国式的假卷发。【写作借鉴：对三位来访者的描述，观察细致，有详有略。】

这几位太太小姐，一位是布罗克赫斯特太太，另两位是布罗克赫斯特小姐。她们受到了坦普尔小姐恭敬的接待，被领到了房间一头的上座。她们看来是与担任圣职的亲属乘同一辆马车到达的。在他与管家办理公务、询问洗衣女、教训校长时，她们已经在楼上的房间仔细看过究竟了。这时她们对负责照管衣被、检查寝室的史密斯小姐提出了种种看法和责难。可是我没有时间听她们的话，另外一些事把我的注意力吸引开了。

到现在为止，我一面倾听着布罗克赫斯特先生和坦普尔小姐的讲话，一面并没有放松戒备，要确保自己的安全，而只要不被看到，安全是没有问题的。为了能达到这样的目的，我坐在椅子的后半部分，尽量往后靠，看上去像是忙着算数，把石板举得高高的，正好遮住了我的脸。【写作借鉴：运用动作描写，说明简·爱十分畏惧布罗克赫斯特先生，怕他发现自己。】我本可以逃避别人的注意，却不料我那块捣蛋的写字板，不知怎的恰巧从我手里滑落，砰的一声突然落地。顷刻之间所有人都朝我投来了目光。我知道这下完蛋了，我弯下腰去拾取石板。我集中全部力量，准备迎接最坏的打算。

"好粗心的姑娘！"布罗克赫斯特先生说，"肯定是个新来的学生，我看出来了。"我还没喘过气来，他又说下去，"我可没有忘记你，关于她我还有一句话要说。"随后他大着嗓门说，在我听来，那声音多响啊！"让那个打破写字板的孩子到前面来！"

我简直都吓瘫痪了。【名师点睛："瘫痪"一词表明了简·爱对布罗克赫斯特的畏惧已达到了一种极限，这也说明了布罗克赫斯特对简·爱的冷酷无情。】两个大姑娘扶我站了起来，并把我推向那位可怕的"法官"。接着坦普尔小姐轻轻地把我扶起来，带到他的脚边，我听到她说：

"别怕，简，我知道你不是故意的，你不会受罚。"

这善意的耳语像匕首一样直刺我的心扉。

"过不多久，她就会把我当作伪君子而鄙视我了。"我想。一想到这点，一腔怒火冲着里德太太和布罗克赫斯特一伙燃烧起来，我

简·爱

可不是海伦·彭斯。

布罗克赫斯特先生让一个班长把一个很高的凳子拿了过来。

"把这孩子放上去。"我被抱到了凳子上,是谁抱的,我并不知道,我已经不可能去注意细枝末节了。我只知道她们把我摆到了跟布罗克赫斯特先生鼻子一般高的地方,知道他离我只有一码远,知道在我下面,橘黄和紫酱色闪缎的饰皮外衣和银白色的羽毛像一大片浓雾般舒展着、飘动着。布罗克赫斯特先生清了清嗓子:

"坦普尔小姐,教师们和孩子们,你们都看到这个女孩子了吧?"

她们当然看见了,因为我感觉到她们的眼睛像凸透镜那样对准了我被灼痛的皮肤。

"你们瞧她年纪还小,你们看到她有着跟平常孩子一样的外貌。上帝慈悲为怀,把跟我们一样的外貌赐给了她,没有明显的残疾标明她是个特殊的人物。谁能想到魔鬼已经在她身上找到了一个奴仆和代理人?可是我要痛心地说,事实却正是这样的。"

一次停顿,在这期间,我开始把我受震撼的神经稳住了,开始觉得已经渡过了鲁比孔河[在罗马共和国时代,山南高卢与意大利的分界线],审判既然无法躲过去,只得坚强地忍受。

"我的可爱的孩子们,"这位黑大理石般的牧师悲切地继续说下去,"这是一个悲哀而令人忧伤的场合,因为我有责任告诫大家,这个本可以成为上帝的羔羊的女孩子,是个小小的被遗弃者,不属于真正的羊群中的一员,而显然是一个闯入者、一个异己。你们必须提防她,不要学她的样子。必要的话避免与她做伴,不要同她一起游戏,不要与她交谈。教师们,你们必须看住她,注意她的行踪,掂量她的话语,监视她的行动,惩罚她的肉体以拯救她的灵魂,如果她的灵魂还可以拯救的话。因为,这个姑娘,这个孩子,这个生长在基督教国家的人,比许多在神像面前忏悔的异教徒还要让人恐惧,这个女孩子是个说谎者。"【名师点睛:布罗克赫斯特先生听信里德太太一面之词,用

夸张的语言来污蔑简·爱，只能说明他是一个是非不分的愚蠢之人。】

这时开始了十分钟的停顿。而此时我已经镇定自若，看到布罗克赫斯特家的三个女人都拿出了手帕，揩了揩眼镜，年长的一位身子前后摇晃着，年轻的两位耳语着说："多可怕！"【写作借鉴：运用神态、动作描写，"揩""摇晃"说明布罗克赫斯特先生一家人都有为富不仁、幸灾乐祸的表现。】

布罗克赫斯特先生继续说：

"我是从她的女恩人那里了解到这些的。她成了孤儿，那位虔诚而仁慈的夫人收养了她，把她当成自己女儿一样抚养，对她那么亲切慷慨。而她却那么恶劣，那么可怕，用忘恩负义来报答她的仁慈慷慨，极好的恩人终于不得不把她和自己的孩子隔开，以免她的坏榜样玷污了她亲生儿女的纯洁。她因此被送到这儿来接受医治，就像古时候的犹太人将病人送到毕士大[靠近耶路撒冷羊门的一个池子]的混水池中一样。各位教师们、校长，我请你们别让池中的水在她身边停滞。"

说了这样精彩的结语以后，布罗克赫斯特先生整了一下长大衣最上头的一个纽扣，同他的家属嘀咕了几句，然后站起来，向坦普尔小姐鞠了一躬。随后所有的大人物都堂而皇之地走出了房间。在门边拐弯时，我的这位"法官"说："让她在那条凳子上再站半个小时，在今天的剩余时间里，不要同她说话。"

于是我就这么高高地站着。而我曾说过，我不能忍受双脚站立于房间正中的耻辱，但此刻我却站在耻辱台上示众。我的感触非语言所能形容。但正当百感交集使我喉咙哽住、呼吸困难时，一个姑娘朝我走来，经过我的时候，她抬起眼来，眼睛里流露出多么古怪的光芒。那一丝光芒使我产生了多么奇特的感受。这种新感觉给予我多大的支持！仿佛一位殉道者、一个英雄走过一个奴隶或者牺牲者的身边，刹那之间把力量也传给了他。【写作借鉴：生动形象地描述了简·爱在被布罗克赫斯特先生污蔑时的心理状态，海伦这个时候的适时鼓励

简·爱

【让简·爱灰暗的生命中仿佛射入了一道强光，让她感受到温暖。】我控制住了正待发作的歇斯底里，抬起头来，坚定地站在凳子上。海伦·彭斯问了史密斯小姐某个关于她作业的小问题，因为问题琐碎而被申斥了一通。她回到自己的位置上去时，再次经过我面前时，对我微微一笑。多好的微笑！我到今天还记得，这是大智大勇的体现，它就像天使脸上的反光一样，照亮了她那特殊的轮廓，瘦削的脸庞和凹陷的灰眼睛。然而就在那一刻，海伦·彭斯的胳膊上还佩戴着"不整洁"标记。【名师点睛：海伦在自顾不暇的时候，还默默关心着简·爱，她美好的心灵与所受的处罚形成对比。同时侧面说明了斯卡查德小姐对海伦十分苛刻】。我听到斯卡查德小姐处罚她明天午饭只能吃面包和水，就在不到一个小时之前，就只是因为她在抄习题的时候弄脏了练习本。人的天性就是这样的不完美！即使是最明亮的行星也有这类黑斑，而斯卡查德小姐这样的眼睛只能看到细微的缺陷，却对星球的万丈光芒视而不见。

Z 知识考点

1. 大女孩们因为_____抢夺其他小女孩的食物。
2. 简·爱因为_____被叫到布罗克赫斯特先生面前。
3. 冬日里女孩们为什么要去教堂？　　　　　　　　　　（　　）
   A. 旅游　　　　B. 活动　　　　C. 她们的保护人在那儿做礼拜
4. 简·爱受到污蔑时，海伦是怎样安慰她的？

_____

_____

Y 阅读与思考

1. 为什么简·爱要说在罗沃德的一个季度却是一个时代？
2. 简·爱为什么担心布罗克赫斯特的到来？
3. 布罗克赫斯特对简·爱的惩罚对简·爱有什么影响？

第八章

澄清误会

M 名师导读

　　布罗克赫斯特先生的处罚导致简·爱在大庭广众之下颜面尽失,同时她也认为她失去"好孩子"的身份。海伦的安慰和对坦普尔小姐的倾诉让简·爱的内心排解了一些。同时,坦普尔小姐的证明也使她如释重负。

　　大约半个小时后,大家都进饭厅去吃茶点,我这才大着胆子走下凳子。我躲到一个不被人注意的地方,伤心透了,放声大哭起来。我曾打算在罗沃德努力表现自己,而且已经取得了显著的进步。就在当天早上,我已经坐到了我班上的第一个位置,米勒小姐热情地夸奖我,坦普尔小姐微笑地表扬我,她还答应教我画画和学习法语。而如今,我又被打倒了,又受到了践踏,我还有爬起来的日子吗?【名师点睛:简·爱的心理描写,说明了简·爱的沮丧。布罗克赫斯特先生的话给简·爱带来了很大的伤害,与她来之前心里的美好憧憬形成对比,带给她巨大的心理落差。】

　　"再也不行了。"我呜咽着断断续续地说道。我真想一死了之。这时有人过来了。我大吃一惊——海伦·彭斯再次向我走近,那熄灭的火光正照出她穿过又长又空的教室的身影,还给我带来了咖啡和面包。

　　"来,吃点东西。"她说,但我把她推开了,觉得目前这样哪怕一滴咖啡或一点面包屑都会让我窒息。海伦凝望着我,也许感到惊奇,我拼命努力,可是,这还是不能把我激动的心情平复下来。我继续放声

简·爱

大哭。她在我旁边的地上坐下,用胳膊抱住两膝,头搁在膝上,就这样像个印第安人一样沉默不语。我先开了口:

"海伦,你为什么和一个人人都认为是撒谎者的姑娘在一起呢?"

"简,只有八十个人听见他叫你撒谎者,而世界上有千千万万的人呢。"【名师点睛:海伦用自己的思想安慰着简·爱。】

"可是我只认识八十个人,她们全认为我是一个说谎的人。"

"简,你错了,在学校里没有一个人瞧不起你,也没有一个人不喜欢你。我肯定,不少人都会同情你。"

"在听了布罗克赫斯特先生说的那些话后,她们怎么还能同情我?"

"布罗克赫斯特先生又不是上帝,他甚至不是一个受人尊敬的大人物。这儿的人不喜欢他,他也从来不采取什么方式使人喜欢他。他要是待你像一个特殊的宠儿,那你倒是还可能在这个学校发现一些或明或暗的敌人。【名师点睛:海伦的话揭露了布罗克赫斯特先生在学校的地位,他并没有受到学生们的欢迎,反而学生们从内心蔑视他。】而现在这样,大多数胆子大一点的人是会同情你的。而要是你继续努力,好好表现,这些正暂时压抑的感情,不久就会更加明显地表露出来。此外,简,"她刹住了话头。

"怎样,海伦?"我说着把自己的手塞到了她手里,她轻轻地揉着我的手指,使它们暖和过来,随后又说下去:

"哪怕全世界都恨你,都相信你坏,只要你问心无愧,你就不会没有朋友的。"

"不,我知道,我该看重我自己。可是,这还不够,要是别人不爱我,我宁愿死掉,也不要活着。我受不了孤独和别人的厌恶,海伦。瞧,为了从你那儿,或者坦普尔小姐,或是任何一个我确实所爱的人那儿得到真正的爱,我会心甘情愿忍受胳膊被折断,或者愿让一头公牛把我悬空抛起,或者站在一匹蹶腿的马后面,任马蹄踢向我的胸膛——"

"嘘,简,你把人的爱看得太重要了,你太冲动、太热情了。一只至高无上的手创造了你的躯体，又往里面注入了生命，这只手除了造就了你脆弱的自身，或者同你一样脆弱的创造物之外，还给你提供了别的财富。除了这个尘世，除了人类，还有一个肉眼看不见的世界，还有一个神明的王国。这个世界就在我们周围，它无所不在，那些神明守护着我们，因为它们有保护我们的任务。要是我们在痛苦和耻辱中死去，要是来自四面八方的鄙视刺伤了我们，要是仇恨压垮了我们，天使们会看到我们遭受折磨，会承认我们清白无辜，如果我们确实清白无辜。我知道你受到了布罗克赫斯特先生的指控，但这种指控软弱无力、夸大其词，不过是从里德太太那儿转手得来的，因为我从你热情的眼睛里、从你明净的前额上，看到了诚实的本性。上帝只是在等待灵与肉的分离，来给我们充分的报偿。那么既然生命很快就会过去，死后又一定会获得幸福和荣耀，我们又何必要沉溺于痛苦呢？"【名师点睛：海伦用自己独特的想法安慰着简·爱，年幼的海伦有着完全成熟而且与自己年龄不相符的见识。】

我默不作声。海伦已经使我平静下来了，但在她所传递的宁静里，混杂着一种难以言传的悲哀。她说话时我感受到了这种悲哀，但不知道它从何而来。她说完以后，有点气喘，短短地咳嗽了一阵，我一时忘记了自己的悲伤，对她产生了一种朦胧的关切。

我把头靠在海伦的肩上，双手抱住了她的腰，她紧紧搂住我，两人默默地偎依着。我们没坐多久，另外一个人进来了。这时，大风起来，卷走了天上的乌云，月亮露了出来，月光倾泻进附近的窗户，照耀着我们，也照耀着走进来的那个人，我们一眼就认出来了，来的就是坦普尔小姐。【写作借鉴：景物描写，月亮从乌云中出来，月光照耀着大地，坦普尔小姐的出现像月光一样照进了简·爱阴郁的心里。】

"我是特地来找你的，简·爱，"她说，"我要你到我房间里去，既然海伦·彭斯也在，那她也一起来吧。"

我们就跟随这位校长去了，不得不穿过一些错杂的通道，又走过

简·爱

一段楼梯后才到了她的房间。房间里生着旺旺的炉火,看起来令人愉快。坦普尔小姐让海伦·彭斯坐在炉边一把低矮的扶手椅里,她自己在另一把里坐下,把我叫到她身边。

"一切都过去了吗?"她低下头看着我的脸,"你的悲哀哭完了吗?"

"恐怕我永远做不到。"

"为什么?"

"因为我被冤枉了,小姐,你,还有所有其他人,都会认为我很坏。"

"孩子,你自己证明你是什么样的孩子,我们就认为你是什么样的孩子,继续做个好姑娘吧,你会叫我们满意的。"

"我会吗,坦普尔小姐?"【名师点睛:坦普尔小姐的话给了简·爱鼓励,让简·爱看到了生活的希望。】

"你会的。"她说着用胳膊搂住我。"现在你告诉我,被布罗克赫斯特称为你的恩人的那位太太是谁?"

"里德太太,我舅舅的妻子。我舅舅去世了,他把我交给她照顾。"

"那她不是自己主动要抚养你的?"

"不是的,小姐。她不得不收养我。可是我常听人们说起,我舅舅临终的时候,叫她答应永远抚养我。"

"好吧,简,你知道,或者至少我要让你知道,罪犯在被起诉时,往往允许为自己辩护。人家责备你说谎,你在我面前就尽力地为自己辩护吧,把你记得的真实情况都说出来,可不要夸大其词。"

我暗下决心,要把话说得恰如其分,准确无误。我思考了几分钟,把该说的话理出了个头绪,便一五一十地向她诉说了我悲苦的童年。我已激动得筋疲力尽,所以谈到这个伤心的话题时,说话比平时要克制。我记得海伦告诉我关于憎恶过多的警告,因此在讲这个的时候,加入的怨恨和苦恼比平时少了不少,这样压缩和简化之后,听起来更加让人可信。我觉得,我往下说时,坦普尔小姐完全相信我的话。【写作借鉴:照应上文海伦告诉简·爱避免出现憎恶过多的话题,让简·爱的

话更有说服力，使坦普尔小姐更加信服。】

我在叙述自己的经历时，还提到了劳埃德先生，说他在我昏厥后来看过我。我永远忘不了可怕的红房子事件，在详细叙述的时候，我的激动肯定在某种程度越出了界限，因为里德太太不顾我发疯一般的请求，第二次把我锁在那间闹鬼的黑屋子的时候，紧紧揪住我的心的那种剧烈的痛苦，是什么也不能将它从我的记忆中抹去的。

我讲完了。坦普尔小姐默默地看了我一会儿，随后说：

"我有点认识劳埃德先生，我会写信给他的。要是他的回信和你的描述相符，那就当众给你洗脱这个莫须有的罪名。对我来说，简，现在你已经清白了。"

她吻了吻我，仍旧让我待在她身边（我很乐意站在那里，因为我端详着她的面容、她的装束、她的一两件饰品、她那白皙的额头、她那一团团闪光的卷发和乌黑发亮的眼睛时，得到了一种孩子般的喜悦）。她开始同海伦·彭斯说话了。

"今晚你感觉怎么样，海伦？你今天咳得厉害吗？"

"我想不太厉害，小姐。"

"胸部的疼痛呢？"

"好一点了。"

坦普尔小姐站起来，拿起她的手，给她切脉，然后回到自己的位置上，她坐下来，我听见她轻轻叹了一口气。【写作借鉴：坦普尔小姐和海伦的对话描写，"轻轻叹了一口气"说明海伦身体状况并不乐观，也为后文海伦的遭遇做了铺垫。】她沉思了几分钟，然后振作精神，愉快地说：

"不过今晚你们俩是我的客人，我必须按客人相待。"她按了下铃。

"芭芭拉，"她对应声而来的用人说，"我还没有用茶呢，你把盘子端来，给两位小姐也放上杯子。"

茶盘立刻就端了上来，在我看来，那些瓷茶杯和亮晶晶的茶壶放在炉边的圆桌上，有多美啊；茶的香气，烤面包的香气，有多香啊。但

▶ 简·爱

使我失望的是(因为我已开始觉得饿了),我发现那份儿很小,坦普尔小姐也同样注意到了。

"芭芭拉,"她说,"不能再拿点面包和黄油来吗?这不够三个人吃呀。"

芭芭拉走了出去,但很快又回来了。

"小姐,哈顿太太说已经按平时的分量送来了。"

得说明一下,哈顿太太是总管,她完全符合布罗克赫斯特先生的心意,因为两个人一样都是铁石心肠。

"哦,好吧,"坦普尔小姐回答,"我想我们只好将就了,芭芭拉。"等芭芭拉一出去,坦普尔小姐笑着补充说:"幸好我还能够弥补这个不足。"

她邀海伦与我凑近桌子,在我们俩面前各放了一杯茶和一小片可口却很薄的烤面包,随后打开抽屉,从里面抽出一个纸包,我们眼前立刻出现了一个大果子饼。

"我原想让你们各自带一点儿回去,"她说,"但是面包这么少,只好现在吃了。"她很大方地把饼切成了厚片。【写作借鉴:坦普尔小姐的语言和动作描写,写出了她的善良大方以及无私,和布罗克赫斯特先生克扣吝啬形成鲜明对比。】

那天晚上,我们像享受琼浆玉液珍馐般地大吃一顿,我们的女主人带着满意的笑容看着我们用她提供的精美食物充饥,笑容中流露出款待客人的莫大愉快。吃完茶点,端走了托盘后,她又招呼我们到火炉边去。我们两人一边一个坐在她身旁。这时,她与海伦开始了谈话,而我能被允许旁听,实在也是有幸。

坦普尔小姐神情宁静,仪态庄严,谈吐总是彬彬有礼,这些都使她不至于显得狂热、激动和急切,也使看着她和听着她讲话的人产生一种有约束力的敬畏感,而让他们所感到的愉快纯洁化了。当时我的感觉就是这样。至于海伦·彭斯呢,她却叫我惊异得发呆了。

因为茶点振奋了精神,炉火在熊熊燃烧,因为亲爱的导师在场并待她很好,也许不止这一切,而是她独一无二的头脑中的某种东西,激发了她内在的种种力量。这些力量被唤醒了，被点燃了，起初闪烁在一向苍白而没有血色、现在却容光焕发的脸上，然后，在她的双眼中突然呈现出一种比坦普尔小姐更加奇特的美，这不是那种色彩艳丽、眉毛细长，或者画过的眉毛的美，而是一种内在含义的美，活动的美，光辉的美。随后她似乎心口交融，说话流畅。这些话从什么源头流出来，我无从判断。一个十四岁的姑娘为什么能有那么宽广、那么生气蓬勃的心胸，能容纳这汹涌不绝的纯洁、丰富和热情的雄辩之泉？在那个对我来说是值得怀念的晚上，海伦说话就有这个特点。她的心灵仿佛急于要在短暂的片刻中，充分度过别人漫长的一生中所度过的生活。

她们谈论着我从未听说过的事情，谈论着各个民族和过去的时代，遥远的国家，已发现的或推测到的自然秘密。她们谈论书籍，她们看的书真多，她们的知识多么渊博，她们似乎非常熟悉法国人的名字和法国的作家。坦普尔小姐问海伦能否挤出一点时间来温习她父亲教她的拉丁文，说着从架子上取下一本书，叫她朗读，并且逐字翻译一页维吉尔的作品。这时，我的吃惊已经到达了极点。【名师点睛：这里说明海伦有着和她年龄不相符的渊博知识，侧面表达了简·爱对海伦的崇拜。】海伦照着吩咐做了，使我对她越来越崇敬起来。几乎她刚一完成，就寝时间的铃就打响了！我们是不允许有任何拖延的，于是坦普尔小姐拥抱我们两人一下，把我们拉到她胸前，说：

"上帝保佑你们，我的孩子！"她拥抱海伦的时间要比拥抱我的时间长些，更不情愿放她走，并一直目送海伦到门边。【写作借鉴：坦普尔小姐的语言、动作描写，说明坦普尔小姐对海伦疼爱有加。】

到了寝室，我们听见了斯卡查德小姐的嗓音，她正在检查抽屉，而且刚好已把海伦的抽屉拉出来。我们一走进房间，海伦便当头挨了一顿痛骂。她告诉海伦，明天要把五六件叠得乱七八糟的东西别在她的肩上。

"我的东西乱得让人丢脸，"海伦低声对我说，"我原来是想整理一

简·爱

下,后来就忘了。"

第二天早上,斯卡查德小姐在一块纸牌上写下了十分醒目的两个字"邋遢",像经文护符一样,把它系在海伦那宽大、温顺、聪颖、一副善相的额头上。她带着它一直到傍晚,忍耐着,毫无怨恨,把它看作应有的惩罚。【名师点睛:可恶的斯卡查德小姐用尽办法来羞辱善良的海伦。】下课放学后,等斯卡查德小姐一走,我就奔到海伦面前,把它扯下来,扔到火里。她所不会有的火气,整天在我心中燃烧着,大滴大滴热泪,一直烧灼着我的脸颊,她那副悲哀的、听天由命的样子,使我心里痛苦得难以忍受。

上面讲的那件事发生一周以后,给劳埃德先生写了信的坦普尔小姐收到了回信,看来他说的和我描述的相符。坦普尔小姐把全校师生召集起来,当众宣布,对简·爱所受的指责已经做了调查,而且很高兴地声明对简·爱的诋毁已彻底澄清。教师们随后同我握了手,吻了我,一阵欢悦的低语回荡在我同伴的队伍之中。

一个令人沉痛的包袱就这样被摆脱了,我决定振作起来重新努力,我决心排除万难闯出一条路来。我努力地学习、工作,我获得的成功和我的努力成正比。【名师点睛:经过了一番风波,简·爱如释重负,开始全身心地投入学习之中。】我的记忆力虽然不是生来很强,但经过实践有了改进,而反复练习使我的头脑更为机敏。几周之后,我被升到了高班,不到两个月我被允许学习法文和绘画。我学了动词 Etre 最基本的两个时态;同一天我画了第一幅茅屋素描(顺便说一句,屋子墙壁的倾斜度可与比萨斜塔相媲美)。那天晚上,我上床的时候,忘了想象中的白面包或是新鲜牛奶,往常我总是用这种巴米赛德[《一千零一夜》中有一位王子巴米赛德,他邀请乞丐赴宴却不给其食物而待以空盘,以愚弄穷人,故巴米赛德有画饼充饥之意]晚餐来满足内心的渴望。这一晚,我却是在黑暗中饱览了理想的图画。所有的画作都是出自我的手笔,潇洒自如的房屋、树木铅笔画、别致的岩石和废墟、克伊普式[克伊普为十七世纪荷兰著名画家]的牛群,以及各种可爱的画:有蝴蝶在含苞的玫瑰上翩翩起舞;鸟儿啄食熟了的樱桃;藏着珍珠般的鹪鹩(jiāo liáo)[体长约十厘米的一种小鸟,背赤褐色,腹灰褐色,尾短,捕食小虫]巢穴;周围还盘旋着常春藤的嫩枝,诸如此类可爱的画面。我还在脑子里琢磨一下,我是否可能把皮埃罗夫人给我看的那本法文童话翻译出来。【名师点睛:表明了简·爱在被坦普尔小姐证明之后内心的愉悦,仿佛所有的景物都明媚起来了。】这个问题还没有圆满解决,我便甜甜地睡着了。

所罗门[古代以色列国王,以智慧过人著称]说得好:"吃素菜,彼此相爱,强如吃肥牛,彼此相恨。"

现在,我再也不会拿贫困的罗沃德去换终日奢华的盖茨黑德府了。

Z 知识考点

1. 坦普尔小姐写信给_____求证简·爱的性格。

2. 简·爱为什么在受到布罗克赫斯特先生批评后伤心欲绝?(　　)

   A.因为她心虚。

   B.因为她怕受罚。

   C.因为她怕周围人误解她。

3. 海伦告诉简·爱,同学们不会在意布罗克赫斯特先生的话的原因是什么?(用原文相关语句回答)

_____

_____

Y 阅读与思考

1. 简·爱是坏女孩的误会是怎样消除的?

2. 坦普尔将简·爱和海伦叫到房间,说明了什么?

3. 文章最后简·爱为什么要打算从头做起?

87

简·爱

第九章

海伦之死

> **M 名师导读**
>
> 春暖花开的季节使罗沃德多了几分生机,可是与此同时,疫病也在罗沃德开始蔓延,使学校瞬间变成了一个传染病病原体。简·爱最好的朋友海伦也生了病,状况似乎愈来愈糟糕。

可是罗沃德的贫困,或者不如说是艰辛,因天气有所好转。春天即将来临,实际上已经到来,冬季的严寒过去了,积雪已融化,刺骨的寒风不再那般肆虐。我可怜的双脚,原来被正月的冷空气冻掉了皮且肿了起来,连走路都一瘸一拐的,如今在四月的和风下,开始消肿和痊愈。早晨和黑夜不再用加拿大式的低温把我们血管里的血液冻住,要在花园里度过的游戏时间,对我们来说已经可以忍受了。有时逢上好日子,天气甚至变得温暖舒适。枯黄的苗圃长出了一片新绿,一天比一天鲜嫩,使人仿佛觉得希望之神曾在夜间走过,每天清晨留下她愈来愈明亮的足迹。花朵从树叶丛中探出头来,有雪莲花、藏红花、紫色的报春花和金眼三色紫罗兰。每逢星期四下午(半假日)我们都出去散步,看到不少更加可爱的花朵盛开在路边的篱笆下。【名师点睛:春天已经到来,明媚的景色和下文学校发生的不幸形成鲜明的对比,乐景衬哀情。】

我还发现,在我们装有尖铁的高围墙外的花园,有一种莫大的乐趣,一种只有直达天际才能逾越的乐趣。这种乐趣包括可以看到崇山峻岭围绕的大山坳；也来自满是黑色石子和闪光漩涡的明净溪流。这景色与我在冬日铁灰色的苍穹下，冰霜封冻、积雪覆盖时看到的情景多么不同呀！那时候，它被严寒冻住了，覆盖着裹尸布般的雪，死一样冰冷的雾在东风的驱赶下沿着紫色的山峰飘荡，滚下低洼草地和河滩，直到和山溪上的冰冷雾气结合在一起。那时，这条小溪是一股混浊不堪、势不可挡的急流，它冲开了树林，在空中发出咆哮，那声音在夹杂着暴雨和旋转的冻雨时，听来常常更加沉闷。至于两岸的树木，都已成了一排排死人的骨骼。

四月过去，五月将至，那是一个明媚恬静的五月，整整一个月，每天都是天空碧蓝，阳光和煦，微风吹着，或是南风或是北风。现在，草木茁壮成长起来。罗沃德抖散了它的秀发，处处叶绿，遍地开花。榆树、岑树和橡树的骨架都活了过来，显得很是威严。在隐蔽的地方，林中的植物显得十分茂盛，洼地上长满了青苔，种类多得数不清。众多的野樱草花，就像奇妙地从地上升起的阳光。我在林荫深处曾见过它们淡淡的金色光芒，犹如点点散开的可爱光斑。我常常尽情享受着这一切，无拘无束，无人看管，而且几乎总是独自一人。【名师点睛：生机勃勃的春天来到了罗沃德，让人们心情开始放松，自由自在，无拘无束的气氛开始在罗沃德弥漫，同时引出下文自由的原因。】有这不平凡的乐趣和自由是有原因的，现在我的任务就是谈谈这个原因。

我在说这个地方掩映在山林之中，坐落在溪流之畔时，不是把它描绘成一个舒适的住处吗？确实，是够讨人喜欢的，但是否有益于健康，那就是另外一个问题了。

罗沃德所在的林间山谷，是雾气诱发疫病的生长地。疫病随着春天的来临，加速溜进了学校，把伤寒吹进了拥挤的教室和宿舍，还没到五月份，就把学校变成了医院。【名师点睛：交代了罗沃德学校环境的恶劣，以及学生们生病的原因。】

学生们素来半饥半饱，得了感冒也无人过问，所以大多容易受

简·爱

到感染。八十个女生中有四十五人一下子病倒了。课上不成了,纪律松懈了,还有少数几个没有生病的,几乎完全放任自流了。因为医护人员坚持说,需要经常锻炼来使她们保持健康。就是不这样,也无人顾得上去看管她们了。坦普尔小姐的全部注意力已被病人所吸引,她住在病房里,除了夜间抓紧休息几小时外,寸步不离病人。【名师点睛:可怕的疾病来了,善良的坦普尔小姐忙于照顾病人而无暇分身。】有些姑娘还算幸运,有亲戚朋友能够而且愿意让她们搬离这个传染地区,老师们整天忙于给她们打包行李,或者为她们的动身做必要的准备。很多已经染病的回家去等死;有些人死在学校里,悄悄地草草埋掉了事,这种病的特性决定了容不得半点拖延。

就这样,疾病在罗沃德安了家,死亡像黑色的影子一样笼罩着。【写作借鉴:把疾病说成罗沃德的居民,它在这里安了家,把死亡比喻成黑色的影子,比喻新颖而又贴切,说明在罗沃德死亡和疾病已经变得十分普遍了。】房间里和过道上散发着医院的气味,熏香徒劳地挣扎着要镇住死亡的恶臭。而在户外,五月的灿烂阳光没有被云朵遮盖,照耀着陡峭的山冈和美丽的林地,花园繁花似锦。一丈红拔地而起,高大如林,百合花已开,郁金香和玫瑰争妍斗艳。粉红色的海石竹和深红的双瓣雏菊,把小小花坛的边缘装扮得十分鲜艳。多花蔷薇在早上和晚上都散发出香料和苹果的香味,而这些芳香的珍宝对罗沃德学校的大多数病人来说,除了可以偶尔提供一两束鲜花放到棺木上之外,没有任何作用。【名师点睛:罗沃德鲜花盛开,但是却被死亡的阴影所笼罩,二者形成鲜明对比,进一步说明了疾病的可怕。】

不过我与其余仍然健康的人充分享受着这景色和季节的美妙动人之处。他们让我们像吉卜赛人一样,从早到晚在林中游荡,爱干什么就干什么,爱上哪里就上哪里,我们的生活也比以前好了很多。现在,布罗克赫斯特先生和他的家人再也不走进罗沃德学校,没有人来查问这里的家务事,恶狠狠的总管也走了,对传染的恐惧把她赶走了。【名师点睛：疾病来临，总负责人布罗克赫斯特也不来了，总管也跑了，说明他们的胆小与不负责的伪君子形象。】她的后任原本是洛顿诊所的护士长，并未习惯于新地方的规矩，因此供应食物时比较大方。此外，用饭的人少了，病人又吃得不多。于是我们早饭碗里的东西也就多了一些。新管家常常没有时间准备正餐。遇到这种情况，她就把一大块冷掉的饼或者是一块厚厚的面包和干酪给我们，我们就把它带到树林里，找个喜欢的地方大吃一顿。

我特别喜欢的地点是一块光滑宽大的石头，又白净又干燥，就在小溪中间，只能从水里蹚到那里——我光着脚就过去了。这块石头的宽度，正好能让我和另一个女孩舒适地坐下。当时，我有一个名叫玛丽·安·威尔逊的好朋友，我们两个相处得很融洽。这个人聪明伶俐，目光敏锐。我喜欢同她相处，一半是因为她机灵而有头脑，一半是因为她的神态使人感到无拘无束。她比我大几岁，对世事比我懂得多，能告诉我许多我喜欢听的事情，和她在一起，我的好奇心会得到极大的满足，对我的缺陷她也能宽容姑息，从不对我说什么加以干涉。她擅长叙述，我善于分析；她爱讲，我爱问，所以我们俩相处得很好，通过我们的交往，即使没有很大进步，也会获得很大乐趣。【名师点睛：简·爱又认识了一个朋友，她们度过了一段无忧无虑的时光，让她十分开心。】

与此同时，海伦·彭斯在哪里呢？为啥我没有和她一起度过这些自由美好的日子？我把她忘了吗？或者我竟然卑鄙地厌烦了和她那种纯洁的交往？我提到的那个玛丽·安·威尔逊比不上我的第一个朋友，她只能给我讲一些有趣的故事，让我沉迷于其中的生动活泼，专注于片刻的闲聊。而海伦呢，如果要我说实话，她能够使那些有幸听到她讲话的人品味更高雅。

真的，读者，我明白也感受到了这点。虽然我是个有缺点的人，有很多过错，没有什么可以弥补的长处，但是我从来没有对海伦·彭斯感到厌倦过。我对她怀有的眷恋之情从未停止过。这友情像任何

简·爱

使我的心振奋的情感一样，强烈、温柔而可敬。我怎么可能对海伦产生别的想法呢？【名师点睛：简·爱虽然没有和海伦出来过，可是在内心对她的友谊却从来没有因此而变淡。】她在任何情况下、任何时候，都对我表现出一种平静而忠实的友谊。即使在心情不好的时候我们也没让这种友谊受到损害，即使在愤怒的时候我们也从没让这种友谊受到损害。只是海伦现在病了，几周来我都没见到她，不知她搬到楼上的哪个房间里去了。据说，她并没有和患疫病的人一起住在房子里辟为病房的那一部分。因为她生的是肺病，不是疫病。我无知地认为，肺病不是什么严重的病，只要加以注意，过些时间就会好转。【写作借鉴：海伦生病了，和上文坦普尔小姐为海伦切脉时的表情相照应。同时，也预示着一场悲剧的发生。】

有一两次，在阳光明媚的下午，我看到她由坦普尔小姐陪同，到花园里散步，我的想法被证实了。但在这样的时候，她们并不允许我走过去和她说话，我只能从教室的窗口看她，而且也看不清楚，因为她被裹得严严实实，坐在远处的阳台下面。

六月初的一个晚上，我与玛丽·安在林子里玩得很晚。我们像往常一样没和其他同学在一起，而是漫步到很远的地方，以致迷失了方向。我们不得不去一家偏僻的茅屋去问路，房子里住着一男一女，他们养着靠吃林中野果为生的野猪。我们回去时已过月出时分，只见一匹小马——我们知道是那个医生的——立在花园门口。玛丽·安说，她猜想一定有人病得很重，才会半夜把贝茨先生叫来。【写作借鉴：夜深人静的时候，外科医生被叫来，是谁病重了？为下文设置悬念。】

她走进房子，我在后面待了一会儿，把我在林里挖到的一束植物种在花园里，如果不这样，我担心留到次日早上它会枯萎。种好以后，我又耽搁了一会儿，降露水的时候，花香是那么甜。这是一个多么令人愉快的夜晚，如此宁静温和，西边仍然发出的亮光预示着第二天又是一个十分晴朗的日子。月亮如此庄严地在暗黑的东面升起，我注视着这一切，像一个孩子一样尽可能地去欣赏，脑子里第一次出现这样的想法，随后突然产生了以前从未有过的念头：

"这会儿孤独地躺在床上，面对着死亡的威胁，是多么悲哀呀！这个世界是美好的，把人从这唤走，到一个谁也不知道的神秘的地方去，会是一件多么悲惨的事。"【名师点睛：简·爱在内心深处对死亡的恐惧，说明有种很不好的预感在简·爱的心头弥漫。】

于是，我的脑子第一次做出认真的努力，要理解灌输给它的天堂和地狱的差别。它也第一次感到畏缩和困惑了，第一次瞻前顾后，左顾右盼，看到周围全是无底深渊。它感觉到自己站立的地点——即眼前，而其余的一切都是模糊不清的云雾和空空的深渊。一想到会跟跄着坠入那片混沌之中，它就不寒而栗。【写作借鉴：形象化的心理描写，突出了简·爱首次思考关于死亡的事情，感到茫然而害怕。】我正沉浸在这个想法中，却听到前门打开了，贝茨先生和一个女护士走了出来。她看着他骑上马以后就离开了，刚要关门，我就奔到她面前。

"海伦·彭斯怎么样了？"

"很不好。"她回答说。

"贝茨先生是去看她的吗？"

"是的。"

"对她的病，他说了些什么呀？"

"他说她不会在这儿待很久了。"

这句话要是昨天让我听到，它所表达的含义只能是她将要搬到诺森伯兰郡自己家去了，我不会去怀疑它包含着"她要死了"的意思。但是现在我立刻理解了，海伦·彭斯在人世的时间不多了，她即将被送到天国，如果天国确实存在的话。我感到一阵恐怖，一种令人震颤的悲哀，随后是一种愿望、一种要见她的需要。我问她躺在哪一个房间。

【名师点睛：简·爱很快意识到最好的朋友要永远离开了，简·爱难过极了。她想要最后一次去看望海伦。】

简·爱

"她在坦普尔小姐的屋里。"护士说。

"我可以上去看她吗？"

"啊，不，孩子，不可能。现在是你该进来的时候了，降露水了，你还待在外面会发烧的。"【名师点睛：由于害怕简·爱被传染，所以护士不让简·爱去看海伦，说明护士负责任的态度。】

护士说罢关上前门，我从通往教室的侧门进去，正好赶上时间。时钟刚敲了九下，米勒小姐正吩咐学生上床睡觉。

到将近十一点时，我仍无法入睡。我看见宿舍里十分安静，我想同学们都睡得很沉吧。我悄悄地爬起来，在睡衣外面穿了件外衣，赤着脚从屋里溜了出来，去寻找坦普尔小姐的房间。它远在房子的另一端，不过我认识路，没有被乌云遮蔽的夏夜的月亮能从过道的窗口倾泻进月光，使我能毫无困难地找到它。当我走近伤寒病人的房间，一股樟脑丸和烧焦的醋味给了我警告。我赶紧从它门口走过去，唯恐那个整夜值班的护士会看见我，我担心被发现后给送回去。【名师点睛：对最好的朋友的牵挂让简·爱克服了恐惧，去看望海伦。】

我走下一段楼梯，穿过这房子下面的一段路，然后悄悄打开并关上两扇门，来到另一段楼梯。我爬了上去，正好对面就是坦普尔小姐的房间。钥匙孔和门底下都有光亮透出来，附近一片寂静，走近一看，发现门微微开着，也许是为了让这闷人的病房稍微透出点新鲜空气。我在那儿不宜久留，再说自己本来也急不可待——巨大的痛苦使得我的心灵和意识都在颤抖——我便把门推开往里看着。我的目光寻找着海伦，害怕会面对死亡。【写作借鉴：通过对人物行为的描述，简·爱对海伦的深厚感情跃然纸上。】

在坦普尔小姐的床边放有一张小床，用白色的幔帐半掩着。我看到被子下面有一个人影的轮廓，脸被遮住了。跟我今天在花园里说话的那个护士，坐在安乐椅里睡着了。一只没有剪去烛花的蜡烛昏暗地在桌子上燃烧。【写作借鉴：海伦所处的病房异常冷清，也为下文海

94

伦的去世烘托了气氛。】坦普尔小姐没在这里，我后来才知道她被叫到发烧病房里一个不省人事的病人那里去了。我往前走，接着在小床前停了下来，我把手放在帐子上，选择把它拉开以前先说话，我畏惧了，生怕看到的是一具尸体。

"海伦！"我轻声叫道，"你醒着吗？"

她动了一下，慢慢拉开帷幔。我看到她的脸，苍白、憔悴，却十分平静，她看上去没有什么大变化，于是，我内心的恐惧一下子消失了。【名师点睛：海伦的样子没有什么大的变化，只是憔悴不堪，不过看到好朋友，简·爱不再害怕了。】

"真是你吗，简？"她以独特的柔和语调问。

"啊！"我想，"她不会死，她们搞错了，要是她活不了了，她的言语和神色不会那么镇定自若。"

我爬上了她的床，吻了她。她的额头很冷，脸颊也冷，手和手腕又冷又瘦，只有她的笑容是和以前一样的。

"你干吗到这儿来，简，已经过了十一点啦，几分钟前我听见敲钟的。"

"我是来看你的，海伦。听说你病得很重，不同你说句话我就睡不着。"

"那你是来同我告别的了，也许来得正是时候。"

"你上哪儿去，海伦？你要回家是不是？"

"是的，回到我永久的——我最后的家。"

"不，不，海伦。"我顿住了，心里很难过。我竭力咽下眼泪，这时海伦一阵咳嗽，不过没有吵醒护士。【写作借鉴：简·爱的心理描写，她实在无法想象海伦的离去是一件多么悲伤的事情。】咳完以后，她筋疲力尽地躺了几分钟，随后轻声说：

"简，你都光着你的小脚呢，躺下来吧，盖上我的被子。"

我照她的话做了。她用胳膊搂住我，我紧偎着她，在沉默了很久之后，她继续低声耳语着说：

"我很高兴，简，当你听到我死了的时候，你千万不要难过，有什

简·爱

么可难过的呢？我们总有一天会死去的，把我带走的这个病并不痛苦，既温和而又缓慢，我的心灵已经得到安息。我不会让任何人感到太悲痛，我只有一个父亲，他最近刚结婚，不会思念我。这样年纪还小的时候就死去，我会避免许多痛苦，我没有什么好的品质或者才能来让我活着在世界上干出一番成就或者事业。【名师点睛：交代了海伦的家庭背景，说明了海伦的孤单和寂寞。父亲并不在意她，在她的人生中，没有几个人会在意她，她有着和年龄不符的成熟。】要是我活着，我会一直错下去的。"

"可是你到哪儿去呢，海伦？你能看得见吗？你知道吗？"

"我相信，我有信仰，我去上帝那儿。"

"上帝在哪儿？上帝是什么？"

"是我和你的创造者，他绝对不会毁掉他所创造的人，我绝对依赖他的力量，完全信任他的仁慈。我在计算，最后一刻还要多久能够来临，那时刻把我送到他的面前，让他显现在我的面前。"

"海伦，那你肯定认为有天堂这个地方，而且我们死后灵魂都到那儿去吗？"

"我确信是有一个未来的国家，我相信上帝是善良的。我可以毫无顾虑地把我不朽的部分托付给他，上帝是我的父亲，上帝是我的朋友，我爱他，我相信他也爱我。"【名师点睛：临死的海伦话里听不到丝毫恐惧与抱怨，只有对天堂的向往，她对这个世界毫无留恋。】

"海伦，我死后，还能再见到你吗？"

"你会来到同一个幸福的地域，被同一个伟大的、普天下共有的父亲所接纳，毫无疑问，亲爱的简。"

我又再次发问，不过这回只是心里问而已。"那地方在哪儿？它存在吗？"我用胳膊把海伦搂得更紧了。她对我似乎比以往任何时候都要宝贵了，我仿佛觉得我不能让她走，我躺着把脸埋在她的颈窝里。她立刻用最甜蜜的嗓音说：

"我多么舒服啊！刚才那一阵子咳嗽弄得我有点儿累了，我好像是能睡着了，可是别离开我，简，我喜欢你在我身边。"

"我会同你待在一起的，亲爱的海伦。谁也不能把我撵走。"

"你暖和吗？亲爱的。"

"是的。"

"晚安，简。"

"晚安，海伦。"【名师点睛：海伦和简·爱的最后一段对话，年幼的两个女孩就这样生离死别。】

她吻了我，我吻了她，两人很快就睡熟了。

我醒来时，已经是白天了，是一个不平常的动作把我弄醒了。我抬头看看，我在别人怀里。护士抱着我穿过走廊送我回到宿舍去，我没有因为离开自己的床而挨骂，人们还有许多别的事情要做，我问的许多问题也没有人解答。但一两天后我知道，坦普尔小姐在拂晓回房时，发现我躺在小床上，我的脸蛋紧贴着海伦·彭斯的肩膀，我的胳膊搂着她的脖子，我睡着了，而海伦——死了。她的坟墓在布罗克布里奇墓地，她去世后十五年中，墓上仅有一个杂草丛生的土墩，但现在一块灰色的大理石墓碑标出了这个地点，上面刻着她的名字及"Resurgam"（拉丁文，系宗教术语，表示基督教复活信念的用语）这个字。【名师点睛：海伦死了，没人记得这个善良、柔弱的女孩，伴随她的只有一块冰冷的墓碑。】

Z 知识考点

1. 简·爱看到_____来给海伦看病，她开始觉得海伦身体不好。

2. 罗沃德爆发疫病的原因是 （   ）

　A. 有外来人带入病原

　B. 雾瘴发源地

　C. 学生多

▶ 简·爱

3.本章开篇着重描写春天的美景在文中起什么作用？

　　_____

　　_____

4.简·爱为什么喜欢和玛丽·安在一起？

　　_____

　　_____

Y 阅读与思考

1.简·爱为什么要冒着危险去看海伦？

2.文中为什么没有叙述简·爱看到海伦去世？

第十章

探索新生

M 名师导读

　　在伤寒离开罗沃德学校以后,学校的境况也被改善了。简·爱顺利地长大,她在罗沃德做了六年学生、两年教师,终于在坦普尔小姐离开之后,彻底厌倦了罗沃德一成不变的生活。她通过登广告得到了一份新的工作,去了遥远的桑菲尔德庄园,同时开启了一段新的生活。

　　到目前为止,我已细述了自己微不足道的身世。我一生的最初十年,差不多花了十章来描写。但是,这不是一本正规的自传,我只是需要能够在某种程度上引起人们的兴趣而已。所以,我现在沉默地跳过了八年,为了保持上下环节的连贯,只要写几行就够了。

　　斑疹伤寒热在罗沃德完成了它摧毁性的使命以后,便渐渐地从那里销声匿迹了。但是其病毒和牺牲者的数字,引起了公众对学校的注意,于是人们对这场灾祸的根源做了调查,而逐步披露的事实大大激怒了公众。【名师点睛:海伦和其他女孩的死让罗沃德有了转机。】这地点环境本身有害健康,儿童饭菜的质和量,做饭用的带咸味的臭水,学生的粗劣的衣服和设备,这一切都被发现了。这个结果的产生对于布罗克赫斯特先生来说是屈辱的,对学校来说却是有利的。

　　郡里几个富有的慈善家捐了大笔的钱,在更好的地方选定一所合宜的房子,订了新的规章制度,改善了伙食和衣服。学校的经费委托给一个委员会管理。【名师点睛:学校环境得到了明显的改善,也为后文

简·爱

学校的良好发展做了铺垫。]布罗克赫斯特先生有钱又有势，自然不能忽视，所以仍担任司库一职。但在履行职务时得到了更为慷慨和富有同情心的绅士们的协助。他作为督导的职能，也由他人一起来承担，他们知道该怎样把理智与严格、舒适与经济、怜悯与正直结合起来。学校经过这样的改进，及时成了一个真正有用而且高贵的机构。在这次革新以后，我在里面住了八年，六年当学生，两年当教师，在这两种不同的地位上，我都可以证实这所学校的益处和重要性。

在这八年里我的生活始终如一，但不是不快乐的，因为它并非死水一潭。我在力所能及的范围内获得了最好的教育，对某些学科产生了喜爱，渴望出类拔萃，同时特别爱讨老师们高兴，尤其是那些我喜欢的老师，这一切都在催我奋进。凡是我能得到的有利条件，我都充分利用。最后，我升到班级第一的位置，接着，我被授予了教师的职位，满怀热情地当了两年教师，但当满了两年之后，却有了一些变化。

【名师点睛：简·爱的生活理念的变化，促使她真正意识到自己内心的变化，更加坚定了自己要走的人生道路。】

坦普尔小姐经历种种变迁，始终担任着校长的职位，我所取得的成绩都要归功于她的不倦教诲。她是我的母亲、我的守护人，又是我的朋友。这时候，她结婚了，随她的丈夫（一位牧师、一个出色的男人，完全可以与这样一位妻子相般配）迁往一个遥远的郡邑，最后我们失去了联系。

她一走，那种已经确立了的使罗沃德有几分像家的感情纽带，都随之化为乌有。我见她身着行装在婚礼后不久跨进了一辆驿站马车[18世纪和19世纪初期运载旅客及邮件的一种四轮车厢式马车]，我回到自己的屋子里，在孤寂中度过了为庆祝这一时刻而放的半天假日。

那段时间我多半都在房间里踱来踱去，自以为只是为自己的损失感到惋惜，想着如何进行弥补。可是，等我沉思结束，抬起头来一看，发现下午已经过去了，夜晚已经来临，这时候，我又有了一个新的发现，我的内心已经经历了一个变化过程。在精神上抛弃了所有从坦普尔小姐身上借来的东西——或者说，有她在身边时我一直呼吸到的平静空气，她都随身带走了。现在我又回到了本我，开始觉得昔日的情绪在躁动。这并非好像是一种支撑物被拿走，而是某种动机没有了；并不是我已经没有保持冷静的力量，而是我失去了保持冷静的理由，这使我很沮丧。多年来，我生活的世界一直局限于罗沃德学校，我体验着它的一切规章制度。我才想起来，真正的世界是很宽广的，是一个充满希望、恐惧、感动和兴奋的天地，正等着有勇气的人冒着危险去寻求生命的真谛呢。【名师点睛：坦普尔小姐的离去使简·爱意识到自己不应该仅仅局限于罗沃德学校，她现在渴求到外面的世界去寻求真谛，为下文她去外面闯荡做了铺垫。】

我来到窗旁，打开它，往外看去。外面是这座房子的两个边房，下面是花园，远些是罗沃德的边缘，再远是丘陵起伏的地平线。我的视线掠过其他一切东西，落在最遥远的地方，落在呈现蓝色的顶峰——我渴望的就是要翻过那些顶峰，而在它们满是石头和荒野的界线以内，仿佛都是监狱的场地，是流放的场所。我的目光追随着绕过那一个山脚，消失在两三座山之间峡谷的白色的路上，我多么渴望顺着它看得再远一些啊！我回想起自己正是坐着一辆马车穿行在那条路上，记得是在黄昏时分从那小山上下去的。而自从那天我第一次来到罗沃德后似乎已过了一个时代，我从此就没离开过学校。我的假期都是在校园里度过的，里德太太从没叫人来让我回盖茨黑德，无论她还是她的任何家人都从没来看过我。我也根本没有通过信件或消息与外界联系。学校的规章，学校的职责，学校的习惯和观念，以及学校的声音、面孔、用语、服饰、喜好及憎恶——这些就是我所了解的生活。我现在感到这还不够，在一个下午，我厌倦了八年来的常规，我向往自由，我渴望自由，为了自由我做祈祷。然

101

▶ 简·爱

而我的祈祷好像在微风中消散。我放弃这样的愿望，又提出一个更加卑微的恳求，意在为了改变一下，寻求一点刺激，可是连这种恳求也好像被吹散到了茫茫的空中。"那么，"我有些绝望地叫道，"赐予我新的苦役吧！"【名师点睛：这是简·爱对新生活的呐喊，说明她特别渴望自由，渴望融入新的世界。】

这时响起了晚饭的铃声，把我叫下楼去。

我的思绪被打断了，直到就寝时间我才得以有机会继续思考。但即便这时，一个和我同住一间屋的老师，还在没完没了地闲聊着，使我无法接着考虑很想再想想的问题。我多么希望睡眠能使她沉默，仿佛只要我再站在窗边想想办法就能想出最后那个别出心裁的办法。

格丽丝终于打鼾了，她是个身体肥胖的威尔士女人，老爱打呼噜，直到现在我都觉得这事让人讨厌。而今夜我为她发出的第一声低沉的鼾声在心里满意地欢呼着。【写作借鉴：简·爱的内心描写，此处的转折表明简·爱内心正在发生巨大的变化，一个出人意料的想法正在她的头脑中孕育。】不会有谁干扰我了，我那快要被抹去的思绪立即又复苏起来。

"一种新的苦役！这有一定道理，"我自言自语（要知道，只是心里想想，没有说出口来），"我知道是有点道理的，因为它并不动听，它不是和自由啊、兴奋啊之类的词语联系在一起的，这些词语听起来确实叫人很愉快，可是对我来说不过是空洞的声音而已。但是这苦役却全然不同！它毕竟是实实在在的，任何个人都可以服苦役。我在这儿已经服了八年，现在我所祈求的不过是到别处去服役。难道我连自己这点愿望都没办法实现？难道这个方法不是可行的吗？是呀，是呀，要达到目的并非难事，只要我肯动脑筋，找到达到目的的手段。"

为了唤醒这个大脑，我在床上坐起身。这是一个寒冷的夜晚，我用围巾盖住肩头，然后又极力思考起来。【写作借鉴：对人物行为的描写表现出简·爱对新生活所做决定的深思熟虑。】

"我向往什么呢？在新的房子、新的面孔和新的环境中的一个新的职位。我向往这个，因为向往更好一点的东西也是徒劳无益的。人们是怎么得到新的职位的呢？我猜想他们求助于朋友。但我没有朋友。很多没有朋友的人只好自己亲自去找工作，自己救自己，他们采用什么办法呢？"【写作借鉴：一系列问句表明了简·爱急切想要找到工作的心情，同时也说明她是一个对未来迷茫的人。】

我说不上来，找不到答案。随后我责令自己的头脑找到一个回答，而且要快。我转动脑筋，越转越快。我感觉我的头和太阳穴那里的筋脉在跳动着。但将近一个小时，我的脑子乱七八糟，一切努力毫无结果。我因为徒劳无功而心乱如麻，便立起身来，在房间里转了转，拉开窗帘，望见一两颗星星，在寒夜中颤抖，我再次爬到床上。一定是有一位好心的仙女，把我所需要的灵感放到我的枕头上，因为我才躺下，灵感就突然出现在我的脑海里。"凡是谋职的人都登广告，你必须在《××郡先驱报》上登广告。"【写作借鉴：形象的比喻，生动地再现了简·爱当时的心理活动，表达了她的喜悦之情。】

"怎么打广告呢？我对这事一窍不通。"

回答非常对口而且迅速地冒了出来。"你得把消息和费用放在信封里，信封上写《先驱报》编辑部收。你得一有机会就把它寄到罗唐邮局去。回信要写给罗唐邮政所的 J. E.（简·爱的英文缩写）。把信寄出大约一周后你可以去查看一下，如果有回信照着办就是啦。"

这个计划我在脑海里反复想了两三遍，在心里把它细细琢磨，我已经使它具有清清楚楚、切实可行的形式。我感到满意，就睡了。

第二天我早早就起来了，写好了广告，封好信封，写上了地址。信是这样写的：

"兹有年轻女士，教学经验丰富，擅长教授优良英国教育中各项普通教育，以及法文、绘画和音乐。愿谋一家庭教师职位，儿童年龄须小于十四岁。回信请寄××郡罗唐邮局，J. E. 收。"

这份文件在我抽屉里整整锁了一天。用完茶点以后，我向新来的

▶ 简·爱

校长请假去罗唐，为自己也为一两位共事的老师办些小事。她欣然允诺，于是我便去了。要走两英里路，傍晚很潮湿，但是那些日子里白昼还比较长，我去了一两家铺子，再悄悄把信送到邮局，又淋着雨回来，身上都湿透了，但是心里很轻松。【名师点睛：描写简·爱为了新职业做的准备，以及做完准备之后内心的轻松。】

等待的那个星期很漫长，然而它也像天底下所有的事一样，最终还是过去了。在一个令人惬意的秋日快要过去时，我又走在了去罗唐的路上。值得一提的是，那是一条风景如画的小道，就延伸在弯弯的溪谷旁边。不过那天我想得更多的是信件（它们或许在我要去的那个小镇等待着我，或许根本就没有），而不是这迷人的草地和溪水。【写作借鉴：景物描写，优美景色和简·爱的焦虑内心形成鲜明对比，突出简·爱迫切希望能收到回信的心情。】

我这次外出，表面上的任务是去量尺寸定做一双鞋，于是我首先办完此事，之后便从鞋店穿过那条清洁安静的小街朝邮政所走去。它由一个老妇人管理，她鼻子上架着一副牛角眼镜，手上戴一双黑色连指手套。

"有写给 J. E. 的信吗？"我问。

管理员随后打开一个抽屉，在里面放着的东西中翻了好久好久。最后，她终于把一份文件递给我。

"就只有这么一封？"【写作借鉴：人物简洁的对话，将简·爱对只收到一封信的失落感表现了出来。】我问。

"没有了。"她说，我把信放进口袋，转身就走。当时我不能拆开，按照规定我得八点前返回，而这时已经七点半了。

我一回去就有几项任务等着我。学生的学习时间，我不得不在旁边陪同着，轮到我来读祈祷文，看着她们上床。然后和其他教师一起吃晚饭，甚至到了就寝的时间，那个避不开的格丽丝小姐还和我在一起。烛台上只剩下一短截蜡烛了，我担心她会喋喋不休，直至烛灭。

104

幸好那一顿饭产生了催眠的效果。我还没有脱好衣服，她已鼾声大作。蜡烛只剩一英寸，我取出了信，封口上署着缩写F.，我拆开信封，发现内容十分简单。

"如上周四在郡《先驱报》上登了广告的J.E.具备她所提及的修养，如她能为自己的品格与能力提供满意的证明人，即可获得一份工作，仅需教一名学生，一个不满十岁的小女孩，年薪为三十英镑。务请将证明人及其姓名、地址和详情寄往下列姓名和地址：'××郡，米尔科特附近，桑菲尔德，费尔法克斯太太收。'"

我把文件细看了很久。老式的字迹，不稳定的笔迹，像是个老妇人的。这个情况还十分令人满意，原来，我总是担心自己的擅自行动会有招来麻烦的危险，尤其是，我希望我努力的结果是可敬的、高尚的、合乎规矩的。【名师点睛：对来信的观察，说明简·爱的机智和谨慎，同时说明了简·爱内心深处渴望被人尊重。】我现在觉得手头的这件事涉及一位老年妇女倒是好事。费尔法克斯太太！我想象她穿着黑色的长袍，戴着寡妇帽，也许索然无味，但并不失为一位典型的英国老派体面人物。【写作借鉴：简·爱的心理描写，写出了她内心对于费尔法克斯太太的想象。】桑菲尔德，毫无疑问，那是她居住的地方，虽然我还猜不出房屋的建筑和格式，但是我肯定，那是个整洁的地方。××郡的米尔科特，我重温了记忆中的英国地图。不错，郡和镇都看到了。××郡比我现在居住的偏远小郡，离伦敦要近七十英里。这对我来说是十分可取的。我向往活跃热闹的地方。米尔科特是个河边上的工业城市，毫无疑问，确实是个够热闹的城市。这样岂不更好，至少也是个彻底的改变。尽管我很不喜欢那些高高的烟囱和从里面冒出的团团烟雾，"不过，"我争辩着，"或许桑菲尔德离镇很远呢。"

这时残烛落入了烛台孔中，烛芯熄灭了。

第二天要采取新的步骤了，我的计划不能藏在心里，为了计划的实现，就得把它公开出来。在中午休息的时间，我设法和校长谈了一

简·爱

下,我告诉她,我有希望得到一个新的职位,薪酬比我现在的要高一倍,而且请她把这件事告诉布罗克赫斯特先生和委员会里的其他人,确认一下,他们是否允许我把他们提出来作为证人。【写作借鉴:简·爱的内心描写,表明了简·爱谨慎的思维和理智的想法,同时为下文简·爱顺利得到新职位做了铺垫。】她一口答应充当这件事情的协调人。第二天,她向布罗克赫斯特先生提出了这件事,而他说必须写信通知里德太太,因为她是我的监护人。结果便向那位太太发了封简函。她回答说,我可以按照自己的愿望行事,她早已放弃了在我的事务上的干预,这张条子在委员会传阅,在经过了我最讨厌的拖延之后,委员会终于同意我尽可能改善自己的境况。附带还保证,由于我在罗沃德当学生和当教师时,一向表现很好,为此即将为我提供一份由学校督导签字的品格和能力证明书。

因此,大约过了一周,我收到了这份证明,我寄了一份给费尔法克斯太太,并且收到了她的回信。她说她感到满意,并且约定两周以后准时到她家里担任教师。

现在我忙于做准备了。两周时间一晃而过。我的衣装不多,只是够穿罢了。最后一天也完全够我整理箱子——还是八年前从盖茨黑德带来的那一只。

箱子已用绳子捆好,贴上了标签。半小时之后有脚夫来把它取走,送往罗唐,我自己则第二天一早要赶到那里去等公共马车。我刷好了我的黑呢旅行装,备好帽子、手套和皮手筒,把所有的抽屉翻了一遍,免得落下什么东西。现在没什么事情可做,我便想坐下来休息一下。虽然我整天都站着,这会儿却一刻也不能休息,我太兴奋了。我生活的一个阶段今晚就要结束,明天将开始一个新的阶段。在两者的间隙,我难以入睡,我必须满腔热情地观看这变化的完成。【写作借鉴:心理描写,表现了简·爱即将离开罗沃德,开始新生活的兴奋之情。】

"小姐,楼下有个人要见你。"一个在门厅碰到我的仆人说。

"一定是搬运夫。"我想着，问都不问一声就奔下楼。我刚路过半开着门的客厅，或者叫教师休息室的地方，就有人奔出来。

"准是她！——走到哪儿我都能认出来！"这个拦住我并抓住我的手的人叫道。我看到一个衣着考究的仆人像已经结过婚的妇人的样子，她很年轻，长得很好看，有着黑头发、黑眼睛和红润的脸色。【写作借鉴：运用语言神态描写，写出了久别重逢之后贝茜的喜悦之情，也为下文贝茜结婚的事情做了铺垫。】

"你还记得我吗，简小姐？"

随即我便情不自禁地拥抱她，吻她了。【名师点睛：简·爱的行为说明了她对贝茜的想念，说明她为有这样一个亲人感到高兴。】"贝茜！贝茜！贝茜！"我激动地一直这么叫着，而她听了又哭又笑。壁炉旁边站着一个可爱的三岁小家伙。

"那是我的儿子。"贝茜立刻说。

贝茜告诉我，她嫁给马车夫艾博特·利文，已经结婚快五年了。他们还有一个小姑娘，叫作简。

"你长得不高，也不很结实，也许学校待你不大好吧。伊丽莎小姐比你高得多，乔治亚娜小姐比你胖一倍。"

"乔治亚娜小姐很漂亮吧，贝茜？"

"很漂亮。去年冬天她同妈妈去了伦敦，一个年轻的勋爵爱上了她。但他的亲戚反对这门亲事，他就和乔治亚娜小姐决定私奔，结果被人发现了。是伊丽莎小姐告发的，我想她是出于妒忌。"

"约翰·里德怎样了？"

"他可没有他妈妈想的那么好，他上了大学，但是他老是不及格，我想他们是这么说的。他的几个舅舅要他当律师，学法律，可他是个浪荡的青年。我想，他们绝对不可能把他培养成什么了不起的人物。"
【写作借鉴：通过贝茜的语言，表明了贝茜对约翰的厌恶，说明从小是个坏孩子的约翰长大以后并没有什么大出息。】

简·爱

"里德太太怎么样呢?"

"太太很壮实,身体还是不错的。不过,我想她心里不见得会痛快,约翰先生的行为并不讨她喜欢,他太能花钱了。"

"是她让你来的吗,贝茜?"

"不,我听说你要去远方,就动身来见你一面。"

"我想你对我失望了吧,贝茜?"我笑着说。贝茜的眼神里不缺乏关心,可是没有丝毫赞美。

"不,简小姐,你看上去像个上层社会的贵妇人。当然你还是我所料想的那样,还是个孩子的时候你就长得不漂亮。"

听了贝茜的坦率回答,我笑了,我想这话说得对。不过我承认,对这话的含义我却并不是毫不在乎的。在十八岁的年纪上,大多数人都希望能讨人喜欢,而她们得知自己并不具备有助于实现这种愿望的外表时,心里是绝不会高兴的。

"不过你一定很聪明,你会弹钢琴吧?"贝茜想借此来安慰我。

"会一点儿。"

<u>房内有一架钢琴。贝茜走过去把它打开,随后要我坐下来给她弹个曲子。我弹了一两曲华尔兹,她听得着了迷。</u>

"<u>里德小姐可弹不了这么好!</u>"她满心欢喜地说,"我一直说,你在学问方面会超过她们的。你会画画吗?"

"壁炉架上的那幅画就是我画的。"这是一幅水彩风景画,我把它作为礼物送给了校长,来感谢她代表我在委员会中所做的善意的周旋。她把这幅画加了框,还覆了膜。【写作借鉴:<u>通过简·爱和贝茜的对话,突出简·爱的成就已经超过里德家的任何一个人,说明了简·爱聪慧有天赋。</u>】

"啊,太漂亮了,简小姐!它同里德小姐的绘画老师作的画一样好,更不要说年轻小姐她们自己了,她们同你相差太远。你学法语了吗?"

"学了，贝茜，我能读还能讲。"

"啊，你真的是一个大家闺秀了。我早就知道你会这样，不管你的亲戚是不是会注意你，你总会上进的。我有件事儿要问你，你父亲的亲属，有没有写过信给你，就是那些姓爱的人？"【写作借鉴：贝茜的语言描写，赞美了简·爱的成就，同时也引出简·爱的家人。】

"现在还没有。"

"你知道，太太总说他们穷，让人瞧不起。也许他们是穷，可是我相信和里德家的人一样，都是绅士。因为有一天，大概是七年前吧，有一位爱先生到盖茨黑德来，要看看你。太太说你在五十英里外的学校里，他好像很失望，因为他不能久留。他要乘船到外国去，一两天后从伦敦启航。他看上去完全像个绅士，我猜想他是你父亲的兄弟。"【名师点睛：通过贝茜的话，为下文简·爱叔叔的出现做铺垫，以及他要将财产留给简·爱埋下伏笔。】

"他上国外哪个国家，贝茜？"

"几千英里外的一个岛，那儿产酒——管家告诉我的。"

"马德拉岛？"我提示了一下。

"对，就是这个地方——就是这几个字。"

"他走了吗？"

"是的，他没在屋子待多少分钟。太太对他很客气，事后称他为狡猾的投机者，我那位艾博特先生认为他是个酒贩子。"

"很可能，"我回答，"或者酒商的职员或代理人。"

贝茜和我又谈了一个钟头的往事，最后，她不得不告辞了。第二天在罗唐等车时又见了她五分钟。最后我们在布罗克赫斯特纹章[授予城镇、公司、家族等或为其采用的作为一种标志或商标的徽章]旅店门口分手，各走各路。她出发到罗沃德山冈搭车回盖茨黑德，我上了车，这辆车把我送到米尔科特那个陌生的环境里担任新的职务。

▶ 简·爱

Z 知识考点

1. 简·爱在_____离开之后选择离开罗沃德。

2. 简·爱想到用什么方法获取新职？ （   ）

　A.在报纸上登广告

　B.请校长介绍

　C.自己出去询问

3. 为什么在学校爆发疫病以后，布罗克赫斯特先生还是能保持司库的地位？

_____

_____

Y 阅读与思考

1. 简·爱为什么要离开罗沃德学校？

2. 贝茜为什么会来看简·爱？

第十一章

米尔科特

M 名师导读

在去桑菲尔德的路上苦苦等待,最后简·爱终于来到了这所古老的房子里。在这里,简·爱遇到了年迈慈祥的费尔法克斯太太以及活泼开朗的阿黛勒。在桑菲尔德的生活十分愉快,但同时也有奇怪的事情悄然发生。

一部小说中新的一章,就像一出戏里面新的一场。读者啊,我这次拉起幕来的时候,你得想象看到米尔科特乔治旅馆的一个房间。它也像旅店里通常的房间一样,墙上贴着大张的图形纸,还有那地毯,那家具,壁炉架上的种种装饰物,以及各种印刷品——包括一幅乔治三世[1738-1820,英国国王,1760-1820在位]的肖像,一幅威尔士王子的肖像,以及表现乌尔夫[1727-1759,英国将领]之死的画像。这一切,都是在一盏天花板上垂下来的油灯和烧得很旺的壁炉火光照耀下显示在你的眼前的。这时我正把我的皮手套和伞放在桌上,披着斗篷、戴着帽子坐在炉子旁烤着火,让自己十六个小时奔波在十月阴冷天气中冻得发僵的身子暖和过来。我清晨四点钟离开的罗唐,现在米尔科特镇的钟声正好敲响八点。

读者啊,我虽然被招待得舒适周到,可是我的心里却很不安。当马车在这儿停下时我以为会有人来接我,在我走下"擦靴人"[指旅店中给旅客擦皮鞋的杂役]为了方便我专门为我安好的木梯时,我焦急地环顾四周,

111

▶ 简·爱

　　以为会有人叫我的名字，看见某辆马车等着把我送到桑菲尔德去，可根本见不到这样的情况。我向一位使者打听是否有人问起过一位爱小姐，回答是否定的。我没有办法，只好请他们带我到一处僻静的房间去，我就在这等着，各种猜疑弄得我心烦意乱。【名师点睛：简·爱的动作描写，突出简·爱的疑惑与焦虑，进一步说明简·爱的内心缺乏安全感。】

　　一个缺乏经验的青年，感到在这个世界上孤苦伶仃，漂泊无依，失去了一切联系，不能肯定是否能到目的地，而许多障碍又阻止着我回到原来的地方。这种冒险所具有的魅力使那种感觉变得可爱，而自豪所焕发的光彩又使它变得温暖，可是一阵接着一阵的恐惧使它受到了骚扰。半小时过去了，我还是一个人孤零零地等着，恐惧在我心里占据了上风，我想起来，可以打铃。【名师点睛：简·爱的内心在做矛盾的斗争，一方面心怀希望，另一方面又满是失望。】

　　"这里附近有没有个叫'桑菲尔德'的地方？"我问应声而来的侍者。

　　"桑菲尔德，我不大清楚，小姐，让我去卖酒的柜台问问。"他走了一会儿，就马上回来了。

　　"你的名字叫爱吗，小姐？"

　　"是的。"

　　"这儿有人在等你。"

　　我跳起来，匆匆拿着我的皮手套和伞走到旅馆的过道上，一个男人站在开着的门旁边，在点着灯的街上，我朦朦胧胧地看见一辆单马马车。【写作借鉴："匆匆"一词传神地将简·爱急切的心情表现出来。】

　　"我想这就是你的行李了？"这人见了我，指着过道上我的箱子唐突地问。

　　"是的。"

　　他把箱子提起来，放到一辆普通的四轮马车上。接着，我上了车，还没有等到他关门，我就问他桑菲尔德在哪儿。

　　"六英里左右。"

"我们要多久才到得了那里？"

"大概一个半小时。"

他关了车门，爬到车外自己的位置上，我们便上路了。马车缓缓向前，使我有充裕的时间来思考。我很高兴终于接近了旅程的终点，身子靠在虽不精致却很舒适的马车上，一时浮想联翩。

"从仆人和马车朴素的打扮上来判断，费尔法克斯夫人并不是一个讲究排场的人。这就更好了，我只在时髦的人中间生活过一段时间，我和他们在一起生活真是受罪。我不知除了那个小女孩外是否就她一个人，如果这样，不管怎样如果她态度和蔼一些，那我一定能够和她处得很好。我就肯定尽自己的最大努力去做，遗憾的是，即使尽力而为也不一定有效。确实，在罗沃德时我就下了那样的决心，并付诸行动，也得以讨人喜欢。对于里德太太而言，我记得我的最大努力总是遭到唾弃，我祈求上帝保佑别让费尔法克斯夫人成为第二个里德太太，但如果她真是那样，我一定不会和她待下去的！即使她是这样的，我也不是非得待在那儿不可，糟就糟吧，我还可以再登广告。不知道现在我们赶了多少路了？"

【写作借鉴：简·爱的心理描写，生动形象地写出里德太太留给简·爱的心理阴影，简·爱对她避之不及。】

我打开窗子往外面看去，米尔科特被抛在我们后面。从灯光的数量上看，它似乎是个相当大的地方，比罗唐大得多。就我所见，我们此时来到某种公地[指村、镇等的公用地段]，这里四处都分布着房子，我觉得我们是在一个和罗沃德完全不同的地方，人口更多，但不那么风景如画；更加热闹，但是没有那么多浪漫气息。

道路不好走，夜晚雾蒙蒙的。来接我的人一路都让马缓缓走着，我肯定一个半小时的路程延到了两小时，最后他才从座位上转过身说：

"你现在就快到桑菲尔德了。"

我又朝外面看看。我们经过一所教堂，我看见天空衬托着低矮宽阔的钟楼，它的钟声打响的那一刻，我还看见山坡上有灯光组成一条窄窄

▶ 简·爱

的天河，标志着一座村庄或者村落。大约十分钟后，马车夫跳了下来，打开两扇大门，我们穿了过去，门在我们身后砰地关上了。我们慢慢走上了车道，来到一所长长的房子前面。一扇遮着窗帘的圆肚窗，闪烁着烛光，其余一片漆黑。马车停在前门，一个女佣开了门，我下车走进门去。

"请从这边走，小姐。"那位姑娘说。我跟随她穿过一间周围是些高大的门的方形大厅，她把我领进了另一个房间，里面有明亮的炉火与烛光，与我的眼睛因为两个小时中已经习惯了的黑暗形成鲜明的对比。不过等到我的眼睛能看见东西的时候，在我面前呈现的却是一幅舒适喜人的画面。

一个小巧、舒适的房间，温暖的炉火旁有一张圆桌，一条老式高背安乐椅上，坐着一位很整洁的矮小老妇人，跟我想象中的费尔法克斯太太丝毫不差，只是不那么严肃，显得更加和蔼可亲罢了。她正在忙于编织，一只大猫一本正经地坐在她的脚边。总之，对于一个家庭教师来说，再也想象不出比这更令人放心的初次见面了。【名师点睛：简·爱和费尔法克斯太太的初次见面，描述了一个和蔼的老太太的形象，让简·爱迅速放下戒备之心，也为下文简·爱和费尔法克斯太太的友好相处做铺垫。】没有那种咄咄逼人的豪华，也没有令人难堪的庄严。我一进门，那老妇人便立刻站了起来，客客气气地上前来迎接我。【名师点睛：以叙述的形式将简·爱即将开始的新生活描写了出来，也预示着即将有一个好的开头。】

"你好，亲爱的！恐怕一路坐车很累吧。路又不好走，约翰驾车又那么慢，快到火炉这边来吧。"

"我想您就是尊敬的费尔法克斯太太了？"我问。

"是呀，你说对了，请坐吧。"

她把我引到她的椅子旁边，接着就开始给我拿掉披巾，解开帽带，我请求她不要麻烦了。

"啊，一点儿也不麻烦。你的手恐怕已经冻僵了吧。莉娅，调点儿尼格斯酒，切一两片三明治。"【写作借鉴：费尔法克斯太太的语言、动作描

写，写出了她对简·爱的关心和她的平易近人。】

说着，她从口袋里掏出一串有序的钥匙，把它递给了仆人。

"再靠近火炉一些，"她继续说，"你把行李带来了，是不是，亲爱的？"

"是的，夫人。"

"我马上叫人搬到你房间去。"她说着，转身走了出去。

"她把我当客人看待了。"【名师点睛：通过简·爱内心的独白，表露出她之前生活的惨痛遭遇，这是她第一次在一个陌生的环境受到这样的礼遇。】我想。"我没料到会有这样的接待，我原来预料的只是冷淡和骄傲，这情况也不像我所听说的家庭教师的待遇。不过，我可不能高兴得太早了。"

她很快回来了，亲自动手把她的编织工具和一两本书从桌上挪开，为莉娅端来的托盘腾出了地方，接着她亲自把点心递给我。我从来没有受过这样的关怀，何况是来自我的雇主和上司的关心，我感觉有点手足无措了。

"我能在今晚见一见费尔法克斯小姐吗？"我吃完了她递给我的点心后问。

"你说什么呀，亲爱的，我耳朵有点聋。"这位善良的夫人一边问，一边把耳朵凑近我的嘴巴。我把这个要求更清楚地说了一遍。

"哦，你说的是阿黛勒小姐！阿黛勒是你要教的学生的名字。"

我本来想接着提问，问问阿黛勒小姐和她是什么关系，可是，我想问得太多不礼貌；而且，我以后总会知道的。

"我很高兴，"她在我对面坐下，把那只猫放到膝头，继续说，"我很高兴你来了。现在有人做伴，住在这儿是很愉快的。当然，什么时候都很愉快，桑菲尔德是个很好的古老宅子，也许这几年没怎么收拾，不过，它还是一个可敬的地方。可是你知道，在冬天，一个人待在孤零零的房子里，会感到无聊。【写作借鉴：费尔法克斯太太的语言描写，说明她在这个古老的桑菲尔德庄园中内心的孤独和无聊。】我说孤独——莉娅当然是个可爱的姑娘，约翰夫妇是正派人。不过，你知道他们只是仆

115

简·爱

人，不能用平等的身份和他们交谈，还要保持一定的距离，不然会失去威严。确实去年冬天（如果你还记得的话，那是个很冷的冬天，不是下雪，就是刮风下雨），从十一月到今年二月，除了卖肉的和送信的，没有人到府上来过。我一夜又一夜孤零零地一个人坐着，心情可真是抑郁，我让莉娅来念书给我听，可是这个可怜的姑娘不喜欢这个活。她觉得这限制了她的自由。春秋两季情况好些，阳光和长长的白天使得一切大不相同。随后，秋季刚刚开始，小阿黛勒·瓦伦和她的保姆就来了，一个孩子立刻使一幢房子活了起来，而现在你也来了，我会非常愉快。"

听着她的谈话，我对这位可敬的妇人产生了好感，我把椅子拉得和她近一点，并且衷心地希望，我和她的相处能像她预料中的那样愉快。【写作借鉴：简·爱的动作和心理描写，写出了简·爱在听到费尔法克斯太太的处境时，希望能和费尔法克斯太太的距离更近一步。】

"不过今晚我可不准备让你待得太久，"她说，"现在钟敲响十二点了，你走了一整天，肯定会很累。我已让人整理好了我隔壁的房间，这不过是个小房间，但比起前面宽阔的大房间来，我想你会更感到满意的。虽然那些大房间确实有精致的家具，但孤独冷清，连我自己也从来不睡在里面的。"【写作借鉴：费尔法克斯太太的语言描写，写出了她的善解人意，体现了她对简·爱的关心和照顾，也展现了她细心周到的人物性格。】

我感谢她为我做了周到的选择，而且由于长途跋涉，我确实已经很疲惫了，便表示我要马上准备休息了。她拿起蜡烛，我跟着她走出房间，然后带我上楼。阶梯和扶手都是木制的，楼梯的窗子很高，镶有木格子，楼梯和过道使人不愉快地联想起空洞和孤寂。【名师点睛：这里对房子的描述，反衬了房子的孤寂和冷清。】因此当我最后被领进自己的房间，发现它面积虽然不大，但有着普通现代风格的陈设时，心里便十分高兴了。

费尔法克斯太太好心地向我道声晚安，我插上门闩，从容地向四周看去，经历了一天的疲惫和心理焦急之后，我终于到了安全的避难所，情不自禁地一心想要感恩。我跪在床边开始默默地祈祷。那天晚上，我的床榻上没有荆棘，我那孤寂的房间里没有恐惧。【名师点睛:这是简·爱对桑菲尔德产生的安全感的描述，说明她即将展开一段美好的人生。】我很快就熟睡了，等我一觉醒来，已经是大白天了。

当阳光从鲜艳的蓝色棉布窗帘的缝隙中照射进来，小小的房间看起来多么明亮。被照亮的纸糊的墙纸和铺着地毯的地板，这和罗沃德光秃秃的地板和沾满污渍的墙完全不同，我一看见这些就精神振奋。【写作借鉴:对于小房间的描述，让人觉得小房间充满了温馨，十分整洁，同时与罗沃德的房间形成对比，进一步说明简·爱告别了过去拘谨的生活，开始了一段全新的生活。】外部环境对年轻人有着巨大的影响，我想自己人生的一个更加美好的时代开始了，这时代既有鲜花与快乐，也有荆棘与艰辛。面对这环境的变化，这给人希望的新天地，我所有的感官似乎都被唤醒，开始躁动起来。我无法准确说出它们期望着什么，不过总是某种令人愉快的东西:也许不在具体的哪一天哪一月里到来，而在一个并不确定的未来时期。

我起身了，细心穿着衣服，不得不穿着朴素，因为我没有一件衣服不是做得极其简单的。但渴求整洁依然是我的天性。习惯上我并不无视外表，不注意自己的形象;相反，我一直希望自己尽可能显得好看一些，尽可能地讨人喜欢一些。【写作借鉴:简·爱的动作和心理描写。"不得不""尽可能"写出了简·爱和其他普通女孩子一样，希望自己美丽动人、讨人喜欢，同时也懂得自尊自爱。】有时候，我为自己没有长得漂亮些而感到遗憾，有时巴不得自己有红润的双颊、挺直的鼻梁和樱桃般的小口。我希望自己长得高，五官端正，身材丰满一些，可是我却长得那么矮小，那么苍白，五官又不端正，而且还是那么特征显著。为什么我有这些心愿却又有这些遗憾? 这很难说清楚。当时我自己虽然说不上来，但我有一个理由，一个合乎逻辑的、自然的理由。不管怎么样，我还是把头发梳

117

▶ 简·爱

得很整齐，穿上黑衣服——虽然这看起来会像贵格会教[基督教的一个新教派，该教派成立于17世纪]教徒，但好在衣服非常合身，再把干净的领饰整理好，我想我能够体面地去见费尔法克斯太太，我的新学生至少不会因为厌恶而从我面前退缩。我打开了房间的窗户，并注意到已把梳妆台上的东西收拾得整整齐齐，便大着胆子走出门去了。

我走过铺着地席的长廊，走下打滑的橡树楼梯，来到了大厅。我站了一会儿，看着墙上的几幅画（记得其中一幅画的是一个穿着护胸铁甲的十分威严的男子，另一幅是一个头发上搽了粉、戴着珍珠项链的贵妇），看着从天花板上垂下来的青铜灯，看着一个大钟，钟壳是由雕刻得稀奇古怪的橡木做的，因为年长月久和不断地擦拭，变得乌黑发亮了。对我来说，一切都显得雄伟和庄严。可是当时，我对富丽堂皇也是不大习惯了，大厅的门镶着玻璃，正打开着，我跨过门槛。这是一个晴朗的秋天早晨，朝阳宁静地照耀着透出黄褐色的树丛和依然绿油油的田野。我走到草坪，观察一下这个宅子的正面。这是幢三层楼屋宇，虽然有相当规模，但并不觉得宏大，是一座绅士的住宅，而不是贵族的府第。围绕着顶端的城垛，使整座建筑显得很别致。灰色的正面正好被后面一个白嘴鸦出没的树林子映衬着，显得很突出。林中的居住者正在边房呱呱叫个不停，飞越草坪和庭园，落到一块大草地上。一道矮篱把草地和庭园分开。草地上长着一排排巨大的老荆棘树丛，强劲多节，大如橡树，一下子说明屋宇名称字源意义的由来。更远的地方是小山，不像罗沃德四周的山那么高耸，那么峻峭，也不是一道与世隔绝的屏障。但这些山十分幽静，拥抱着桑菲尔德，给它带来了一种我不曾料到在闹闹嚷嚷的米尔科特地区会有的清静。一个小村庄零零落落地分布在一座小山的一侧，屋顶与树木融为一体。地区教堂坐落在桑菲尔德附近，古老的钟楼俯视着房子与大门之间的土墩。【写作借鉴：桑菲尔德的环境描写，"清净""零零落落"突出了桑菲尔德幽静的气氛，同时也为下文罗切斯特先生的回归做了铺垫。】

我还在享受着这恬静的景色和舒适的新鲜空气，想着让费尔法克斯太太这样一个矮小的夫人孤零零地居住，这地方实在是太大了，这位妇人却在门口出现了。

"我看你是个喜欢早起的人，"她说，"你认为桑菲尔德怎么样？"我告诉她印象很好。

"是呀，"她说，"它是个美丽的地方，可是我担心它会变得乱七八糟，除非罗切斯特先生想要来这里久住。"

"罗切斯特先生！"我大声喊道，"他是谁？"【名师点睛：由简·爱的好奇引出了另一个主人公罗切斯特，这为下文两人一系列的接触做了铺垫。】

"桑菲尔德的主人，"她毫不惊讶地回答，"你不知道他叫罗切斯特吗？"

我从未听人说起过，所以当然不知道。可是这位老妇人似乎把他的存在当作一个众所周知的事实。

"我还以为，"我继续说，"桑菲尔德是你的呢。"

"我的？多奇怪的想法！我不过是个管家——管理人。我是罗切斯特家的远亲，这位罗切斯特的母亲是费尔法克斯家的人，她父亲和丈夫的父亲是堂兄弟，我只不过是一个平平常常的管家，我的雇主对我很好的，而别的我都不管了。"

"那么，那位小姑娘呢，我的学生？"

"她是罗切斯特先生的受监护人。他委托我替她找个家庭教师。我想他有意将她在××郡养育大。瞧，她来了，同她称作'bonne'的保姆一起来了。"【写作借鉴：与上文简·爱没有问出的那个关于费尔法克斯太太和阿黛勒关系的问题照应，使故事结构严谨。】谜被揭开了，这个和蔼善良的矮小寡妇不是位大贵妇，而是像我一样的寄生者。【名师点睛：与上文前后照应，故事环环相扣，引人入胜。】我并没有因此就不像以前那样喜欢她，相反，我比以前更高兴了，她和我之间的平等地位是真的。而不只是她单方面降低自己身份的结果，这样就更好了。【名师点睛：简·爱知道了真相反而更加开心，侧面写出了她对平等地位的追求和对自由生活的渴望。】

简·爱

　　我还在沉思着这个新发现时，一个小女孩由她的伺候者陪着向草坪这边奔跑过来了。我看着我的学生，她一开始没有注意到我。她还完全是个孩子，大约七八岁，个头瘦小，脸色苍白，五官很小，一头累赘的卷发直披到腰上。【写作借鉴：阿黛勒的形象描写，将简·爱第一次见阿黛勒时的感觉描述出来，十分贴切。】

　　"早上好，阿黛勒小姐，"费尔法克斯太太说，"过来同这位小姐说说话，她会教你读书，让你有一天成为聪明的女人。"孩子走近了。

　　"这是我的家庭教师吗？"她指着我对她的保姆说，保姆回答：

　　"是呀，当然啦。"

　　"他们都是外国人吗？"我听到他们讲法语，便吃惊地问道。

　　"保姆是个外国人，而阿黛勒却是生在大陆上的，而且我相信除了六个月前的一次，她从来没有离开过大陆。她刚来的时候，还不会讲英语，现在还好一点了，会讲一点英语，我听不懂她的话，她总是把英语和法语混在一起，也许你能完全听懂她的意思。"

　　幸好我曾拜一个法国太太为师，学过法语。那时我下了决心抓紧一切机会同皮埃罗夫人交谈。在过去的七年中，每天都背诵一点法语，特别在语调上下功夫，尽可能模仿我老师的发音。对于法语，我能在一定程度上脱口而出而且流利正确，估计在阿黛勒小姐面前不会手足无措。她听说我是她的家庭教师，便走过来同我握手。我领她进去吃早饭，又用她自己的语言说了几句。起初她回答得很简短，但等我们在桌旁坐定，她用淡褐色的大眼睛审视了我十来分钟之后，突然叽叽喳喳地说开了。

　　"啊！"她用法语叫道，"你用我的语言说得和罗切斯特先生一样好，我可以像和他说话一样和你说话，索菲娅也可以和你交流了，她一定很高兴，在这儿谁也听不懂她的话。她和我一起乘大船从海对面过来，船上有冒烟的烟囱！我病倒了，索菲娅也病倒了，还有罗切斯特先生也病倒了。小姐，你叫什么名字？"【写作借鉴：阿黛勒的语言描写，通过阿黛勒的语言生动地表现出阿黛勒的天真与活泼，更加突出人物性格。】

"爱——简·爱。"

"埃尔？啊，我念不准。我们的船在早上停的，天还没大亮呢，停在一座大城市那儿。罗切斯特先生抱着我跳上甲板上岸，索菲娅跟在我的身后，马车把我送到一所叫旅馆的美丽大房子里。在那里住了大约一个星期，我和索菲娅每天都去逛一个叫公园的地方。除了我，那里还有很多孩子，还有一个池塘，池塘里有很多漂亮的鸟，我用面包屑喂它们。"

"她讲得那么快，你能听懂吗？"费尔法克斯太太问。

我完全可以听得懂她所说的话，因为过去已经习惯于我老师流利的发音。

"我希望，"这位善良的妇人继续说，"你问她一两个关于她父母的问题，我不知道她是否能记得。"

"阿黛勒，"我问，"在你说的那个既漂亮又干净的镇上，你跟谁住在一起的？"

"很早以前我跟妈妈住在一起，可是她到圣母玛利亚那儿去了。妈妈过去常教我跳舞、唱歌、朗诵诗歌。有很多很多先生和太太来看妈妈，我总是给他们跳舞，还唱歌给他们听。让我现在唱给你听好吗？"

她已经吃过了早饭，所以我允许她展现一下她的歌喉。她从椅子上过来坐在我膝头上，然后把手合在胸前，把卷发甩在背后，抬起两眼望着天花板，开始唱歌。那是歌剧中一个很经典的曲子。歌剧中的情节说的是一个被遗弃的女人对情人的绝情感到非常痛苦，求助于自己的自尊，要她的侍者用最昂贵的首饰和最华丽的礼服把她打扮起来，决定在当晚的一个舞会上同那个负心汉见面，用她欢快的举止向他证明，他的遗弃对她的影响是多么微不足道。【写作借鉴：以阿黛勒的年纪唱这首歌实在是很奇怪，为下文罗切斯特和她的母亲的关系埋下伏笔。】

给一位儿童歌手选择这样的题材，似乎有些离奇。我想他们要她表演，目的就在于听听口齿不清的童声唱出爱情和嫉妒的语调，而这种目的却是低级趣味的，至少在我心里是这样认为的。阿黛勒把这支歌唱得

> 简·爱

悦耳动听，而且还带着她那种年纪特有的天真烂漫的情调。唱完以后，她从我膝头跳下说："小姐，现在我来给你朗诵些诗吧。"

她摆好姿势，先报了题目："La ligue des Rats，fable de La Fontaine"，接着她就背了这篇寓言，抑扬顿挫，语调婉转，动作合适。在她这个年纪实在是不常见的，证明她受到过细心的训练。【名师点睛：阿黛勒娴熟的技巧引起简·爱的好奇，同时也为下文她母亲的身份埋下伏笔。】

"这首诗是你妈妈教你的吗？"我问。

"是的，她总是这么说：'你怎么啦？一只老鼠问，快说！'她叫我把手去举起来，为了提醒我朗诵到这个问题的时候要提高嗓音。现在要我跳舞给你看吗？"

"不，行啦。你妈妈到圣母玛利亚那儿去了后，你跟谁一块儿住呢？"

"同弗雷德里克太太和她的丈夫。她照料我，可是我和她没有亲戚关系，我认为她穷，因为她没有我妈妈有钱，没有那样的好房子，在那儿没有停留太久。罗切斯特先生问我，是否愿意同他一起住到英国去。我说好的，因为我认得弗雷德里克太太之前就认得罗切斯特先生了。他一向对我很好，给我漂亮的衣服和好玩的玩具。可是你看，他没有遵守诺言，他把我带到英国来，现在他自己却又回去了，我再也没有看见过他。"

吃了早饭，阿黛勒和我进了图书室，罗切斯特先生好像曾吩咐把这用作教室。大部分书籍都锁在玻璃橱内，只有一个书架是敞开的，上面摆着基础教育所需要的各类书籍。和我在罗沃德所能找到的乱七八糟的书相比，它们似乎暂时也能满足我的需要。在房子里还有一架小巧的钢琴、一个画架和一对地球仪。

我的学生特别听话，虽然不很用功。我觉得一开始把她限制得很严是不明智的。所以我讲了很多，总算让她学到一点东西，快到中午的时候，我让她回到保姆的身边。随后我打算在午饭前画些小小的素描，供她学习用。

我正上楼去取画夹和铅笔，费尔法克斯太太把我叫住："我想你上午的课结束了吧。"她说。她正在一个房间里招呼我进去。那是一个富丽堂皇的大屋子，有紫色的椅子和幔帐，一条土耳其地毯，镶着胡桃木嵌板的墙。【名师点睛：房间的奢华暗指罗切斯特先生家产丰厚。】

"多漂亮啊！"我禁不住惊叫起来，我从未见过这么豪华气派的房间。

"是呀，这是餐室，我刚打开了窗子，让新鲜的空气和阳光进来。那边的客厅更像是地窖。"

她指了指那窗子相对的一扇又宽又大的拱门，一样也挂着红紫色的帘子，此刻往上卷着。我跨过两个宽阔楼梯走到拱门面前，朝里张望。我想，我真是瞥见了仙境，门里面的景色在我未见过世面的眼睛看来，是那么的辉煌，然而这只不过是一间十分漂亮的休憩室，里面还带着一间小客厅。两间屋子地上都铺着白色的地毯，地毯上仿佛摆着鲜艳夺目的花环。天花板上都浇铸着雪白的葡萄和葡萄叶子。与它形成对比的是，天花板下闪烁着绯红的睡椅和床榻，灰白色的帕罗斯岛大理石壁炉架上，摆着波希米亚闪光玻璃装饰物，像红宝石一般火红。窗户之间的大镜子，也映照出大体红白相间的色调。

"这些房间收拾得多整齐呀，费尔法克斯太太！"我说，"没有灰尘，没有帆布罩子，要不是有股冷空气的话，别人真以为每天都有人住在这里呢。"

"唉，爱小姐，尽管罗切斯特先生很少到这儿来，就是来也是很突然。我发现他最不喜欢看到把什么都裹得严严实实的，等他到了，才开始手忙脚乱地准备，他会生气，所以我想还是事先把房间准备好。"

【名师点睛：费尔法克斯太太对主人罗切斯特先生模糊的性格介绍，让简·爱更加好奇他的为人。】

"罗切斯特先生是那种爱挑剔、难相处的人吗？"

"不完全是这样的，可是他有绅士的品位和习惯，他希望把一切按照他的习惯和爱好来执行。"

"你和大家都喜欢他吗？"

"啊，喜欢，这家人在这儿一向是受到尊敬的。这周围的一带，只

123

简·爱

要你眼睛看到的地方，差不多全部田地自古以来就是属于他家的，他的佃户都认为他是个正直大方的地主。"

"但他没有和别人不同的地方吗？他的性格究竟怎样？"

"啊，我想他的性格是无可指责的，也许他有些特别。我想他到过很多地方，见过很多世面。他一定很聪明，不过我没有同他说过很多话。"

【写作借鉴：运用人物的语言，侧面烘托罗切斯特的性格，说明罗切斯特先生性格的难以琢磨。】

"他在哪方面跟别人不一样呢？"

"我不清楚，这不容易描述，也不是很显著，不过他和你说话的时候，你总是搞不清楚他究竟是在开玩笑还是认真的，究竟是高兴还是不高兴。总之，你没法彻底了解他——至少我不行。但这无关紧要，他是一个很好的主人。"

这就是我从费尔法克斯太太那儿听来的关于我们两人的雇主的全部情况。有些人似乎不知道如何刻画一个人，不知道观察和描绘人和事的特点，这位善良的太太就属于这类人。我的问题使她迷惑，但是并没有引她把心里话说出来。【名师点睛：费尔法克斯太太的描述更加增添了罗切斯特先生的神秘色彩，使简·爱对罗切斯特更加好奇。】在她眼里，罗切斯特先生就是位绅士，是个地主，仅此而已。她不再进一步询问和追究了，我想对他有一个更具体的了解，显然让她十分吃惊。

我们离开餐厅时，她提议带我去看看这幢房子的其他地方。我跟着她上楼下楼地看，羡慕不已。我觉得宽敞的前房特别豪华，三楼有几个房间虽然又低又暗，但是有点古色古香的感觉，十分有趣。阳光从窄窄的窗子里透出一点光线，照亮了有百年历史的床架，照亮了橡木和桃木的柜子；映照着坐垫上明显留着的、磨损了一半的刺绣，以及更古老的凳子。【写作借鉴：对桑菲尔德环境的描写，写出了桑菲尔德古老的历史以及残留的富丽堂皇，再次说明罗切斯特先生丰厚的家底。】所有的物件使桑菲尔德府看起来像是个往事之家，回忆之所。有的床还有橡门，睡在它的上面，就像被关在里边似的，还有的挂着古老的英国绣花帐子。所有这一切，看起来是很奇怪的。

"仆人们睡在这些房间里吗？"我问。

"不，他们住在后面的一排小屋子，谁也没有在这儿睡过。差不多可以说如果桑菲尔德闹鬼的话，那么这里就一定是会有鬼魂的地方。反正我从没听说过。"费尔法克斯太太笑着说。

"鬼的传说也没有？没有传奇或者鬼故事？"

"我肯定没有。不过，听说罗切斯特家族是个比较暴躁而不是比较安静的家族。也许就是因为这个原因，他们现在才平静地在坟墓里安息。"

"是呀，经过了一场热闹的人生，他们现在睡得好好的。"我喃喃地说，"你现在上哪儿去呀，费尔法克斯太太？"因为她正要走开。

"到铅板房顶上，你愿意一起来，从那儿眺望一下远方的风景吗？"我和她走上一道窄窄的楼梯，到了楼顶，再从那爬上一部梯子，穿过一扇活门来到房顶。这时我与白嘴鸦的领地已处于同一高度，可以窥见它们的巢穴。我倚在城垛上眺望，只见地面恰似一幅地图般展开，鲜嫩的天鹅绒草坪，紧紧围绕着大厦灰色的宅基；与公园差不多大的田野上，有古老树木的点缀，树林的叶子已经枯萎成焦茶色，杂草丛生的小径一分为二，小径上长满了青苔，比长着叶子的树还要绿；门口的教堂、道路和寂静的小山都安卧在秋阳里；地平线上祥和的天空，蔚蓝中夹杂着大理石般的珠白色。【写作借鉴：景物描写。走到楼顶，桑菲尔德一片开阔的景象。】这景色没有一点奇特之处，但是一切都叫人喜欢。当我离开这儿重新穿过活门的时候，我几乎看不见走下楼梯的路。同我刚才抬头观望的蓝色苍穹相比，同我兴致勃勃地俯瞰过以桑菲尔德府为核心展开的阳光照耀下的树林、牧场和绿色小山的景致相比，这阁楼便犹如墓穴一般黑了。

费尔法克斯太太跟在我后面，并且拴上活动天窗。我摸索着找到了楼梯的出口，开始走下顶楼的窄楼梯，隔开三楼前后房间的这条过道，

125

▶ 简·爱

狭窄而又低暗，仅在远远的尽头有一扇小窗，两边黑色的小门全都关着，活像蓝胡子[法国民间故事中一个曾杀过六个妻子的恶人，尸骨都藏在他城堡里的密室中，最后才被他第七个妻子所发现]城堡里的一条走廊。

我轻轻地向前走，万万没有想到在这么一个寂静的地方竟然会听到那种刺耳的声音。这是一种奇怪的声音，清楚、呆板而且悲伤。我停下脚步，笑声也停止了，但是停了一会儿，它又开始了，声音越来越大，和刚才比起来，虽然清晰却很低沉。这笑声响了一阵以后便停止了。【名师点睛：寂静的房间和诡异的笑声形成鲜明对比，设置了悬念。】震耳欲聋的声音可以在每间孤寂的房子里引起回声。尽管这声音不是来自一个房间，但我完全能听出是从哪扇门里传出来的。

"费尔法克斯太太！"我大声叫道，这时正听见她走下顶楼的声音，"你听见响亮的笑声了吗？那是谁呀？"

"很可能是些仆人，"她回答说，"也许是格雷斯·普尔。"

"你听到了吗？"我又问。

"听见了，清清楚楚的，我常常听见，她在屋子里做针线活，有时候莉娅和她在一起，她们两个总是很吵闹。"笑声以它低沉的、音节清晰的调子重复着，最后以古怪的嘟囔结束。【写作借鉴：费尔法克斯太太描述了格雷斯诡异的笑声，也为下文简·爱对格雷斯的怀疑埋下伏笔。】

"格雷斯！"费尔法克斯太太嚷道。我实在不指望有什么格雷斯回答，因为这是我听到过的笑声中最悲惨、最不可思议的笑声。要不是正值中午，要不是鬼魂的出现从来不与奇怪的狂笑相伴，要不是当时的情形和季节并不会激发恐怖的情绪，我准会变得迷信，并害怕起来呢。不过事实向我证明，即使我只是感到惊奇，我也已经是个傻瓜了。

最靠近我的一扇门开了，一个仆人打扮的人走了出来。她是个三四十岁的女人，长得结结实实、四四方方的，有一头红发还有一张冷酷而普通的脸，几乎再也想不到有什么幽灵会像她一样，她实在太不像鬼魂了。【写作借鉴：通过对格雷斯的肖像描写，为下文诡异事件做铺垫。】

"太闹了，格雷斯，"费尔法克斯太太说，"记住对你的吩咐！"格雷斯默默地行了个屈膝礼，走了进去。

"她是我们雇用来帮助女仆做针线活的，"费尔法克斯太太继续说，"在有些地方是无可指责的，但是她今天干得挺好。顺便问一句，你今天早上和新学生相处得怎么样？"

于是我们的谈话转到了阿黛勒身上，一直谈到我们来到下面敞亮而欢快的地方。阿黛勒在大厅里迎着我们跑过来，一面还嚷嚷着。

知识考点

1.简·爱到达桑菲尔德之后，费尔法克斯太太对简·爱是什么态度？
（　　）

　　A.不理不睬　　　　B.冷言冷语　　　　C.细心周到

2.费尔法克斯太太为什么在桑菲尔德感到无聊？

_____

_____

3.费尔法克斯太太为什么给简·爱选了一个小房间？（用原文回答）

_____

_____

4.简·爱为什么可以和阿黛勒流利地交流？

_____

_____

阅读与思考

1.费尔法克斯太太对待简·爱如客人一般，这对简·爱来说有什么影响？

2.请描述一下桑菲尔德府。

3.请说说格雷斯是个怎样的人。

127

简·爱

第十二章

初遇主人

M 名师导读

> 在桑菲尔德古老而又幽静的环境中，简·爱颇为平静地生活了一段时间。一次偶然的遭遇，她帮助了一个陌生人，她没有意识到这个陌生人就是桑菲尔德的主人，从此简·爱开始了另一段不同的人生。

我初来桑菲尔德府的时候，一切都显得那么平静，似乎预示着我未来的经历会一帆风顺。在进一步熟悉这个地方和它的居民之后，我发现这个希望没有落空。费尔法克斯太太果真像她的外表一样是个性格温和、心地善良的女人，并且受过足够的教育。我的学生活泼可爱，但由于过分溺爱已被宠坏，有时显得特别倔强任性，好在完全由我照管，而且没有人来干涉和阻挠我对她的教育计划，她也很快忘掉了她的恶作剧，变得听话和肯学。【名师点睛：周围的人对简·爱都很友善，阿黛勒的乖巧听话也让简·爱十分放心。简·爱在桑菲尔德的生活十分愉悦。】她没有非凡的才能，没有个性特色，没有那种使她稍稍超出一般儿童水平的特殊情趣，不过也没有使她有于常人之下的缺陷和恶习。她有了适当的进步，对我怀着一种虽然不深但是却还很热烈的爱。她那淳朴、快活的言语和讨人喜欢的努力，在我心里激起了一定程度的喜爱之情，足以使我们两人能够满意地相处。【名师点睛：简·爱对阿黛勒十分喜欢，即使她有一些小的缺点也是能够原谅的。】

这些话会被某些人视为过于冷淡，这些人持有庄严的信条，认为孩子要有天使般的本性，应当对承担孩子教育的责任者怀有偶像崇拜般的虔诚。不过这样写并不是为了迎合父母的利己主义，不是附和时髦的高论，不是支持骗人的空谈。我只是说实话罢了，对于阿黛勒的幸福和进步，我感到一种出于天性和良心的关怀，对于她这个小小的自我，感到一种悄悄的喜欢。正如对费尔法克斯太太的好心，我抱着一种感激的心情。她默默地尊重我，心地善良，性格又温和，我也就自然而然觉得和她相处是一种乐趣。【写作借鉴：心理描写，说明她对阿黛勒十分关心和在意，也说明简·爱和阿黛勒相处得很好，简·爱在桑菲尔德的生活十分愉悦。】

我想再说几句，谁要是高兴都可以责备我，有时当我独个儿在庭园里散步，当我走到大门口并透过它往大路望去时，或者当阿黛勒同保姆做着游戏，费尔法克斯太太在储藏室制作果子冻时，我走上三道楼梯，推开楼梯的活门，来到铅皮顶，远远眺望着僻静的田野和小山，望着朦胧的天际。随后，我渴望自己具有超越那极限的视力，以便使我的目光抵达繁华的世界，抵达那些我曾有所闻、却从未目睹过的生气勃勃的城镇和地区。【名师点睛：在桑菲尔德看到的外面的环境，说明了简·爱对外界还是存在一定留恋。】随后我渴望掌握比现在更多的实际经验，接触比现在范围内更多的与我意气相投的人，熟悉更多类型的个性。我珍视费尔法克斯太太的善良，珍视阿黛勒的善良，但是我相信世界上还有另一些人更加有生气和德行，我希望亲眼看到我所相信存在的类型。

谁责备我呢？无疑会有很多人，而且我会被说成贪心不足。【写作借鉴：通过描述简·爱的内心活动反衬出她对新生活的向往。】我没有办法，我的个性中有一种骚动不安的东西，有时它搅得我很痛苦。这时，我唯一的宽慰是沿着三楼的过道来回踱步，安全地待在这个地方的孤寂幽暗之中，听任我心灵的眼睛注视着面前升起的任何一个光明的幻想。幻想当然是又多又亮的，可以让心脏随着欢快的跳动而起伏，这种跳

简·爱

动在烦恼中使心脏膨胀，同时又以生命来使它扩展。最理想的是，敞开我心灵的耳朵，来倾听一个永远不会结束的故事。这个由我的想象不断创造出来的故事。这个故事还因为那些我朝思暮想，却在我实际生活中所没有的事件、生活、激情和感觉，而显得更加生动。说人类应当满足于平静的生活是徒劳无益的。他们应当有行动，而且要是他们没有办法找到，那就自己来创造。成千上万的人命中注定要承受比我更沉寂的灭亡，而成千上万的人在默默地反抗他们的命运。谁也不知道，在充斥着芸芸众生的世界中，除了政治反叛以外，还掀起了多少反叛。一般都认为女人应当平平静静，但女人跟男人有一样的感觉，她们需要发挥自己的才能，而且也像兄弟们一样需要有用武之地。她们受到过于严厉的束缚，过于绝对的禁锢，会感到痛苦，和男人是一样的。而她们享有较多特权的同类，却说她们只能局限于织布、弹琴、绣荷包，那他们的心胸该是有多么的狭隘。要是她们希望超越世俗认定的女性所应守的规范，去做更多的事情，学更多的东西，那么为此去谴责或讥笑她们是轻率的。

　　我独自一人时，常常听到格雷斯·普尔的笑声，同样的一阵大笑，同样的低沉、迟缓的哈哈声。当初我第一次听到她的笑声，让人不寒而栗，使我毛骨悚然，我还听到过她那古怪的嘟囔声，比她的笑声更奇怪。可是有些日子，她又十分安静，我却没法解释她发出的奇怪声音。有时我看到她从房间里出来，手里拿着一个脸盆，或者一个盘子，或者一个托盘，下楼到厨房去，并很快就返回。【写作借鉴：格雷斯古怪的笑声和平时镇定自若的表现形成对比，为下文庄园里发生诡异事件做铺垫。】一般会（唉，浪漫的读者，请恕我直言！）拿着一罐黑啤酒。她的外表作用就是，把她古怪声音所引起的好奇心消除，她面容严峻，沉着，没有什么可以引起兴趣的地方。我几次试图与她说话，但她似乎是个少言寡语的人，终于使我觉得兴味索然了。府上的其他成员，如约翰夫妇、女佣莉娅和法国保姆索菲娅都是正派人，虽然并不多么优秀。

十月、十一月和十二月过去了。第二年一月的某个下午,因为阿黛勒患了感冒,费尔法克斯太太为她来向我告假。阿黛勒兴高采烈地表示她支持这个请求,这使我回忆起,在我的童年时代,偶尔的假日对我来说是多么珍贵。于是我便同意了,还认为自己在这点上做得很有灵活性。这是一个十分寒冷却很宁静的好天气,我讨厌静坐书房,消磨整个长长的下午。【名师点睛:说明了简·爱不安分的内心活动,将一个充满激情、不断尝试新事物的人物性格刻画了出来。】费尔法克斯太太刚写好了一封信,等着去邮寄。我就戴上帽子,披着斗篷,自告奋勇地把信送到海镇去。走两英里的路程,这将是一次愉快的冬日午后散步。【写作借鉴:"自告奋勇"说明了简·爱极其向往外界,渴望自由的生活,希望能够让身心得到短暂的放松。】我看到阿黛勒舒舒服服地坐在费尔法克斯太太的客厅炉火边的小椅子上,给了她最好的蜡制娃娃(平时我用锡纸包好放在抽屉里)玩,还给了一本故事书换换心情。听她说了"早点回来,我的好朋友,我亲爱的简小姐"后,我吻了她一下,算是对她的回答,随后便出发了。

地面坚硬,空气沉静,旅途寂寞。我走得很快,直到浑身暖和起来才放慢脚步,欣赏和品味此时此景蕴蓄着的种种欢乐。三点了,我从钟楼下经过的时候,教堂的钟响了。这一刻的美,就在于渐近薄暮,在于徐徐沉落、光彩渐淡的太阳。我离桑菲尔德有一英里的路,在一条小径中走着。夏天,这里野玫瑰盛开;秋天,坚果与黑草莓累累,就是现在,也还留着珊瑚色珍宝般的蔷薇果和山楂果。但冬日最大的愉悦,却在于极度的幽静和光秃秃的树木所透出的安宁。【写作借鉴:景物描写,说明冬日里的景物十分可爱,简·爱走在乡间的小路上,心情十分愉悦。】微风吹来,在这里听不见声息,因为没有一枝冬青,没有一棵常绿树,可以发出沙沙声。光秃秃的山楂树和榛树丛静得就像铺在小路中间的碎白石一样。小路两旁,远远只有田野,却不见吃草的

简·爱

牛群。偶尔拨弄着树篱的黄褐色小鸟，看上去像是忘记掉落的零星枯叶。

这条小径顺着山势一直往上通到海镇。我已经走了一半的路程，便在通向田野的台阶上坐下。我用斗篷把自己紧紧裹住，把手捂在皮手筒里，所以尽管天寒地冻，却并不觉得很冷。几天前已经融化泛滥的小河，现在又冻结起来。堤坝上结了一层薄冰，这是寒冷的明证。从我坐着的地方我可以俯视整个桑菲尔德庄园，这灰色住宅是下面山谷的主要景物，树林和黑色的鸦巢映衬着西边的天际。我闲荡着，直至太阳落入树丛，树后一片火红，才往东看去。

在我头顶的山尖上，悬挂着初升的月亮，先是像云朵般苍白，但立刻便明亮起来，俯瞰着海镇。海镇半遮掩在树丛里，寥寥无几的烟囱里突出一缕缕青烟。这里与海镇相距一英里，因为万籁俱寂，我可以清晰地听到村落轻微的动静，我的耳朵也感受到了水流声，但却无法判断来自哪个溪谷和深渊。海镇那边有很多小山，不用怀疑，肯定有许多山溪穿过它们的隘口，黄昏的寂静同样还反衬出近处溪流的潺潺声和遥远处的飒飒风声。

一个粗重的声音，冲破了细微的潺潺水声和飒飒的风声，既遥远又清晰：一种确确实实的脚步声。一种刺耳的嗒嗒声把轻柔流动的水流声掩盖住了。犹如在一幅画中，浓墨渲染的前景——一大块峭岩或者一棵大橡树的粗壮树干，消融了远景中青翠的山峦、明亮的天际和斑驳的云彩。【名师点睛：将各种声响融入画卷之中，突出了声音的厚重，引起读者遐想。】

这响声是从小路上发出来的，一匹马正在走近，小路的弯弯曲曲还遮着它，可是它还在渐渐走近。我正要离开台阶，但因为小路很窄，便端坐不动，让它过去。在那段岁月里，我还年轻，脑海里有着种种光明和黑暗的幻想，记忆中的保育室故事和别的无稽之谈交织在一起。在它们重新出现的时候，正在成熟的青春给它们添加了童年不能给予的活力和真实感。马儿走近了，我等着它在暮色中出现，我蓦地记起了贝茜讲的故事中一个英格兰北部的精灵，名叫"盖特拉西"，形状像马，也像骡子，或是像一条大狗，出没在偏僻的道路上，有时会扑向迟归的旅人，就像此刻这匹马向我驰来一样。

它已经走得很近了，但是除了能听得清马蹄声，还是看不见它。我还听到树篱下有匆匆前进的声音，一条大狗紧挨着樟树干溜了过来，它黑白相间的毛发使它被树丛衬托得分外明显。这正是贝茜故事中盖特拉西的面孔，一个狮子一般的怪物，有着长长的头发和硕大无比的头颅，它从我身旁经过，却同我相安无事。并没有像我有几分担心的那样，停下来用比狗更具智慧的奇特目光，抬头看我的面孔。接着，马儿来了，那是一匹高高的骏马，上面还坐着一个人，的的确确是一个人，一下子就把恐怖的气氛消除了。盖特拉西总是独来独往，从来没有被当作坐骑的。而据我所知，尽管妖怪们会寄生在哑巴动物的躯壳之内，却不大可能看中一般人的躯体，把它作为藏身之地。这可不是盖特拉西，而不过是位旅行者，抄近路到米尔科特去。<u>它过去了，我继续赶路，才走了几步就听到摔跤的声音。"见鬼，怎么办？"叫喊声和哗啦啦翻滚落地的声响引起了我的注意。人和马都已倒地，是在路当中光滑的薄冰层上滑倒的。那条狗窜了回来，看见主人处境困难，听见马在呻吟，便狂吠着。暮霭中的群山响起了回声，那吠声十分深沉，与它巨大的身躯很相称。</u>【写作借鉴：语言和动作描写，写出了陌生人摔倒的情形，为下文简·爱帮助骑马人做了铺垫。】它把趴在地上的人和马闻一闻，然后跑到我的面前。在附近没有人的情况下这就是它所能做的一切，我听从了它，走到了这位旅行者身边。这时他已挣扎着脱离了自己的马，他的动作十分有力，因而我认为他可能伤得不重，但我还是问了这个问题。

"你伤着了吗，先生？"

我想他是在咒骂。但是不能肯定，然而他却是在说<u>一些客套话，这就使他没能马上回答我。</u>【名师点睛：以现在的眼光去审视之前发生的

133

简·爱

事，更偏向于成熟地理解他人。】

"我能帮你忙吗？"我问。

"你得站到一边。"他边回答边站起来。我照他说的话做了。这时候马开始喘息、跺脚，马蹄嘚嘚作响，狗也开始吠叫，我马上退避到了几米以外。最后这匹马重新站立起来了，那条狗也在听到一声"躺下，派洛特！"之后，便乖乖地不吱声了。这时这个赶路人弯下身子摸了摸自己的脚和腿，很显然他什么部位有些疼痛，因为他蹒(pán)跚(shān)[腿脚不灵便，走路缓慢、摇摆的样子]地踱向我刚才起身离开的台阶，一屁股坐了下来。

我一心想要帮点忙，因而这个时候，我又走近他。"要是你受伤了的话，或者我可以帮忙去桑菲尔德或者海镇叫个人来。""谢谢你，我还可以，骨头没断，只是扭伤了而已。"他再次站起来，试了试脚，可是结果却不由自主地叫了声"唉！"

白昼的余光迟迟没有离去，月亮越来越大，也越来越亮，这时我能将他看得清楚了。他身上裹着骑手披风，戴着皮毛领，系着钢扣子。他的脸部看不大清楚，但我捉摸得出，他大体中等身材，胸膛很宽。他的脸庞黝黑，面容严厉，眉毛浓密；他的眼睛和紧锁的双眉看得出刚才遭到了挫折并且愤怒过。【名师点睛：简·爱对这个陌生人的第一印象，说明他比较严肃而且为人严谨。】他已经不算是青年了，但还没到中年，大概是三十五岁吧，我并不害怕他，就是有点儿羞怯。要是他是位漂亮英俊的年轻绅士，我也许不会如此大胆地站着，违背他的心愿提出问题，而且不等他开口就表示愿意帮忙。我几乎没有看到过一位漂亮的青年，平生也从未同一位漂亮的青年说过话。我在理论上尊崇美丽、高雅、勇敢和魅力，但如果我见到这些品质体现在男性的躯体中，那我会本能地明白，他们同我的一切都没有可能也不可能有一致的地方。那我也会像人们躲避火灾、闪电或者别的虽然明亮却令人厌恶的东西一样，对他们避之不及。

甚至于这个陌生人在我和他说话的时候对我微笑或者脾气好一点，如果他用欢快的语气向我道谢来拒绝我提出的帮助，那我也会继续赶我的路，而不会感到有什么责任再问他一些问题了。但是这个赶路人的皱眉和粗犷，却使我泰然自若，因此当他挥手叫我走的时候，我仍然坚守阵地，【名师点睛：写出了简·爱独特的心思以及这个陌生赶路人的基本特点，为下文两人进一步接触奠定了基础。】并且宣布：

"先生，没有看到你能够骑上马，我是不能让你留在这条偏僻小路上的，天已经这么晚了。"【写作借鉴：简·爱的语言描写，突出了她的善良和乐于助人的品质。】

我说这话的时候，他朝我看看，在这以前，他的眼睛几乎没有向我的方向看过。

"我觉得你自己该回家了，"他说，"要是你的家在附近的话。你是从哪儿来的？"

"就从下面来，如果有月光，在外面待上一晚也不会感到害怕。我很乐意为你去跑一趟海镇，要是你想的话。说真的，我正要上那儿去寄封信。"

"你说就住在下面，是不是指有城垛的那幢房子？"他指着桑菲尔德府。这时月亮给桑菲尔德府洒下了灰白色的光，清晰地勾勒出了它以树林为背景的苍白轮廓。和西边的天空对比，现在这片树林成了一片阴影。

"是的，先生。"

"那是谁的房子？"

"罗切斯特先生的。"

"你知道罗切斯特先生吗？"

"不知道，从来没有见过他。"

"他不常住在那里吗？"

"是的。"

▶ 简·爱

"能告诉我他在哪里吗？"

"我不知道。"【名师点睛：二人关于罗切斯特先生的奇怪交谈引起读者兴趣，并且逐步揭露陌生人就是罗切斯特先生。】

"当然，你不是府上的用人了？你是——"他打住了，目光掠过我照例十分朴实的衣服，我披着黑色美利奴羊毛斗篷，戴着顶黑水獭皮帽，这两件东西远远没有太太的用人衣服那么讲究。他似乎难以判断我的身份，我帮了他。

"我是家庭教师。"

"啊，家庭教师！"他重复了一下，"见鬼，我竟把这也忘了！家庭教师！"我的衣服又受到他的仔细查看。过了两分钟，他从台阶上下来，刚一移动，看上去就很痛苦的样子。【写作借鉴："仔细查看"说明这个陌生人和桑菲尔德庄园有着密不可分的关系。】

"我不能托你找人帮忙，"他说，"不过要是你愿意，你本人倒可以帮我一点忙。"

"好的，先生。"

"你有没有伞，可以让我当拐杖用？"

"没有。"

"想办法抓住马笼头，把马牵到这里来，你害怕吗？"

我走到高高的骏马旁边，试图抓住缰绳，可那是一匹烈马，不让我靠近它的头，我一次又一次地努力，不过都是白费力气。他看了很久，最后大笑起来。

"我明白，"他说，"山是永远搬不到穆罕默德这边来的，因此你所能做到的，是帮助穆罕默德走到山那边去，我得请你到这儿来。"【名师点睛：幽默的语言描述，缓解了两人之间沉默严肃的气氛。】

我走了过去。"原谅我，"他继续说，"没办法，只好借助你的力量了。"他把一只沉重的手放到我的肩膀上，吃力地靠着我，一瘸一拐地走到他的马面前。接着他跳上马鞍，因为碰了一下扭伤的部位，一用

力便又露出了痛苦的表情。【写作借鉴:"放""靠""跳"等动词描写,说明罗切斯特先生确实伤得很严重。】

"好啦,"他说,放松了紧咬着的下唇,"把马鞭递给我就行啦,在树篱下面。"

我找了一下,把马鞭找到了。

"谢谢你,现在你快去海镇寄信吧。天黑了,快去快回。"【名师点睛:罗切斯特先生叮嘱的语言,说明他粗犷的外表下有一颗善良的心。】

他的马被带马刺的鞋跟刺了一下,先是一惊,后腿立起,接着就奔腾而去,狗急急地跟在后面。三个都不见了,像荒野中的石楠被一阵狂风卷跑。

我拾起皮手筒继续赶路,对我来说,这件事已经发生并已成为过去。在某种程度上说,它既不重要,也不浪漫,又没有趣,但它却标志着单调乏味的生活有了一个小时的变化。人家需要而且要求我的帮助,我给了帮助。我很高兴我做了一件事,事情虽小,而且一下子就过去了,但毕竟是件主动的事,而我早已对完全被动的生活感到厌倦,极其想改变这种现状。【写作借鉴:这句话起了过渡作用,简·爱已经厌恶这种平静的生活,而罗切斯特先生的出现正好打破了这份平静。】这张新面孔犹如一幅新画,被送进了记忆的画廊,它同已经张贴着的画全然不同。第一,因为这是位男性;第二,他又黑又强壮又严厉。我进了海镇把信投入邮局的时候,这幅画仍浮现在我眼前。我从山路上下来急急地走回家的时候,我还能看见他。我来到阶梯前,停了一会,向四周看看听听,心想,小路上或许会响起马蹄声,也许会再出现一个穿着披风的骑马人和一条像盖特拉西的纽芬兰狗。【名师点睛:简·爱在了无生趣的生活中遇到了一件新鲜事,于是就念念不忘,希望还可以出现这样的事。】但我只看到树篱和面前一棵没有枝梢的柳树,迎接月亮的清辉,静静地挺立着,只听到一阵微风,在一英里开外,绕着桑菲尔德府的树林时起时落。当我朝轻风拂拂的方向俯视时,我的目光扫

137

简·爱

过府楼正面，看到了一个窗户里亮着灯光，提醒我时辰已经不早了。我匆匆往前走去。

我不大情愿地走进桑菲尔德府，跨过它的门槛就是回到停滞状态。穿过寂静的大厅，登上黑洞洞的楼梯，寻找我那孤寂的小房间，然后去见心如古井的费尔法克斯太太。同她，只同她度过漫长的冬夜，这一切将彻底浇灭我这回步行所激起的兴奋，重新用一成不变的静止生活的无形镣铐，锁住我自己的感官。这种生活的稳定、安逸的长处，我已难以欣赏。【写作借鉴：“一成不变""无形镣铐""锁住"等词，生动形象地说出了简·爱已经开始厌烦这种无聊的生活，极其希望出现新鲜的事物激起生命的活力。】那时候要是我被抛掷到朝不保夕、苦苦挣扎的生活风暴中去，要是艰难痛苦的经历能启发我去向往我现在深感不满的宁静生活，对我会有多大的教益呀！它的好处就像教一个在"舒适的太妃椅"里一动不动坐得厌倦的人起来散步一样。在我这种情况下想要活动，就像在那样的情况下想要运动一样。

我在门口徘徊，我在草坪上徘徊，我在人行道上来回踱步。玻璃门上的百叶窗已经关上，我看不见窗子里面的东西。我的目光与心灵似乎已从那幢阴暗的房子，从在我看来是满布暗室的灰色洞穴中，退缩出来，到达了展现在我面前的天空——一片云影全无的蓝色海洋。月亮正以它庄严的步伐登上天空，它从下面很远很远的地方，经过小山的后面，将山庄远远地抛在下面，渴望来到深不可测、远不可量的午夜般漆黑的天顶。那些闪烁着的繁星尾随其后，我望着它们不自觉地心儿打颤，热血沸腾。【写作借鉴：景物描写，用来引出下文，月亮离开了常有的环境改变了常规的生活，那么简·爱会不会也开始一段新生活呢？】一些小事往往又把我们拉回人间。大厅里的钟已经敲响，这就够了。我从月亮和星星那儿掉过头来，打开边门，走了进去。

大厅不黑，还没有点起灯来，一片温暖的火光照映着壁炉边的一群身影，显得十分热闹。我没有看清他们是谁，因为大厅的门关着，也没有听清楚欢乐而嘈杂的嗓音，其中只有阿黛勒的声音，我还能隐隐约约分辨出来。

我来到了费尔法克斯太太的房间，可是屋中没有人，却看到一头长着黑白相间的长毛、酷似小路上的那条大狗，孤单地、端端正正地卧在地毯上。"派洛特。"这东西一听就跳起来，走到我跟前，闻闻我，我抚摸它，它摇着大尾巴，【名师点睛：设置悬念，这是不是陌生人的那条狗呢？】可是独自和它在一起，它看起来是很可怕的。我拉了一下铃，莉娅走进门来。

"这条狗是怎么回事？"

"它跟主人来的。"

"跟谁？"

"跟主人，罗切斯特先生，他刚到。"

"真的？费尔法克斯太太跟他在一起吗？"

"是的，还有阿黛勒小姐，他们在饭厅里。约翰去请外科医生了，因为主人出了事故，他的马摔了，他扭伤了脚踝。"

"那匹马是在去海镇的小路上倒下的吗？"

"是呀，下山的时候，在冰上滑了一下。"【写作借鉴：女仆莉娅和简·爱的语言描写，间接揭露了路上受伤的陌生人就是罗切斯特先生。】

"啊！给我一支蜡烛好吗，莉娅？"

莉娅把蜡烛拿着送来了，她走进来，后面跟着费尔法克斯太太，这位妇人把那个消息告诉了我一遍。还补充说，外科医生卡特来了，和罗切斯特先生待在一起。接着，她吩咐了仆人关于茶点的事情。我上楼去脱了帽子和斗篷。

▶ 简·爱

Z 知识考点

1. 简·爱在替_____送_____的时候遇到了一个陌生人。
2. 陌生人为什么摔倒？　　　　　　　　　　　　（　　）
   A.他是个跛子
   B.他不会骑马
   C.他骑马在冰上滑倒了
3. 本文中频繁提到"派洛特"（狗）有什么作用？

4. 简·爱是怎么帮助陌生人的？

Y 阅读与思考

1. 桑菲尔德府是怎样对待简·爱的？请用文中的语句回答。
2. 简·爱为什么要固执地去帮助罗切斯特？
3. 知道罗切斯特就是路上遇到的陌生人，简·爱有什么反应？

第十三章

认识主人

> **M 名师导读**
>
> 由于受伤和初到家的罗切斯特几天不见简·爱,这使得简·爱对他的好奇心更甚。可是在两人的接触中,简·爱又发现罗切斯特性格难以捉摸,这让她感到为难又不解。简·爱会在桑菲尔德府安静地生活吗?

按照医生的叮嘱,罗切斯特先生那晚上床很早,第二天很晚了还没有起床。他下楼来,只是为了办理事务,他的代理人和佃户正在等着和他说话。

阿黛勒和我把书房腾出来,作为每日来访者的接待室。楼上的一个房间生起了火,我把书搬到那里,把它辟为未来的读书室。第二天,我感觉到死气沉沉的桑菲尔德似乎变了样子,每过一两个小时,楼下就响起敲门声,陌生的脚步声和说话声也在楼下出现,仿佛府上因为一个主人的出现,有了一条潺潺的河流,从外面的世界流进来。就我来说,倒更喜欢这样。【写作借鉴:运用比喻的修辞方法,说明了打破寂静的桑菲尔德开始变得充满生机。】

那天阿黛勒不大好教。她静不下心来,不时往门边跑,从栏杆上往下张望,看看能不能瞧一眼罗切斯特先生。然后又想出一些借口,要到楼下去。正如我敏锐地猜到,她要到书房去,可是那里并不需要她。随后,见我有点儿生气了,并让她好好儿坐着,她就不断唠叨起她的"朋友爱德华·费尔法克斯·罗切斯特先生",她就这么称呼他(而

▶ 简·爱

我以前从未听到过他的教名），还想象着他给她带来了什么礼物。因为他似乎在前天晚上提起过，他的行李从米尔科特运到后，里面会有一个小匣子，匣子里的东西她很感兴趣。

"那就是说，里面有一件给我的礼物，也许还有给你的，小姐。先生谈起过你，他问我，我的家庭教师是不是一个身材矮小、相当瘦，而且脸色有点苍白的人。我说是的，因为这是真的，是不是，小姐？"
【名师点睛：阿黛勒的话暗示了罗切斯特先生也知晓简·爱的真实身份。】

我和我的学生和往常一样又在费尔法克斯太太的客厅用餐。天黑时我允许阿黛勒放下书和作业，去楼下。因为下面已比较安静，房间里只剩下我一个人。我走到窗口边，可是从那儿我什么都看不见，暮色和雪色连成一片，使空气都变得灰蒙蒙的，把草坪上的灌木都遮住了。我放下帘子，回到炉边。

在明亮的余烬中，我仿佛看到了一种景象，颇似我记忆中曾见过的莱茵河上海德堡城堡的风景画。【名师点睛：通过简·爱思想活动将她对未来美好的向往展现成了一幅画。】这时费尔法克斯太太走了进来，打碎了我还在拼凑的火红镶嵌画，也驱散了我在孤寂中开始凝聚起来的沉闷而不受欢迎的念头。

"罗切斯特先生请你和阿黛勒今晚同他一起用茶点。"她说。

"他什么时候用茶点？"我问。

"呃，六点钟，在乡下他总是早起早睡，你最好不穿这件外衣。我陪你去，帮你扣上扣子。拿着这支蜡烛。"

"有必要换外衣吗？"

"是的，最好还是换一下。罗切斯特先生在这里的时候，我总是穿上夜礼服的。"

这种格外的礼仪似乎有点过于讲究。不过，我还是回到我的屋子里，在费尔法克斯太太的帮助下，把黑呢衣换成了黑绸衣。除了一套浅灰色的，这是我唯一的一件最好的衣服了。以我的罗沃德服饰观念而言，我想除了头等重要的场合，这套服装是过于讲究而不宜穿的。

"你还需要一枚胸针。"费尔法克斯太太说。我只有一枚小珍珠饰品，是离别的时候，坦普尔小姐送给我的。我把它别好，我们就下了楼梯。我很不愿意见主人，觉得这么一本正经地被罗切斯特先生召见，实在是活受罪。去餐室时，我让费尔法克斯太太走在我前面，自己躲在她背后，穿过房间，路过此刻放下了窗帘的拱门，进了另一头高雅精致的内室。

桌上点着两支蜡烛，壁炉台上还有两支。派洛特躺在地毯上，沐浴在一堆旺火的光和热之中，阿黛勒跪在它旁边与它玩耍。罗切斯特先生半卧在卧榻上，一只脚用靠垫垫着，他正看着阿黛勒和狗；炉火照亮了他的脸。两道粗粗的眉毛，方额头，乌黑的短发横梳着，我一看就知道他是我碰到的那个赶路人。我认得他那坚毅的鼻子，与其说是因为英俊，倒还不如说显出了性格而引人注目。他那大大的鼻孔，我想，表明他容易发怒。他那严厉的嘴巴、下巴和颚骨，是的，三者都很严厉，一点都不错。他现在已经脱掉了披风，我觉得他的体形四四方方的，倒是和他的容貌很相配，我想这就是体育术语中所说的好身材吧，宽胸细腰，虽然不高也不十分优美。【写作借鉴：以简·爱的视角描述了罗切斯特先生的肖像外貌，同时也展现了人物性格，使人物生动鲜活起来。】

罗切斯特先生准已知道，费尔法克斯太太和我进了门，但他似乎没有兴致来注意我们，我们走近时，他连头都没有抬。

"爱小姐来了，先生。"费尔法克斯太太彬彬有礼地说。

"那就让爱小姐坐下吧。"他说。那勉强的、不自然地点头和不耐烦的然而正式的语调中，似乎有点什么要进一步表示的东西："见鬼，爱小姐在不在这和我有什么关系，我现在可不愿意招呼她。"【名师点睛：在简·爱帮助他的前提下，他似乎并不待见简·爱，引起读者的兴趣。】

我随便找了个位子坐下来。假如彬彬有礼地接待我，倒会使我手足无措，因为对我来说，我不知道如何也以温文尔雅来还礼或对答。而粗鲁任性可以使我不必拘礼，相反，在失礼的行为下庄重地保持沉

▶ 简·爱

默，却给我带来了方便。此外，这古怪的举止是有趣的，我倒是很想看看他接下来会怎么样。【写作借鉴：运用平铺直叙的手法，将读者的好奇心吸引了过来，为下文设置了悬念。】

他继续像一尊雕塑一样，也就是说，他既不说话，也不动弹。费尔法克斯太太似乎认为，总得有个什么人表示得和气一些，于是，她开始说话，照例是老一套的说辞。对他整天紧张地处理事务表示同情，对扭伤的痛苦所带来的烦恼表示慰问，随后赞扬了他承受这一切的耐心和毅力。

"太太，我想喝茶。"这是她所得到的唯一的回答，她赶紧去打铃。托盘端上来时，她又去张罗杯子、茶匙等，显得巴结而麻利。我和阿黛勒走近桌子，而这位主人并没离开他的卧榻。

"请你把罗切斯特先生的杯子端过去，"费尔法克斯太太对我说，"阿黛勒也许会泼洒出去的。"

我按她的要求做了。他从我手里接过杯子时，阿黛勒也许认为可以乘机为我提出个请求来，她叫道："先生，你的箱子里是不是有件礼物要送给爱小姐？"

"谁说过有礼物？"他粗暴地说，"你期盼过礼物吗，爱小姐？你喜欢礼物吗？"他用阴沉的、愠怒的、尖利的眼睛看着我。

"我不知道，先生。人们一般都认为礼物是令人愉快的东西。"

"一般认为，可是你怎么认为呢？"

"我得花点时间，先生，才能够给你一个值得你接受的回答。礼物可以从许多不同的角度去看待，是不是？总该把各个方面都考虑过了，才能对它的性质发表一个意见。"【名师点睛：简·爱的回答十分全面。这与她从小寄人篱下的生活不无关系，培养出了她察言观色的本事和小心翼翼的性格。】

"爱小姐，你很成熟，不像阿黛勒一见到我就嚷着要礼物，而你却拐弯抹角。"

"因为我不像阿黛勒那样，相信自己配得到礼物。从熟人的角度来说，她有权利提出这个要求，因为她说你一贯送她玩具。但如果要我发表看法的话，我就不知道该怎么说了，因为我是个陌生人，没有做过什么理应得到报答的事情。"

"啊，别一退就退得过分谦虚了，我已经考过阿黛勒了。我发现你在她身上下了很多功夫，她并不聪明，也没天才的脑子，但是在短短的时间里，她取得了很大的进步。"

"先生，你在不知不觉中，已经给了我礼物。赞扬学生的进步，是教师们最向往的酬劳。"

罗切斯特先生莫名其妙地哼了一声，默默地喝起了茶。

"坐到火炉边来。"这位主人说。这时托盘已经端走，费尔法克斯太太躲进角落忙着编织，阿黛勒正拉着我的手，在房间里走一圈，让我看美丽的书，看蜗形脚桌子和柜子上的饰品。阿黛勒想坐在我膝头，却被吩咐去逗派洛特玩了。

"你在我这里住了三个月了吧？"

"是的，先生。"

"你来自……"

"××郡的罗沃德学校。那是一个慈善学校，我在那里待了八年。"

"八年！我想那你的生命力和毅力一定很强，我想任何体质的人，在那样的地方待上一时半刻就会累垮，怪不得你的样子不像是这个世界的。【名师点睛：借用罗切斯特先生的话进一步揭露罗沃德学校的艰苦，能坚持八年，活下来就是不易。】我很奇怪，你从哪儿得来了那种面孔。昨晚我在路上碰到你的时候，不由得想到了童话故事，而且真有点想问问你，是不是你迷住了我的马，不过我现在仍不敢肯定。你父母是谁？"

"我没有父母，也不记得他们了。"

"那么，你坐在台阶上等你自己的人来？"

"等谁，先生？"

▶ 简·爱

"等仙人呗，那样的月夜对他们来说，正合适。是不是我冲破了你们跳舞的圈子，你就把那该死的冰铺在小路上。"

我摇了摇头。"绿衣仙人几百年前就离开了英格兰。"我也像他一样一本正经地说，"甚至不管是在干草小径上，还是小径周围的田野里，你都找不到一点儿他们的踪迹了。我想，不管是在夏天、秋天，还是冬天，月亮都不会再照耀着他们的狂欢了。"

费尔法克斯太太放下手中的织物，竖起眉毛，对这类谈话似乎感到惊异。

"好吧，"罗切斯特先生继续问，"要是你没有父母，总应该有些亲人，譬如叔伯姑嫂等？"

"没有，就我所知，一个也没有。"

"那么你家在哪儿？"

"我没有家。"

"你兄弟姐妹住在哪儿？"

"我没有兄弟姐妹。"

"谁引荐你到这里来的呢？"

"我自己登的广告，费尔法克斯太太答复了我。"

"是的，"这位善良的妇人说，她现在知道我们在谈论什么了。"上帝引导我做了这个正确的选择，我天天都在感谢。爱小姐对我来说，是个非常可贵的伙伴；对阿黛勒来说，是个既和蔼又细心的老师。"

"你不必费神去给她做什么品格鉴定，"罗切斯特先生回答，"颂词是不会使我有偏见的，我要自己做判断，她一开始就叫我的马摔跤。"

【名师点睛：从罗切斯特的话语中，可以看出他内心受过很深的伤害。】

"先生？"费尔法克斯太太说。

"我得感谢她使我扭伤了脚。"

这位寡妇一时不知所措。

"爱小姐，你在城里住过吗？"

"没有，先生。"

"有过很多交往吗？"

"除了罗沃德的学生和教师，谁也没有接触过。如今还有桑菲尔德府里的人。"

"你读过很多书吗？"

"只是有什么书就看什么书，为数既不多，也不是什么高深的学术著作。"

"你过的是修女生活，毫无疑问，你在宗教仪式方面受过严格的训练。据我所知，布罗克赫斯特先生主持罗沃德，他是个牧师，是不是？"

"是的，先生。"

"你们姑娘们也许都很崇拜他，就像住满修女的修道院，崇拜她们的院长一样。"

"啊，没有。"

"你倒很冷静！不！一位见习修女不崇拜她的牧师？那听起来有些亵渎神灵。"

"我不喜欢布罗克赫斯特先生，有这种感觉的不止我一个。他是个很严酷的人，既自负而又爱管闲事，他剪去了我们的头发，而为节省，给我们买了很差的针线，大家差点儿都没法儿缝。"

"那是种很虚假的节省。"费尔法克斯太太议论道，此刻她又听到了我们的一阵交谈。

"而这就是他最大的罪状？"罗切斯特先生问。

"在任命委员会以前，他一个人管理我们的伙食部门，让我们挨饿。他每星期给我们做一次长篇演讲，还要我们在晚上读他写的书，弄得我们厌烦透了，书里写的尽是暴死啊、审判啊，吓得我们晚上睡不着。"【名师点睛：借用简·爱的描述，揭露了布罗克赫斯特先生为富不仁、不折不扣的伪君子形象。】

"你去罗沃德的时候几岁？"

▶ 简·爱

"十岁左右。"

"你在那里待了八年,那你现在是十八岁啰?"

我表示同意。

"你看,算数是管用的,不借助算数,我就几乎很难猜出你的年纪。像你这样五官和神情不一致的人,这是很难判断的,你在罗沃德学了什么,你会弹钢琴吗?"

"会一点儿。"

"当然,都会这么回答的,到书房去——我的意思是请你到书房去——请原谅我命令的口气,我已说惯了'你做这事',于是他就去做了。我无法为一个新来府上的人改变我的老习惯。——那么,到书房去,带着你的蜡烛,让门开着,坐在钢琴前弹一支曲子。"

我听从他的吩咐走开了。

"够了。"几分钟以后,他叫道,"我知道了,你真是会一点儿,像其他任何一个女学生一样,也许比一些学生还好一点儿,可是弹得并不好。"

我合上了钢琴,走了回来。罗切斯特先生继续说:

"今天早上阿黛勒把一些速写给我看了。她说是你画的,我不知道是不是完全是你一个人画的?"

"是我自己画的,真的。"我冲口叫了起来。

"啊,这伤了你的自尊心了。好吧,把你的画夹给我拿来,要是你能保证里面的画都不是抄袭的话,可是,你要是说不准,就别保证,我认得出拼凑的东西。"【名师点睛:罗切斯特先生对初次正式见面的简·爱很严肃苛刻,暗示他在性格上的扭曲。】

"那我什么也不说,你尽可以自己去判断,先生。"

我从书房取来了画夹。

"把桌子移过来。"他说。我把桌子推向他的卧榻,阿黛勒和费尔法克斯太太也都凑近来看画。

"别挤上来,"罗切斯特先生说,"等我看好了,可以从我手里把画

148

拿走,但不要把脸都凑上来。"【写作借鉴:罗切斯特先生的语言描写,说明他并不喜欢和他人近距离接触,这与他的人生经历有关。】

他谨慎而仔细地看了每幅速写和画作,把其中三幅放在一旁,其余的看完后便推开了。【写作借鉴:"谨慎"和"仔细"两词可以看出罗切斯特为人谨慎细致的特点。】

"把它们放在另一张桌子上,费尔法克斯太太,"他说,"和阿黛勒一起看,——你,"他朝我看看,"再坐到你的位置上,回答我的问题,我看得出这些画都出自同一个人之手,那只手是你的吗?"

"是的。"

"你什么时候抽时间来画的?这些画很费时间,也得动些脑筋。"

"我是在罗沃德度过的最后两个假期时画的,那时我没有别的事情。"

"你从什么地方弄来的摹本?"

"从我脑袋里。"

"就是现在我看到的你肩膀上的脑袋吗?"

"是的,先生。"

"那里面还有类似的东西吗?"

"我想也许有。我希望——更好。"

他把这些画摊在他面前,再次一张张细看着。

趁他看画的时候,读者,我要告诉你,那是些什么画。首先我得事先声明,它们并没有什么了不起。画的题材倒确实活脱脱地浮现在我脑海里。在我用心灵的眼睛看见它们的时候,在我试图把它们表现出来的时候,它们是引人注意的,可是,我的手却不支持我的想象,每一次画出来的时候,都只不过是我设想的东西的一个黯淡无光的写照。【写作借鉴:简·爱的心理描写,写出了简·爱丰富的想象力和罗切斯特先生有着共同之处。】

这些都是水彩画。第一张画的是:在波涛汹涌的大海上空,乌云低低地翻滚着,远处一片黑暗,前景也是这样,或者说前面的巨浪也是

▶ 简·爱

这样。因为没有陆地，一束微光把半沉的桅杆映照得轮廓分明，桅杆上栖息着一只又黑又大的鸬鹚，翅膀上沾着斑驳的泡沫，嘴里衔着一只镶嵌了宝石的金手镯。我给手镯抹上了调色板所能调出的最明亮的色泽，以及我的铅笔所能勾画出的最清晰的轮廓。碧波中隐隐约约可以看见一具淹死的尸体，正在鸟儿和桅杆下面。一条美丽的胳膊是唯一看得清的肢体，金镯就是从那冲出来，或者是被鸟儿啄下来的。

第二张画的前景只有一座朦胧的山峰，青草和树叶似乎被微风吹得倒向了一边。远处和上方都是辽阔的天空，像是在黄昏时那样，是深蓝色的。一个女人的上半身朝天空升起，那是我用调得尽可能幽暗而柔和的色彩画的。模糊的额头上点缀着一颗星星，下面的脸部在雾气蒸腾之中隐隐显露。双目乌黑狂野、炯炯有神。头发如阴影一般飘洒，仿佛是被风暴和闪电撕下的暗淡无光的云块。在脖子上有一块月光似的淡淡反光，许多薄云也有同样的淡淡光泽，金星的幻象正是从云朵里站起来的，并且低着头。

第三张画的是一座冰山的尖顶，刺破了北极冬季的天空，一束束北极光举起了它们毫无光泽、密布在地平线上的长矛。在画的前景上，一个头颅赫然入目，冰山退隐到了远处，一个巨大无比的头，侧向冰山，枕在上面。头部底下伸出一双手，支撑着它，拉起了一块黑色的面纱罩住下半部面孔。额头没有任何血色，白得像骨头一样，只看得见一只凹陷的一动不动的眼睛，除了呆滞的绝望，毫无表情。在两鬓之上，黑色缠头布的皱褶中射出了一圈如云雾般变幻莫测的白炽火焰，镶嵌着红艳艳的火星，这苍白的新月是"王冠的写真"，为"无形之形"加冕。

"你创作这些画时心情愉快吗？"罗切斯特先生问。

"我全神贯注，先生，是的，我很快活。总之，画这些画就是享受我有生以来最大的乐趣。"【名师点睛：简·爱在绘画上的成就和脑海中丰富的想象力，在一定程度上和罗切斯特先生的思想有着共同之处。】

"那并不能说明什么问题，据你自己所说，你的乐趣本来就不多。

但我猜想，你在调配并着上这些奇怪的颜色时，肯定生活在一种艺术家的梦境之中。你每天用很长时间坐着画这些画吗？"

"我没有事情可做，因为那时候是假期，我就坐着从早上画到晚上，仲夏白天很长，对我专心埋头工作是有利的。"

"你对自己饱含热情的成果表示满意吗？"

"很不满意，我想的跟我画出来的大不相同，我感到苦恼，每次我都想象出一些我完全没有能力实现的东西。"

"不完全如此，你已经捕捉到了你思想的踪迹，但也许仅此而已。你掌握的艺术家的技巧和知识还不够，没法把它充分表现出来。至于那些思想，倒是有些妖气。嗨，把这些画拿走吧！"

我还没有把画夹上的绳子扎好，他就看了看表，突然说：

"九点了，爱小姐，你让阿黛勒坐这么久，究竟是干什么？带她去睡觉。"

阿黛勒走出房间之前过去吻了吻他，他忍受了这种亲热，但似乎并没比派洛特更欣赏它，甚至还不如派洛特。

"我祝你们晚安。"他说，手朝门边一挥，表示他对我感到厌烦，要把我们打发走。费尔法克斯太太收起了织物，我拿了画夹，都向他行了屈膝礼。他生硬地点了点头，算是回答，这样我们就退了出去。

"你以前说过，罗切斯特先生不怎么特别，费尔法克斯太太。"安顿好阿黛勒上床后，我再次来到了费尔法克斯太太的房间里时说。

"嗯，他是这样。"

"我想不是这样，他变幻无常，粗暴无礼。"

"对，毫无疑问，对陌生人来说，他看上去也许是这样。可是，对于他的态度我已经完全习惯了，完全不去计较。再说了，他脾气特别，也应该原谅他。"

"为什么？"

"一部分是因为这是他的天性，我们任何人对天性总是毫无办法

151

简·爱

的;一部分是因为,肯定有什么痛苦的心事在折磨着他,导致他的情绪不稳定。"【名师点睛:费尔法克斯太太的话引起了读者的兴趣,罗切斯特先生心中痛苦的事究竟是什么呢?】

"什么事情?"

"一方面是家庭纠葛。"

"可是他压根儿没有家庭。"

"不是说现在,但曾有过——至少是亲戚。几年前他失去了哥哥。"

"他的哥哥?"

"是啊,现在的这位罗切斯特先生拥有这份财产只有九年的时间。"

"九年时间也不算短了,他那么爱他的哥哥,直到现在还为他的去世而悲伤不已吗?"

"唉,不——也许不是。我想他们之间有些隔阂。罗兰特·罗切斯特先生对爱德华先生很不公平,也许就是他弄得他父亲对爱德华先生怀有偏见。这位老绅士爱钱,一心要使他的财产保持完整,他不喜欢因为分家而使他的财产变得零碎了,又一心想要爱德华先生也有钱,来维持他家的威望。他成年后不久,他们采取了一些十分不合理的办法,造成了很大的麻烦。为了使爱德华先生发财,老罗切斯特先生和罗兰特先生联合起来,使他落到他认为痛苦的处境,这种处境究竟是什么性质的,我始终不清楚,但是,在这种处境里他非受不可的痛苦却是他的精神无法忍受的。他不愿忍让,便与家庭决裂。多年来,他一直过着一种漂泊不定的生活。【名师点睛:通过费尔法克斯太太模糊的描述,说明罗切斯特先生被他的家人深深地伤害过,这就交代了他脾气古怪的原因之一。】我想自从他哥哥没有留下遗嘱就去世,他自己成了房产的主人后,他从来没有在桑菲尔德一连住上过两周。说实在的,也难怪他要躲避这个老宅子。"

"他干吗要躲避呢?"

"也许他认为这地方太沉闷了。"

这回答含糊其词,我想要更清楚的回答。可是,对于罗切斯特先生痛苦的原因和性质,她一口咬定,这对她本人来说也是个谜,她所知道的多半是她自己的猜测。说真的,她显然希望我搁下这个话题,于是我也就不再多问了。

Z 知识考点

1. 罗切斯特先生在桑菲尔德初次见到简·爱的时候对她是什么态度?

（　　）

　　A.谦和有礼　　　　B.漠不关心　　　　C.毕恭毕敬

2. 简·爱在与罗切斯特先生交谈中透露出她对布罗克赫斯特先生的印象是什么?

3. 在费尔法克斯太太印象中,罗切斯特先生痛苦的原因是什么?

Y 阅读与思考

1. 主人虽然进入家门,却许久都未与简·爱相见,为什么?

2. 简·爱为什么对罗切斯特的粗鲁任性感到不排斥?

3. 罗切斯特评价完简·爱的画后,一边挥手,一边不耐烦地道声"晚安",这说明了什么?

简·爱

第十四章

再次谈话

> **M 名师导读**
>
> 简·爱发现桑菲尔德的主人罗切斯特先生是一个喜怒无常、阴晴不定的人，他对阿黛勒的态度颇为奇怪，似乎有什么难言之隐。而罗切斯特先生似乎打算主动告诉简·爱真相，这又是为什么呢？

以后的日子我很少见到罗切斯特先生。早上他似乎忙于事务，下午接待从米尔科特或附近来造访的绅士，有时他们留下来与他共进晚餐。等到他伤好一点能够骑马的时候，他就常常骑马出去，可能是回访，因为他一般要等到深夜才回来。

在这期间，连阿黛勒也很少给叫到他跟前。我同他的接触，只限于在大厅里、楼梯上，或走廊上偶尔碰面。在这种场合，他有时候高傲而冷淡地从我身边经过，只是象征性地点点头，或者冷冷地看我一眼。他情绪的变化并不惹我生气，因为在我看来这种变换和我没有关系，情绪的起伏完全出于跟我不相干的原因。

一天，有客人来吃饭，他派人来取我的画夹，无疑是要向人家出示里面的画。绅士们走得很早，费尔法克斯太太告诉我，他们要到米尔科特去参加一个公众大会。可是那天晚上又湿又冷，罗切斯特先生没有同他们一起去，他们走了不久，他就送来口信，要我和阿黛勒下去。我们走进餐室，只见桌上放着一个小箱子，阿黛勒非常高兴。

"我的盒子！我的盒子！"她大嚷着朝它奔过去。

"对，你的盒子终于到了，你这个生长在巴黎的女孩，把它拿到角落里，取出东西自己玩吧。"罗切斯特先生用带着讽刺而深沉的声音说道。【写作借鉴：这里运用"深沉""讽刺"表明了罗切斯特的一种难言之隐，不禁让读者产生兴趣，为下文设置了悬念。】那声音是从火炉旁巨大的安乐椅深处发出来的。"记住，"他继续说，"别用解剖手术的细枝末节问题，或者内脏情况的报告来打搅我，你就静静地去动手术吧！"【写作借鉴：罗切斯特先生含有深意的话，为下文设置悬念。】

阿黛勒似乎并不需要提醒，她已经带着她的宝贝退到了一张沙发上，这会儿正忙着解开系住盖子的绳子。她清除了这个障碍，揭起银色包装薄纸，光一个劲儿地大嚷着。

"天哪！多美啊！"随后便沉浸在兴奋的沉思中。

"爱小姐来了吗？"主人一边问，一边从椅子上站起身来，回过头来看看门口，我仍站在门旁。

"哦！好吧，到前面来，坐在这儿吧。"他把一张椅子拉到自己椅子的旁边。"我不大喜欢听孩子咿咿呀呀，"他继续说，"因为像我这样的老单身汉，他们的喃喃细语，不会让我引起愉快的联想。同一个娃娃面对面消磨整个晚上，让我实在受不了。别把椅子拉得那么开，爱小姐。就在我摆着的地方坐下来——当然，要是你乐意。让那些礼节见鬼去吧！"【名师点睛：罗切斯特先生的自嘲拉近了与简·爱的距离，此时，二人的关系缓缓地向前迈进了一步。】我老是把它们忘掉。我也不大喜欢头脑简单的老太太，顺便提一下，我得把我的那一位放在心上，她可怠慢不得，她是费尔法克斯家族的，至少嫁给了家族中的一位。据说血浓于水。"

他打铃派人请来了费尔法克斯太太，让她帮忙听阿黛勒的满肚子的话。

"哈，我已扮演了一个好主人的角色，"罗切斯特先生继续说，"使我的客人们可以自由地互相取乐，我该自由自在地自己作乐了。爱小

155

▶ 简·爱

姐,把你的椅子再往前拉一点,你坐得太靠后了,我在这把舒舒服服的椅子上,不改变一下位置就看不见你,而我又不想动。"

虽然,我还是愿意待在有点阴影的地方里,但我还是按照他的吩咐做了。罗切斯特先生用这样直截了当的方式下命令,似乎立刻服从他是理所当然的事情。

我已做了交代,我们在餐室里为晚餐而点上的枝形吊灯,使整个房间如节日般大放异彩,熊熊炉火通红透亮,高大的窗子和更高大的拱门前悬挂着华贵而宽敞的紫色帷幔。除了阿黛勒压低声音的谈话,冬雨打在玻璃窗上,填补了谈话的每一个间隙。

罗切斯特先生坐在锦缎面椅子上,显得同我以前看到的大不相同,不那么严厉,更不那么阴沉。他的嘴唇上有一丝笑容,眼睛十分明亮,是不是因为喝了酒的原因我不清楚,但我认为很可能是的。总之,他是怀着那种晚餐后的心情,比较热情和蔼,也比较放纵自己,不过他看上去依然十分严厉。【写作借鉴:神态描写,此时的罗切斯特在简·爱心中冷漠的形象也在悄然软化,为后文二人的融洽关系做铺垫。】他那硕大的脑袋靠在椅子隆起的靠背上,炉火的光照在他犹如花岗岩镌刻出来的面容上,照进他又大又黑的眸子里——因为他有着一双乌黑的大眼睛,而且很漂亮,有时,在眼睛深处也不是完全没有变化的。这种变化,即使不是温柔,也至少让你会联想起和它类似的词语。

他凝视着炉火已经有两分钟了,而我也用同样的时间在打量着他。突然他回过头来,看到我正盯着他看。【名师点睛:抓住人物的细节动作,跟随主人公的视角,让人身临其境的同时,也跟简·爱一样感同身受。】

"你在仔细看我,爱小姐,"他说,"你认为我长得英俊吗?"

要是我仔细思考一下的话,我会按照礼节有礼貌而含糊地回答,可是不知道为什么我竟然脱口而出:"不,先生。"【写作借鉴:罗切斯特先生和简·爱的对话表现了简·爱直率、诚实,哪怕是寄人篱下也不阿诙的性格特征，这也与下文的歌剧演员形成对比。]

"啊！我敢打赌，你这人有点儿特别！"他说，"你的神态像个小修女，怪僻、文静、严肃、单纯。你坐着的时候把手放在面前，眼睛总是低垂着看地毯（顺便说一句，除了穿心透肺似的扫向我脸庞的时候，譬如像刚才那样），别人问你一个问题，或者发表一番你必须回答的看法时，你会突然直言不讳(huì)[说话坦率，毫无顾忌。形容一个人说话毫无隐瞒]地回答，不是生硬，就是唐突。你的话是什么意思？"

"先生，我说得太坦率了，请你原谅。我应该回答说关于外貌的问题做一个即兴的回答是不容易的，各人的审美观不同，外貌并不重要此类的话。"

"你本来就不应当这样来回答。外表并不重要，确实如此！你不过是要缓和一下刚才的无礼态度，抚慰我，使我心平气和，你狡猾地把一把刀子插进了我的耳朵。说下去，请问你在我身上挑出了什么毛病？我想我的五官和四肢都很健全吧。"

"罗切斯特先生，请允许我收回我的第一个回答。我并无恶语伤人的意思，只不过是失言而已。"

"正是这样，我想是这样的，你要对它负责。批评我吧，你不喜欢我的额头？"他抓起了横搭在额前的波浪似的黑发，露出一大块坚实的显示智慧的那部分，但是却缺乏那种本该有的仁慈敦厚的迹象。

"好吧，小姐，我是个傻瓜吗？"

"远远不是这样的，先生，我要是问你是不是一个慈善家，你也会觉得我粗暴无礼。"

"又来了，假装在抚摸我的头的时候，又戳了我一刀，就因为我说我不喜欢跟老妇人和孩子待在一起。不，小姐，我不是一个一般的慈善家，我是有良知的。"于是他指了指据说是表示良心的突出的地方。幸亏对他来说，那地方很显眼，使他脑袋的上半部有着引人注目的宽度。"再说，我的心也曾经有过一种粗鲁的温柔，在我像你一样大的年

简·爱

纪的时候，我很有同情心，偏爱羽翼未丰、没人抚养和不幸的人。可是，从那以后，命运不断地打击我，甚至用揉面的力度来蹂躏我，我现在很自豪，我已经像橡皮球一样坚韧了。不过通过一两处空隙还能渗透到里面。在这一块东西的中心还有一个敏感点。是的，那使我还能有点希望吗？"

"希望什么，先生？"

"希望我最终从橡皮球再次转变为血肉之躯？"

"他肯定是酒喝多了。"我想，我不知道该如何来回答这个奇怪的问题。我怎么知道他是不是可能被转变过来呢？

"你看上去好像迷惑不解，爱小姐，虽然你的美貌程度并不胜过我的英俊程度，可是迷惑的神情却对你很合适。此外，这样倒也好，可以把你那种搜寻的目光，从我的脸上转移到别处去，忙着去看地毯上的花朵。那你就继续迷惑下去吧。年轻的小姐，今儿晚上我爱凑热闹，也很健谈。"

宣布完毕，他从椅子上站起来。他伫立着，胳膊倚在大理石壁炉架上。这个姿势使他的形体和脸一样让人看得清清楚楚。他的胸膛异常宽阔，几乎同他的四肢长度不相称。我肯定，大多数人都会觉得他是很丑陋的，可是他那样无意地流露出傲慢，态度也是那样从容，对自己的外表显得毫不在乎，那么高傲地依赖其他内在或外在的特质力量，来弥补自身魅力的缺乏。因此，你一瞧着他，就会不由自主地被他的漠然态度所感染，甚至盲目片面地对他的自信表示信服。【写作借鉴：运用人物神态、动作描写，写出了罗切斯特先生对自己的外表毫不在意，这种自信和豁达吸引了简·爱。】

"今天晚上我爱凑热闹，也健谈，"他重复了这句话，"这就是我要请你来的原因。炉火和吊灯还不足陪伴我，派洛特也不行，因为它们都不会说话。阿黛勒稍微好一些，但还是远远低于标准。费尔法克斯太太同样如此。我相信要是你愿意的话，你可以合我的心思。

我请你下楼来的第一个晚上,你就叫我有点迷惑不解。从那以后,我差不多把你忘了,一些别的念头把你从我脑子里赶走了。不过今天晚上我决定安闲自在些,忘掉纠缠不休的念头,回忆回忆愉快的事儿。现在我乐于把你的情况掏出来,进一步了解你,所以你就说吧!"

我没有说话,只是微笑,不是非常得意,也不过分谦恭。

"说吧。"他催促着。

"说什么呢,先生。"

"你想要说什么就说什么,选择什么样的话题,采用什么方式,都由你决定。"

因此我就在那儿坐着,什么也不说。他要是指望我为了谈话而谈话,或者是为了炫耀而说话,那他就会发现自己找错人了,我这样想着。

"你一声不吭,爱小姐。"

我依然一声不吭。他向我微微低下头来,匆匆地投过来一瞥,似乎要探究我的眼睛。

"顽固,"他说,"而且生气了,我把我的请求用荒谬的几乎无礼的形式说了出来,爱小姐,我请你原谅。事实上,我不希望把你当作低于我的人来看待,我希望你能和我谈一会儿,就当做善事了,让我的心思放松一下,不然它总是钉在一个点上苦苦纠缠。"【名师点睛:从罗切斯特先生的话可以看出他对简·爱的心理了解得非常透彻,在心理层面来说他和简·爱有着相同的感觉。】

他已不惜做了解释,近乎道歉。我对他的屈尊俯就并没有无动于衷,也不想显得如此。

"只要我能够,我愿意使你开心的,先生,非常愿意。可是我不知道谈什么好,因为不了解你喜欢的东西,问我问题吧,我尽力回答。"

"那么你同不同意,我有权在某些时候稍微专横、唐突或者严厉些呢?我的理由是,按我的年纪,我可以做你的父亲,而且有着多变的人生经历。我已经同很多国家的许多人打过交道,还漫游了半个地

简·爱

球，而你只是在一栋房子里和一群人平静地生活。"

"你爱怎样就怎样吧，先生。"

"你并没有回答我的问题。或是说，你回答得很气人，因为你含糊其词——回答得明确些。"

"我想，先生，只是凭借你年龄比我大，或者见过的世面比我多，这还不足以命令我。"【写作借鉴：简·爱的语言描写，可以看出她的内心充满了反抗精神，追求精神上的平等，这也是后期吸引罗切斯特先生的原因。】

"哼！回答得倒爽快，但我不承认，我认为与我的情况绝不相符，我即使不曾滥用，也至少没有好好利用这两个长处。撇开优越性不谈，你还是得同意常常接受我的命令，而不因为命令的口吻而感到生气或者伤心，你可以做到吗？"【名师点睛：罗切斯特先生也并没有因为简·爱是个家庭教师而对她有任何看不起的想法。】

我微微一笑，暗自思忖道："罗切斯特先生也真奇怪——他好像忘了，付我三十镑年薪是让我听他吩咐的。"

"笑得好，"他立即抓住了我的转瞬即逝的表情说，"不过还得开口讲话。"

"我在想，先生，做主人的很少会不厌其烦地问，是否因为他们的命令使仆人或者下属感到生气或者伤心的。"

"哦，是的，咱们属于雇佣关系，你同意让我拿出点威风来吗？"

"不，先生，但你忘掉了雇佣关系，关心你的下属处于从属地位的心情是否愉快，我完全肯定这点。"

"你会同意我省去很多陈规旧矩，而不认为这出自蛮横吗？"

"我肯定，先生，我绝对不会把不拘礼节认为是蛮横无理，前者是我相当喜欢的，后者却是任何一个生来自由的人都不愿意忍受的，即使是为了薪金。"【名师点睛：简·爱和罗切斯特的交谈，证明二者在一定程度上有相似的地方，所以才有共同话题。】

"胡扯！为了薪金，大多数自由人对什么都会屈服。因此，只说你自己吧，不要妄谈普遍现象，你对此一无所知。不过，为了你的回答，尽管回答得并不准确，我还是要在心里和你握手，这不仅是为了回答的结果，还是为了你回答的态度，这种直率诚恳的态度不常见。不，恰恰相反，矫揉造作或者冷漠无情，或者对你的意思愚蠢而粗俗地加以误解，常常是坦率正直所得到的报答。三千个初出校门的女学生式家庭教师中，像你刚才那么回答我的不到三个，不过我无意恭维你，要说你是从跟大多数人不同的模子里浇制出来的，那也不是你的功劳，而是大自然造成的；再说，毕竟我是过早地下了结论，就我已经知道的来说，你也许并不比别人好，你也许有一些让人无法忍受的缺点，来抵消你那少数几个优点。"

"可能你也一样。"我想，这想法掠过脑际时，他的目光与我的相遇了。他似乎已揣度出我眼神的含意，便做了回答，仿佛那含义不仅存在于想象之中，而且已经说出口了。【名师点睛：简·爱只是在心里这么想，罗切斯特先生似乎知道了她的想法一样，直接说出了自己的故事。】

"是的，是的，你说得对，我自己就有许多缺点。我知道，我不想掩饰，我可以向你保证，上帝知道不必过于严格地要求别人。我要反省往昔的经历、一连串行为和一种生活方式，因此会招来邻居的讥讽和责备。我开始，或者不如说（因为像其他有过失的人一样，我总爱把一半的罪责推给厄运和逆境）在我二十一岁时我被抛入歧途，而且从此之后，再也没有回到正道上。要不然我也许会大不相同，也许会像你一样好——更聪明些——几乎一样洁白无瑕。我羡慕你心境的平静和纯洁的良心，没有玷污过的记忆。小姑娘，一个没有玷污过的记忆一定是个美妙的宝贝，是令人神清气爽的饮之不尽的清泉。对不对？"

"你十八岁时的记忆怎么样，先生？"

"那时很好，无忧无虑，十分健康。没有滚滚污水把它变成臭水

简·爱

潭。十八岁时我同你不相上下——完全如此。总的说来，大自然有意让我做个好人，爱小姐，较好的一类人中的一个，而你看到了，现在我却变了样，你会说，你并没有看到。至少我自以为从你的眼睛里看到了这层意思（顺便提一句，你要注意那个器官流露出来的感情，我可是很善于察言观色的），那么相信我的话——我不是一个恶棍。你不要那么猜想——不要把这些恶名加给我。【名师点睛：从罗切斯特先生的叙述中可以看出，他也有过年少轻狂的时候，同时也为下文罗切斯特先生的现状设置悬念，他经历了什么才会变成现在这样。】不过我确实相信，由于环境而不是天性的缘故，我成了一个普普通通的罪人，表现在种种可怜的小小放荡上，富裕而无用的人都想以这种放荡来点缀人生，我向你袒露自己的心迹，你觉得奇怪吗？你要知道，在你未来的生活中，你将会常常发现自己不自愿地被选为倾听熟人的秘密的人。人们会像我一样，本能地发现，你的长处不在于谈论你自己而在于听别人谈论他们自己。他们也会感到，你听的时候，并没有因为别人的行为不端而露出不怀好意的蔑视，而是怀着一种发自内心的同情。这种同情给人以抚慰和鼓舞，因为它是不动声色地流露出来的。"

"你怎么知道的？——这种种情况，你怎么猜到的呢，先生？"

"我知道得很清楚，所以，我才能够继续把我的思想说出来，差不多就像把它记在日记上那样无拘无束。你说，我应该胜过环境，我是应该这样做的。不过你看到了，我没有战胜环境。当命运亏待了我时，我没有明智地保持冷静，我开始绝望，随后堕落了。现在要是一个可恶的傻瓜用卑俗的下流话激起我的厌恶，我并不以为我的表现会比他好些，我不得不承认我与他彼此彼此而已。【名师点睛：罗切斯特先生的自述描述了他在受到挫折时的反应。在他受到挫折的时候，他非常难过，完全没有办法保持理智，这也是他脾气暴躁的原因之一。】我但愿我以前站稳了脚跟，上帝知道我现在是不是站稳了，在受到引诱犯错误的时候，要害怕悔恨，爱小姐，悔恨是生活的毒药。"

"据说忏悔是治疗它的良药，先生。"

"忏悔无法治愈它，改过自新也许可以治疗它，我能够改过自新，我有力量、有能力这样做。既然幸福已经从我这里不可避免地被剥夺了，那么我就有权利从生活中寻找乐趣，我要得到它，不管付出多大的代价。"【名师点睛：罗切斯特先生在受到伤害之后选择去争名逐利来疗伤。】

"那你会进一步沉沦的，先生。"

"可能如此。不过要是我能获得新鲜甜蜜的欢乐，为什么我必定要沉沦呢？也许我所得到的，同蜜蜂在沼泽地上酿成的野蜂蜜一样甜蜜、一样新鲜。"【名师点睛：罗切斯特先生自己说出的暗喻，是指他内心认为只要能获得想要的，过程中可以不顾一切，这同时也揭露了罗切斯特先生性格中存在的阴暗面。】

"它会蜇人的——而且有苦味，先生。"

"你怎么会知道？你从来都没有尝试过，你看上去多么认真、多么严肃，而你对这件事，就像对这个浮雕宝石一样无知。（他从壁炉架上拿了一个）你无权对我说教，你这位新教士，你还没有步入生活之门，对个中的奥秘毫不知情。"

"我不过是提醒你一下，先生。你说错误带来悔恨，而你又说悔恨是生活的毒药。"

"现在谁谈错误来着？我可不把脑子里一闪而过的想法当作是个错误。我相信，与其说它是个诱惑，还不如说它是灵感，它使人感到温暖、安慰，我知道。瞧，它又现形了。我敢肯定，它不是魔鬼，或者要真是的话，它披着光明天使的外衣。我认为这样一位美丽的宾客要求进入我心扉的时候，我应当允许它进来。"【写作借鉴：形象生动的比喻，罗切斯特先生认为自己这样的想法并没有错，反而是理所当然；同时这也和他身处上流社会从小受到的教育有关。】

163

简·爱

"别相信它，先生。它不是一个真正的天使。"

"你是从哪里看出来堕落天使和纯洁天使区别的，是从哪里分辨一个引诱者和一个引导者的？"

"我是根据你脸上不安的神情来判断的。要是你相信它，那它一定会给你带来更大的无可挽回的不幸。"

"根本不会，它带着世界上最仁慈的消息，至于其他，你又不是管理我良心的人。所以，你不必感到不安，进来吧，美丽的漫游者。"他说这话的时候，仿佛是对一个除了他以外谁都看不见的幻象说的。接着，他把两条原来半伸开的臂膊交叉起来，就像和一个看不见的人拥抱一样。

"现在，"他接着说，"我已经接受了这位流浪者——改头换面乔装打扮的神，我确信。它已经为我做了好事，我的心原本是一个停尸房，现在会成为一个神龛。"

"说真的，先生，我不理解你，我没法继续这个，它超出了我的理解力。只有一件事我是知道的，你不像你希望的那么好，你对自己的缺陷感到遗憾——有一件事我是理解的，那就是你说的，玷污了的记忆是一个永久的祸根。在我看来，只要你努力，你就会发现有可能变成你所赞赏的人。【名师点睛：简·爱安慰罗切斯特先生的话，说明简·爱并不了解罗切斯特先生的往事，但还是安慰了他，突出了简·爱的善良。】只要你从今天开始，就纠正你的行为和思想，那么几年以后，你就会积累出一个新的、没有污点的回忆了，你就可以愉快地去回想了。"

"想得合理,说得也对,爱小姐,而这会儿我是使劲在给地狱铺路。"

"先生？"

"我正在把良好的意图铺在地上，我相信这些良好的意图就像燧石一样经久耐用。当然，我所来往的人将和以前不同。"

"比以往更好？"

"是更好——就像纯粹的矿石比污秽的渣滓要好得多一样。你似乎对我表示怀疑，我非常相信自己。就是现在，我通过了一条法律，像米迪亚人和波斯人的法律一样，不可更改，这条法律规定的目的和动机都是正当的。"

"先生，它们需要一个新的法规将它合法化。"

"爱小姐，它们是正当的。与没有听到过的环境结合，需要没有听到过的规则。"

"这听起来是个危险的格言，先生，因为一眼就可以看出来，容易造成滥用。"

"爱说教的圣人！它倒是这样的，我可是凭借着罗切斯特家族的荣誉起誓的。"

"你是凡人，所以难免出错。"

"我是凡人，你也一样——那又怎么样？"

"既然是人，就难免会有过错，不该吹嘘说自己具有完美的神才值得信赖的那种能力。"

"什么能力？"

"对奇怪而未经准许的行动就判断说，'算它对吧。'"

"'算它对吧'——就是这几个字，你已经说出来了。"

"那就说'愿它对吧'。"我说着站起来，觉得没有必要再继续纠缠这毫无意义的谈话。我觉得我完全没办法了解对话者的性格，至少目前为止，是没有办法了解的，我不仅仅确信自己无知，而且还感到没有把握，感到有隐隐约约的不安全的感觉。【写作借鉴：从简·爱的心理和神态描写，"毫无意义""隐隐约约"看出简·爱对这番对话失去了兴趣，她不明白罗切斯特先生的主旨是什么，这种感觉让她感到不安。】

"你怎么了？"

"阿黛勒应该睡觉了，已超过了她上床的时间。"

"你怕我，因为我说话像斯芬克斯[希腊神话中以隐谜害人的怪物]。"

165

简·爱

"你的语言不可捉摸，先生。尽管我似懂非懂，但我根本不怕。"

"你是害怕的——你的自爱心理使你害怕出大错。"

"在那个意义上，我确实感到害怕，我不想胡说。"

"你即使胡说八道，也会是一副板着面孔、不动声色的神态，我还会误以为说得很在理呢。你从来不笑吗，爱小姐？你不要费神回答，我看得出来，你很少笑，可是你是能快活地笑出来的。真的，你不是生来就严肃，就像我也不是生来就邪恶一样。罗沃德的束缚，至今仍在你身上留下某些印迹，控制着你的神态，压抑着你的嗓音，捆绑着你的手脚。在一个男人，一个兄弟，或者父亲、主人面前，不管是什么男人面前，你就怕笑得太快活，说话太随心所欲，动作太粗鲁。不过到时候，我想你会学着同我自然一些的，就像觉得要我按照陋习来对待你是不可能的。到那时，你的神情和动作就会比现在流露出来的更加活泼而富有生气。我时常通过笼子紧密的栏杆，看见一只奇怪的鸟的眼神，一只活泼、不安、焦虑、不屈不挠的被关在笼子里的囚徒，只要它自由了，就会在高高的云端里飞翔，那你想要走吗？"【名师点睛：从罗切斯特先生的描述中看到简·爱对自由的向往，他把她比作一只鸟，向往外界的光明与繁华。】

"已经过了九点，先生。"

"没有关系——等一会儿吧，阿黛勒还没有准备好上床呢，爱小姐。我背靠炉火，面对房间，有利于观察，跟你说话的时候，我不经意地注意着她。（我有自己的理由把她当作奇特的研究对象，这理由我某一天可以，不，我会讲给你听的）大约十分钟之前，她从箱子里取出一件粉红色丝绸小上衣。打开的时候脸上充满了喜悦，媚俗之气流动在她的血液里，融化在她的脑髓里，沉淀在她的骨髓里。'我一定得试一试！'她嚷道，'马上就试！'于是她冲出了房间。她现在和索菲娅在一起，正在穿衣服。要不了几分钟，她会再次进来，我知道我会看到什么——塞莉纳·瓦伦的缩影，当年帷幕开启，她出现在舞台上时的模样，不过，不去管她啦。然而，我最温柔的感情将为之震动，这就是我的预感，待着别走，看看是不是会兑现。"

不久，我就听见阿黛勒的小脚轻快地走过客厅，她进来了，正如她的保护人所预见的那样，已判若两人。一套玫瑰色缎子衣服代替了原先的棕色上衣，这衣服很短，裙摆大得不能再大。她的额头上戴着一个玫瑰花蕾的花环，脚上穿着丝袜和白缎子小凉鞋。

"我的衣服合身吗？"她一边蹦蹦跳跳一边问，"我的鞋呢？我的袜子呢？我想我要跳舞了。"

她展开裙子，迈着滑步舞姿穿过房间，到了罗切斯特先生的跟前，踮着脚在他面前轻盈地转了一圈，随后一个膝头着地，蹲在他脚边，嚷着："先生，多谢你的好意。"接着，她站起来了，补充了一句："这就像妈妈做的那样，是不是，先生？"

"确——实——像，"他答道，"她从我英国裤袋里骗走了我英国的钱。我也很稚嫩，爱小姐——唉，青草一般稚嫩，一度使我生气勃勃的青春色彩并不淡于如今的你。不管怎么样，我的春天已经过去了，可是，却把那朵法国的小花留在了我的手里，按照我有些时候的心情，真想摆脱她。现在我不再珍视把她长出来的那个根，而且，还发现这根完全靠金土来培育，所以，我对那朵花也不怎么喜欢了。【名师点睛：从罗切斯特先生的描述中可以看出，他和阿黛勒的妈妈有着一种奇怪的联系，可是他自己不愿意说出来，这也为下文交代清楚他和阿黛勒妈妈的关系做了铺垫。】尤其是刚才，她看上去是那么不自然。我收留她、养育她，多半是按照罗马天主教教义，用做一件好事来赎无数大大小小的罪孽。改天再给你解释这一切，晚安。"

▶ 简·爱

Z 知识考点

1. 本章开始罗切斯特先生对简·爱是什么态度？（ ）
   A.温和有礼　　　B.不理不睬　　　C.阴晴不定

2. 简·爱认为当晚罗切斯特先生和蔼的原因是什么？

3. 罗切斯特先生的"改天再给你解释这一切"在文中起什么作用？

Y 阅读与思考

1. 文中提到一次客人来访，罗切斯特将简·爱的画展示给客人，为什么？

2. 与第一次谈话相比，这次谈话中的罗切斯特有什么不同？

3. 文中最后一句罗切斯特说"改天再给你解释这一切"说明了什么？

第十五章
突然失火

M 名师 导读

> 简·爱对桑菲尔德逐渐熟悉起来。简·爱在和罗切斯特先生的对话中了解了阿黛勒母亲和他的纠葛,他如何主动承受了抚养阿黛勒的责任;同时,简·爱在夜晚的时候听到了诡异的笑声,谜团似乎越来越多了。

后来有一次,罗切斯特先生的确为这件事做了解释。那是一天中午,他偶然在庭院里遇见我和阿黛勒,趁她在和派洛特玩的时候,他邀请我去一条长长的山毛榉林荫路上散步,那里离她不远,可以看见她。

他随之告诉我,阿黛勒是法国歌剧演员塞莉纳·瓦伦的女儿,他对这位歌剧演员一度怀着他所说的"热恋"。而对这种恋情,塞莉纳宣称将以更加火热的激情来回报。虽然长得丑,可是他相信,像她所说的,比起贝尔韦德和阿波罗的优美,她更喜欢他的"体育家的身材"。

"爱小姐,这位法国美女竟会钟情于一个英国侏儒,于是我把她安排在城里的一所房子里,配备了一整套的仆役和马车,送给她山羊绒、钻石和鲜花等礼物。总之,我就像任何别的痴情人一样,开始用大家普遍的方式毁掉自己。看来,我没有什么独创性来开辟出一条通向耻辱的道路,而是带着愚蠢的傻气走别人走过的老路。我遭到了——我活该如此——所有别的痴情汉一样的命运。【名师点睛:罗切斯特先生的描述,说明了自己当时的痴情,他认为自己当年是走错了路,才会愚

简·爱

蠢地喜欢上歌剧演员。】一天晚上，我去拜访塞莉纳，她不知道我要去，所以我到的时候她不在家。

"那是一个暖和的夜晚，我在巴黎散步，感到累了，所以就在她的房里坐下，呼吸着由于她刚才在这儿待过而变得神圣的空气。不——我言过其实了，我从来不认为她身上有什么神圣的德行。那是她留下的一种香水的味道，与其说是一种神圣的味道，不如说是一种麝香和琥珀的香气。暖房的鲜花和喷洒的香水使我感到透不过气来，我便想要打开落地窗，到阳台上去。这时月色朗照，汽灯闪亮，十分静谧。阳台上摆着一两把椅子，我坐了下来，取出一支雪茄——请原谅，现在我要抽一支。"

说到这里，他停顿了一下，利用这点时间，拿出一只雪茄点燃，放到嘴唇中间，在寒冷而没有阳光的空气中吐出一缕哈瓦那烟，他继续说下去：

"在那些日子里我还喜欢夹心糖，爱小姐。而当时我一会儿大嚼（也顾不得野蛮了）巧克力糖果，一会儿吸烟，同时凝视着经过时髦的街道向邻近歌剧院驶去的马车。这时来了一辆精制的轿式马车，由一对漂亮的英国马拉着，在灯火辉煌的城市夜景中，看得清清楚楚。我认出来这正是我赠送给塞莉纳的'马车'。是她回来了。当然，我那颗倚在铁栏杆上的心急不可待地跳动着。不出我所料，马车在房门口停了下来。我的情人（这两个字恰好用来形容一个唱歌剧的情人）从车上走下来，尽管罩着斗篷——顺便说一句，那么暖和的六月夜晚，这完全是多此一举——她从马车踏步上跳下来时，我从那双露在裙子下的小脚，立刻认出她来。我从阳台上探出身子，正要响响地叫一声'我的天使'——用能让情人听见的语气。但是有一个人紧跟着她下来，也披着披风，可是在人行道上发出响声的却是装着马刺的后跟，接着从拱形的马车出入口里伸出的是戴礼帽的头。

"你从来没有嫉妒过，是不是，爱小姐？当然没有。我不必问你了，因为你从来没有恋爱过。还没有体会过这两种感情。你的灵魂正在沉睡，只有使它震惊才能将它唤醒。你认为一切生活，就像你的青春悄悄逝去一样，也都是静静地流走的。你闭着眼睛，蒙着耳朵悬浮，既看不见河床上不远处耸立的一块块岩石，又听不见岩石旁边浪涛的激荡。可是我告诉你，你留心听着，有一天，你将来到河道中层层岩石的峡口，在那儿，整个生命之河将碎成漩涡、泡沫和喧嚣。你不是在岩石尖上冲得粉身碎骨，就是被某些大浪掀起来，汇入更平静的河流，就像我现在一样。【写作借鉴：形象生动的比喻，"漩涡""喧嚣"，说明了当时罗切斯特先生看到情人和别人相处时的悲愤和嫉妒之心。】

"我喜欢今天，喜欢铅灰色的天空，我喜欢这严寒笼罩下的世界的肃静和静止。我喜欢桑菲尔德，喜欢它的古老和隐蔽及乌鸦栖息的老树和荆棘，喜欢它灰色的正面及它映出灰色苍穹的一排排黛色窗户。可是在曾经的漫长的岁月里，我一想到它就觉得厌恶，像躲避瘟疫滋生一样避之不迭；就是现在我依然非常讨厌——"

他把牙齿咬得咯咯作响，然后沉默下来。他停住脚步，用靴子蹬着硬硬的地，仿佛有一种可恨的思想控制住了他。【写作借鉴：罗切斯特先生的动作描写，"牙齿咬得咯咯作响""蹬着地"可以看出他当时的愤怒之态。】

我们正走上小路，他抬眼去看桑菲尔德府，这样的神情，我的记忆中从未有过。痛苦、羞耻、愤怒、烦躁、嫌弃、厌恶、憎恨，似乎一下子都在他那浓眉下瞪得大大的的瞳孔里彼此冲突起来，各种感情都争着要占上风，搏斗是狂野的，可是另一种感情浮现出来，它胜利了。这种感情冷酷而玩世不恭，任性而坚定不移，消融了他的激情，使他脸上现出了木然的神色，【写作借鉴：罗切斯特先生表情的变化，表现出他内心的纠结，最后还是理智战胜情感。这一系列变化把他矛盾的内心呈现在读者面前。】他继续说：

"在我沉默的时候，我和命运争论了一番，它就站在那儿，在山毛

简·爱

榉树下，一个巫婆就像在弗雷斯荒原上出现在麦克白[莎士比亚的四大悲剧之一《麦克白》中的苏格兰国王邓肯的表弟——麦克白将军]身边的女巫一样。'你喜欢桑菲尔德吗？'她竖起她的手指说，随后在空中写了一条警语。那文字奇形怪状，十分可怕，覆盖了上下两排窗户之间的正壁：'只要能够，你就喜欢它！只要你敢，你就喜欢它！'

"'我一定喜欢它，'我说，'我敢于喜欢它，'（他郁郁寡欢地补充了一句），我会信守诺言，排除艰难险阻去追求幸福，追求善良——对，善良。我希望做个比我过去、比我现在好一点的人，就像约伯里的海怪折断长矛、投枪和锁子甲那样，别人把它当作铁和铜的障碍，我只当它们是枯草、烂木剑。"

这时阿黛勒拿着板球跑到了他跟前。

"走开！"他厉声喝道，"走得远一点，孩子，到里面索菲娅那儿去。"随后他继续默默地走着，【名师点睛：这段描写说明了罗切斯特还沉浸在回忆中不能自拔，可见往事对他的伤害之深。】我冒昧地提醒他刚才突然岔开的话题。

"瓦伦小姐进屋的时候，你离开阳台了吗，先生？"我问。

问了这个不合时宜的问题，我想，我差不多会料到他会拒绝回答。可是相反，他从愁眉苦脸的神情中醒来，把眼睛转向我，额头上的阴影似乎消失了。"哦，我已经把塞莉纳给忘了！好吧，接着讲。当迷住我的那个女人，由一个献殷勤的男人陪着进来时，我被嫉妒的青蛇吞噬了！真奇怪！"他突然间离开了这个话题，说道，"奇怪，我会选中你来倾听我心里的一切。更加奇怪的是，你竟然安安静静地听着。我知道我所面对的头脑是一个很难受感染的头脑，你与我谈得越多越好，你可以使我重新振作起来。"讲了这番远离正题的话后，他又往下说：

"我仍旧待在阳台上。'他们肯定会到她闺房里来，'我想，'让我来一个伏击。'于是我把手从开着的窗子中缩回，将窗帘拉拢，只留下一条便于观察的开口。随后我关上窗子，只留下一条缝，我透过窗帘，这一对便毫无掩饰地暴露在我面前了。她的陪伴者一身戎装，我知道他是一个没有头脑的纨绔子弟，我从心底鄙视他。一认出他，嫉妒之蛇的毒牙就立刻被折断了，因为在这时，我对赛莉纳的爱之火也像被水浇了一样，顿时消失。他们开始交谈，两人的谈话轻浮浅薄，毫无意义，叫人听了厌烦。桌上放着我的一张名片，他们一看见便谈论起我来了。两人都没有能力和智慧，只会狠狠地痛斥我，粗鲁地侮辱我。尤其是塞莉纳，甚至还把我的缺陷说成残疾，而以前她却习惯热情赞美她所说的我的'男性美'。"【名师点睛：塞莉纳前后对比的形象，说明她和罗切斯特先生在一起就是为了钱。】

这时，阿黛勒又跑到了他跟前。

"先生，约翰刚才过来说，你的代理人来了，很希望见你。"

"噢！那样我就只好长话短说了。我打开落地长窗，朝着他们走过去，解除塞莉纳受我保护的关系，给了她一袋钱作为应急，通知她离开旅馆，不去理会她的歇斯底里、恳求、抗议。然后和那位子爵约了一个时间在布落尼树林决斗。第二天早上，我有幸和他决斗，在他一条弱得像雏鸡翅膀似的胳膊上，留下了一颗子弹。【名师点睛：表现出纨绔子弟的无能，也突出了歌剧演员的肤浅。】于是我决定跟这一伙人断绝关系。不幸的是，这位瓦伦在半年之前给我留下了这个小姑娘阿黛勒，并咬定她是我女儿。也许她是的，不过我从她的容貌上，看不出有什么父亲这方面的证明。派洛特比她更像我，我和她母亲决裂以后几年，她遗弃了这个孩子，跟一位歌唱家私奔去了意大利。【名师点睛：写出了塞莉纳的无情，为了财富可以抛弃自己的亲生女儿，同时也再一次印证了她和罗切斯特在一起只是为了钱。】我一直不认为有抚养阿黛勒的义务，不过一听到她孤苦无依，我便把这个可怜虫带了回来，让她在英国乡间花园健康的土壤中无忧无虑地成长。现在你知道了她是一个法国歌剧女演员的私生女，你对你的学生也许会有不同的看法。也许

简·爱

有一天，你会来通知我说，你找到了另一个位置，说你请求我找一个新的家庭教师。"

"不，阿黛勒不应对她母亲和你的过失负责。我很关心她，现在我知道在某种意义上说她没有父母——被她的母亲所抛弃，而又不被你所承认，先生——我会比以前更加疼爱她，我怎么可能不爱一个像朋友一样孤苦伶仃的孤儿，而去爱一个富贵人家讨厌自己的娇生惯养的宠儿呢？"【名师点睛：写出了简·爱的善良，没有因为阿黛勒不光彩的身份而对她有任何道德上的鄙视，反而更加关心她，在身世上简·爱和她有相同之处。】

"好吧，我得进去了，你也一样，天已经黑了。"

但是，我和阿黛勒还有派洛特又在外面停留了一会，和她进行了一场赛跑，又打了一场羽毛球。我们进去以后，我给她脱完帽子和外衣，把她抱上我的膝上。我摸着她的头发，让她坐了一个小时，允许她随心所欲地唠叨个不停，即使有点放肆和轻浮，也不加指责。别人若多去注意她，她就容易犯这个毛病，暴露出她性格上的浅薄。这种浅薄同普通英国人几乎格格不入，很可能是从她母亲那儿遗传来的。然而，她也有她的优点，我想尽量地赞赏她好的一面。我在她的容貌和五官上寻找一些和罗切斯特先生相似的一面，可是，没有一丝特征、一丝表情能表明他们的血统关系。真可惜，要是能证实她确实像他就好了，他准会更想着她。【名师点睛：简·爱善良的内心体现，在阿黛勒失去父母的关心之后，简·爱作为家庭教师尽可能地去关心她、照顾她，同时希望罗切斯特先生能对她友好一些。】

我回到自己的房间休息，又从容地回味罗切斯特先生告诉我的故事。故事内容的本身也许根本没有什么特别的地方，一个英国富人热恋一个法国舞女。她背叛了他，这无疑是上流社会中最平常的一件事情。但是，他在谈起自己目前心满意足，并对古老的府楼和周围的环境恢复了一种新的乐趣时，突然变得很激动。这实在有些令人不解。

我又反复考虑起我的主人对我的态度来，他认为可以和我推心置腹，这对我的谨慎来说，似乎是一种赞美，我是这样看待它的。可是最近几个星期，他对我的态度要比开始的时候稳定一些，遇到的时候，他总是要和我说话，甚至朝我微笑一下。我被正式邀请去见他时，很荣幸地受到了热情接待，因而觉得自己确实具有为他解闷的能力。晚上的会见既是为了我，也是为了他感到愉快。

说实在的，相比之下我的话很少，不过我总是津津有味地听他说。他天性就爱说话，他喜欢向一个没有见过世面的心灵透露出一些世界上的情景和风气(我指的不是腐败情况和邪恶风气，而是指广泛盛行、新奇独特而显得有趣的世事)。接受他提供的看法，想象他描述的新画面，思想上跟随他观察后所展示的新领域，而丝毫没有害怕的场景让我吃惊和烦恼。

他举手投足无拘无束，使我不再痛苦地感到窘迫。他对我友好坦诚，既得体又热情，使我更加靠近他。有时我觉得他不是我的主人，而是我的亲戚。他有的时候还依然很专横，不过我并不介意，我看得出来，他生来就是这样。生活中平添了这种欢乐，我变得十分开心，我那纤瘦的新月般的命运似乎又扩大了。【名师点睛：罗切斯特先生对于简·爱态度的变化，让她觉得好像生活中出现了一个友人一样，让简·爱原本苍白的生命变得有意义起来。】

在我的眼里，罗切斯特先生现在还丑陋不堪吗？不，读者。感激之情以及很多愉快亲切的联想，使我终于喜欢他的长相了。然而，我并没有忘记他的缺点，的确我忘不掉，因为他常常让缺点暴露在我面前。对于不管哪方面低于他的人，他骄傲、爱讽刺、粗暴，在我的心灵中我知道他对我的深厚好意被对其他许多人的严厉抵消了。他有时郁郁寡欢，简直到了难以理解的程度。不过我相信他的郁闷、他的严厉和他以前道德上的过错，都来源于他命运中某些艰苦的磨难。我认为，他身上有一些杰出的素质，只是现在有点埋没了，混杂在一起。

▶ 简·爱

我不能否认，我为他的悲哀而难过，不管那难过究竟意味着什么，我愿意做出很多牺牲来减轻它。【名师点睛：简·爱已经肯定了罗切斯特先生的美好品质，这也是简·爱对他爱情萌芽的开始，她希望两个人能一直这样和平友好地相处下去。】

虽然我已经灭了蜡烛，躺在床上，老是回想起他在林荫道上停下步来时的神色。那时他说命运之神已出现在他面前，并且问他能不能在桑菲尔德获得幸福。【名师点睛：这段描写为两人今后的感情给出了线索，说明两个人已经意识到对方能给予自己幸福。】

"为什么不能获得幸福呢？是什么东西使他远离这所房子呢？他会不会不久就再次离开呢？费尔法克斯太太说，他很少在这一连住上两个星期以上，而现在，他已经住了八个星期了。他要是真的走了，所引起的变化会令人悲哀。设想他春、夏、秋三季都不在，那风和日丽的好日子会显得多没劲呢！"【名师点睛：简·爱在这个时候已经非常在意罗切斯特先生了，她觉得如果罗切斯特先生离开，桑菲尔德庄园一年四季都会变得平淡无趣的。】

这样沉思以后，我不知道自己有没有睡着过。总之，我听到了一阵奇怪而悲惨的模糊的呢喃声。我被它惊醒了，我觉得这声音听上去像是从我的脑袋里传来的。要是我仍旧点着蜡烛该多好，夜黑得可怕，而我情绪低沉。于是我爬起来坐在床上，静听着，那声音又消失了。

我竭力再想睡着，可是我的心焦急地怦怦直跳，我内心的平静被打破了，远在楼下大厅的钟敲了两声。就在那时，我的房门似乎被碰了一下，仿佛有人摸黑走过外面的走廊时手指擦过嵌板一样。我问："谁在那里？"没有回答。我吓得浑身冰凉。

我蓦地想起这可能是派洛特，这个想法使我心里平静了下来。但是那天晚上我是注定无法睡觉了，梦神几乎还没接近我的耳朵，便被足以使人心惊胆寒的事件吓跑了。

那是一阵魔鬼般的笑声——古怪而沉闷——仿佛就在我房门的锁孔外响起。我的第一个反应是爬起来闩好门，接着我又喊了一声："谁在那里？"【名师点睛：幽静的夜里突然出现古怪的笑声，渲染了恐怖的气氛，同时也为下文真相的揭露埋下伏笔。】

有个什么东西在咕咕地响着，呻吟着。不久，那脚步又退回走廊，上了三楼的楼梯。那儿新近做了一扇门，把楼梯隔在里面。我听见门被打开，又被关上了，一切又静了下来。

"那是格雷斯·普尔吗？难道她被妖魔附身了？"我自个儿实在待不下去了，我得去找费尔法克斯太太。我害怕极了，匆忙穿上外衣，用颤抖的手拔了门闩，开了门。就在门外，有一只点燃的蜡烛，而且就放在走廊地毯上。我看到的情景让我吃了一惊，可是让我更加惊慌的是，看到空气朦朦胧胧，好像烟雾弥漫，我还察觉到一股烧焦东西的浓烈气味。

什么东西吱扭响了一声，是罗切斯特先生的房门，滚滚烟雾从里面冒出来。我不再去想费尔法克斯太太，也不再去想格雷斯·普尔或者那笑声。一转眼，我就冲进了那房间。火舌在床的四周跳动，帐子已经着火了，在火焰和烟雾的包围中，罗切斯特先生正一动不动地伸开手脚熟睡着。【写作借鉴：火势的凶猛和罗切斯特先生的熟睡形成对比，说明了当时环境凶险，也为下文设置悬念，是谁想要置他于死地？】

"快醒醒！快醒醒！"我一面推他一面大叫，可是他只是咕哝了一声。他已被烟雾熏得没有知觉了。我冲到床榻边端起他的脸盆和水罐，举起来，把水泼向床和睡在床上的人，随之奔回我自己的房间，又取了我的水罐，重新泼向床榻。【写作借鉴：动作描写，"冲""泼""奔"等动词的运用，形象生动地写出了简·爱在看到罗切斯特先生遇到危险时的一系列动作，同时也说明了当时情况的凶险。】由于上帝的帮助，我终于扑灭了正要吞没床榻的火焰。

▶ 简·爱

"发大水了吗?"他叫道。

"没有,先生,"我回答,"只不过发生了一场火灾。快起来吧,一定要起来,现在你湿透了,我去给你拿支蜡烛来。"

"基督世界所有精灵在上,你是简·爱吗?"他问,"你怎么摆弄我啦,女巫,妖婆,除了你,房间里还有谁,你耍了阴谋要把我淹死吗?"

"我去给你拿根蜡烛吧,先生,以上帝的名义,起来吧,是有什么人在密谋做什么事,你得赶快去看看那个人,那人是谁,他要干什么。"

【写作借鉴:简·爱的语言描写,看出她十分冷静,临危不乱,这也是她在危险时刻能救罗切斯特先生的原因。】

"瞧——现在我起来了。不过你冒一下险去取一支蜡烛来,等我两分钟,让我穿上件干外衣,要是还有什么干衣服的话——不错,这是我的晨衣,现在你快跑!"

我确实跑了,还把那支留在走廊里的蜡烛拿过来了。他从我手里接过蜡烛,举了起来,查看着床,一切都烧得又黑又焦,床单湿透了,周围的地毯浸在水里。

"怎么回事,谁干的?"他问。

我简明扼要地向他叙述了一下事情的经过。我在走廊上听到的奇怪笑声,登上三楼去的脚步声,还有那烟雾,——那火烧的烟味如何把我引到了他的房间,那里的一切处在什么样的情况下,我又怎样把凡是我所能搞到的水泼在他身上。

他十分认真地倾听着,我继续谈下去,他脸上露出的表情中,关切多于惊讶。我讲完后他没有马上开口。【名师点睛:从罗切斯特先生的表情中可以看出他是知道罪魁祸首是谁的,但是他似乎并没有要惩罚或揭露凶手的意思,吊足读者的胃口。】

"要我去叫费尔法克斯太太吗?"我问。

"费尔法克斯太太?不要了,你究竟要叫她干什么?她能干什么呢？让她安安稳稳地睡吧。"

"那我就叫莉娅，并把约翰夫妇唤醒。"

"根本不用，你只要安静坐下就好。你披着披巾吗？你要是还觉得冷，就把我的斗篷拿来，裹在身上，在扶手椅子上坐下吧，脚搁在板凳上，免得着凉了。我要离开你一会儿。我把蜡烛拿走，你就在这等我回来。你要像耗子一样安静。我得到三楼去看看。记住别动，也别去叫人。"【名师点睛：罗切斯特叮嘱简·爱的话语，说明他在经历了即将失去生命这么危险的事情之后，还能沉着冷静，安排有方，同时在他的这种表现中也可以看出，他是知道事情原委的。】

他去了，我眼看着烛光渐渐远了。他非常轻地沿着过道走过去，尽可能小声地打开楼梯门，随手把门关上，不发出一点声音。最后一丝光线消失了，我完全堕入了黑暗。我搜索着某种声音，但什么也没听到。很长一段时间过去了，我开始不耐烦起来，尽管披着斗篷，但依然很冷。随后我觉得待在这儿也没有用处，反正我又不打算把整屋子的人吵醒。我刚要冒着惹他不高兴的危险去违反罗切斯特先生的命令，就看到烛光又一次朦胧地照进来。他没穿鞋的脚踩着地毯过来，我希望是他而不是什么更坏的东西。

他再次进屋时脸色苍白，十分郁闷。"我全搞清楚了，"他把蜡烛放在洗衣架上，"跟我想的一样。"【写作借鉴：罗切斯特先生的语言、动作描写，说明真相和他预想的一样。可是他并没有和简·爱说清楚，这同时也为下文设置了悬念，引发读者兴趣。】

"怎么回事，先生？"

他没有立即回答，只是抱臂而立，看着地板。几分钟后，他带着奇怪的声调问道："你是不是说你听到了古怪的笑声？"

"是的，先生，这儿有一个缝衣女人，叫格雷斯·普尔，她就是那么笑的，她是个怪女人。"

"就是这么回事，格雷斯·普尔，你猜对了。像你说的一样，她

▶ 简·爱

是很古怪的。我要好好考虑一下这件事情。同时，我很高兴，除了我以外，只有你一个人知道今晚这件事的细节。你不是爱说话的傻瓜，这件事你就别提了，这里的情况我会解释的。现在回到你的屋子里去吧。离天亮还有一段时间，我可以舒适地睡在图书室的沙发上。快四点了，再过两个小时，仆人们就要起来了。"【名师点睛：罗切斯特先生似乎给了简·爱一个敷衍的回答，也不想让她知道这件事，也不希望她告诉别人起火事件。】

"那么晚安，先生。"我说着就要转身离去。

他似乎很吃惊——完全是前后不一，因为他刚打发我走。

"什么！"他大叫道，"你已经要离开了吗，就那么走了？"

"你说我可以走了，先生。"

"你不能不辞而别啊，我不能连一两句表示感谢和善意的话都没有，总之不能那么简简单单、干巴巴地一走了之。你救了我的命——把我从可怕和痛苦的死亡中拯救出来！而你就这么从我面前走过，仿佛我们彼此都是陌路人！至少也得握握手吧。"【名师点睛：写出了罗切斯特先生矛盾的心理，他想要表达谢意，可不知道如何开口。】

他伸出手来，我也向他伸出手去。他先是用一只手，随后用双手把我的手握住。

"你救了我的命，我太感谢你了。要是别人成为我欠了那么大人情的债主，我一定不能容忍，可是你却不同，我并不觉得欠你的恩情是一种负担，简。"【名师点睛：用简·爱和别人对比，态度变化极大，暗喻下文两人关系的改变。】

他停顿了一下，用眼睛盯着我，话几乎已到了张开的嘴边，但他控制住了自己没有说出来。

"再次祝你晚安，先生。这件事你没有负债，没有负担。"

"我早知道，"他继续说，"你会在某一时候，以某种方式为我做好事的——我初次见你的时候，就从你眼睛里看到了这一点，那表情、那笑容不会(他再次打住),不会(他匆忙地继续说)无缘无故地在我心底里激起愉悦之情。人们爱谈天生的同情心,我曾听说过好的神怪——在那个荒诞的寓言里包含着一丝真理。我所珍重的救命恩人,晚安。"

在他的嗓音里有一种奇特的力量,在他的目光里有一种特殊的火花。

"我很高兴,我刚好醒着。"我说,随后我就走开了。

"什么,你要走了?"

"我觉得冷,先生。"

"冷吗?对,站在水里,那么去吧,简,去吧。"可是他还是抓住我的手不放,我又抽不回来,我想了一个办法。【名师点睛:语言描写。将罗切斯特先生想要简·爱回去休息,可是却又舍不得她走的心理表现得淋漓尽致。】

"我好像听到费尔法克斯太太在走动,先生。"我说。

"好吧,你走吧。"他放开手,我便走了。

我回到了自己的床上,躺在那里但毫无睡意。我被抛掷到波涛汹涌的海面上,烦恼的巨浪在欢乐的波涛下翻滚。有时候我觉得能看见汹涌澎湃的海水,那边有海岸,像比拉的小山一样可爱,时常有一阵由希望引起的渐渐转强的飓风,把我的心灵吹向胜利的目的地,可是我却总不能到达那里——陆地上吹来了逆风,不断地把我刮回去,理智会抵制昏聩,判断能警策热情。【写作借鉴:运用比喻的手法,写出了简·爱在火中救出罗切斯特先生之后内心荡起了波澜,同时她也很好奇这件事的始末。】我兴奋得无法入睡,于是天一亮便起床了。

Z 知识考点

1.罗切斯特先生因为_____,不得不收养阿黛勒。

2.简·爱知道阿黛勒私生女的身份后打算怎么做?　　　　　(　　)

181

▶ 简·爱

　　A.辞职另寻工作

　　B.漠不关心

　　C.打算以后更加照顾她

3.简·爱是怎么救下熟睡中的罗切斯特先生的？（原文中找答案）

_____

_____

4.简·爱在告诉罗切斯特先生她关于凶手的猜测后，罗切斯特先生要求简·爱怎么做？

_____

_____

阅读与思考

1.罗切斯特先生向简·爱讲述自己不堪的经历说明了什么？

2.从简·爱解救罗切斯特先生能说明什么？

3.发生火灾之后，罗切斯特先生对简·爱的态度有什么变化？

第十六章

表露心迹

M 名师导读

简·爱救了火灾中的罗切斯特。可是仆人似乎对此事并不知晓。简·爱一再盘问自己的怀疑对象却始终没有结果。罗切斯特先生却还是要简·爱保密,事情变得越发诡异。随着罗切斯特先生去了米尔科特,纵火事件就这样不了了之了。

紧接着,从那个不眠之夜起,我既希望看到罗切斯特先生,又怕见到他,我想再一次听到他的声音,然而又怕接触他的眼神。清早,我时刻盼望他的到来,他不经常来教室,可是,他有时也进去几分钟,有一个特殊的感觉,那天他肯定会到教室的。

早上像往常一样,没有发生什么影响阿黛勒安静学习课程的事情。只是早饭后不久,我听到罗切斯特先生卧室附近有一阵吵闹声,有费尔法克斯太太的嗓音,还有莉娅的和厨师的——也就是约翰妻子的嗓音,甚至还有约翰本人粗哑的嗓门。有人大惊小怪地叫着:"真幸运呀,老爷没有给烧死在床上!""真是上帝保佑,他还能保持清醒,想起了水罐!""真奇怪,他谁也没有吵醒!"

一阵七嘴八舌的议论以后,便是擦地板和放东西的声音。我经过这房间下去准备晾衣服的时候,从开着的门看到里面的一切都井井有条的样子。莉娅站在窗台上,擦着被烟熏黑的玻璃。我刚要和她说话,又看见一个女人坐在床边的椅子上,缝着新窗帘的挂环。那正是格雷

▶ 简·爱

斯·普尔。

她坐在那儿，安静而且一副沉默寡言的样子，像往常一样穿着褐色的毛料衣服，格子围裙，系着白手绢。她聚精会神地干活，似乎全部的注意力都集中在这上面。一个女人做了杀人的尝试，别人总以为她的脸会苍白而绝望吧，可是在她的脸上，丝毫没有这种神色。【名师点睛：简·爱认为格雷斯是纵火元凶，可格雷斯依旧十分镇定，这完全是不寻常的，她迫切地想要寻找出格雷斯纵火的蛛丝马迹。】我十分惊讶，甚至感到惶惑。我继续盯着她看时，她抬起了头来，没有惊慌之态，没有变脸色，没有因此泄露她的情绪和负罪感，以及害怕被发现的恐惧心理。她以平时那种冷淡的态度说了声："早安，小姐。"又拿起一个挂环和一圈线带，继续缝了起来。

"我倒要试试她，"我想，"那么不动声色是令人难以理解的。"

"早安，格雷斯，"我说，"这儿发生了什么事吗？"

"没有什么，只是主人昨晚看书的时候，点着蜡烛睡着了，结果帐子着火了，幸亏被褥和床架没烧着，他就醒了，想办法用水罐里的水把火扑灭了。"

"怪事！"我低声说，随后紧盯着她看，"罗切斯特先生没有叫醒别人吗？你没有听到他走动？"

她又抬起眼来看着我，这一次她的眼睛里流露出一种有察觉的表情，她似乎在留心观察我，然后，她回答道：

"仆人们睡的地方离他很远，她们不可能听到。费尔法克斯太太和你的房间离老爷的卧室最近。但费尔法克斯太太说她没有听见什么。老年人总是睡得很沉，"她顿了一顿，随后补充说，"可是你很年轻，小姐，也许你听到了什么声音。"

我低着嗓音说："我敢肯定，我听到了笑声，古怪的笑声。"

她又拿了一根线，仔细地上了蜡，很平稳地把线穿过针，然后十分镇定地说："小姐，在这样危险的环境中，我想，主人是不大可能笑

的，你一定是记错了。"【名师点睛:格雷斯出奇地镇定让简·爱越发想一探究竟。】

"我没有记错。"我有点生气地说。她的那种厚颜无耻的镇定激怒了我。她又看看我，还是那种仔细查看而又别有意味的眼神。

"你告诉老爷了没有，你听到笑声了?"她问道。

"早上我还没有机会同他说呢。"

"你当时没有想到打开门朝走廊里看一看?"她往下问。

她似乎是在盘问我，企图引出我无意中说出一些情况，我突然想到，如果她发现我知道一些她犯罪的情况，她会用她的恶毒的方法作弄我，我还是最好小心一些。【名师点睛:简·爱认为格雷斯是纵火凶手，为了安全，她首先想到的是自我保护。】

"正好相反，"我说，"我去把门闩上了。"

"那你每天睡觉之前没有闩门的习惯吗?"

"这恶魔！她想知道我的习惯，好以此来算计我。"愤怒再次压倒谨慎，我尖刻地回答:"在这以前，我常常忘记了闩门，我觉得没有必要这样做，我并没有想到，桑菲尔德有什么叫人害怕的危险。但是，从今以后(我故意加重了这几个字的语气)在我放心大胆地睡下之前，一定要小心。"

"这样做是聪明的，"她回答，"这一带跟我知道的任何地方都一样安静，打从府宅建成以来，我还没有听说过有强盗上门呢。尽管谁都知道，盘子柜里有价值几百英镑的盘子，而且你知道，老爷不在这里长住。就是来住，因为是单身汉也不大要人服侍，所以这么大的房子，只有很少几个仆人。可是，我一向认为要做措施的话，最好在注意安全上，门一下子就能闩上。闩上门，与外面可能发生的任何灾难分开也是好的。小姐，不少人会把一切都托付给上帝，但是我觉得，上帝不会排斥采取措施，人们谨慎行动的时候，上帝常常会降福。"说到这里，她结束了她的演讲。【名师点睛:格雷斯对简·爱的叮嘱在简·爱看来完

185

▶ 简·爱

全不安好心。简·爱觉得她非常虚伪、可怕。】

我依旧站在那里,正被她出奇的冷静和难以理解的虚伪弄得目瞪口呆时,厨师进来了。

"普尔太太,"她对格雷斯说,"用人的午饭马上就好了,你下楼去吗?"

"不,只要给我一品脱酒和一点儿布丁就好了,把它们放到托盘里,我会端到楼上去的。"

"你还要些肉吗?"

"就来一小份吧,再来一点儿奶酪,就这些。"

"还有西米呢?"

"现在就不用啦,用茶点之前我会下来的,我自己来做。"

这时厨师转向我,说费尔法克斯太太在等我,于是我就离开了。

吃饭的时候,费尔法克斯太太谈论起帐子失火的事情,我几乎没有听见,因为我忙于苦苦思索格雷斯·普尔究竟是个什么样的特殊人物。那天早晨为什么不把她关押起来,或者至少也得辞退她,这使我感到不解。昨天晚上,他几乎等于宣布确信她犯了罪。是什么神秘的原因阻止他去控告她呢?他为什么要我和他一起保守秘密呢?很奇怪,一个大胆、爱报复、傲慢的绅士,不知怎的似乎受着他的一个低微的仆人摆布,那样的受她的限制,甚至在她打算谋杀他的时候,他还是不敢以谋杀罪公开控告她,更不要说惩罚她了。

要是格雷斯年轻漂亮,我会不由得认为,那种比谨慎或忧虑更为温柔的情感左右了罗切斯特先生,使他偏袒于她。可是她面貌丑陋,又是一副管家婆的样子,这种想法也就站不住脚了。【名师点睛:简·爱内心里已经认定了格雷斯就是凶手,可是罗切斯特先生却并没有对格雷斯施行什么惩罚,这让简·爱很是奇怪,同时内心也有了很多猜测。】"不过,"我思忖道,"她曾有过青春年华,那时主人也跟她一样年轻。费尔法克斯太太曾告诉我,她在这里已住了很多年。我认为她从来就没有姿色,但是也许她性格的力量和独特之处弥补了外貌上的不足。罗切斯特先生喜欢果断和古怪的人，格雷斯至少很古怪。要是从前一时的荒唐(像他那种刚愎自用、反复无常的个性，完全有可能干出轻率的事来)使他落入她的掌中，行为上的不检点酿成了恶果，使他如今对格雷斯所施加给自己的秘密影响，既无法摆脱，又不能漠视，那又有什么奇怪呢？"【名师点睛：罗切斯特先生不揭发格雷斯的罪行使简·爱迷惑不解，甚至胡思乱想做出种种猜测。】不过，猜想到这里，普尔太太那方阔、扁平的形体，丑陋甚至是干枯的脸就那样清清楚楚地浮现在我的眼前，以至于我认为，"不，我的猜想不可能是对的。"不过，一个声音悄悄在我心里建议道："你自己也并不漂亮，而罗切斯特先生却赞赏你，而且昨天晚上——别忘了他的话，他的神态和他的嗓音！"【名师点睛：罗切斯特对简·爱的赞美让她一直铭记在心，说明这个时候，简·爱已经在心里默默在意罗切斯特先生对自己的态度。】

这一切我都记得清清楚楚：那语言、那眼神、那声调此刻似乎活生生地再现了。这时我待在读书室里，阿黛勒在画画，我弯着身子指导她使用画笔，她抬起头，颇有些吃惊。

"小姐，您……"她说，"您的手抖得像树叶，您的脸红得像樱桃！"

"阿黛勒，这么弓着身子，我很热！"她继续画她的速写，我则继续我的思考。

我急急忙忙把关于格雷斯·普尔的讨厌想法从脑子里赶走，这个想法使我厌恶。我拿自己和她比较，发觉我们是不同的。贝茜·利文说过，我真是个大家闺秀。她说的是实话，我确实看起来像一个大家闺秀，而我现在，要比贝茜见到我的时候好很多。我的脸色比以前红润，人也丰满了些，更加生气勃勃，更加有朝气。因为我看到了更光明的未来，拥有了更强烈的希望。【名师点睛：简·爱拿自己与格雷斯做比较，说明了简·爱的自信。】

"就要黄昏了，"我朝窗子看了看，自言自语地说，"今天我还没有在房里听到过罗切斯特先生的声音呢，不过天黑之前我一定会见到他。

187

简·爱

早上我害怕见面，而现在却渴望见面了。我的期望久久落空，真有点让人不耐烦了。"

当真的暮色四合，阿黛勒离开我到保育室去玩时，我着急地想见到罗切斯特先生。我期待着听到楼下响起铃声，期待着听到莉娅带着口讯上楼的声音。有时还在恍惚中听到罗切斯特先生自己的脚步声，便赶紧把脸转向门口，期待着门一开，他走了进来。但门依然紧闭着，唯有夜色透进了窗户。不过现在还不算太晚，他常常到七八点钟才派人来叫我，而此刻才六点。今晚我可不能完全失望啊，我有那么多的事情要说给他听。我要再提起格雷斯·普尔这个话题，听听他会怎么回答，我要直截了当地问他，是否相信昨天夜里那可怕的图谋是她做的。如果是的，那么他为什么要为她的恶劣行径保守秘密呢？我的好奇心会不会激怒他关系不大，反正我知道一会儿惹他生气，一会儿抚慰他的乐趣，这是一件我很乐意干的事，一种很有把握的直觉常常使我不至于做过头。我从来没有冒险越出使他动怒的界线，但在这边缘上我很喜欢一试身手。【名师点睛：简·爱在这个时候已经把罗切斯特先生的心理把握得很透彻，也表明了她开始慢慢了解罗切斯特先生，两人的距离又进了一步。】我可以既保持细微的自尊，保持我的身份所需的一应礼节，而又可以无忧无虑、无拘无束地同他争论，这样对我们两人都合适。

最后，脚步声终于在楼梯上响起来了，莉娅出现了，不过只是通知我茶点已经备好了，就在费尔法克斯太太的房间里。于是我就下楼去，我感到高兴，至少我是到了楼下，而且我觉得这样可以离罗切斯特先生近了一些。

"你一定想用茶点了，"到了她那里后，这位善良的太太说，"午饭你吃得那么少，"她往下说，"我担心你今天不大舒服，你看上去脸色绯红，像是发烧了。"

"啊！很好呀，我觉得再好没有了。"

"你得拿出好胃口来证明,我要把这一针织完,你能不能把茶壶灌满。"她干完了活,站起来拉下遮帘。她原来一直让遮帘开着是为了充分利用日光,虽然这时候,暮色正在迅速地变浓,成为一片黑暗。

"今晚天气晴朗,"她透过玻璃往窗外看时说,"虽然没有星光,但罗切斯特先生出门总算有个好天气。"

"出门?罗切斯特先生到哪里去了?我不知道他出门了。"

"噢,他吃过早饭就出去了!他去了里斯埃希顿先生那儿。在米尔科特的另一边,离这儿十英里,我想那儿聚集了很多人。"

"你认为他今晚会回来吗?"

"不,我想他明天也不会回来。要我说,他可能会待上一个星期甚至是更长的时间。这些高尚时髦的人聚在一起,周围是一片雅致和欢乐的景象,而且可以寻欢作乐的东西样样齐全,他们不会急于分开的。在这种场合,尤其需要绅士们的出现,而罗切斯特先生天赋又高,在社交上又是那么活跃,我相信他会受到大家的欢迎。女士们都很喜欢他,尽管你会认为,在她们眼里他的外貌并没有特别值得赞许的地方。不过我猜想,他的学识、能力,也许还有他的财富和血统,弥补了他外貌上的小小缺陷。"

"里斯有贵妇、小姐吗?"

"有埃希顿太太和她的女儿——全都是举止文雅而且漂亮年轻的小姐。还有值得尊敬的布兰奇·英格拉姆和玛丽·英格拉姆,我想都是非常漂亮的女人。我是六七年前见到布兰奇的,当时她才十八岁。她来这里参加罗切斯特先生举办的圣诞舞会和聚会。你真该看一看那一天的餐室——布置得那么豪华,灯火辉煌!我想有五十位女士和先生在场——都是出身于郡里的上等人家。布兰奇·英格拉姆小姐是年轻小姐中的佼佼者。"【名师点睛:通过费尔法克斯太太的描述,说明了布兰奇小姐的美丽,同时也让简·爱觉得自惭形秽。】

"你说你见到了她,费尔法克斯太太。她长得什么模样?"

189

简·爱

"是呀！我看到她了，餐室的门敞开着，而且因为圣诞期间，允许用人们聚在大厅里，听一些女士们演唱和弹奏。罗切斯特先生要我进去，我就在一个安静的角落里坐下来看她们。我从来没有见过这么光彩夺目的景象。女士们一身盛装，大多数——至少是大多数年轻女子长得很标致，而布兰奇·英格拉姆小姐当然是女皇了。"

"她长得什么模样？"

"个子很高，胸脯丰满，脖子细长优美，皮肤黝黑，明亮还有点呈现橄榄色，眼睛有点像罗切斯特先生，又大又黑，像她佩戴的珠宝一样明亮。她那一身纯白的礼服和她那黑玉般的卷发形成了美丽的对比。"

"那她一定受到大家的赞美了？"

"是呀，一点也不错，不仅是因为她的漂亮，而且还因为她的才艺，她是那天演唱的女士之一。一位先生用钢琴替她伴奏，她和罗切斯特先生还表演了二重唱。"

"罗切斯特先生！我不知道他还能唱歌。"

"哦！他有一个漂亮的男低音，对音乐有很强的鉴赏力。"

"那么英格拉姆小姐呢，她属于哪类嗓子？"

"她的声音非常圆润且有力，她唱得很动人，听着她的歌声真叫人高兴。后来她又弹琴，我不懂音乐的好坏，可罗切斯特先生懂。"

"这位才貌双全的小姐还没有结婚吗？"

"好像没有，我想她与她妹妹的财产不是很多，老英格拉姆勋爵的产业大体上限定了继承人，而他的大儿子几乎继承了一切。"

"不过我觉得很奇怪，难道就没有富裕的贵族或绅士对她一见钟情，譬如罗切斯特先生，他很有钱，不是吗？"

"唉！是呀，不过你瞧，年龄相差很大。罗切斯特先生已快四十了，而她只有二十五岁。"

"那有什么关系？比这更不般配的婚姻每天都有呢。"

"那倒是事实，但我不会认为罗切斯特先生会抱有那种想法。——可是你什么也没吃,从开始吃茶点到现在,你几乎没有尝过一口。"

"不,我太渴了,吃不下去。让我再喝一杯行吗?"

我正要重新将话题扯到罗切斯特先生和漂亮的布兰奇小姐有没有结合的可能性上,这时阿黛勒进来了,话题也就转到了别的方面去了。

在我独自一人待着的时候,我把听到过的情况回忆了一下,我看看自己的内心世界,检索那里的感情和思想,试图把迷失在幻想之中的那一些想法拉回到安全的常识之中。【名师点睛:简·爱在听说高贵美丽的富家女与罗切斯特先生私交甚好的时候,内心十分难过,打算迅速扼杀自己内心不切实际的想法。】

我在我的法庭上受审,记忆证明,证实了我从昨夜开始就沉浸在放任自流的思想状态中,理智走了出来,以它独有的方式叙述了一个朴实无华的故事,说明我是怎么样拒绝现实,而去疯狂地吞咽下空想,我宣布了这样的判决:

世上还不曾有过比简·爱更蠢的傻瓜,还没有一个比自己更异想天开的白痴,那么轻信甜蜜的谎言,把毒药当美酒吞下。【写作借鉴:运用比喻的修辞方法,说明简·爱内心的自省,她觉得自己和罗切斯特先生没有可能,同时也写出了自己内心的失望。】

"你,"我说,"得宠于罗切斯特先生吗?你有讨他欢心的条件吗?清醒吧,你的愚蠢让我恶心,你从偶尔表示的喜爱中获得了乐趣。可是,那只是一个名门绅士,一个精通世故的人对一个自己的属下,一个初出茅庐的人做出的暧昧表示,你怎么敢?【名师点睛:简·爱内心的反问,她觉得自己不可能和罗切斯特在一起。他们的身份不一样,背景不一样。】一个愚蠢的可怜的受骗者,难道自己的利益都没办法让你变得聪明些吗?今天早上你反复叨念着昨夜的短暂情景?——蒙起你的脸感到羞愧吧,他说了几句称赞你眼睛的话,是吗?盲目的自命不凡者,睁开那双模糊的眼睛,瞧瞧你自己该死的糊涂劲儿吧!受到无意与她结婚的上司的恭维,对随便哪个女人来说都没有好处。爱情之火悄悄

▶ 简·爱

地在内心点燃,得不到回报,不为对方所知,必定会吞没煽起爱的生命。要是被发现了,得到了回报,必定犹如鬼火,将爱引入泥泞的荒地而不能自拔。对所有的女人来说,那简直是发疯。

"那么,简·爱,你认真听着对你的判决:明天,把镜子放在你面前,用蜡笔绘出你自己的素描画像。照原样画,并在画像下面写上'孤苦无依、相貌平庸的家庭女教师肖像'。"【名师点睛:简·爱用独特的方式让自己保持冷静,同时可以坦然地面对接下来发生的事。】

"随后,拿出你的调色板,把你认为最鲜艳、最优良、最纯粹的颜色调出来,挑出你最精致的驼毛画笔,仔细地画出你所能想象的最可爱的脸的轮廓,用你最柔和的浓淡色调和赏心悦目的色彩着色,就按照费尔法克斯太太描述的布兰奇·英格拉姆小姐的样子画。记住乌黑的头发,东方式的眸子——什么!你把罗切斯特先生作为模特儿,镇静!别哭鼻子!——不要感情用事!——不要反悔!我只能忍受理智和决心。【名师点睛:简·爱内心警告自己的事情,让自己一直保持冷静,避免受到更多的伤害。】回忆一下那庄重而和谐的面部特征,希腊式的脖子和胸部,露出圆圆的光彩照人的胳膊和纤细的手。不要省掉钻石耳环和金手镯。一丝不苟地画下衣服、悬垂的花边、闪光的缎子、雅致的围巾和金色的玫瑰,把这幅肖像画题作'多才多艺的名门闺秀布兰奇'。"【名师点睛:简·爱对英格拉姆小姐的描述反衬了她内心的自卑,觉得自己比不上英格拉姆小姐。】

"我一定要这样做。"我主意已定,心也就平静下来了,于是便沉沉睡去。

我遵从自己的想法,用蜡笔画出我自己的肖像,只花了两个小时就够了。而画一张我想象中的布兰奇·英格拉姆的肖像却花了我将近两个星期才完成。这张脸看上去是够可爱,和那些用蜡笔画出来的真实头像比起来效果也很好。我对自己的这一做法很欣赏,它使我的脑袋和双手都不闲着,也使我希望在心里烙下的不可磨灭的新印象更强烈，更不可动摇。

不久我便有理由使自己庆幸，在迫使我的情感服从有益的纪律方面有所长进。多亏有了这种训练，我才能够以体面镇静的态度来面对后来发生的一些事，要不是有了这样的准备，我恐怕连表面的镇定也无法保持。【写作借鉴：引起下文，为下文英格拉姆的出现做了铺垫。】

Z 知识考点

1.简·爱告诉格雷斯她听到笑声，格雷斯却说_____。

2.简·爱认为格雷斯是纵火元凶，并且试探她时，格雷斯的反应是（　　）

　　A.镇定自若

　　B.十分恐惧

　　C.对简·爱不理不睬

Y 阅读与思考

1.简·爱在和费尔法克斯太太谈话后认为罗切斯特对她的感情是出于什么目的？（结合原文回答）

2.简·爱用什么方法使自己镇定？这段在文中起什么作用？

简·爱

第十七章

等待回音

M 名师导读

> 罗切斯特先生回到桑菲尔德之后要举行宴会,桑菲尔德上下忙碌起来。在罗切斯特的强烈要求下,简·爱带着阿黛勒出席。英格拉姆小姐当着众人的面暗讽简·爱。简·爱离开时偶遇罗切斯特先生,他对她关怀备至。

一个星期过去了,罗切斯特先生音讯全无,十天了,他还是没有消息。费尔法克斯太太说,要是他从里斯直接去伦敦再从那儿到欧洲大陆,在接下来的一年里都不会在桑菲尔德露面,她都不会感到惊讶的。他像这样出乎意料地离开是常有的事。听她这么一说,我心里冷飕飕、沉甸甸的,实际上我在任凭自己陷入一种令人厌恶的失落感。不过我调动了理智,重建了原则,立刻使自己的感觉恢复了正常。说来也让人惊奇,我终于纠正了一时的过错,清除了认为有理由为罗切斯特先生的行动操心的错误想法。我并没有低声下气,怀着奴性十足的自卑感;相反,我只说:

"你和桑菲尔德的主人没有任何关系,除了教他的收养人,接受他给你的薪水,如果你尽了你的责任,就感谢他给了你尊敬和仁慈的待遇。这是你与他之间他唯一严肃承认的关系。【名师点睛:简·爱很快调整了自己的心情,她意识到自己和罗切斯特先生有着一定程度上的距离,她已在内心退到安全距离之后。】所以不要把你的柔情、你的狂喜、你的痛苦等系在他身上。他不属于你的阶层。记住你自己的社会地位吧，要充分自尊，免得把全身心的爱，徒然浪费在不需要甚至瞧不起这份礼物的地方。"

我平静地干着一天的工作。不过脑海中时不时地隐约闪过我要离开桑菲尔德的理由，我不由自主地设计起广告，预测起新的工作来。这些想法，我没有必要去制止，它们也许会生根发芽，还可能结出果子来。
【写作借鉴：简·爱的心理描写，"不由自主""预测"等词说明了简·爱无法面对罗切斯特和英格拉姆在一起的可能性，她决定选择逃避。】

罗切斯特先生离家两周时，邮差送来一封给费尔法克斯太太的信。

"是主人写来的，"她看了看姓名地址说，"现在我想可以知道能不能盼他回来了。"

她拆开信封仔细地看着信，我继续喝着咖啡（当时我们是在吃早饭）。咖啡很烫，这时我的脸上突然泛起了红晕，我把原因归结于咖啡。为什么我的手会发抖，为什么我不自觉地把半杯咖啡洒在我的盘子里？我都不想去考虑这些。【名师点睛：细腻的笔触将简·爱担心罗切斯特不会再回来的情景形象地表现了出来，说明她对他的感情已经很深，对他充满希冀。】

"嗨，有时候我总认为太冷清，现在可有机会够我们忙了，至少得忙一阵。"费尔法克斯太太说，仍然把信纸举着放在眼镜前面。

我没有立刻要求她解释，在这之前，我先给阿黛勒系好了碰巧松开的围裙带子，又给她拿了一个小面包，还给她的杯子重新倒满了牛奶，然后若无其事地问：【写作借鉴：简·爱的动作描写，"系好""拿""倒满"等词说明了她强装镇定的心情，她也十分希望罗切斯特先生早日回来，但是又无法面对他和英格拉姆小姐在一起的可能性。】

"我猜想罗切斯特先生不会马上回来吧？"

"说真的，他要回来了——他说三天以后到，也就是星期四，而且不光是他一个人。我不知道在里斯的贵人们有多少位同他一起来。他

195

简·爱

吩咐准备好最好的卧室，图书室与客厅都要清扫干净。我要从米尔科特的乔治旅馆和任何能弄到人的地方再找一些厨房帮工。太太小姐们都带着女仆，先生们带着男仆，所以，我们的房子要住满人了。"费尔法克斯太太匆匆咽下早饭，急急忙忙去做准备工作了。

果然被她说中了，这三天几乎忙昏头了。本以为桑菲尔德的所有房子都纤尘不染，收拾得很好。但看来我错了，他们雇了三个女人来帮忙。擦呀，刷呀，冲洗漆具呀，敲打地毯呀，把画拿下又挂上呀，擦拭镜子和枝形挂灯呀，在卧室生火呀，把床单和羽绒褥垫晾在炉边呀，这种情景无论是从前还是以后，我都没有见过。【写作借鉴："擦""刷""冲洗""敲打"等动词，突出费尔法克斯太太对于即将到来的贵宾的重视和认真，同时也为下文那些贵客的到来做了铺垫。】在一片忙乱之中，阿黛勒发了疯。准备迎客，盼着他们到来，似乎使她欣喜若狂。她会让索菲娅把她称之为外衣的所有"时装"都查看一下，把那些"过时的"都翻新，把新的晾一晾放好。她自己呢，什么也不干，只不过在前房跳来奔去，在床架上上蹿下跳，躺到床垫上和叠起的枕垫、枕头上，面对着的熊熊炉火在烟窗里哔剥作响。她的功课已全给免掉，因为费尔法克斯太太拉我做了帮手。我整天待在贮藏室，给她和厨师帮忙（或者说增添麻烦），学做牛奶蛋糊、乳酪饼和法国糕点，捆扎野味，装饰甜点心。【名师点睛：简·爱也被拉来帮忙，说明即将到来的贵宾十分重要，也为下文贵客到来时气氛的改变做了铺垫。】

预计这些客人是在周四下午到达，正好赶上六点钟的晚饭。在这准备时间里，我没有空闲去胡思乱想，我相信自己像任何活跃的人一样快乐，除了阿黛勒。不过，我的欢乐时常会像被泼上冷水一样受到遏制。我会不由自主地想起那些怀疑、警告和凶兆的猜测。那就是我偶尔看到三楼楼梯的门缓缓地打开（近来常常锁着）时，格雷斯·普尔戴着整洁的帽子，系着围裙，揣着手帕，从那里经过。我看着她穿了布拖鞋，轻轻地不出声音地从走廊悄悄溜过，我看见她朝正在忙里忙外的客房里看了一眼，只说过一两句话，也许是教打杂的女工该怎么样擦亮壁炉，也许是该怎么样擦干净大理石炉架或者怎么从糊了的墙纸上取下缎子。说完便又往前走了。她一天下楼到厨房里走一次，来吃饭，在炉边有规律地吸一烟斗烟，随后就上楼去。带上一罐黑啤酒，在楼上阴暗的巢穴里独自享受。一天二十四小时中，她只有一小时同楼下别的用人待在一起，其余时间是在三层楼上某个橡木卧室低矮的天花板下度过的。她坐在那里做着针线活——也许还兀自凄楚地大笑起来——像监狱里的犯人一样无人做伴。

这一切最奇怪的是，整个房子里除了我没有一个人对她的行为表示诧异，我有一次听到莉娅和打杂女工的对话，对话的内容是关于格雷斯的，打杂的女工说：

"估计她的薪金很高。"

"是呀，"莉娅说，"我的薪金才是普尔太太的五分之一。她还在存钱呢，一季度要去一次米尔科特的银行。我一点不怀疑她要是想走的话，积下的钱够她自立了。不过我想她在这儿已经待惯了，更何况她还不到四十岁，身强力壮，干什么都还行，放弃此事是太早些了。"

"我猜想她干活肯定是出类拔萃的。"打杂女工说。

"哦，她最清楚自己该干什么——没有人比得过她。"莉娅意味深长地回答说，"不是谁都干得了她的活的。"

"的确干不了！"对方回答，"不知道主人——"

打杂女工还想往下说，但这时莉娅回过头来，看到了我，便立即用肘子顶了顶她的伙伴。

"她知道了吗？"我听见那女人悄悄地问。

莉娅摇了摇头，于是谈话戛然而止。我从这里所能猜测到的就是这么回事：在桑菲尔德有一个秘密，而我被排除在这个秘密之外。【名师点睛:仆人之间的对话描写，似乎在说格雷斯有什么大的任务，而这一切都是把简·爱排除开来，这让简·爱十分疑惑。继续设置悬念，引出

简·爱

下文。】

星期四到了，一切工作已经在前一个晚上都准备完成了。地毯摊开了，帐子结了彩，白得发亮的床罩铺好了，梳妆台安排妥当了，家具擦拭过了，花瓶里插满了花，一切都收拾得干干净净。卧室和客厅，都尽人所能地收拾得又新又亮。大厅也擦洗过了，那座雕花大钟也像楼梯的栏杆和扶手一样被擦拭得像玻璃一样亮；餐厅里，厨具柜里的厨具闪出耀眼的亮光；休憩室里和小客厅里，一瓶瓶外国鲜花在其四周盛开。【名师点睛：对房间内陈列的描写，衬托出罗切斯特家里的富有与讲究。】

到了下午，费尔法克斯太太穿上了她最好的黑缎袍子，戴上了手套和金表，因为要由她来接待客人——把女士们领到各自的房间里去等等。阿黛勒也要打扮一番，虽然那天不见得让她去见客人。但为了使她高兴，我让索菲娅给她穿上了一件宽摆的麻纱短上衣。至于我自己，我是没有必要换装的，因为不会把我从作为我私室的读书室里叫出去，这私室现在已经属于我，成了"患难时愉快的避难所"。

那是一个温和宁静的春日，就是三月末四月初的时候，作为夏季的先驱，照耀着大地的那种日子。现在白天即将过去，傍晚甚至还是暖和的，我在教室里开着窗子工作。

"天色不早了。"费尔法克斯太太一边进来一边说，身上的缎子衣服摩擦发出声音，"幸好我定的开饭时间比罗切斯特先生盼咐的要晚一个小时。现在六点已经过了，我已经打发约翰去门口看着，大路上有没有什么动静，从那儿往米尔科特方向可以看得很远。他来了！"她走到窗口问道："有什么消息吗，约翰？"

"他们来了,太太。"约翰向费尔法克斯太太报告说，"十分钟后就到。"

阿黛勒朝窗子飞奔过去。我跟在后面，小心地靠一边站立，让窗帘遮掩着，使我可以看得清清楚楚，却不被人看见。约翰所说的那十分钟似乎很长。不过终于听到了隆隆的车轮声，四位骑手策马驰上了

198

小道，两辆敞开的马车内面纱飘浮、羽毛起伏。两位年轻骑手精神抖擞，一副绅士派头。第三位是罗切斯特先生，骑着他的黑马梅斯罗，派洛特跳跃着奔跑在他前面。与他并驾齐驱的是一位女士，这批人中他们俩一马当先。她那紫色的骑装差不多已扫到了地面，她的面纱长长地在微风中飘动，她那乌黑浓密的鬈发，同她透明的褶裥绕在一起，透过面纱闪动着光芒。【名师点睛：这是简·爱对英格拉姆小姐的第一印象，描述了英格拉姆小姐的美丽华贵，同时她与罗切斯特先生的并驾齐驱也暗示了两人有着不寻常的关系。】

"英格拉姆小姐。"费尔法克斯太太大叫一声，急匆匆下楼去执行她的任务了。

这队人马顺着车道的拐弯很快转过屋角，在我的视线中消失了。这时，阿黛勒要求下楼。我把她搂在膝头上，让她明白无论是此刻，还是以后什么时候，除非明确要她去，绝不可以随意闯到女士们跟前去，要不罗切斯特先生会生气的，等等。

这时大厅里人声喧哗，笑语纷纷。男士们深沉的语调，女士们银铃似的嗓音掺杂在一起。而能清晰辨得出的是桑菲尔德主人用那洪亮而低沉的嗓门，向男女宾客致欢迎词。随后，这些人脚步轻盈地上了楼梯，轻快地穿过走廊。一会儿后，便悄无声息了。【写作借鉴：对声音的描述说明了大厅的热闹，这与桑菲尔德之前的寂静形成了鲜明的对比。将大厅的热闹景象表现出来。】

"她们在换装。"阿黛勒说。她细听着，跟踪着每一个动静，并叹息着。"跟妈妈在一块儿的时候，"她说，"有客人来时我总是到处跟着，到客厅里，到她们房里，我常常瞧着使女给太太们梳头、穿衣。挺有意思的，瞧瞧真有好处呢。"

"你觉得饿了吗，阿黛勒？"

"可不是吗，小姐，我有五六个小时没吃东西了。"

"好吧，趁女士们都待在房间里的时候，我冒个险，下去给你弄点

简·爱

吃的来。"

我十分小心地从我的隐蔽处走了出来,从后面的楼梯下去,那里直通厨房。厨房里只有混乱的一片,鱼和汤都快做好了,厨子弯着腰在锅边忙碌着,仿佛整个人就要自动燃烧起来似的。在仆人的大厅里,两个马车夫和三四个仆人在围着火或站或坐,我想女仆们应该和她们的女主人待在一起。从米尔科特新雇来的用人东奔西跑,非常忙碌。我穿过一片混乱,好不容易到了食品室,拿了一份冷鸡、一卷面包、一些馅饼、一两个盘子和一副刀叉。我带了这份战利品急忙撤退,重新登上走廊,正要随手关上后门时,一阵越来越响的嗡嗡声提醒我,女士们要从房间里走出来了。要上读书室我非得经过那几间房门口不可,非得要冒端着一大堆食品被她们撞见的危险。于是我一动不动地站在这一头。这里没有窗子,光线很暗。此刻天色已黑,因为太阳已经下山,暮色越来越浓了。

一会儿工夫,房间里的女房客们一个接一个地出来了,个个心情欢快,步履轻盈,身上的衣装在昏黄的暮色中闪闪发光。她们聚集在走廊的另一头,站了片刻,用压低了的轻快动听的语调交谈着。【写作借鉴:"步履轻盈""压低了的语调",在简·爱的眼中,女性贵宾十分美丽动人,知书识礼,这是她对她们的第一印象,反衬下文英格拉姆傲慢的性格。】接着她们走下楼梯,像一团明亮的雾沿着小山滚下去似的,不发出一点声响。她们总的外貌给我留下了出身高贵优雅的印象,这是我以前从来没有见过的。【写作借鉴:运用对比手法烘托出简·爱自卑的内心活动。】

我看见阿黛勒扶着半掩的读书室门,往外偷看。"多漂亮的小姐!"她用英语叫道,"哎呀,我真想上她们那儿去!你认为晚饭后罗切斯特先生会派人来叫我们去吗?"

"不,说实在的,我不这样想。罗切斯特先生有别的事情要考虑。今天晚上就别去想那些小姐们了,也许明天你会见到她们的。这是你的晚饭。"

她真的饿坏了，因此鸡和馅饼可以暂时分散一下她的注意力。幸亏我弄到了这份食品，不然她和我，还有同我们分享这顿晚餐的索菲娅，都很可能根本吃不上晚饭，楼下的人都快忙得顾不上我们了。九点以后才送上甜食。到了十点钟，男仆们还端着托盘和咖啡杯子来回奔波。我允许阿黛勒待得比往常晚得多才上床，因为她说楼下的门不断地开呀关呀，人来人往，忙忙碌碌，弄得她没法睡觉。此外，她还说也许她解衣时，罗切斯特先生会让人捎来口信，"那多可惜呀！"

我给她讲故事，她愿意听多久就讲多久。随后我带她到走廊上解解闷。这时大厅的灯已经点上，阿黛勒觉得从栏杆上往下看，瞧着仆人们来往穿梭，十分有趣。夜深了，客厅里传来音乐声，一架钢琴已经搬到了那里。阿黛勒和我在楼梯的最高一级坐下，听着。不久有歌声和着悠扬的琴声响起。唱歌的是一位女士，音调的确很悦耳，独唱过后是二重奏，接着三重奏。在间歇期间，我听到了一阵嗡嗡的愉快交谈的声音。我久久地听着，突然发现自己的耳朵聚精会神地分析那混杂的声音，竭力要从混沌交融的音调中，分辨出罗切斯特先生的嗓音。我很快将它捕捉住以后，便进而从由于距离太远而变得模糊不清的音调中，猜想出歌词来。【名师点睛：在人多嘈杂的地方，简·爱仍然在不自觉地辨析罗切斯特先生的声音，说明了她仍然在心里惦念着他。】

时钟敲响了十一点。我瞧了一眼阿黛勒，她的头倚在我肩上已经开始打瞌睡了。我便把她抱在怀里，送她去睡觉。将近凌晨一点钟，男女宾客们才纷纷回房去。

第二天的天气和前一天一样好。这一天，他们又去附近的一个什么地方游览。他们一大清早就出发了，有几个人骑马，剩下的坐车，我目睹他们离开，又目睹他们回来。英格拉姆小姐跟原来一样，是唯一一个骑马的女人，而且，罗切斯特先生也在她的旁边，我向和我站在一起的费尔法克斯太太指出这样的情景。【名师点睛：简·爱看到英格拉姆小姐受到和别人不一样的待遇，就判定了罗切斯特先生最后会和英格

▶ 简·爱

拉姆小姐结婚。】

"你说他们不大可能结婚,可是你看,相比其他人,罗切斯特先生还是更喜欢她。"

"是呀,我猜想他毫无疑问是爱慕她的。"

"而且她也爱慕他,"我补充说,"他们好像在说什么知心话呢!但愿能见到她的脸,我还从来没有见过一眼呢!"

"今天晚上你会见到她的,"费尔法克斯太太回答说,"我偶然向罗切斯特先生提出,阿黛勒多么希望能见一见小姐们。他说,'哦,那就让她饭后到客厅里来吧,请爱小姐陪她来。'"【名师点睛:罗切斯特先生的话,说明他也在意简·爱的感受,希望能看到简·爱。含蓄地表现了罗切斯特先生对简·爱有一种无形的牵挂。】

"哦,他不过是出于礼貌才那么说的,我不必去了,肯定的。"我回答说。

"我对他说,你不习惯于交际,我认为你不会喜欢在这样一群欢乐的人面前露面,那都是些素不相识的人。他就那么急躁地回答:'胡扯!她要是反对的话就告诉她,这是我特别希望她来的,要是还是拒绝的话,我会亲自去叫她。'"【写作借鉴:对罗切斯特先生的语言描写,"胡扯"等词可以看出他的暴躁,以及他极力要求简·爱来到大厅的想法。】

"我不愿给他添那么多麻烦,"我回答,"要是没有更好的办法,我就去。不过我并不喜欢。你去吗?费尔法克斯太太。"

"不,我请求免了,他同意了。一本正经入场是最不好受的,我来告诉你怎样避免这种尴尬。你一定得在女士离开餐桌之前,在休憩室还空着的时候进去,找一个安静而不显眼的地方坐下。男客们进来之后,你不必待得很久,除非你高兴这么做。你不过是让罗切斯特先生看到你在那里,随后你就溜走——没有人会注意到你。"

"你认为这批客人会待得很久吗?"

"最多两三个星期吧,一定不会再久了。乔治·林恩博士最近被选为米尔科特市的议员，过了复活节假期就得去城里上任。罗切斯特先生或许会陪他去，他在桑菲尔德待了这么久实在令人感到惊奇。"

眼看我带着照管的孩子进客厅的时刻就要到来，我心绪有些波动。阿黛勒听说晚上要去见女士们，一整天都处于极度亢奋中，直到索菲娅开始给她打扮，才安静下来。我穿上了自己最好的衣服（银灰色的那一件，专为参加坦普尔小姐的婚礼购置的，后来一直没有穿过），把头发梳得平平伏伏，并戴上了我仅有的饰品——那枚珍珠胸针。随后我们下了楼。

幸亏还有另外一扇门通客厅，不必经过他们都坐着吃饭的餐厅。我们发现房间里没有人，大理石壁炉里火烧得很旺，在用来装饰桌子的精美鲜花中间，有几只明亮的蜡烛在孤寂中照耀着。紫红色的幔帐挂在拱门前，虽然和隔壁餐厅的那些人只隔着一层，可是他们说话声音那么轻，除了一片令人安心的嗡嗡声以外，什么都不能听见。

阿黛勒似乎仍受着严肃气氛的震慑，一声不吭地坐在我指给她的小凳上。我退缩在一个靠窗的位置上，随手从临近的台子上取了本书，竭力读下去。阿黛勒把她的小凳子搬到我脚边，不久便碰了碰我膝头。

"怎么啦，阿黛勒？"

"我可以从这些美丽的花中间拿一朵吗，小姐？只是为了让我的打扮更完美一些。"

"你对自己的衣着打扮想得太多啦，阿黛勒，不过你可以戴一朵花。"于是我从花瓶里掐下一朵花来，系在她的彩带上。她舒了口气，显出一种不可言喻的满足，仿佛她的幸福之杯此刻已经斟满了。我转过脸去，掩饰自己抑制不住的微笑。这位巴黎小女子天生对服饰的热烈追求，既有几分可笑，又有几分可悲。

现在可以听到轻轻的起立声，拱门上的幔帐被慢慢地拉开，点燃的枝形灯照耀着摆满长桌的精致点心餐具中的银器和玻璃器皿。一群女士站在门口，她们走进来了，幔帐又垂下来了。

简·爱

她们不过八位，可不知怎的，成群结队进来的时候，给人的印象远不止这个数目。有些个子很高，有些一身洁白。她们的服装都往外伸展开，仿佛雾气放大了月亮一样，这些服装也把她们的人放大了。我站起来向她们行了屈膝礼，有一两位点头回礼，而其余的不过盯着我看而已。

她们在房间里散开，动作轻盈飘拂，令我想起了一群白色羽毛的鸟。【写作借鉴：通过一系列动词将她们比喻成鸟的形象，形象生动且具体。】有些人一下子坐下来，斜倚在沙发和卧榻上；有的俯身向着桌子，细细揣摩起花和书来，其余的人则团团围着火炉。大家都用低沉而清晰的嗓音交谈着，似乎这已成了她们的习惯。后来我知道了她们的大名，现在不妨来提一下。

首先是埃希顿太太和她的两个女儿。她显然曾是位漂亮的女人，而且保养得很好。她的大女儿艾米个头儿比较小，有些天真，脸部和举止都透着孩子气，外表也显得很调皮，她那白色的薄纱礼服和蓝色的腰带很合身。二女儿路易莎的个子要高些，身材也更加优美，脸长得不错，属于法国人所说的"俏面孔"那一类，姐妹俩都像百合花那么白净。

林恩太太四十岁上下，长得又大又胖，腰背笔直，一脸傲气，穿着华丽的绸缎衣服，乌黑的头发在一根蓝色羽毛和一圈宝石的映衬下闪闪发光。

登特上校太太不像别人那么显眼，我认为，她却更像一个贵妇人。她有着苗条的身材，苍白而温和的脸颊和金色的头发，她的黑缎子衣服，她的华丽的外国花边围巾和她的珍珠首饰，比那位有爵位的贵妇人彩虹般的锦衣华服更加吸引人。

但最令人瞩目的三位——也许部分是由于她们在这一群人中个子最高——是富有的遗孀英格拉姆夫人和她的女儿布兰奇和玛丽，她们是三位个子极高的女人。这位太太年龄可能在四十岁到五十岁之间，但身材依然很好，头发依然乌黑（至少在烛光下），牙齿也明显地依然完整无缺。多数人都会把她看成是那个年纪中的美人。以形体而言，她无疑就是这样。不过她的举止和表情显出一种令人难以容忍的傲慢。她有着罗马人的五官，双下巴与柱子样挺直的喉部融为一体。在我看来，她的五官由于傲慢不仅变得膨胀、阴暗甚至还起了皱纹。而下巴呢，也因为同样的原因而支撑着，摆出一个几乎是不自然的凶狠姿态。同样地，她有一双严厉的眼睛，让我想起了里德太太的眼睛。她说话装腔作势、嗓音深沉、声调夸张、语气专横——总之，让人难以忍受。一件深红色丝绒袍，一顶用印度金丝织物做的披肩式软帽赋予她（我估计她这样想）一种真正的皇家气派。

　　布兰奇和玛丽都是同样身材——像白杨一样高大挺拔。以高度而论，玛丽显得过分苗条了些，而布兰奇则活脱脱像个月亮女神。当然，我是怀着特殊的兴趣来注意她的。第一，我希望知道，她的外貌是不是同费尔法克斯太太的描绘相符；第二，想看看她是不是像我凭想象画成的微型肖像画；第三，明说了吧——是否像我所设想的那样，会适合罗切斯特先生的口味。

　　只单纯说外貌，她各方面都与我所画的肖像和费尔法克斯太太描述的一样。丰满的胸脯，优美的脖子，乌黑的眼睛，乌油油的头发，样样都很漂亮。可是她的脸呢？她的脸和她的母亲一样，一样高傲的五官，一样的傲慢，只是她的脸比她母亲的要年轻一些，没有皱纹。不过她的傲慢并不那么阴沉。她常常笑声不绝，而且笑里含着嘲弄，这也是她那弯弯的傲气十足的嘴唇所常有的表情。【名师点睛：对英格拉姆小姐的外貌描述，说明了她的美丽，但是也重点强调了她的性格，鲜明地突出了人物的特点。】

　　据说天才总有很强的自我意识。我没有理由判断英格拉姆小姐是不是位天才，但是她有很强的自我意识——而且相当强。她同温文尔雅的登特太太谈起了植物，而登特太太似乎对此丝毫不感兴趣。英格拉姆小姐还做作地卖弄植物学字眼，我敏感地觉察到她在戏弄登特太

205

简·爱

太的无知。她的追问也许是高明的，但绝不是善意的。【名师点睛：英格拉姆小姐有力地卖弄，表现了她自以为是的性格。】她弹琴，她的演奏是很出色的；她唱歌，她的嗓音也很美；她单独对她妈妈讲法语，讲得很好，流利且发音准确。

与布兰奇相比，玛丽的面容显得更温顺诚实，五官线条柔和，皮肤也要白皙几分（布兰奇小姐像西班牙人一样黑）——但玛丽缺乏活力，面部少有表情，眼目不见光泽。她无话可说，一坐下来，便像壁龛里的雕像那样一动不动。姐妹俩都穿着一尘不染的素装。【写作借鉴：寥寥数笔将玛丽的人物形态与喜欢安静的特点描述出来。】

现在，我是不是认为英格拉姆小姐就是罗切斯特先生所要挑选的意中人呢？我自己也说不上来，我并不了解他对女性的审美。假如他喜欢端庄的，而她就是端庄的代表，而且她既有才艺又很活泼。我想大多数有身份的人都会倾慕她，而他确实倾慕她，我似乎已有依据。【名师点睛：简·爱内心的猜测无疑是对英格拉姆小姐的嫉妒，同时也心存侥幸地认为罗切斯特也许会有意外发现。】要消除最后的一丝怀疑，就只要看他们待在一起时的情景就行了。

读者啊，你别以为阿黛勒始终在我脚边的小凳子上端坐不动，她可不是。女士们一进来，她便站起来，迎了上去，端端正正鞠了一躬，并且一本正经地说：

"女士们，你们好。"

英格拉姆小姐带着嘲弄的神情低头看她，并嚷道："哈，一个多小的玩偶！"【名师点睛：英格拉姆小姐的语言和神态，说明她并不喜欢阿黛勒，这和简·爱对阿黛勒的友好态度形成对比。】

林恩太太说："我想这就是罗切斯特先生监护的那个孩子吧？他经常说起的那个法国小女孩。"

登特太太慈爱地拿起她的小手吻了一下，艾米和路易莎·埃希顿同时激动地说：

"多可爱的孩子！"【名师点睛：登特太太和英格拉姆小姐、林恩太太三人不一样，用对比手法说明了英格拉姆小姐的孤傲。】

随后她们把她叫到一张沙发跟前。此刻她就坐在沙发上，夹在她们中间，用法语和蹩脚的英语交替聊天，不但引起了年轻小姐们的注意，而且也惊动了埃希顿太太和林恩太太。阿黛勒心满意足地受着大伙的宠爱。

最后端上了咖啡，男宾们都被请了进来。男士们一起登场时的情景，同女宾们一样气派非凡。他们都身着黑色服装，亨利·林恩和弗里德里克·林恩确实精神，生气勃勃；登特上校阳刚之气十足；地方法官埃希顿先生一副绅士派头，头发很白；英格拉姆勋爵同他的姐妹们一样高挑个子，同她们一样漂亮，但有着玛丽那种冷漠、倦怠的神色。他似乎四肢瘦长有余，血气或脑力不足。

那么，罗切斯特先生在哪儿呢？

他最后一个进来，虽然我没有朝拱门张望，但看到他进来了。我竭力要把注意力集中在钩针上，集中在编织出来的手提包网眼上——真希望自己只想手头的活计，只看见膝上的银珠和丝线；而我却清清楚楚地看到了他的身影，禁不住忆起了上次见到这身影时的情景。那是在他所说的帮了他大忙以后，——他拉住我的手，低头看着我的脸，细细端详着我，眼神里露出一种千言万语急于一吐为快的心情，而我也有同感，当时的我是那么接近他。从那以后，发生过什么事情，可能使他和我的关系发生改变了呢？现在，我们的关系变得多么复杂、多么疏远！我都不指望他能过来和我说话。他甚至连看都不看我一眼，就在屋子一头的另一个位置坐下，和一些女士开始谈话。对于这件事，我并不会感到奇怪。

我一看到他把注意力放到她们身上，我就可以注视他而不被发现了。我的眼睛不由自主地被吸引到他的脸上，我实在没有办法控制我的眼皮，它们自己要张开，导致我的眼珠一直盯着他。【写作借鉴：

简·爱

【简·爱的动作和心理描写，说明了她虽然知道不会有结果，但还是控制不住自己的情感，还是对罗切斯特先生怀有爱意。】我瞧着，这给了我一种极度的欢乐——一种甜蜜而辛辣的欢乐。是纯金，却又夹杂着痛苦的钢尖，像一个渴得快死的人所体会到的欢乐，明知道自己爬近的泉水已经下了毒，却偏要俯身去喝。

"情人眼里出美人"，说得千真万确。我主人那没有血色的、橄榄色的脸，方方的大额角，宽阔乌黑的眉毛，深沉的眼睛，粗线条的五官，显得坚毅而严厉的嘴巴——一切都透出活力、决断和意志——按常理并不漂亮，但对我来说远胜于漂亮。【名师点睛：在简·爱的心里，罗切斯特先生的一切外貌上的缺点都不是值得在意的，在她心里眷恋的是罗切斯特先生这个人。】它们充溢着一种情趣和影响力，足以左右我，使我的感情脱离我的控制，而受制于他。我本无意去爱他。读者知道，我努力从自己内心深处铲除露头的爱的萌芽，而此刻，一旦与他重新谋面，那萌芽又自动复活了，变得碧绿粗壮！他连看都不用看，就使我爱上了他。【名师点睛：简·爱直接表露爱的心迹，也为下文做出离开的行动做了引子。】

我拿他和他的客人们做了比较。他的外表焕发着天生的精力和真正的力量。相比之下，林恩兄弟的风流倜傥、英格拉姆勋爵的淡泊文雅——甚至登特上校的英武出众，又算得了什么呢？我对他们的外貌与表情不以为意。但我能想象得出多数旁观者都会称他们英俊迷人、气度不凡，而毫不犹豫地说罗切斯特先生五官粗糙、神态忧郁。我瞧见他们微笑和大笑——都显得微不足道。烛光中所潜藏的生气并不亚于他们的微笑，铃声中所包含的意义也并不逊于他们的大笑。我看见罗切斯特先生微微一笑，他严峻的面容变得温和起来，他的眼神变得明亮又和蔼，眼光锐利又可爱。这会儿，他正在和路易莎和艾米·埃希顿交谈着。看见她们镇定地和他的目光相遇，我觉得很奇怪，这种目光对于我来说，像利剑一样。我原来以为在他的注视下，她们脸上会泛起红晕，而我却发现她们完全没有任何反应，这使我感到高兴。

208

【名师点睛:在简·爱的心里,罗切斯特先生远比那些外表美丽、内心空虚的富家子弟强很多。】"他之于我并不同于他之于她们,"我想,"他不属于她们那类人。我相信他和我是属于一类人,我肯定他是的,我觉得我和他很相似,我懂得他的面部表情和一举一动的意思。虽然财富和地位把我们远远地分开,但是在我的精神和血液中却有一些东西是和他相似的,这些东西使我们可以互相交流,心灵相通。【名师点睛:简·爱觉得虽然她和罗切斯特先生地位悬殊,但是她可以和罗切斯特先生的精神达到平等交流的境界。】难道几天前我不是说过,除了从他手里领取薪金,我同他没有关系吗?难道我除了把他看作雇主外,不是不允许自己对他有别的想法吗?这真是亵渎天性!我的每种善良、真实、生气勃勃的情感,都冲动地朝他涌去了。我知道,我必须要隐藏自己的感情,我必须把希望的火焰扑灭,我必须牢记他不可能十分喜欢我的。我说我属于他的类型,是指他和我有着相同的兴趣爱好,而不是说我有他那种影响人的力量和吸引人的魅力,我必须不断地重复我们是永远分离的。然而,只要我一息尚存,只要我还有思想,我就必然会爱他。"【名师点睛:简·爱不断给自己心理暗示,说明在内心深处她还是舍不得罗切斯特先生,希望和他在一起。表明简·爱对爱情的执着。】

咖啡端来了。男宾们一进屋,女士们便像百灵鸟般活跃起来,谈话变得轻松欢快。登特上校和埃希顿先生在政治问题上争论了起来,他们的太太们侧耳静听着。林恩太太和英格拉姆太太这两位高傲的寡妇在促膝谈心。还有乔治爵士,顺便说一句,我忘记描述他了。他是一位个子高大、精神十足的乡绅。这会儿手里端着咖啡杯,站在沙发跟前,偶尔插上一句话。弗里德里克·林恩先生坐在玛丽·英格拉姆旁边,给她看一本装帧豪华的书籍里的插画。她看着,不时微笑着,但显然说话不多。高大冷漠的英格拉姆勋爵,抱着双肩,斜倚在小巧活泼的艾米·埃希顿的椅背上。她抬头看着他,像鹪鹩似的叽叽喳喳。拿罗

▶ 简·爱

切斯特先生与这位勋爵相比，她更喜欢勋爵。亨利·林恩在路易莎的脚边占了一条脚凳，与阿黛勒合用着。他努力同她说法语，一说错，路易莎就笑他。布兰奇·英格拉姆会跟谁结伴呢？她孤零零地站在桌边，很有风度地俯身看着一本簿册。她似乎在等人来邀请，不过她不愿久等，便自己选了个伴。

罗切斯特先生离开了两位埃希顿小姐后，就独自站在火炉旁边。布兰奇·英格拉姆在壁炉架的另一边站定，面对着他。

"罗切斯特先生，我想你并不喜欢孩子，是这样吗？"

"我是不喜欢。"

"那你为什么还要去抚养这样一个小娃娃呢？（她指了指阿黛勒）你从哪儿把她捡来的？"

"我并没有去捡，是别人托付给我的。"

"你早该送她进学校了。"

"我付不起，学费那么贵。"

"哈，我想你给她请了家庭教师，刚才我还看到她，她还在那边窗帘的后面。当然你付她工钱，我想这一样很贵——更贵，因为你得额外养两个人。"

<u>我害怕，或者是说我希望提到我，罗切斯特先生会朝我看一眼。而我呢，不自觉地躲到阴影里，可是他根本就没有转一转头，把目光移过来。</u>【写作借鉴：这段心理描写，写出了简·爱对自己没信心，觉得罗切斯特先生不会对自己有感觉，甚至感觉这是完全不可能发生的事。】

"我并没有考虑过这个问题。"他冷冷地说。

"可不——你们男人从不考虑经济和常识问题，在雇佣家庭教师的事儿上，你该听听我妈妈的经验。是不是，妈妈？"

"你说什么来着，我的宝贝蛋？"

这位被那个遗孀称为特殊财产的小姐，重新说了一遍她的问题，并做了解释。

"我最亲爱的，可别提那些家庭教师了，一提起来就让我激动。她们的无能和任性已经够折磨我的了，谢天谢地，我和她们现在没有任何瓜葛了。"【名师点睛：通过英格拉姆太太对家庭教师的看法，可以看出她的自视过高，"无能""任性"说出本质，其实她并不喜欢家庭教师，觉得被降低了身份。】

这时候，登特太太弯下腰来，对着这个虔诚的太太凑着耳朵低声说了几句话。从引起的回答看来，那是在提醒她，被咒骂的这类人当中有一个就在现场。

"暂时别提了。"这位贵妇人说，"我但愿这个能对她有好处！"接着，压低了声调，但是依旧响得能让我听见，"我看到了她。我善于从人的面相分析人，在她的面相上，我看到了属于她那个阶层的人的通病。"

"表现在哪些方面？夫人。"罗切斯特先生大声问道。

"我私下会告诉你的。"她答道，意味深长地把头巾甩了三下。

"问问布兰奇吧，她比我更靠近你。"

"哎呀，可别把他交给我，妈妈！对于她们那号人，我只有一句话要说：她们真讨厌。并不是说我吃过她们很多苦头，我倒是刻意要把局面扭转过来。西奥多和我过去是怎样作弄威尔逊小姐、格雷太太和朱伯特夫人的呀！玛丽常常困得厉害，提不起精神来参与我们的阴谋。戏弄朱伯特夫人最有趣。威尔逊小姐是个可怜的多病的家伙，整天哭哭啼啼的，没精打采，总之，不值得去找她的麻烦去制服她。格雷太太又粗俗又麻木，任何打击对她来说都是毫无影响的。但是可怜的朱伯特夫人就不同了，我们把茶水泼掉，把面包和黄油弄得乱七八糟，把我们的书抛到天花板上，拿我们的书桌啊、尺子啊和其他用具闹得翻天覆地。西奥多，你还记得那些快乐的日子吗？"【写作借鉴：这段话有承前启后的作用，表现出这些所谓的贵族小姐的荒唐行为，衬托出她们只是金玉其外、败絮其中。】

"是——呀，当然记得，"英格拉姆勋爵慢腾腾地说，"这可怜的老

▶ 简·爱

木瓜还常常大叫'哎呀，你们这帮坏孩子！'——随后我们教训了她一顿，其实是她自己那么无知，竟还想来教我们这些聪明的公子小姐。"

"我们确实这么做了，泰多[西奥多的昵称]，你知道我帮你告发（或者是迫害）你的家庭教师，面无血色的维宁先生，我们管他叫病态教师。他和威尔逊小姐胆大妄为，竟谈情说爱起来——至少泰多和我是这么想的。我们当场看到他们温存地眉目传情，唉声叹气，并把这些理解为'恋爱'的表现，我敢担保，大家很快就会得益于我们的发现，我们要将它作为杠杆，把压在身上的两个沉重包袱撬出门去。【写作借鉴：英格拉姆小姐的语言描写，直接体现了她的高傲和自以为是。用上流社会的虚伪道德观要求自己的家庭教师，还不停地捉弄他。】亲爱的妈妈，瞧她一听闻这件事儿，便发觉是种歪风邪气。你不就是这么看的吗，我的母亲大人？"

"当然喽，我最亲爱的宝贝，你说得完全正确，而且我可以完全肯定，有上千个理由来说明，为什么在任何家境良好的人家，绝对不能容忍男女家庭教师的私通。第一——"

"天啊，啊，妈妈就不用给我们一一列举了。再说了，我们全都知道这会给童年的天真树立坏的榜样。互相结合、互相依赖的热恋心情会造成失职，还有伴随着蛮横无理的反叛和不能抑制脾气的情况。我说得对吗？英格拉姆园的英格拉姆男爵夫人？"

"我的百合花，你说得很对，你一向很对。"

"那就不必再说了，换个话题吧。"

艾米·埃希顿不知是没有听见，还是没有注意到这一声明，操着软软的、奶声奶气的调子搭讪了："路易莎和我，以往也常常戏弄我们的家庭教师。不过她是那么好的一个人，什么都能忍耐，随你怎么整她都不会生气。她从来没有对我们发过火，是不是这样，路易莎？"

"不错，从来不发火。我们爱怎么干就可以怎么干。搜她的书桌和针线盒，把她的抽屉翻得底朝天。而她的脾气却那么好，我们要什么她就给什么。"

"我看现在，我们要出一个关于家庭女教师的回忆录摘要了。为了避免那灾难的出现，我再次建议采用新的话题。罗切斯特先生，你附和我的提议吗？"

"小姐，我支持你这个观点，就像支持其他观点一样。"

"那么提出新话题的责任就落到了我的身上。罗切斯特先生，今晚你的嗓子还好吗？"

"布兰奇小姐，只要你下令，我就唱。"

"那么，先生，我传旨清一清你的肺和其他发音器官，来为皇上效力。"

"谁不甘愿做如此神圣的玛丽的里丘呢？"

"里丘算得了什么！"她叫道，把满头卷发一甩，朝钢琴走去，"我认为提琴手戴维准是个枯燥乏味的家伙，我更喜欢黑乎乎的博斯威尔。依我之见，一个人没有一丝恶念便一文不值。【名师点睛：仁者见仁，智者见智，各人有各人的好恶，这也照应了前面罗切斯特所说的只要能够得到快乐，就不择手段。】不管历史怎样对詹姆士·赫伯恩说长道短，我自认为，他正是那种我愿意下嫁的狂野、凶狠的草莽英雄。"

"先生们，你们听着：你们中谁最像博斯威尔？"罗切斯特先生嚷道。

"应当说你最够格。"登特上校立即呼应。

"我敢发誓，我对你感激之至。"他回答道。

英格拉姆小姐骄傲而优雅地坐在钢琴面前，她开始弹奏一曲杰出的序曲，一边还和别人谈话。她今晚看上去趾高气扬的样子，她的言语和神情似乎不只要博得现场的人的赞许，还要使他们感到惊讶，显然她是一心想要别人觉得她大胆而美丽。【名师点睛：英格拉姆小姐张扬而自信的表演，是希望别人把所有的注意力转移到自己的身上，侧面表现了她的虚荣。】

"哦，我真讨厌今天的年轻人！"她叮叮咚咚弹奏起这乐器来，一

▶ 简·爱

面嚷嚷道，"这些弱小的可怜虫，不敢越出爸爸的公园门一步，没有妈妈的准许和保护，连那点距离都不敢。这些家伙醉心于漂亮的面孔，白皙的双手和一双小脚，仿佛男人与美有关似的，仿佛可爱不是女性的特权——她合法的属性与遗传物！我同意一个丑陋的女人是造物主白净脸上的一个污点。至于男人们，让他们只关心拥有力量和勇气吧，让他们把打猎、射击和争斗作为座右铭吧。其余的则一钱不值。要是我是个男人，这应当成为我的座右铭。"

"我不管在什么时候结婚，我的丈夫都必须不是我的对手，而是我的陪衬。我不能容忍我的御座旁边有任何的敌手，我要的是一心一意的效忠，他对我的忠诚丝毫不能和他在镜子里看到的影子分享。好了，现在唱吧，罗切斯特先生，我为你伴奏。"【写作借鉴：这段语言描写，将英格拉姆小姐认为罗切斯特已经是她的囊中之物似的高傲心态、蛮横无理表露无遗。】

"我唯命是从。"便是她得到的回答。

"这里有一首海盗歌。你知道我喜欢海盗们，因此你要唱得情绪饱满。"

"英格拉姆小姐的圣旨一下，连牛奶掺水也会变得饱满浓郁。"

"那么，小心点儿，要是你不能使我满意，我会教你应当怎么做，而让你丢脸。"

"那是对无能的一种奖赏，现在我要努力让自己失败。"

"你小心点！要是你故意出错，我要做出相应的惩罚。"

"英格拉姆小姐应当手下留情，因为她能够做出使凡人无法承受的惩罚。"

"哈哈！你解释一下！"小姐命令道。

"请原谅，小姐。不需要解释了。你敏锐的直觉一定会告诉你，你一皱眉头就抵得上死刑。"【名师点睛：侧面反映了英格拉姆小姐的飞扬跋扈与专制。】

"唱吧！"她说，又碰了碰钢琴，开始了她风格活泼的伴奏。

"现在就是我溜走的时候了。"我想，但是罗切斯特先生那划破长空的歌声叫我留下来了。费尔法克斯太太说过，罗切斯特先生有一副好嗓子，他的嗓子确实很好，是圆润而浑厚的男低音，再加上他的感情，他自己的力量，会通过人们的耳朵进入人们的心灵，神奇地在那儿唤醒人们的激情。我一直等到最后一个深沉而强烈的颤音消失。【名师点睛：简·爱对罗切斯特歌喉的描述，凸显出她对他的迷恋与期许。】随后一直等到稍停了片刻的谈话的浪潮再一次响起，我才离开我的隐蔽角落，从就在附近的边门出去了。这里有一条狭窄的走廊通向大厅。我穿过时，发觉鞋带松了，便停下来跪在楼梯下的垫子上把它系上。这时一位男士走了出来。我急忙直起身子，原来是罗切斯特先生。

"你好吗？"他问。

"我很好，先生。"

"你为什么不进来同我聊聊呢？"

"我不想打扰你，因为你好像正忙着呢，先生。"【写作借鉴：罗切斯特先生和简·爱的对话描述，说明了简·爱不和罗切斯特先生说话的原因，同时使读者更期待二人关系进一步的发展。】

"我外出期间你一直在干些什么呢？"

"没有什么特别事儿，照例教阿黛勒。"

"你的脸色比以前苍白了，这我一眼就看出来了。你怎么啦？"

"我没事儿，先生。"

"在差点淹死我的那天夜里你着了凉吗？"

"绝对没有。"

"回到客厅里去吧，你走得太早了。"

"我累了，先生。"

他瞧了我一会儿。"你的心情不太好，"他说，"为什么这样？告诉我吧。"

215

简·爱

"没有，确实没有，先生。我的心情没有不愉快。"【名师点睛：两人各自的对话描述说明两人都比较在意对方，希望能够了解对方的想法，使两人的距离更进一步。】

"但是我敢肯定，你并不高兴。那么不愉快，只要我再说几句话就会把你弄哭，你的眼泪已经在眼眶里打转了，一颗泪珠已经滚出睫毛落在石板地上了。【名师点睛：罗切斯特先生对简·爱细致的观察，说明他很在意简·爱。"眼泪已经在眼眶里打转"，说明简·爱在面对这些事情的时候很伤心。】如果我有时间，并且不害怕过路的仆人讨厌的瞎唠叨，我一定要知道这是怎么回事。好吧，我今晚让你走。不过，你要知道，只要我的客人在这儿，我就希望你每天都要去大厅。现在你走吧，叫索菲娅来把阿黛勒带走。晚安，我的——"他刹住了话，咬着嘴唇，转身离开了我。

Z 知识考点

1. 罗切斯特先生的信说，_____。
2. 简·爱在听说罗切斯特先生来信后，反应是　　　　（　　）
   A. 强装镇定　　　B. 不理不睬　　　C. 转身离去
3. 简·爱在什么情况下第一次看到英格拉姆小姐？
   _____
   _____

Y 阅读与思考

1. 就本章分析英格拉姆小姐的性格。
2. 设想你是简·爱，在受到英格拉姆小姐的无端排挤和罗切斯特先生的无视时，站在大厅里，你会跟简·爱有一样的心情吗？
3. 罗切斯特安慰已经眼含泪花的简·爱，说明了什么？

第十八章

神秘女巫

M 名师导读

在爱情面前简·爱是无法克制自己的,她虽然没有英格拉姆小姐的美貌和家世,但是她对罗切斯特先生的爱意是最真实的,并不是因为任何财产和欲望。而罗切斯特先生似乎也给了简·爱回应,这一切都使简·爱怦然心动。

那些是桑菲尔德府快乐的日子,也是繁忙的日子。如今一切哀伤情调已经过去了,同最初三个月我在这儿度过的平静、单调和孤寂的日子相比,真是天差地别!到处热热闹闹,整天人来人往。过去静悄悄的门廊,空无住客的前房,现在一走进去就会撞见漂亮的侍女,或者衣饰华丽的男仆。【写作借鉴:运用对比描写,说明了客人们的到来让寂静的桑菲尔德府热闹了许多。】

厨房、管家的食品室、用人的门厅和餐室也是同样的热闹。只有在暖洋洋的春天,蓝天白云把人们吸引到花园里的时候,客厅才变得空荡荡的。甚至天气不好,接连下几天的雨,也不曾让他们扫兴。由于户外的欢乐停止了,室内消遣反而变得更加活泼多样。

有人建议改变一下娱乐方式的第一个晚上,我心里纳闷他们会干什么。他们说起要玩"字谜游戏",但我一无所知,一时不明白这个名称。仆人们被叫了进来,餐桌给搬走了,灯光已另作处理,椅子正对着拱门排成了半圆形。罗切斯特先生和其他男宾指挥这些变动时,女

▶ 简·爱

宾们纷纷在楼梯跑上跑下，摇铃召唤她们的侍女。费尔法克斯太太被叫来，要她报告家里有什么样式的围巾、衣服、幔帐等。三楼的有些衣柜给搜索过了，放在里面的东西，像带裙环的锦缎裙啦，女士宽松的长袍啦，黑色的时令服装啦，衣帽的花边流苏等，都由她们的侍女抱进抱出。选出来的东西被放到了客厅旁边的小休息室里。【名师点睛：对衣物的搜寻说明了罗切斯特先生的富有。】

与此同时，罗切斯特先生把女士们再次叫到他周围，选出了几位加入他一组。"英格拉姆小姐当然是属于我的。"他说，随后他又点了两位埃希顿小姐和登特夫人的名。他瞧了瞧我，我恰巧在他身边，替登特太太把松开的手镯扣好。

"你来玩吗？"他问。我摇了摇头。本来我怕他会坚持，但他并没有，他允许我安静地回到平时的座位上去。

他和他的助手们退到幕后去了。另外一方在登特上校的带领下，在排成月牙形的椅子上坐下，男宾中的埃希顿先生看见了我，好像在建议他们邀请我参加他们的一方，可是英格拉姆夫人立刻否决了这个提议。

"不用了，"我听见她说，"她看上去太蠢了，不配玩任何这类的游戏。"【写作借鉴：语言描写，表明了英格拉姆太太的高傲。】

没过多久，铃声响了，幕拉开了。在半圆形之内，出现了乔治·林恩爵士用白布裹着的巨大身影，他也是由罗切斯特先生选中的。他前面的一张桌子上，放着一本大书，他一侧站着艾米·埃希顿，身上披着罗切斯特先生的斗篷，手里拿着一本书。有人在看不见的地方摇响了欢快的铃声。随后阿黛勒（她坚持参加监护人的一组）跳跳蹦蹦地来到前面，把挎在臂上的花篮里的花纷纷撒向四周。接着，雍容华贵的英格拉姆小姐露面了，一身素装，头披长纱，额上戴着一个玫瑰花环。罗切斯特先生走在她身边，两人一起走到桌边。【名师点睛：英格拉姆小姐长相美丽，似乎和罗切斯特先生天生一对。这让简·爱的内心开始难过。]他们跪了下来。与此同时，也穿得一身洁白的登特太太和路易莎·埃希顿，在他们身后站定。接着一个用哑剧来表现的仪式开始了。不难看出，这是场哑剧婚礼。结束时，登特上校和他的一伙人悄悄地商量了两分钟，随后上校大声地说："新娘！"罗切斯特先生行了鞠躬礼，随后幕落。

过了好一会儿，幕布才再次拉开。第二幕比第一幕设计得更为精致，像我观察的那样，客厅垫得比餐厅高出两个台阶。在第二级台阶的顶上一两码的地方，出现一个庞大的大理石水缸。我认出这是暖房的装饰品，平时放在暖房外面的奇花异草丛中，里面养着金鱼。按照它的重量和大小，给它移到这来，显然是费了一番工夫的。

看得见罗切斯特先生正全身裹着丝巾，头上缠着头巾，坐在鱼缸旁边的地毯上。他乌黑的眼睛、黝黑的皮肤和穆斯林式的五官，与这身打扮十分般配。他看上去活像一个东方的酋长，一个绞死人和被人绞死的角色。不久，英格拉姆小姐登场了。她也是一身东方式装束：一条大红围巾像腰带似的缠在腰间；一块绣花手帕围住额头；她那圆润漂亮的双臂裸露着，其中的一条高高举起，优美地托着顶在头上的一个坛子。她的体态和容貌，她的肤色和神韵，使人想起了宗法时代的以色列公主，无疑那正是她想要扮演的角色。【名师点睛：英格拉姆小姐的打扮让她看上去像一个公主，她美丽的外表和高傲的性格形成了鲜明对比。】

她走近水缸，弯下腰，好像是要把水罐装满水，然后又举到头顶。井边的那个人似乎在和她打招呼，提出一个请求，让她赶紧过去把水罐放下，让他饮水。他从长袍的衣襟里摸出一个首饰匣子，把它打开，显示出里面贵重的手镯和耳环。她表现出吃惊和羡慕的样子。他跪着把珍宝放到她的脚下，她的眼神和姿势表现出怀疑和高兴。陌生人把手镯佩戴到她的胳膊上，把耳环戴在她的耳朵上，这是以利以泽和利百加[在圣经创世纪的记载中，利百加是以撒的妻子，是孪生兄弟以扫和

简·爱

雅各的母亲]，只是缺少骆驼。

猜谜的一方再次交头接耳起来，显然他们对这场戏所表现的字或只言片语，无法取得一致意见。他们的发言人登特上校要求表现"完整的场面"，于是帷幕又一次落下。【名师点睛：如此简单的答案，这些博学多才的上流贵族也没办法猜到，可见这个猜谜活动多么华而不实。】

第三幕里客厅只露出了一部分，其余部分由一块粗糙的黑色布幔遮挡着，大理石水缸已被搬走，那儿放着一张松木桌和一把厨房椅子。借着一盏号角式灯笼的幽暗灯光，这些物品隐约可见，因为蜡烛全都灭了。

在这惨淡的布景中，一个男人坐着，双手紧握着拳头放在膝头，眼睛盯着地板。我认出那是罗切斯特先生，虽然那弄脏了的脸，凌乱的外衣（外衣从一条胳膊上滑落，耷拉着，仿佛在斗殴中让人从他的背后撕下来一样），绝望而愠（yùn）怒[恼怒，愤怒]的面容，蓬乱而直立的头发，完全叫人无法辨认。他一走动，脚镣就当当作响，手腕上还戴着手铐。

"监狱！"登特上校冲口叫道，字谜也就被猜中了。

随后是一段充分的休息时间，让表演者恢复原来的服装，他们再次走进餐室。罗切斯特先生领着英格拉姆小姐，她正夸奖着他的演技。

"你可知道，"她说，"在你饰演的三个人物中，我最喜欢最后一个。啊，要是你早生几年，你很可能会成为一个多么豪侠的绿林绅士啊！"

"我脸上的煤烟都洗干净了吗？"他向她转过脸问道。

"哎呀呀！全洗掉了，洗得越干净就越可惜！那个歹徒的紫红脸色同你的肤色再般配不过了。"

"那么说，你是会喜欢一个绿林好汉咯？"

"就我的喜好而言，一个英国的绿林好汉仅次于一个意大利的土匪，而意大利的土匪稍逊于地中海的海盗。好吧，不管我是谁，记住我是你的妻子，一小时之前我们已结婚，当着所有的目击者。"她咯咯

一笑，脸上泛起了红晕。【名师点睛：英格拉姆小姐迫不及待地想要和罗切斯特先生在一起，实际是希望得到他的财产。】

"登特，"罗切斯特先生继续说道，"现在轮到你们了。"另外一方退了出去。他和他的那队人在空位置上坐了下来，英格拉姆小姐坐在她的带头人的右边，其余的猜谜人坐在她的左侧。现在我不再看演员，不再兴致勃勃地等幕布升起，观众抓住了我的注意力。我的目光刚才还盯着拱门，此时已不可抗拒地转向了排成半圆形的椅子。登特上校和他的搭档们玩的是什么字谜游戏，选择了什么字，如何圆满地完成自己扮演的角色，我已无从记得，但每场演出后互相商量的情景，却如历历在目。我看到罗切斯特先生转向了英格拉姆小姐，英格拉姆小姐也面向了他。我看见英格拉姆小姐低头靠近他，乌黑的卷发几乎碰到了他的肩头，拂着他的面颊。我听见他们的低声交谈，我回忆得起他们交换的眼色。就连当时目睹这些情景时涌起的心情，此刻也还多多少少记忆犹新。

我曾告诉过你，读者，我意识到自己爱上了罗切斯特先生。如今我不可能不管他，仅仅因为发现他不再注意我了；仅仅因为我在他面前度过几小时，而他朝我瞟都不瞟一眼；仅仅因为我看到他的全部注意力被一位贵妇所吸引。【名师点睛：罗切斯特先生没有注意到简·爱，让简·爱十分难过。简·爱在心里认定罗切斯特先生已经爱上了英格拉姆小姐，他们最后会结婚。】而这位贵妇路过我身边时连长袍的边都不屑碰我一下，她傲慢的目光碰巧落在我身上时会立即转移，仿佛我太卑微而不值一顾。【名师点睛：英格拉姆小姐的高傲也深深刺痛了简·爱，她觉得自己无法面对这样的事情。】我仍然不能不爱他，虽然我肯定他不久就要和这位小姐结婚了。我每天看到她因为自己能够左右他的心意而感到骄傲，同时，我每个小时都能感到他的求婚方式虽然并不用心，而且表现出愿意被人追求而不是追求别人。正因为漫不经心，所以才如此迷人；正是因为骄傲，才显得不可抗拒。

简·爱

　　这种情况虽然很可能造成灰心失望,但丝毫不会使爱情冷却或消失。读者呀,你也许会想,它也可能引起妒忌,要是处于我这样地位的女人,也敢于妒忌像英格拉姆小姐这样地位的女人的话。可是我并不妒忌,至少很少妒忌——我所经受的痛苦是无法用那两个字来解释的。英格拉姆小姐不值得妒忌,她太低下了,激不起我那种感情。原谅我这种看起来自相矛盾的说法。我是这样认为的,她很喜欢卖弄,可是她没有真才实学;她长得挺美的,也有很多出色的技艺,但是她见识浅薄。她的心灵天生贫瘠,在这样的土地上是不会自动开出花朵的,任何无须强求自然结出的果实是不会喜欢这种新鲜土地的。她缺乏教养,没有独创性,而惯于重复书本中的大话,从不提出,也从来没有自己的见解。她鼓吹高尚的情操,但并不知道同情和怜悯之心为何物,身上丝毫没有温柔和真诚。【写作借鉴:运用形象生动的比喻,说明英格拉姆小姐虽然长相美丽,但是生性高傲还喜欢卖弄,简·爱开始鄙视她。】她对小阿黛勒心怀恶意,并无端发泄,常常使她在这点上暴露无遗。要是小阿黛勒恰巧走近她,她会用恶言毒语把她撵走,有时命令她离开房间,常常冷淡恶毒地对待她。除了我,还有别人也注视着这些个性的流露——密切急迫而敏锐地注视着。是的,就是罗切斯特先生这位准新郎自己,也无时无刻不在监视着他的意中人。正是这种洞察力——他所存的戒心——这种对自己美人缺陷的清醒全面的认识——正是他在感情上对她明显缺乏热情这一点,引起了我无休止的痛苦。

　　我看出,他是为了她的门第,也许是为了政治上的原因,才打算娶她,因为他和她门当户对。我觉得他没有把他的爱情给她,她不配从他那赢得那种珍宝,这就是要点所在,这就是我心烦意乱的根源,这就是我无限激动的根源。【名师点睛:在简·爱看来,罗切斯特先生娶英格拉姆小姐另有原因,是因为她的家世和门第才要娶她,并不是因为他真的迷恋她。】她不可能使他迷恋。

假如她立刻获得了胜利，他屈服了，并且真诚地把他的心奉献在她的脚下。我就会蒙上脸，面向墙，对他们立刻死心。如果英格拉姆小姐是个善良又高贵的女人，富有热情、力量、仁慈、见识，我就会和两只猛兽——嫉妒和失望决一死战了。那时候，我的心会被撕裂、被吞没，我也会崇拜她，承认她的卓越，而且在沉默中度过余生。但实际情况并非如此，目睹英格拉姆小姐想方设法使罗切斯特先生对她着迷，看着她连连败绩——她自己却并没有意识到，反而徒劳地幻想，每一支射出的箭都击中了目标，因而头脑发热，自鸣得意，而她的傲气与自负却越来越把她希望诱捕的目标拒之门外——这一切使我同时陷入了无尽的激动和无情的自制之中。

因为，当她失败时，我却看到她能获得成功的办法，不断地从罗切斯特先生的胸前闪过，那些没有射中他的胸膛却落在他脚下的箭。我知道，要是由一个比较有把握的射手来射，肯定会锐利地刺中他那颗高傲的心，把爱情映入他那严厉的眼睛，让温柔爬上他讥讽的面孔，或者，更好的是，不用武器，就默默地把他征服。

"为什么她有幸如此接近他，却无法给予他更大的影响呢？"我问自己，"她当然不可能真正喜欢他，或者真心实意爱他！要是那样，她就不必那么慷慨卖笑，频送秋波，不必如此装腔作势、卖弄风情了。

【写作借鉴：通过简·爱内心的反问，读者得出结论，英格拉姆小姐是因为他的财产才要嫁给他。同时与上文描述罗切斯特先生家境殷实做呼应。】

我似乎觉得，她只要安安静静地坐在他身边，不必张口抬眼，就可以贴近他的心坎。我曾见到过他一种全然不同的表情，不像她此刻轻佻地同他搭讪时露出的冷漠态度。但那时这种表情是自然产生的，不是靠低俗的计谋和利己的手腕来索讨的。而且你只要泰然处之——他发问时你回答，不用弄虚作假，需要时同他说话，不必挤眉弄眼——而这种表情会越来越浓，越来越温和，越来越亲切，像抚育万物的阳光那样使你感到温暖。他们结合以后，她又如何能赢得他的欢心呢？我

223

简·爱

不相信她能做到这点，然而这是做得到的。我真的相信，他的妻子会成为天底下最快乐的女人。"【写作借鉴：这是对这段心理描写的总结，写出了简·爱对于罗切斯特先生的爱意。隐晦地表达了简·爱希望成为他的妻子的想法，同时觉得成为他的妻子应该是十分幸福的。】

对于罗切斯特先生为了利益和姻亲关系而结婚的打算，我还没有说过任何谴责的话。我第一次发现他的心意的时候，很有一些诧异。我原来以为在选择妻子的方面上，他不是一个这么容易受普通观念影响的人，但是，越考虑到他们双方的地位、教养等等，我就越觉得无权批判或者是谴责他或者英格拉姆小姐，怪他们不该遵照无疑从小就被灌输的那些观念和原则行事。他们整个阶级的人都奉行这样的原则，我猜想他们也有我无法揣测的理由去恪守这些原则。我似乎觉得，如果我是一个像他这样的绅士，我也只会把自己所爱的妻子搂入怀中。然而这种打算显然对丈夫自身的幸福有利，所以未被普遍采纳，必定有我全然不知的理由，否则整个世界肯定会像我所想的那样去做了。【名师点睛：简·爱认为罗切斯特先生不应该为了利益结婚，他应该为了纯粹的爱而结婚。同时也抨击了上流社会的婚姻观、爱情观。】

但是在其他方面和在这一方面一样，我对我的主人越来越宽容了，我忘记了他的一切缺点，对于这些，我曾经十分敏锐地观察过，我以前竭力想研究他性格的任何方面，把好的和坏的放在一起通过对两方面的权衡来形成一个公平的判断。现在我看不到坏的方面了。令人厌恶的嘲弄，一度使我吃惊的严厉，已不过像是一盘佳肴中浓重的调料，有了它，热辣辣好吃，没有它，便淡而无味。【写作借鉴：运用形象生动的比喻，再一次说明简·爱是彻底爱上了罗切斯特先生，这次是那么明显，不容置疑。】至于那种令人难以捉摸的东西——那种表情是阴险还是忧伤，是工于心计还是颓唐沮丧——一个细心的旁观者会看到这种表情不时从他目光中流露出来，但是没等你探测暴露部分的神秘深渊，它又再次掩盖起来了。那种神态过去曾使我畏惧和退缩，仿佛徘徊在火山似的群山之中，突然感到大地颤抖，看到地面裂开了。这种神情我至今仍旧不时地看到，我依旧怦然心动，而不是神经麻木。我不想躲避，只渴望迎头而上，去探知它的底细。我认为英格拉姆小姐很幸福，因为有一天她可以在闲暇时窥视这个深渊，考察它的秘密，分析这些秘密的性质。

与此同时，在我只考虑我的主人和他未来的新娘时——眼睛只看见他们，耳朵只听见他们的谈话，心里只想着他们的一举一动——其他宾客都沉浸于各自的兴趣与欢乐中。林恩太太和英格拉姆太太依旧相伴，在严肃交谈，彼此点着戴了头巾帽的头，根据谈及的话题，各自举起双手，做着表示惊愕、迷惑或恐惧的手势，活像一对放大了的木偶。温和的登特太太同敦厚的埃希顿夫人在聊天，两位太太有时还同我说句客套话，或者朝我笑笑。乔治·林恩爵士、登特上校和埃希顿先生在谈论政治、郡里的事或司法事务。英格拉姆勋爵和艾米·埃希顿在调情。路易莎弹琴唱歌给一位林恩先生听，或者跟他一起弹唱。玛丽·英格拉姆懒洋洋地听着另一位林恩先生献殷勤的话。有时候，所有的人都不约而同地停止了自己的插曲，来观看和倾听主角们的表演，因为罗切斯特先生和——由于与他密切有关——英格拉姆小姐，毕竟是全场人的生命和灵魂。要是他离开房间一个小时，一种可以觉察到的沉闷情绪便悄悄地漫上客人们的心头，而他再一次进屋必定会给活跃的谈话注入新的激情。

一天，他有事上米尔科特去了，要很晚才能回来，大家便特别感觉到缺少了他这种能活跃气氛的感染力。【名师点睛：直接说出了罗切斯特先生的人格魅力。】那天下午下了雨，结果原来计划好的，徒步去看新近扎在海村工地上的吉卜赛人营房的事，也就推迟了。一些男士们去了马厩，年轻一点的与小姐们一起在台球房里打台球。两位贵人遗孀英格拉姆太太和林恩太太安静地玩纸牌解闷。登特太太和埃希顿太太拉布兰奇·英格拉姆小姐一起聊天，她爱理不理地拒绝了，

▶ 简·爱

　　自己先是伴着钢琴哼了一些感伤的曲调，随后从图书室里拿了本小说，傲气十足却无精打采地往沙发上一坐，准备用小说的魅力，来消磨几个钟头无人做伴的乏味时光。除了不时传来楼上玩台球的人的欢笑声，整个房间和整所房子都寂静无声。

　　时候已近黄昏，教堂的钟声提醒人们已到了换装用饭的时刻。这当儿，在客厅里跪在我身边窗台上的阿黛勒突然大叫起来：

　　"罗切斯特先生回来了！"

　　我转过身，英格拉姆小姐从沙发上跳起来，其他的人也停下自己的事情抬起头来；与此同时，车轮的吱嘎声和马蹄的溅水声，在湿漉漉的沙土路上隐约传来，一辆驿站马车驶近了。

　　"他中了什么邪啦，这等模样回家来？"英格拉姆小姐说道，"他出门时骑的是梅斯罗（那匹黑马），不是吗？而派洛特也跟着他的，他把这两头动物怎么啦？"

　　她说这话时，高高的身子和宽大的衣服紧挨着窗子，弄得我不得不往后仰，差一点绷断了脊骨。焦急之中，她起初没有看见我，但一见我便噘起嘴，走到另外一扇窗去了。马车停了下来，驾车人按了按门铃，一位穿着旅行装的绅士跳下车来。不过不是罗切斯特先生，而是一个看上去很时髦的大个子男人，一个陌生人。

　　"真烦人！"英格拉姆小姐粗暴地对阿黛勒嚷道，"你这个烦人的猴子！（称呼阿黛勒）谁让你在窗子上乱传口信？"她悻(xìng)悻[形容怨恨失落的样子]地瞥了我一眼，仿佛这是我的过错。【写作借鉴：语言神态描写，写出了漂亮的英格拉姆虽然长相美丽，但是语言粗鄙，没有爱心，不懂礼貌，谈吐粗俗。】

　　大厅里隐隐约约响起了交谈声，来人很快便进了屋。他向英格拉姆太太行了个礼。

　　"冒昧得很，夫人，"他说，"正巧我的朋友罗切斯特先生出门去了，可是我远道而来，我想等到他回来。"

226

他的态度彬彬有礼，他说话时的口音我觉得有点异样，确切地说，不能算是外国口音，但也不完全是英国腔。他的年纪可能和罗切斯特先生相仿，三十到四十之间。他的肤色黄得出奇，不然倒是个模样挺不错的男人，尤其是乍一看去的时候。再仔细看一下，你就会在他脸上发现一些叫人不喜欢，或者说，不讨人喜欢的地方。他五官长得很端正，但是太松散了，眼睛大大的，也还秀气，但是流露出的是平庸和空虚的生命，至少我是这样想的。【写作借鉴：对于这个神秘来客的外貌描写，说明了他虽然长相英俊但实际并不讨人喜欢。】

换衣服的铃声驱散了宾客，直到饭后才再次看到他。他那会儿似乎已经非常自在了，可是我比以前更讨厌他的相貌了，我觉得他既无变化又缺少生气。他的眼睛转来转去，但是那样的游移不定又毫无意义，这给了他一种古怪的神情，这是在我的回忆中从未见过的，作为一个样子漂亮并不和蔼可亲的人，他使我感到万分厌恶。他那皮肤光滑的鹅蛋形脸没有任何力量，那鹰钩鼻子和樱桃小嘴没有坚毅，那低而平的额头没有思想，那漠然的褐色眼睛没有威力。【名师点睛：他虽然俊俏，可是却没有阳刚的感觉，只是有那种讨女人喜欢的英俊罢了。】

我坐在往常的角落里，打量着他，借着壁炉上把他浑身照得透亮的枝形烛架上的光——因为他坐在靠近火炉的一把安乐椅上，还不住地挨近炉火，仿佛怕冷似的——我把他同罗切斯特先生做了比较。我想（但愿我这么说并无不敬）一只光滑的雄鹅和一只凶猛的猎鹰，一头驯服的绵羊和看守着它的毛粗眼尖的猎狗之间的反差，也不见得比他们两者之间差别大。

他说罗切斯特先生是他的故友，那必定是种奇怪的友谊，是古训"相反相成"的一个极好说明。【名师点睛：梅森和罗切斯特先生形成对比，显示了梅森先生虽然有一副好皮囊却内心空虚。】

有两三位绅士坐在他的附近，我从房间这头偶尔听到他们谈话的片段。起初，我不懂他们在谈论什么，因为路易莎·埃希顿和玛丽·

简·爱

英格拉姆坐得离我最近，把我偶尔听到的只言片语搅混了。她们俩是正在谈论这个陌生人，称他为美男子。路易莎说他是个"可爱的家伙"而且"喜欢他"，玛丽列举了"他的小嘴巴和漂亮鼻子"，认为是她心目中理想的魅力所在。

"塑造得多好的额角！"路易莎赞叹道，"那么光滑，没有那种我讨厌透了的皱眉蹙(cù)额[蹙：收缩。布满皱纹的样子]的怪样子，而且眼神和笑容多么恬静！"

随后，我总算松了口气，因为亨利·林恩先生把她们叫到房间的另一头，去解决关于推迟去海村工地远足的某个问题了。

现在，我可以把注意力集中到炉边那群人的身上。我不久就知道新来这个人叫梅森先生。随后我得悉他刚到英国，他是从一个热带国家来的，显然，这就是他所以脸那么黄，坐得离炉火那么近，在屋里还穿着大氅(chǎng)的原因。不久，牙买加、金斯顿、西班牙等城市的字眼就说明了他居住在西印度群岛。而且令我吃惊的是，不一会儿，我就听说他是和罗切斯特先生在那初次遇见并结识的。他谈起他朋友不喜欢那个地区灼人的炎热，不喜欢飓风和雨季。我知道罗切斯特先生曾是位旅行家，费尔法克斯太太这么说过他。但我原以为他游荡的足迹只限于欧洲大陆，在这之前我从未听人提起他到过更遥远的海岸。

当我在思考这件事情的时候，发生了一件有点出人意料的事情，打断了我的沉思。有人在碰巧开门的时候，梅森先生冻得发抖，要求给壁炉加点煤，因为尽管余火仍旧又红又亮，火的旺势已经过了。仆人送煤进来，出去的时候，他在埃希顿先生的椅子附近停下，低声对他说了些什么，我只是听到"老婆子""真讨厌"这样一些字眼。

"要是她不走就把她铐起来。"埃希顿先生回答说。

"不——慢着！"登特上校打断了他，"别把她打发走，埃希顿，我们或许可以利用她一下，最好先问问太太小姐们。"随后他高声说道，

"女士们，你们议论过要到海村工地上去看吉卜赛人的宿营地。刚才萨姆说，现在有位吉卜赛人在仆人的饭厅里，硬要让人带到'有身份'的人面前，替他们算算命。你们愿意见她吗？"

"上校，"英格拉姆太太叫道，"你肯定不会鼓励这样一个低贱的骗子吧？无论如何你得把她打发走！"

"可是，夫人，我没法把她劝走，"仆人说，"别的仆人也没有办法，费尔法克斯太太正在那儿要她走，她却在壁炉旁边的椅子上坐下来，还说除非让她上这来，否则她绝不离开那张椅子。"

"她要干什么？"埃希顿夫人问。

"她说是'给老爷们算命'，夫人，并说一定要给每人算一卦，说到做到。"

"她长得如何？"两位埃希顿小姐异口同声地问。

"一个丑陋吓人的老巫婆，小姐，跟煤烟差不多黑。"

"嗨，她是个地道的女巫了！"弗里德里克·林恩嚷道，"那当然，我们让她进来吧。"

"那还用说，"他兄弟回答说，"丢掉这样一个有趣的机会实在太可惜了。"

"亲爱的孩子们，你们认为怎么样？"林恩太太嚷嚷道。

"我可不能支持这种前后矛盾的做法。"英格拉姆太太插话了。

"说真的，妈妈，可是你能支持——你会的。"响起了布兰奇傲气十足的嗓音，这时她从琴凳上转过身来。刚才她还默默地坐着，显然在仔细翻阅各种乐谱。"我倒有兴趣听听人家算我的命，所以萨姆，把那个丑老太婆叫进来。"她说。【名师点睛：英格拉姆的语言描写，让人觉得她自视过高，美艳的皮囊也遮不住傲慢的内心。】

"布兰奇，我的宝贝！再想一想——"

"我是想了——你建议的，我都细想过了，我得按我的意愿办——快点，萨姆！"

229

简·爱

"好，好，好！"年轻人都齐声叫了起来，小姐们和先生们都不例外："让她进来吧——这会是一场绝妙的游戏。"

仆人依然犹豫不前。"她样子那么粗野。"他说。

"去！"英格拉姆小姐喝道。于是这仆人便走了。

众人便立即激动起来。萨姆返回时，他们正相互戏谑嘲弄，玩笑开得火热。

"她现在不肯来了。"他说，"她说到庸俗的人面前来不是她的天职，她一定要我把她带到一间屋子里，让她一个人待着；然后，要找她的人一个一个地进去。"

"你瞧，我女王般的布兰奇，"英格拉姆夫人开始说，"她得寸进尺，听我的话，我天使般的女儿，你……"

"那有什么，就把她带进书房里去，"天使般的女儿插话，"当着庸俗的人的面去听她谈，也不是我的天职。我是要她和我一个人谈，书房里生火了吗？"【名师点睛：英格拉姆小姐觉得自己比其他人高人一等，所以，觉得自己有权利单独见占卜人。】

"生了，小姐——可她完全像个吉卜赛人。"

"别多嘴了，笨蛋！照我吩咐的办。"

萨姆再次消失，神秘、激动、期待的心情再次在人们心头翻腾。

"她现在准备好了。"仆人再次进来说，"她想知道谁先去见她。"

"我想女士们进去之前还是让我先去瞧一瞧她吧。"登特上校说。

"告诉她，萨姆，一位绅士来了。"

萨姆去了又回来了。

"她说，先生，她不接待先生们，他们不必劳驾去她那儿了。"他好不容易忍住笑接着说，"也不接待太太们，只接待没出嫁的年轻小姐们。"

"天哪！她倒还挺有眼力呢！"亨利·林恩嚷道。

英格拉姆小姐一本正经地站了起来："我先去。"【写作借鉴：运用语言描述，可以看出英格拉姆无疑是这里年轻女子的头儿。】她说，那口气

230

好像她是一位带领部下突围的敢死队队长。

"哦，我的心肝，哦，我最亲爱的宝贝，想想再去啊！"她的妈妈喊道。但是她一声不吭地从她身边走过，进了登特上校为她开着的门，我们听见她走进了书房。

接着室内是一阵相对的沉寂。英格拉姆太太认为该是搓手的时候了，于是便搓起手来。玛丽小姐宣布，她觉得换了她是不敢冒险的。艾米和路易莎·埃希顿在低声窃笑，面有惧色。

时间一分钟一分钟过得很慢，书房的门再次打开时，时间过了十五分钟，英格拉姆小姐走过拱门回到了我们这里。

她会嗤之以鼻吗？她会一笑了之吗？——众人都带着急不可待的好奇目光迎着她，她报之以冷漠的眼神，她看上去既不烦乱也不高兴。她身子僵直地走向自己的座位，默默地坐了下来。

"嗨，布兰奇？"小英格拉姆勋爵叫道。

"她说些什么，姐姐？"玛丽问。

"她果真是个算命的吗？"埃希顿姐妹问。

"好了，好了，善良的人们。"英格拉姆小姐回答道，"别逼我，你们这些人真是太容易好奇和轻信了，你们所有人——包括我的好妈妈——把这件事情看得很重要，似乎相信我们的房子里来了一个和恶魔勾结的真正的巫婆。我看到了一个流浪的吉卜赛人，她用普通的方式看手相，和我谈论的也就是干他们的那一行通常谈论的那一套，我一时的好奇心已经满足了。我现在想，埃希顿先生明早可以像威胁过她的那样给这个丑婆子戴上脚镣和手铐了。"【名师点睛：英格拉姆小姐前后态度的对比，暗示吉卜赛人似乎说了什么让她难以接受的事，写出了她的冷漠和不近人情、虚伪自私。】

英格拉姆小姐拿起一本书，在椅子上面往后一靠，就此拒绝和人交流。我注视了她将近半个小时，在这段时间里她一页都没有翻过，而且她的脸色突然变得越来越阴沉，越来越沮丧，越来越愠怒地表现

简·爱

出失望。显然她没有听到任何对她有利的话,从她那长时间的忧郁和沉默看来,我觉得,她尽管嘴里说的那么毫不在乎,心里却把刚才听到的不管是什么样的预言看得过于重要了。

同时,玛丽·英格拉姆、艾米和路易莎·埃希顿表示不敢单独前往,经过一番周折,终于让她们三人一起去见那个女巫。

她们的探访可不像英格拉姆小姐的那么安静。我们听见书房里传来歇斯底里的嬉笑声和夸张的尖叫声。大约二十分钟后,她们砰地推开了门,奔跑着穿过大厅,仿佛吓得没命儿似的。

"我觉得她肯定有点邪魔歪道,"她们全部嚷道,"她给我们讲了这样的事情!我们的事情她全都知道!"她们上气不接下气地说,倒在先生们急急忙忙给她们端来的椅子上。【写作借鉴:通过人物语言特征和行为描述,展现了吉卜赛女巫的神秘,让人更加好奇。】

众人要求她们做进一步的解释,她给她们讲了她们小时候说过的话和做过的事,还描述了她们闺房的书籍和装饰品,各个亲戚送给她们的礼物。她们一口咬定她甚至还猜到了她们的心声,凑在每个人的耳边说出了她们最喜爱的人的名字,告诉她们每个人最希望得到什么。【名师点睛:通过众人的叙述渲染了神秘的气氛,也说明了占卜者的神奇之处。】

听到这里,先生们插嘴了,热切地恳请把最后列举的两点讲得更清楚一些,可是她们只是用脸红、惊叫、傻笑,来回答他们的要求。这时候太太为她们打扇子,闻嗅香,反复表示对她们没早听自己的劝告而感到不安。年长的绅士大笑着,年轻的忙着伺候受惊的美人。在这片混乱中,我被眼前的情景所吸引。这时我听见身旁有人清了清嗓子,回头一看,见是萨姆。

"对不起,小姐,吉卜赛人说,房子里还有一位未婚年轻女士没有去见她,她发誓不见到所有的人就不走。想必应该就是你,没有别人了,我怎么去回话呢?"【名师点睛:吉卜赛人十分了解屋内宾客的情

况，为下文身份的揭露做铺垫。】

"哦，我一定去。"我回答。我很高兴能有这个意想不到的机会满足我那被大大激起了的好奇心。我悄悄地溜出房间，谁也没有看到我，因为众人聚在一起，围着刚回来的依旧哆嗦着的三个人，我随手轻轻地关上了门。

"对不起，小姐，"萨姆说，"我在厅里等你。要是害怕了，你就叫一下，我会进来的。"

"不用了，萨姆，你回到厨房去吧，我不害怕。"我倒是不怕的，不过我很感兴趣，也很兴奋。

知识考点

1.英格拉姆太太说＿＿＿＿＿＿＿＿＿来拒绝让简·爱加入游戏的提议。

2.简·爱为什么初次见面就不喜欢被别人称为美男子的梅森先生？（结合原文回答）

＿＿＿＿＿＿＿＿＿＿＿＿＿＿＿＿＿＿＿＿＿＿＿＿＿＿＿＿
＿＿＿＿＿＿＿＿＿＿＿＿＿＿＿＿＿＿＿＿＿＿＿＿＿＿＿＿

3.简·爱认为英格拉姆小姐是什么样的人？

＿＿＿＿＿＿＿＿＿＿＿＿＿＿＿＿＿＿＿＿＿＿＿＿＿＿＿＿
＿＿＿＿＿＿＿＿＿＿＿＿＿＿＿＿＿＿＿＿＿＿＿＿＿＿＿＿

阅读与思考

1.英格拉姆小姐让简·爱起初感到自卑的地方有哪些？

2.简·爱认为英格拉姆小姐和罗切斯特先生在一起的原因是什么？

3.英格拉姆小姐见过吉卜赛人后为什么会有失望的表情？

简·爱

第十九章

占卜未知

> **M 名师导读**
>
> 桑菲尔德迎来一个古怪的吉卜赛算命人,这位算命者似乎颇为灵验。简·爱在和吉卜赛人交流后发现,他居然是罗切斯特先生。简·爱告诉他庄园来了一位不速之客,他马上就变了脸色。

我进去的时候,书房里看上去十分安静,那女巫正很舒适地坐在壁炉旁边的安乐椅上。她披着一件红色的斗篷,戴着一顶黑色的帽子,或者不如说是宽边的吉卜赛帽子,系住帽子的那条手帕在下巴处打了个结,一只熄灭的蜡烛放在桌子上,她正弯着腰凑近火,似乎在就着火光看一本黑色封面的小书,像是本祈祷书。【名师点睛:交代了占卜人的穿着打扮,满足读者好奇心。】她一面读,一面像大多数老妇人那样,口中念念有词。我进门时她并没有立即放下书来,似乎想把一段读完。

我站在地毯上,暖了暖冰冷的手,因为在客厅时我坐得离火炉较远。我现在和以往一样镇定,这个吉卜赛人的外貌的确是没有什么让人感到不安的地方。她合上书慢慢往上看,她的帽边遮住了她脸的一部分,但是她抬起头的时候,我可以看出那是一张奇怪的脸。它看上去整个儿褐中带黑,乱草蓬似的头发从一条白色的带子下面露出来,带子从下巴底下经过,半蒙住她的脸,或者不如说半蒙住她的下颚。她的目光立即与我的相遇,大胆地直视着我。【写作借鉴:对吉卜赛女巫的外貌描写既满足了读者的一部分好奇心,同时也留下更大的疑问,不禁

让读者要问她的身份到底是什么？】

"哦，你想要算命吗？"她说，那口气像她的目光一样坚定，像她的面貌那么粗鲁。

"我无所谓，随便吧，不过我要提醒你，我并不相信算命。"

"说话无礼就是你的脾气，我知道你会这样。你跨过门槛的时候，我从你的脚步声里就听出来了。"

"是吗？你的耳朵真尖！"

"不错，而且眼睛亮，脑子快。"

"干你这一行倒是需要的。"

"我是需要的，尤其是对你这样的顾客。你干吗不发抖？"

"我不冷。"

"你为什么脸色不发白？"

"我没有病。"

"你为什么不来请教我的技艺？"

"我不傻。"

这个干瘪老太婆从她的帽子和绷带下面发出一阵大笑，接着拿出一个短短的黑色烟斗，点着了，开始吸烟。沉迷地抽了一会儿这个镇静剂以后，她挺起俯下的身子，从嘴里把烟斗拿出来，一边目不转睛地盯着炉火，一边不慌不忙地说：【名师点睛：一连串的动作与"不慌不忙"，表明了这位老太婆很镇定，似乎洞察一切。】

"你很冷，你有病，你很傻。"

"有证据吗？"我挑衅(xìn)[指借端生事，企图引起冲突或战争]似的回答。

"一两句就能证明。你很冷，因为你茕(qióng)茕子(jié)立[孤身一人。形容一个人无依无靠、孤苦伶仃]。你有病，因为人所具有的最崇高、最美好、最甜蜜的感情远远地离开你。你很傻是因为尽管痛苦却不肯叫那种感情过来，也不肯朝着它在等着你的方向迈近一步。"【名师

235

简·爱

点睛：短短几句就交代了简·爱的心理状况，让人对她的身份更加好奇。】

她再次把那杆黑色的短烟筒放进嘴里，使劲吸了起来。

"凡是你所知道的寄住在大房子里的孤独者，你几乎都可以对她说这样的话。"

"是几乎对谁都可以这么说，但几乎对谁都合适吗？"

"适合处于我这种情况的人。"

"是的，一点儿也不错，适合你的情况。不过你倒给我找个处境跟你一模一样的人看看。"

"给你找几千个都容易。"

"你一个都不见得能给我找来。要是你知道就好了，你是处在一个特殊的境地，离幸福很近，是的，一伸手就能拿到。各种条件都已具备，只消动一动手就能把它们融合在一起。偶然情况使它们稍微隔开一点，只要它们一旦聚拢，就会万事顺遂。"

"我不懂哑谜。我一辈子都不会猜谜。"

"你要我再说明白些的话，你就把手掌伸出来给我看看。"

"我猜还得在上面放上银币吧？"

"当然。"

我给了她一先令[英国的旧辅币单位]，她从衣兜里掏出一只旧袜子，把钱币放进去，系好后放回原处，然后叫我伸出手去，我又照着做了，她把脸凑近手掌，细细研究但是并不碰它。

"太细嫩了，"她说，"这样的手我什么也看不出来，几乎没有皱纹。况且，手掌里会有什么呢？命运又不刻在那儿。"

"我相信你。"我说。

"不，"她继续说，"它刻在脸上，在额头，在眼睛周围，在眼睛里面，在嘴巴的线条上。跪下来，把你的头抬起来。"

"哦！你现在可回到现实中来了，"我一面按她的话做，一面说，"我现在有点相信你了。"【写作借鉴：简·爱的动作描写，与上文的不信任形

成对比。突出强调吉卜赛人的神奇。】

我在离她半码的地方跪下。她拨动了一下炉火,那块给动了一下的煤发出一道火光。然后,由于她坐着,这道光反而使她的脸处在更阴暗的阴影中,火光却照亮了我的脸。【写作借鉴:环境描写,渲染气氛,让人不自觉地对吉卜赛人的身份更加好奇。】

"我不知道,今晚你是怀着什么样的心情来到我这儿的,"她细细地看了我一会儿,"我不知道你在那边屋子里坐着的时候心里忙着在想些什么?那些时髦的人像神灯里的幻影似的在你面前晃来晃去,你和他们之间没有什么感情交流,仿佛他们只是些外表似人的影子而不是现实的实体似的。"【名师点睛:写出了简·爱和那些贵宾的不同,简·爱无法和他们交流。】

"我常觉得疲倦,有时很想睡觉,但很少悲伤。"

"那你准是有某种秘密的愿望在支撑着你,预告着你的将来,使你感到高兴。"

"我才不这样呢。我的最大愿望,是积攒下足够的钱,将来自己租一间小小的房子,办起学校来。"

"只靠这么点可怜的养料来寄托精神,剩下的就是老坐在窗边的那张凳子上(你明白了她知道我的习惯)——"

"你是从仆人那儿打听来的。"

"哦,你自以为灵敏。好吧——也许我是这样。跟你说实话,我同其中一位——普尔太太——相识。"

一听到这个名字,我立刻惊跳起来。

"你认识她——是吗?"我思忖(cǔn)[考虑,思量]道,"那么,这里头看来是有魔法了。"

"别惊慌。"这个奇怪的家伙继续说,"普尔太太是个可靠的人,嘴巴紧,又安静,任何人都可以信赖她。不过像我刚才说的那样,你坐在那个窗口的位置上,难道除了你未来的学校就什么也不想吗?你对

237

▶ 简·爱

坐在你面前沙发和椅子上的任何一个人都感受不到现实的兴趣吗？你一张脸都没有仔细看过吗？你至少是带着好奇心注视其中某一个人的举动吧？"

"我喜欢观察所有的面孔和所有的身影。"

"可是你没有撇开其余，光盯住一个人——或者，也许两个？"

"我经常这么做，那是在两个人的手势和神色似乎在叙述一个故事的时候，注视他们对我来说是一种乐趣。"

"你最喜欢听什么故事？"

"哦，我没有多大选择的余地。他们一般谈的都是同一主题——求婚，而且都预示着同一灾难性的结局——结婚。"

"你喜欢这单调乏味的主题吗？"

"我无所谓，我从来不想，这与我无关。"

"与你无关？无足轻重？当一位年轻的小姐富有生气，身体健康，妩媚动人，生来就有钱和地位，在一位绅士面前坐着并且微笑着，而这位绅士呢，却是你……"

"我怎么样？"

"你认识他，而且也许还有好感。"

"我并不认识这儿的先生们，我几乎同谁都没有说过一句话。至于对他们有没有好感，我认为有几位高雅、庄重，已到中年，其余几位年青、潇洒、漂亮、活跃。当然他们有充分自由，爱接受谁的笑就接受谁的笑，我不必把感情介入进去，考虑这件事对我是否至关重要。"

"你不了解这儿的先生们吗？你没有同谁说过一句话？你对你的主人也这么说吗？"

"他不在家。"

"深奥的回答，巧妙的遁(dùn)词[指理屈词穷或不愿吐露真意时，用来支吾搪塞的话]。他今天早上去米尔科特，今晚或者明晚就能回来，凭借这个情况你就能把他排除在熟人的范围之内吗？似乎就能一笔抹杀掉他的存在？"

"不，但我几乎不明白罗切斯特先生与你提出的主题有什么关系。"

"我是说，女士们在绅士们的面前微笑，最近有那么多的微笑倾入罗切斯特先生的眼睛，它们像两只装得过满的快要溢出来了的杯子。你没看到吗？"

"罗切斯特先生有权享受同宾客们交往的乐趣。"

"他的权利毫无问题，可是你没有觉察到吗，这里所议论到的婚姻传闻中，罗切斯特先生成为众人谈论的话题，而且人们的兴趣一直有增无减吗？"

"听的人越焦急，说的人越起劲。"我与其说是对吉卜赛人说的，还不如说是对我自己说的。她奇怪的谈吐、声音、举止，这时候已经把我裹在一个神秘的梦境之中了。是哪一个隐身的精灵一连好几个星期坐在我的心旁，看着它的活动，记录它的每一次脉搏。

"听的人越焦急。"她重复了一遍，"不错，此刻罗切斯特先生是坐在那儿，侧耳倾听着那迷人的嘴巴在兴高采烈地交谈。罗切斯特先生十分愿意接受，并且后来十分感激提供给他的消遣，你注意到这点了吗？"

"感激！我并不记得在他脸上察觉到过感激之情。"

"察觉！你还分析过呢。如果不是感激之情，那你察觉到了什么？"

我什么也没有说。

"你看到了爱，不是吗？而且往前一看，你看到他们结了婚，看到了他的新娘很快乐？"

"哼！不完全如此。有时候你的巫技也会出差错。"【名师点睛：简·爱和吉卜赛人的激烈对话，表明简·爱对罗切斯特先生抑制不住的感情。】

"那么你到底看到了什么？"

"你别管了，我是来询问的，不是来表白的。不是谁都知道罗切斯特先生要结婚了吗？"

"是的，同漂亮的英格拉姆小姐。"

239

▶ 简·爱

"马上?"

"从外表来看,可以得出那个结论,毫无疑问,他们将成为最幸福的一对。他一定是喜欢这个漂亮、高贵、机智、多才多艺的小姐,也许她也爱他,或者说即使不爱他也应该爱他的财富。<u>我知道她对罗切斯特先生的产业是最中意的,不过,大约一小时以前,我告诉了她关于这方面的一些事情,使她严肃得出奇,她的嘴角垂下了半英尺,我想劝劝她的那位黑脸求婚者注意,要是再来一个拥有更多财富的求婚者,他可就完蛋了。</u>"【名师点睛:与上文英格拉姆小姐从书房出来后面色不佳照应,交代她脸色差的原因。】

"可是,我不是来听你替罗切斯特先生算命的,你还没给我算呢。"

"你的命运有点难说,我仔细看了你的脸,一个个特征互相矛盾,命运给了你一些幸福,这个我知道,在你今晚走进来之前,它小心地把幸福替你放到一边了,我看见它这么做的。全靠你自己伸出手去把它拿过来。不过你到底会不会这么做,正是我要研究的问题。再在毯子上跪下吧。"

"别让我跪得太久,火炉热得灼人。"

我跪了下来。她没有向我俯下身来,只是紧紧盯着我,随后又靠回到椅子上。她开始咕哝起来:

"火焰在眼睛里闪烁,眼睛像露水一样闪光;看上去温柔而充满感情,笑对着我的闲聊,显得非常敏感。清晰的眼球上掠过一个又一个印象,笑容一旦消失,神色便转为忧伤。倦意不知不觉落在眼睑上,露出孤独带来的忧郁。那双眼睛避开了我,受不了细细端详,而且投来讥讽的一瞥,似乎要否认我已经发现的事实——既不承认说它敏感,也不承认说它懊丧,它的自尊与矜持只能证实我的看法,这双眼睛是讨人喜欢的。

"至于嘴巴,它有时在大笑中表示高兴,有时爱把脑子里的东西全部都倾吐出来,虽然对心里的许多想法都保持沉默,它好动而灵活,从不想在孤寂的沉默中永远紧闭。这张嘴,爱说话,爱微笑,对交谈者都怀有人道的关怀,这一部分长得也好。【名师点睛:这句话是对简·爱内心的解读,可见是透彻心扉、洞察入微。】

"除了额头,我看不出有什么对幸福不利的结局。那个额头似乎在说,'如果自尊心和环境允许,我可以一个人生活。我不必出卖灵魂去获取幸福,我生来就有一个内在的宝库,能够让我活着,哪怕剥夺一切外在乐趣,或者是用我出不起的代价,才能获得。'额头大声说道,'理智稳坐不动,紧握缰绳,不让情感挣脱,将自己带入荒芜的深渊。激情会像地道的异教徒那样狂怒地倾泻,欲望会耽(dān)于[沉溺、迷恋]虚无缥缈的幻想,但是判断在每次争执中仍持有决定权,在每一决策中掌握着生死攸关的一票。狂风、地震和水灾虽然都会降临,但我将听从那依然细微的声音的指引,因为是它解释了良心的命令。'

"说得好,前额,你的生命将得到尊重。我已经做出了我的计划,我认为正确的计划,在这些计划中,我顾到了良心的要求、理智的忠告。我知道,在奉献的幸福之杯中,只要觉察出有一点羞辱的痕迹,一丝悔恨的意味,青春就会立刻消逝,鲜花就会马上凋谢。而我决不愿看到牺牲、伤心和郁郁而终,——这不合我的口味。我希望培育,而不是摧残,——赢得感激,而不是叫人血泪斑斑,——当然,也不是叫人痛哭流涕。我的收获必须要伴随着欢笑、亲热和甜蜜——够了。我想我是在做一场美梦似的胡话连篇了。我现在真想把眼前这一刻无限地加以拖长,可是我不敢。到现在为止,我自控得很好,但是再演下去也许要经受一场非我力所能及的考验。站起来,爱小姐,离开我吧,'戏已经演完了'。"

我在哪儿呢?是醒着还是睡着了?我一直在做梦吗?此刻还在做?这老太婆已换了声音。她的口音、她的手势、她的一切,就像镜中我自己的面孔,也像我口中说的话,我都非常熟悉。我立起身来,但并没有走,我瞧了瞧,拨了拨火,再瞧了她一下,但是她把帽子和绷带

▶ 简·爱

拉得紧贴在脸上,而且再次摆手让我走。火焰照亮了她伸出的手。这时我已清醒,一心想发现什么,立即注意到了这只手。它并不比我的手更像一只老人干枯的手,它圆润柔软,手指光滑,匀称优美,小指上有一个宽阔的戒指在闪闪发光。我朝前面弯下腰去看它,竟然看到了我以前看过上百次的那颗宝石。我再次看着那脸,她不再躲着我;相反,把帽子脱下来,绷带也拿掉了,头朝我伸过来。【名师点睛:设置悬念,交代罗切斯特先生是简·爱的熟人。】

"嗨,简,你认识我吗?"那熟悉的口音问。

"你只要脱下红色的斗篷,先生,那就——"

"可是这绳子打了结——帮我一下。"

"扯断它,先生。"

"好吧,那么——脱下来,你们这些身外之物!"罗切斯特先生脱去了伪装。

"哦,先生,这是个多奇怪的主意!"

"不过干得很好,嗯?你不这样想吗?"

"对付女士们,你也许应付得很好。"

"但对你不行?"

"你并没对我扮演吉卜赛人的角色。"

"我演了什么角色啦?我自己吗?"

"不,一个不可理解的角色。总之,我相信你一直在试图套出我的话,或者在试图引我上你的圈套,你一直在胡说,要我也和你一样胡说,这不大公平,先生。"

"你肯饶恕我吗,简?"

"我要认真考虑一下才能回答。要是回想起来,我并没中了圈套干出太大的蠢事来,我尽量原谅你。不过这总归是不对的。"【名师点睛:简·爱知道罗切斯特先生假扮算命者时虽然内心恼怒,但还是努力原谅他,突出简·爱对罗切斯特先生的爱。】

"哦，你刚才一直做得很对，非常谨慎，非常明智。"

我回想了一下，认为总体来说，我是这样的。这是一种快乐。可是，说真的，几乎从一开始见面我就提防着，我疑心这有点像化装，我知道吉卜赛人和算命的并不像这个老妇人一样表达自己。此外，我还注意到了她的假嗓子，注意到了她要遮掩自己面容的焦急心情。可是我脑子里一直想着格雷斯·普尔——那个活着的谜，因此压根儿没有想到罗切斯特先生。

"好吧，"他说，"你呆呆地在想什么呀？那严肃的笑容是什么意思？"

"惊讶和庆幸，先生。我想，现在你可以允许我离开了吧？"

"不，再待一会儿，告诉我那边会客室里的人在做什么？"

"我想是在议论吉卜赛人。"

"坐下，坐下！讲给我听听他们在说什么。"

"我还是不要待得太久为好，先生。肯定已经快十一点了。哦！你可知道，罗切斯特先生，你早晨走后，有位陌生人到了。"

"陌生人？——不，会是谁呢？我并没有盼谁来，他走了吗？"

"没有呢，他说他与你相识很久，可以冒昧地住下，等到你回来。"

"见鬼！他可说了姓名？"

"他的名字叫梅森，先生，他是从西印度群岛来的，我想是牙买加的西班牙城。"

罗切斯特先生正靠近我站着，他握住我的手，仿佛要引我坐到椅子上。在我说话的时候，他痉挛地紧紧握住我的手，唇边的微笑冻结了，显然一阵呼吸紧促，使他透不过气来。【名师点睛：罗切斯特先生表现得十分惊讶、恐慌，这也引起读者兴趣，他为什么会感到恐慌？】

"梅森，西印度群岛！"他说，那音调会使人认为那是一种自动说话器在发出音节。"梅森，西印度群岛！"他重复地说着，说了三次。在断断续续的说话中，他变得面色惨白，他简直好像不知道自己在干什么。【写作借鉴：设置悬念，为下文引出即将出场的梅森的神秘身份做

243

> 简·爱

铺垫。】

　　"你怎么了，先生？"我问。

　　"简，我受了打击，我受了打击，简！"他身子几乎垮下来。

　　"哦！靠在我身上，先生。"

　　"简，你的肩膀曾支撑过我，现在再支撑一回吧。"

　　"好的，先生，好的，还有我的胳膊。【写作借鉴：再次设置悬念，让人更加好奇梅森先生的身份。】

　　他慢慢坐了下来，让我坐在他旁边，他双手握住了我的手，揉了起来，同时神情茫然地凝视着我。

　　"我的小朋友，"他说，"我真希望待在一个平静的小岛上，只有你我在一起，烦恼、危险、讨厌的往事都离我们远远的。"

　　"我能帮助你吗，先生？我愿献出生命，为你效劳。"

　　"简，要是我需要帮助，我会找你帮忙，我答应你。"

　　"谢谢你，先生。告诉我现在该干什么，至少我会尽力的。"

　　"简，替我从餐厅里拿杯酒来，他们全都会在那里吃晚饭，看一看梅森是不是与他们在一起，他在干什么？"

　　我去了，发现大伙正像罗切斯特先生说的那样，在餐厅里吃晚餐，他们并没有坐在桌子旁边，晚餐摆放在餐具柜上，他们喜欢吃什么就拿什么，他们各自零落地站着，手里拿着盘子和酒杯，似乎每个人都是兴高采烈的，到处都是活跃的笑声和交谈声。梅森先生站在炉火附近，同登特上校夫妻交谈着，显得和其他任何客人一样愉快，我倒了一杯酒（我这么做的时候，看见英格拉姆小姐皱着眉看着我，也许她认为我太放肆了吧），接着我回到书房来。

　　罗切斯特先生一度苍白的脸已经恢复了原有的气色，再次显得镇定自若了。他从我手里接过酒杯，一饮而尽："他们在干什么呀，简？"

　　"又说又笑，先生。"

　　"他们不像是听说了什么怪事，显得严肃而且神情怪异吗？"

"没有的事，大家都开开心心、快快乐乐的。"

"梅森呢？"

"也在一起说笑。"

"<u>要是这些人群起攻击我，你会怎么办呢？</u>"

"<u>把他们轰出去。先生，要是我能够做到的话。</u>"

他莞尔一笑："要是我到他们那儿去，<u>他们只是冷冷地瞧着我，讥讽地交头接耳，随后一个接着一个离开我，那该怎么办，你会和他们一起走吗？</u>"【名师点睛：写出了罗切斯特先生在意别人对他的态度，在意自己的名声，侧面表达了简·爱对他的爱。】

"我想我不会走，先生。同你在一起我感觉更加愉快。"

"你在安慰我？"

"是的，先生，尽我所能地安慰你。"

"要是他们不允许你跟着我呢？"

"很可能我对他们的禁令充耳不闻，就是我察觉到了，我也根本不在乎。"

"那你为了我就不顾别人说长道短了？"

"为了值得我依恋的任何朋友，我都能面对责难，你就值得我如此依恋，我确定。"

"现在回到客厅里去吧，悄悄走到梅森先生的身边，凑着他的耳朵小声说，罗切斯特先生来了，希望见见他，把他带到这儿来，随后你就离开。"

"好的，先生。"

我按他的吩咐做了。宾客们都惊奇地看着我从他们中间走过，我找到了梅森先生，告诉他消息。领他进了书房后，我便上楼去了。

深夜时分，我上床后躺了好久，我才听见客人们各自回房的声音，也听得出罗切斯特先生的嗓音，只听见他说："这儿走，梅森，这是你的房间。"

245

▶ 简·爱

他高兴地说着话，那欢快的语调使我悬着的心放下来，我很快进入了梦乡。【名师点睛：照应前文，使读者的心跟随简·爱的心一样，心头的大石落了下来。】

Z 知识考点

1.罗切斯特先生扮成占卜人的原因是　　　　　　　　　　（　　）
　A.觉得有趣　　　B.想要套话　　　C.戏弄别人

2.罗切斯特先生听说梅森先生不请自来时的反应怎样？（原文）
　_____
　_____

3.罗切斯特先生听到梅森先生的消息后要求简·爱怎么做？
　_____
　_____

4.在罗切斯特先生面对所有人的排斥时,简·爱会怎么做？
　_____
　_____

Y 阅读与思考

1.简·爱在见吉卜赛人的时候为什么会有防备之心？

2.罗切斯特的哪句话语让简·爱彻底卸下防卫陈述自己的内心？

3.罗切斯特得知梅森到来时的表情很不自然，这对简·爱有什么影响？

第二十章
梅森遇害

M 名师导读

深夜来临,一阵诡异的声音把桑菲尔德所有的客人吵醒了。罗切斯特先生安抚好众人后却单独来见简·爱。简·爱发现梅森先生居然受伤了。罗切斯特先生收拾完残局之后,趁夜把梅森先生送走,然后松了一口气,似乎这期间有什么不可告人的秘密。

我忘了放下帐子,平时我总是放下帐子才睡的,也忘了拉下窗帘。结果,又圆又大的月亮按着它的轨道来到我窗户对面的那块天空,透过没遮拦的窗玻璃俯视着我。它那明亮的凝望把我照醒了,我在夜的死寂中醒来,睁开眼睛看着它那银白晶莹的圆盘。它真美,可是太过肃穆了。我站起身来,把帐子放下。

天哪!多可怕的叫声!

夜晚的宁静和安逸,被响彻桑菲尔德府的一声狂野、刺耳的尖叫打破了。【写作借鉴:夜晚的寂静被打破,为下文发生的事情设置悬念。】

我的脉搏停止了,我的心脏不再跳动,我伸出的胳膊僵住了。【写作借鉴:侧面描写,烘托了叫声的尖厉可怕。】叫声消失,没有再起。说实在的,无论谁发出这样的喊声,都无法将那可怕的尖叫声立即重复一遍,就是安第斯山上长着巨翅的秃鹰,也难以在白云缭绕的高处,这样连叫两声。那发出叫声的东西得缓过气来才有力气再次喊叫。

这个叫声是从三楼发出来的,因为它正是我头顶上响起来的,头

简·爱

上——对，就在我房间的天花板上面，——我听到一阵搏斗的声音，从声音来判断是场你死我活的搏斗，一个几乎要窒息似的声音喊道：

"救命呀！救命呀！救命呀！"连叫了三声。

"怎么没有人来呀？"这声音喊道。随后，是一阵发疯似的踉跄和跌跌撞撞声，透过木板和灰泥我听得出来！

"罗切斯特！罗切斯特，看在上帝面上，快来呀。"

一扇房门开了，有人跑过去，或者说冲过了走廊。另一个人的脚步踩在头顶的地板上，什么东西跌倒了，随之便是一片沉寂。【写作借鉴：通过人们慌乱的反应，再次说明叫声的可怕。】

尽管我吓得浑身发抖，还是穿上衣服走出房间。睡觉的人全都给惊醒了，每个房间里响起了惊叫声、害怕的低语声。房门一扇接一扇打开，一个接一个的人探出头来。人们都挤在走廊里，男宾和女宾都从床上起来。

"哦，怎么回事？""谁伤着了？""出了什么事呀？""掌灯呀！""起火了吗？""是不是有窃贼？""我们得往哪儿逃呀？"四面八方响起了七嘴八舌的询问。要不是那月光，众人眼前会一片漆黑。他们来回乱跑，挤成一堆。有人哭泣，有人跌跤，顿时乱作一团。

"见鬼，罗切斯特在哪儿？"登特上校叫道，"他床上没有人。"

"在这儿！在这儿。"一个声音喊着回答，"大家镇静些，我来了。"

走廊尽头的那扇门打开了，罗切斯特先生拿了支蜡烛走了进来，他刚从楼上下去，有一位小姐立即朝他奔过来，抓住他的胳膊。这是英格拉姆小姐。

"出了什么可怕的事了？"她问，"说啊！快让我们知道最坏的情况！"

"可别把我拉倒或者勒死呀。"他回答，因为此刻两位埃希顿小姐紧紧抓住他不放，两位遗孀穿着宽大的白色晨衣，像鼓足了风帆的船，向他直冲过来。

"什么事儿也没有！什么事儿也没有！"他喊道，"不过是无事生非的一场彩排。女士们，让开，不然我要凶相毕露了。"

而他确实目露凶光，乌黑的眼睛直冒火星。【名师点睛：表明罗切斯特先生遇到的事情确实不寻常。】他竭力使自己镇定下来，补充道：

"一个仆人梦魇(yǎn)了，仅此而已，她是一个容易激动的神经质的人。毫无疑问，她一定是把梦里出现的当作鬼怪或者是其他什么可怕的东西了，吓得发病了。好吧，我得看着你们回房间去，因为只有大家安静了，才能去照料她。先生们，给小姐太太做个榜样吧。英格拉姆小姐，我肯定你准会证明你不会被这些无聊的恐惧压倒的。艾米和路易莎，你们就像一对鸽子似的回到你们的巢穴吧。夫人们(两位遗孀)你们要是还在这寒冷的过道待下去，一定会感冒的。"

他就这样连哄带叫，好不容易让所有的人再次进了各自的房间，关上了门。我没有等他命令我回到自己房间，便像来的时候一样悄悄地走了。

不过我没有上床，而是小心翼翼地穿好了衣服。那声尖叫以后传来的响动和大声喊出来的话，很可能只有我听到，因为是从我头顶的房间内传来的。但我很有把握，闹得整所房子惊惶失措的，不是仆人的噩梦。罗切斯特先生的解释，不过是稳住客人情绪的手段罢了。于是，我穿上衣服防备着。穿戴停当后，我久久地坐在窗边，眺望着静谧的庭园和银色的田野，连自己也不知道在等待着什么。我似乎感到，在奇怪的喊叫、搏斗和呼救之后，必定要发生什么事情。

没有。寂静恢复了，各种低语和活动渐渐停下来了，桑菲尔德府又像沙漠一样寂静了，看来暗夜和沉睡又统治了它们的帝国。与此同时，月亮下沉，快要隐去。我不喜欢老在寒冷和黑暗中坐着，心想虽然穿好了衣服，倒还是躺在床上的好。我离开了窗子，轻手轻脚地穿过地毯，正想弯腰去脱鞋，一只谨慎的手轻轻地敲响了我的门。

"需要我帮忙吗？"我问。

简·爱

"你没有睡?"我料想中的那个声音问道,那是我主人的声音。

"是的,先生。"

"而且穿了衣服?"

"不错。"

"那就出来吧,轻一点。"

我走了出来。罗切斯特先生端着蜡烛,站在走廊上。

"我需要你帮忙,"他说,"这边走,慢一点,别出声。"

我的拖鞋很薄,可以在铺着地毯的路上走得和猫一样轻。他悄悄地沿着过道走过去,再走上楼梯,在那不祥的三楼又黑又低的过道停下了。我跟着他,在他身边停下。

"你房间里有没有海绵?"他低声问。

"有,先生。"

"有没有盐——易挥发的盐?"

"有的。"

"你快去把这两样拿来。"【写作借鉴:设置悬念。】

我回来,在脸盆架上找到海绵,在我的抽屉里找出盐,然后再循着老路找回去。他还在等着,手里拿着钥匙,走近一扇黑色的小门,把钥匙插进锁孔。他停了下来,对我说:

"见到血你不会恶心吧?"

"我想不会吧,我从来没有经历过。"

我回答时不觉毛骨悚然,不过没有打寒战,也没有头晕。

"把手伸给我,"他说,"可不能冒着让你昏倒的危险。"

我把手指放在他手里。"温暖而沉着"便是他的评价。他转动了一下钥匙,开了门。

我看见了一个记得先前曾看到过的房间,就在费尔法克斯太太带着我浏览整幢宅子的那一天。它挂着帷幔,不过这会儿它撩起一半来用绳环系住了,露出了一扇门来,那次是被遮住了的。这扇门开着,里屋有亮光透出来。我从那里听到了一阵时断时续的咆哮声。罗切斯特先生放下蜡烛，对我说，"等一下，"便向内间走去。他一进去便听见里面响起了一阵笑声，先是吵吵嚷嚷，后来以格雷斯·普尔妖怪般的哈哈声结束。他一声不响地做了安排，不过我还是听到有人低声同他说了话。他走了出来，随手关了门。

"这儿来，简！"他说，我绕到了一张大床的另外一头。床头边的椅子上坐了个人，他穿得很整齐，只是没着上衣。他一动不动，头往后靠着，两眼紧闭。我认出了他是那个陌生人梅森，他内衣的一边和一只胳膊几乎都浸透了血。【名师点睛：写出梅森先生伤势的严重。】

"拿着蜡烛。"罗切斯特先生说。我接过蜡烛。他从脸盆架上端来一盆水，又拿了海绵，在水里浸一下，把那张死尸般的脸沾湿了，他又向我要了嗅盐瓶，把它放在那人的鼻子底下。不一会儿，梅森先生睁开了眼睛，呻吟着。罗切斯特先生解开伤者的衬衫，他的胳膊和肩膀都裹着绷带，他用海绵迅速把往下流的血吸干。

"有生命危险吗？"梅森先生喃喃地说。

"去去！没有——不过划破了一点皮。别那么消沉，伙计。鼓起劲儿来！现在我亲自给你去请医生，希望到了早上就可以把你送走。简——"他继续说。

"什么，先生？"

"我得把你留在这个房间陪着这位先生。一个小时，或者是两个小时，如果血再淌出来，你就照我做的那样把血吸干，如果他感到发晕，你就把架子上的那杯水放到他的唇边，同时把嗅盐放到他鼻子底下，不要找任何借口同他说话。——而且——理查德——如果你和她说话，张开嘴，使你自己激动，那对你的生命是有危险的，我对这个可是不负责的。"【名师点睛：写出罗切斯特先生的心虚，似乎有什么事情是不想让简·爱知道的。】

这个可怜的人又呻吟起来，他看上去似乎一动不动，死亡或者其

简·爱

他什么原因引起的害怕好像使他差点瘫痪了。罗切斯特先生这时把已浸染了血的海绵放进我手里，我就照他那样使用起来。他看了我一会儿，随后说："记住！——别说话！"便离开了房间。钥匙在锁孔喀喀响起，他远去的脚步声听不到时，我体会到了一种奇怪的感觉。【名师点睛：这里既是简·爱的疑问，同样也是读者的疑问。】

结果我就待在这三层楼上，被锁进了一个神秘的小房间。我的周围是暗夜，我的眼皮底下和手下，是一片苍白和血淋淋的景象。一个女谋杀犯与我几乎只有一门之隔。是的——那令人胆战心惊——其余的倒还可以忍受。但是我一想到格雷斯·普尔会向我扑来，便浑身直打哆嗦。【名师点睛：简·爱在心里坚定地认为格雷斯就是凶手，同时在内心也感到恐惧。】

然而我必须守住我的岗位，我必须看着这个死人般的脸，——这张被禁止张开说话的嘴唇——这双一会睁开，一会闭上，向屋子四处看，一会盯住我，一副被吓呆了的迟钝的眼睛。我必须把手一再浸入那盆血水，迅速擦掉下淌的血水，【名师点睛：写出了梅森先生的惊恐，反衬凶手的恐怖。】我看着那没剪烛花的蜡烛越来越暗淡地照着我做这件事，阴影在我周围古老的绣花帷帐上变得更浓，在那张旧大床的帐子下变得漆黑，在对面大柜的门上奇怪地抖动。大柜的正面分成十二块嵌板，上面有图形可怖的十二使徒的头，每个嵌板上一个头。在这些头颅的上端高悬着一个乌木十字架和殉难的基督。

游移的暗影和闪烁的光芒在四处浮动和跳跃，我一会儿看到了胡子医生路加垂着头；一会儿看到了圣约翰飘动的长发；不久又看到了犹大魔鬼似的面孔，在嵌板上突现出来，似乎渐渐地有了生命，眼看就要以最大的背叛者撒旦的化身出现。【写作借鉴：环境描写，渲染了恐怖的气氛，写出了简·爱内心的恐惧。】

在这一切中间，我不仅得看着还得听着，听着洞穴那头野兽或者恶魔的声音。可是自从罗切斯特先生来过之后，它似乎被符咒镇压了一样，一整夜我只听到相隔很长时间的三次响动——一次脚步声，一次短暂的又重新响起的像狗一样号叫似的声音和人一样发出的一声深沉的呻吟。

此外，我自己也心烦意乱。究竟是一种什么罪行，以人的化身出现，蛰(zhé)居[像动物冬眠一样长期隐居在某个地方，不抛头露面]在这座与世隔绝的大宅子里，房主人既无法驱赶也难以制服？究竟是什么不可思议的东西，在夜深人静之时冲出来，弄得一会儿起火、一会儿流血？究竟是什么畜生，以普通女人的面貌和体态伪装自己，发出的声音一会儿像假冒的魔鬼，一会儿像觅腐尸而食的猛禽？

而我俯身看着的这个陌生人——这个平庸安静的陌生人——他怎么会卷入这种恐怖之网的呢？<u>复仇女神为什么要袭击他呢？在他应该在床上熟睡的时候，使他不合时宜地来到这所房子的原因是什么呢？我曾经听见罗切斯特先生指定他睡在楼下的一个房间里——是什么叫他来到这的呢？受到了这暴行和暗算，为什么这样悄悄地服从呢？罗切斯特先生又为什么要这样掩盖事实呢？</u>【名师点睛：一系列疑问句写出了简·爱的疑惑，同时也为读者增添了阅读兴趣。】这回，罗切斯特先生的一位宾客受到了伤害，上次他自己的性命遭到了恶毒的暗算，而这两件事他竟都秘密掩盖，故意忘却！最后，我看到梅森先生对罗切斯特先生服服帖帖，罗切斯特先生的火爆性子左右着梅森先生软弱的性格。听了他们之间寥寥几句对话，我便对这个看法很有把握。显然在他们以往的交谈中，一位的消极脾性惯于受另一位的主动精神的影响。既然如此，那么罗切斯特先生一听梅森先生来了，怎么会顿生失望之情呢？为什么仅仅是听到这个不速之客的名字，罗切斯特先生就犹如一棵被雷电击中的橡树？

哦！我忘不了他对我低声说"简，我受了打击"时，那副神情和苍白的脸色；我忘不了他搁在我肩头上的臂膊是怎么样地颤抖，能这样使费尔法克斯·罗切斯特的顽强的精神屈服，使他健壮的身体发抖，绝

简·爱

不是小事情。

"他什么时候来呢？他什么时候来呢？"我内心呼喊着，夜迟迟不去——我这位流着血的病人精神委顿，又是呻吟，又想呕吐。而白昼和支援都没有来临，我已经一次次把水端到梅森苍白的嘴边，一次次把刺激性的嗅盐递给他。我的努力似乎并没有奏效，肉体的痛苦，抑或精神的痛楚，抑或失血，抑或三者兼而有之，使他的精力衰竭了。他苦苦呻吟着，看上去那么衰弱、焦躁和绝望，我担心他要死了，而我却连话都不能跟他说一句。【名师点睛：简·爱在极度惊恐的时候还要照顾梅森先生，她自己压力也很大，希望这一切尽快结束。】

蜡烛点完了，熄灭了。它熄灭以后，我看见窗帘上有一道灰蒙蒙的光，黎明来临了。不一会儿，我就远远听见下面派洛特的叫声从院子远处的狗窝中传来。又有了希望，它并不是没有根据。五分钟以后，钥匙咔嗒一响，锁打开了，这些都预示我可以不必继续在这守护了。总共不超过两个小时，可是似乎比几个星期都长。

罗切斯特先生进来了，同来的还有他去请的外科医生。

"嗨，卡特，千万当心，"他对来人说，"我只给你半小时，包扎伤口、捆绑绷带，把病人送到楼下，全都在内。"

"可是他能走动吗，先生？"

"毫无疑问，伤势并不严重，就是神经紧张，得使他打起精神来。来，动手吧。"

罗切斯特先生把厚厚的窗帘拉开，把荷兰窗帘推上去，尽可能让月光射进来，看到黎明来临，一道道玫瑰色的霞光已经照亮东方，我又惊又喜。随后他向梅森走过去，这时医生已经在动手治疗了。

"喂，我的好家伙，怎么样？"他问道。

"我怕她已要了我的命了。"对方微弱地回答。

"怎么可能！——拿出勇气来！再过两周你会什么事儿也没有，只不过出了点血。卡特，让他放心，不会有危险的。"

"我会尽力做,"卡特说,"这是怎么回事?怎么肩膀上的肉被撕掉了,而且还割开了?这不是刀伤,是用牙齿咬的。"

"她咬了我,"他含混不清地说,"罗切斯特从她手里把刀夺下来以后,她就像一头老虎那样撕咬着我。"

"你不该退让,应当立即抓住她。"罗切斯特先生说。

"可是在这种情况下,你能怎么办呢?"梅森回答,"哦,真可怕!"他哆嗦地补充道,"我完全没有料到会这样,一开始她看上去那么安静。"【名师点睛:罗切斯特先生和梅森先生的话语中似乎交代了梅森先生受伤的原因;同时设置悬念,让人更加好奇,引发读者阅读兴趣。】

"我警告过你,让你走近她时要小心。此外,你可以等到明天,让我同你一起去。今天晚上就想去见她,而且单独去,实在是够傻的。"

"我以为我可以做些好事。"他的朋友回答。

"你以为!你以为!是的,听你说话真叫我不耐烦,可是,你已经吃了很多苦了。你不听我的劝告,多半是要吃苦的,所以,我不再说什么了。卡特,快,卡特,太阳马上就要升起来了,我得把他打发走。"

"马上好,先生。肩膀已经包扎好了。我得治疗一下胳膊上的另一个伤口。我想她的牙齿在这里也咬了一下。"

"她吸了血,她说要把我的血吸干。"梅森说。我看见罗切斯特先生打了个哆嗦,那种很明显的厌恶、恐惧和痛恨的表情,使他的脸扭曲变形。【名师点睛:罗切斯特先生神态的变化,说明他有些难言之隐,也表明了他复杂的心情,让人对此事更加好奇。】不过他只说:

"来吧,少说话,理查德,不要在意她的胡说八道,不要唠叨了。"

"但愿我能忘掉她。"对方回答。

"当你离开这个国家就会忘掉的,等你回到西班牙城,你就可以当她死掉了,埋了——或者不如说,你压根儿不需要去想她。"

"怎么说也忘不了今天晚上!"

"不是不可能的,振作起来,老兄,两个小时以前你以为你自己像

255

▶ 简·爱

一条死鱼一样没命了，现在你还活着，还说这话，喏——卡特已经给你包扎好了，或者快好了，我一会儿就可以把你打扮得整整齐齐的。"

【名师点睛：写出了罗切斯特先生的急促，迫不及待地希望梅森先生离开桑菲尔德。】"简（他回来以后第一次转向我），把这个钥匙拿下去，到楼下我的卧室，直接走进我的更衣室，打开柜子最上面的一个抽屉，拿出一件干净衬衫和领带，拿到这儿来，动作要快。"

我去了，找到了他说的衣柜，翻出了他指名要的东西，带着它们回来了。

"行啦，"他说，"在我给他穿衣服的时候，你到床那边去。不过别离开房间，也许还需要你。"

我按他的吩咐退避了。

"你下楼的时候别人有动静吗，简？"罗切斯特先生立刻问。

"没有，先生，一点儿声息也没有。"

"我们将小心地把你送走，理查德。这样对你，对那个可怜的家伙都比较好。长久以来，我一直避免暴露，我不愿意让她最后暴露出来。

【名师点睛：隐约解释了让梅森受伤的另有其人。】喏，卡特，帮他穿上背心。你的皮披风放哪儿了？我知道，在这该死的严寒中，你不穿披风旅行连一英里都走不了，在你屋子里吗？——简，跑到楼下梅森先生的房间——我隔壁的那个房间，在那儿把你看见的一件披风拿来。"

我又跑下去，跑回来，捧回一件皮夹里、皮镶边的大斗篷。

"现在，我给你一个差事，"我那不知疲倦的主人又说，"你得再到我屋里去。上帝保佑，你穿着丝绒鞋，简！——这个时候叫笨手笨脚的跑腿可不行，你得把我梳妆台中间的一个抽屉打开，把里面的一个小药瓶和小玻璃杯拿来，快！"

我飞也似的去了又来，揣着他要的瓶子。

"干得好！可以啦，医生，我要擅自用药了，责任我自己承担。这瓶兴奋剂，卡特，这东西不能医治百病，但有时还是有效，比如像

现在这种情况。简,拿点水来。"【名师点睛:表达罗切斯特先生的迫切心情,希望尽快把梅森先生送走。】

他递过那小玻璃杯,我从脸盆架上的水瓶里倒了半杯水。

"够了——现在用水把瓶口抹一下。"

我这么做了。他滴了十二滴深红色液体,把它递给梅森。

"喝吧,理查德,它会把你所缺乏的勇气鼓起来,保持一小时左右。"

"可是对身体有害吗?——有没有刺激性?"

"喝呀!喝呀!喝呀!"

梅森先生服从了,因为很显然拒绝是没有用的。他现在已经穿好衣服,他看上去仍旧脸色苍白,但是已经不再是满身血污了。他饮下那杯液体以后,罗切斯特先生让他坐了三分钟,然后扶着他的肩膀。

"现在,你肯定站得起来了,"他说,"试试看。"

病人站了起来。

"卡特,扶住他另一个肩膀。理查德,振作起来,往前跨——对啦!"

"我确实感觉好多了。"梅森先生说。

"我相信你是好多了,嘿,简,在我们前面走,到后楼梯去,拉开旁边走廊的门闩,叫驿车的车夫准备好,告诉他我们就来。你会看到他就在院子里,——或者,他就在外面,因为我吩咐过他,不要在铺道上赶他那嗒嗒作响的马车。还有,简,要是附近有人就到楼梯脚下咳嗽一声。"

这时候,已经五点半了,太阳就要喷薄而出,我发现厨房里还是一片昏暗,悄无声息。边门闩着,我尽量不出声地开门,整个院子里静悄悄的。院门打开,有辆驿(yì)车[古时供驿站用的车辆]停在那儿,马已经套好了,车夫已经坐在他的位置上了。我走上前去告诉马车夫,先生们马上就要来了。他点点头。【名师点睛:交代时间、背景环境等,写出了清晨的寂静,和下文罗切斯特先生早上送走梅森先生时的喧嚣形成对比。】随后我小心四顾,凝神静听。清晨一切都在沉睡,处处一片

▶ 简·爱

宁静。仆人房间里的门窗都还遮着窗帘，小鸟在白花满枝的果树上啁(zhōu)啾(jiū)[形容鸟叫的声音]，树枝像白色的花环那样低垂着，从院子一边的围墙探出头来。在紧闭的马厩里，拉车用的马不时蹬几下蹄子，此外便一切都静谧无声了。

这时先生们到了。梅森由罗切斯特先生和医生扶着，步态似乎还算自如。他们搀着他上了车，卡特也跟着上去了。

"照顾他一下，"罗切斯特先生对卡特说，"让他暂时住在你家里，一直到好为止，过一两天我会骑马过来探望他的。理查德，你怎么样了？"

"新鲜空气使我恢复了精神，费尔法克斯。"

"让他那边的窗子开着，卡特，反正没风——再见，迪克。"

"费尔法克斯——"

"哦，什么事？"

"好好照顾她，待她尽量温柔些，让她……"梅森竟哭了起来。

"我会尽力的。我已经这么做了，将来也会这么做的。"他答道，关上了驿车的门，车子赶走了。【名师点睛：在梅森先生的难过中，事情变得越发奇怪了。】

"上帝保佑，一切都结束了！"罗切斯特先生一面说，一面把沉重的院门关上，并闩好。我想他现在已经不需要我，便准备回房去，却又听见他低低地叫了声"简！"他已经开了门，站在门旁等我。

"来，这里空气清新，放松一会儿吧。"他说，"这所房子不过是座监狱，你不这样觉得吗？"

"我觉得是座很漂亮的房子，先生。"

"天真烂漫所造成的魔力蒙住了你的眼睛，"他答道，"所以你是用被施了魔法的眼光来看它的，你看不出镀金只是胶泥，丝绸幔帐只是蛛网，大理石不过是肮脏的木板，上光的木器只是废木片和剥落的树皮，而这儿，（他指指我们进入的绿叶繁茂的园子）一切都真实、甜蜜、纯洁。"

他沿着一条小径信步走去。小径的一旁种着黄杨、苹果树、梨树、樱桃树。另一边是一长串花坛，种着各式各样的花，紫罗兰、石竹、报春花、三色堇，夹杂着青蒿、多花蔷薇和各种香草。四月里持续不断晴雨交替的天气，以及紧随的春光明媚的早晨，使这些花草鲜艳无比。太阳正进入光影斑驳的东方，阳光照耀着花满枝头、露水晶莹的果树，照亮了树底下幽静的小径。【写作借鉴：景物描写，衬托出罗切斯特先生在送走梅森后轻松的心情。】

"简，给你一朵花好吗？"

他采摘了枝头上初放的玫瑰，把它递给了我。

"谢谢你，先生。"

"你喜欢这日出吗？简，喜欢这天空和它那等天一转暖就会消失的高高的轻云吗？喜欢那宁静怡人的气氛吗？"

"喜欢，很喜欢。"

"你度过了一个多么奇怪的夜晚，简。"

"是呀，先生。"

"在那恐怖的气氛中让你一个人与梅森待着，你当时害怕吗？"

"我害怕有什么会从内间走出来。"

"可是我闩了门——钥匙在我口袋里。要是我把一只羊羔——我心爱的小羊——毫无保护地留在狼窝边，那我岂不是一个粗心大意的牧羊人了？你很安全。【写作借鉴：语言描写，把简·爱比喻成小羊，表达了罗切斯特先生对简·爱的关心。】

"格雷斯·普尔还会住在这儿吗，先生？"

"哦，是的，别为她操心费神了，忘掉这不愉快的事儿吧。"

"我总觉得只要她在，你就不得安宁。"

"别怕——我会照顾好自己的。"

"你昨晚担心的危险现在没有了吗，先生？"

简·爱

"在梅森离开英国以前,我不能确定;即使他离开了,也还是不能。对我来说,简,活着就是站在火山口的地壳上,它每天可能都会裂开,喷出火来。"【写作借鉴:运用暗喻手法,说明梅森先生口中的事实会对罗切斯特造成多大的伤害。】

"可是梅森先生好像是容易摆布的,先生,你的影响,对他明显起着作用。他绝不会同你对抗,或者有意伤害你。"

"哦,不错!梅森不会跟我作对。不过,无意中他可能因为一时失言,即使不会使我送命,也会使我的幸福荡然无存。"【名师点睛:写出了罗切斯特先生希望尽快送走梅森的原因。】

"告诉他谨慎从事,先生,让他知道你的忧虑,告诉他怎么避免危险。"

"傻瓜,要是我能那样做,哪里还有什么危险呢?一下子就消除了。自从我认识梅森以来,我只是对他说'做好这件事',事情就做好了。可是在面对目前的这种情况,我不能给他下命令,我不能说'小心别伤害我,理查德',因为我不能让他知道可能会伤害我。现在你似乎疑惑不解了,我还是会进一步叫你疑惑不解的,我的小朋友,是不是?"

"我愿意为你效劳,先生,只要是对的,我都服从你。"

"确实如此,我看到了你是这样做的,当你帮助我的时候,——让你在你特别地称为一切正当的事情的时候,为我工作和跟我一起工作的时候,我从你的步子、神态、眼睛里和脸上看到了真正的满意。因为要是我吩咐你去干你心目中的错事,那就不会有步态轻盈的奔忙、干脆利落的敏捷,没有活泼的眼神、兴奋的脸色了。我的朋友会神态恬静、面容苍白地转向我说:'不,先生,那不可能,我不能干,因为那不对。'你会像一颗定了位的星星那样不可改变。哦,你也能左右我,还可以伤害我,不过我不敢把我的弱点告诉你,因为尽管你既老实又友好,你也会立刻弄得我目瞪口呆的。"

"要是梅森也像我一样没有什么使你害怕的话,你就安全了。"

"上帝保佑，但愿如此！来，简，这里有个凉棚，坐下吧。"

凉亭是墙内的一个拱形结构，上面攀满了藤蔓，里面有一个带皮树枝做的座椅。罗切斯特先生坐下来了，不过还是空出了地方给我坐下，我却还是站在他的面前。

"坐下吧，"他说，"这个椅子够两个人坐，你对于在我身旁坐下，不会还有踌躇吧？这是不正当的吗，简？"

我坐了下来，等于是对他的回答。我觉得谢绝是不明智的。

"好吧，我的小朋友，当太阳吸吮着雨露——当老园子里的花统统苏醒并开放，鸟儿正从桑菲尔德树丛里为雏鸟送来早餐，早起的蜜蜂开始了它们第一阵劳作时——我要把这件事诉说给你听，你务必要努力把它设想成自己的。不过先看着我，告诉我你很平静，并不担心我把你留着是错的，或者你待着是不对的。"【写作借鉴：环境描写，写出罗切斯特先生希望简·爱尽快忘记这件事情，开始新一天的生活。】

"不，先生，我很情愿。"

"好吧，简，让你的想象帮助你吧，假想你不再是一个很有教养的姑娘，而是一个从童年起就骄纵任性的野男孩；想象你在一个遥远的异国，假如你在那儿犯了一个大错，不管它属于什么性质的，或者处于什么动机，但是它的后果将跟随你一生，而且玷污你的生活。注意，我没有说'犯罪'，不是说流血或是其他犯罪行为，那样的话肇事者会被绳之以法，我用的字是'错误'。你行为的恶果，到头来使你绝对无法忍受。你采取措施以求获得解脱，非正常的措施，但既不是非法，也并非有罪。而你仍然感到不幸，因为希望在生活的边缘离你而去，你的太阳遇上日食，在正午就开始暗淡，你觉得不到日落，就不会有所改变。痛苦和卑贱的联想，成了你记忆的唯一食品。你到处游荡，在放逐中寻求安逸，在享乐中寻觅幸福——我的意思是沉湎于无情的肉欲——它销(xiāo)蚀(shí)[损耗腐蚀]才智，摧残情感。在几年的自愿放逐以后，你心力交瘁地回到了家里，结识了一位新知——何时结

简·爱

识,如何结识,都无关紧要,你在这位陌生人身上发现了许多你二十年来一直在寻找而始终未曾遇到的优异品质。这些品质新鲜健康,没有污渍,没有斑点,这种交往使人复活,催人新生。你觉得好日子又回来了——志更高,情更真。你希望重新开始你的生活,希望用一种比较配得上你不朽的灵魂的方式度过你的余生。为了达到这个目的,你是否有理由跳过世俗的藩(fān)篱(lí)[本义是指用竹木编成的篱笆或栅栏。其引申为边界、屏障]——一种既不被你的良心认可、又不被你的判断所同意的传统的障碍?"【名师点睛:罗切斯特先生所说的故事中的"你",暗指的就是自己,他隐晦地告诉简·爱,自己已经对她动心,就可以突破世俗的阻碍和她在一起,同时也为下文二人的表白做铺垫。】

他停了一停,等待我的回答,我该说些什么呢?愿善良的神明启示我做出明智而满意的回答,多么徒然的愿望啊!西风在我周围的藤蔓中耳语,可就是没有一位温存的埃里厄尔[西方中世纪传说中的空气精灵]借助风声而给我一句提示。鸟儿在树梢歌唱,它们的歌声虽然甜蜜,却无法让人理解。【写作借鉴:隐晦的比喻,说明简·爱无法理解罗切斯特先生话中的深意。】罗切斯特先生再次提出了他的问题:

"这个流浪过、犯过大错、而今寻求安宁和忏悔的人,是不是有权向世人的舆论挑战,以求这个温柔、文雅、和蔼的陌生人永远依附他,借此取得他心灵上的宁静?"

"先生,"我回答,"一个浪荡者的重新安定和一个误入歧途者的改过自新,是决不能依赖于一位同类的。男人和女人都会死,哲学家有智穷的时候,基督徒也会在善行中有所闪失。如果你知道有谁行为不当,受过痛苦,那就劝他从高于他同类的地方去寻求力量来改过自新,寻求安慰来治愈创伤吧。"

"可是途径呢——途径:作为实施者的上帝指定了途径。我自己——直截了当地告诉你吧——曾经是个老于世故、放荡不羁、焦躁不安的汉子,现在我相信自己找到了救治的途径,它在于——"他打住了。

鸟儿唱个不停，树叶飒飒有声。我几乎惊异于它们不刹住歌声和耳语，好倾听这暂时中断了的自白。不过它们得等上好几分钟——这沉默延续了好久。我终于抬头去看这位吞吞吐吐的说话人，他也急切地看着我。

"小朋友，"他说，完全改了口气——脸色也变了，失去了一切温柔和庄重，变得苛刻和嘲弄——"你注意到了我对英格拉姆小姐的柔情吧，要是我娶了她，你不认为她会使我彻底新生吗？"【名师点睛：罗切斯特先生提到英格拉姆小姐时的脸色和讽刺的意味，就说明他是不可能娶英格拉姆小姐的。】

他猛地站了起来，几乎走到小径的另一头，走回来时嘴里哼着小调。

"简，简，"他说着在我跟前站住了，"你守了一夜，脸色都发白了，你不骂我打扰了你的休息？"

"骂你？怎么能呢，先生。"

"握手为证。多冷的手指！昨晚在那间神秘的房间门外相碰时，比现在要暖和得多。简，什么时候你再同我一起守夜呢？"

"凡是用得着我的时候，先生。"

"比方说，我结婚的前一夜，我相信我会睡不着，你答应陪我一起熬夜吗？对你，我可以谈我心爱的人，因为现在你已经见过她，认识她了。"

"是的，先生。"

"她是一个不可多得的人，是不是，简？"

"是的，先生。"

"一个体格健壮的女人——一个真正魁梧的人，简。高大、褐色皮肤，身材健美，头发像迦（jiā）太基女人的头发一样。糟糕，登特和林恩在那边的马厩里，你沿着灌木丛穿过小门进去吧。"

我走这条路，他走另一条，我听见他在院子里高兴地说：

263

▶ 简·爱

"今天早上梅森比你们都早,太阳出来以前,他就走了,我四点钟就起身给他送行了。"

Z 知识考点

1. 罗切斯特先生求助于_____帮梅森先生_____。
2. 夜晚桑菲尔德府里出现诡异声音的原因是（　　）
   A.梅森先生摔倒了。
   B.梅森先生受伤了。
   C.仆人梦魇了。
3. 罗切斯特先生威胁受伤的梅森不准和简·爱交流的理由是什么?(结合原文回答)

4. 罗切斯特先生忌惮梅森先生的原因是什么?

Y 阅读与思考

1. 简·爱受邀救助梅森,说明罗切斯特对她有什么感觉?
2. 罗切斯特让简·爱和他一起守夜,简·爱为什么会答应?
3. 罗切斯特为什么愉快地说梅森被送走了?

第二十一章

舅妈去世

M 名师导读

简·爱在桑菲尔德度过一段颇为平静的日子,可是不久就收到了里德太太病重的消息。当成年后的简·爱回到盖茨黑德府,似乎一切都已经发生改变,而里德太太也带给简·爱另一个消息,她还有亲人。

预感是个奇怪的东西,还有感应、征兆也是。而三者一起,构成了人类至今还未找到钥匙来解开的一个谜。我一生中从没嘲笑过预感,因为我也有过那样奇怪的感觉,我相信心灵感应是存在的(比如相隔很远的亲戚之间,即使他们疏远,但是各人追根究底,还是同出一源)。心灵感应究竟如何产生,却不是人类所能理解的。至于征兆,也许不过是自然与人的感应。

当我还是个六岁小女孩的时候,有一天夜里,听贝茜·利文对玛莎·艾博特说,她梦见一个小女孩,还说,梦见小孩无论是对自己还是别人都不是好的征兆,要不是接着发生的一件事,我一定会淡忘它的。第二天贝茜被叫回家去看她咽气的小妹妹。

近来,我常常忆起这种说法和这件事情。因为上个星期,我几乎每晚都在床上梦见一个婴孩。【名师点睛:提到预感的说法,是为了起到承上启下的过渡作用。】有时抱在怀里哄他安静下来;有时放在膝头摆弄;有时看着他在草地上摸弄雏菊,或者伸手在流水中戏水。一晚是个哭着的孩子,另一晚是个笑着的孩子;一会儿他紧偎着我,一会儿又逃得

265

简·爱

远远的。但是不管这幽灵心情怎样，长相如何，一连七夜我一进入梦乡，他便来迎接我。

我不喜欢这种同一念头的一再重复，——这种同一形象的奇怪重现。每当快到睡觉时间，幻象出现的时刻渐近，我就坐立不安起来。那个月夜里，我正是在跟这个幻影孩子做伴时，听见喊声惊醒了过来。而第二天下午，我被叫下楼去，捎来口信说有人要见我，等候在费尔法克斯太太房间里。我赶到那里，一个仆人模样的陌生人找到我，他身穿丧服，手中拿着的帽子围着一圈黑纱。

"也许你不大记得我了，小姐。"我进去的时候，他一边站起来，一边说，"我姓利文，八九年前，你住在盖茨黑德府的时候，我住在那，给里德太太当马车夫，现在我还住在那儿呢。"【名师点睛：马车夫的出现是为了引起下文。】

"哦，罗伯特！你好吗？我可记得清楚呐，有时候你还让我骑一骑乔治亚娜小姐的栗色小马呢。贝茜怎么样？你同她结婚了？"

"是的，小姐，我的太太很健康，谢谢。两个月之前她又给我生了个小家伙——现在我们有三个孩子了——大人和孩子都好。"

"盖茨黑德府全家都好吗，罗伯特？"

"很抱歉，我没法儿给你带来好消息，小姐。眼下他们都很糟——糟糕得很哪。"

"但愿没有人去世了。"我瞥了一下他黑色的丧服说。他也低头瞧了一下围在帽上的黑纱，并回答道：【写作借鉴：设置悬念，并且带来有人去世的消息。】

"约翰先生在伦敦住所去世了，到昨天正好一周。"

"约翰先生？"

"不错。"

"他母亲怎么受得了呢？"

"咳，爱小姐，这可不是什么一般的不幸。他生活很放荡，最后的这三年实在荒唐，他的死叫人吃惊。"

"我听贝茜说，他情况不好。"

"怎么会好，他的情况糟糕得不能再糟糕了，他在最坏的男人和女人之间把健康的身体和产业都毁掉了。他欠了债，进了监狱。他妈妈两次把他弄出来。可是，他一出牢就回到他那些老伙伴中间，恢复了他的老习惯。他脑子不灵光，和他住在一起的那些流氓欺骗了他，用尽了不同的办法欺骗他。大约三个星期以前，他来到盖茨黑德要求夫人把一切财产都给他。夫人拒绝了，她的财产早就被挥霍掉了许多。所以又只好返回去，随后的消息便是他死掉了。天知道他是怎么死的！——他们说他自杀了。"【名师点睛：交代约翰的结果，同时和简·爱童年时约翰对她的态度照应，说明从小就很恶劣的约翰，长大也不得善终。同时也交代了里德太太患病的原因。】

我默默无语，这消息着实可怕。罗伯特·利文又往下说：

"夫人的身体也不大好，有一个时期了，她原来长得很胖，可是虽然胖，却并不结实。损失了钱，怕变穷，弄得她身体完全垮掉了。约翰先生去世，消息传来得那么突然，使她中风了。她一连三天没有说话，可是上星期二似乎好了一点，好像要说什么，不断地向贝茜打手势，嘟嘟囔囔地说着什么。不过直到昨天早上贝茜才弄明白，她叫的是你的名字。最后贝茜听明白了这些话，她说'把简带来——去把简·爱叫来，我有话告诉她'。贝茜不能肯定她是不是神志不清，或者说这话有什么意思。不过她告诉了里德小姐和乔治亚娜小姐，向她们建议派人来找你。起初两位年轻小姐拖拖拉拉，但她们的母亲越来越焦躁不安，而且'简，简'地叫个不停，最后她们总算同意了。昨天我从盖茨黑德府动身。小姐，要是来得及准备，我想明天一早带你同我一起回去。"

"是的，罗伯特，我会准备好的，我似乎应当去。"

"我也是这么想的，小姐。贝茜说她可以肯定，你不会拒绝。不过我想，你动身之前得请个假。"

简·爱

"是呀，我现在就去请假。"我把他领到了仆人室，将他交给约翰的妻子照应，并由约翰亲自过问后，便进去寻找罗切斯特先生了。

他不在底下几层的房间里，也不在院子里、马厩里或者庭园里。我问费尔法克斯太太有没有见到过他——不错，她想他跟英格拉姆小姐在玩台球。我匆匆走到台球室，那是一片球的撞击声和欢声笑语。罗切斯特先生和英格拉姆小姐，还有两位埃希顿小姐和她们的爱慕者都在忙着打球。要是去打扰如此兴致勃勃的一群人，得有点勇气，然而我的使命却不容许我耽搁，所以我朝主人走去。他正站在英格拉姆小姐旁边。我走进的时候，她回过头，傲慢地看着我，她的眼神似乎在问："这个偷偷溜进来的家伙要干什么？"听到我低声叫道："罗切斯特先生。"她做了一个动作似乎是想要赶我走。【名师点睛：英格拉姆的神态、动作描写，表现了人物傲慢的性格，为人冷漠。进一步说明罗切斯特先生不可能和她在一起。】我至今还记得她当时的样子——非常优雅，非常引人注目，她穿着一件蓝色的绉纱袍子，蔚蓝色的头纱缠着头发，她玩球玩得正开心，被激发的自尊心，并没有减弱她那骄傲的相貌上的神情。

"那人找你吗？"她问罗切斯特先生。罗切斯特先生回头看看"那人"是谁，做了个奇怪的鬼脸——异样而含糊的表情——扔下了球棒，随我走出了房门。

"怎么啦，简？"他关了房门后，身子倚在门上说。

"对不起，先生，我想请一两周假。"

"干吗？——上哪儿去呀？"

"去看生病的里德太太，是她派人来叫我的。"

"哪位生病的太太？——她住在哪儿？"

"在××郡的盖茨黑德府。"

"××郡？离这儿有一百英里呢！这么远叫人回去看她，这人可是谁呀？"

"她叫里德，先生——里德太太。"

"盖茨黑德的里德吗？盖茨黑德府是有一个叫里德的，是个地方法官。"

"我说的是他的寡妇，先生。"

"那你与她有什么关系？怎么认得她的呢？"

"里德先生是我的舅舅——我母亲的哥哥。"

"哎呀！他是你舅舅！你从来没有跟我说起过他，你总是说你没有亲戚。"

"没有一个亲戚肯承认我，先生。里德先生去世了，他的夫人抛弃了我。"

"为什么？"

"因为我穷，是个包袱，她不喜欢我。"

"可是里德有孩子留下吧？——那么你总有表兄妹吧。昨天，乔治·林恩爵士还在谈起盖茨黑德府的约翰，说他是个最地道的无赖。

【名师点睛：和上文约翰去世的消息照应。】英格拉姆也谈起过那个地方有一个叫乔治亚娜·里德的，因为美貌受到了很多人倾慕。"

"约翰·里德也死了，先生。他毁了自己，几乎也毁了他的家，据猜测，他是自杀的，他母亲听到了这个消息大为震惊，中风了。"

"你能对她有什么帮助？糊涂！简，我绝对不会想跑一百英里去看一个老太太，也许你还没走到，她就死了。再说，你说是她抛弃了你。"

【名师点睛：罗切斯特先生极其不希望简·爱离开桑菲尔德。】

"不错，先生，但那已是很久以前了，而且当时的情况不同。现在要是我无视她的心愿，我会不安心的。"

"你要待多久？"

"尽量短些，先生。"

"答应我只待一星期。"

"我还是不要许诺好，很可能我会不得不食言。"

"不管怎样你要回来，在任何情况下都要经得住诱惑，千万不要同她住一辈子。"

269

简·爱

"哦，对！要是一切比预想的顺利，我当然会回来的。"

"谁同你一起走？可不能独个儿跑一百英里路呀？"

"不，先生，她派了一个赶车人来。"

"一个信得过的人吗？"

"是的，先生，他在那儿已经住了十年。"

罗切斯特先生想了一下，问道："你准备什么时候走？"

"我希望明天一早，先生。"

"好吧，你得带些钱，没钱不能去嘛。也许你的钱不多，我还没付过你的薪水呢，你到底有多少钱？简。"他微笑着问。

我掏出钱袋，钱少得可怜："五先令，先生。"他拿起钱袋，把钱倒在手心里，默默地笑了。"给。"他说，给了我一张钞票，五十镑的，而他只欠我十五镑，我告诉他没有零钱能找给他。

"我不要你找，你知道的。拿着你的工资吧。"

我坚决拒绝接受超过我工资的那部分。他先是皱了皱眉，随后仿佛想起了什么似的说：

"行，行！要是你有五十镑，也许就会待上三个月。十英镑，够吗？"

"够啦，先生，不过现在你欠我五英镑了。"

"那就回来拿吧，你有四十英镑存在我这儿。"

"罗切斯特先生，我还要利用这个时候向你提一下另一件事。"

"什么事？"

"你实际上已经通知我，先生，你马上就要当新郎了。"

"是的，那又有什么奇怪的？"

"如果这样，先生，阿黛勒该去上学了，可以肯定你会承认这样做的可行性。"

"让她别阻碍我的新娘，不然她会更加看不起她的，这个建议无疑是有道理的。正如你所说，阿黛勒得去上学，而你，当然就得直接去见魔鬼了。"

"我不希望，不过，先生，我得在其他什么地方另找一个职位吧。"

"当然，在适当的时候。"他带着鼻音嚷道，又古怪，又可爱地做了个怪脸，看了我几分钟。【写作借鉴：细腻的行为描写，将罗切斯特对简·爱的不舍和不甘甚至有些恼怒展现得淋漓尽致。】

"你会去求老夫人里德，或者她的女儿，也就是那些小姐们给你找个工作，我说得对吧？"

"不，先生，我的亲戚们没有谁能够主动帮我的忙的。不过我会登广告。"

"你会上埃及去爬金字塔！"他吼道，"你登广告简直是找死，但愿我只给你一个英镑，而不是十英镑。把九镑还给我，简，我有别的用处。"

"我也要用，先生。"我回答说，同时把双手和钱包都藏在后面，"无论如何我不能没有钱。"

"简！"

"先生？"

"不要登广告，把找职位的事情交给我吧，到时候，我会给你找一个职位的。"

"我很乐意这样做，不过你得答应我，先生，在你的新娘进门前，让我和阿黛勒都能平安地离开这所房子。"【名师点睛：写出了简·爱对自己的不信任，同时也不能接受罗切斯特先生喜欢上别人的事情，想要尽快离开。】

"好吧！好吧！我答应。那你明天动身？"

"是的，先生，一大早。"

"那你我得暂时告别了？"

"我想是这样的，先生。"

"一般人要采用怎样的告别仪式，简？教一教我吧，我不太懂。"

"他们说再见，或者其他喜欢的方式。再见，罗切斯特先生，暂时告别了。"

271

▶ 简·爱

"再见了,简·爱,暂时告别了。就是这些吗?"【名师点睛:写出了罗切斯特先生的不舍,不希望简·爱离开。】

"是的。"

"在我看来,这样似乎太吝啬了,并不友好,我还想要加点什么,在仪式中再加点什么。比如握握手,不过还不够——那也不能使我满意,那么除了说声再见,你不愿意再干些什么了吗?简。"

"足够了,先生,这两个亲切的字眼所表达的友好情意,可以胜过千言万语。"

"很可能是这样,但这既空洞又冷淡——'再见'。"

"他背靠着那扇门,打算站多久啊?"我心里想,"我还得着手去准备行李呢。"晚饭的铃声响起了,他突然跑开,没再说一个音节。那天我没有再看见过他。第二天,他还没有起身我就出发了。

五月一日下午五点左右,我到达盖茨黑德的门房。我到宅子里之前先上那儿去看看。它非常整洁,装饰床上挂着小小的白窗帘,地板上没有污迹,炉栏和火炉用具被擦得发亮,炉火明亮地燃烧着,贝茜坐在炉火旁,给她最小的孩子喂奶,罗伯特和他妹妹安安静静地在一个角落里玩。【名师点睛:多年不见,贝茜还是自己回忆中的样子,让简·爱感慨万千。】

"上帝呀!我猜想你会来的!"我进门时贝茜惊喜地叫道。

"是呀,贝茜,"我吻了吻她说,"我相信来得还不算晚,里德太太怎样了?我希望她还健在。"

"不错,她还活着,而且更明白事理,更泰然了。医生说她会拖上一两周,但不相信她最后还能复原。"

"近来她提到过我吗?"

"今天早上还提起过你,希望你来,不过她现在睡着了,或者不如说十分钟以前我上楼的时候,她正在睡觉。她一般昏睡一个下午,六七点钟的时候醒来。你在这儿休息一个小时,小姐,然后我和你一起上去好吗？小姐。"

这时罗伯特进来了，贝茜把睡着的孩子放进摇篮，上去迎接他。随后她硬要我脱掉帽子，用些茶点，说我显得既苍白又疲惫。我很乐意接受她的殷勤招待，顺从地任她脱去了行装，就像儿时任她脱掉衣服一样。【名师点睛：一系列的动作说明贝茜还是把简·爱当作孩子一样对待，让她感受到温暖，就像年少的时候一样。】

她来来去去地忙碌着，——拿出茶盘，放上她最好的瓷器，切面包和黄油，烤茶点饼，时不时地抽空拍一下或者推一下罗伯特和简，像以前对我那样。我看着看着，往事迅速地涌上我的心头，贝茜还是和以前一样保持着轻盈的步态、美好的容貌和暴躁的脾气。

茶点备好以后，我正要走近桌子，她却要我坐着别动，用的还是过去那种专断的口气。她说让我坐着，在火炉旁招待我。她把一个圆圆的架子放在我面前，架子上摆了杯子和一盘吐司，完全就像她过去一样，把我安顿在保育室的椅子上，让我吃一些暗地里偷来的精美食品。我像往昔一样微笑着依了她。

她想知道我在桑菲尔德是否开心，女主人是个什么样的人。我告诉她只有一个男主人。她就问，他是不是一个绅士，我是不是喜欢他。我告诉她，他长得相当丑，但是完全是一个绅士，还说他待我很好，我很满意。然后我继续给她描述宅子里最近来的那些欢乐的人们，贝茜兴致勃勃地听着那些细节，恰好都是她爱听的。

谈着谈着，一个小时很快就过去了，贝茜给我把帽子等重新穿戴好，我便由着她陪我离开门房，到宅子里去。将近九年以前，我也正是由她陪着，沿现在我正走进去的这条路走出来的。在一月的一个黑暗的有雾的阴冷早晨，我怀着绝望痛苦的心情，怀着被放逐被摒弃的感觉，离开了这所敌视我的房子，去寻找罗沃德那寒冷的栖身之所，那既遥远也没探索过的地方，此刻这所敌视我的房子又出现在我的眼前，我的前途还很渺茫，我的心还疼痛。【名师点睛：与年幼的简·爱在离开盖茨

273

简·爱

黑德,路过那一条漆黑的小路时的心情照应。写明了幼年颠沛流离的生活带给简·爱多么大的伤痛。】我仍然觉得自己是世间的一个漂泊者,但已更加自信自强,少了一份无可奈何的压抑感。冤屈所撕裂的伤口已经愈合,愤怒的火焰已经熄灭。【名师点睛:运用插叙将简·爱此时此刻的内心活动表现了出来,说明在简·爱心中她对盖茨黑德府已经没有了怨恨;相反,是一种思念。】

"你先去餐室,"贝茜领我穿过府宅时说,"小姐们会在那儿的。"

眨眼之间我便进了那个套间。每件家具看上去同我初次被介绍给布罗克赫斯特先生的那个早上一模一样。他站过的那块地毯依然盖着壁炉的地面。往书架上一看,我还能认出比尤伊克的两卷本《英国鸟类史》,放在第三个书架上的老地方,以及这部书正上方的《格列佛游记》和《天方夜谭》。无生命的东西依旧,有生命的东西已面目全非。【写作借鉴:运用对比的手法,写出了时光变迁,物是人非的感觉。】

我面前站着两位年轻小姐,一位个子很高,与英格拉姆小姐相仿——同样很瘦,面色灰黄,表情严肃。神态中有着某种禁欲主义的色彩。【写作借鉴:外貌描写,交代人物基本性格。】极度朴实的穿着和打扮,增强了这种色彩。她穿着黑色紧身呢裙,配着上过浆的亚麻领子,头发从两鬓往后梳,戴着修女似的饰物,一串乌木念珠和一个十字架。我觉得这人肯定是伊丽莎,尽管从她那张拉长了的没有血色的脸上,已经很难找到与她昔日模样相似的地方了。

另外一个当然是乔治亚娜,可是已经不是我记忆中的那个纤弱的、像仙女一样的姑娘了。这是一个很丰满的少女,白皙得像蜡像一样的皮肤,端正的五官,含情脉脉的蓝眼睛,黄色的卷发,她的衣服是黑色的样式,却和她的姐姐大不相同——要飘逸合身得多,看上去很时髦,另一个像是清教徒一样。【写作借鉴:外貌服饰描写,运用对比手法突出二人的不同之处。】

姐妹俩都各自有着她们母亲的一个特征。苍白瘦弱的大女儿有着和母亲一样烟灰色水晶一般的眼睛,而那娇艳的像花朵一样的小女儿,却有着和她相似的下巴和轮廓,——也许更加柔和一点,不过还是给了容貌一副无法描述的威严,要不是这样的话,那个容貌还可以称为妖艳,甚至是娇媚了。

我一走近她们,两位小姐都立起来迎接我,都用名字"爱小姐"称呼我。伊丽莎招呼我时,嗓音短促而唐突,没有笑容。随后她便又坐下,加了几句关于旅途和天气之类的寒暄,说话时慢声慢气,还不时侧眼看我,从头打量到脚——目光一会儿落在黄褐色美利奴毛皮外衣的褶缝上,一会儿停留在我乡间小帽的普通饰物上。【写作借鉴:伊丽莎的神态描写,写出了她对简·爱的轻视。】年轻小姐们自有一套高明的办法,让你知道她认为你"可笑"而不必说出那两个字来。某种高傲的神态,态度上的冷淡,口气上的漫不经心,就充分表达了她们的情感,而不必借助十足粗鲁的言行。

然而,不管是明嘲还是暗讽,现在对我来说已经不再具有一度有过的那种力量了。我坐在表姐妹中间,吃惊地发现我虽然生气,但其中一个人的完全怠慢和另一个人的半讽半讥我还是感到泰然自若[形容在紧急情况下沉着镇定,不慌不乱],并没有感到难堪,乔治亚娜也没有使我感到生气。事实上我有别的事情要想。最近几个月里,我内心被唤起的感情,比她们所能煽起的要强烈得多——所激起的痛苦和欢乐要比她们所能给予和馈赠的要尖锐和激烈得多——她们的神态好歹与我无关。

"里德太太怎么样了?"我立刻问道,镇静地瞧着乔治亚娜,而她认为我这样直呼其名是应当嗤之以鼻的,仿佛这是种出乎意料的冒昧行为。

"里德太太?哦!你的意思是说妈妈。她的情况极其糟糕,我拿不准你今晚是否能见她。"

"如果,"我说,"你肯上楼去同她说一声我来了,我会非常感激的。"

乔治亚娜差点惊叫起来,她把那双蓝色的眼睛睁得大大的。"我知道她特别希望看到我。"我补充说,"除非绝对必要,否则我不愿意再推

275

简·爱

迟去满足她的愿望。"【写作借鉴：乔治亚娜的语言、神态描写，说明她并不在意母亲的生病，十分冷漠无情，和简·爱形成对比。】

"妈妈不喜欢人家在晚上去打搅她。"伊丽莎说。我站起来，不用人请就自己默默地摘掉帽子和手套，说要自己出去找贝茜——也许她在厨房里——请她去问问清楚，里德太太是否今晚有意愿接待我。我去了，找到了贝茜托她问清楚，我着手采取另一步措施。在这以前，我一直习惯于在傲慢面前退缩，要是换了一年前，受到今天这样的对待，我一定会在第二天早上就离开盖茨黑德。而此刻，我顿时明白那是个愚蠢的念头。我长途跋涉一百英里来看舅妈，我得守着她，直到她好转，或者去世。至于她女儿的自傲或愚蠢，我应当置之度外，不受干扰。【名师点睛：简·爱的心理描写和里德太太的女儿们形成对比，表明简·爱的性格，有爱心，而里德太太的女儿对里德太太的关心还不如简·爱。】于是我找到管家，让她找个房间，告诉她我要在这儿做客，可能待上一两周，让她把我的箱子搬到房间里去。我也跟着去那里，在楼梯口碰上了贝茜。

"夫人醒着呢，"她说，"我已经告诉她你来了。来，看看她还认不认得你。"

我用不着被人带入那熟悉的房间。以前，我常常被叫到那儿去受罚或者挨骂。我匆匆地在贝茜前面推开了门，桌子上放着一盏有灯罩的灯，因为天渐渐黑了。像往昔一样，还是那张琥珀色帐幔罩着四根大床柱的床，还是那张梳妆台，那把安乐椅，那条脚凳。在这条脚凳上，我成百次地被罚跪，请求宽恕我并不存在的过错。【写作借鉴：环境描写，写出了当年幼小的简·爱在这所房子里受到的伤害而留下的阴影，同时也表现了物是人非的感觉，景物依旧，人事全非。】我窥视了一下附近的墙角，看到曾使我胆战心惊的细长木条的影子，过去它总是潜伏在那儿，伺机像魔鬼一般蹿出来，鞭打我颤抖的手掌或往后缩的脖子。我走近床榻，撩开帐幔，俯身向着高高叠起的枕头。

我清清楚楚地记得里德太太的脸，我急切地寻找那熟悉的形象。时间平息了复仇的渴望，压住愤怒和厌恶的冲动，这是一件快乐的事情。我在痛苦与憎恶中离开这个女人，而我现在回来时的心情也只是同情她的痛苦，强烈渴望忘却一切伤害，——一心只希望彼此和解，握手言欢。

【名师点睛：简·爱前后心情的对比，写出了她对生病的里德太太的同情，虽然里德太太给简·爱带来很多伤害，但是简·爱还是在里德太太弥留之际来见她最后一面。】

那张熟悉的脸就在那儿，像以前一样严酷无情，——还有那任何东西都不能软化的严酷双眼，以及微微抬起的专横傲慢的眉毛，那张脸曾经多少次地向我投来恐吓和仇恨！如今我看着她那严厉的轮廓，童年时代恐怖和悲伤的回忆又一次涌上了脑海。然而，我还是弯下身子吻了吻她，她看着我。

"是简·爱吗？"她说。

"是的，里德舅妈。你好吗，舅妈？"

我曾经起誓再也不叫她舅妈了，我认为现在忘记和违反这个誓言并不是什么罪过。我的手指紧紧地握住她放在被子外面的手，如果她慈爱地握住我的手，那时我会体会到一种真正的愉快。但是顽固的本性不是那么容易改变的，天生的反感也不是能立即消除的。里德太太把手移开，把脸从我这儿转过去。她说，夜晚是暖和的。她再次冷冰冰地凝视着我，我立刻感到她对我的看法——对我所怀的情感——没有改变，也是不可能改变的。从她那温情透不过、眼泪治不了，犹如石头一般的眼睛里，我知道她决心到死都认定我是很坏了。因为相信我是好人并不能给她带来愉快，而只会是一种屈辱感。

我先是感到痛苦，随后感到恼火，最后便感到决心要制服她——不管她的本性和意志如何顽强，我要压倒她。像儿时一样，我的眼泪涌了上来，但我硬把它压了回去。我将一把椅子挪到床头边，坐了下来。

"你派人叫我来，"我说，"现在我来了，我想待在这儿看看你的身体情形如何。"

简·爱

"哦,当然,你看见我女儿了吗?"

"看到了。"

"好吧,你可以告诉她们我希望你住下,一直到我能够把心里的几件事和你好好谈一谈。今天晚上太晚了,而且我也很难想起来,不过我确实是有事情要说,——让我想想……"

她那游移不定的眼神和变了的语调确实说明她原来健壮的躯体受到了怎样的摧残。她不安地辗转着,拉过被单把身子裹起来,她的被子一角被我的胳膊肘压住,她立马恼怒起来。

"坐直了!"她说,"别那么死压着被子让我生气——你是简·爱吗?"

"我是简·爱。"

"这个孩子给我增加了多少麻烦谁都不知道。这样一个累赘莫名其妙就到了我手里,——她那摸不透的脾气,突如其来的性子发作,还老是鬼鬼祟祟地观察别人的行动,她每时每刻就用这一切来给我惹出许多烦恼。我敢肯定地说,有一次她像一个疯子或者魔鬼似的对我说话,——没有一个孩子曾经像她那么说话或者看人。我很高兴把她从这里打发走了。不知在罗沃德他们是怎么对付她的呢?那里暴发热病,而她竟活下来了。不过我说过她死了,但愿她已经死了。"

"一个奇怪的愿望,里德太太,你为什么那么恨她?"

"我一直讨厌她母亲,因为她是我丈夫唯一的妹妹,很讨他喜欢。家里因为她下嫁而同她脱离了关系,他坚决反对。她的死讯传来,他哭得像个傻瓜。他要把孩子领来,尽管我求他还是送出去让人喂养,付养育费就好。我头一回见了便讨厌她——完全是个哭哭啼啼、身体有病的东西!她会在摇篮里整夜哭个不停——不像别的孩子那样放开喉咙大哭,而是咿咿呀呀,哼哼唧唧。里德可怜她,亲自喂她,仿佛是自己孩子似的关心她。说实在的,自己的孩子在那个年纪他还没有那么花心思呢。【名师点睛:和当年简·爱在红房子里想的不谋而合,要是里德先生在世一定会特别关心简·爱的。】他要我的孩子跟这个小讨饭友好相处，宝贝们受不了，露出对她的讨厌，里德为此非常生气。他病重时，还经常叫人把她抱到他的床边。而且临终前一个小时让我立誓抚养她。我情愿养育一个从济贫院里出来的小叫花子。可是他生性软弱。我很高兴约翰一点也不像他的父亲，约翰像我，像我的兄弟们——他是一个十足的吉卜森家的人，但愿他别再用要钱的信来折磨我了，我们变穷了，得把一半的仆人打发走，把一部分空房子关起来或者租出去，我绝对不甘心这么做，可是还有别的办法吗？我的三分之二的收入都去支付抵押利息了，约翰没命地赌博，而且总是输钱，——我可怜的孩子，他被一群赌棍骗子包围着，约翰变坏了，堕落了，——他的脸色实在可怕，我看到他的时候都感到羞耻。"【名师点睛：和上文车夫罗伯特描述约翰的近况互相照应。】

她的情绪变得十分激动。

"我想现在还是离开她好。"我对站在床另一边的贝茜说。

"也许是这样，小姐，不过晚上她老是这么说话的——早上比较镇静。"

我立起身来。"站住！"里德太太叫道。"还有件事我要同你说。他威胁我——不断地用他的死或我的死来威胁我。有时我梦见他躺着，喉咙上一个大窟窿，或者一脸鼻青脸肿。我已经闯入了一个奇怪的关口，困难重重。该怎么办呢？钱从哪儿来？"

此刻，贝茜竭力劝她服用镇静剂，费了好大劲才说服她。里德太太很快镇静下来了，陷入了昏睡状态，随后我便离开了她。

十多天过去了，我没有再和她谈过话，她一直说胡话或者是昏睡，凡是可能使她痛苦或者激动的事情，医生都禁止做。这期间，我尽量和乔治亚娜和伊丽莎好好相处。一开始，她们的确是十分冷淡，伊丽莎会坐在那里半天，缝纫、读书或者是写字。乔治亚娜会一连好几个小时喋喋不休地对着她的金丝雀说一些无聊的话，一点也不注意我。但我下定决心不显得无所事事的样子，我带着画画工具，它们让我有事可干，又可以消遣时间。

简·爱

我拿出一盒画笔和几张纸，离开她们，在窗子附近坐下，忙着画一些幻想的小画，随意画出变幻不定的想象和万花筒中瞬间展现的景象。比如，两块岩石中间海的一切，初升的月亮和横在圆月中间的一条船，一簇芦苇和菖蒲，一个水仙女的头，戴着荷花花冠从里面升起，一个精灵坐在篱雀窝里，周围有一圈山楂花。

一天早上，我随手画一张脸，那是怎样的一张脸呢？我既不关心也不知道。我拿了一只黑色的铅笔，把笔尖弄得很粗，开始画了。不一会儿我就在纸上画出一个宽阔的额头，脸的下半部分画得方方的，这轮廓使我高兴。我的手指忙着在里面加五官，在那个额头下是画的特别显著的平平的眉毛；接下来自然是长得很好的鼻子，鼻梁挺直，鼻孔大大的；然后是显得很灵活的嘴，长得并不小；再后来是一个坚毅的下巴，中间有一个明显的凹陷；当然还需要画上黑黑的颊须和乌黑的头发，鬓发浓密，额发像波浪似的卷曲。现在要画眼睛了，我把它们留到最后，因为最需要小心从事。我把眼睛画得很大，形状很好，长而浅黑的睫毛，大而发亮的眼珠。"行！不过不完全如此，"我一边观察效果，一边思忖道，"它们还缺乏力量和神采。"我把暗处加深，好让明亮处更加光芒闪烁——巧妙地抹上一笔两笔，便达到了这种效果。这样，在我的目光下就显出了一位朋友的面孔，那几位小姐对我不理睬又有什么关系呢？我瞧着它，对着逼真的画面微笑，全神贯注，心满意足。

"那是你熟人的一幅肖像吗？"伊丽莎问。她已悄悄地走近了我。我回答说，这不过是凭空想象的一个头像，一面赶忙把它塞到其他画纸底下。<u>当然我是在说谎，事实上，这是罗切斯特先生的一张十分逼真的肖像。可是除了我以外，对她来说，或者对任何人来说又有什么意义呢？</u>

【名师点睛：简·爱在无聊时不自觉地画出罗切斯特先生的画像，表达了她对罗切斯特先生的思念。】乔治亚娜也走上前来看看，其他的画她很喜欢，可是她把那一张称为一个丑陋的男人，她们两个对我的技艺感到吃惊，我表示要为她们画肖像，两人轮流坐着让我打铅笔草图。随后乔治亚娜拿出了她的画册。我答应画一幅水彩画让她收进去，她听了情绪立刻好转，建议到庭园里去走走。出去还不到两个小时，我们便无话不谈了。她给我描述了两个季节以前，她在伦敦度过的美好灿烂的冬季，描述了她在那儿受到的爱慕和所受到的重视，甚至还听到她暗示赢得了有爵位的人的欢心。在下午和晚上，这些暗示逐渐扩大，报道了各种温柔的谈话，重新演绎了动情的场面。总之，那一天，她为我即兴创作了一幅描述时髦生活的小说。这些谈话每天重复一遍，总是围绕着同一个主题——她自己。很奇怪，她一次也没有提到母亲的病和哥哥的死，也没有说起眼下一家的暗淡前景。【名师点睛：乔治亚娜是个虚荣的人，喜欢财富和簇拥，从来不在乎家里的近况和重病的母亲。】她似乎满脑子都是对昔日欢乐的回忆和对未来欢娱的向往，每天在她母亲的病榻前只待上五分钟。

伊丽莎还是很少说话，虽然她没时间说话。她看上去很忙碌的样子，我没见过比她更忙的人，然而却很难讲明白她到底在忙碌什么。她有个闹钟一大早就把她叫起来，我不知道她在早餐前忙什么，可是早餐后她把时间均匀地分成几个部分，每一个小时都有特定的工作。她一天三次读一本小书，我看了一下是祈祷书。我问她那本书最吸引她的是什么地方，她说是"礼拜规程"。三个小时用于缝纫，用金线给一块方形红布上边，这块布足有地毯那么大。我问起它的用途，她告诉我是盖在一个新教堂祭坛上的罩布，这个教堂新建于盖茨黑德附近。两个小时用来写日记，两个小时在菜园子里劳动，一个小时用来算账。她似乎不需要人做伴，也不需要交谈。我相信她一定自得其乐，满足于这么按部就班地行事，而没有比那种迫使她改变钟表般准确的规律性的偶发事件，更使她恼火的了。

一天晚上，她比往常话要多些，她告诉我约翰的所作所为和家庭濒临毁灭的威胁是她烦恼的根源。但她说现在已经静下心来，下定了决心。她已注意保住自己的财产，一旦她母亲去世——她冷静地说，母亲已不可能康复或者拖得很久——她将实现自己盘算已久的计划，寻找一

简·爱

个归隐之处，使自己一板一眼的习惯不受干扰，用一个安全的屏障把她和浮华的世界隔开。【名师点睛：从人物行为动作可以看出人物的性格，伊丽莎是个冷漠无情的人，面对家里惨淡的光景和即将去世的母亲，她只想着自己的利益，如何保住自己的财产，甚至不在乎自己的亲生姐妹。】我问她，乔治亚娜是不是会陪伴她？

她回答说当然不。乔治亚娜和她没有共同之处，她们向来没有，她无论如何也不愿意和她一起，使自己受累。乔治亚娜应该走她自己的路，伊丽莎也有她自己要走的路。

乔治亚娜不向我吐露心声的时候大都躺在沙发上，为家里的乏味而发愁，一再希望吉卜森舅妈会寄来邀请信，请她上城里去。她说要是她能避开一两个月，等一切都过去，那是再好不过了。【名师点睛：乔治亚娜贪图享乐，从来不想自己做事，面对即将去世的母亲心里也只是想着逃避而已。】我并没有问她"一切都过去"的含意，但我猜想她指的是意料中母亲的死，以及阴沉的葬礼余波。伊丽莎对妹妹的懒散和怨言并不在意，仿佛她面前并不存在这个叽叽咕咕、无所事事的家伙。不过有一天，她放好账册，打开绣花活计时，突然责备起她来：

"乔治亚娜，我敢肯定，从来没有一个比你更愚蠢、更荒唐的动物被允许成为大地的寄生虫。你没有权利被生下来，因为你已经白白浪费掉了你的生命。你不像一个有理智的人那样生活，靠自己活着，却反而一味想靠别人的力量来支撑你的软弱，没有人愿意拿这样一个肥胖、懦弱、虚荣、无用的人来让自己受累，你就嚷嚷说自己受到了冷落，受到了亏待，生活十分不幸。而且，在你看来，生活该是变化无穷、激动非凡的一幕，不然世界就是监狱。你要人家爱慕你，追求你，恭维你——你得有音乐、舞会和社交活动——要不你就神衰力竭，一天天憔悴。【名师点睛：伊丽莎的话揭示了两姐妹的不同，但是二者都相同的是自私，只顾自己，完全不考虑母亲。】难道你就没有头脑想出一套办法来，不依赖别人的努力，别人的意志，而只靠你自己？以一天为例，你就把它分成几份，每分钟规定好任务，全部时间都包括在内，不留一刻钟、十分钟、五分钟的零星空闲时间。干每一件事都应当井然有序、有条不紊。这样，你几乎还没有发觉一天开始的时候，就已经结束了，你不用为了帮你打发空闲时间而感谢任何一个人，也不必去求谁同情，忍受，做伴，交谈。总之，你就会像一个独立的人那样生活，接受这个劝告，这是我给你的第一个也是最后一个劝告。那样，无论出什么事，你都不需要我，也不需要别人了。要是你置之不理，一意孤行，还是那样想入非非，叽叽咕咕，懒懒散散，你就得吞下你愚蠢行为的苦果，不管怎么糟糕，怎么难受。我要明白告诉你，你好好听着，尽管我不会再重复我要说的话，但我会坚定不移地去做。母亲一死，你的事我就撒手不管了。从她的棺材抬进盖茨黑德教堂墓地那天起，你我便彼此分手，仿佛从来就是陌路人。你不要以为我们碰巧摊着同一个爹娘，我会让你以丝毫站不住脚的理由拖累我。我可以告诉你——就是除了你我，整个人类毁灭了，独有我们两人站在地球上，我也会让你留在旧世界，自己奔往新世界去。"

她闭了嘴。

"你大可不必自找麻烦去做这么一个长篇大论，"乔治亚娜回答说，"人人都知道，你是这个世界上最自私、最没良心的家伙，我知道你对我有着刻骨仇恨，我以前就有过一个例子。关于埃德温·维尔勋爵的事情，你对我实施了一条奸计。你不能容忍我的地位比你高，有贵族头衔，在你不敢去露面的贵族圈里受到了接待，所以，你就扮演了奸细和告密者的角色，永远毁了我的前途。"【名师点睛：乔治亚娜的话揭露了二者关系不好的原因，伊丽莎阻止了乔治亚娜私奔。】乔治亚娜掏出手绢擤了一小时的鼻子。伊丽莎无动于衷地坐着，勤奋地干着活。

确实，宽厚的感情不被有些人所重视。而这儿的两种性格，却因为少了它，一种刻薄得叫人难以容忍，而另一种枯燥乏味得可鄙。没有理智的感情固然淡而无味，但缺乏感情的理智也太苦涩粗糙，叫人

简·爱

难以下咽。

一个风雨交加的下午，乔治亚娜在沙发上看小说看得睡着了，伊丽莎去教堂参加一次圣徒节礼拜——因为在宗教方面，她是严格履行仪式的，凡是她认为有义务的事任何天气都不能阻止她按时去做，不管天气好坏，她每个星期去教堂三次，平时一有祈祷仪式她就去。【名师点睛：三者的行为、思想、行动形成鲜明的对比，突出简·爱的善良，乔治亚娜的自私和伊丽莎的冷漠。】

我想起要上楼去，看看那个生命濒危的女人病情如何。她躺在那里，几乎没有人照料，用人们花的心思时多时少。雇佣来的护士，因为没有人看管，想溜就溜。贝茜固然忠心耿耿，但也有自己的家要照应，只能偶尔到府上来。不出所料，我发现病室里没有人照看，护士不在。病人静静地躺着，似乎在昏睡，铅灰色的脸陷入了枕头，炉中的火将灭未灭。我添了燃料，重新收拾了床单，眼睛盯了她一会儿。这时，她已无法瞪我了。随后我走开去到了窗前。

大雨敲窗，狂风呼啸。"那个躺在那儿的人，"我想，"会很快离开人世间风风雨雨的战场。此刻，灵魂正挣扎着脱离物质的躯壳，一旦解脱，将会到哪里去呢？"

在思索这番伟大的秘密时，我想起了海伦，回忆起她临终时说的话——她的信仰——她的关于游魂平等的信条。心里仍倾听着记忆犹新的声调——仍然描摹着她苍白而脱俗的容貌，消瘦的脸庞和崇高的目光。【名师点睛：与前文海伦去世之前所说的信仰照应，里德太太的状况让简·爱不自觉地回忆起自己幼年的好友，内心颇多伤感。】那时她平静地躺在临终的病榻上，低声地倾吐着要回到神圣的天父怀抱的渴望。——正想着，我身后的床上响起了微弱的响声："是谁呀？"

我知道里德太太已经几天没有说话了，难道她醒过来了？我走到她跟前。

"是我，里德舅妈。"

"谁——我？"她回答。"你是谁？"她诧异地看着我，颇有些吃惊，但并没有失去控制，"我完全不认识你——贝茜呢？"

"她在门房，舅妈。"

"舅妈！"她重复了一声，"谁叫我舅妈来着？你不是吉卜森家的人，不过我知道你——那张面孔，那双眼睛和那个前额，我很熟悉。你像——唉，你像简·爱！"

我没有吭声，怕一说出我的身份会引起某种震惊。"但是，"她说，"我怕会搞错，我的思想会欺骗我，我希望看见简·爱，在没有她的地方我会凭空想象出一个像她的人来，再说，八年中她一定大变样了。"我温和地告诉她，我就是她猜想中的那个人，让她放心。看到她听懂了我的话，她的神志也还算清醒，就告诉她贝茜是怎么样派她的丈夫把我从桑菲尔德接来的。

"我的病很重，我知道，几分钟以前，我想要翻个身，发觉手脚都不能动了，在我死之前，让我安下心来也好，我们在健康的时候很少想的事情，却在现在这样沉重的时刻压在心头，护士在吗？还是屋子里只有你一个人？"

我让她放心，只有我们两个。

"<u>我做了两次对不起你的事情，现在很后悔。一件是没有遵守我对我丈夫的承诺，把你当亲生孩子一样照顾；另一件是……</u>"她停下了，"也许这毕竟不是什么重要的事。"她喃喃自语地说，【名师点睛：在去世之前，里德舅妈真的在内心对简·爱感到愧疚了。】"再说，我可能会好起来，在她面前低声下气地道歉，真是痛苦。"

她挣扎着要改变一下她的姿势，但没有成功。她的脸变了形。她似乎经历着某种内心的冲动——也许是最后一阵痛苦的先兆。

"唉，我还是告诉她好了。请到我化妆盒跟前去，打开它，把你见到的一封信拿出来。"

我听从她的吩咐做了。"把信读一读。"她说。

285

简·爱

这封信很短，里面写道：

夫人：

  烦请惠寄我侄女简·爱的地址，并告知其近况。我欲立即去信。盼她来马德里我处。目前我家境富裕，无妻无子，希望在有生之年将她收为养女，并在死后将全部财产馈赠于她。顺致敬意。

约翰·爱谨启于马德里

来信的时间是三年前。

"为什么我从未听过这件事？"我问。【名师点睛：与上文贝茜提到过的简·爱的叔叔照应。】

"因为我无法消除我对你的讨厌，不愿意助你一臂之力，让你过上好日子。你有一次对我发火的时候，你宣布世界上最讨厌的人是我，说一想到我就让你恶心，说我对你冷酷得简直让人难以忍受，你说这话的时候根本不像一个孩子。我也忘不了你这样突然发作，把你心头的怨恨尽情发泄出来的时候，我心里是什么滋味：我觉得害怕，就好像我曾经打过、推开过的一头动物，忽然抬起头来用人的眼光盯着我，用人的声音咒骂我似的。……给我点水，哦，快点！"【名师点睛：交代里德太太不愿意告诉简·爱实话的原因，同时她的斤斤计较、冷漠无情和简·爱的宽宏大量、热心善良形成对比。】

"亲爱的里德太太，"我把水端给她时说，"原谅我那些过激的言语，当时我只是个孩子，现在那些事都过去八九年了。"

她对我的话置之不理，在喝了水，透过气来后，她又继续说：

"我确实忘不了，我就报复你。因为你过继给你叔叔去过优越的日子是我无法忍受的。我就给他写了回信，说很遗憾，让他失望了，简·爱已经死于罗沃德的伤寒了。现在，按你的想法办吧，去揭穿我的谎言吧，我想你生来就是来折磨我的，我到临终回忆起这件事情还是不得安宁，要不是你，我不会做出这种事情的。"【名师点睛：里德太太在面对

死亡的时候，还是对简·爱有愧疚，所以选择说出真相。】

"但愿你能听从劝告，忘掉这些，舅妈，宽容慈祥地对待我——"

"你的脾气很糟，"她说，"这种性格我到今天都难以理解，九年中，不管怎样对待你，你都耐着性子，默默无声，而到了第十年，却突然发作，火气冲天，我永远无法理解。"

"我的脾性并不是像你想的那么坏，我容易生气，却没有报复心。小时候，有很多次，只要你允许，我很愿意爱你。现在我诚恳地希望同你和好。亲亲我吧，舅妈。"【名师点睛：写出了简·爱的善良，即使里德舅妈给她带来很大的伤害，但是她还是愿意原谅里德舅妈。】

我把脸颊凑向她嘴唇。她不愿碰它，还说我倚在床上压着她了，而且再次要水喝。我让她躺下时——因为我扶起她，让她靠着我的胳膊喝水——把手放在她冷冰冰、湿腻腻的手上，刚一接触，她衰竭无力的手指缩了回去——迟滞的眼睛避开了我的目光。

"那么，随你爱我还是恨我，"我最后说，"你得到了我全部的原谅。现在请求上帝的宽恕吧，安心吧。"

可怜而痛苦的女人，对她来说现在要改变她习惯的想法已经是太迟了，活着的时候，她曾经恨我，临终的时候，她还是必须恨我。

此刻，护士进来了，后面跟着贝茜。不过我又待了半小时，希望看到某种和解的表情，但她没有任何表示。她很快进入昏迷状态，没有再清醒过来。当晚十二点她去世了。我没有在场替她合上眼睛，她的两个女儿也不在。第二天早上她们来告诉我，一切都过去了。【名师点睛：写出了里德舅妈去世时的悲凉，也写出了她的两个女儿的冷漠。】那时她的遗体已等候入殓，伊丽莎和我都去瞻仰，乔治亚娜号啕大哭，说是不敢去看。那里躺着萨拉·里德的躯体，过去是那么强健而充满生机，如今却僵硬不动了。冰冷的眼皮遮没了她无情的眸子，额头和独特的面容仍带着她冷酷灵魂的印记。对我来说，那具尸体既奇怪而又庄严。我怀着痛苦的心情凝视着她，它引起的既不是温柔、甜蜜、怜悯，也不是期望或

287

▶ 简·爱

者宽恕，而只是为她的不幸而并非为我的损失感到的一种强烈的痛心——以及引起一种对这样死的恐惧所感受到的忧伤、惊讶。

伊丽莎镇定地打量着她母亲，沉默了一会儿后，她说：

"就她的体质而言，她本可以活得很久，但是烦恼缩短了她的寿命。"接着她的嘴抽搐了一下，随后，她转身离开了房间，我也走了。我们两人都没有流一滴眼泪。【名师点睛：里德太太的去世确实是让人难过的，但是她的所作所为并不值得同情。】

Z 知识考点

1. 简·爱在_____的带领下回到_____看望_____。
2. 伊丽莎和乔治亚娜关系不好的原因是 （　　）
   A. 乔治亚娜单独继承盖茨黑德府的财产
   B. 伊丽莎单独继承遗产
   C. 伊丽莎揭穿乔治亚娜私奔的事
3. 约翰的死因是什么？（结合原文回答）

4. 开篇交代预感的作用是什么？

Y 阅读与思考

1. 里德太太为什么临终之际才讲出简·爱将有一笔财富继承？
2. 从伊丽莎没有为母亲的去世掉眼泪可以看出她是个怎样的人？
3. 里德太太对简·爱其实是抱有愧疚的，从哪里可以看出来？

第二十二章

当爱来到

M 名师导读

里德太太去世以后，盖茨黑德府的人也最终分道扬镳。简·爱踏上了回桑菲尔德的路，路上她思考了很多问题，在回到桑菲尔德和罗切斯特见面后，她心中的爱意更加坚定了。

罗切斯特先生只允许我休息一周，但一个月已经过去了。我本打算葬礼后立刻走，乔治亚娜却极力恳求我等她去伦敦后再动身，因为来这里张罗姐姐的葬礼和解决家庭事务的吉卜森舅舅终于邀请她上那儿了。乔治亚娜害怕同伊丽莎单独相处，说是情绪低沉时得不到她的同情，胆怯时得不到她的支持，收拾行装时得不到她的帮助。【名师点睛：姐妹俩在即将分离之时，对彼此也没有半点留恋之情，可见她们的关系真的十分冰冷。】所以乔治亚娜的软弱无能、畏首畏尾、自私自利、怨天尤人，我都尽量忍受，并尽我所能替她做针线活，收拾衣装。确实，在我忙碌的时候，她会闲下来什么都不做。我暗自思忖道："要是你我注定要一直共同生活，表姐，我们要重新处事，与以往全然不同。我不该乖乖地成为忍受的一方，而该把你的一份活儿分派给你，迫使你去完成，要不然就让它留着不做。我还该坚持让你那慢条斯理、半真半假的诉苦咽到你肚子里去。正是因为我们之间的关系十分短暂，偏又遇上特殊的凭吊期间，所以我才甘愿忍耐和屈从。"

我终于送别了乔治亚娜，可是现在却轮到了伊丽莎要求我再待一

简·爱

周了。她说为了她的计划,她将会非常忙碌,需要做充足的准备工作,因为她要动身去的目的地是个未知的地方。她成天闭了门待在房间里,装箱子,理抽屉,烧文件,同谁都不来往。她希望我替她看管房子,接待来客,回复唁(yàn)函(hán)[亲朋好友的家庭有丧事,因无法亲往吊唁,而发去的唁慰函]。

一天早晨,她告诉我说可以不再劳烦我了。"而且,"她补充道,"我感激你宝贵的帮助和周到的处事。跟你共处和跟乔治亚娜共处,有所不同。你在生活中尽自己的责任,而不成为别人的负担。明天,"【名师点睛:尽管伊丽莎在之前也并不喜欢这个表妹,但是临别之际她还是袒露了自己内心对简·爱的认可。】她继续说,"我要动身去大陆。我会在里斯尔附近一家寺院找到栖身之所——你会称它为修道院。在那里我会安静度日,不受干扰。我会花一段时间来潜心钻研罗马天主教信条,细心研究它体制的运转。我虽然半信半疑,但要是发现它最适宜于使一切事情办得公平合理,井井有条,那我会皈(guī)依罗马教,很可能还会去当修女。"

我既没有对她的决定表示惊奇,也没有劝说她打消这个念头。"这对你再适合不过了,"我想,"但愿对你大有好处!"

我们分手时,她说:"再见,简·爱表妹,祝你好运,你还是有些见识的。"

我随后回答道:"你并不是什么见识都没有,伊丽莎表姐。但再过一年,我想你的禀赋会被活活地囚禁在法国修道院的围墙之内。不过这不是我的事儿,反正对你适合——我并不太在乎。"

"你说得很对。"她说。我们彼此说了这几句话后,便分道扬镳(biāo)[目标不同,各走各的路或各干各的事]了。由于我没有机会再提起她或她妹妹了,我不妨在这儿说一下吧。乔治亚娜在婚事上得以高攀,嫁给了上流社会一个年老力衰的有钱男子。伊丽莎果真做了修女,度过了一段见习期后,现在做了修道院院长,并把全部财产赠给了修道院。

无论是短期还是长期外出回家的人是什么滋味，我并不知道，因为我从来没有这种感受。但我知道，小时候走了很远的路后回到盖茨黑德府，因为显得怕冷或情绪低沉而挨骂是什么滋味。后来，我也知道，从教堂回到罗沃德，渴望一顿丰盛的饭菜和熊熊的炉火，结果却两者都落空时，又是什么滋味。【名师点睛：简·爱回忆以前那些没有归属感的日子，内心只有空荡和寂寥，与下文她将要回到桑菲尔德的心情形成对比。】那几次的归途并没有十分愉快或者说令人向往，缺乏一种像吸铁石般的力量吸引我奔向目标。这次返回桑菲尔德是什么滋味，还有待体味。

旅途似乎有些乏味——很乏味。白天走五十英里，晚上投宿于旅店。第二天又走五十英里。最初十二个小时，我想起了里德太太临终的时刻。我看见了她变形而失色的脸，听见了她出奇走样的声调。我默默地忆起了出丧的日子，还有棺材、柩（líng）车、黑黑的一队佃（diàn）户[旧时租地主地的农民]和用人——亲戚参加的不多——张开的墓穴、寂静的教堂、庄严的仪式。随后我想起了伊丽莎和乔治亚娜。我看见一个是舞场中的皇后，另一个是修道院陋室的居士。我继续思索着，分析了她们各自的个性和品格。傍晚时分，我抵达了某个大城镇，脑海中的这些想法也随之消散了。夜间，我的思绪转了向。我躺在这远游者的床榻上，撇开回忆，开始了对未来的向往。【名师点睛：里德太太的事情终于尘埃落定，简·爱在心中回忆了一遍后似乎对往事也更加释怀了，放下心中大大的包袱后，她开始对未来的生活无比期待。】

我现在正在回桑菲尔德的途中，可是我会在那儿待多久呢？我确信不会太久。在外期间，费尔法克斯太太写信告诉我，府上的聚会已经散去，罗切斯特先生三周前动身上伦敦去了，不过预定两周后就返回。费尔法克斯太太推测，他此去是为张罗婚礼的，因为曾说起要购置一辆新马车。她还说，总觉得罗切斯特先生这件事不免有些蹊跷。不过从大家说的和她亲眼见的来看，她不再怀疑婚礼很快就会举行。

▶ 简·爱

"要是连这也怀疑，那你真是疑心病重得出奇了。"我心里嘀咕着，"我并不怀疑。"

接踵(zhǒng)而来[这里指需要思考的问题一个接一个]的是这个问题："我上哪儿去呢？"我彻夜梦见英格拉姆小姐，在活灵活现的晨梦中，我看见她当着我的面关上了桑菲尔德的大门，给我指了指另外一条路。罗切斯特先生袖手旁观——似乎对英格拉姆小姐和我冷笑着。【名师点睛：尽管简·爱在白天思考问题的时候依然显得镇定，但是夜晚的梦却出卖了她真正的心思——她是如此在乎并介意罗切斯特要结婚的"事实"。】

我没有通知费尔法克斯太太回家的确切日子，因为我不希望派普通马车或是高级马车到米尔科特来接我。我打算自己静静地走完这段路。就这样，在六月的某个黄昏，时间大概是六点，我把自己的箱子交给马车夫后，静悄悄地溜出乔治旅店，踏上了通向桑菲尔德的老路，这条路直穿田野，如今已很少有人光顾。

这是一个天空十分晴朗、温和却并不刺眼、明媚的夏夜，干草工们沿路忙碌着。天空虽然有云，却仍有好天气的兆头。天上的蓝色——在看得见蓝色的地方——柔和而稳定，云层又高又薄。西边也很暖和，没有湿润的微光来造就凉意——看上去仿佛点起了火，好似一个祭坛在大理石般雾气的屏障后面燃烧着，从缝隙中射出金色的红光。

随着剩下的路越来越短，我心里非常高兴，高兴得有一次竟停下脚步问自己，这种喜悦的含义何在，并提醒理智，我不是回到自己家里，或是去一个永久的安身之处，我是到一个亲密的朋友们翘首以待、等候我到达的地方。【名师点睛：简·爱的内心越来越激动，她试着用其他的想法来说服自己这股兴奋劲的来由，她只是在回避心中那份炽烈的爱意。】"可以肯定，费尔法克斯太太会平静地笑笑，表示欢迎，"我说，"而小阿黛勒会拍手叫好，一见我就跳起来，不过你心里很明白，你想的不是她们，而是另外一个人，而这个人却并不在想你。"

但是，有什么比青春更任性呢？有什么比幼稚更盲目呢？青春与幼稚认定，有幸能再次见到罗切斯特先生是够令人愉快的，不管他见不见我，并且补充说："快些！快些！在还能做到的时候跟他在一起，只要再过几天，最多几星期，你就与他分别了！"随后我抑制住了新的痛苦——一个我无法说服自己承认和培育的畸形儿——并继续赶路了。【名师点睛：简·爱的心情现在无比复杂，一方面她迫不及待地想要见到罗切斯特，另一方面她对可能面临的分别而感到十分痛苦。】

在桑菲尔德的草地上，他们也在晒制干草呢，或者更确切地说，我到达的时刻，农夫们正好下工，肩上扛着草耙回家去。我只要再走过一两块草地，就可以穿过大路，到达门口了。篱笆上长了那么多蔷薇花！但我已顾不上去采摘，巴不得立即赶到府上。我经过一棵高大的蔷薇，叶茂花盛的枝丫横穿过小径。我看到了窄小光滑的石头台阶，还看到——罗切斯特先生坐在那里，手中拿着一本书和一支铅笔，他在写着什么。

是呀，他不是鬼，但我的每一根神经都紧张起来，简直难以控制。

那是什么意思？我从来没有想过自己一见到他就会这样颤抖起来，或者是呈现一种目瞪口呆、动弹不得的状态。一旦我能够动弹，我一定要折回去，因为没有必要让自己变成个大傻瓜，我知道通往府上的另一条路。但是即使我认得二十条路也没有用了，因为他已经看到了我。

"喂！"他叫道，丢开了书和铅笔，"你来啦！请过来。"

我猜想我确实往前走了，尽管不知道怎么走过去的。我几乎没有意识到自己的行动，而一味切记着要显得镇定，尤其要控制活动的面部神经——而它却公然违抗我的意志，挣扎着要把我决心掩饰的东西表露出来。但我戴着面纱——这时已经拿下。我可以尽力做出镇定自若的样子。【写作借鉴：通过一系列的动作、心理和神态描写，生动形象地刻画出简·爱在和罗切斯特相遇时内心的忐忑和按捺不住的喜悦之情。】

"当真是简·爱？你从米尔科特来，而且是走来的？是呀——又是你的一个恶作剧，不叫人派辆马车去接你，像普通人一样咔嚓咔嚓穿

▶ 简·爱

过街道和大路驶回来，却要乘着黄昏偷偷溜到自己家附近，仿佛是一个梦幻或者影子似的。见鬼，上个月你干了些什么？"

"我和我舅妈在一起，先生，她已经去世了。"

"地道的简·爱式的回答，但愿善良的天使保护我吧！她好像是从另一个世界来的——从死人的住所来的，而且在太阳将要落山的时候，遇到我一个人的时候这么对我说话。要是我有胆量，我会碰碰你，看你是真实的人，还是一个影子。你这精灵呀！——可是我甘愿去沼泽地里捕捉五色的鬼火。逃兵！逃兵！"他停了片刻后又补充说："离开我整整一个月，已经把我忘得一干二净，我敢担保！"【名师点睛：在和简·爱寒暄了一大段话后，罗切斯特终于说出了他内心最想说的一句话。】

我知道，和主人重逢是一件值得开心的事情，尽管心中有很多烦恼在进行干扰，因为我担心他很快将不会再是我的主人，而且我在他的心中也没有什么地位可言。不过在罗切斯特先生身上（至少我认为）永远有着一种使人感染上愉快的巨大力量，只要尝一尝他撒给像我这样的离群孤鸟的面包屑，就无异于饱餐一顿盛宴。他最后的几句话抚慰了我，似乎是说，他还挺在乎我有没有把他给忘了呢，而且他把桑菲尔德说成是我的家——但愿那是我的家！

他没有离开石阶的意思，我也很不情愿要求他让路。所以我立刻问他是不是去过伦敦了。

"是的，你会知道这事，大概是有千里眼吧。"

"费尔法克斯太太在一封信里告诉我了。"

"她告诉你我去干什么了吗？"

"哦，是的，先生！人人都知道你的伦敦之行。"

"你得看一看马车，简，告诉我是不是你认为它配得上罗切斯特太太的身份。她靠在紫色的软垫上，看上去像不像波狄西亚女王[古代东部不列颠一个部族的勇敢女王，曾与罗马军作战，于公元62年战败后服毒自杀]，但愿我在外貌上同她更般配一点。你能不能给我一种魔力，使我变成一个英俊漂亮的男子？"

"这不是魔力所能改变的，先生。"我心里又补充道，"一个亲切的眼神便是强有力的魔力，这么看来，你已经非常漂亮，或者倒不如说，你严厉的神情具有一种超越美的力量了。"

罗切斯特先生有时有一种我所无法理解的敏锐，能看透我没有表露的思想，眼下他没有理会我唐突的口头回答，却以他特有而少见的笑容，朝我笑笑。他似乎认为这种笑容太美妙，犯不着用于一般的目的。这确实是情感的阳光——此刻他将它撒遍我周身。【名师点睛：罗切斯特的笑容可能只是一种习惯，但是对简·爱而言却是沐浴全身的阳光，足以见得她已经深深沉醉其中。】

"走过去吧，简。"他说着腾出地方来让我跨过台阶，"回家去，在朋友的家门口歇歇你那双奔波不定、疲倦了的小脚吧。"

现在我该做的不过是默默地听从他罢了，没有必要再做口头交谈。我一声不响地跨过石阶，准备平静地离开他。但是一种抑制不住的力量使我回过头来说：

"罗切斯特先生，谢谢你的关怀。回到你身边，我感到由衷的高兴。你在哪儿，哪儿就是我的家——我唯一的家。"【写作借鉴：运用语言描写，体现出简·爱内心毫不保留的爱意，她已经非常坦诚地面对着罗切斯特。】

我走得非常快，就算是他来追赶我也追不上。小阿黛勒一看见我简直乐疯了，费尔法克斯太太也依然用一种十分亲切朴实的态度接待了我。莉娅朝我笑笑，甚至连索菲娅也愉快地对我说了声"Bonsoir"（法语，晚上好）。我感到非常愉快。你被自己的同类爱护着，并且能够感觉到自己为他们带去了快乐和安慰，你的幸福将会是难以言表的。

那天晚上，我紧闭双眼，无视将来，我塞住耳朵，不去听"离别在即，忧伤将临"的频频警告。【名师点睛：简·爱已经满足于终于回来后的状态，她压抑住自己内心的烦恼，只想好好享受这难得的幸福感。】茶点

295

▶ 简·爱

过后，费尔法克斯太太开始了编织，我在她旁边找了个低矮的座位，阿黛勒跪在地毯上，紧偎着我。亲密无间的气氛，像一个宁静的金色圆圈围着我们。我默默地祈祷着，愿我们彼此不要分离得太远，也不要太早。但是，当我们如此坐着，罗切斯特先生不声不响地走了进来，打量着我们，似乎对一伙人如此融洽的景象感到愉快，——当他说，既然老太太又弄回自己的养女，想必她已安心，并补充说他看到阿黛勒是"恨不得把她的英国小妈妈一口吞了下去"时——我近乎冒险地希望，即使在结婚以后，他也会把我们一起安置在某个地方，得到他的庇护，而不是远离他所辐射出的阳光。

在我回到了桑菲尔德府后的这两周里，我一直处于一种心神不宁的状态，但是我努力让自己看上去似乎很平静。主人的婚事没有再提起，我也看不出正在为这件大事在做什么准备。我几乎天天问费尔法克斯太太，是否听说已经做出了决定。她总是给我否定的答案。有一回她说，事实上她已经问过罗切斯特先生，什么时候把新娘接回家来，但他只开了个玩笑，做了个鬼脸，便算是回答了。她猜不透他的心思。

<u>有一件事更让人感到奇怪，他没有来回奔波，造访英格拉姆小姐。说实在的，那地方位于本郡与另一个郡的交界之处，相隔仅二十英里，这点距离对一个热恋中的情人来说算得了什么？</u>【名师点睛：桑菲尔德府没有丝毫要举办婚礼的状态，简·爱心中充满了种种疑问，同时也为下文的情节发展埋下了伏笔。】对于罗切斯特先生这样一位熟练而不知疲倦的骑手，那不过是一个上午的工夫，我开始萌生不该有的希望：婚事告吹，谣言不实，一方或双方都改变了主意。我时常观察主人的脸，看看是否流露出难过或者恼恨的情绪，但是在我的印象中，他的表情从来没有像现在这般丝毫不见愁绪或怒意。在我与我的学生同他相处的时刻，要是我萎(wěi)靡(mǐ)[颓废的样子]不振，并且难免露出情绪消沉的样子，他反倒更乐了。我从来没有像现在这么频

296

繁地被他叫到跟前,到了那里他又待我这么亲切——而且,我也从来没如此地爱过他。

Z 知识考点

1.简·爱完成了在盖茨黑德府的最后工作,并提起了两个表姐的去处:乔治亚娜嫁给了_____;伊丽莎做了_____,度过了一段见习期后,现在做了_____,并把全部财产赠给了修道院。

2.在回到桑菲尔德时,简·爱最先遇到了谁? （ ）

　A.阿黛勒

　B.费尔法克斯太太

　C.罗切斯特先生

3.在回桑菲尔德的途中,简·爱回想起了有关盖茨黑德府的哪些人和事呢?

_____

_____

Y 阅读与思考

1.当简·爱与罗切斯特先生即将见面时,简·爱心情如何?

2.简·爱通过哪些现象感觉出婚事的奇怪?

3.为什么简·爱觉得自己"从来没如此地爱过他"?

简·爱

第二十三章

意外求婚

M 名师导读

仲夏明媚的一天，本是应该好好享受的，简·爱却遇到了一件让她的心情一波三折的事情。不过值得纪念的是，这一天简·爱被求婚了。

仲夏明媚的阳光普照英格兰。当时那种一连几天日丽天清的气候，甚至一天半天都难得惠顾我们这个风浪环绕的岛国。仿佛持续的意大利天气从南方飘移过来，像一群灿烂的候鸟，落在英格兰的悬崖上歇脚。【名师点睛：开篇即对天气进行详细的描写，这样好的天气也奠定了本篇章的感情基调，将会有一个幸福的故事。】干草已经收好，桑菲尔德周围的田野已经收割干净，显出一片新绿。道路白得透亮，仿佛被烤过了一般，树木长得很葱郁，一派盎然生机。树篱与林子都叶密色浓，与它们之间收割过的草地的金黄色，形成了鲜明的对比。

施洗约翰节[西方节日，每年6月24日]前夕，阿黛勒在海镇小路上采了半天的野草莓，累坏了，太阳一落山就上床睡觉了。我看着她入睡后，便离开她向花园走去。

此刻是二十四小时中最甜蜜的时刻——"白昼已耗尽了它的烈火"，清凉的露水落在喘息的平原和烤灼过的山顶上。在夕阳朴实地西沉——并不伴有华丽的云彩的地方，铺展开了一抹庄严的紫色，在山峰的一个尖顶上燃烧着红宝石和炉火般的光焰，向高处和远处伸延，显得越来越柔和，占据了半个天空。东方也自有它湛蓝悦目的魅力，有它不时炫耀的宝石——一颗升起的孤星。它很快会以月亮而自豪，不过这时月亮还在地平线之下。

我在铺筑过的路面上散了一会儿步。但是一阵细微而熟悉的清香——雪茄的气味——悄悄地从某个窗子里钻了出来。我看见图书室的窗开了一手掌宽的缝隙。我知道可能有人会从那儿窥视我，因此我走开了，进了果园。【名师点睛：通过一阵细微而熟悉的雪茄香，读者可以很容易猜出来是谁在图书室里，可是简·爱为何要离开呢？】庭园里没有比这更隐蔽、更像伊甸园的角落了。这里树木繁茂，花儿盛开，一边有高墙把它同院子隔开，另一边有一条长满山毛榉(jǔ)[广泛分布在亚洲、欧洲与北美洲的一种植物，是温带阔叶落叶林的主要构成树种之一]的路，像屏障一般，把它和草坪分开。底下是一道矮篱，是它与孤寂的田野唯一的分界。一条蜿蜒的小径通向篱笆。路边长着月桂树，路的尽头是一棵巨大无比的七叶树，树底下围着一排座位。你可以在这儿漫步而不被人看到。在这种夜色渐浓且寂静安逸的时刻，我觉得仿佛会永远在这样的阴影里踯(zhí)躅(zhú)[徘徊不前]。但是此刻，刚刚升起的月亮投向园中高处的一片开阔之地的光芒将我吸引住了，我穿过花圃和果园，却一下停住了脚步——不是因为听到或是看到了什么，而是因为再次闻到了一种我所警觉的香味。

多花蔷薇、青蒿、茉莉花、石竹花和玫瑰花早就在奉献着它们的晚香，刚刚飘过来的气味既不是来自灌木，也不是来自花朵，但我很熟悉，它来自罗切斯特先生的雪茄。【名师点睛：罗切斯特的雪茄味已经在本篇章中出现了三次，可一直都是"只闻其味不见其人"，作者这样神秘的安排预示着后文将有令人意想不到的发展。】我抬起头向四周环顾，侧着耳朵认真聆听。我看到树上沉甸甸地垂挂着一些快要成熟的果子，听到一只夜莺在半英里外的林子里鸣啭(zhuàn)[鸟类动物婉转地鸣叫]。我看不见移动的身影，听不到走近的脚步声，但是那香气却越来越浓了。我得赶紧走掉。我往通向灌木林的边门走去，却看见罗切斯特先生正跨进门来。我往旁边一闪，躲进了长满常春藤的幽深处。他不会在这里待很

简·爱

久,应该很快就会原路返回,我只要老老实实坐着,就绝不会被他发现。

可是不行——薄暮对他来说,跟对我来说一样可爱,古老的园子也一样诱人。他继续往前踱步,一会儿拎起醋栗树枝,看看梅子般大压着枝头的果子;一会儿从墙上采下一颗熟了的樱桃;一会儿又向着一簇花弯下身子,不是闻一闻香味,就是欣赏花瓣上的露珠。一只大飞蛾嗡嗡地从我身旁飞过,落在罗切斯特先生脚边的花枝上,他见了便俯下身去打量。

"现在,他背对着我,"我想,"而且全神贯注,也许要是我脚步儿轻些,我可以神不知鬼不觉地溜走。"

我踩在路边的草皮上,免得沙石路的咔嚓声把自己给暴露。他站在离我必经之地一两码远的花坛中间,显然飞蛾吸引了他的注意力。"我会顺利通过。"我暗自思忖。月亮还没有升得很高,在园子里投下了罗切斯特先生长长的身影,我正要跨过这影子,他却头也不回地低声说:

"简,过来看看这家伙。"

我一点声音也没有发出,他的背后也没有长眼睛——难道他的影子察觉到我了吗?我吓了一大跳,然后向他走去。

"瞧它的翅膀,"他说,"它使我想起一只西印度的昆虫,在英国不常见到这么又大又色彩斑斓的夜游虫。瞧!它飞走了。"

飞蛾飘忽着飞走了。我也局促不安地正想走开。可是罗切斯特先生跟着我,到了边门,他说:

"回来,这么可爱的夜晚,坐在屋子里多可惜。在日落与月出相逢的时刻,肯定是没有谁愿意去睡觉的。"

我有一个缺陷,那就是尽管我口齿伶俐,对答如流,但需要寻找借口的时候却往往一筹莫展[一点计策也施展不出,一点办法也想不出来]。因此某些关键时刻,需要随口一句话,或者站得住脚的遁词来摆脱痛苦的窘境时,我便常常会出差错。我不愿在这个时候单独同罗切斯特先生漫步在幽暗的果园里,但是我又找不出一个脱身的理由。我只好慢悠悠地跟在他的身后，脑袋中还一直在想逃脱的办法。可是他显得那么镇定、那么严肃，使我反而为自己的慌乱而感到羞愧了。如果说谁心中有鬼——不管是现在还是将来——那只能说是我。他心里十分平静，而且全然不觉。【名师点睛：简·爱的心中惴惴不安，是因为她觉得自己心中的爱意似乎已经溢出来，在她看来罗切斯特的内心是那样深不可测。】

"简，"他又开腔了，我们正走过长满月桂的小径，缓步踱向矮篱笆和七叶树，"夏天，桑菲尔德是个可爱的地方，是吗？"

"是的，先生。"

"你对桑菲尔德府一定有些依恋了，你的眼睛善于发现大自然中的美，而且你的内心容易产生依恋之情。"

"说实在的，我依恋这个地方。"

"而且，凭我的感觉，你已经开始关心阿黛勒这个小傻瓜，还有朴实善良的老妇人费尔法克斯。"

"是的，先生，尽管性质不同，我对她们两人都有感情。"

"如果和她们分开的话，你会感到难过。"

"是的。"

"真可惜呀！"他说，叹了口气又停下来了，"你刚在一个愉快的栖身之处停驻下来，一个声音便会叫你起来继续往前赶路，因为已过了休息的时辰。"

"我得往前赶路吗，先生？"我问，"我得离开桑菲尔德吗？"

"我想你得走了，简。很抱歉，珍妮特，但我的确认为你该走了。"

【名师点睛：两人的对话使情节更加扑朔迷离，罗切斯特真是一个难以捉摸的人！】

这是一个沉重的打击，但我不能被它击倒。

"行呀，先生，只要命令我离开，我便走。"

"现在命令来了——我今晚就要让你离开。"

"那你要结婚了，先生？"

简·爱

"确——实——如——此,对——极——了。"

"快了吗,先生?"

"很快,我的——呃,爱小姐。你还记得吧,简,我第一次,或者说谣言明确向你表示,我有意把自己这个老单身汉的脖子套上神圣的绳索,进入圣洁的婚姻状态——把英格拉姆小姐搂入我的怀抱(她足足有一大抱,但那无关紧要——像我漂亮的布兰奇那样的宝贝,是谁都不会嫌大的)。是呀,就像我刚才说的——听我说,简!你没有回头去看还有没有飞蛾吧?那不过是个瓢虫,孩子,'正飞回家去'(这是当时流行的儿歌中的词句:"瓢虫,瓢虫,快快飞回家……")。我想提醒你一下,因为你具有我所敬佩的审慎态度,也同时拥有很强的责任心,你有着对职业的远见、精明和谦卑,所以你首先向我提出来说,如果我娶了英格拉姆小姐的话,你和小阿黛勒最好马上就离开。我并不计较这一建议所隐含的对我意中人人格上的污辱。说实在的,一旦你们走得远远的,珍妮特,我会努力把它忘掉。我所注意到的只是其中的智慧,它那么高明,我已把它奉为行动的准则。阿黛勒必须上学,爱小姐,你得找一个新的工作。"

"是的,先生,我会马上去登广告,而同时我想——"我想说,"我希望我可以暂时待在这里,直到我找到另外一个安身之处。"但我很快停住了,因为我的嗓子快要说不出话来了。【名师点睛:尽管简·爱此刻的内心已经痛苦不堪,她依然对这里有着几许留恋,她希望能在这里有一个缓冲的阶段。】

"大约在一个月以后,我会成为新郎,"罗切斯特先生继续说,"在这段时间,我会亲自为你去找一个工作和落脚的地方。"

"谢谢你,先生,对不起,给你——"

"哦——不必道歉!我认为一个下人把工作做得跟你一样出色时,她是有权利请求雇主给予一些容易办到的帮助的。其实我从未来的岳母那儿听到一个适合你去的地方,就是爱尔兰康诺特的苦果村,教迪奥尼修斯·奥加尔太太的五个女儿,我想你会喜欢爱尔兰的。他们说,那里的人都很热心。"

"离这儿很远呢,先生。"

"没有关系——像你这样一个通情达理的姑娘是不会对航程或者距离有意见的。"

"不是航程,而是距离。再说又有大海相隔……"

"跟什么相隔,简?"

"跟英国和桑菲尔德,还有——"

"什么?"

"跟你,先生。"

我几乎是在不知不觉中说出了这句话,眼泪也瞬间夺眶而出。但我没有哭出声来,我也避免抽泣。一想起奥加尔太太和苦果村,我的心就凉了半截;一想起在我与此刻同我并肩而行的主人之间,注定要翻腾着大海和波涛,我的心就更凉了;而一想起在我同我自然和必然所爱的东西之间,横亘着财富、阶层和习俗的辽阔海洋,我的心凉透了。【写作借鉴:运用一段排比句式,强烈地表达出简·爱内心的失落和绝望,她眼看着现实如此,内心的情感也喷涌而出了。】

"离这儿很远。"我又说了一句。

"确实如此。等你到了爱尔兰康诺特的苦果村,我就永远见不到你了,肯定就是这么回事。我从来不去爱尔兰,因为自己并不太喜欢这个国家。我们一直是好朋友,简,你说是不是?"

"是的,先生。"

"朋友们在离别的前夕,往往喜欢亲密无间地度过余下的不多时光。来——此刻星星在那边的天上闪耀着光芒,我们用上半个小时左右,平静地谈谈航行和离别。这儿是一棵七叶树,这边是围着老树根的凳子。来,今晚我们就安安心心地坐在这儿,虽然我们今后注定再也不会坐在一起了。"他让我坐下,然后自己也坐了下来。

▶ 简·爱

"这儿到爱尔兰很远，珍妮特，很抱歉，把我的好朋友送上这么令人厌倦的旅程。既然我没法安排得更好，那又有什么办法呢？简，你认为你我之间有相近之处吗？"

这时我没敢回答，因为我内心很激动。

"因为，"他说，"有时我对你有一种奇怪的感觉——尤其是当你像现在这样靠近我的时候。仿佛我左面的肋骨有一根弦，跟你小小的身躯同一个部位相似的弦紧紧地维系着，难分难解。如果咆哮的海峡和二百英里左右的陆地，把我们远远分开，恐怕这根情感交流的弦会折断，于是我不安地想到，我的内心会流血。至于你——你会忘掉我。"【名师点睛：罗切斯特的这段话让我们想到了上帝用亚当的肋骨创造了夏娃，故事似乎开始有了转机。】

"我永远都不会忘记的，先生，你知道——"我不可能再说下去了。

"简，听见夜莺在林中歌唱吗？——听呀！"

我听着听着便抽抽噎噎地哭泣起来，再也抑制不住自己的感情，不得不任其流露了。我痛苦万分地浑身战栗着。到了终于开口时，我便只能表达一个冲动的愿望：但愿自己从来没有生下来，从未到过桑菲尔德。【名师点睛：简·爱的情绪得到了彻底的宣泄，她难掩内心的痛苦，在罗切斯特面前展现了自己的爱意和不舍。】

"因为要离开而难过吗？"

悲与爱在我的心中煽起强烈的情绪，逐渐占据上风，这种情绪竭力要支配、压倒和战胜一切，并且还要求能够继续生存、扩大和主宰一切，是的——还要求吐露出来。

"离开桑菲尔德使我特别伤心，我爱桑菲尔德——我爱它是因为我在这里过着充实而愉快的安静生活，同我所喜欢的人，同一个独特、活跃、博大的心灵交谈过。我已经非常热爱你、熟悉你，罗切斯特先生。我看到非分别不可，就像看到非死不可一样。"

"从哪儿看到的呢？"他猛地问道。

"哪儿？你，先生，已经把这种必要性摆在我面前了。"

"什么样的必要性？"

"是英格拉姆小姐，一个高贵而漂亮的女人——你的新娘。"

"我的新娘！什么新娘呀？我没有新娘！"

"但你会有的。"

"是的，我会！我会！"他咬紧牙齿。

"那我得走了——你自己已经说了。"

"不，你非留下不可！我发誓——我信守誓言。"【名师点睛：一连串的对话描写，让我们感受到了他们之间的气氛正处于白热化的阶段，剧情也变得更加跌宕起伏。】

"我告诉你，我非走不可！"我有点发火似的回驳着，"你难道认为，我会留下来甘愿做一个对你来说无足轻重的人？你以为我是一架机器？——一架没有感情的机器？能够容忍别人把一小口面包从我嘴里抢走，把一滴生命之水从我杯子里泼掉？难道就因为我一贫如洗、默默无闻、长相平庸、个子瘦小，就没有灵魂，没有心肠了？——你想错了！——我的心灵跟你一样丰富，我的心胸跟你一样充实！要是上帝赐予我一点姿色和充足的财富，我会使你同我现在一样难分难舍，我不是根据习俗、常规，甚至也不是用血肉之躯同你说话，而是我的灵魂同你的灵魂在对话，就仿佛我们两人穿过坟墓，站在上帝脚下，彼此平等——本来就如此！"【名师点睛：这段话体现出简·爱的爱情观，在她看来爱情是不会因为财富或者外貌而变得卑微。】

"就是如此！"罗切斯特先生重复道——"所以，"他补充道，一把把我抱住，紧紧地搂到怀里，把嘴唇贴到我的嘴唇上："就这些了，简？"

"是呀，就这些了，先生，"我回答，"可是并没有这样。因为你已结了婚——或者说无异于结了婚，跟一个远不如你的人结婚——一个跟你并不意气相投的人——我才不相信你真的会爱她，因为我看到过，也听到过你讥笑她。对这样的结合我会表示不屑，所以我比你强——让我

305

简·爱

走!"【名师点睛:简·爱在难过之余,直接表达了自己对罗切斯特和英格拉姆小姐的结合是自己所不齿的,她不屑于这种虚伪的婚姻。】

"上哪儿,简?去爱尔兰?"

"是的——去爱尔兰。我已经把心里话都说了,现在上哪儿都行了。"

"简,平静些,别在那儿挣扎,像一只正在发疯的小鸟,拼命地想要撕掉自己身上的羽毛。"

"我不是鸟,也没有陷入罗网。我是一个具有独立意志的自由人,现在我要行使自己的意志,离开你。"

我从他的怀抱里挣脱出来,昂首直立在他的面前。

"你的意志可以决定你的命运,"他说,"我把我的手、我的心和我的一份财产都献给你。"

"你在上演一出闹剧,我看了只会发笑。"

"我请求你在我身边度过余生——成为我的另一半,世上最好的伴侣。"

"那种命运,你已经做出了选择,那就应当坚持到底。"

"简,请你平静一会儿,你太激动了,我也会平静下来的。"

一阵风吹过月桂小径,穿过摇曳着的七叶树枝,飘走了——走了——到了天涯海角——消失了。夜莺的歌喉成了这时唯一的声响,听着它我再次哭了起来。【名师点睛:罗切斯特突然的转变让简·爱很茫然,她依然沉浸在对未来漂泊无依和将要离开心爱之人的悲痛之中无法自拔。】罗切斯特先生静静地坐着,温柔而严肃地瞧着我。过了好一会儿,他才开口,最后他说:

"到我身边来,简,让我们解释一下,相互谅解吧。"

"我再也不会回到你身边了,我已经被拉走,不可能回头了。"

"不过,简,我唤你过来做我的妻子,我要娶的是你。"

我没有吭声,心里想他在讥笑我。

"过来,简——到这边来。"

"你的新娘阻挡着我们。"

他站了起来，一个箭步到了我跟前。

"我的新娘在这儿。"他说着，再次把我往身边拉，"因为与我相配、与我相像的人在这儿，简，你愿意嫁给我吗？"

我仍然没有回答，仍然要挣脱他，因为我仍然不相信。【名师点睛：在伤心和悲痛后，简·爱对自己爱而不得的人所要经历的婚姻十分愤怒，所以尽管此刻罗切斯特想要解除所有的误会，简·爱心中依然十分抵触。】

"你怀疑我吗，简？"

"绝对怀疑。"

"你不相信我？"

"一点儿也不信。"

"你看我是个会说谎的人吗？"他表情激动地问，"疑神疑鬼的小东西，我一定要使你相信不可。我对英格拉姆小姐有什么爱可言？没有，那你是知道的。她对我有什么爱？没有，我已经想方设法来证实。我故意制造了一个谣言，说我的财产根本没有像大家所想的那么多，并将这个谣言传到她耳朵里。她和她母亲便对我很冷漠。我不愿意——也不可能——娶英格拉姆小姐。你——你这古怪的——你这近乎是精灵的家伙——我像爱我自己的肉体一样爱你。你——虽然毫无钱财，没有地位，个子矮小，相貌平庸——我依然恳求你把我当作你的丈夫。"【名师点睛：罗切斯特终于说出了内心的真实想法，原来前面所发生的一切都是一场"测试"。英格拉姆和她的母亲同样势利，她们只是喜欢罗切斯特的财富，而只有简·爱是爱着罗切斯特的灵魂。罗切斯特心中一直都非常明白。】

"什么，我！"我猛然地叫出声来。因为他认真的态度，特别是慌乱粗鲁的言行，我开始相信他的确是真诚的了。"我，我这个人除了你，世上没有一个朋友——如果你是我朋友的话。除了你给我的钱，一个子儿也没有。"

"就是你，简。我得让你属于我——完全属于我。你肯吗？快说'好'呀。"

▶ 简·爱

"罗切斯特先生，让我瞧瞧你的脸，转到朝月光的一边去。"

"为什么？"

"因为我要细看你的神情，转呀！"

"那里，你能看到的只能是皱巴巴的一页纸，快看吧，因为我很不好受。"

他的脸焦急不安，涨得通红，五官在激烈抽动，眼睛里射出奇怪的光芒。【写作借鉴：通过对罗切斯特的神态描写，体现了他在表明自己的心声后内心的激动和忐忑，他对简·爱的情感也是如此诚挚。】

"哦，简，你在折磨我！"他大嚷道，"你用那种寻根究底而又忠实可信的目光瞧着我，简直是在折磨我！"

"我怎么会呢？如果你是真的，你的提议也是真的，那么我对你的感情只会是感激和忠心——那就不可能是折磨。"

"感激！"他脱口喊道，并且狂乱地补充道："简，快接受我吧。说，爱德华——叫我的名字——爱德华，我愿意嫁给你。"

"你是真的？——你真的爱我？——你真心希望我成为你的妻子？"

"我当然是说真的。如果一定要发誓才能使你满意，那我现在就发誓。"

"那么，先生，我愿意嫁给你。"

"叫爱德华，——我的小夫人。"

"亲爱的爱德华！"

"到我怀里来，——现在整个儿投到我的怀里来。"他一边唤我一边把脸颊紧紧地贴着我的脸颊，然后补充道，"使我幸福吧——我也会使你幸福。"

"上帝呀，宽恕我吧！"他停了一会儿又说，"不要让任何事情来打扰我们，我得到了她，我要紧紧抓住她，不能让她跑掉。"

"没有人会干涉，先生。我没有亲人来干预我们的事。"

"没有，——那最好了。"他说。若不是我如此爱他，我定会觉得他的腔调和狂喜的表情有些粗野。我从离别的噩梦中醒来，被赐予天作之合，此时我只想坐在他身旁，啜(chuò)饮源源而来的幸福的清泉。【名师点睛：幸福的清泉突然滋润着刚才还悲痛无比的心田，一切转变得是这么让人惊讶，情节一波三折，"求婚闹剧"似乎也快落下帷幕了。】他一再问："你幸福吗，简？"而我一再回答："是的"。随后他咕哝着："会赎罪的，——会赎罪的。难道我不是发现她没有朋友，得不到抚慰，受到冷落吗？我不是会保护她，珍爱她，安慰她吗？难道我心里不是有爱，我的决心不是始终不变吗？那一切会在上帝的法庭上赎罪的。我知道造物主会准许我的所作所为。至于世间的评判——我不去理睬。别人的意见——我毫不在乎。"

可是，夜色发生什么变化了？月亮还没有下沉，我们已全淹没在阴影之中了。虽然主人离我近在咫尺，但我几乎看不清他的脸。七叶树受了什么病痛的折磨？它扭动着，呻吟着，狂风在月桂树小径咆哮，直向我们扑来。【名师点睛：幸福的气氛还未散尽，就突然变天了，这是否也预示着两人的未来依然有波折，不会如同好天气一般总是一帆风顺？】

"我们得进去了，"罗切斯特先生说，"天气变了。不然我可以同你坐到天明，简。"

"我也一样。"我想。也许我应该这么说出来，可是从我正仰望着的云层里，蹿出了一道铅灰色的闪电，随后是咔啦啦一声霹雳和近处的一阵轰隆隆的雷声。我只想把自己发花的眼睛贴在罗切斯特先生的肩膀上。

大雨倾盆而下，他催我踏上小径，穿过庭园，进屋子去。但是我们还没跨进门槛就已经湿淋淋的了。在厅里他取下了我的披肩，把水滴从我散了的头发中抖下来，正在这时，费尔法克斯太太从她房间里出来了。起初我没有觉察，罗切斯特先生也没有。灯亮着，时钟正敲十二点。

"快把湿衣服脱掉，"他说，"临走之前，道一声晚安——晚安，我的宝贝！"

他连连地吻我。我离开他的怀抱抬起头来一看，只见那位寡妇站在

309

▶ 简·爱

那儿，脸色苍白，神情严肃而惊讶。我只朝她微微一笑，便跑上楼去了。"下次再解释也行。"我想。但是回到房间后，想到她必定会对看到的情景产生误会，心中便不是滋味，不过这一切很快就被喜悦的心情抹去了。尽管在两小时的暴风雨中，狂风大作，雷声隆隆，电光闪闪，暴雨如注，我并不害怕，也不畏惧。【名师点睛：简·爱的心中因为得到了肯定的回应而变得更加强大和无畏，尽管外面狂风大作，简·爱的内心却翻涌着一波幸福的泉水。】这中间罗切斯特先生三次上门，问我是否平安无事。这无论如何给了我安慰和力量。

早晨我还没起床，小阿黛勒就跑来告诉我，果园尽头的大七叶树夜里遭了雷击，被劈去了一半。

Z 知识考点

1. 在阳光明媚的一天，简·爱来到果园，在这里她碰到了_____，并得知了他即将结婚的"事实"。他为简·爱物色了一份新的工作，这份工作在_____。

2. 简·爱对罗切斯特和英格拉姆的结合报以什么样的态度？（   ）
   A. 祝福　　　B. 不屑　　　C. 愤怒

3. 罗切斯特对简·爱的感情到底怎样？

_____

_____

Y 阅读与思考

1. 简·爱在得知罗切斯特即将结婚后有什么反应？
2. 罗切斯特为什么要先告诉简·爱，自己要与英格拉姆小姐结婚了？
3. 请谈谈你所理解的简·爱对于爱情的态度。

第二十四章

幸福日子

> **M 名师导读**
>
> 在确定两人的关系后,简·爱和罗切斯特的相处模式发生了一些变化,然而这些变化却让简·爱觉得不太舒服。她想了一些办法力求两人之间能够更加平等地相处,他们的想法到底产生了什么分歧?

我穿衣起身,把发生的事想了一遍,怀疑这是不是一场梦。在我再次看见罗切斯特先生,听到他重复那番爱和诺言之前,我是无法确定那是真实的。

我在梳头时朝镜子里打量了一下自己的脸,感到它不再平庸了。面容透出了希望,脸色有了活力,眼睛仿佛看到了丰收的源泉,从光彩夺目的涟(lián)漪(yī)[风吹起的水面波纹]中借来了光芒。我过去总是不愿去看我的主人,因为我怕我的目光会使他不愉快。但是现在我肯定可以扬起脸来看他的脸了,我的表情不会使他的爱心冷却。我从抽屉里拿了件朴实干净的薄夏装穿在身上。似乎从来没有一件衣服像这件那么合身,因为没有一件是在这种狂喜的情绪中穿上的。【写作借鉴:通过对简·爱的神态和心理描写,展现了一个沐浴爱河的年轻女孩形象,纯真无畏,对简单的感情报以最真实的喜悦之情。】

我跑下了楼,走进大厅,只见六月的清晨阳光明媚,丝毫不见昨夜暴风雨的痕迹。透过开着的玻璃门,我感受到了清新芬芳的微风,但我并不觉得惊奇。当我欣喜万分的时候,大自然也一定非常高兴。

▶ 简·爱

　　一个要饭的女人和她的小男孩——两个脸色苍白，衣衫褴(lán)褛(lǚ)[衣服破烂]的人儿——顺着小径走上来，我跑下去，把口袋里所有的钱给了她们——大约三四个先令，好歹他们也能分享我的欢乐。白嘴鸦呱呱叫着，还有更活泼一点的鸟儿在啁鸣，但是我心儿的欢唱比它们都美妙动听。【名师点睛：在简·爱心情愉悦的时候，身边的一切仿佛都是明亮的，对乞讨者的善心，自然界的鸟鸣，处处都映衬着一颗幸福不已的心。】

　　使我吃惊的是，费尔法克斯太太神色忧伤地望着窗外，十分严肃地说："爱小姐，请来用早餐好吗？"吃饭时她冷冷地一声不吭。但那时我无法替她释去疑团。我得等我的主人来解释，所以她也只好等待了。我勉强吃了一点，便匆匆上楼了，碰见阿黛勒正离开读书室。

　　"你上哪儿去呀？上课的时间到了。"

　　"罗切斯特先生已经打发我到育儿室去了。"

　　"他在哪儿？"

　　"在那儿呢。"她指了指她刚离开的房间。我走进那里，原来他就站在里面。

　　"来，对我说声早安。"他说。我愉快地走上前。这回我所遇到的，不再是一句冷冰冰的话，或者是握一握手而已，而是拥抱和接吻。我感受到他是那么爱我，他轻轻地抚慰我，既亲切又自然。

　　"简，你容光焕发，笑容满面，漂亮极了。"他说，"今天早晨真的很漂亮。这不就是我苍白的小精灵吗？这不就是我的小芥子末吗？是这个脸带笑靥(yè)、嘴唇鲜红、头发栗色光滑如缎、眼睛淡褐，光芒四射、满面喜色的小姑娘吗？"（读者，我的眼睛是青色的，但是你得原谅他的错误，对他来说我的眼睛染上了新的颜色。）

　　"我是简·爱，先生。"

　　"很快就要叫作简·罗切斯特了，"他补充说，"再过四周，珍妮特，一天也不多，你听到了吗？"

我听到了，但我并不理解，它使我头晕目眩。他的宣布在我心头所引起的感觉，是不同于喜悦的更强烈的东西——是一种给人打击，使人发呆的东西。我想这近乎是恐惧。

"你刚才还脸红，现在脸却白了。简，那是为什么？"

"因为你给了我一个新名字——简·罗切斯特，而且听起来很怪。"

"是的，罗切斯特夫人，"他说，"年轻的罗切斯特夫人——费尔法克斯·罗切斯特的年轻的新娘。"

"那仿佛是永远不可能实现的。在这个世界上，人类永远不能享受实实在在的幸福，我也不会享有和我这些同类所不同的命运。只有在童话里，在白日梦里，才会想象这样的命运降临到我头上。"【名师点睛：简·爱的内心即使因为爱而疯狂，但是依然保持着理性，她认为幸福不是平白无故就能拥有的。】

"从今天开始，我就要去实现这个梦，并且我也有能力实现它。今天早上我已写信给伦敦的银行代理人，让他送些托他保管的珠宝来——历代桑菲尔德女士们的传家宝。我希望一两天后就能把它们统统倒在你的衣兜里，我给予一个贵族姑娘——如果我要娶她的话——一切特权和注意力，都将属于你。"

"哦，先生！——别提珠宝了！我不喜欢说起珠宝。对简·爱来说，珠宝听来既不自然又很古怪，我宁可不要。"

"我会亲自把钻石项链套在你脖子上，把发箍戴在你额头上——看上去会非常相配，因为大自然至少已把自己特有的高尚，烙在这个额头上了，简。而且我会把手镯套在你纤细的手腕上，把戒指戴在你仙女般的手指上。"

"不，不，先生，想想别的话题，讲讲别的事情，换种口气谈谈吧。别把我当个美人似的同我说话，我不过是你普普通通、像贵格会教徒一样的家庭教师。"【名师点睛：简·爱希望继续保持自己简单的装扮，在她看来那些贵重的珠宝并不会使人显得更加尊贵和美丽。】

313

简·爱

"在我眼里,你是个美人。一位心向往之的美人——娇美而空灵。"

"你的意思是瘦小而无足轻重吧。你在做梦呢,先生——不然就是有意取笑。看在上帝的分上,别挖苦人了!"

"我还要全世界都承认你是个美人。"他继续说,而我确实对他说话的口气感到不安,觉得他要不是自欺欺人,就是存心在骗我。"我要让我的简穿上缎子和花边衣服,头发上插上玫瑰花,我还要在我最心爱的头上,罩上无价的面纱。"

"<u>那你就不认识我了,先生,我不再是你的简·爱,而是穿了丑角衣装的猴子——一只披了别人羽毛的八哥。那样倒不如看你罗切斯特先生,一身戏装打扮,而我自己则穿上宫廷贵妇的长袍。先生,我并没有说你漂亮,尽管我非常爱你,太爱你了,所以不愿吹捧你。你就别吹捧我了。</u>"【名师点睛:通过简·爱的一番话,更加能够凸显出她内心对于爱情的追求,无谓钱财与外貌,唯痴心于一个让自己心仪的灵魂。】

然而他不顾我反对,硬是抓住这个话题不放:"今天我们就要坐马车去米尔科特,你要挑选一些适合自己的衣服。四个星期后我们就结婚。婚事将不会太张扬,在下面那个教堂里举行。然后,我就立刻把你送到城里。短暂停留后,我将带我的宝贝去阳光明媚的地方,到法国的葡萄园和意大利的平原去。古往今来凡有记载的名胜,她都得看看;大城市生活的风味也该品尝。还得同别人公平地比较比较,让她学会看重自己。"

"我要去旅行?——同你吗,先生?"

"你要住在巴黎、罗马和那不列斯,还有佛罗伦萨、威尼斯和维也纳。凡是我旅行过的地方,你都要去重新走走;凡是我的马蹄踏过的地方,你这个小精灵也要去踩一踩。十年之前,我几乎疯了似的跑遍了欧洲,只有厌恶、憎恨和愤怒同我做伴。如今我将旧地重游,痼(gù)疾[经久难治愈的病]已经痊愈,心灵已被涤荡,还有一位真正的天使给我安慰,与我同游。"

我笑他这么说话。"我不是天使,"我断言,"就是到死也不会是,我是我自己。罗切斯特先生,你不该在我身上指望或强求天上才有的东西。你不会得到的,就像我无法从你那儿得到一样,而且我是一点也不指望的。"【名师点睛:罗切斯特期望着简·爱能够陪他故地重游一番,洗去曾经那些不美好的记忆,他的这些想法其实简·爱并不能完全赞同,简·爱还是愿意保持自己原本的模样。】

"那你指望我什么呢?"

"在短期内,你可能还是会同现在一样,但也只是在很短的时间里,之后你便会冷静下来,变得反复无常,也会变得十分严厉,而那时我就得费尽心思来逗你开心。不过当你和我相处习惯以后,你可能又会喜欢我——我说的是喜欢我,而不是爱我。我猜想六个月后或者更短一些,你的爱情就会化为泡影。我在由男人撰写的书中注意到,那是一个丈夫的热情所能保持的最长时期。不过,我希望作为一个朋友和伙伴,永远不会变得叫我亲爱的主人十分讨厌。"

"讨厌?又会喜欢你?我想我会一而再、再而三地喜欢你。我会让你承认,我不仅喜欢你,而且爱你——真挚、热情、始终如一。"

"你不再反反复复了,先生?"

"对那些只想用容貌吸引我的女人,一旦我发现她们既没有灵魂也没有良心——一旦她们向我展示乏味、浅薄,也许还有愚蠢、粗俗和暴躁,我便成了真正的魔鬼。但是对清澈的目光、流利的口齿,对心灵如火的,对既多情而又稳重、既温顺而又坚强、能弯而不能折的精神——我会永远温柔和忠实。"【名师点睛:罗切斯特再一次说出了他爱上简·爱的理由,在罗切斯特的爱情观中,外貌是肤浅的,一个人内在的精神品质才是他所重视的。】

"你遇到过这样的性格吗,先生?你爱上过这样的性格吗?"

"我现在就在爱着。"

"那么在我之前呢,假设我真的在各方面都适合你那苛刻的标准?"

简·爱

"我从未遇到过可以跟你相比的人，简，你使我愉快，使我倾倒，你似乎很顺从，而我知道我喜爱的是你的能屈能伸。我把一束柔软的丝线绕过手指时，一阵战栗一直从我的胳膊涌向我心里。我受到了感染——我被你彻底征服了。这种被感染的甜蜜滋味，不是我所能表达的，这个将我征服的魅力，远胜于我赢得的任何胜利。你为什么笑了，简？你那令人百思不解的表情变化，有什么含义？"

"我在想，先生（你会原谅我这个想法，突如其来的想法），我想起了赫拉克勒斯[希腊神话中最著名的英雄之一]、参孙[一个拥有天生神力的犹太战士]和使他们着迷的美女。"

"你就这么想，你这小精灵——"

"嘘，先生！就像那些先生们不聪明的举动一样，你刚才所说的话也并不聪明。不过，要是他们当初结了婚，他们会一本正经地摆出夫君的严肃面孔，不再像求婚的时候那样柔情万种。我怕你也会一样。要是一年以后我请你做一件你不方便或者不乐意的事，不知道你会如何回答我。"

"你现在就说一件事吧，简——哪怕是一件再琐碎不过的事情，我依然希望能够听到你请求我的话语。"

"真的，我会的，先生。我已做好请求的准备。"

"说出来吧！不过你要是用那种抬头含笑的神情，不管你提了什么要求，我都会毫不犹豫地答应，那样我就上了你的当了。"

"绝对不会，先生。我只有一个要求，就是不要送我珠宝，不要让我头上戴满鲜艳的玫瑰花，要是那样你不如给你那块普普通通的手帕镶上一条金边更好些。"

"我还不如'给纯金镶上金子'。我知道了，那么你的请求，我同意了。现在就这样。我会撤回送给银行代理人的订单。不过你还没有跟我要求过什么呢，你只是请求取消一项礼物。再试一下吧。"

"那么，先生，请你满足我在某一个问题上激起的大大的好奇心。"

他有些惶惶不安[内心害怕，十分不安]。"什么？什么？"他十分焦急地问，"好奇心是一位非常危险的请求者——幸亏我没有发誓同意你的每个要求——"【名师点睛：在得知简·爱想问一件让她好奇的事情时，罗切斯特内心十分害怕，他的心中难道还有什么不能让简·爱知道的秘密吗？这些细节描写都为情节的发展埋下了伏笔。】

"但是答应这个要求并没有什么危险，先生。"

"说吧，简。不过但愿这不只是打听——也许打听一个秘密，也许还希望得到我的一半家产。"

"哎呀，亚哈随鲁王[波斯帝国的一位国王]！我要你一半的家产干什么？你难道以为我是犹太高利贷者，要在土地上好好投资一番。我宁愿能同你推心置腹[把赤诚的心交给人家。比喻真心待人]，若是我们已经说好要对彼此敞开心扉，那你就不会再对我有任何隐藏的秘密了吧？"

"凡是一切值得知道的秘密，简，都欢迎你知道。不过看在上帝面上，不要追求无用的负担！不要向往毒药——不要变成由我照管的十十足足的夏娃！"

"干吗不呢，先生？你刚才还告诉我，你多么高兴被我征服，多么喜欢被我强行说服，你难道不认为，我不妨最好利用一下你的表白，开始哄呀，求呀——必要时甚至还可哭哭闹闹，板起面孔——只不过为了尝试一下我的力量？"

"看你敢不敢做这样的试验。步步进犯，肆无忌惮[放肆到什么都不顾忌]，那就一切都完了。"

"是吗，先生？你很快就变卦了。这会儿你的表情多么严厉！你的眉头已皱得跟我的手指一般粗，你的前额像某些惊人诗篇所描写的那样犹如'乌云重叠的雷霆'。【写作借鉴：运用比喻的修辞手法写出罗切斯特此刻的神态，使得人物的表情更加丰满立体。】我想那就是你结婚以后的神气了，先生？"

"如果你结婚后是那副样子，像我这样的基督徒，会立刻打消同这

简·爱

种小妖精或者是水蛇之类的人一同混日子的念头。不过你到底想知道什么呢，伙计？——说出来吧！"

"瞧，这会儿连礼貌也不讲了，可比起奉承来，我更喜欢粗鲁一些。我宁愿做个伙计，也不愿做天使。我该问的就是——你为什么煞费苦心要我相信，你希望娶英格拉姆小姐？"【写作借鉴：简·爱的问题同样也是读者们在前文的疑惑之处，照应了前文的内容，使得行文思路更加紧密。】

"就是这些吗？谢天谢地，不算太糟！"此时他松开了浓黑的眉头，低头朝我笑笑，还抚摸着我的头发，仿佛看到躲过了危险，十分庆幸似的。【名师点睛：此处对罗切斯特的语言和神态描写，更加印证了在他的心中一定藏着什么秘密。】"我想还是坦率地说好，"他继续说，"尽管这样你可能会有些生气，简——我知道你发怒时会变成一位火妖。昨晚在如水的月色下，当你反抗命运，并大声宣告与我平等之时，你的脸庞在月色的映衬下仿佛发着光。珍妮特，顺便提一句，是你自己先向我求婚的。"

"当然是我，但是请你不要推三阻四了。先生，英格拉姆小姐——"

"好吧；我故意告诉你我向英格拉姆小姐求婚，是希望你会因嫉妒而更加强烈地与我相爱。"

"好极了！现在你很渺小——甚至还没有我的小拇指尖大。这样做简直是奇耻大辱、极端可耻。难道你一点也不想想英格拉姆小姐对你的感情吗，先生？"

"她的感情集中于一点——骄傲，那就需要把她的傲慢气焰压下去。你嫉妒了吗，简？"

"别管了，罗切斯特先生。你是没有兴趣想要知道的。再次老实回答我，你不认为你的虚情假意会使英格拉姆小姐感到痛苦吗？难道她不会有被遗弃的感觉吗？"

"不可能！——我曾同你说过，相反是她抛弃了我，一想到我无力还债,她的热情顿时一落千丈,化为乌有。"

"你有一个奇怪而工于心计的头脑,罗切斯特先生。恐怕你在某些方面的人生准则有违常理。"

"我的准则从来没有受过调教,简。由于缺乏照应,难免会出差错。"

"再严肃地问一遍,我可以享受向我许诺的巨大幸福,而不必担心别人也像我刚才一样蒙受剧痛吗?"【名师点睛:简·爱反反复复地提问只是为了确定自己所拥有的感情是不是简单纯粹,不与他人相牵绊。】

"你可以,我的好姑娘。世上没有第二个人对我怀着同你一样纯洁的爱——因为我把那愉快的油膏,也就是对你的爱的信任,贴到了我的心坎上。"

我把嘴唇转过去,吻了吻搭在我肩上的手。我深深地爱着他——深得连我自己也难以相信能说得清楚——深得非言语所能表达。

"再提些要求吧,"他立刻说,"我很乐意被人请求并加以同意。"

我再次准备好了请求:"把你的想法和费尔法克斯太太说一下吧,昨天晚上她看到了我与你同在厅里,她十分吃惊,在我见她之前,向她解释一下吧。让这样友善的女人产生误解,我内心很自责。"

"回到你自己的房间,戴上你的帽子,"他回答,"早上我想让你陪我到米尔科特去一趟。你准备上车的时候,我会让这位老妇人弄明白的。难道她认为,珍妮特,你为了爱而付出了一切,完全是得不偿失?"

"我相信她认为我忘了自己的地位,还有你的地位,先生。"

"地位!地位!——从今以后,你的地位牢牢待在我的心里,紧卡着那些想要污辱你的人的脖子。——走!"

我听话地穿好衣服,一听到罗切斯特先生离开费尔法克斯太太的起居室,便急忙下楼赶到那里。这位老太太在读她早晨该读的一段《圣经》——那天的功课。面前摆着打开的《圣经》,《圣经》上放着一副眼镜。她似乎已经忘记在罗切斯特先生打断她之前,她正忙着什么事。她的眼睛呆呆地瞧着对面空无一物的墙上,流露出了一个平静的心灵

319

简·爱

被意想不到的消息所激起的惊讶。见了我,她才回过神来,勉强笑了笑,凑了几句祝贺的话。但她的笑容收敛了,她的话讲了一半止住了。【名师点睛:费尔法克斯太太在听到这个消息后震惊是理所应当的,但是从神态中我们能看出来她似乎还有一些敷衍和不愿接受。】她戴上眼镜,合上《圣经》,把椅子从桌旁推开。

"我感到那么惊奇,"她开始说,"我真不知道对你说什么好,爱小姐。我肯定不是在做梦吧,是不是?有时候我独自一个人坐着,朦朦胧胧地就睡过去了,梦见了从来没有发生过的事情。在打盹的时候,我似乎不止一次看见我那位十五年前去世的亲爱的丈夫走进屋里,在我身边坐下,我甚至听他像生前一样叫唤我的名字艾丽斯。好吧,你能不能告诉我,罗切斯特先生真的已经向你求婚了吗?别笑话我,不过我真的认为他五分钟之前进来对我说,一个月以后你就是他的妻子了。"

"他跟我说了同样的话。"我回答。

"他说啦!你相信他吗?你接受了吗?"

"是的。"

她一脸迷惑地看着我。

"绝对想不到这点。他是一个很高傲的人。罗切斯特家族的人都很高傲,至少他的父亲很看重金钱,他也常常给人一种很谨慎的感觉。他的意思是要娶你吗?"

"他是这么告诉我的。"

她像不认识我似的看着我。从她的目光中我知道,她这双眼睛并没有在我身上发现足以解开这个谜的魅力。

"简直让我难以理解!"她继续说,"不过既然你这样说了,毫无疑问是真的了。以后的结局如何,我也说不上来。我真的不知道,在这类事情上,地位和财产方面彼此平等往往是可信赖的。何况你们两人的年龄相差二十岁,他差不多可以做你的父亲。"【名师点睛:费尔法克斯太太说出了一些很现实的想法,在她看来,罗切斯特的家族都是爱财的,

并且除了钱财，简·爱和罗切斯特之间还有年龄和社会地位的差距。】

"不，真的，费尔法克斯太太！"我气恼地大叫道，"他根本不像我父亲！谁看见我们在一起，也决不会有丝毫这样的想法。罗切斯特先生依然显得很年轻，同一些二十五岁的人一样。"

"难道他真的是因为爱你而娶你的？"她疑惑地问。

她的冷漠和怀疑使我心里很难过，眼泪涌入了我的眼眶。

"对不起，让你伤心了。"费尔法克斯太太继续说下去，"可是你还那么年轻，跟男人接触又那么少，我希望你心存戒心。老话说，'闪光的不一定都是金子'，在这件事上我真担心会出现你我所无法料到的事。"

"为什么？难道我是个妖怪？"我说，"难道罗切斯特先生不可能真心爱我？"

"不，你很好，而且近来大有长进。我想罗切斯特先生很喜欢你。我一直注意到，你好像深得他的宠爱。我有时候为你着想，对他明显的偏爱感到不安，而且希望你提防着点，但我甚至不想暗示会有出事的可能。我知道这种想法会使你吃惊，也许还会得罪你。你那么谨慎，那么谦逊，那么通情达理，所以我希望可以靠你自己来保护自己。【名师点睛：费尔法克斯太太的内心其实对简·爱有着许多诚挚的关心，她坦诚地表达了自己的想法，但是此时此刻刚沉浸在爱情中的简·爱并不能接受这些话语。】昨天晚上，我找遍了整幢房子，既没有见到你，也没有见到主人，而后来十二点钟时瞧见你同他一起进来，那时我的心里是多么难受。"

"好吧，现在就别去想了，"我不耐烦地打断了她，"一切都很好，这就够了。"

"但愿能善始善终，"她说，"不过，你还是自己多提防点比较好。既不要太自信，也不要太相信他，像他那样有地位的绅士是不可能娶家庭教师的。"

我真的要发脾气了，幸亏阿黛勒跑了进来。

▶ 简·爱

"让我去，——让我也跟他去米尔科特！"她嚷道，"罗切斯特先生不肯让我去，新马车里很宽敞。求他让我去吧，小姐。"

"我会的，阿黛勒。"我连忙带着她走开了，很乐意逃离这位令人丧气的告诫者。马车已经准备停当，他们绕道将它停在前门，我的主人在石子路上踱步，派洛特忽前忽后地跟着他。

"阿黛勒可以跟我们一起去吗，先生？"

"我告诉过她不可以，我不要带着这个小丫头。——我只要你。"

"请无论如何让她去，罗切斯特先生，那样会更好些。"

"不行，她会碍事。"

他声色俱厉，我想起了费尔法克斯太太令人胆寒的警告和让我扫兴的猜疑，内心的希望便蒙上了一层浓浓的阴影。我自认能左右他的感觉急速下滑。【名师点睛：罗切斯特的态度让简·爱感觉到了一丝不安，他依然如同上司般的口吻让简·爱觉得两人之间有着一定的距离。】我正想着不再争辩，准备机械地服从他时，他扶我进了马车，看着我的脸。

"怎么啦？"他问道，"阳光全不见了，你真的希望这孩子去吗？要是把她留在这里，你会不高兴吗？"

"我很愿意让她去，先生。"

"那就去戴上你的帽子，像闪电一样赶快回来！"他朝阿黛勒喊道。

她以最快的速度按他的吩咐去了。【写作借鉴：这里运用比喻的修辞手法，衬托了阿黛勒的欢快。】

"打搅一个早上不会碍着我们什么，"他说，"反正我马上就要得到你了——你的思想、你的谈话和你的陪伴——今生今世。"

阿黛勒刚刚被拎进车子里，便用热烈的吻向我表示刚才为她说情的感谢。但是没一会儿，她就被安置到了靠他那边的角落里。她随后偷偷地朝我坐的地方扫视了一下，那么严肃的一位邻座使她很拘束。他眼下性情浮躁，所以她即使看到了什么，也不敢悄声说话，就是想要知道什么，也不敢问他。

"让她到我这边来，"我恳求道，"或许她会碍着你，先生，我这边很空呢。"

他像递一只膝头上的小狗一样把她递了过来。"我要送她上学去。"他说，不过这会儿脸上浮着笑容。

阿黛勒听了，就问他是不是一个人上学校而没有小姐在一起？

"是的，"他回答，"完全没有小姐在一起，因为我要带小姐到月亮上去，我要在火山顶上一个白色的山谷中找个山洞，小姐要同我住在那里，只同我一个人。"

"她会没有东西吃，你会把她饿坏的。"阿黛勒说。

"我会日夜采集吗哪[《圣经》中的一种天降食物]给她，月亮上的平原和山边白茫茫的一片都是吗哪，阿黛勒。"

"她得取暖，用什么生火呢？"

"火会从月亮山上喷出来。她冷了，我会把她带到山巅，让她躺在火山口的边上。"

"哦，她在那儿会多糟，多不舒服呀！还有她的衣服呢，都会穿坏的，哪儿去弄新的呢？"

罗切斯特先生承认自己也搞不清楚了。"哼！"他说，"你会怎么办呢，阿黛勒？动动脑筋，想个应付的办法。一片白云或者一片粉红色的云做件长袍，你觉得怎么样？一抹彩虹做条围巾绰绰有余。"【名师点睛：罗切斯特不厌其烦地同阿黛勒交谈着，甚至变得幼稚可爱，因为他的心情十分舒畅。】

"她还远不如就像现在这样好。"阿黛勒沉思片刻后断言道，"另外，在月亮上只跟你生活在一起，她会觉得厌烦的。要我是小姐，就决不会同意跟你去。"

"她已经同意了，还许下了诺言。"

"但是你不可能把她弄到那儿，没有道路通月亮，全都是空气。而且你与她都不会飞。"

323

简·爱

"阿黛勒，瞧那边的田野。"这会儿我们已经出了桑菲尔德大门，沿着通往米尔科特平坦的道路，平稳而轻快地行驶着，暴风雨已经把尘土洗涤干净，路两旁低矮的树篱和挺拔的大树，雨后吐翠，分外新鲜。

"在那边田野上，阿黛勒，两星期前的一个晚上，我溜达得晚了——就是你帮我在果园草地里晒干草的那天晚上。我把(pá)[聚拢谷物]着干草，不觉累了，便在一个草堆上躺下来休息一会。随后我便拿出来一个本子和一支铅笔，开始记录很久之前我所遭遇的不幸以及对未来日子的憧憬。我写得很快，但阳光从树叶上渐渐隐去，这时一个东西顺着小径走来，在离我两码远的地方停了下来。我看了看它，原来是个头上罩了薄纱的东西。我向它挥手让它走近一些，它很快就站到了我的膝头上，我没有同它说话，它也没有同我说话，我猜透它的眼神，它也猜透了我的眼神。我们之间无声的谈话大致的意思是这样的：

"它说，它是个小精灵，从精灵仙境来的。它的任务是使我幸福，我必须同它一起离开凡间，到一个人迹罕至的地方——譬如月亮上——它朝干草山上升起的月牙儿点了点头。它告诉我，我们可以住在石膏山洞和银色的溪谷里。我说我想去，但我就像你刚才提醒那样，提醒它我没有翅膀，不会飞。"

"'哦，'那精灵回答说，'这没有关系！这里有个护身符，可以排除所有的障碍。'说着它递过来一个漂亮的金戒指。'戴上它吧'，它说，'戴在我左手第四个手指上，我就属于你，你就属于我了。我们将离开地球，到那边建立自己的天地。'它再次朝月亮点了点头。阿黛勒，这个戒指就在我裤子口袋里，化作了一金镑硬币，不过我很快又把硬币变成戒指。"【名师点睛：罗切斯特用一个像是童话般的故事向阿黛勒讲述了自己和简·爱的爱情，并表明过不了多久，简·爱将会带上象征爱情的戒指，轻松的语气可以体现出罗切斯特十分享受现在的状态。】

"可是那与小姐有什么关系呢？我才不在乎精灵呢，你不是说过你要带到月亮去的是小姐吗？"

"小姐是个精灵。"他神秘地小声说。因此我告诉她别去管他的玩笑了。而她却显示了丰富地道的法国式怀疑主义，把罗切斯特先生称作"一个十足的骗子"，向他明确表示她毫不在乎他的"童话"，还说根本没什么精灵，就是有的话，她敢肯定，它们也决不会出现在他面前，也不会给他戒指，或者建议同他一起住在月亮上。

在米尔科特度过的一段时间对我来说很不舒服。罗切斯特先生要求我必须到一家丝绸店里去，到了那里命令我挑选六件衣服。我讨厌这事儿，请求推迟一下。不行——现在就得办妥。我一直在他耳边恳求，才由六件减为两件。然而他发誓要亲自挑选这两件衣服。我焦急地瞧着他的目光在五颜六色的店铺中看个不停，最后落在一块色泽鲜艳、富丽堂皇的紫晶色丝绸和一块粉红色高级缎子上。我又重新悄悄地告诉他，还不如马上给我买件金袍子和一顶银帽子。我当然不会冒昧地去穿他选择的衣服。费了九牛二虎之力，（因为他像顽石一般固执）我才说服他换一块素净的黑色缎子和珠灰色的丝绸。"暂时可以凑合了。"他说。但他要让我看上去像花圃一样耀眼。

我庆幸自己总算出了丝绸商店，随后又离开了一家珠宝店。他给我买的东西越来越多，我的脸也因为恼恨和羞辱的感觉而更加烧得厉害了。我再次进了马车，我又兴奋又疲劳不堪地往车座上靠过去的时候，这时我想起来了，叔叔约翰·爱写给里德太太的信，他要收养我让我成为他遗产继承人的打算。"如果我有那么一点儿自己财产的话，"我想，"说实话我会心安理得的。我绝不能忍受罗切斯特先生把我打扮得像个玩偶，或者像第二个达那厄[希腊神话中的一个公主，为主神宙斯所爱，宙斯化作金雨和她相会]那样坐着，每天让金雨洒遍全身。我一到家就要写信到马德里，告诉我叔叔约翰，我要结婚了及跟谁结婚。如果我能期望有一天给罗切斯特先生带来一笔新增的财产，眼下我受他的供养也能稍微安心一些。"这么一想，心里便感到有些宽慰（这个想法那天没有实现），我再次大胆地与我主人兼恋人的目光相遇。尽管我

▶ 简·爱

避开他的面容和目光，他的目光却执拗地搜寻着我的。他微微一笑，我想他的微笑是一个苏丹在欣喜和多情的时刻，赐予他刚给了金银财宝的奴隶的。他的手一直在找寻我的手，我使劲握了它一下，把那只紧握得发红了的手甩了回去。【名师点睛：简·爱此刻内心的种种想法说明她的忐忑和自卑，她无法接受这样毫无付出地得到罗切斯特的照顾，她觉得羞愧且没有尊严可言，因此她想着该为罗切斯特做点什么来寻求心理平衡。】

"你不要摆出那个面孔来看我，"我说，"你如果这样，我就什么也不要。结婚的时候我穿那套淡紫方格布衣服——你自己随便用珠灰色丝绸做一件睡袍，用黑色的缎子做很多件背心去吧。"

他扑哧笑了起来，一边搓着手。"哦，看她那样子，听她说话真有趣！"他大声叫了起来，"她不是不可多得的吗？她不是很泼辣的吗？我可不愿用这个英国小姑娘去换取土耳其王后宫的全部嫔妃，即便她们有羚羊般的眼睛，女神一般的形体！"

这个东方的比喻又一次刺痛了我。"我丝毫比不了你后宫中的嫔妃，"我说，"所以你就别把我同她们相提并论，要是你喜欢这类东西，那你就走吧，先生，立刻就到伊斯坦布尔的市场上去，把你不知道如何开开心心在这儿花掉的部分现金，投入到大宗奴隶购买上去。"

"珍妮特，我在为无数吨肉和各类黑色眼睛讨价还价时，你会干什么呢？"

"我会收拾行装，出去当个传教士，向那些被奴役的人——也包括你的三宫六院们，宣扬自由。我会进入后宫，鼓动造反。纵然你是三尾帕夏[英国行政系统里的高级官员]，转眼之间，你会被我们的人戴上镣铐，除非你签署有史以来的专制君王所签发的最宽容的宪章，不然至少我是不会同意释放你的。"

"我同意听你摆布，盼你开恩，简。"

"要是你用那种目光来恳求，罗切斯特先生，那我不会开恩。我敢确信，你若是摆出那副面孔，无论是在什么逼迫性的条件下同意了宪章，你获释后会做的第一件事情，就是去破坏宪章。"

"哎呀，简，你需要什么呢？恐怕除了圣坛前的结婚仪式之外，你一定要我私下再举行一次婚礼吧。看得出来，你会规定一些特殊的条件——是些什么条件呢？"

"我只愿内心得到安宁，先生，不想被太多的恩惠压得喘不过气来。【名师点睛：简·爱说出了自己的心声，过多的恩惠只会让她觉得压抑，她渴望平等。】你还记得你是怎么说塞莉纳·瓦伦的吗？——说起你送给她的钻石和毛料？我不会做你英国的塞莉纳·瓦伦。我愿意继续做阿黛勒的家庭教师，凭我的工作挣我的食宿，外加三十镑的年薪，我会用这笔钱随心所欲地购置自己的衣装，你不必为我过多地准备什么，除了……"

"哦，除了什么呀？"

"你的尊重。而我也将对你报以尊重，这样这笔债就两清了。"

"嘿，就冷漠无礼的本性和过分自尊的顽疾而言，你简直可与天使相比。"他说。这时我们驶近了桑菲尔德。"你愿意今天和我一同进餐吗？"我们驶进大门时，他问。

"不，谢谢你的邀请，先生。"

"干吗'不，谢谢你'呢？要是我可以问的话。"

"我从未与你一起吃过饭，先生。也不知道是什么理由现在要这样做，除非到……"

"到什么呀？你喜欢吞吞吐吐。"

"到我万不得已的时候。"

"你是觉得我吃饭时会像一个在吃人的大魔王，所以害怕同我一起吃饭吗？"

"关于这些，我从未去考虑。先生，但是我想再过一个月像以往一样的平静日子。"

327

简·爱

"你应该马上放弃家庭教师这苦活儿。"

"说实话,请原谅,先生,我不愿放弃。我还是像往常一样生活,照例整天不同你见面。晚上你想见我了,便可以派人来叫我,我会来的,但其他的时候不行。"【名师点睛:在吃饭这种琐碎的小事上就体现出两人处于不同地位的心理差异,罗切斯特的殷勤让简·爱反而觉得非常不适。】

"在这种时候,简,我想吸一支烟,或者一撮(cuō)鼻烟,安慰安慰自己,像阿黛勒所说的'装作不在乎的样子'。但要命的是,我既没有带雪茄烟盒,也没有带鼻烟壶。不过听着,我现在悄悄地告诉你,你就像一个小暴君,十分得意,但是这种局面我很快就会逆转。有朝一日牢牢抓住了你,我就会——打个比方——把你像这样拴在一根链条上(摸了摸他的表链),紧紧捆住不放。是的,美丽的小不点儿,我要把你揣在怀里,免得丢掉了我的宝贝。"

他一边说一边扶我走下了马车,当他转身去抱阿黛勒下来时,我已进了屋,乘机溜到了楼上。

傍晚他按时把我叫了去。我早已想好了让他干点什么,因为我决不想整个晚上跟他这么促膝谈心。我记得他的好嗓子,还知道他喜欢唱歌——好歌手一般都这样。我自己不会唱歌,而且按他那种苛刻的标准,我也不懂音乐,不过别人唱奏得好,我还是很喜欢听的。正值黄昏时分,夕阳薄暮显得如此浪漫,刚把星光熠熠的蓝色旗帜降到窗格上,我便马上站起来去打开了钢琴,请求他一定要为我唱首歌。他说我是个捉摸不透的女巫,并且说他还是在其他时候再唱,但我口口声声说没有比现在更合适了。

他问我,喜欢他的嗓子吗?

"很喜欢。"我本不乐意纵容他敏感的虚荣心,但只那么一次,又出于一时需要,我甚至会迎合和怂恿这样的虚荣心。【名师点睛:经过白天经历的事情和谈话,现在简·爱的内心十分敏感,她不愿在此时过多地与

罗切斯特交谈，因为她心里也清楚两人在思想上难免会产生一些不同。】

"那么，简，你得伴奏。"

"很好，先生，我可以试试。"

我的确试了试。但立即被赶下了琴凳，而且被称作"笨手笨脚的小东西"。他把我无礼地推到了一边——这正中我下怀，——他就占据了我的位置，开始为自己伴奏起来，因为他既能唱又能弹。我赶紧走向窗子的壁龛(kān)[安置在墙壁内的小阁子]，坐在那里，眺望着窗外沉寂的树木和昏暗的草地，听他以醇厚的嗓音，和着优美的旋律，唱起了下面的歌：

　　从燃烧着的心窝，
　　感受到了最真诚的爱，
　　把生命的潮流，
　　欢快地注进每根血管。

　　每天，她的来临是我的希望，
　　她的别离是我的痛苦。
　　她脚步的偶尔延宕(dàng)，
　　使我的每根血管成了冰窟。

　　我梦想，我爱别人，别人爱我，
　　是一种莫名的幸福。
　　朝着这个目标我往前疾走，
　　心情急切，又十分盲目。

　　谁知在我们两个生命之间，
　　横亘(gèn)着无路的广漠。
　　像茫茫的碧海怒涛，
　　同样地无比险恶。

329

简·爱

犹如翻江倒海的绿波，犹如盗贼出没的小路，
穿过山林和荒漠。
强权和公理，忧伤和愤怒，
使我们的心灵两相隔膜。

艰难险阻，我毫不畏惧，
种种凶兆，我敢于蔑视。
一切骚扰、警告和威胁，
我都漠然处置。

我的彩虹如闪电般疾驰，
我在梦中飞翔。
光焰横空出世，
我眼前是阵雨和骄阳。

那温柔庄严的欢欣，
仍照耀着灰暗苦难的云雾。
尽管阴森险恶的灾难已经逼近，
这会儿我已毫不在乎。

在这甜蜜的时刻我已无所顾忌，
虽然我曾冲破的一切险阻，
再度展翅迅猛袭击，
宣布要无情地报复。
尽管高傲的憎恨会把我击倒，
公理不容我上前分辩。
残暴的强权怒火中烧，

发誓永与我不共戴天。

我的心上人带着高贵的真诚，
把她的小手放在我的手里。
宣誓让婚姻的神圣纽带，
把我们两人紧系在一起。

我的心上人用永不变心的一吻，
发誓与我生死同受。
我终于得到了莫名的幸福，
我爱别人——别人也爱我。

他站起来，走向我。我见他的脸上燃烧着热情的火焰，圆圆的鹰眼熠(yì)熠[闪烁的样子]发光，脸上充满了温柔与激情。我一时有些畏缩——但随后便振作起来了。柔情蜜意的场面，大胆露骨的表示，我都不希望发生，但两种危险我都面临着。我必须准备好防御的武器——我磨利了舌头，待他一走近我，便厉声问道："他现在要跟谁结婚呢？"

"我的宝贝简提出了这么个怪问题。"

"真的！我以为这是个很自然很必要的问题，他已经谈起未来的妻子同他一起同生共死，他这个异教徒的想法究竟是什么意思？我可不想与他一起死——他尽可放心。"

"哦，他所向往，他所祈祷的是你与他一块儿活！死亡不是属于像你这样的人。"

"自然也是属于我的，我跟他一样，时候一到，照样有权去死。但我要等到寿终正寝，而不是自焚殉夫，匆匆了此一生。"【名师点睛：简·爱的想法表明她是一个刚毅的女性，她并不认为女性就应该随夫而去，她追求人格和生命的平等。】

331

简·爱

"你能宽恕他这种自私的想法,给他一个吻,表示原谅与和解吗?"

"不,我宁可免了。"

这时,我听见他称我为"心如铁石的小东西",并且又加了一句:"换了另外的女人,听了这样的赞歌,铁石心肠也会软的。"

我明白地告诉他,我天生就是个硬心肠——心如铁石,他会发现我常常如此。何况我决定在今后的岁月中,让他看看我性格中倔强刚烈的一面。他应当完全明白,他订的是怎样的婚约,趁现在还来得及的时候把它取消。【名师点睛:简·爱毫不掩饰自己内心的倔强,她希望让罗切斯特明白自己是一个刚烈的、具有很强自尊心的女人。】

"你愿意平心静气、合情合理地说话吗?"

"要是你能开开心心的,我便会心平气和;另外不是我夸张,我此刻就是在合情合理地与你交谈。"

他很恼火,嘴里低声嘀咕着。"很好,"我想,"你想生气就生气,想烦躁就烦躁吧,但我相信,这是对付你的最好办法。尽管我对你的喜欢,非言语所能表达,但我不愿落入多愁善感的流俗,我要用这巧辩的锋芒,让你悬崖勒马。除此之外,话中带刺,有助于保持我们之间对彼此都很有利的距离。"

我得寸进尺,惹得他很恼火,随后趁他悻(xìng)悻地退到屋子另一头的时候,我站起来,像往常那样自自然然、恭恭敬敬地说了声"祝你晚安,先生",便溜出边门走掉了。

就这样开始采取的这套办法,我在整个试探期都一直在用,而且极为成功。的确,他时常有些愠怒、恼火,但总的来说,我见他心情很好。而绵羊般的顺从,反而既会更助长他的专横,又不能像现在这样取悦他的理智,满足他的赏识,甚至投合他的情趣。

有别人在场的时候,我照例显得恭敬文雅,其他举动都没有必要。只有在晚上一起交谈时,才那么顶撞他、折磨他。他仍然钟一敲七点便准时把我叫去,不过在他跟前时,他不再有满嘴"亲爱的""恶毒的精灵""宝贝儿"那样的甜蜜称呼了。用在我身上最好的字眼是"令人恼火的木偶""小妖精""小傻瓜"等等。如今我得到的不是抚慰，而是鬼脸；不是紧紧握手，而是拧一下胳膊；不是吻一下脸颊，而是使劲拉拉耳朵。【名师点睛：简•爱的方法得到一些效果，她与罗切斯特之间的相处不再是甜甜蜜蜜的腻歪，而是让自己能够更有尊严地与他交谈。】这倒不错。现在的我的确更加喜欢这种粗野的宠爱方式，不喜欢那种你侬我侬的温柔。我发现费尔法克斯太太也同意我这种近于恶作剧的做法，她对我的担心消除了，因此我确信自己做得毫无差错。与此同时，罗切斯特先生却口口声声说我把他折磨得只剩皮包骨头了，并威胁在即将到来的某个时期，对我现在的行为狠狠报复。他的恫(dòng)吓(hè)[扬言灾祸或苦难就要来临，以此威胁他人]，我暗自觉得好笑。"现在我可以让你受到合乎情理的约束，"我思忖道，"我并不怀疑今后还能这么做，要是一种办法失效了，那就得另外再想出一种来。"

然而，我觉得并不轻松，我总是情愿使他喜欢而不是捉弄他。我的未婚夫正成为我的整个世界，不仅仅是整个世界，而且几乎成了我进入天堂的希望。在那些日子里，我把上帝的造物当作偶像，并因为他，而看不见上帝了。

Z 知识考点

1.罗切斯特告诉简•爱，很快她就会改名为_____，简•爱听后觉得有些头晕目眩。简•爱认为在这个世界上，人类永远不能_____，罗切斯特为了实现简•爱的梦，让伦敦的银行代理人送一些_____过来，可是简•爱却认为这些东西既_____又_____。

2.谁最后同简•爱和罗切斯特一起去了米尔科特？　　（　　）

　　A.费尔法克斯太太

　　B.阿黛勒

333

简·爱

C. 英格拉姆小姐

3.费尔法克斯太太认为简·爱和罗切斯特之间有哪些阻碍？

阅读与思考

1.简·爱如何看待珠宝这类东西？

2.罗切斯特在本章解释了为什么求婚前要简·爱相信自己娶的是英格拉姆小姐，请用自己的话说一说。

3.简·爱为什么想要写信给她的叔叔约翰·爱？

第二十五章

婚期临近

> **M 名师导读**
>
> 　　婚前与罗切斯特守夜的时候，简·爱讲述了一个奇怪的梦，这个梦让简·爱的内心十分不安，罗切斯特也非常担心。不过最后似乎风平浪静了，婚礼也即将到来。

　　成婚前的一个月过去了，只剩下了最后几个小时。结婚的日子快要到了，不会推迟。所有的工作都已准备就绪了，并且我也没有其他的事可干了。我的箱子已收拾停当，锁上，用绳子捆好，沿小房间的墙根一字儿摆开，明天比现在这个时刻更早些的时候，这些东西就会登上去伦敦的旅程。还有我（如蒙上帝恩允）——或者不如说，不是我而是一位我目前尚不认识的，叫作简·罗切斯特的人，只有地址标签还没贴上，那四个小方块仍躺在抽屉里。罗切斯特先生亲自在每个标签上书写了"伦敦××旅馆罗切斯特太太"这几个字。我无法让自己或者别人把它们贴上去。罗切斯特太太！她并不存在，要到明天八点钟后的某个时候才诞生。我必须等到她真真切切地来到这个世界上时，才把那份财产划归她。在我梳妆台对面的衣柜里，一些据说是她的衣物，已经取代了她的罗沃德的黑呢上衣和草帽。这已经是足够的了，因为那套结婚礼服，以及垂挂在临时占用的钩子上的珠白色长袍和薄雾似的面纱，本不属于她的。我关上了衣柜，隐去了里面幽灵似的奇装异服。在晚间九点这个时辰，这些衣装在我房间的暗影里，发出了

简·爱

阴森森的微光。"我要让你独自留着，白色的梦幻。"我说，"我满心烦躁，我听见风在劲吹，我要出门去感受一下。"

使我烦躁的不仅是仓促地结婚准备，也不仅是因为面临巨大的变化——明天开始的新生活所怀的希望。毫无疑问，两者都起了作用，使我兴奋不安，这么晚了，还匆匆来到越来越黑的庭园。但是第三个原因对我的心理影响更大。【名师点睛：这一句话告诉我们在简·爱心中还藏着一些心事，之前和罗切斯特的交谈中她似乎也没有将疑问全部倾诉。她的心中究竟还藏着什么？】

我内心深处隐藏着一种古怪而焦急的念头。这儿发生了一件我没法弄清的事情，而且除了我，没人知道，也无人见过。那是在前一天晚上发生的。罗切斯特先生出门去了，还没有回来。他因为有事到三十英里外的两三个小农庄去了，——在他预定离开英国之前，有些事情需要亲自安排一下。此时此刻我的内心十分焦灼，我急切地盼望着他能尽快回来，为我解开心中这个困惑的谜团。我要等到他回来，读者，我一定向他倾诉我的秘密，你们自然而然也就知道了。

我朝果园走去，风把我驱赶到了隐蔽的角落。强劲的南风刮了整整一天，却没有带来一滴雨。入夜，风势非但没有减弱，反而越来越强，咆哮声越来越响。树木被一个劲儿地往一边吹着，从不改向，一个小时里，树枝几乎一次都没有朝反方向倒去，树梢一直紧绷着往北弯着。云块从一头飘到另一头，接踵而来，层层叠叠，七月的这一天，天空中看不见一抹蓝色。

我被风推着往前奔跑，把心头的烦恼都抛给了呼啸而过、无穷无尽的气流，倒也不失为一种狂乱的喜悦。我走下月桂小径，面前是横遭洗劫的栗树，黑乎乎的已经被撕裂，却依然站立着，树干一劈为二，可怕地张着大口。但裂开的两半并没有完全脱开，因为坚实的树基和强壮的树根使底部仍然连接着。尽管生命的整体遭到了破坏——树汁已不再流动，每一片大树枝都已枯死，明年冬天的暴风雨一定会把裂开的一片或者两片都刮到地上，但是它们可以说合起来是一棵死树——虽已倒地，却完整无缺。

"你们这样彼此紧贴着做得很对。"我说，仿佛裂开的大树是有生命的东西，听得见我的话。"我想，尽管你们看上去遍体鳞伤，焦黑一片，但你们身上一定还有细微的生命，你们依赖忠诚不渝的树根竖立在那儿，但你们再也不会吐出绿叶——再也看不到鸟儿在枝头筑巢，唱起悠闲的歌。你们相爱的欢乐时光已经远去，可是你们的内心不会感到孤独，在萧瑟破败时，你们依然有同病相怜的伙伴。"我抬头仰望树干，只见月亮瞬间出现在树干裂缝中的那一小片天空，血红的月轮被遮去了一半。她似乎向我投来困惑、忧郁的一瞥，随后又躲进了厚厚的云层。刹那之间，桑菲尔德一带的风势减弱了。但远处的树林里和水面上，却响起了狂野凄厉的哀号，听起来叫人伤心，于是我便跑开了。

我漫步穿过果园，把散落在树根周围厚厚的青草底下的苹果捡起来，随后忙着把成熟了的苹果和没熟的分开，带回屋里放进储藏室。接着我上书房去看看有没有生上火炉。虽然此时是夏天，但是我知道，今夜的天空如此阴沉，罗切斯特先生在进门时必定希望能看到暖和的火炉。不错，火生起来已经有一会儿了，烧得很旺。我把他的安乐椅放在炉角，把桌子推近它。我放下窗帘，让人送来蜡烛，以备点灯。这一切都安排好以后，我仍旧有些坐立不安，甚至连屋子里也待不住了。房间里的小钟和厅里的老钟同时敲响了十点。

"这么晚了！"我自言自语地说，"我要跑下楼到大门口去，借着时隐时现的月光，我能看清楚很远的路。也许这会儿他就要来了，出去迎接他可以使我减少几分担心。"

<u>风在遮掩着大门的巨树中疯狂地呼啸着。但我目之所及，路的左右两旁都孤寂无声，只有云的阴影不时掠过。月亮探出头来时，也不过是苍白的一长条，单调得连一个移动的斑点都没有。</u>【名师点睛：通

简·爱

【过上文一系列的环境描写，我们能够得知今天的天气十分恶劣。在这种情况下，简·爱的内心更加焦虑，她迫切地等待着罗切斯特的归来。】

我仰望天空，一阵孩子气的眼泪模糊了双眼——那是失望和焦急之泪。我为此感到羞涩，赶紧把它抹去。我迟迟没有举步。月亮把自己整个儿关进了闺房，并拉上了厚实的云的窗帘。夜变得黑沉沉的，大风刮来了骤雨。

"但愿他会来！但愿他会来！"我大嚷着，心里产生了要发作疑病症的预感。茶点之前我就盼望他到了，而此刻天已经全黑。什么事儿耽搁了他呢？难道出了意外？我不由得想起了昨晚的一幕，我把它理解成是灾祸的预兆。我的内心十分担忧，或许我的希望太过明亮，因而不可能实现。最近一段时间里，我享了这么多福，可能我的好运已经到头了，现在要开始走下坡路了。

"是呀，我不能回屋去，"我思忖着，"我不能心安理得地坐在火炉边，而他却风风雨雨在外面奔波。与其心乱如麻，还不如劳累一下我的肢体。我决计往前走去迎接他。"【名师点睛：这些细节的描写也能透露出简·爱的心态，爱是平等的，没有人能够不付出些什么就白白享受幸福。】

于是，我立刻就出发了，我走得非常快，但是还没走到多远，就听见一阵急促的马蹄声。一位骑手疾驰而来，旁边窜着一条狗。不祥的预感一扫而光！这正是他！骑着梅斯罗来了，身后跟着派洛特。他看见了我，因为月亮在空中开辟了一条蓝色的光带，她在光带中飘移，晶莹透亮。他摘下帽子，在头顶挥动，我迎着他跑上去。

"瞧！"他大声叫道，一面伸出双手，从马鞍上弯下腰来，"显然你少了我不行，踩在我靴子尖上，把两只手都给我，上！"

我照他说的做了。心里一高兴身子也灵活了，我跳上马坐到他前面。他使劲吻我，表示对我的欢迎，随后又自鸣得意地吹嘘了一番，我尽量一股脑儿都相信。得意之中他刹住话题问我："怎么回事？珍妮特，你居然这个时候来接我？出了什么事了？"

"没有。不过我以为你永远不会回来了。我实在受不了等在屋子里，尤其是雨下得那么大，风刮得那么紧。"

"的确是狂风大雨！是呀，看你淋得像只落汤鸡了，快把我的斗篷拉过去盖住你。不过我想你有些发烧，简，你的脸颊和手都烫得厉害。我再问一句，出了什么事了吗？"

"现在没有。我既不害怕，也不难受。"

"如果那样的话，你刚才害怕过，难受过？"

"有一些，过一会儿我会慢慢地告诉你的，先生。我猜想你只会讥笑我自寻烦恼。"

"明天一过，我要痛痛快快地笑你，但现在可不敢，我的宝贝还不一定到手。上个月你就像鳗鱼一样滑溜，像野蔷薇一样多刺，什么地方手指一碰就像挨了刺。现在我好像已经把迷途的羔羊揣在怀里了，你溜出了羊栏来找你的牧羊人啦，简？"

"我需要你。【名师点睛：简单的四个字道出了简·爱的情感状态，她已经深深依恋着罗切斯特了。】可是别说了，我们已经到了桑菲尔德，让我下去吧。"

他把我轻轻地放到了石子路上。约翰牵走了马，他跟在我身后进了大厅，嘱咐我赶快换上干衣服，然后回到书房里他的身边。我正准备向楼梯口走去，他就上来拦住了我，要我一定答应他会快去快回。我也的确没有离开太久，差不多五分钟后就回到了他的身边，此时他正在用餐。

我在他旁边坐下，告诉他我一点儿食欲也没有。

"难道是因为牵挂着以后的旅程，简？是不是因为想着去伦敦便弄得你没有胃口了？"

"今晚我还不知道自己的前程，先生。而且我的脑子里几乎一片空白，生活中的一切似乎都是虚无缥缈的。"

"除了我。我必须是实实在在的——碰我一下吧。"

339

简·爱

"你，先生，是最像幻影了，你只不过是个梦。"

他伸出手，大笑起来。"这也是个梦？"他把手放到紧挨我眼睛的地方说。他的手肌肉发达，强劲有力，十分匀称，他的胳膊又长又壮实。

"不错，尽管我碰了它，但它还是个梦。"我把他的手从面前按住说，"先生，你吃完晚饭了吗？"

"吃好了，简。"

我打了铃，吩咐把托盘拿走。再次只剩下我们两人时，我拨了拨火，然后在我主人膝边找了个低矮的位置坐下。

"将近半夜了。"我说。

"不错，但记住，简，你说过，在婚礼前夜同我一起守夜。"

"我的确答应过，而且我会信守诺言，至少陪你一两个小时，我还不想睡觉。"

"你都收拾好了吗？"

"都好了，先生。"

"我也好了，"他说，"我什么都处理好了，明天从教堂里一回来，半小时之内我们就离开桑菲尔德。"

"很好，先生。"

"你说'很好'两个字的时候，笑得真有些反常呀，简！你双颊上的一小块红得多亮！你眼睛里的闪光多怪呀！你身体好吗？"

"我相信很好。"

"相信？怎么回事？——告诉我你觉得怎么样？"

"我没法告诉你，先生。我的感觉不是语言所能表达的。我真希望时光永远停留在此时此刻，谁知道下一刻的命运会怎样呢？"

"这是一种多疑症，简。这阵子你太激动了，要不就是太劳累了？"

"你觉得平静而快乐吗，先生？"

"平静？——不，但很快乐——乐到了心坎里。"

我抬头望着他，想看看他脸上幸福的表情。那是一张热情迸发、涨得通红的脸。

"说说心里话吧,简。"他说,"向我诉说你内心的忧虑,宽宽心吧。你担心什么呢?——怕将来证明我不是个好丈夫?"

"这是我最没想到的一个念头。"

"你对自己要踏入的新生活感到忧虑不安?也就是你就要过的新生活?"

"不。"

"你越来越使我不明白了,简。你那忧伤而大胆的目光和语气,使我不解,也使我痛苦。求你解释一下。"【写作借鉴:采用细腻的对话和心理描写,说明两个人其实已经各怀心事,也大大激发了读者的阅读兴趣。】

"那么,先生——听着,昨夜你不是不在家吗?"

"是呀,这你知道。刚才你还提起我不在的时候发生的事情——或许并不是什么大事,但总而言之扰乱了你的心境。讲给我听听吧。也许是费尔法克斯太太说了什么?要不你听到用人说闲话了?你那敏感的自尊心受到了伤害?"

"没有,先生。"这时正敲十二点——我等到小钟响过清脆和谐的声音,大钟停止沙哑的震荡才继续说下去。

"昨天我忙了一整天,在无休止的忙碌中,我非常愉快。因为其实并没有像你所担心的那样,我没有为即将到来的崭新生活而感到忧虑。我认为有希望同你一起生活是令人高兴的,因为我爱你。——不,先生,现在别来抚摸我——不要打扰我,让我说下去。昨天我笃(dǔ)信[忠实地信仰;深信不疑]上苍,相信对你我来说是天助人愿。你总还记得,那是个晴朗的日子,天空那么宁静,让人无须为你路途的平安和舒适担忧。喝完茶后,我在石子路上走了一会儿,思念着你。在想象中,我看见你离我很近,几乎就在我跟前。我思忖着展现在我面前的生活——你的生活,先生——比我的更奢华,更激动人心,就像容纳了江河的大海深处,同海峡的浅滩相比,有天壤

简·爱

之别。我觉得奇怪，为什么道德学家称这个世界为凄凉的荒漠？对我来说，它好像盛开的玫瑰。就在夕阳西下的时候，温度降下来了，天空布满阴云，我便走进屋去了。索菲娅叫我上楼去看看刚买的结婚礼服，在结婚礼服底下的盒子里，我看见了你的礼物——是你以王子般的阔绰，叫人从伦敦送来的面纱，我猜想你是因为我不愿要珠宝，而想出计策哄我接受某种昂贵的东西。我打开面纱，会心地笑了笑，心里盘算着要怎样来嘲弄你的贵族派头，取笑你费尽心机要给你的平民新娘戴上贵族的假面。我设想自己如何把那块早已准备好遮盖自己出身卑微的脑袋，没有绣花的花边方丝巾拿下来，问问你，对一个既无法给她的丈夫提供财富、美貌，也无法给他带来社会关系的女人，是不是够好的了。我清清楚楚地看到了你的表情，听到了你激烈而开明的回答，听到你高傲地否认有必要仰仗同钱袋与爵位结亲，来增加自己的财富，或者提高自己地位的方式。"【名师点睛：简·爱的这番话再次叙述了她内心始终认为两人之间有隔阂，罗切斯特想把她打扮得更加高贵美丽，她却一直希望保持住原本的自我，从她的分析也体现出这是一个自强自爱且十分理性的女性。】

"你把我看得真透，你这女巫！"罗切斯特先生插嘴道，"但除了刺绣之外，你还在面纱里发现了什么，你是见到了毒药还是匕首，弄得现在这么神色悲哀？"

"没有，没有，先生。除了织品的精致和华丽，以及费尔法克斯·罗切斯特的傲慢，我什么也没有看到。他的傲慢可吓不倒我，因为我已见惯了魔鬼。可是，先生，天越来越黑，风也越来越大了。昨天的风不像现在的这样刮得强劲肆虐，而是响着沉闷的低吟声，显得分外古怪。我真希望你在家里。我走进这个房间，一见到空空荡荡的椅子和没有生火的炉子，心便凉了半截。上床以后，我因为激动不安、忧心忡忡而久久不能入睡。风势仍在增强，在我听来，它似乎裹挟着一阵低声的哀鸣。这声音来自屋内还是户外，刚开始我没有办法辨认，可是每次风一小下来时，它就又隐约而凄惨地重新响起。【名师点睛：简·爱总是听见有悲哀的低鸣声，这让我们联想到房子中也曾有过这样的奇怪声音，房子中是否隐藏着什么秘密？】最后我终于弄清楚那一定是远处的狗叫声。后来叫声停了，我非常高兴。但一睡着，又继续梦见月黑风高的夜晚，继续盼着同你在一起，并且奇怪而遗憾地意识到，某种障碍把我们隔开了。刚睡着的时候，我沿着一条弯弯曲曲的陌生的路走着，四周一片模糊，雨点打在我身上，我抱着一个孩子，不堪重负。这是一个很小的孩子，身体也十分虚弱，还没有学会走路，只能在我冰冷的怀抱中颤抖，在我的耳边哀伤地哭泣。我想，先生，你远远地走在我前面，我使出浑身劲儿要赶上你，一次次奋力叫着你的名字，央求你停下来——但我的行动被束缚着，我的嗓音渐渐地沉下去，变得模糊不清；而你，我觉得离我越来越远了。"

"那么现在我在你跟前了，简，这些梦还使你心情沉重吗？神经质的小东西！忘掉梦幻中的灾难，多想一想现实中的幸福吧！你说你爱我，珍妮特，不错——那我不会忘记，你也不能否认。这些话并没有在你嘴边模糊不清地消失。我听来既清晰又温柔。也许这个想法过于严肃了一些，但却像音乐一样甜蜜。'我想，能够期待与你一同生活是件让人愉悦的事，因为我爱你。'你爱我吗，简？再说一遍。"

"是的，先生——我爱你，全身心爱你。"

"行啦，"他沉默片刻后说，"真奇怪，那句话刺痛了我的胸膛。为什么呢？我想是因为你说得那么虔诚，那么富有力量，因为你抬眼看我时，目光里透出了极度的信赖、真诚和忠心。【名师点睛：简·爱的信任竟然会让罗切斯特觉得不舒服，可是爱本来就应该互相信任，这更让我们觉得事情可能没有那么简单。】那太难受了，仿佛在我身边的是某个精灵。摆出凶相来吧，简，你很明白该怎么摆。装出任性、腼腆、挑衅的笑容来，告诉我你恨我——戏弄我，惹怒我吧，什么都行，就是别打动我。我宁愿被激怒而不愿哀伤。"

简·爱

"等我把故事讲完,我会戏弄你,惹怒你,让你心满意足,听我讲完吧。"

"我想,简,你已经全都告诉我啦,我认为我已经发现你的忧郁全因为一个梦!"

我摇了摇头。"什么!还有别的!但我不相信是什么了不起的事情。我预先告诉你,我表示怀疑,讲下去吧。"

他神态不安,举止有些忧虑焦躁,我感到很惊奇,但我继续说了下去。

"我还做了另外一个梦,先生。梦见桑菲尔德府已是一处凄凉的废墟,成了蝙蝠和猫头鹰出没的地方。我想,那气派非凡的正壁已荡然无存,只剩下了一道薄壳般的墙,很高,看上去摇摇欲坠。在一个月光如水的夜晚,我漫步穿过里面杂草丛生的围墙。一会儿这里绊着了大理石火炉,一会儿那里碰到了倒地的断梁。我披着头巾,仍然抱着那个不知名的孩子。尽管我的胳膊很吃力,我却不能把他随便放下——尽管孩子拖累着我,但我必须带着他。我听见了远处路上一匹马的奔驰声。可以肯定那是你,而你离开已经多年,去了一个遥远的国家。我像疯了一样急忙去爬那道薄薄的墙,丝毫不顾危险,因为我急切地想要站在顶端看你一眼。小石子从我的脚下不断滚落,我抓住的藤蔓也松开了,那个孩子因为害怕,紧紧地搂住我的脖子,我几乎快要窒息了,最后我爬到了墙顶。我看见你在白色的路上像一个小点点,越来越小,越来越小。风刮得那么猛,我简直站都站不住。我坐在狭窄的墙顶上,把那吓坏了的婴儿放在膝上哄得安静下来。你在路上拐了一个弯,我俯下身子去看最后一眼。墙倒塌了,我抖动了一下,孩子从我膝头滚下,我失去了平衡,跌了下来,醒过来了。"

"现在,简,讲完了吧?"

"只是序幕完了,先生,故事还没有开场呢。醒来时,一道强光弄得我眼睛发花。我想——哦,那是日光!可是我搞错了,那不过是烛光。我猜想索菲娅已经进屋了。梳妆台上有一盏灯，而衣橱门大开着，睡觉前我曾把我的结婚礼服和面纱放进橱里。我听见了一阵窸(xī)窸窣(sū)窣[形容摩擦等轻微细小的声音]的声音。我问，'索菲娅，你在干吗？'没有人回答。但是一个人影从橱里出来。她端着蜡烛，举得高高的，并且仔细端详着从架子上垂下来的衣服。'索菲娅！索菲娅！'我又叫了起来，但她依然默不作声。我已在床上坐了起来，俯身向前。我先是感到吃惊，继而迷惑不解，最后我血管里的血一阵冰凉。罗切斯特先生，这不是索菲娅，不是莉娅，也不是费尔法克斯太太。她不是——不，我当时很肯定，现在也很肯定——甚至也不是那个奇怪的女人格雷斯·普尔。"【名师点睛：通过简·爱的叙述，我们得知她在醒来后看见了一个陌生人。这个人到底是谁？这个使她茫然的问题同样也是读者们心中深深的疑问。】

"一定是她们中间的一个。"主人打断了我的话。

"不，先生，我郑重地向你保证，跟你说的恰恰相反。站在我面前的人影，以前我从来没有在桑菲尔德府地区见过。那身高和外形对我来说都是陌生的。"

"描述一下吧，简。"

"先生，看上去，那是个女人，又高又大，背上垂着粗黑的长发。我不知道她穿了什么衣服，反正又白又整齐。但究竟是袍子、被单还是裹尸布，我却说不上来。"

"你看见她的脸了吗？"

"起先没有。但她立刻把我的面纱从原来的地方取下来，拿起来呆呆地看了很久，随后往自己头上一盖，转身朝着镜子。这一刹那，在暗淡的鸭蛋形镜子里，我终于清清楚楚地看到了她的面容和五官。"

"看上去怎么样？"

"我觉得像鬼一样吓人——哦，先生，我从来没有见过这样的面孔！没有血色，一副凶相。但愿我能马上忘掉那双骨碌碌转个不停的

简·爱

红眼睛和那副鼓鼓的、黑乎乎的鬼相!"

"鬼魂总是苍白的,简。"

"先生,它却是紫色的。嘴唇又黑又肿,额头沟壑(hè)纵横[山沟互相交错],乌黑的眉毛怒竖着,两眼充满血丝,要我告诉你,我想起了什么吗?"

"可以。"

"想起了可恶的德国幽灵——吸血鬼。"

"啊!——它干了些什么啦?"

"先生,她从瘦削的头上取下面纱,撕成两半,扔在地上,踩了起来。"

"后来呢?"

"她拉开窗帘,向外看。也许她看到天快亮了,便拿着蜡烛朝房门退去。路过我床边时,鬼影停了下来,火一般的目光冲我射来。她把蜡烛伸到我的脸跟前,在我眼皮底下把它吹灭了。我觉得她白煞煞的脸朝我闪着光,于是我昏了过去。【名师点睛:一个突然出现的陌生人似乎对简·爱满怀着恨意,人物形象的设置使情节更加扑朔迷离。】平生第二次——只不过第二次——我吓昏了。"

"你醒过来时同谁在一起?"

"先生,谁也没有,只看到已是大白天。我起身用水冲了头和脸,又喝了一大口水。除了觉得身子很虚弱,并没有生病,于是除了你,对谁都不提这个噩梦。好吧,先生,告诉我这女人是谁,干什么的?"

"无疑,那是头脑过于兴奋的产物。看来我得更加小心翼翼地待你了,我的宝贝,你的神经太过敏感,经不起任何粗暴的对待。"

"先生,我的神经没有毛病是毫无疑问的。那东西是真的,事情确实发生了。"

"那么你以前的梦呢,都是真的吗?难道桑菲尔德府已化成一片废墟?难道你我被不可逾越的障碍隔开了?难道我离开了你,没有流一滴泪——没有吻一吻——没有说一句话?"

"不，没有。"

"难道我真的会这么做吗？——嘿，把我们融合在一起的日子已经到来，我们一旦结合，这种心理恐惧就再也不会发生，我敢保证。"

"心理恐惧？但愿我能相信它们只是这么一回事。不过既然连你都无法解释可怕的来访者之谜，现在我更希望只是心理恐惧了。"

"既然我无法解释，简，那就一定不会是真的。"

"不过，先生，我今天早晨起来，一边自言自语说着，一边在房间里东张西望，想从被阳光温暖普照的熟悉且美妙的物件上，找寻一些勇气和安慰——瞧，就在地毯上——我看到了一件东西，完全否定了我原来的设想——那块从上到下被撕成两半的面纱！"

我发觉罗切斯特先生大吃一惊，打了个寒战，急忙搂住我的脖子。"谢天谢地！"他嚷道，"幸好昨晚你所遇到的危险，不过就是撕毁了一块面纱——哎呀，真要想一想，还不知道会发生什么别的事呢！"【写作借鉴：神态描写结合语言描写，细腻地刻画出罗切斯特知晓这一切可能是真实的之后心中对简·爱的担忧，他很害怕简·爱受到伤害。】

他喘着粗气，紧紧地搂住我，差点让我透不过气来。沉默一会儿之后，他又兴致十足地说：

"这一半是梦境，一半是真实。我并不怀疑确实有个女人进了你房间，那女人准是格雷斯·普尔。你自己把她叫作怪人，就你所知，你有理由这么叫她——瞧她怎么对待我的？怎么对待梅森？在似睡非睡的状态下，你注意到她进了房间，并看到了她的行动，但由于你发烧，几乎处在迷迷糊糊的状态，你把她当成了不同于她本来面貌的鬼相。恶狠狠地撕毁面纱倒是真的，很像她干的事。我明白你会问，干吗让家中住着这样一个女人。但等我们结婚一周年时，我会告诉你，而不是现在。你同意吗，简？你同意对这个谜的解释吗？"

我想了一想，对我来说也只能这么解释了，说满意那倒未必，但为了使他高兴，我竭力装出这个样子来——说感到宽慰却是真的，于

简·爱

是我对他做出满意的微笑。时间早就过了一点钟了,我准备起身离开他。

"索菲娅不是同阿黛勒一起睡在育儿室吗?"我点起蜡烛时,他问。

"是的,先生。"

"阿黛勒的小床还能够睡下你的,今晚你得跟她在一起睡,简。"

"我很高兴这样做,先生。"

"从里面把门闩牢。上楼的时候把索菲娅叫醒,就说请她明天及时把你叫醒,因为你得在八点前穿好衣服,吃好早饭。现在别再那么忧心忡忡了,抛开沉重的烦恼,珍妮特。你难道没有听见轻风的细语?雨点不再敲打窗户,瞧这儿——(他撩起窗帘)多么可爱的夜晚!"

确实如此。半个天空都明净如水。此刻,风已改由西边吹来,推着群集的云块排成一列列银白色的长队向东飘去。月亮洒下了宁静的光辉。【写作借鉴:环境描写,噩梦似乎已经退去,简·爱的心情也得到了一些放松,夜色如水,一切问题好像都解决了,只等着幸福时刻的到来。】

"好吧,"罗切斯特先生说,一边带着探询的目光窥视我,"这会儿我的珍妮特怎么样了?"

"夜晚非常平静,先生,我也一样。"

"明天除了欢乐的爱和幸福的结合,你再也不会梦见分离和悲伤了。"

这一预见只实现了一半。我的确没有梦见忧伤,但也没有梦见欢乐,因为我根本就没有睡着。我搂着阿黛勒,瞧着孩子沉沉睡去——那么平静,那么安宁,那么天真——等待着新的一天,我的整个生命也苏醒了,在我躯体内躁动着。太阳一出,我便起来了,我记得离开阿黛勒时她紧紧搂着我。当把她的小手从我脖子上松开的时候,我吻了吻她。我怀着莫名其妙的情感对着她哭了起来,于是赶紧离开了她,生怕啜泣声会惊醒她的酣睡。她仿佛标志着我往昔的生活,而我此时此刻梳妆打扮后将会去会面的他,便是既亲切又可怕,并且无法知晓的未来。

Z 知识考点

1.简·爱与罗切斯特的婚礼就快到来了。在婚礼之前,简·爱向罗切斯特讲述了自己做的一场梦。她梦见桑菲尔德府成为一处＿＿＿＿＿＿＿，成了＿＿＿＿＿＿和＿＿＿＿＿＿出没的地方。简·爱披着＿＿＿＿＿＿，抱着＿＿＿＿＿＿＿，远方传来＿＿＿＿＿＿＿＿，为了在墙顶上看见罗切斯特,简·爱不顾危险爬上了薄薄的墙,最后墙＿＿＿＿＿＿,孩子＿＿＿＿＿＿,简·爱＿＿＿＿＿＿＿＿＿＿＿＿＿＿。

2.当简·爱和罗切斯特的对话快要结束时,婚前的这个夜晚的天气是怎样的？　　　　　　　　　　　　　　（　　）

　A.瓢泼大雨　　　B.明净如水　　　C.狂风大作

3.本章开篇写到的天气那么恶劣,简·爱为什么还要出去等罗切斯特？

＿＿＿＿＿＿＿＿＿＿＿＿＿＿＿＿＿＿＿＿＿＿＿＿＿＿＿＿

＿＿＿＿＿＿＿＿＿＿＿＿＿＿＿＿＿＿＿＿＿＿＿＿＿＿＿＿

Y 阅读与思考

1.在罗切斯特还没有回来前,简·爱的心情是怎样的？

2.简·爱在梦醒后看见的那个人长得什么样子？

3.在简·爱告诉罗切斯特第二天早上地毯上真的有被撕毁的面纱时,罗切斯特为什么会打了个寒战？

▶ 简·爱

第二十六章

婚礼异常

M 名师导读

　　婚礼终于如期举办了,本以为可以顺利完成的结婚仪式却遭到了打断,并且随之而来的是罗切斯特心中最不愿说出的秘密,真相就快揭开面纱了。

　　索菲娅七点钟来帮我梳妆打扮,花费了很长时间才完成。

　　时间过去这么久,我想罗切斯特先生对我的耽误有些不耐烦了,派人来问我为什么还没有到。索菲娅正用一枚饰针把面纱(毕竟只是一块淡色的普通方巾)系到我头发上,一待完毕,我便急急忙忙从她手下钻了出去。

　　"慢着!"她用法语叫道,"往镜子里瞧一瞧你自己,你连一眼都还没看呢。"

　　于是我在门边转过身来,看见了一个身着长袍、头戴面纱的身影,一点都不像我往常的样子,仿佛看见了一个陌生人。"简!"一个声音嚷道,我赶紧走下楼去。罗切斯特先生在楼梯脚下迎着我。

　　"磨磨蹭蹭的家伙,"他说,"我的脑袋急得直冒火星,你太拖拉了!"

　　他带我进了餐室,急切地把我从头到脚打量了一遍,声称我"像百合花那么美丽,不仅是我生活中的骄傲,而且也让我大饱眼福"。随后他告诉我只给我十分钟吃早饭,并按了按铃。他新雇的一个仆人,一位管家应召而来。

"约翰把马车准备好了吗?"

"好了,先生。"

"行李拿下去了吗?"

"他们现在正往下拿呢,先生。"

"上教堂去一下,看看沃德先生(牧师)和教堂执事在不在那里。回来告诉我。"

读者知道,大门那边就是教堂,所以管家很快就回来了。

"沃德先生在法衣室里,先生,正忙着穿法衣呢。"

"马车呢?"

"马匹正在上挽具[套在牲畜身上拉车的器具]。"

"我们上教堂不用马车,但回来时得准备停当[妥当;完备]。所有的箱子和行李都要装好捆牢,车夫要在自己位置上坐好。"

"是,先生。"

"简,你准备好了吗?"

我站了起来,没有男傧(bīn)相[举行婚礼时陪伴新郎新娘的人]和女傧相,也没有亲戚等候或招呼列队。除了罗切斯特先生和我,没有别人。我们经过大厅时,费尔法克斯太太站在那里。我本想同她说话,但我的手被铁钳似的捏住了,我只能跟着那匆匆的脚步向前走去。一看罗切斯特先生的脸我就觉得,不管什么原因,再拖一秒钟他都不能忍耐了。我不知道其他新郎看上去是不是像他这副样子——那么专注于一个目的,那么毅然决然,或者有谁在那对稳重的眉毛下,露出过那么火辣辣、光闪闪的眼睛。【名师点睛:罗切斯特的神态让简·爱觉得有些奇怪,婚前的甜蜜似乎少了些,反而一直被急切的氛围笼罩着。】

我不知道那天的天气如何,当走下车道的时候,我没有抬头望天,也没有低头看地,我的心灵与眼神都集中在罗切斯特先生身上。我边走边想看看他好像恶狠狠盯着的无形东西,要感受那些他似乎在对抗和抵御的念头。

351

简·爱

我们在教堂院子边门停了下来，他发现我喘不过气来了。"我爱得有点残酷吗？"他问，"歇一会儿，靠着我，简。"

如今，我能回忆起当时的情景：灰色的老教堂宁静地耸立在我面前，一只白嘴鸦在教堂尖顶盘旋，远处的天空被初升的太阳映得通红。我还隐约记得绿色的坟堆。我也并没有忘记两个陌生的人影，在低矮的小丘之间徘徊，一边读着刻在几块长满青苔的墓石上的铭文。这两个人引起了我的注意，因为一见到我们，他们便转到教堂背后去了，毫无疑问他们要从侧廊的门进去，观看婚礼仪式。罗切斯特先生并没有注意到这两个人，他热切地瞧着我的脸，我想我的脸大概一时变得毫无血色，因为我觉得我额头汗涔（cén）涔，两颊和嘴唇冰凉。但我不久便定下神来，同他沿着小径，缓步走向门廊。

我们进了肃穆而朴实的教堂，牧师身穿白色的法衣，在低矮的圣坛上等候，旁边站着教堂执事。一切都十分平静，那两个影子在远远的角落里走动。我的猜测没有错，这两个陌生人在我们之前溜了进来，此刻背朝着我们，站立在罗切斯特家族的墓穴旁边，透过栅栏，瞧着带有时间印迹的古老大理石坟墓，这里有一位下跪的天使守卫着内战中死于马斯顿荒原的戴默尔·德·罗切斯特的遗骸和他的妻子伊丽莎白。【名师点睛：平静的外表下似乎有一股神秘的力量即将爆发，简·爱已经注意到两个神秘的影子了，读者们也同样好奇到底是谁在那里。】

我们两人在圣坛栏杆前站好。我听见身后响起了小心翼翼的脚步声，便回头看了一眼，只见陌生人中的一位——显然是位绅士——正走向圣坛。仪式开始了，牧师对婚姻的目的做了说明，随后往前走了一步，向罗切斯特先生微微欠了欠身子，又继续说道：

"我要求并告诫你们两个人（因为在可怕的最后审判日，所有人内心的秘密都要袒露无遗时，你们也将做出回答），如果你们中的一位知道有什么障碍使你们不能成为合法的夫妻，务必现在就讲出来。因为你们要确信，凡是不能得到上帝认同的人，都不是上帝结成的夫妇，他们的婚姻就是非法的。"

他按照习惯停了一下。那句话之后的停顿，什么时候曾被回答所打破呢？【写作借鉴：运用反问句的修辞手法加强语气，表示这种情况从来都没有出现过，与下文的情节发展进行强烈对比。】也许一百年才有一次。所以牧师依然盯着书，并没有抬眼看谁，静默一会儿以后又继续说了下去。他的手已伸向罗切斯特先生，一边张嘴问道："你愿意娶这个女人为结发妻子吗？"就在这时，近处一个很清楚的声音响起来了：

"婚礼不能继续下去了，我宣布他们中间存在着一个障碍。"

牧师抬头看了一下说话人，张口结舌地站在那里，教堂执事也一样，罗切斯特先生仿佛觉得他的脚下正在经历一场地震，稍稍移动了一下，随之便站稳了脚跟，既没有回头，也没有抬眼，便说："继续下去。"

他用深沉的语调说了这句话后，全场一片寂静。沃德先生立即说：

"不先对刚才宣布的事调查一下，证明它是真是假，我是无法继续的。"

"婚礼中止了，"我们背后的嗓音补充道，"我能够证实我的申述属实，这桩婚事存在着难以克服的障碍。"

罗切斯特先生听了置之不理。他顽固而僵直地站着，一动不动，但握住了我的手。他握得多紧！他的手多灼人！他那苍白、坚定的阔脸这时多么像开采下来的大理石！他的眼睛多么有光彩！表面平静警觉，底下却犹如翻江倒海！【写作借鉴：将罗切斯特此刻内心的情感用神态和动作描写展现出来，形象生动地刻画出罗切斯特的强装镇定，他的秘密即将揭晓，他多么怕就此失去了简·爱。】

沃德先生似乎不知所措，"是哪一类性质的障碍？"他问，"说不定可以排除——能够解释得再清楚一些吗？"

"几乎不可能，"那人回答，"我之所以这么说，是经过深思熟虑后才说的。"

说话人走到前面，倚在栏杆上。他往下说，每个字都说得那么清

简·爱

楚，那么镇定，那么稳重，但声音并不高。

"障碍就是之前的一次婚姻，罗切斯特先生有一个妻子目前还活着。"

尽管这几个字轻轻道来，但对我神经所引起的震动，却甚过于雷霆地震——对我血液的细微侵蚀远甚于风霜水火，【写作借鉴：运用夸张的写作手法，用短短一句话写出简·爱在得知这件事后的极度震惊。】但我又很快镇定了下来，没有晕倒。我抬起头看了看罗切斯特先生，让他瞧着我。他的整张脸似乎成了一块苍白的冰冷岩石，他的眼睛燃烧着愤怒的火焰，却又坚如磐石。他一点也没有否认，似乎要无视一切。他没有说话，没有微笑，也似乎没有把我看作一个活人，而只是用胳膊紧紧搂住我的腰，把我紧贴在他身边。【名师点睛：将罗切斯特的脸比作苍白的冰冷岩石，可想而知他的心里有多少煎熬和无力感。除了隐忍自己的情绪，他只想把简·爱牢牢地贴在自己身边，由此也更进一步体现出罗切斯特对简·爱的珍惜。】

"你是哪位？"他问那个不速之客。

"我的名字叫布里格斯，伦敦××街的一个众所周知的律师。"

"你要把一个妻子强加于我吗？"

"我要提醒你，你有一个太太。先生，就是你不承认，法律也是承认的。"

"请替我描述一下她的情况——她的名字，她的父母，她的住处。"

"当然。"布里格斯先生非常镇定地从口袋里取出了一个文件，用一种一本正经的语音读了起来：

"我断言并证明，公元××年10月20日（十五年前的一天），英国××郡桑菲尔德府及××郡芬丁庄园的爱德华·费尔法克斯·罗切斯特同我的姐姐伯莎·安托万内特·梅森，在牙买加的西班牙城××教堂结婚。婚礼的记录可见于教堂的登记簿——现在我手中有其中的一份。理查德·梅森签字。"

"如果这份文件是真的，那也只能证明我结过婚，却不能证明里面提到的作为我妻子的女人还活着。"

"三个月之前她还活着。"律师反驳说。

"你怎么知道？"

"我有一位这件事情的证人，他的证词，先生，连你也难以反驳。"

"把他叫来吧——不然就见你的鬼去。"

"我现在把他叫来——他在场。梅森先生，请你到前面来。"

罗切斯特先生一听这个名字便表现异常，他咬紧牙齿，抽搐似的剧烈颤抖起来。【名师点睛：罗切斯特的愤怒已经快要爆发，他隐藏多年的秘密终于要大白于天下了，他现在近乎疯狂了。】我站在他的身边，感受到他的身体因为极度的绝望和愤怒而颤抖不止。在这以前一直待在幕后的第二个陌生人这时走了过来，一张苍白的脸在律师的肩头后露了出来——不错，是梅森本人。罗切斯特先生回头狠狠地瞪着他。我常说他眼睛是黑的，而此刻因为怒上心头，便有了一种黄褐色，乃至带血丝的光。他的脸涨红了，橄榄色的脸颊和没有血色的额头，因内心火焰的燃烧和上升而闪闪发亮。他动了动，举起了强壮的胳膊——完全可以痛打梅森——把他击倒在地板上——无情地把他揍得断气——但梅森退缩了一下，低声叫了起来："天哪！"一种冷冷的蔑视在罗切斯特先生心中油然而生，就仿佛蛀虫使植物枯萎一样，他的怒气消了，只不过问了一句："你有什么要说的？"

从梅森苍白的唇间吐出了几乎听不见的回答。

"要是你回答不清，那就见鬼去吧。我再次要求，你有什么要说的？"

"先生——先生——"牧师插话了，"别忘了你在一个神圣的地方。"随后他转向梅森，和颜悦色地问道："你知道吗，先生，这位先生的妻子是不是还活着？"

"胆子大些，"律师怂恿着，"说出来。"

"她现在就住在桑菲尔德府，"梅森用很清晰的声调说，"四月份我还见过她。我是她弟弟。"

355

简·爱

"在桑菲尔德府？"牧师突然失声叫道，"不可能！我是这一带的老住客，先生，从来没有听说桑菲尔德府有一个叫罗切斯特太太的人。"

我看见一阵狞（níng）笑[可怕的笑]扭曲了罗切斯特先生愤怒的嘴唇，他咕哝道：

"不——老天作证！我那么谨慎，不让人知道有这么回事，——或者知道她叫那个名字。"【名师点睛：罗切斯特的这句话已经表明他承认了确实有这么一位女性存在，但是这个女人到底在哪里我们还不得而知。】他沉思起来，独自心里盘算了十来分钟，于是拿定了主意宣布道：

"行啦，一切都已经结束了，就像子弹出了枪膛，——沃德，合上你的书本，脱下你的法衣吧，约翰·格林（面向执事）离开教堂吧。今天不举行婚礼了。"这人照办了。

罗切斯特先生厚着脸皮毫不在乎地说下去："重婚是一个丑陋的字眼！——然而我有意重婚，但命运却挫败了我，或者上天制止了我——也许是后者。此刻我并不比魔鬼好多少。就像那位牧师所说，我必定会受到上帝最严正的审判。——甚至该受不灭的火和不死的虫的折磨。先生们，我的计划被打破了！——这位律师和他委托人所说的话是真的。我结过婚，同我结婚的女人还活着！你说在此居住多年，却从未听说过一位叫作罗切斯特太太的女人，沃德。不过我想，你肯定有很多次想要好好打听一番，看能否寻到一个神秘的疯子被看管着的流言，有人已经向你耳语，说她是我同父异母的私生姐姐，有人说她是被我抛弃的情妇——现在我告诉你们，她是我妻子——十五年前我同她结的婚——名字叫伯莎·梅森，这个铁石心肠的人的姐姐。此刻他四肢打颤，脸色发白，向你们表明男子汉们的心是多么刚强。提起劲来，迪克？——别怕我！——我宁愿揍一个女人也不愿意对你动手。伯莎·梅森是疯子，而且出身于一个疯人家庭——她们家三代都是疯子！她的母亲，那个克里奥人，既是个疯女人又是个酒鬼！——我是同她的女儿结婚后才发现的，因为以前他们对家庭的秘密守口如瓶。伯莎像是一个百依百顺的孩子，在这两方面承袭了她母亲。我曾有过一位迷人的伴侣——纯洁、聪明、谦逊。你们可以想象我曾是个多么幸福的男子，我经历了许多丰富的场面，我的阅历无比有趣，要是你们知道就好了！不过我不再进一步解释了，布里格斯、沃德、梅森——我邀请你们都上我家去，拜访一下普尔太太照顾的病人，我的妻子！——你们会看到我受骗上当所娶的是怎样一个人，评判一下我是不是有权撕毁协议，力求得到一点至少是符合人性的慰藉。""这位姑娘，"他瞧着我往下说，"沃德，对于这个讨厌的秘密，她知道的并不比你们知道的更多。在她的世界中，这一切都是公平且合法的，她从来没有想过自己竟然落入了一个骗婚的圈套之中，要与一个受了骗的可怜虫结婚，这个可怜虫早已跟一个恶劣、疯狂、没有人性的伴侣结合！来吧，你们都跟我来！"【名师点睛：罗切斯特说出了所有的真相，神秘的面纱终于被揭开，他的诉说又何尝不是一种发泄，接下来他将要让所有人看见他曾经伴侣的模样。】

他依然紧握着我的手，离开了教堂，三位先生跟在后面。我们发现马车停在大厅的前门口。

"把它送回马车房去，约翰，"罗切斯特先生冷冷地说，"今天不需要它了。"

我们走进门时，费尔法克斯太太、阿黛勒、索菲娅和莉娅都走上前来迎接我们。

"全都向后转，"主人发疯一样喊道，"收起你们的祝贺吧！谁需要它呢？——我可不要！——它晚了十五年！"

他继续往前走，登上楼梯，一面紧握着我的手，一面招呼先生们跟着他，他们照办了。我们走上第一道楼梯，经过门廊，继续上了三楼。罗切斯特先生的万能钥匙打开了这扇又矮又黑的门，我们跨进了铺有花毯的房间，房内有一张大床和一个饰有图案的柜子。

357

简·爱

"你知道这个地方，梅森，"我们的向导说，"她在这里咬了你，刺了你一刀。"

他撩起墙上的帷幔，露出了第二扇门，又把它打开。在一间没有窗户的房间里燃着炉火，外面围着一个又高又坚固的围栏，从天花板上垂下的铁链子上悬挂着一盏灯。格雷斯·普尔俯身向着火，似乎在平底锅里炒着什么东西。在房间另一头的暗影里，一个人影在她背后跑动。她好像四肢着地爬着，又是抓又是叫，活像某种奇异的野生动物，只是穿着衣服而已。一头黑白相间、乱如鬃毛的头发遮去了她的头和脸。【名师点睛：这个人影毋庸置疑就是罗切斯特的妻子，她的行为和外貌使得这个人物形象变得阴森诡异。】

"早上好，普尔太太。"罗切斯特先生说，"你好吗？你照管的人今天怎么样？"

"马马虎虎，先生，谢谢你，"格雷斯一面回答，一面小心地把烧滚了的东西放在炉旁架子上，"有些急躁，但没有动武。"

一阵凶恶的叫声响起，她报喜不报忧的谎言被就地揭穿，这条穿了衣服的野狗直挺挺地站了起来。

"哎呀，先生，她看见了你。"格雷斯嚷道，"你快躲到一边去吧。"

"只待一会儿，格雷斯。你得让我待一会儿。"

"那么当心点，先生！看在上帝面上，当心！"

这个疯子一边疯狂咆哮，一边把自己乱糟糟的头发从脸上撩开，凶狠木然地盯着来访者。我清楚地认出了那张发紫的丑陋的脸，挪了位的五官。普尔太太走上前来。

"走开，"罗切斯特先生说着把她推到了一边，"我想她现在手里没有刀吧？而且我防备着。"

"谁也不知道她手里有什么，先生，她那么狡猾，人再小心也斗不过她的诡计。"

"我们还是离开她吧。"梅森悄声说。

"见鬼去吧！"这便是他姐夫的建议。

"小心！"格雷斯大喝一声。三位先生不约而同地往后退缩，罗切斯特先生把我推到他背后。疯子猛扑过来，凶恶地掐住他的喉咙，朝他脸上咬去。他们争持着。她是个高大的女人，腰圆膀粗，身材几乎与她丈夫不相上下。厮打时显露出男性的力量，尽管罗切斯特先生有着运动员的体质，但不止一次险些被她掐死。他完全可以狠狠一拳将她制服，但他不愿出手，宁愿扭斗。最后他终于按住了她的胳膊，又用身边的一根绳子将她紧紧地绑在一把椅子上。这一连串动作是在歇斯底里的叫喊和猛烈的反抗中做完的。随后罗切斯特先生转向旁观者，带着怨愤而凄惨的笑看着他们。【名师点睛：小心翼翼深藏的秘密被揭穿，罗切斯特选择直面自己的妻子；然而这个女人的状态让人震惊，罗切斯特心中此刻也仿佛得到了解脱，他在苦笑自己的命运。】

"这就是我的妻子，"他说，"这就是我生平唯一一次尝到的夫妇间拥抱的滋味——这就是我闲暇时所能得到的爱抚与慰藉，而这是我希望拥有的（他把他的手放在我肩上）。这位年轻姑娘，那么严肃，那么平静地站在地狱门口，镇定自若地观看着一个魔鬼的游戏。我要她，是希望在那道呛人的菜之后换换口味。沃德和布里格斯，瞧瞧两者何等不同！把这双清澈的眼睛同那红彤彤的双眼比较一下吧，把这张清秀的脸同那副鬼相比较一下吧，把这副身材同那个庞然大物比较一下吧，然后再来继续审判我。布道的牧师和护法的律师都请记住，你们怎么来审判我，将来也会受到怎么样的审判。现在你们走吧，我得要把我的宝贝藏起来了。"

我们都走了出来。罗切斯特先生迟留一步，对格雷斯·普尔再做了交代。我们下楼时律师对我说：

"你，小姐，"他说，"是完全无可指责的。等梅森先生返回马德拉后，你的叔叔听说是这么一回事一定很高兴——真的，要是他还

简·爱

能活着。"

"我的叔叔！他怎么样？你认识他吗？"

"梅森先生认识他。几年来爱先生一直与他丰沙尔[马德拉群岛的首府]的家保持通信联系。你的叔叔接到你的信，知道你同罗切斯特先生的姻缘时，梅森先生偏巧赶上，他是在回牙买加的路上，逗留在马德拉群岛养病的。爱先生提起了这个消息，因为他知道我的一个委托人同一位名叫罗切斯特先生的相熟。你可以想象，梅森先生既惊讶又难受，便说了事情的原因。很遗憾，你的叔叔现在卧病在床，考虑到疾病的性质，——肺病——以及疾病的程度，他很可能会一病不起。他不可能亲自赶到英国，把你从掉入的陷阱中解救出来，但他恳求梅森先生想尽一切办法，阻止这桩诈骗婚姻。他让我帮他的忙。我使用了一切公文快信，谢天谢地，总算并不太晚，无疑你也必定有同感。要不是我确信还没等你赶到马德拉群岛，你的叔叔就会去世的话，我会建议你同梅森先生结伴而行。但事情已经这样了，你还是留在英国，等你接到他的信或者听到关于他的消息后再说。我们还有什么别的事需要留下吗？"他问梅森先生。

"不，没有了，——我们走吧。"听者急不可待地回答。他们没有等到同罗切斯特先生告别，便从大厅门出去了。牧师在与那些高傲的教区居民沟通了几句劝导或是责备的话后，想着责任已尽，便也离去了。

我听见他走了，这时我已回到自己的房间里，正站在半掩着的门旁边。人去楼空，我把自己关进房间，闩上了门，免得别人闯进来，然后开始——不是哭泣，不是悲伤，我很镇静，不至于这样，而是——机械地脱下结婚礼服，换上昨天我要最后一次穿戴的呢袍。随后我坐了下来，感到浑身疲软。我用胳膊支在桌上，将头靠在手上，思考一天内发生的事情。【名师点睛：简·爱的内心十分平静，因为这发生的一切事情虽然在意料之外，但似乎又在情理之中。】在此之前，我只是听，只是看，只是动——由别人领着或拖着，跟上跟下——观看事情一件

360

件发生，秘密一桩桩被揭开。而现在，我开始思考了。

早上是很平静的，除了与疯子厮打的短暂场面，一切都很平静。教堂里的一幕也并没有粗声大气，没有暴怒，没有大声吵闹，没有哭泣。几句话之后，平静地宣布对婚姻提出异议，罗切斯特先生问了几个严厉而简短的问题，对方做了回答和解释。有了证据，我的主人毫无隐讳地承认了事实，然后见了活生生的证据，不速之客走了，一切都归于平静。

我静静地待在我的房间里——只有我自己，没有什么变化。我没有受到折磨、损伤或者残害，然而昨天的简·爱又在哪儿呢？她的生命在哪儿？她的前途在哪儿？我自己找不到答案。

简·爱，她曾是一个热情奔放、充满期待的女人——竟差一点做了新娘——再度又成了郁郁寡欢、神情黯然的姑娘。她的生命很苍白，她的前程很凄凉。圣诞的霜冻在仲夏就降临；十二月的白色风暴六月里便刮得天旋地转；冰凌替成熟的苹果上了釉(yòu)彩；积雪摧毁了怒放的玫瑰；干草田和玉米地里覆盖着一层冰冻的寿衣；昨夜还姹紫嫣红的小巷，今日无人踩踏的积雪已经封住了道路；十二小时之前还树叶婆(pó)娑(suō)[盘旋舞动的样子]、香气扑鼻犹如热带树丛的森林，现在已经白茫茫一片荒芜，犹如冬日挪威的松林，我的希望全都破灭了——受到致命的一击。【名师点睛：这段罗列了许多美好事物被摧毁的场景，也是简·爱此刻的心灵写照。】

就像一夜之间落到埃及地上所有长子头上的那种难测的厄运打击了我。我回想着自己所抱有的那份希望，昨天还是繁茂艳丽的模样，现在却变成了毫无生气的铅灰色，一片凄凉——成了一具永远无法复活的尸体。我审视着我的爱情，我主人的那种感情——他所造成的感情，在我心里打着寒战，像冰冷摇篮里的一个病孩，病痛已经缠身，却又难以回到罗切斯特先生的怀抱——无法从他的胸膛得到温暖。哦，永远也回不到他那儿去了，因为信念已被扼杀——信任感已被摧毁！

简·爱

于我而言，罗切斯特先生已经不是曾经的那个他了，因为他已不再是我想象中的模样。我不想把他看成邪恶，我不会说他欺骗了我，但是真理那种一尘不染的属性，已与他无缘了，因此我必须离他而去，这点我看得非常清楚，什么时候——怎样走——上哪儿去，我还不能明辨。但我相信他自己会急于把我从桑菲尔德撵(niǎn)走[驱赶]，他似乎已不可能对我怀有真情，只存有忽冷忽热的激情，并且受到深深的压抑。他不再需要我了，现在我甚至竟害怕与他狭路相逢，他一见我准感到厌恶。哦，我的眼睛多瞎！我的行动多软弱！

我紧闭并且蒙上了双眼，旋转的黑暗飘浮着，似乎包围了我，思绪滚滚而来犹如黑色的浊流。我自暴自弃，浑身松弛，百无聊赖，仿佛躺在一条大河干枯的河床上，我听见洪水从远山奔泻而来，我感觉到激流逼近了，爬起来吧，我没有意志，逃走吧，我又没有力气。我昏昏沉沉地躺着，渴望死去。【名师点睛：简·爱已经心如死灰，她接受不了所遭遇的困境，她用尽全力去争取的爱情转眼间消失无影，她对未来所有的期待和向往都破灭了。】有一个念头仍像生命那样在我内心搏动——上帝的怀念，并由此而产生了无言的祈祷。这些话语在我已经不见阳光的内心不停徘徊，似乎应该被悄声吐露出来，但是却无力表达。

"求你不要远离我，因为急难临近了，没有人帮助我。"

急难确实近了，而我并没有请求上天消灾灭祸——我既没有合上双手，没有屈膝，也没有张嘴——急难降临了，洪流滚滚而来把我吞没。我意识到我已经失去我的爱情，我的希望已被浇灭，我的信心受到致命的一击，这整个想法犹如一个色彩单调的块状物，在我头顶有力地大幅度摆动着。此刻我的内心苦不堪言。真是"水灌进了我的灵魂，我陷入了深深的泥潭，觉得无处立足，坠进深渊，激流把我淹没了。"

Z 知识考点

1.简·爱和罗切斯特的婚礼遭到了_____的反对,并且请出了_____出来做证。真相终于浮出水面,罗切斯特有一位_____的妻子,罗切斯特带众人去看了妻子的现状,在妻子_____和_____中,他将妻子捆住,带着_____的笑看着人们。

2.梅森是罗切斯特妻子的什么人?　　　　　　　　(　　)

　A.朋友　　　　B.哥哥　　　　C.弟弟

3.在所有的真相被揭露后,简·爱的心情如何?

_____

_____

Y 阅读与思考

1.请概括一下罗切斯特的秘密到底是什么?

2.为什么在捆绑好自己的妻子后,罗切斯特对人们笑了?

3.简·爱在冷静的思考中想到了什么?做了什么决定?

363

▶ 简·爱

第二十七章

悄然离去

M 名师导读

真相让简·爱心痛万分,可她宁愿忍受痛苦,也不愿离开罗切斯特。但是在同罗切斯特的一番激烈争吵后,她下定决心离开这里,在那个夜晚,她悄悄离开了桑菲尔德府。

下午,我抬起了混沌的脑袋,茫然地向四周看了看,西沉的夕阳余晖正洒落在墙壁上,我低声问自己:"我该如何是好?"

我的心灵在回答——"立即离开桑菲尔德"——那么突如其来,又那么可怕,我马上捂住了耳朵。我说,这些话我现在难以忍受。"我承认不当爱德华·罗切斯特先生的新娘,是我痛苦中最小的一部分,"我辩解说,"承认我从一场美梦中醒来,发现全是竹篮打水一场空,这种恐惧我既能忍受,也能克服。不过要我义无反顾地马上离他而去我却受不了。"【名师点睛:即使遭受到如此沉重的打击,简·爱对罗切斯特依然抱有深深的爱意。】

但是,我内心的另一个声音却认为我应该这样做,而且告诉我必须这么做。我思忖着这个决定,希望自己懦弱些,以躲避已经为我铺下的可怕的走进地狱之门的道路。而良心已变成暴君,抓住激情的喉咙,别有用心地告诉她,她那美丽的脚已经陷入了泥淖,还发誓要用铁臂把她推入无底的痛苦深渊。

"那么把我拉走吧!"我嚷道,"让别人来帮助我!"

"不,你得自己挣脱,没有人帮助你。你自己得剜(wān)出你的右眼,砍下你的右手,把你的心作为祭品而且要由你这位祭司把它刺穿。"

我猛然站了起来,被如此无情的法官所铸就的孤独,被充斥着如此可怕声音的寂静吓坏了。当我站起来时顿觉头昏脑涨。我想大概是因为我过于激动和缺乏营养,所以身体感到不适,那一天中我什么都还没有吃,甚至一块肉或者一口饮料。带着一种莫名的痛苦,我忽然回想起来,尽管我已在这里关了很久,但也没有任何人来找过我,或者邀请我下楼去,甚至连阿黛勒也没有来敲我的门,费尔法克斯太太也没有来找我。"朋友们总是忘记那些被命运所抛弃的人。"我咕哝着,一面痛苦地拉开门闩,走了出去。【名师点睛:在简·爱准备开门走出去之前,想到了在此期间没有一个人来看望过她,内心非常失落,她觉得自己是被命运抛弃的人。】我突然被一个什么东西绊了一下。因为我依然头脑发晕,视觉模糊,四肢无力,所以无法立刻控制住自己。我没有倒在地上,一只伸过来的手抓住了我。我抬起头来,是罗切斯特先生扶着我,他正坐在我房门口的一把椅子上。

"你终于出来了。"他说,"是呀,我已经等了你很久了,而且细心听着。但屋里既没有一丝动静,也没有听到一声哭泣。如果再过五分钟还是没有一丝动静,我可能像盗贼那样破门而入了。这样看来,你在躲我?你把自己关起来,暗自伤心?我倒宁愿你厉声骂我。你容易动感情,因此我认为你一定会和我大闹一场。可是我想错了,你根本就没哭!我看到了你白白的脸颊,无神的眼睛,却没有泪痕。那么我猜想,你的心一定在哭泣着,在流血?

"听着,简,没有一句责备的话吗?没有尖刻、辛辣的言辞?没有挫伤感情或者打击热情的字眼?你静静地坐在我让你坐的地方,无精打采地看着我。

"简,我打从心里不忍对你造成丝毫伤害,要是某人有一只亲如女儿的母羊,它吃他的食物,用他的餐具,躺在他怀抱里。而由于某种原因,在屠场里宰了它,他对血的错误的悔恨绝不会超过我现在的悔

▶ 简·爱

恨，而你能饶恕我这一次吗？"

　　读者！——我当时就宽恕了他。他的目光隐含着那么深沉的忏悔，语调里透出发自肺腑的歉意，举止中有着如此男人气的活力。此外，他的整个神态和风度中流露出那么矢志不移的爱情——我全都宽恕了他，不过没有表现出来，而只是掩藏在心底。【写作借鉴：运用内心活动描写，表现出简·爱对罗切斯特的宽容和理解，也为下文埋下了伏笔。】

　　"你认为我是个十恶不赦的恶棍吗，简？"不久后他若有所思地问。我想，他是对我依然郁郁寡欢而感到纳闷，我这样的心情是身体虚弱无力所致，而不是意志力受打击的表现。

　　"是的，先生。"

　　"那就直截了当、不留情面地告诉我吧，别管我能否接受。"

　　"我不愿这么做，我现在既没有兴致，身体也很不舒服。我想喝点水。"

　　他颤抖着叹了口气，把我抱在怀里下楼去了。起初我不知道他要把我抱到哪个房间去，在我呆滞的目光中一切都朦朦胧胧。很快我觉得一团温暖的火又回到了我身上，因为尽管是夏天，我在自己的房间里早已浑身冰凉。他把酒送到我嘴里，我尝了尝，缓过了神来。随后我吃了些他拿来的东西，身体便很快恢复了。我在图书室里——坐在他的椅子上——他就在我旁边。"要是我现在就毫无痛苦地结束生命，那倒是再好不过了。"我想，"那样我就不必狠心绷断自己的心弦，以中止同罗切斯特先生心灵上的联系。看来我得离开他。我不想离开他——我不能离开他。"

　　"你现在好吗，简？"

　　"好多了，先生。很快就会好的。"

　　"再尝一下酒，简。"

　　我照他的话做了。随后他把酒杯放在桌上，呆呆地站到我面前，聚精会神地看着我。突然他转过身来，充满激情又含混不清地叫了一声，朝我弯下身子，像是要吻我，但我突然记起我们两人之间不应该再有这样温柔的抚爱了。我转过头去，默默地推开了他的脸。

"什么？这是为什么？"他急忙嚷道，"哦，我明白！你不想吻伯莎·梅森的丈夫？你认为我的拥抱已被别的女人夺走了？"

"无论怎么说，我已经没有权利占有你，这里也没有我的容身之处了，先生。"

"为什么，简？我来替你说出你不想说的烦恼，让我替你回答——因为我已经有了一个妻子，你会回答——是这样吗？"

"是的。"

"要是你这样想，你一定认为我是一个居心不良的浪子，煽起没有真情的爱，骗你走进事先设计好的圈套。剥夺你的名誉，使你丧失了自尊。你对这一切有什么看法？我看你不想说什么，现在你身子依然虚弱；其次，你还不习惯于指责我、辱骂我；此外，眼泪的闸门大开着，要是你说得太多，泪水会奔涌而出。你在思索着怎样来行动，我知道你对我有戒备。"

"先生，我不想与你势不两立。"我说，发抖的嗓音警告我要少说话。

"不按你理解的字义而按我理解的字义来说，你正计划着毁掉我。你等于已经说，我是一个已婚男子，正因为这样，你不愿见我，避开我。刚才你已拒绝吻我，你想与我成为陌路人，只不过以阿黛勒的家庭教师身份住在这座房子里。要是我对你说了句友好的话，要是一种友好的感情使你回到我身边，你会说'那个人差点儿让我成了他的情妇，我必须对他冷若冰霜'，于是你便真的冷若冰霜。"【名师点睛：罗切斯特在得不到简·爱的及时回应后，开始揣测简·爱的想法。】

我清了清喉咙，稳住了神回答他："我周围的一切变化太大了，先生。我也必须改变，为了避免感情的冲动。那就只有一个解决的办法，阿黛勒得另请家庭教师，先生。"

"哦，阿黛勒要上学去，这个我已做了安排。我也不想拿桑菲尔德府可怕的联想和回忆来折磨你。这是个可诅咒的地方——这个亚干的

简·爱

营帐[《圣经》载，以色列人破耶利歌城时，犹太的支派亚干违反上帝的晓谕，私将所夺的财物藏在自己的帐篷内，上帝震怒，命以色列人用石头将他打死。见《旧约·约书亚记》第7章]——这个傲慢的墓穴，向着明亮开阔的天空，显现出生不如死的鬼相——这个狭窄的石头地狱，一个真正的魔鬼，抵得上我们想象中的一大批——简，你不要待在这儿，我也不待。我明知道桑菲尔德府鬼影憧(chōng)憧，却把你带到这儿来，这是我的过错。我还没有见你就已责令他们把这个地方的祸害都瞒着你，只是因为我怕你一知道与谁同住在一个屋檐下，阿黛勒就找不到肯待在这里的女教师了。而我的计划又不允许我把这疯子迁往别的地方，——尽管我拥有一个比这里更幽静、更隐蔽的老房子，叫作芬丁庄园。要不是考虑到那里地处森林中心，环境很不卫生，我良心上羞于做这样的安排，我很有可能会让她安安稳稳地住在那里。那里潮湿的墙壁可能会很快从我肩上卸下她这个包袱。不过同样是恶棍，恶行却各有不同，我的目的并不是想要间接谋杀，即便是对付我恨之入骨的人。【名师点睛：罗切斯特没有将妻子安置于另一个不卫生且环境潮湿的庄园，可以看出他的内心善良且有情有义。】

"然而，把疯女人的住处瞒着你，不过是像用斗篷把一个孩子盖起来，把他放在一棵箭毒树旁边。那魔鬼把四周都毒害了，并且毒气始终不散，不过我将关闭桑菲尔德府，我要用钉子封住前门，用板条盖没矮窗。我要给普尔太太二百英镑一年，让她同我的妻子——你称之为可怕的女巫，一起生活。只要给钱，格雷斯愿意干很多事，而且她可以让她在格里姆斯比收容所看门的儿子来做伴，我的妻子发作的时候，比如说当她受到妖精的指示要在夜里把人们活活烧死在床上，用刀刺他们，从骨头上把肉咬下来的时候，格雷斯身边好歹也有个帮手。"

"先生，"我打断他说，"对那个不幸的女人来说，你实在冷酷无情。你一谈起她满腹仇恨——势不两立。那很残酷——她发疯也是身不由己的。"

"简，我的小宝贝（我会这么叫你，因为你确实是这样），你不了解你谈的事儿，你又错怪我了。我恨她并不是因为她发了疯。要是你疯了，你想我会恨你吗？"

"我想你会的，先生。"

"那你错了。你一点儿也不了解我，一点儿也不了解我是怎样去爱的。你身上每一丁点儿皮肉如同我自己身上的一样，对我来说都非常宝贵，病痛之时也一样如此。你的脑袋是我呵护的宝贝，若是出了什么问题，我依然会珍爱它。要是你呓(yì)[梦话]语连篇，我的胳膊会围住你，而不会是给你疯人穿的紧身衣——即使在动怒的时候你乱抓，对我来说也是甜蜜的。要是你像今天早上的那个女人那样疯狂向我扑来，我会敞开怀抱接受你，这样既能起到制止的作用，也能体现出抚爱。我不会像厌恶地避开她一样避开你，在你安静的时刻，你身边没有监护人，没有护士，只有我。我会带着不倦的温柔体贴，在你身边走动，尽管你不会对我报之以微笑。我会永不厌倦地盯着你的眼睛，尽管那双眼睛已不再射出一缕认识我的光芒。【名师点睛：罗切斯特罗列了种种假设，无一不体现出简·爱对他而言是一个特别的存在。】——但是我干吗要顺着那样的思路去想呢？我刚谈着让你离开桑菲尔德。你知道，一切都准备好了，让你立刻离开这里，明天你就走。我只不过求你在这间屋子里再忍受一个晚上，简，随后就向它的痛苦和恐怖诀别。我自有地方可去，那会是个安全的避难所，躲开可憎的回忆、不受欢迎的干扰——甚至还有欺诈和诽谤。"

"那就带阿黛勒一起走吧，先生，"我插嘴说，"你也只有她可以做伴了。"

"你怎么这样去想呢，简？我要送阿黛勒上学。我为什么要一个孩子做伴？何况又不是我的孩子——一个法国舞女的杂种。你干吗把我跟她缠在一起？我说，你为什么把阿黛勒派给我做伴？"

"因为你谈到了隐居，先生，隐居和独处是乏味的。"

简·爱

"独处！独处！"他焦躁地重复了一遍，"我必须做个解释。我不明白你的脸上为什么露出一种令人无法理解的表情。你是要和我一起分享孤独，你知道吗？"

我摇了摇头。在他那样激动的时候，即使是稍微流露出一些反抗的意味，也需要有点勇气。他在房间里不安地走动着，随后停了下来，仿佛在原地生了根似的，他瞪着我看了很久。我把目光从他身上移开，看着火炉子，而且竭力摆出安宁、镇静、泰然自若的神气。【名师点睛：简·爱和罗切斯特两人之间已经产生了比较激烈的矛盾和误解，此时他们都需要静下心来好好思考一番。】

"现在简性格上的别扭劲儿终于上来啦。"他终于开口说道，语气比他的神态所让我期望的要平和得多。"到现在为止，这团丝线还是转得够顺利的，但我向来知道，会出现结头和谜团，现在就是。此刻面对着烦恼、气怒和无休无止的麻烦！天啊！我真想动用参孙的一份力量，快刀斩乱麻！"

他又开始走动，但很快停了下来，这回正好停在我面前。

"简！你愿意听我讲道理吗？（他弯下腰来，凑近我耳朵）因为要是你再不听，我就要使用暴力了。"他的声音嘶哑，他的神态像是要冲破无法忍耐的束缚，不顾一切地大胆放肆了。我曾在另一个场合中见识过这样的情形，若是再有一份因内心狂乱而产生的冲动，我便会对他无能为力。所以此时，必须在片刻之间将他控制和约束住，否则一个表示厌恶、逃避或胆怯的动作就会招来我的末日，——也招来他的末日。然而我并不害怕，丝毫没有。我感到有一种内在的力量，一种气势在支持着我。危急关头往往险象环生，但也并非没有魅力，就像印第安人乘着皮筏穿过激流所感觉到的那样。我抓住他捏得很紧的手，松开他扭曲的手指，抚慰他说：

"坐下吧，你要说多长时间我就同你说多长时间。你想说什么，不管有无道理，我都听你说。"

他坐了下来，但我并没有让他马上就开口，我已经强忍了多时的眼泪，竭力不让它流下来，因为我知道他不喜欢看到我哭。不过要是我的泪水能让他平静下来，那么淌多少都是有益的。于是我放纵自己，哭了个痛快。【名师点睛：简·爱已经对罗切斯特十分了解，她想出一个办法让罗切斯特冷静下来，后文的事实也证明，她成功了。】

不久，我就听他真诚地求我安静下来，我说他那么怒气冲天，我可无法安静下来。

"可是我没有生气，简，我只是太爱你了。你那苍白的小脸神色木然，像一块铁板，我实在受不了。安静下来，把眼泪擦一擦。"

他口气软了下来，说明他已经克制住了。因此我也随之镇静下来。这时他试着要把他的头靠在我肩上，但我不同意，随后他要一把将我拉过去。我强烈反对！

"简！简！"他说，——语调那么悲伤，使我的每根神经都战栗起来了。【写作借鉴：运用反衬的写作手法，虽然在写简·爱的心理感受，但实际上是在表现罗切斯特内心的悲痛欲绝。】"那么你不爱我了？你看重的只是我的地位以及作为我妻子的身份？现在你认为我不配做你的丈夫，你就害怕我碰你，好像我是什么癞蛤蟆或者大猩猩似的。"

这些话使我感到难受。可是我能做什么，说什么呢？也许我应当什么也别做，什么也别说。但是我被悔恨折磨着，因为我伤了他的感情，我情不自禁地想在被我弄伤的地方贴上止痛膏。

"我发自内心地爱你，"我说，"从没那么爱过。但我决不能表露或纵容这种感情，这是我最后一次的表白。"

"最后一次，简！什么！你认为可以跟我住在一起，天天看到我，然后因为内心仍然爱着我，所以又要经常和我保持冷漠和疏远吗？"

"不，先生，这样肯定不行，因此我认为只有一个办法，但要是我说出来，你准会发火。"

"哦，说吧！我就算是大发雷霆了，你也能用哭哭啼啼来应对。"

371

简·爱

"罗切斯特先生,我得离开你。"

"离开多久,简?几分钟工夫吧,梳理一下你有些蓬乱的头发,洗一下你看上去有些发烧的脸吗?"

"我得离开阿黛勒和桑菲尔德,我得永生永世离开你,我得在陌生的面孔和陌生的环境中开始新的生活。"

"当然,我同你说过你应当这样。我不想一直听到你说想要离开这种不合情理的话。至于新的生活,那很好,但你得成为我的妻子。只要你我还活着,我就会守着你。在那里有人精心地守护着你,不必担心我会引诱你上当——让你成为我的情妇。你为什么摇头?简,你得通情达理,要不然我真的会发狂的。"

他的嗓子和手都颤抖着,他大大的鼻孔扇动着,他的眼睛冒着火光,【名师点睛:罗切斯特在听到简·爱说要离开以后已经快要失去理智了,他是如此深爱着简·爱。】但我依然敢说——

"先生,你的妻子现在还活着,这是早上你自己承认的事实。要是按你的愿望同你一起生活,我就真成了你的情妇。别的说法都是诡辩——是欺骗。"

"简,我不是一个脾气温和的人——你忘了这点。我忍不了很久。我不是一个冷静的人,也不是一个完全没有感情的人,可怜一下我们两人吧,来吧,用你的手指感受一下我的脉搏,看看它怎样在跳动,而且要当心——"

他真的露出手腕,伸向我。他的脸颊和嘴唇因为紧张失血而变得苍白。我很为难,十分苦恼。用他所厌恶的拒绝把他煽动起来吧,那是残酷的;要让步呢,又不可能。我做了一件走投无路的人出于本能会做的事——求助于高于凡人的神明。"上帝,帮帮我!"我脱口而出。

"我太傻,"罗切斯特先生突然说,"我总是告诉她我没有结过婚,却没说为什么。我忘了她一点也不知道那个女人的性格,不知道我同她地狱一般结合的背景。哦,我敢肯定,如果简知道这些事情的真相,她一定会同情我的。把你的手放在我的手里，珍妮特——这样我有接触和目光为依据，证明你在我旁边——我会用寥寥几句话，告诉你事情的真相。你能听我吗？"【名师点睛：真相一层接一层，在罗切斯特和他妻子结合的背后还有着一个复杂的故事，罗切斯特也是一个受害者。】

"是的，先生。听你几小时都行。"

"我只要求几分钟。简，你是否听到过，或者知道我在家里不是老大，我还有一个年龄比我大的哥哥？"

"我记得费尔法克斯太太告诉过我一次。"

"你听说过我的父亲是个贪得无厌的人吗？"

"我大致了解一些。"

"好吧，简，出于贪婪，我父亲要让他的家产保持完整。他决定把所有的财产都留给我的哥哥罗兰，然而也不忍心我这个儿子成为穷光蛋，所以需要一桩富有的婚事来解决我的生计问题。不久之后他替我找了个伴侣。他有一个叫梅森先生的老相识，是西印度的种植园主和商人。他做了调查，确定梅森先生家业很大。他发现梅森先生有一双儿女，还知道他将会把三万英镑的财产留给他的女儿，那已经足够了。我一离开大学就被送往牙买加，跟一个已经替我求了爱的新娘成婚。我的父亲只字不提她的钱，却告诉我在西班牙城的梅森小姐有倾城之貌，这倒不假。她是个美人，有布兰奇·英格拉姆的派头，身材高大，皮肤黝黑，雍容华贵。她的家人也希望我们可以结合，因为我身世不错，和她一样。他们把她带到聚会上给我看，打扮得花枝招展。我难得单独见她，也很少同她私下交谈。她恭维我，还故意卖弄姿色和才艺来讨好我。她圈子里的男人似乎都被她所倾倒，同时也羡慕我，我被弄得眼花缭乱，激动不已。我的感官被刺激起来了，由于幼稚无知，没有经验，以为自己爱上了她。社交场中的愚蠢角逐、年轻人的好色、鲁莽和盲目，会使人什么糊里糊涂的蠢事都干得出来。她的亲戚们怂恿我，情敌们激怒我，她来勾引我。于是我还几乎不知道是怎么回事

简·爱

儿，婚事就定了。哦——一想起这种行为我便失去了自尊！——我被内心一种自我鄙视的痛苦所压倒，我从来没有爱过她、敬重过她，甚至也不了解她。她天性中有没有一种美德我都没有把握。在她的内心或举止中，我既没有看到谦逊和仁慈，也没有看到坦诚和高雅。【名师点睛：罗切斯特的婚事非常盲目，他对自己的新娘根本不够了解，也缺少灵魂的共鸣。】而我娶了她——我是多么粗俗，多么没有骨气！真是个有眼无珠的大傻瓜！要是我没有那么大的过失，也许我早就——不过还是让我记住我在同谁说话。

"新娘的母亲我从未见过，我以为她死了。但蜜月一过，我便发现自己搞错了。她是一个疯子，被关在疯人院里。我妻子还有个弟弟，是个不会说话的白痴。你所见到的大弟（尽管我讨厌他的亲人，却并不恨他，因为在他软弱的灵魂中，还有许多爱心，表现在他对可怜的姐姐一直很关心，以及对我一度显出狗一般的依恋）有一天很可能也会落到这个地步。我父亲和我哥哥罗兰对这些情况了如指掌，但是他们心中只有那三万英镑，于是合谋坑害了我。

"这都是些丑恶的发现，但是，除了隐瞒实情的欺诈行为，我不应当把这些都怪罪于我的妻子，尽管我发现她的个性与我格格不入。她的趣味使我感到厌恶，她的气质平庸、低下、狭隘，完全不可能向更高处引导，向更广处发展；我发现无法同她舒舒畅畅地度过一个晚上，甚至一个小时。我们之间没有真诚的对话，因为不论谈及什么话题，马上会得到她既粗俗又陈腐、既怪僻又愚蠢的呼应——我发觉自己不可能再拥有一个清静安闲的家，因为没有一个仆人能忍受她不断发作的暴烈无理的脾性，能忍受她荒唐、矛盾和苛刻的命令所带来的烦恼——即使那样，我也克制住了。我避免责备，减少规劝，悄悄地吞下了自己的悔恨和厌恶。我抑制住了自己的反感。

"简，我不想用讨厌的细节来打扰你了，我要说的话可以用几句激烈的话来表达。我跟那个女人在楼上住了四年，在那之前她折磨得我够呛。她的坏脾气蔓延滋长，并可怕地急剧发展；她的劣迹层出不穷，而且那么严重，只有使用残暴的手段才能加以制止，而我又不忍心；她的智力那么弱——而她的冲动又何等之强！那些冲动给我造成了多么可怕的灾祸！伯莎·梅森——一个声名狼藉的母亲的真正的女儿——把我拉进了堕落骇人的痛苦深渊。一个男人同一个既放纵又鄙俗的妻子结合，这必定是在劫难逃的。【名师点睛：罗切斯特说出了他和梅森小姐不合适的种种原因，他们没有共同的话题，没有能够真诚交谈的对话，两个人在品质和人格上都是不相配的。】

"在这期间我的哥哥死了，四年之后我父亲也去世了。从此我继承了全部财产——同时又穷得可怕。因为这时医生们发现我的妻子精神失常了——她的放肆已经使发疯的种子早熟。简，你不喜欢我的叙述，你看上去几乎很厌恶——其余的话是不是改日再谈？"

"不，先生，现在就讲完它。我怜悯你——我真诚地怜悯你。"

"怜悯，这个词出自某些人之口时，是讨厌而带有污辱性的，我完全有理由把它奉还给说出来的人。不过那是内心自私无情的人的怜悯，这是听到灾祸以后所产生的以自我为中心的痛苦，混杂着对受害者的盲目鄙视。但这不是你的怜悯，简，此刻你满脸透出的不是这种感情——此刻你眼睛里洋溢着的——你内心搏动着的——使你的手颤抖的是另一种感情。我的宝贝，你的怜悯是爱得痛苦的母亲，她的痛苦是神圣的热恋出世时的阵痛。我接受了，简！让那女儿自由地降生吧——我的怀抱已等待着接纳她了。"

"好，先生，说下去，你发现她疯了以后怎么办呢？"

"简——我到了绝望的边缘，能把我和深渊隔开的就只剩自尊了。在世人的眼里，无疑我已是名誉扫地，但我下定决心一定要在自己眼中留有一抹清白——我终于拒绝接受她的罪孽的感染，挣脱了同她神经缺陷的联系。但社会依然把我的名字，我本人和她捆在一起，我仍旧天天看到她，听到她。她呼吸的一部分（呸！）混杂在我呼吸的空气

375

简·爱

中。此外，我还记得我曾是她的丈夫——对我而言，这些回忆无论是在过去还是现在，都让我涌出一种说不出的憎恶感。而且我知道，只要她还活着，我就永远不能成为另一个更好的妻子的丈夫。尽管她比我大五岁（她的家庭和她的父亲甚至在她年龄细节上也骗了我），她很可能跟我活得一样长，因为她虽然头脑衰弱，但体魄强健。于是在二十六岁的年纪上，我便全然无望了。

"一天夜里，我被她的叫喊声惊醒了（自从医生宣布她疯了以后，她当然是被关起来了）——那是西印度群岛火燎似的夜晚，这种天气常常是飓风到来的前奏。我难以入睡，便爬起来开了窗。空气像含硫的蒸气——到处都让人提不起神来。蚊子嗡嗡地飞进来，阴沉地在房间里打转。在那儿我能听到大海之声，像地震一般沉闷地隆隆响着。黑云在大海上空集结，月亮沉落在宽阔的红色波浪上，像一个滚烫的炮弹——向颤抖着正酝酿风暴的海洋，投去血色的目光。【写作借鉴：对环境进行了生动具体的描写，以此衬托出罗切斯特内心的烦躁。】我确实深受这种气氛和景色的感染，而我的耳朵却充斥着疯子尖叫着的咒骂声。咒骂中夹杂着我的名字，语调里充满仇恨，语言又那么肮脏！——甚至是一个以卖淫为业的妓女，也不会使用比她更污秽的字眼，尽管隔了两个房间，我依然能清清楚楚地听见每一个字——西印度群岛薄薄的隔板丝毫挡不住她狼一般的号叫。

"'这种生活，'我终于说，'是地狱！这是无底深渊里的空气和声音！要是我能够，我有权解脱自己。人世的痛苦连同拖累我灵魂的沉重肉体会离我而去。对狂热者信奉的地狱之火，我并不害怕。将来的状况不会比现在的更糟——让我摆脱，回到上帝那儿去吧！'

"我一面说，一面蹲在一只箱子旁边，把锁打开，箱子里放着一对上了子弹的手枪。我想开枪自杀。但是这个念头只在我的脑海中停留了一会儿，因为我还没有发疯，所以那种激起自杀念头并使我万念俱灰的危机，刹那间过去了。

"刚刚来自欧洲的风吹过海面,穿过宽敞的窗户。暴风雨到来了,大雨滂沱,雷鸣电闪,空气变得清新了。随后我设想并下定了决心。我在湿漉漉的园子里水珠滴答的橘子树下,在湿透的石榴和菠萝树中间漫步,周围燃起了灿烂的热带黎明,——于是我思考着,简,——哦,听着,那一刻真正的智慧抚慰了我,向我指明了正确的道路。

"从欧洲吹来的甜甜的风,在格外清新的树叶间耳语,大西洋自由自在地咆哮着。我那颗早已干枯和焦灼的心,对着那声音舒张开来,热血沸腾——我的身躯向往新生——我的心灵渴望甘露。【名师点睛:欧洲的风让罗切斯特感受到了自由的气息,他被发疯的妻子折磨得对生活失去激情的心又重新复活了,他将要开始自由的欧洲之旅了。】我看见希望复活了——感受到了重生的可能。我从花园顶端拱形花棚下眺望着大海——它比天空更加蔚蓝。旧世界已经远去,清晰的前景展现在面前:

"'去吧,'希望说,'再到欧洲去生活吧,在那里你那被玷污的名字不为人所知,也没有人知道你背负着龌(wò)龊(chuò)[恶劣的,不干净的]的重荷。你可以把疯子带往英国,关在桑菲尔德,给予应有的照料和戒备。然后便可以开始随处旅游,结识你喜欢的新关系。那个女人恣意让你受了这么长时间的苦,如此败坏你的名声,如此侵犯你的荣誉,如此毁灭你的青春,她不是你妻子,你也不是她丈夫。注意让她按病情需要得到照应,那你就已做了上帝和人道要求你的一切。让她的身份,她同你的关系永远被忘却,你决不要把这些告诉任何一个人。把她安置在一个安全舒适的地方,悄悄地把她的堕落掩藏起来,离开她吧。'

"我完全按这个建议去做。我的父亲和哥哥没有把我婚姻的底细透给他们的旧识,因为在我写给他们的第一封信里,我就向他们通报了我的婚配——已经开始感受到它极其讨厌的后果,而且从那一家人的性格和体质中,看到了我可怕的前景——我附带又敦促他们严守秘密。不久,我父亲替我选中的妻子的丑行已经到了这个地步,使他也羞于

简·爱

认她为媳了。对这一关系他不但不想大事声张，还像我一样急于把它掩盖起来。【名师点睛：由此更可看出罗切斯特父亲为人的虚伪和不堪。】

"随后我把她送到了英格兰，同这么个怪物待在船上，经历了一次可怕的航行。我非常高兴，最后终于把她送到了桑菲尔德，看她平安地住在三楼房间里。房间内的密室，十年来已被她弄成了野兽的巢穴——妖怪的密室。我费了一番周折找人服侍她。有必要选择一位忠实可靠的人，因为她的呓语必然会泄露我的秘密。此外，她还有神志清醒的日子——有时几周——这种时候她整日骂我。最后，我从格里姆斯比收容所雇来了格雷斯·普尔。她和外科医生卡特（梅森被刺并心事重重的那个夜晚，是他给梅森包扎了伤口），只有这两个人知道我内心的秘密。

"费尔法克斯太太也许有些怀疑，但对这件事的实情没有确切地了解。总的来说，格雷斯证明了自己是个好看守。但多半是因为伴随这折磨人的差事而来，而又无可救药的自身缺陷，她不止一次放松警戒，出了事情。这个疯子既狡猾又恶毒，决不放过看护人暂时的疏忽，有一次她偷偷拿刀捅了她弟弟，有两次拿到了她小房间的钥匙：第一次，她准备把我烧死在床上；第二次，她糊涂地找到你门上。我感谢上帝守护你。随后她把火气发在你的婚服上，那也许使她隐约地记起了自己当新娘的日子。至于还可能发生什么，我不忍心再回想了。当我想起早上扑向我喉咙的东西，想起她把又黑又红的脸凑向我宝贝的被窝里时，我的血凝结了——"

"那么，先生，"趁他顿住时我问，"你把她安顿在这里后，你干了些什么呢？你上哪儿去了？"

"我干了些什么，简？我把自己变成了一个行踪不定的人。我上哪儿去了？我像沼泽地的精灵那样东游西荡，去了欧洲大陆，迂回曲折穿越了那里所有的国家。我下定决心要找到一个让我动心的、出色聪明的女人，与我留在桑菲尔德的疯婆子相反——"

"但你不能结婚，先生。"

"我决心而且深信我能够结婚,也应该结婚,我虽然已经骗了你,但欺骗不是我的初衷。我打算将自己的事儿坦诚相告,公开求婚。我应当被认为有爱和被爱的自由,在我看来这是绝对合理的。我从不怀疑能找到某个女人,愿意并理解我的处境,接纳我,尽管我背着这个诅咒的包袱。"

"那么,先生?"

"当你刨根究底时,简,我常常忍不住发笑。你像一只急切的小鸟那样张开眼睛,时而局促不安地动来动去,仿佛口头回答的语速太慢,你还想读一读人家心上的铭文。我往下说之前,告诉我你的'那么,先生?'是什么意思。这个小小的短语你经常挂在嘴边,很多次是它把我导入无休止的交谈,连我自己也不十分清楚究竟为什么?"

"我的意思是——随后发生了什么?你怎么继续下去?这件事情后来怎样了?"

"完全如此。现在你希望知道什么呢?"

"你是否发现了一个你喜欢的人,是否求她嫁给你,她说了些什么?"

"我可以告诉你我是否找到了自己喜欢的人,是否向她求婚,但是她所说的话却要记录在'命运'的书本里。十年中我四处漂泊,先住在一个国家的首都,后来又到了另外一个。有时在圣·彼得堡,更多的时候在巴黎,偶尔在罗马、那不勒斯和佛罗伦萨。因为身边有的是钱,又有祖辈的威名做通行证,我可选择自己的社交领域,没有哪个圈子会拒绝我。我寻找着心中理想的女人,在英国的女士中间,法国的伯爵夫人中间,意大利的夫人们中间和德国的伯爵夫人中间。我找不到她。有时刹那之间我以为抓住了一个眼神,听到了一种腔调,看到了一种体形,宣告我的梦想就要实现,但我又马上醒悟了。你别以为我一直在追求完美的心灵或是躯体,我只希望能遇见一个与我相配的人——与克里奥尔人形成对比,我就这样徒劳地盼望着。【名师点睛:罗切斯特的心中急迫地想要寻到一位陪伴者,但是心中的阴影和对爱情忠诚的追求,让他始终没有遇到合适的人选。】即使我完全自由——我常常

379

简·爱

　　回想起不和谐的婚姻的危险、可怕和可憎——在她们所有的人中，我也找不到一个可以向她求婚的人。失望使我变得轻率起来。我尝试了放荡——但从来没有纵欲。过去和现在我都厌恶纵欲，那恰是我的那位西印度荡妇的特点，我对她和她的淫荡深恶痛绝，所以即使在作乐时也有所约束。一切近乎淫荡的享受，会使我向她和她的罪恶靠拢，于是我尽力避免。

　　"但是我无法单独生活，所以我尝试找情妇来做伴。我第一个选中的是塞莉纳·瓦伦——我所走的另一步，使人一想起来就会唾弃自己。你已经知晓她这个人以及我和她的关系是如何结束的。她之后有两个后继者，一个是意大利人嘉辛塔，另一个是德国人克莱拉，两人都被认为美貌绝伦。但是几周之后我觉得她们的美貌对我又有什么意义？嘉辛塔肆无忌惮，性格暴烈，过了三个月我就讨厌了；克莱拉诚实文静，但反应迟钝，没有头脑，很不敏感，一点也不对我口味。我很高兴给了她一笔可观的钱，让她找到了一个不错的谋生之道，总算体面地把她撵走了。可是简，从你的脸上可以看出，刚才你对我的印象并不很好，你认为我是一个冷酷无情、放荡不羁的流氓，是吗？"

　　"的确我不像过去有的时候那么喜欢你了，先生。你难道一点也不觉得这种一会儿这个情妇，一会儿那个情妇的生活方式不对吗？你谈起来仿佛这是理所当然的。"

　　"我是曾有这个想法，但我并不喜欢这么做。这是一种苟且偷生的生活方式，我绝不想再去过这样的日子。雇一个情妇的坏处仅次于买一个奴隶，两者就本性和地位而言都是低下的，同下人厮混是堕落，现在我讨厌回忆同塞莉纳、嘉辛塔和克莱拉一起的日子。"

　　我觉得这番话很真实，并从中做出了推断：要是我忘了自己，忘了向来所受的教导，在任何借口、任何理由和任何诱惑之下重蹈这些可怜姑娘的覆辙，有朝一日，他会以此刻回忆起她们来时那种同样亵(xiè)渎(dú)[轻慢；冒犯，不恭敬]的心情来看待我。【名师点睛：简·爱在听了罗切斯特欧洲堕落的生活后，感慨自己足够自爱，所以不至于在以后成为罗切斯特鄙夷之人，并且内心也更加坚定。】我并没有把这个想法说出来，感受到了就够了。我把它印在心坎里，让它在考验的时刻对我有所帮助。

"哦，简，你干吗不说'那么，先生？'了。我还没有说完呢。你神情严肃，看得出来不同意我的看法。不过让我直说吧。去年一月，我打发走了所有的情妇——当时我的心情十分空虚，也十分烦躁，因为我长期处于一种毫无意义、飘忽不定的孤独生活之中——我心灰意冷，便悻悻地反对一切人，尤其是反对一切女性（因为，我开始认为理智、忠实、可爱的女人不过是一种梦想），因为事务需要，我回到了英格兰。

"一个有霜冻的冬日下午，我骑在马上看见了桑菲尔德府。多么骇人的地方！对于那里而言，我想再也不会有安宁和欢笑。在海镇的阶梯上我看到一个斯斯文文的小东西独自坐着。我不经意地从她旁边走过，就像路过对面截去树梢的柳树一样。这小东西与我会有什么关系，我没有预感，也没有内心的感应暗示我。我生活的仲裁人——好歹也是我的守护神——穿着一身很不起眼的衣服坐在那儿。甚至我的梅斯罗马出了事故，这小东西一本正经上来帮忙时，我也还不知道她呢！一个稚气十足、纤弱苗条的家伙，仿佛一只红雀跳到我脚边，提议用它细小的翅膀背负我。我有些粗暴。但这东西就是不走，站在我旁边，固执得出奇，一副不容违抗的神态和口气。我得有人帮忙，而且是由那双手来帮，结果是我得到了帮助。

"我一压那娇柔的肩膀，某种新的东西——新鲜的活力和意识——悄悄地流进了我的躯体。好在我已知道这个小精灵得回到我身边——她住在我底下的房子里。要不然我会不无遗憾地感到她从我的手底下溜走，消失在暗淡的树篱中。【名师点睛：罗切斯特在第一次见到简·爱的时候，就被简·爱身上的活力所吸引，心如死灰的他内心已有了波澜。】我听到了你那天晚上回家来，简，尽管你未必知道我在思念你，观察着你。第二天你与阿黛勒在走廊上玩的时候，我观察了你半个小时（没

简·爱

有暴露我自己)。我记得那是个下雪天,你们不能到户外去。我待在自己的房间里,半开着门。我可以听,也可以看。一时阿黛勒占据了你的注意力,但我想象你的心思在别的地方。但你对她非常耐心,我小小的简。你同她交谈,逗了她很久,最后她离开你时,你又立刻陷入了沉思。你开始在走廊上慢慢地踱起步来,不时经过窗前,你往外眺望着纷纷扬扬的雪,倾听着似泣似诉的风,你又再次轻轻地走着,陷入了遐想。我想白天的光线并不很暗,你的眼睛里时而映现出一种愉悦的光,面容里露出柔和的兴奋,表明这不是一种痛苦、暴躁、疑病症式的沉思。你的目光中透出一种青春的甜蜜思绪,翅膀载着青春的心灵,追逐着希望的踪影,不断登高,飞向理想的天国。费尔法克斯太太在大厅里同仆人说话的声音把你惊醒了,而你奇怪地独自笑着,也笑你自己,珍妮特。【名师点睛:罗切斯特对简·爱的观察细致入微,他已经被简·爱深深地吸引并产生了很大的兴趣。】你的微笑意味深长,十分敏锐,也似乎是笑你自己走了神,它仿佛说——'我所看到的美好景象尽管不错,但我决不能忘记这是绝对虚假的。在我的脑海里,有一个玫瑰式的天空,一个红花绿草的伊甸园;但在外面,我完全意识到,脚下有一条坎坷的路要走,有着渐渐聚拢的黑色风暴要面对。'你跑到了楼下,向费尔法克斯太太要些事儿干干,我想是清算一周的家庭账目,或者诸如此类的事情。你跑出了我的视线,这让我有些生气。

"我急不可待地等着晚间的到来,这样可以把你召到我面前。我怀疑,你有一种不同寻常的性格,对我来说,一种全新的性格,我很想对它进行深层地探索,了解得更透彻。你进了房间,目光与神态既腼腆又很有主见。你穿着古怪——很像你现在的样子。我使你开了腔,不久我就发现你身上充满奇怪的反差。你的服装和举止受着清规戒律[泛指规章制度,多指束缚人思想行为的死板的规章制度]的约束;你的神态往往很羞涩,完全是那种天性高雅绝不适应社交的人,很害怕自己因为某种失礼和错误而出丑。可是一旦与你交谈起来,你的眼神中便会有一种锐利、大胆、闪亮、具有穿透力的目光。问你思路严密的问题，你应对如流。你似乎很快对我习惯了，——我相信你觉得在你与你的严厉、暴躁的主人之间，有引起共鸣的地方，因为我惊异地看到，一种愉快的自在感，立刻使你的举止变得平静了。尽管我暴跳如雷，你并没有对我的乖僻露出惊奇、胆怯、苦恼或不快。你观察着我，不时朝我笑笑，那笑容中带着一种难以形容的朴实和聪明伶俐的神态。我立刻对我所目睹的感到满意和兴奋。我喜欢此刻呈现在我眼前的东西，而且希望可以看到更多。然而很长一段时间我跟你很疏远，很少找你做伴。我是一个精神享乐主义者，希望与这位活泼的新朋友相识而带来的喜悦能经久不衰。此外，有一阵我为一种拂之不去的忧虑所困扰，担心要是我随意摆弄这花朵，它就会凋谢——新鲜诱人的魅力便会消失。那时我并不知道，这不是一朵朝开夕落的花朵，而是一种灿烂绚丽不可摧毁的宝石花。此外，我想看一看，要是我躲着你，你是否会来找我——但你没有，你待在书房里，像你的桌子和画板那样纹丝不动。要是我偶尔碰到你，你会很快走过，只不过出于礼貌稍稍打个招呼。简，在那些日子里，你总是表现出一副若有所思的神态；不是低沉沮丧，因为你没有病态；但也不是轻松活泼，因为你没有什么希望和真正的快乐。我不知道你是怎么想我的——或者你究竟是否想过我。为了发现这点，我继续注意你。你交谈时眼神中透出某种快意，举止中隐含着亲切。我看到你内心是喜欢与人交往的，但清静的教室、乏味的生活弄得你情绪低落。我很乐意和气待你，而善意很快激起了情绪，你的面部表情变得温柔，你的声调变得亲切。我很喜欢我的名字从你的嘴里吐出来，带着感激和快乐的声调。那时候我常常喜欢在不经意中碰到你，简，而你显出犹豫不决的样子。你略带困惑看了我一眼，那是一种徘徊不去的疑虑。你不知道我是否会反复无常——究竟会摆出主人的架子，面孔的威严，还是会做个朋友，慈祥和蔼。这时我已经太喜欢你了，不忍激起第一种念头。我真诚地伸出手时，清新、

简·爱

光明、幸福的表情便浮现在你年轻而充满渴望的脸上,我便总是犹疑不定,免得自己当场就把你拉进怀抱。"【名师点睛:罗切斯特向简·爱坦白了自己在遇到她以后的心路历程,也让读者们清晰地感受到罗切斯特对简·爱感情的变化过程,他对简·爱是真诚的、纯洁的。】

"别再谈那些日子了,先生。"我打断了他,偷偷地抹去了几滴眼泪。他的话对我无异于折磨,因为我知道自己该做什么——并且马上做——所有这一切回忆和他情感的袒露只会使我更加为难。

"不提了,简,"他回答说,"既然现在要可靠得多,——未来又那么光明的时候,谈论过去又有什么必要呢?"

听到他这番自欺欺人的话,我不由得打了个寒颤。

"你现在明白是怎么回事了——是不是?"他继续说,"在一半是难以言传的痛苦和一半是意气消沉的孤独中,度过了我的青年和成年时期后,我第一次发现我可以真正爱的东西——我找到了你。你是我的共鸣体——我的更好的一半——我的好天使——我对你有一种强烈的依恋之情。我认为你很出色,有天分,很可爱,一种热烈而庄严的激情隐藏在我内心。这种激情向着你——并且燃起纯洁、猛烈的火焰,把你我融合在一起。

"正是因为我感觉到而且知道这一点,我更加义无反顾地想要娶你。说我已有一个妻子,那是对我的嘲弄。现在你知道我只有一个可憎的魔鬼。我欺骗了你,这是我的不是。但我担心你性格中固执的一面,我担心早就种下的偏见,我想在有十分把握以后,趁着吐露真情时再去冒这个险。这其实是怯懦,我应当像现在这样,先求助于你的高尚心灵和宽宏大度——直截了当地向你倾吐生活中的苦恼——向你描述我对更高级和更有价值的生活的渴求——不是向你表示决心(这字眼太弱了),而是表明我不可抗拒地一心一意要在我能忠诚而深挚地得到爱的回报的情况下,去忠诚而深挚地爱。随后我应当要求你接受我忠贞的誓言,也要求你发誓,简——现在就对我说吧。"

一阵缄默。

"你干吗不说话,简?"

我经历着一次煎熬。一双铁铸火燎的手,紧紧抓住了我的命脉。一个可怕的时刻,充满着挣扎、黑暗和燃烧!人世间再也没有谁如同我这般,期望着被宠爱了。也没有人像我这样拜倒在爱我的人的脚下。可我必须摒弃爱情和偶像。一个凄凉的字眼就表达了我痛苦难堪的责任——"走!"

"简,你明白我期待什么,你只要这么答应一下:'我将属于你,罗切斯特先生。'"

"罗切斯特先生,让你失望了,我将不属于你。"

又一次长时间的沉默。

"简!"他又开口了,嗓音里透出的温存使我心碎和难过,也使我被不祥的恐惧感吓得石头般冰冷——因为这种平静的声音是狮子起来时的喘息——"简,你的意思是,从今以后你走你的路,我走我的路?"

"我想就是这个意思。"

"简,(俯下身子拥抱我)你这会儿还是这个意思吗?"

"是的。"

"现在还这样?"他轻轻地吻了吻我的额头和脸颊。

"是的。"我飞快地彻底挣脱了他。

"哦,简,你太狠心了!这——这很不道德,爱我不能说是不道德。"

"遵从你的意愿会不道德。"

一阵狂暴的感情使他横眉怒目,他站了起来,但又忍住了。我把手靠在椅背上撑住自己,我颤抖,我害怕——但我却坚定。【写作借鉴:对行为及神情的刻画将罗切斯特和简·爱当时对话的情景栩栩如生地呈现在读者面前。】

"等一下,简。你走之前,再看一看我那可怕的生活。你一走,我所有的幸福都将随你而去。然后留下了什么呢?我只有一个疯子在楼

简·爱

上，你还不如把我同墓地里的死尸捆在一起。我该怎么办，简？哪儿去找伙伴，哪儿还能寻觅希望？"

"像我一样办吧，相信上帝和你自己，希望在那儿能再见到你。"

"那你不改变主意了？"

"是的。"

"那你让我活着受罪，死了挨骂吗？"他激动地说。

"我希望你活得清白，死得安宁。"

"所以你就把爱情和纯洁从我这里剥夺了？你把我推上原路，拿肉欲当爱情，以作恶为职业？"

"罗切斯特先生，我没有把这种命运强加于你，就像我也不会把这当作是自己的命运一样。我们生来就是受苦和忍耐的，你我都一样，就这么去做吧。当我还没有忘记你时，你就会先忘掉我的。"

"你说这样的话是要把我当成一个十足的骗子，你败坏了我的名誉。我发誓我不会变心，而你却当着我的面说我马上就会变心。你的行为证明，你的判断存在着多大的误差，你的观念又是何等违反常理！难道仅仅违反人类的一个法律不比把你的同类推向绝望更好吗？——任何人都不会因为违反法律而受到伤害，因为你既无亲戚又无熟人，不必害怕由于同我生活而得罪他们。"

这话倒是真的。他这样一说，我的良心和理智都背叛了我，指责我不该同他对抗。两者呼声之高，几乎不亚于感情，而感情疯狂地叫喊着。"哦，同意吧！"它说，"想想他的痛苦，考虑考虑他的危险——看看他一个人被丢下时的境况吧。记住他轻率冒险的本性，想一想伴随绝望而来的鲁莽吧。——安慰他，拯救他，爱他。告诉他你爱他，而且是属于他的。世上有谁来关心你？你的所作所为会伤着谁呢？"

但是那回答依然是不可改变的——"我关心我自己，越是孤单，越是没有朋友，越是无助，那我就越是自尊。我会遵守上帝创造、由人批准的法规，我会坚持我清醒时，而不是像现在这样发疯时服从的准则。法规和准则不是为了没有诱惑的时刻,而是针对现在这样,肉体和灵魂起来抗拒它的严厉和苛刻的时候。它们是严厉的,也是不可破坏的。要是出于我个人的方便而加以违背,那它们还有什么价值?它们是有价值的——我向来是这么相信的。【名师点睛:这段话道出了简·爱不愿意重新接受罗切斯特的原因,她认为法规和准则是有价值的,不能因为个人原因加以违背。】如果我此刻不信,那是因为我疯了——疯得可厉害啦,我的血管里燃烧着火,我的心跳快得难以计数。此刻我所能依靠的是原有的想法和以往的决心:我要岿然不动地站在那里。

我这么做了,罗切斯特先生在观察着我的脸色,看出我已经打定主意了。他愤怒到了极点。无论是什么后果,他都得发作一会儿。

他从房间的另一头走来,狠狠地抓住我的胳膊,把我紧紧地拥入怀中。他眼睛在冒火,仿佛要把我吞下去似的。肉体上,这时的我无能为力,就像扔在炉中,被热气和火光烤灼的小草;精神上,我的心灵保持着克制。正因为这样,我对最终的安全很有把握。幸亏灵魂有一个诠释者——常常是无意识的,却仍是忠实的诠释者——那就是眼睛。我与他目光相对,一面瞪着他那副凶相,一面不由自主地叹了口气。他紧握的手使我觉得很痛,但我一直努力抵抗着这份力量,因此觉得十分疲倦。

"从来没有,"他咬牙切齿地说,"从来没有任何东西既那么脆弱,又那么顽强。在我手里她摸上去只不过像根芦苇(他用紧握着的手使劲摇我),我可以不费吹灰之力把它弄弯曲;但要是我把它弄弯了,拔起来,碾碎它,那又有什么用?想想那双眼睛,想想从中射出的坚定、狂野、自在的目光,蔑视我,内中隐含的不只是勇气,而是坚定不移的胜利感。不管我怎么摆弄这笼子,我无法靠拢它——这野蛮、漂亮的家伙,要是我撕坏或者打破这小小的监狱,我的暴行只会让囚徒获得自由。我也许可以成为这所房子的征服者,但我还来不及称自己为泥屋的拥有人,里边的居住者已早就飞到天上去了。【名师点睛:将简·爱的心比作一座房子,罗切斯特可以成为房子的拥有者,但若是强迫占

▶ 简·爱

领的话，得到的也只是一副空洞的躯壳。】而我要的正是你的精神——富有意志、活力、德行和纯洁——而不单是你脆弱的躯体。如果你愿意，你自己可以轻轻地飞来，偎依着我的心坎，而要是违背你的意思死死抓住你，你会像一阵香气那样在我手掌中溜走——我还没有闻到你就消失了。哦！来吧，简，来吧！"

他一面说，一面松开了紧握的手，只是看着我。这眼神远比发疯似的紧扯更加难以抗拒。然而现在只有傻瓜才会屈服。我已经直面他的怒火，并且战胜了他。我得避开他的忧愁，便向门边走去。

"你走了，简？"

"我走了，先生。"

"你离开我了？"

"是的。"

"你不回来了？你不愿意安慰我、拯救我？我深沉真挚的爱、凄楚的悲苦、疯狂的祈求都不能感动你？"

他的嗓音里带着一种多么难以名状的悲哀！要毅然重复"我走了"这句话有多难！

"简！"

"罗切斯特先生。"

"那么你就离开吧——我同意——但记住，你撇下我使我在这儿生不如死。到你自己的房间去吧，仔细想想我说过的话。而且，简，最后看一眼我的痛苦吧——想想我吧。"

他走开了，一头扎进了沙发。"哦，简！我的希望——我的爱——我的生命！"他痛苦地叫喊，随后响起了深沉而强烈的哭声。

我已经走到了门边，可是读者呀，我又走了回来，像我退出时一样坚决地走了回来。我跪倒在他旁边，我把他的脸从沙发垫转向我，我吻了吻他的脸颊，用手把他乱糟糟的头发抚平。【名师点睛：简·爱的亲吻与爱抚，说明尽管她已经坚定地决定要离开，但是在她的内心深处依然深爱着

388

罗切斯特。】

"上帝会祝福你，我亲爱的主人，"我说，"上帝会保佑你不受伤害，免做错事——指引你，安慰你——好好地报答你曾对我的好。"

"简的爱将是我最好的报酬，"他回答说，"没有它，我会心碎。但简会把她的爱给我，是的——既高尚又慷慨。"

血一下子涌上他的脸，他的眼睛射出了猛烈的火光。他猛地一跳，站直了身子，伸出双臂，但我躲开了拥抱，立刻走出了房间。

"别了。"离开他时我的心在呼喊。绝望又使我加上了一句话："永别了。"【名师点睛：这是简·爱内心对这段爱情的绝望之词，她知道已经无法挽回了。】

那天晚上我真的没想睡，但我一躺到床上便睡着了。我在睡梦中又回到了孩提时代。我梦见自己躺在盖茨黑德的红房子里，夜很黑，我的脑海里充斥着各种恐惧。很久以前弄得我昏厥(jué)的光，又出现在这情景中，似乎溜上了墙，抖动着停在模糊的天花板中间。我抬头去看，只见屋顶已化成了云彩，又高又暗。那光线像月亮冲破雾气时照在浓雾上的光。我看着月亮过来——带着奇怪的期待注视着，仿佛某种判决词将要刻写在圆圆的脸上。她从云层中冲了出来，从来没有什么月亮能够像她那样冲破云层、打开迷雾。一只手伸进了她黑色的褶皱，把它们推走。随后碧空中出现了一个白色的人影，而不是月亮了，那人光芒四射的额头倾向东方，盯着我看了又看，并对我的灵魂说起话来，声音既远在天边，又近在咫尺。她在我耳朵里悄声说：

"我的女儿，逃离诱惑吧！"

"母亲，我会的。"

从恍恍惚惚的睡梦中醒来后我做出了回答。【名师点睛：简·爱心神不宁，以至于连梦境都在说服自己赶快离开，果然梦醒以后，简·爱决定出发了。】依然还是夜间，但七月的夜很短，午夜过后不久，黎明便到来了。"尽早着手去做我的事是不会错的。"我想。我从床上爬起来，身

简·爱

上穿着衣服,因为除了鞋子我什么也没脱。我知道该在抽屉的哪个角落找到内衣、一个挂件和一只戒指。在找寻这些东西时,我看到了罗切斯特先生几天前硬要我收下的一串珍珠项链。我把它留了下来,这不是我的,这只属于那位已经消失在梦境中的新娘。我把其余的东西打进一个包裹里。钱包里还有二十先令(我的全部家产),我把它放进了口袋。我系好草帽,别上披肩,拿了包裹和那双没有穿上的拖鞋,悄悄地出了房间。

"再见了,善良的费尔法克斯太太!"我溜过她门口时悄声说。"再见了,我可爱的阿黛勒!"我向育儿室瞥了一眼说。但是此刻我已经不可以再有进去拥抱她一下的念头了。我得骗过那双很尖的耳朵,也许此刻正在侧耳细听呢。

我原本打算径直走过罗切斯特先生的房间,但到了他门口,我的心便暂时停止了跳动。那里没有睡意,房中人不安地在墙内打转,我听见他一次又一次叹息着。要是我愿意,房间里有一个我的天堂——暂时的天堂,我只要跨进门去说:

"罗切斯特先生,我会生生死死爱你,同你相伴。"喜悦的泉水会涌向我嘴边,我想到了这情景。

那位善良的主人,此刻难以成眠,不耐烦地等待着破晓。他会在早上把我叫去,我却已经走了;他会派人找我,但白费工夫。他会觉得自己被抛弃,爱被拒绝了。他会痛苦,也许会变得绝望。我也想到了这层,我的手伸向门锁,但又缩了回来,仍旧悄悄地往前走去。

我忧郁地走下弯曲的楼梯,知道该做什么,并机械地去做了。我找到了厨房边门的钥匙,还找了一小瓶油和一根羽毛,把钥匙和锁都抹上油。我准备了一点水和一些面包,因为也许得长途跋涉,我的身体最近已大伤元气,但千万不能倒下,我没有发出任何声响地做完这一切,开了门,走了出去,轻轻地把它关上。黎明在院子里洒下了暗淡的光。大门紧闭着上了锁,但一扇边门只上了门闩。我从这扇门走了出去，随手又把它关上，现在我走出了桑菲尔德府。

　　我沿着田野、篱笆和小路走着，直到太阳升起来。我想那是个可爱的夏日清晨，我知道离家时穿的鞋子已很快被露水打湿。但我既没看初升的太阳，微笑的天空，也没看苏醒的大自然。被带往断头台的人，在遇见漂亮景色时，不会有心思去想路上朝他微笑的花朵，而只是想到行刑时的木砧(zhēn)[刑具]和斧头的利刃，想到身首的分离，想到最终张着大口的墓穴。【名师点睛：简·爱将自己的离开比喻成是去向断头台，说明在她的心中，与罗切斯特分离就像经历着上断头台般的折磨。】我想到了令人丧气的逃跑和无家可归的流浪——哦，想起我离开的一切多么令人痛苦！而我又无可奈何。此刻我想起了他——在他的房间里——看着日出，希望我马上回去说，我愿意与他待着，愿意属于他。我渴望属于他，渴望回去，现在还不晚。我能消除他失去我的剧痛。而且可以肯定，我的逃跑还没有被发现。我可以回去，成为他的安慰者——他的骄傲，他的拯救者，免除他的悲苦，也许还有毁灭。哦，我担心他自暴自弃——比担心我自己的要多得多——这多么强烈地刺激着我！这是插入我胸膛带倒钩的箭头，我想把它拔出来，它却撕裂着我，而记忆进一步将它往里推去。我疼痛难忍。小鸟在矮树丛和灌木林中开始歌唱。鸟儿忠于它们的伙伴，是爱的标志。而我又是什么呢？在内心的疼痛和狂热地恪(kè)守原则之中，我讨厌自己。我没有从自责中找到安慰，甚至连自尊中也找不到它。我已经损害——伤害——离开了我的主人。在我自己眼中我也是可憎的。但我不能回去，甚至不能后退一步，上帝得继续领我向前。至于我自己的意志或是良心，它们已被充满激情的忧伤所扼杀。我一面在路上孤独地走着，一面号啕大哭，越走越快，像发了狂一样。一种虚弱从内心开始扩向四肢，攫(jué)[抓取]住了我，我摔了一跤。我在地上休息了一会儿，把脸埋在潮湿的草地里，我有些担心——或者说是希望——我会死在这儿。但我马上就起来了，先是用手脚往前爬了一阵，随后再次站了起来，坚强地走到了大路上。

简·爱

【写作借鉴：这里通过对简·爱的心理活动进行描写，表现出虽然与罗切斯特的分离几乎要将她重重击垮，但她依然坚强地站了起来。】

到了路边，我不得不坐到树篱下休息一下。正坐着，我听见了车轮声，看到一辆公共马车向我驶来。我站起来招了招手，它停了下来。我问车子开往哪里，赶车人说了一个离这儿很远的地名，我确信罗切斯特先生跟那里没有联系。我问需要多少钱才肯把我送往那里，他说三十先令。我回答只有二十先令，好吧，他说勉强算数了。因为车是空的，他就允许我坐在里边。我走进去，关上门，车子便滚滚向前了。

好心的读者呀，但愿你从来没有感受到过我当时的心情！但愿你两眼从没像我那样泪如雨下，淌下那么多灼热揪心的眼泪。愿你从来不必像我当时那么倾吐绝望而痛苦地祈祷，向上天求助。愿你永远不必像我这样担心会给你全身心爱着的人带来灾祸。

Z 知识考点

1.罗切斯特在安置自己发疯的妻子时，没有将她安置在更幽静、更隐蔽的＿＿＿＿＿，因为那里地处＿＿＿＿＿，环境很不卫生，所以才将妻子安置在桑菲尔德府。

2.罗切斯特讲到了几位他在欧洲的漂泊中遇到的女性？　（　　）

A.2位　　　　　　B.3位　　　　　　C.4位

3.罗切斯特第一次碰到简·爱的时候有哪些感触？

＿＿＿＿＿＿＿＿＿＿＿＿＿＿＿＿＿＿＿＿＿＿＿＿＿＿

＿＿＿＿＿＿＿＿＿＿＿＿＿＿＿＿＿＿＿＿＿＿＿＿＿＿

Y 阅读与思考

1.为什么罗切斯特娶了伯莎·梅森？

2.简·爱为什么在罗切斯特多番表述情义后，依然坚定地选择离开？

3.简·爱在离开的时候内心世界是怎样的？

第二十八章

路途艰难

M 名师导读

带着悲痛欲绝的心情,简·爱踏上了孤独漂泊的旅程。在这过程中,她忍受了饥饿、疲惫和无力感。一个雨夜时分,绝望的简·爱遇到好心人圣·约翰,有了一个暂时栖息的居所。

两天过去了。夏天的一个傍晚,马车夫让我在一个叫作惠特克劳斯的地方下车了,凭我给的那点钱他已无法再把我往前拉,而在这个世上,我连一个先令也拿不出来了。此刻,马车已驶出一英里,撇下我孤单一人。这时我才发现忘了把包裹从马车储物箱里拿出来了,我把它放在那儿原本是为了安全,不想就那么留下了,而我现在已经一文不名了。

惠特克劳斯不是一个镇,连乡村也不是。它不过是一根石柱,竖在四条路会合的地方;粉刷得很白,想必是为了在远处和黑夜显得更醒目。柱顶上伸出四个指路标,按上面的标志看,这个交会点距最近的城镇十英里,离最远的超过二十英里。从这些熟悉的镇名来判断,我明白我在什么郡下了车。这是中部偏北的一个郡,看得出来荒野幽暗、山峦层叠。我身后和左右是大荒原,我脚下深谷的远处是一片起伏的山林。这里必定人口稀少,因为路上不见行人。一条条道路伸向东南西北——灰白、宽敞、孤零,全都穿过荒原。路边长着茂密的欧石楠。但偶尔也有路人经过,现在我却不希望有人看见我那样在路标下徘徊,

393

简·爱

显得毫无目的，不知所措，陌生人会不知道我在干什么。我也许会受到盘问，除了说些听来不可信和令人生疑的话之外，我会无言以对。这一时刻我与人类社会完全失去了联系——没有一丝魅力或是希望把我召唤到我的同类那里——没有谁见到我会对我表示一丝善意或良好的祝愿。我没有亲人，只有万物之母大自然。我会投向她的怀抱，寻求安息。【名师点睛：简·爱此时的处境孤苦无依，她在这个世上再无亲人，也再无依靠。】

我径直走进欧石楠丛，看见棕色的荒原边上有一条深陷的沟壑，便一直沿着它往前走去，穿行在没膝的青色树丛中，顺着一个个弯道拐了弯，在一个隐蔽的角落找到了一块布满青苔的花岗岩，在它底下坐了下来。我周围是荒原高高的边沿，头上有岩石保护着，岩石上面是天空。即使在这儿，我也过了好一会儿才感到宁静。我隐约担心附近会有野兽，或者某个狩猎人或偷猎者会发现我。要是一阵风刮过荒草，我就会抬起头来，生怕是一头野牛冲过来了。要是一只鸻鸟叫了一下，我会想象是一个人的声音。然而我发现自己的担忧不过是捕风捉影，此外黄昏过后夜幕降临时深沉的寂静，使我镇定了下来，我便有了信心。但在这之前我没有思考过，只不过细听着、担心着、观察着。而现在我又恢复了思考的能力。

我该如何是好？我到底应该去向何方？哦，当我的心中一片迷茫也认识到自己无处可去的时候，这些问题便更折磨人了！我需要用已经疲乏不堪的双腿继续走很多的路，才能抵达一个有人烟的地方——我要恳请他们发发慈悲，才有可能找到一个可以暂住的地方；我要奢望他们给予我一份同情，而且通常情况下会被嫌弃，然后才有可能向他人诉说我的经历，达成我的目标。

我碰了碰欧石楠，只觉得它们很干燥，还带着夏日热力的微温。我看了看天空，只见它清明纯净，一颗星星在山凹上空和蔼地眨眼。露水降下来了，带着慈爱的温柔。没有微风在低语，大自然似乎对我很慈祥，虽然我成了流浪者，但我想她很爱我。我从人那儿只能得到怀疑、嫌弃和侮辱，我要忠心耿耿一往情深地依恋大自然。至少今晚我可以在那儿做客了——因为我是她的孩子，我的母亲会收留我，不要钱，不要付出代价。我还有一口吃剩的面包，那面包是我用一便士零钱——我最后的一枚硬币，从下午路过的小镇买来的。我看到了成熟的越橘——像欧石楠丛中的煤玉那样，随处闪着光。我采集了一大把，和着面包吃。我刚才还饥肠辘辘，隐士式的食品虽然吃不饱，却足以充饥了。吃完饭我做了夜祷告，随后便选了个地方睡了。

岩石旁边，欧石楠长得很高。我一躺下，双脚便陷了进去，两边的石楠高高竖起，只留下很窄的一块地方受夜气侵袭。我把披肩一折为二，铺在身上做盖被，一个长满青苔的低矮小墩当了枕头。我就这么住下了，至少在夜刚来临时，是不觉得冷的。

我的休息本来也许是够幸福的，可惜让一颗悲伤的心破坏了，它泣诉着自己张开的伤口、流血的心扉、折断的心弦。它为罗切斯特先生和他的灭亡而颤抖，因为痛惜而为他恸(tòng)哭[极度悲哀地大哭]。它带着无休止的渴望召唤他，尽管它像断了双翅的小鸟那样无能为力，却仍旧抖动着断翅，徒劳地找寻着他。【名师点睛：尽管简·爱身处的境地既荒凉又孤单，但是她的内心更多充斥着的是对罗切斯特的担忧和思念，她已疲惫不堪却依然想"抖动翅膀"寻找她的所爱。】

我被这种念头折磨得疲乏不堪，于是便起来跪着。夜已来临，星星已经升起，这是一个平安宁静的夜，平静得与恐怖无缘。我们一直都明白上帝是无处不在的，但是当他的劳动成果壮丽地展现在我们眼前时，我们才能真真切切地感受到他的存在。在万里无云的夜空中，在他的宇宙无声地滚滚向前的地方，我们清楚地看到了他的无边无涯，他的万能，他的无处不在。我已起来跪着为罗切斯特先生祈祷。抬起头来，我泪眼蒙眬地看到了浩瀚的银河。一想起银河是什么——那里有无数的星系像一道微光那样扫过太空——我便感到了上帝的巨大力

▶ 简·爱

量。我确信他有能力拯救他的创造物，更相信无论是地球，还是它所珍爱的一个灵魂，都不会毁灭。我把祈祷的内容改为感恩。生命的源泉也是灵魂的救星。罗切斯特先生会安然无恙。他属于上帝，上帝会保护他。我再次投入小山的怀抱，不久，便在沉睡中忘掉了忧愁。

但第二天，苍白赤裸的匮乏，幽灵似的来到我身边。小鸟早已离开它们的巢穴，早露未干，蜜蜂便早已在一天的黄金时刻飞到欧石楠丛中采蜜，早晨长长的影子缩短了，太阳普照大地和天空——我才起身，朝四周看了看。

真是一个炎热却宁静的好天气！一望无际的荒原在阳光的照射下像一片金灿灿的沙漠！我真希望自己能住在这里，并以此为生。我看见一条蜥蜴爬过岩石，一只蜜蜂在甜蜜的越橘中间忙碌。此刻我愿做蜜蜂或蜥蜴，能在这里找到合适的养料和永久的住处。但我是人，有着人的需求，我可不能逗留在一个无法满足这种需求的地方。我站了起来，回头看了一眼我留下的床铺。我感到前途无望，但愿造物主认为有必要在夜里我熟睡时把我的灵魂要去；但愿我这疲乏的身躯能因为死亡而摆脱同命运的进一步搏斗；但愿它此刻无声无息地腐败，平静地同这荒原的泥土融为一体。然而，我还有生命，还有生命的一切需要、痛苦和责任。包袱还得背着，需要还得满足，痛苦还得忍受，责任还是要尽。于是我出发了。【名师点睛：简·爱看着自己的现状，想自我放弃了，但她是一个坚强的女性，所以她努力调整心态，重新感受了生命的意义，继续出发了。】

我再次来到惠特克劳斯，这时骄阳高照。我选了一条背阳的路，我已无心根据其他情况来做出选择了。我走了很久，觉得自己差不多已经尽我所能了，便心安理得地向这快把我压垮的疲劳感屈服，想要放松一下自己，于是我坐在了一块附近的石头上，听着自己的心跳，感受着四肢的麻木。就在这时我听见钟声响了——教堂的钟声。

我转向声音传来的方向。在那里，我一小时之前就已不去注意其

396

变幻和外观富有浪漫色彩的山峦之间，我看到了一个村庄和尖顶。我左侧的山谷满眼都是牧地、玉米地和树林。一条闪光的小溪弯弯曲曲地流过深浅各异的绿荫，流过正在成熟的稻谷、暗淡的树林、明净而充满阳光的草地。前面路上传来了隆隆的车轮声，我回过神来，看见一辆满载的大车，吃力地爬上了小山。不远的地方有两头牛和一个牧人。附近有人在生活和劳作，我得挣扎下去，像别人那样努力去生活和劳作。

大约下午两点，我走进了村庄。

一条街的尽头开着一个小店，窗里放着一些面包。我看着这些面包，很想要得到一块。只要能给我一块点心，我或许就能恢复一点体力，如果没有，我怕是没有力气前行了。一回到我的同类之间，心头便又升起了要恢复精力的愿望。我觉得昏倒在一个小村的大路上很丢脸。难道我身上就连换取几块面包的东西都没有了吗？我想了一想。我有一小块丝绸围巾围在脖子上，还有一双手套。我实在不清楚贫困潦倒中的男女是怎么度日的。我不知道这两件东西是否会被人接受，可能他们不会要，但我得试一试。

我走进了店里，里面有一个女人。她看上去是一个穿着体面的人，我猜想应该是位贵妇，于是便很有礼貌地走向前去。她怎么来招呼我呢？我羞愧难当。我的舌头不愿吐出早已想好的要求。我不敢拿出旧了的手套，皱巴巴的围巾。另外，我还觉得这很荒唐。我只求她让我坐一会儿，因为我累了。她没有盼到一位顾客，很是失望，冷冷地答应了我的要求。她指了指一个座位，我一屁股坐了下来。我很想哭，但意识到那种表现会不合情理，便忍住了。我立刻问她："村子里有没有裁缝或者做一般针线活的女人？"【名师点睛：简·爱的处境非常窘迫，但是她的自尊心很强，并不愿意用一些旧物品换取粮食，因此她想要尝试询问是否能用自己的劳动得到合理的回报。】

"有，有两三个。按活计算也够多的了。"

简·爱

我沉思了一下。现在我不得不直说了。我已经面临困境,落到了没有食物,没有朋友,没有一文钱的地步。我得想点办法。什么办法呢?我得上什么地方去求助。上哪个地方呢?

"你知道附近有谁需要用人吗?"

"不,我说不上来。"

"这个地方的主要行业是什么?大多数人是干什么活儿的?"

"有些是农场工,很多人在奥利弗先生的缝纫厂和翻砂厂工作。"

"奥利弗先生雇用女人吗?"

"不,那是男人的工作。"

"那么女人干什么呢?"

"我说不上来。"对方回答。"有的干这,有的干那,穷人总得想方设法把日子过下去呀。"

她似乎对我的问话不耐烦了,其实我又何必强人所难呢?这时进来了一两位邻居,很明显看中了我的椅子,我起身告辞了。

我沿街走去,一面走一面左顾右盼,打量着所有的房子,但找不到进门的借口或动机。我这么漫无目的地绕着村庄走了一个小时,有时走远了一些,又折回来。因为没有东西下肚,我筋疲力尽,难受极了,于是折进一条小巷,在树篱下坐了下来。可是没过几分钟我又站起来,再去找些什么——食物,或者至少打听到一点消息。小巷的高处有一间漂亮的小房子,房子前有一个精致整洁、繁花盛开的花园,我在花园旁边停了下来。我有什么理由走近白色的门,去敲响闪光的门环呢?房主人又怎么会有兴趣来照应我呢?但我还是走近去敲了门。一位和颜悦色、穿着干净的年轻女子开了门。我用一个内心绝望、身体虚弱的人的那种可怜低沉、吞吞吐吐的音调问她是不是要一个用人?

"不要,"她说,"我们不雇用人。"

"你能不能告诉我,哪儿能找到工作吗?"我继续问,"这个地方我很陌生,没有熟人,想找个工作,什么样的都行。"

但为我想一个，或者找一个工作不是她的事儿，更何况在她看来，我的为人、我的状况和我说的原委一定显得很可疑，她摇了摇头，说："很遗憾，我没法给你提供消息。"白色的门尽管轻轻地、很有礼貌地合上了，但毕竟把我关在了门外。要是她让门再开一会儿，我相信准会向她讨点面包，因为现在我已落到十分卑下的地步了。【名师点睛：再强烈的自尊心也抵不过挨饿的肚子，简·爱的生活已经处于一种十分危急的状态了。】

我不忍再返回庄子，况且那儿也没有希望得到帮助。我本想绕道去一个看得见的不远的林子。那里浓荫盖地，似乎有可能提供诱人的落脚地方。但是我的身体太虚弱了，我被天性的渴求折磨着，本能迫使我只能绕着可能得到食物的住处转来转去。当饥饿像猛禽一样嘴爪俱下抓住我时，孤独也不成其孤独，歇息也谈不上歇息了。

我走近了附近的房子，走开了又回来，回来了又走开。总被一种意识所击退，觉得没有理由提出要求，没有权利期望别人对我孤独的命运发生兴趣。我像一条迷路的饿狗那么转来转去，一直到了下午，我穿过田野的时候，看到前面的教堂尖顶，便急步朝它走去。靠近教堂院子和一个花园的中间，有一所虽然不大但建造得很好的房子，我确信那是牧师的住所，我想起来，陌生人到了一个无亲无故的地方，想找个工作，有时会去找牧师引荐和帮助。给那些希望自立的人帮忙——至少为别人出个主意是牧师分内的事儿。我似乎有某种权利上那儿去打听主意。于是我鼓起勇气，集中起一点点残留的力气，奋力往前走去。我到了房子跟前，敲了敲厨房的门。一位老妇开了门，我问她这是不是牧师的住所。

"是的。"

"牧师在吗？"

"不在。"

"很快会回来吗？"

简·爱

"不，他离开家了。"

"去很远的地方？"

"不太远——三英里。他因为父亲突然去世被叫走了，眼下住在沼泽居，很可能还要再待上两周。"

"家里有哪位小姐在吗？"

"没有，除了我没有别人，而我是管家。"读者呀，我不忍求她帮我摆脱越陷越深的困境，而我又不能乞讨，于是我再次退缩。

我又取下了围巾——又想起了小店的面包。哦，就是一片面包屑也好！只要有一口就能减轻饥饿的痛苦，我本能地又把脸转向了村庄，我又看见了那个店，走了进去，尽管除了那女人里面还有其他人，我冒昧地提出了请求："你肯让我用这块围巾换一个面包卷吗？"

她显然满腹狐疑地看着我："不，我从来不那么卖东西。"

在几乎走投无路之中，我央求她换半个，她再次拒绝了。"我怎么知道你从什么地方弄来的围巾？"她说。

"你肯收这双手套吗？"

"不行，我要它干什么？"

读者呀，叙述这些细节是不愉快的。<u>有人说，回首痛苦的往事是一种享受。但就是在今天，我也不忍回顾我提到的那些时日，道德的堕落掺和着肉体的煎熬，构成了我不愿重提的痛苦回忆。我不责备任何一个冷眼待我的人，觉得这尽在意料之中，也是无可避免的。</u>【*名师点睛*：*简·爱的这段时日是她一生中度过的非常煎熬的日子，身体上受着饥饿的煎熬，心中受着离开罗切斯特的悲痛，但是她依然心存善良，理解并包容了在此期间对她冷眼相待的人。*】一个普通的乞丐都是怀疑的对象，更不用说是一个穿着体面的乞丐了。当然，我只恳求工作，但给我工作干又是谁的事呢？当然不是那些初次见我，对我的为人一无所知的人的事。至于那个女人不肯让我用围巾换面包，那也是难怪的，要是我的提议在她看来居心叵(pǒ)测[人心险恶，不可推测]，或是这桩交换无利可图，那她的做法也是不错的。让我长话短说吧，我讨厌这个话题。

天快黑的时候，我走过一家农户。农夫坐在敞开着的门口，正用面包和奶酪做晚餐。我站住说：

"能给我一片面包吗？因为我实在饿得慌。"他惊异地看了我一眼，但二话没说，便切了一厚片面包给我。我估计他并不认为我是个乞丐，而只是一个怪僻的贵妇，看中了他的黑面包了。我一走到望不见他屋子的地方，便坐下吃了起来。

既然我无法期望在屋檐下借宿，那就让我到前面提到的林子里去过夜吧。但是那晚的体验十分糟糕，我的睡眠断断续续，空气很寒冷，地面也十分潮湿。另外，总是有行人一次次路过，使我不得不一次次换地方，我没有安全感，也睡不安稳。临近早晨天下雨了，第二天下了一整天。读者呀，别要我把那天的情况说个仔细。我像以前一样寻找工作，像以前一样遭到拒绝，像以前一样挨饿。不过有一回食物倒是进了嘴。在一间小茅屋门口，我看见一个小女孩正要把糊糟糟的冷粥倒进猪槽里。

"可以把它给我吗？"我问。

她瞪着我。"妈妈！"她嚷道，"有个女的要我把粥给她。"

"可以的，孩子，"里边的一个声音回答，"要是她是个乞丐，那就给了她吧，猪也不会要吃的。"

这女孩把结了块的粥倒在我手上，我狼吞虎咽地吃掉了。

黄昏已经降临，空气也越来越湿润，我在一条偏僻的马道上走了一个多小时后停了下来。

"我体力不行了，"我自言自语地说，"自己觉得走不了多远了。难道今晚又没有地方投宿？雨下得那么大，难道我又得把头靠在阴冷湿透的地面上吗？我担心自己别无选择了。谁肯接纳我呢？但是带着这种饥饿、晕眩、寒冷、凄楚的感觉——一种绝望的心情，那着实可怕。不过很可能我挨不到早上就会死去。那么我为什么不能心甘情愿地死

401

简·爱

掉呢？为什么我还要挣扎着维持没有价值的生命？因为我知道，或是相信，罗切斯特先生还活着。另外，死于饥寒是天性所不能默认的命运。哦，上天呀！再支撑我一会儿，帮助我——指引我吧！"

我那呆滞的眼睛徘徊在暗沉沉、雾蒙蒙的山水之间。我发现自己离村庄越来越远，因为它已在我视线中消失，村子周围的耕地也不见了。我已经穿小径，抄近路再次靠近了一大片荒原。此刻，在我与黑乎乎的小山之间，只有几小片田野，几乎没有经历过开垦，和原来的欧石楠地差不多一样荒芜和贫瘠。

"是呀，与其倒毙街头或死在人来人往的路上，倒不如死到那边去，"我沉思着，"让乌鸦和渡鸦——要是那些地区有渡鸦的话——啄我骨头上的肉比装在贫民院的棺材里和埋在穷光蛋的墓穴中要强。"【名师点睛：简·爱的一段内心独白，面对这样绝望无力的境地，她几乎已经开始考虑死亡了，现在情况十分危险了。】

随后我折向那座小山，并到了那里。现在就只剩找个能躺下来的地方了，虽然并不安全，至少也是隐蔽的。可是荒原的表面看上去都一样平坦，只有色彩上有些差别：灯芯草和苔藓茂密生长的湿地呈青色；而只长欧石楠的干土壤是黑色的。虽然夜越来越黑，但我仍能看清这些差别，尽管它不过是光影的交替，因为颜色已经随日光而褪尽了。

我的目光仍在暗淡的高地游弋(yì)[无目标地兜游]，并沿着消失在最荒凉的景色中的荒原边缘逡(qūn)巡[因为有所顾虑而徘徊不前或退却]。这时，远在沼泽和山脊之中，一个模糊的点，一道光跃入我的眼帘。"那是鬼火"是我第一个想法，我估计它会立即消失。但是那道光亮依旧闪亮着，似乎稳稳地待在一个地方。"难道是刚点燃的篝火？"我产生了疑问。我注视着，看它会不会扩散。但没有，它既不缩小，也不扩大。"这也许是一间房子里的烛光。"我随后揣想着，"即便那样，我也永远到不了那儿了。它离这儿太远，可就是离我一码远，又有什么用？我只会敲开门，然后又当着我面关上。"

我就在站立的地方颓然倒下，把头埋进地里，静静地躺了一会儿。夜风刮过小山，吹过我身上，呜咽着在远处消失。雨下得很大，又把我浇透。要是这么冻成了冰块——那么友好地麻木而死——雨点也许还会那么敲击着；而我毫无感觉。可是我依然活着的肉体，在寒气的侵袭下颤抖，不久我便站了起来。

　　那光仍在那边，在雨中显得朦胧和遥远。我试着再走，拖着疲乏的双腿慢慢地朝它走去。它引导我穿过一个宽阔的泥沼，从斜刺里上了山。要是在冬天，这个泥沼是没法通过的，就是眼下盛夏，也是泥浆四溅，一步一摇晃。我跌倒了两次，两次都爬起来，振作起精神。那道光是我几乎无望的希望，我得赶到那里。【写作借鉴：通过动作描写表现出简·爱的顽强不屈，在绝境中她努力朝着似乎是唯一希望的方向奋力前进。】

　　穿过沼泽以后，我看见荒原上有一道白色的印子，我向那个方向走去，看见似乎有一条大道或是小径，那道从小土墩上射下来的光正照在上面。在昏暗中从树形和树叶能分辨出，那显然是杉木树丛。我一走近，我的星星便不见了，原来某些障碍把它和我隔开了，我伸出手在面前一团漆黑中摸索。我辨认出了一堵矮墙的粗糙石头——上面像是一道栅栏，里面是高而带刺的篱笆。我继续往前摸。那白色东西又在我面前闪光了，原来是一扇门——一扇旋转门，我一碰便在铰(jiǎo)链上转了起来。门两边各有一丛黑黑的灌木——是冬青或是紫杉。

　　进了门，走过灌木，眼前便现出了一所房子的剪影，又黑又矮却相当长。但是那道引路的光却消失了，一切都模模糊糊。难道屋里的人都休息了？我担心准是这样。我转过屋角，那里又闪起了友好的灯光，是从一尺之内一扇格子小窗的菱形玻璃上射出来的，那扇窗因为常青藤或是满墙的爬藤类植物的叶子的遮掩，显得更小了。留下的空隙那么小，又覆盖得那么好，窗帘和百叶窗似乎都没有必要了。我弯

403

▶ 简·爱

腰撩开窗户上浓密的小枝条，里面的一切便看得清清楚楚了。我能看得清房间的沙子地板擦得干干净净。还有一个核桃木餐具柜，上面放着一排排锡盘，映出了燃烧着的泥炭火的红光。我能看得见一只钟、一张白色的松木桌和几把椅子，桌子上点着一根蜡烛，烛光一直是我的灯塔。一个看上去有些粗糙，但也像她周围的一切那样一尘不染的老妇人，借着烛光在编织袜子。【名师点睛：通过简·爱的眼睛，我们知道了这个房屋内部是什么样子的，简简单单的摆设，似乎并没有什么特别之处。】

　　我只是粗略地看了看这些东西——它们并没有不同寻常的地方。令我更感兴趣的是火炉旁的一群人，在洋溢着玫瑰色的宁静和暖意中默默地坐着。两个年轻高雅的女子——从各方面看都像贵妇人——坐着，一个坐在低低的摇椅里，另一个坐在一条更矮的凳子上。两人都穿戴了黑纱和毛葛的重丧服，暗沉沉的服饰格外烘托出她们白皙的脖子和面孔。一只大猎狗把它巨大无比的头靠在一个姑娘膝头，另一个姑娘的膝头则偎着一只黑猫。

　　这个简陋的厨房里居然待着这样两个人，真是奇怪。她们会是谁呢，不可能是桌子旁边那个长者的女儿，因为她显得很土，而她们却完全是高雅而有教养的。我没有在别处看到过这样的面容，然而我盯着她们看时，却似乎觉得熟悉每一个面部特征。她们说不上漂亮——过分苍白严肃了些，够不上这个词。她们两人都正低头看着书，有时候是一副若有所思的模样，有时又皱起眉头显得十分严厉。她们之间的架子上放着两根蜡烛和两大卷书，两人不时地翻阅着，似乎还在与手中的小书做比较，像是在查阅词典，翻译什么一样。这一幕静得仿佛所有的人都成了影子，生了火的房间活像一幅画。这里是如此静谧，我能够听见煤渣从炉栅落到地上的声音，能听见昏暗的角落中时钟嘀嗒嘀嗒的声音，我甚至能够分辨出那个女人细微的编织声，因而当一个嗓音终于打破奇怪的宁静时，我足以听得分明。

"听着，黛安娜，"两位专心致志的学生中的一位说，"费朗茨和老丹尼尔在一起过夜。费朗茨正说起一个梦，这个梦把他给吓醒——听着！"她声音放得很低，读了什么东西，我连一个字也没听懂，因为这是一种完全陌生的语言——既不是法文，也不是拉丁文。至于是希腊文还是德文，我无法判断。

"那说得很有力，"她念完后说，"我很欣赏。"另一位抬头听着她妹妹念，一面凝视炉火，一面重复了刚才读过的一行。后来，我知道了那种语言和那本书，所以我要在这里加以引用，尽管我当初听来，仿佛是敲在铜器上的响声——不传达任何意义：

"这时走出来一个人，就像满天星辰的黑夜。"

"妙！妙！"她大嚷着，乌黑深沉的眼睛闪着光芒。"你面前恰好站了一位模糊而伟大的天使！这一行胜过一百页浮华的文章。'我在我忿火的天平上权衡各种思想，在我怒气的天平上权衡种种行为。'我喜欢它！"

两人沉默了。

"有哪个国家的人是那么说话的？"那老妇人停下手头的编织，抬起头来问。

"有的，汉娜，一个比英国要大得多的国家，那里的人们就会这么说话。"

"哦，说真的，我不知道他们彼此怎么能明白，要是你们谁上那儿去，我想你们能懂他说的话吧？"

"他们说的我们很可能只懂一些，不是全部都懂——因为我们不像你想象的那么聪明。汉娜，我们不会说德语，另外如果没有词典的话，我甚至读都读不懂。"

"那这对你们有什么用？"

"某一天我们想教德语——或者像他们说的，至少教基础，然后我们会比现在赚更多的钱，"

"很可能的，不过今晚你们读得够多了。该停止了。"

简·爱

"我想是够多了，至少我倦了。玛丽，你呢？"

"累极了，那么孜(zī)孜不倦[工作或学习勤奋不知疲倦]学一门语言，没有老师，只靠一部词典，毕竟是吃力的。"

"是呀，尤其是像德语这样艰涩而出色的语言。不知道圣·约翰什么时候会回家来。"

"应该不会过太久，才十点呢(她从腰带里掏出一只小小的金表来，看了一眼)，雨下得很大，汉娜，请你看一下客厅里的火炉好吗？"

那妇人站起来，开了门。从门外望进去，我依稀看到了一条过道。不一会儿我听她在内间拨着火，她马上又返回了。

"哦，孩子们！"她说，"这会儿进那边的房间真让我难受。椅子空空的，都靠后摆在角落里，看上去很冷清。"

她用围裙揩(kāi)了揩眼睛，两位神情严肃的姑娘这时也显得很伤心。

"不过他在一个更好的地方了，"汉娜继续说，"我们不该再盼他在这里。而且，谁也不会比他死得更安详了。"【名师点睛：通过姑娘们和老妇人的对话，我们可以从中得知，这间房子中最近有一个人去世了，简·爱在窗外听得很清楚，另外还未出现的圣·约翰又是谁？】

"你说他从没提起过我们？"一位小姐问。

"他来不及提了，孩子，他一下子就去了——你们的父亲。像前一天一样，他一直有点痛，但不严重。圣·约翰先生问他，是否要派人去叫你们两个中的一个回来，他还笑他呢。第二天他的头开始有点沉重——那是两周以前——他睡过去了，再也没有醒来。你们兄弟进房间发现他的时候，他差不多已经咽气了。哦，孩子！那是最后一个老派人了——因为跟那些过世的人相比，你和圣·约翰先生就好像是一类人，你们的母亲也是如此，你们都很有学问。你非常像她，玛丽，黛安娜更像你们的父亲。"

我认为她们彼此很像，看不出老仆人(这会儿我断定她是这种身份的人)所见的区别。两人都是皮肤白皙，身材苗条。她们俩看上去都非

406

常聪明，都很出众。当然一位的头发颜色比另一位要深些，发式也不一样。玛丽的浅褐色头发两边分开，梳成了光光的辫子；黛安娜的深色头发梳成粗厚的发卷，遮盖着脖子。时钟敲了十点。

"你们肯定想吃晚饭了，"汉娜说，"圣·约翰先生回来了也会一样。"

她忙着去准备晚饭了。两位小姐立起身来，似乎正要走开到客厅去。在这之前我一直目不转睛地看着她们，她们的外表和谈话引起了我强烈的兴趣，我竟把自己的痛苦处境忘掉了一半。这会儿却重又想了起来，与她们一对比，我的境遇就更凄凉、更绝望了。【名师点睛：屋内人的谈话让简·爱短暂地忘记了伤痛，谈话结束，简·爱也被拉回现实，她想起了自己来到这里的真正目的。】要打动房子里的人让她们来关心我，相信我的需要和悲苦是真的——要说动她们为我的流浪提供一个歇息之处，是多么不可能呀！我摸到门边，犹犹豫豫地敲了起来时，我觉得自己后一个念头不过是妄想。汉娜开了门。

"你有什么事？"她一面借着手中的烛光打量我，一面带着惊异的声调问。

"我可以同你的小姐们说几句话吗？"我说。

"你还是告诉我你有什么话要同她们讲吧，你是从哪儿来的？"

"我是个外地人。"

"这时候上这里来干什么？"

"我想在外间或者什么地方借宿一个晚上，另外我还想要一片面包吃。"

汉娜脸上出现了我所担心的那种怀疑的表情。"我可以给你一片面包，"她顿了一下说，"但我们不收流浪者过夜。那不妥当。"

"无论如何让我同你的小姐们说说。"

"不行，我不能允许。她们能替你做什么呢？这会儿你不该游荡了，天气看来很不好。"

"但要是你把我赶走，我能上哪儿呢？我怎么办呢？"

"哦，我保证你知道上哪儿去干什么，当心别干坏事就行啦。这

407

简·爱

儿是一个便士，现在你走吧！"

"一便士不能填饱我肚皮，而我没有力气往前赶路了。别关门！——哦，别，看在上帝分上。"

"我得关掉，否则雨要下进来了。"

"告诉年轻姑娘们吧，让我见见她们。"

"说真的，我不让。你不守本分，要不你不会这么吵吵嚷嚷的。走吧！"

"要是把我赶走，我准会死掉的。"

"你才不会呢。我担心你有什么坏心思，所以才会在深更半夜的时候来敲别人家的门，如果你有什么同伙——那些强行入室行窃的人，他们若是在附近的话，你可以告诉他们，房子里不光是我们这几个，我们有一位先生，还有狗和枪。"说到这儿，这位诚实却执拗的用人关了门，在里面上了闩。

这下子可是倒霉透顶了。一阵剧痛——彻底绝望的痛苦——充溢并撕裂了我的心。其实我已经衰弱不堪，就是再往前跨一步的力气都没有了。【名师点睛：简·爱已经筋疲力尽，她抱着最后一点希望，强撑着身体来到这座房屋前，可是此刻她被拒绝了，所有的希望破灭，她也无力再前行了。】我颓然倒在潮湿的门前台阶上。我呻吟着——绞着手——极度痛苦地哭了起来。哦，死亡的幽灵！哦，这最后的一刻来得那么恐怖！啊，这种孤独——被自己的同类所撵走！不要说希望之锚（máo）消失了，就连继续坚持不屈的立足点也不见了——至少有一会儿是这样，但我很快又竭力想重新恢复后者。

"我最多不过一死，"我说，"而我相信上帝，让我试着默默地等待他的意旨吧。"

这些话我不仅脑子里想了，而且还说出了口，我把一切痛苦又驱回心里，竭力强迫它留在那里——安安静静地不出声。

"人总是要死的，"离我很近的一个声音说道，"但并不是所有的人都注定要像你这样，慢悠悠受尽折磨而早死的，要是你就这么死于饥渴的话。"

"是谁，或者什么东西在说话？"我问道，一时被突如其来的声音吓了一跳。此时我不认为还有任何事情能够带给我希望。一个影子移近了——究竟什么影子，漆黑的夜和衰弱的视力使我难以分辨。

【名师点睛：疲倦已经让简·爱的意识开始恍惚了，她快要撑不住了，此时说话的神秘人让读者十分好奇。】这位新来者在门上重重地长时间敲了起来。

"是你吗，圣·约翰先生？"汉娜叫道。

"是呀——是呀，快开门。"

"哎呀，这么个狂风暴雨的夜晚，你准是感觉又湿又冷。进来吧——你的妹妹们十分担心你，而且我相信附近有坏人。有一个女叫花子——我说她还没有走呢？躺在那里。快起来！真不害臊！我说你走吧！"

"嘘，汉娜！我来对这女人说句话，你已经尽了责把她关在门外，这会儿让我来尽我的责把她放进来。我就在旁边，听了你也听了她说的。我想这情况特殊——我至少得了解一下。年轻的女人，起来吧，从我前面进屋去。"

我困难地照他的话办了，不久我就站在干净明亮的厨房里了——就在炉子跟前——浑身发抖，病得厉害，我知道自己风吹雨打、精神狂乱，样子极其可怕。两位小姐，她们的哥哥圣·约翰先生和老仆人都呆呆地看着我。【名师点睛：简·爱终于进了屋，屋内人对她十分好奇，她对他们也没有更多的了解。他们将会有怎样的故事发生呢？】

"圣·约翰，这是谁呀？"我听见一个人问。

"我也不太清楚，她躺在门边。"那人回答。

"她脸色真苍白。"汉娜说。

"面如死灰，"对方回答，"她会倒下的，让她坐着吧。"

说实话，我的脑袋昏昏沉沉的。我倒了下去，但一把椅子接住了

409

▶ 简·爱

我。尽管这会儿我说不了话，但神志是清醒的。

"也许喝点水会使她恢复过来。汉娜，去打点水来吧。不过她憔悴得不成样子了。那么瘦，一点儿血色也没有！"

"简直成了个影子。"

"她这是生病了，还是饿坏了？"

"我想是饿坏了。汉娜，那是牛奶吗？把它拿给我吧，再拿一块面包给我。"

黛安娜（我是在她朝我弯下身子，看到垂在我与火炉之间的长卷发知道的）掰下了一些面包，在牛奶里浸了浸，送进我嘴里。她的脸紧挨着我，在她脸上我看到了一种怜悯的表情，从她急促的呼吸中我感受到了她的同情。她用朴素的话说出了满腔温情："硬吃一点吧。"

"是呀——硬吃一点。"玛丽和气地重复着，从我头上摘去了湿透的草帽，把我的头托起来。【名师点睛：从对两位姑娘的神态、动作和语言描写上，我们能够体会到这是一群善良且有涵养的人。】我尝了尝她们给我的东西，先是恹(yān)恹[形容因患病而精神疲乏]地，但马上便急不可待了。

"先别让她吃得太多——控制一下，"哥哥说，"她已经吃够了。"于是他端走了那杯牛奶和那盘面包。

"再让她吃一点点吧，圣·约翰——瞧她眼睛里的贪婪相。"

"暂时不要了，妹妹。要是她现在能说话，那就试着——问问她的名字吧。"我觉得自己能说了，因此回答——"我的名字叫简·爱略特。"因为避免被人发现，我早就决定用别名了。【名师点睛：即使刚刚恢复了一点精神和意识，简·爱也能按照计划好的那样使用别名，可见她非常谨慎，饥饿和疲倦也没有使她失去理性。】

"你住在什么地方，你的朋友在哪里？"

我没有吭声。

"我们可以把你认识的人叫来吗？"

我摇了摇头。

"你能说说你自己的事吗?"

不知为何,当我跨进这家的门槛,被带到这户人面前时,我就不再觉得自己是无家可归、到处流浪的人。这个广阔的世界没有抛弃我,我就敢于扔掉行乞的行当——恢复我本来的举止和个性。我再次开始了解自己。圣·约翰要我谈一下自己的事时——眼下我体质太弱没法儿讲——我稍稍顿了顿后说:

"先生,今晚我没法儿给你细讲了。"

"不过,"他说,"那么你希望我们为你做些什么呢?"

"不用,"我回答。我的力气只够我做这样简要的回答。黛安娜接过了话:

"你的意思是,"她问,"我们既然已给了你所需要的帮助,那就可以把你打发到荒原和雨夜中去了?"

我看了看她。我想,她的脸很出众,洋溢着力量和善意。我蓦地鼓起勇气,对她满是同情的目光报以微笑。我说:"我相信你们。假如我是一条迷路的流浪狗,我知道你们今天晚上不会把我从火炉旁撵走。其实,我真的并不害怕。随便你们怎么对待和安排我,但请原谅我不能讲得太多——我感到气急——讲话就痉挛。"三个人都仔细地打量着我,没有说话。

"汉娜,"圣·约翰先生说,"这会儿就让她坐在那里吧,别问她什么了。十分钟后把剩下的牛奶和面包都给她。玛丽和黛安娜,我们到客厅去,认真谈谈这件事吧。"

他们出去了。很快一位小姐回来了——我当时分不清是哪一位,我坐在暖融融的火炉边时,我的全身被一种恍恍惚惚的感觉笼罩着。她低声吩咐了汉娜,在用人的帮助下,我挣扎着登上楼梯,很快便倒在一张温暖干燥的床上。我真的感谢上帝——在难以言语的疲惫中感到了一丝感激的喜悦——我睡着了。

▶ 简·爱

Z 知识考点

1.简·爱被马夫带到了一个叫作_____的地方,在她第一次走进一家店的时候,询问店内那位像贵妇的人:"_____",但是最后一无所获,接着简·爱又在小巷高处看见了一间漂亮的房子,她又过去询问_____,但是也被拒绝了。

2.最后是谁将简·爱带进了房屋? （　　）

　A.汉娜　　　　B.圣·约翰　　　　C.黛安娜

3.从简·爱在饥饿和疲惫时的表现来看,你认为她是个什么样的人?

_____

_____

Y 阅读与思考

1.这家收留简·爱的人,给你怎样的感觉?

2.简·爱为什么要给自己起一个别名?

3.简·爱在结尾为什么愿意放下所有的戒备安心入睡?

第二十九章

寄居沼泽

> **M 名师导读**
>
> 简·爱终于寻到了一个可以暂时安身的地方,圣·约翰一家人的热情真诚让简·爱十分感激,也促使简·爱迫切地希望能够有一份谋生的工作。

这以后的三天三夜,我脑子里的记忆几乎失去。我能回忆起那段时间一鳞半爪[比喻零星片段的事物]的感觉,但形不成什么想法,付诸不了行动。我知道自己在一个小房间里,躺在狭窄的床上,我与那张床似乎已难舍难分。我躺着一动不动,像块石头。把我从那儿拉开,几乎等于要我的命。我并不在乎时间的流逝——不在乎上午转为下午,下午转为晚上的变化。我观察别人进出房间,甚至还能分辨出他们是谁,能听懂别人在我身旁所说的话,但回答不上来。动嘴唇与动手脚一样不行。用人汉娜来得最多,她一来就使我感到不安。我有一种感觉,她希望我走。她不了解我和我的处境,对我怀有偏见。【名师点睛:简·爱尚未完全恢复体力,她依然虚弱地在床上休息着,可见她之前真的已经疲累到了极点,在休息之余,她能够感受到房间里的事情,用人汉娜对她的偏见是最让她不安的。】黛安娜和玛丽每天都到房间来一两回。她们会在我床边悄声说着这一类话:

"幸好我们把她收留下来了。"

"是呀,要是她整夜给关在房子外面,第二天早晨准会死在门口。

413

▶ 简·爱

不知道她吃了多少苦头。"

"我想是少见的苦头吧——消瘦、苍白、可怜的流浪者！"

"从她说话的神态来看，她应该是个受过教育的人，她的口音也很纯正。她脱下来的那些衣服虽然被雨打湿并且粘了泥巴，但是却不旧，也很精致。"

"她的脸很奇特，尽管皮包骨头又很憔悴，但我比较喜欢。可以想见她健康而有生气时，面孔一定很可爱。"

在她们的交谈中，我没有听到她们说过一句对自己的好客表示后悔的话，我得到了极大的安慰。【名师点睛：两位姑娘的交谈更直接地表现出她们的涵养，并且有一颗善良的心，简·爱来到了一个值得信赖的地方。】

圣·约翰先生只来过一次，说我昏睡不醒是长期劳累过度的反应，并认为不必去叫医生，确信最好的办法是顺其自然。他说每根神经都有些紧张过度，所以整个机体得有一段沉睡麻木的时期，而并不是什么病。他想象我的身体一旦开始恢复，会好得很快。他用几句话表示了这些意见，语调平静而低沉。他顿了一下之后又加了一句，用的是一个不习惯于长篇大论的人的语调："一张不同一般的脸，倒没有庸俗下贱之相。"

"恰恰相反，"黛安娜回答，"说实话，圣·约翰，我内心对这可怜的小幽灵产生了好感。但愿我们永远能够帮助她。"

"这不大可能，"对方回答，"你会发现她是某个年轻小姐，与自己朋友产生了误会，可能轻率地一走了之。如果不是她如此固执，我们也许可以把她送回去。但是我注意到她脸上的线条非常有力，我猜测她是个脾气非常倔的女人。"他站着端详了我一会，随后补充说，"她看上去很聪明，但一点也不漂亮。"

"她病得那么重，圣·约翰。"

"不管身体好不好，反正长得很一般。那些五官缺少美的雅致与和谐。"

第三天的时候，我感觉身体好一些了。到了第四天，我已经能够说话和移动了，我从床上爬了起来，转动着身子。

我想大概是到了晚饭的时间，汉娜端来一些粥和烤面包。我吃得津津有味，觉得这些东西很好吃——不像前几天发烧时，吃什么都没有味道。她离开我时，我觉得已有些力气，恢复了元气。不久，我对休息感到烦腻，很想起来活动，想从床上爬起来。但是穿什么好呢？只有溅了泥的湿衣服，我就是那么穿着睡在地上，倒在沼泽地里的，我羞于以这身打扮出现在我的恩人们面前。不过我避免了这种羞辱。

我床边的椅子上摆着我所有的衣物，又干净又干燥。我的黑丝上衣挂在墙上，泥沼的印迹已经洗去，潮湿留下的褶皱已经熨平，看上去很不错了，我的鞋子和袜子已洗得干干净净，很是像样了。房子里有梳洗的工具，有一把梳子和一把刷子可把头发梳理整齐。我疲乏地挣扎了一番，每隔五分钟休息一下，终于穿好了衣服。因为消瘦，衣服穿在身上很宽松，不过我用披肩掩盖了这个不足。<u>于是我再一次清清爽爽体体面面了——没有一丝我最讨厌的并似乎很降低我身份的尘土和凌乱——我扶着栏杆，走下了石头楼梯，到了一条低矮窄小的过道，进了厨房。</u>【名师点睛：简·爱是个十分讲究体面的人，她的自尊心要求她不能再脏兮兮地生活下去，同时铺垫了下文她与用人的对话，简·爱同样也不能忍受继续过白吃白喝的日子。】

厨房里弥漫着新鲜面包的香气和熊熊炉火的暖意。汉娜正在烤面包。偏见很难从没有用教育松过土施过肥的心田里根除，它像野草钻出石缝般顽强地在那儿生长。说实话，开始汉娜对我冷淡生硬，近来开始有一点和气了，而这回见我清清爽爽，竟笑了起来。

"什么，你已经起来了？"她说，"那么你好些了。要是你愿意，你可以坐在炉边我的椅子上。"

她指了指那把摇椅。我坐了下来。她忙碌着，不时用眼角瞟我。

415

简·爱

她一边从烤炉里取出面包，一面转向我生硬地问道：

"你到这个地方来之前曾讨过饭吗？"

我感到了羞辱，但想起发火是不理智的，不过仍带着明显的强硬口气：

"你误解了，跟你自己或者你的小姐们一样，我不是乞丐。"

她停了一下后说："那我就糊涂了，你看上去像是既没有房子，也没有铜子儿。"

"没有房子或铜子儿并不是就成了你所说的那个意思上的乞丐。"

"你读过书吗？"她又问道。

"是的，读过不少书。"

"不过你从来没有进过寄宿学校吧？"

"我在寄宿学校里待了整整八年。"

她眼睛睁得很大，问道："那你为什么还养活不了自己呢？"

"我养活了自己，而且我相信以后还可以养活得了自己。拿这些鹅莓干什么呀？"她拎出一篮子鹅莓时，我问。

"做饼。"

"给我吧，我来拣。"

"不，我什么也不要你干。"

"但我总得干点什么。还是让我来吧。"

她同意了，甚至还拿来一块干净的毛巾铺在我衣服上，一面还说："怕你把衣服弄脏了。"【名师点睛：劳动会让简·爱待得更安心一些，用人汉娜对简·爱的偏见也开始有了一些改变。】

"你不太干得惯用人的活，从你的手上看得出来，"她说，"也许是个裁缝吧？"

"不是，你猜错啦，现在别管我以前是干什么的。不要为我再去伤你的脑筋，请告诉我你们这所房子叫什么名字。"

"有人叫它沼泽居，有人叫它沼泽宅。"

"住在这儿的那位先生叫圣·约翰？"

"不，他不住在这儿，只不过暂时待一下。他的家在自己的教区莫尔顿。"

"离这儿几英里的那个村子？"

"是呀。"

"他是做什么的？"

"是个牧师。"

我还记得我要求见牧师时那所住宅里老管家的回答。

"那么这里是他父亲的居所了？"

"不错。老里弗斯先生在这儿住过,还有他父亲、他祖父、他曾祖父。"

"那么，那位先生的名字是圣·约翰·里弗斯先生了。"

"是呀，圣·约翰是他受洗礼时的名字。"

"他的妹妹名叫黛安娜·里弗斯和玛丽·里弗斯？"

"是的。"

"他们的父亲去世了？"

"三个星期前中风死的。"

"他们没有母亲吗？"

"太太去世已经多年了。"

"你与这家人一起生活很久了吗？"

"我住在这里三十年了，他们三个人都是我亲手带大的。"

"那你一定是个忠厚的仆人，尽管你没有礼貌地把我当作乞丐，我还是会很愉快地说你的好话。"

她再次惊讶地端详着我。"我相信，"她说，"我起初完全看错了你，不过这里来往的骗子很多,请你原谅我。"【名师点睛:用人汉娜的两次惊讶反衬出简·爱的修养让她刮目相看,也为两人的握手言和做下铺垫。】

"而且，"我往下说，口气颇有些严厉，"尽管你要在一个连条狗都不该撵走的夜晚，把我赶出门外。"

417

▶ 简·爱

"嗯，是有点狠心。可是叫我怎么办呢？我想得更多的是孩子们而不是我自己，他们也怪可怜的，除了我没有人照应。我总该当心些。"

我沉着脸几分钟没有吱声。

"你别把我想得太坏。"她又说。

"不过我确实把你想得很坏，"我说，"而且我告诉你为什么——倒不是因为你不许我投宿，或者把我看成了骗子，而是因为你刚才把我没铜子儿、没房子当成了一种耻辱。世上有些好人像我一样穷得一个子儿也没有。如果你是个基督徒，你就不该把贫困看作罪过。"【名师点睛：简·爱认为不能用财富来判断一个人是否为好人，内心的善良不是通过外在的富有显示出来的。】

"以后不会这样了。"她说，"圣·约翰先生也是这么同我说的。我知道自己错了——但是，我现在对你的看法跟以前明显不同了。你看起来完全是个体面的小家伙。"

"那行了——我现在原谅你了，握握手吧。"她把沾了面粉布满老茧的手塞进我手里，她粗糙的脸上现出了一个更加亲切的慈祥的笑容。从那时起我们就成了好朋友。

汉娜十分健谈。我拣果子她捏面团做饼时，她继续细谈着过世的主人和女主人，以及她称作"孩子们"的年轻人。

她说，老里弗斯先生是个很诚恳朴实的人，他是位绅士，出身于一个十分古老的家庭。沼泽居自建成以后就一直属于里弗斯先生，她还肯定，"这座房子已有两百年左右历史了——尽管它看上去不过是个不起眼的小地方，丝毫比不上奥利弗先生在莫尔顿谷的豪华大宅。但我还记得比尔·奥利弗的父亲是个走家串户的制针人，而里弗斯家族在过去亨利时代都是贵族，看看莫尔顿教堂法衣室记事簿，谁都知道。"不过她仍认为"老主人像别人一样——并没有太出格，只是完全迷恋于狩猎种田等等。"女主人可不同，她爱读书，而且学得很多。"孩子们"像她。这一带没有人跟他们一样的，以往也没有。三个人都喜欢学习，差不多从能说话的时候起就这样了,他们自己一直"另有一套"。圣·约翰先生长大了就进大学,做起牧师来;而姑娘们一离开学校就去找家庭教师的活。他们告诉她,他们的父亲,几年前由于信托人破产,而丧失了一大笔钱。他现在已不富裕,没法给她们财产,她们就得自谋生计了。很久以来她们已很少住在家里了,这会儿是因为父亲去世才来这里小住几周的。不过她们确实也喜欢沼泽居和莫尔顿,以及附近所有的荒原和小山。她们到过伦敦和其他很多大城市,但总是说什么地方也比不上家里。另外,她们彼此又是那么融洽——从来不争不吵。她不知道哪里还找得到这样一个和睦的家庭。【名师点睛:通过汉娜的描述,我们对这家人有了更多的了解,他们是热爱学习的,有学问有内涵的人,也有着不少见识,家庭关系非常和睦,是一个温暖的家庭。】

我拣完了鹅莓后问她,两位小姐和她们的哥哥上哪儿去了。

"到莫尔顿散步去了,半小时内会回来吃茶点。"

他们在汉娜规定的时间内回来了,是从厨房门进来的。圣·约翰先生见了我只不过点了点头就走了,两位小姐却停了下来。玛丽心平气和地说了几句话,并且很开心我已经恢复到可以下楼走一走了。黛安娜握住我的手,对我摇摇头。

"你该等我允许后才下楼的。"她说,"你脸色还是很苍白——又那么瘦!可怜的孩子!——可怜的姑娘!"

黛安娜的声调在我听来像鸽子的咕咕声。她有一双我很乐意接触的眼睛。她的整张脸似乎都充满魅力。玛丽的面容也同样聪慧,——她的五官一样漂亮,但她的表情更加冷淡,她的仪态虽然文雅却更显得有隔膜[没有亲密感或亲切感]。黛安娜的神态和说话的样子都有一种权威派头,显然很有主意。我生性喜欢服从像她那样有依靠的权威,在我的良心和自尊允许范围内,向富有活力的意志低头。【名师点睛:通过对两姐妹的比对,简·爱表明了自己更喜欢富有亲切感的黛安娜,并且愿意听从这种内心有想法、有活力的人,因为她自己也正是这样的一

简·爱

种人。]

"你在这儿干什么？"她继续说，"这不是你待的地方。玛丽和我有时在厨房里坐坐，因为在家里我们爱随便些，甚至有些放肆——但你是客人，得到客厅去。"

"我在这儿很舒服。"

"一点也不——汉娜这儿忙一下那儿忙一下，会把面粉沾在你身上。"

"另外，火炉的温度对你而言也有些太热了。"玛丽插嘴说。

"没有错，"她姐姐补充说，"来吧，你得听话。"她一面握着我的手一面拉我起来，领进内室。

"到那里坐着吧，"她说着把我安顿在沙发上，"我们准备脱掉衣服，去弄一些茶点过来。在沼泽居小家庭中享受的另一个特权，——是在我们高兴，或者汉娜忙着烘烤、调制、熨衣的时候，自己准备饭菜。"

她关上了门，留下我与圣·约翰先生单独待着。他坐在我对面，手里捧着一本书或一张报纸。我先是把客厅打量了一番，随后又看向客厅的主人。

客厅并不大，陈设也很朴实，但干净整洁，让人感到十分舒服。老式椅子油光锃亮，那张胡桃木桌子像面镜子。斑驳的墙上装饰着几张过去时代奇怪而古老的男女画像。在一个装有玻璃门的橱里，放着几本书和一套古瓷器。除了放在书桌上的一对针线盒和青龙木女用书台，房间里没有多余的装饰品——没有一件现代家具。包括地毯和窗帘在内的一切，看上去陈旧但又保养得很好。

圣·约翰先生静静地坐着，犹如墙上色彩暗淡的画，眼睛盯着他细读着的那页书，嘴唇默默地闭着——很容易让我细看个究竟，他要是装成塑像，而不是人，那是再容易不过了。他很年轻，二十八岁至三十岁光景，高挑个子，身材颀长。他的脸很有个性，像一张希腊人的脸，轮廓完美，长着一个笔直的古典式鼻子，一张十足的雅典人的嘴和下巴。说实在的，英国人的脸很少像他那样接近古典脸型的。他自己的五官那么匀称，也许对我的不匀称便有点儿吃惊了。他的眼睛又大又蓝，长着棕色的睫毛，高高的额头跟象牙一般苍白，额头上不经意披下了几绺金色的头发。【写作借鉴：人物外貌描写生动具体，仿佛脑海中能形成一幅画面，这也体现出简·爱有很强的观察力。】

这是一幅线条柔和的写生，是不是，读者？然而画中的人给人的印象却并不属于那种温和忍让、容易打动甚至十分平静的个性。虽然此时此刻他静静地坐在那里，但是从他的鼻孔、嘴巴、额头中透露出他内心的不安与焦躁。他的妹妹们回来之前，他还没有同我说过一句话，或者朝我看上一眼。黛安娜走进走出，准备着茶点，给我带来了一块在炉顶上烤着的小饼。

"这会儿就把它吃掉吧，"她说，"你准饿了。汉娜说从早饭到现在，你只喝了点粥，什么也没吃。"

我没有拒绝，我的胃口恢复了，而且很好，这时圣·约翰先生合上书，走到桌子旁边。他就座时，用那双画一般的蓝眼睛紧盯着我看，目光里有一种奔放的直率，一种锐利、明确的坚定，表明他一直避开陌生人不是出于不好意思，而是故意的。

"你很饿！"他说。

"是的，先生。"这是我的习惯——向来的习惯，完全是直觉——简问简答，直问直说。

"幸好三天来的低烧强迫你禁食，要是一开始便放开量吃就危险了。现在你可以吃了，不过还需要节制。"

"我相信不会用你的钱吃得很多的，先生。"这时我拙嘴拙舌、粗声粗气地回答。

"不，"他冷冷地说，"等你把朋友的住址告诉我们后，我们可以写信给他们，你就可以回家去了。"

"我得毫不隐讳地告诉你们，我没有办法这么做，因为我既没有家，也没有朋友。"

▶ 简·爱

兄妹三个看着我，他们的眼神里没有怀疑的神色，更多的是好奇。

我尤其指小姐们。圣·约翰的眼睛表面看起来相当明净，但实际上却深不可测。他似乎要把它用作探测别人思想的工具，而不是暴露自己内心的窗口。眼神里热情与冷漠的交融，很大程度上不是为了鼓励别人，而是要使人感到窘迫。【名师点睛：圣·约翰的眼睛让我们体会到这个人物的性格，他是一个十分敏锐，并且将自己隐藏得很深的人。】

"你的意思是说，"他问，"你孤孤单单，没有一个亲人或朋友？"

"是的。没有一根纽带把我同哪位活着的人维系在一起，我也没有任何权利走进英国的任何人家里。"

"像你这么大的年纪，这种情况实在是非常少见。"

说到这里我看到他的目光扫到了我手上，这时我双手交叉，放在面前的桌子上。我不知道他在找什么。但他的话立刻解释了那种探寻。

"你没有结婚？是个单身女人？"

黛安娜大笑起来。"嗨，她不会超过十七岁或十八岁，圣·约翰。"她说。

"我快十九了，不过没有结过婚，没有。"

我只觉得脸上一阵热辣辣的火烧，一提起结婚又勾起了我痛苦和兴奋的回忆。他们都看出了我的发窘和激动。黛安娜和玛丽把目光从我涨得通红的脸上转向别处，以便使我得到宽慰，但是她们那位有些冷漠和严厉的哥哥却继续盯着我，直至他引起的麻烦弄得我既流泪又变脸。

"你以前住在什么地方？"他此刻又问了。

"你也太爱打听了，圣·约翰。"玛丽低声咕哝着。但是他依然用那双似乎能看破人心的眼睛紧紧盯着我，并且将身子俯过桌子，要求马上得到回答。

422

"我住在哪儿,跟谁住在一起,这是我的秘密。"我回答得很简单。

"在我看来,要是你高兴,不管是圣·约翰还是其他人的提问,你都有权不说。"黛安娜回答说。

"不过要是我不了解你和你的身世,我没有办法给予你帮助。"他说,"而你是需要帮助的,对不对?"

"到现在为止我需要帮助,也寻求帮助,先生——希望某个真正的慈善家会让我有一份力所能及的工作,以及让我把日子过下去的报酬,就算只能满足生活的必需也好。"

"我不知道自己是不是位真正的慈善家,不过我愿意真诚地竭尽全力地帮助你。那么首先你得告诉我,你习惯于干什么,你能干什么。"

这会儿我已经吞下了茶点,饮料使我犹如喝了酒的巨人,精神大为振作,它给我衰弱的神经注入了新的活力,使我能够不慌不忙地同这位目光敏锐的年轻法官说话。

"里弗斯先生,"我说着转向了他,像他看我那样,堂而皇之并毫无羞涩地看着他,"你和你的妹妹们已经帮了我很大的忙——一个最伟大的人,能为他的同类所做的——你以你高尚的殷勤,从死亡中拯救了我。你所施予的恩惠,使你绝对有权要求我感激你,并且某种程度上要求知道我的秘密。我会在不损害我心情的平静、自身及他人的道德和人身安全的前提下,尽量把你们所庇护的流浪者的身世说个明白。"

【名师点睛:简·爱准备有选择性地坦白自己的身世,一方面是为了建立彼此之间的信任;另一方面是为了表明自己的工作方向,以此谋得一份工作。】

"我是一个孤儿,一个牧师的女儿。我还不能记事时,父母就去世了。我靠别人抚养长大成人,在一个慈善机构受了几年教育。在那里我当了六年学生,两年教师——××郡罗沃德孤儿院。你可能听到过它,里弗斯先生?——罗伯特·布罗克赫斯特牧师是司库。"

"我听说过布罗克赫斯特先生,也见过这学校。"

"差不多一年前,我离开了罗沃德,去当私人家庭教师。我得到了

▶ 简·爱

一份很好的工作，我也很愉快。来这里的四天前，我必须离开那个地方。离开的原因我不能也不会解释，就是解释也没有必要——会招来其他麻烦，听起来似乎有些难以置信，甚至奇怪和可怕。在计划逃离时我只知道两点——速度和秘密，为了做到这两点，我不得不把我的所有物品统统留下，只拿了一个包裹。就是这个小包裹，我在匆忙和烦恼中，忘了从把我带到惠特克劳斯的马车上把它拿下来。于是我囊空如洗[表示口袋里空得像洗过一样。形容口袋里一分钱也没有]地来到这附近。我在大自然的怀抱中度过了两夜，我漫无目的地游荡了两天，没有跨进过一道门槛，在这期间我只吃过两次东西。正当我由于饥饿、疲乏和绝望到了几乎只剩最后一口气时，你，里弗斯先生，没有让我冻死在家门口，把我收留进你们的房子。我知道从那时起你妹妹们为我所做的一切——因为在我外表上麻木迟钝的那些日子里，我并不是没有感觉的——我对于你们自然、真诚、亲切的怜悯和细致入微的照料，欠下了很大的一笔债。"【名师点睛：简·爱将圣·约翰一家人对她的帮助看作是一笔债，可见她是一个知恩图报的人。】

"这会儿不要她再谈下去了，圣·约翰。"我停下来时，黛安娜要求说，"她现在还不宜太过激动，到沙发这来，坐下吧，爱略特小姐。"

听到这个名字，我不禁稍微一惊，我已忘记我新起的名字。

"你说你的名字叫简·爱略特，是吗？"他说。

"我是这么说过的，这个名字，我想是作为权宜之计暂时使用的。"但是什么都逃不过里弗斯先生的眼睛，他立刻就注意到了。

"你不愿讲你的真名。"

"不愿。我尤其担心被人发现。凡是要导致这种后果的事，我都要避开。"

"我敢肯定你做得很对。"黛安娜说，"现在，哥哥，一定得让她安宁一会儿了。"

但是，圣·约翰静默了一会儿后，又开腔了，还是像刚才那样目

424

光敏锐，不慌不忙。

"你不会长期依赖我们的好客吧，我看你会希望尽快摆脱我妹妹们的怜悯，尤其是我的慈善（我对他的强调很敏感，但也不生气——因为那是正当的），你希望不依赖我们吗？"

"是的，我已经这么说过了。告诉我怎么干活，或者怎么找活干，这就是我现在所要求的，然后我走，即使是到最简陋的草屋去——但在那之前，请让我待在这儿，我不愿再去承受那种无家可归的孤独感和饥寒交迫的绝望。"

"说真的，你应当留在这儿。"黛安娜把她白皙的手搭在我头上说。"你应当这样。"玛丽重复说，语气中透出含蓄的真诚，这似乎是她发自内心的想法。

"你瞧，我的妹妹们很乐意收留你，"圣·约翰先生说，"就像乐意收留和抚育一只被寒风驱赶到了窗前，快要冻僵的鸟一样。我更倾向于让你自己养活自己，而且要努力这样做。但是请注意，我的活动范围很窄，不过是个贫苦乡村教区的一个牧师。我的帮助肯定是最微不足道的。要是你不屑于干日常琐事，那就去寻找比我所能提供的更好的帮助吧。"【名师点睛：圣·约翰主张让简·爱能够自食其力，体现出他也是一个内心十分独立的人。】

"她已经说过，凡是力所能及的正当活儿，她都愿意干，"黛安娜代我做了回答，"而且你知道，圣·约翰，她无法选谁来帮忙，连你这种犟脾气的人，她也不得不忍受。"

"我可以当个裁缝，可以当个普通女工，还可以当个仆人，做个护理女佣。"我回答。

"行，"圣·约翰先生冷冷地说，"如果你有这志气，我就答应帮你，用我自己的时间，按我自己的方式。"

这时他又继续看他那本茶点之前就已埋头在看的书了。我立刻退了出去，因为就我目前的体力而言，我已经谈得够多，坐得够长了。

▶ 简·爱

Z 知识考点

1.简·爱在床上躺了很久,在此期间她能够感受到房间的人来人往,让她最不安心的是_____的到来。黛安娜和玛丽十分善良,她们很庆幸_____,圣·约翰只去过_____次,他没有为简·爱叫来医生,因为他认为简·爱的昏睡不醒是_____,并且他觉得简·爱长得_____。

2.简·爱和谁成为了好朋友?　　　　　　　　　　(　　)
　　A.圣·约翰　　　　B.黛安娜　　　　C.汉娜

3.通过汉娜的描述能够得知这是一个怎样的家庭?
_____
_____

Y 阅读与思考

1.圣·约翰是个什么样的人?

2.汉娜为什么会两次惊讶?

3.简·爱为什么急于找到一份工作?

第三十章

沼泽见闻

M 名师导读

经过一段时间的休养,简·爱终于完全康复了。她与黛安娜、玛丽建立了深厚的友谊,并且很享受这样的生活状态,另外在圣·约翰的帮助下,她有了一份新的工作。

我越是了解沼泽居的人,就越是喜欢他们。没过几天,我的身体就已经复原了,已经可以整天坐着,有时还能出去走走。

我可以参加黛安娜和玛丽的一切活动,她们爱谈多久就谈多久,什么时候,什么地方,只要她们允许,就去帮忙。在这些交往和了解中,有一种使人振奋的愉悦——而我还是第一次体会到——这种愉悦产生于趣味、情调和感情的融洽。【名师点睛:简·爱的身体得到恢复,温馨的家庭环境和静谧偏远的居所也让她远离了曾经的那份悲痛,她十分享受此刻的状态。】

我爱读她们喜欢读的书,她们欣赏的我也喜欢,她们所赞同的我也尊重。

她们喜欢这个与世隔绝的家,我也在灰色、古老、小巧的建筑中找到了巨大而永久的魅力。这里有低矮的屋顶、带格子的窗户、销蚀的小径和古杉夹道的大路——强劲的山风使这些古杉都已倾斜。还有长着紫杉和冬青而呈黑色的花园——这里除了顽强的花种,什么花都不开放。她们眷恋住宅后面和周围紫色的荒原——眷恋凹陷的溪谷。

427

● 简·爱

一条鹅卵石筑成的马道,从大门口由高而低通向那里,先在蔽树丛生的两岸之间蜿蜒着,随后又经过与欧石楠荒原交界的几个最荒芜的小牧场。一群灰色的荒原羊和它们那些脸上毛茸茸像长着苔藓般的羊羔,都靠这些牧场来维持生命——嗨,她们热情满怀地眷恋着这些景色。我能理解她们的感情,同她们一样感受这个地方的力量与真谛,我看到了这一带诱人的魅力,体会到它所奉献的孤寂。我的眼睛尽情地享受着这起起伏伏的荒野,享受着山脊上与山谷中由青苔、灰色欧石楠、小花点点的草地、鲜艳夺目的欧洲蕨和颜色柔和的花岗岩所形成的荒野色彩。这些点滴景物于我如同于她们一样——都是无数纯洁可爱的快乐源泉。猛烈的狂风和柔和的微风、凄风苦雨的天气和平平静静的日子、日出时分和日落时刻、月光皎洁的夜晚和乌云密布的黑夜,都让我和她们一样,对这个地区产生深深的依恋,这种魔力似乎同样也对我起了作用。

在家里我们一样相处得很融洽。她们比我更有知识,读的书也更多。但是我急切地走在她们在我前面探索出来的知识之路上。我如饥似渴地读着她们借给我的书,而夜晚与她们切磋我白天读过的书是很大的满足。我们想法一致,观点相合,总之,大家非常高兴。

如果我们三个人当中,有一个更像是一位出色的领导者,那就是黛安娜。体态上她远胜于我,漂亮而精力过人,活泼而有生气,流动着一种使我为之惊异又难以理解的丰富的生命力。夜晚的最初时刻,我还能谈一会儿,但第一阵子轻松自如的谈话之后,我便只好坐在黛安娜脚边的矮凳上,把头靠在她膝头上,轮流听着她和玛丽深谈着我只触及了皮毛的话题。黛安娜愿意教我德语,我喜欢跟她学。我发觉教师的角色很适合她,这使她高兴,而同样学生的角色也适合我,这使我高兴。我们的个性十分吻合,彼此之间性情相投。她们知道我能作画,就立刻把铅笔和颜料盒供我使用。我这项唯一胜过她们的技能,使她们感到惊奇,也让她们着了迷。我绘画时玛丽会坐着看我作画,随后也学了起来,她是位聪明、听话、用功的学生。就这样忙这忙那,彼此都得到了乐趣,一周的日子像一天,一天的时间像一小时那样过去了。【名师点睛:简·爱在这里收获了真诚的友谊和丰富的知识,这段快乐的时光让她留恋。】

至于圣·约翰先生,我与他两个妹妹之间自然而迅速产生的亲密无间的感情,与他无关。我们之间疏远的一个原因,是他很少在家,他一天中绝大多数时间都在他的教区分散的居民间奔波,走访一些生病的人或是穷苦的人。

任何天气似乎都阻挡不了牧师的短途行程。不管晴天还是雨天,每天早晨的学习时间一结束,他就戴上帽子,牵着他父亲的老猎狗卡罗,出门开始了出于爱好或是职责的使命——我几乎不知道他怎样看待它。天气很糟的时候妹妹们会劝他别去,但他脸上浮起了庄严甚于愉快的笑容说:

"要是一阵风和几滴雨就弄得我放弃这些轻而易举的工作,那么这样懒懒散散,又怎么能为我设想的未来做准备呢?"

黛安娜和玛丽对这个问题的回答,往往是一声叹息和几分钟明显伤心的沉默。

但是除了因为他频繁外出之外,还有另一大障碍使我不能与他建立友情。他似乎是个天生寡言少语,心不在焉,喜欢沉思默想的人,尽管他对牧师工作非常热情,生活习惯上也无可指摘[没有什么可以指责的],但他好像并没有享受到每个虔诚的基督徒和脚踏实地的慈善家应得的酬报:内心的宁静和满足。每到夜晚,他经常会坐在窗户前面,对着眼前的书桌或者纸张发呆,把下巴靠在手上,思绪似乎已经不知道飘到了哪里,有时显现出一种局促不安的情绪,从他眼睛频繁的闪烁和变幻莫测的张合中,可以看到兴奋与激动。【名师点睛:简·爱的描述,将圣·约翰令人捉摸不定的情绪变化展现出来,让人不禁对他的行为产生好奇。】

简·爱

　　此外，我认为大自然对于他并不像对于她妹妹那样，是快乐的源泉。我听到过一次，也只有一次，他表示自己被崎岖的小山深深地迷住了，同时对被他称为自己家的黑色屋顶和灰白的墙壁，怀着一种眷恋之情。但是在表达这种情感的音调和语言中，隐含的忧郁甚于愉快。而且他从来没有因为要感受一下荒原舒心的宁静而漫步其中——从来没有去发现或谈及荒原给人千百种平静的乐趣。

　　由于他不善交际，我过了很长一段时间才有机会研究他的思想。我听了他在莫尔顿自己的教堂布道[宣传基督教的教义]后，对他的能力有了大概的了解。我想要描述一下那次看他布道的体验，但是这对我而言有些困难，因为我无法准确表达留在我心中的印象。

　　开始很平静，其实，以讲演的风格和语调而言，那是自始至终很平静的。不久一种发自肺腑而严加控制的热情，很快注进了清晰的语调，激起了生动形象的语言，话逐渐变得有力——简练、浓缩而有分寸。牧师的力量使人内心为之震颤，头脑为之惊异，但两者都没有被感化。他的讲演自始至终包含着一种莫名其妙的痛苦，缺乏一种抚慰人的温情。他不断严厉地提到加尔文主义——上帝的选拔、命定和天罚，每次的提醒听起来仿佛是在宣布末日的来临。布道结束以后，我不是受到他讲演的启发，感觉更好更平静了，而是体会到了一种难以言喻的哀伤。因为我似乎觉得——我不知道别人是不是有同样的感觉——我所倾听的雄辩，来自充满浑浊和失望的心灵深处——那里躁动着无法满足的愿望和不安的憧憬。我确信圣·约翰·里弗斯虽说生活单纯，又真诚热情，却并没有找到上帝寓于深奥的安宁。我想他与我一样，都没有找到。我是因为打碎了偶像，失去了心灵的天堂而产生了隐隐的且焦躁不安的悔恨——这些悔恨我虽然最近不想谈了，但仍然每时每刻地纠缠着、压迫着我。

　　很快，一个月过去了。黛安娜和玛丽不久就要离开沼泽居，回到一直等候着两人的截然不同的生活环境中去，在英国南部一个时髦的城市当家庭教师。她们各自在别人家里谋职，被富有而高傲的家庭成员们视为低下的附庸。这些人既不了解也不去发现她们内在的美德，而只赏识她们已经获得的技艺，如同赏识他们厨师的手艺和侍女的情趣。【名师点睛：讽刺了那些有钱且身份地位高的家庭只关注外在技艺，而不注重内在美德。】圣·约翰先生一句也没有提起答应帮我找的工作。一天早晨，我与他单独在客厅里待了几分钟，我冒昧地走近窗子的凹陷处——他的桌子、椅子和书桌已使这里成了书房——我正要开口，尽管还不十分明白该用怎样的措辞把问题提出来——因为无论何时要打破蒙在他这种性格外的拘谨外壳，都是十分困难的——他省了我的麻烦，先开口了。

我走近时他抬起头来，"你有问题要问我吗？"他说。

"是的，我想知道一下你是否打听过什么我能够做的工作？"

"三个星期前我找到了或是替你设计了某个工作，但你在这里似乎还挺好，自己又很愉快——我的妹妹们显然同你形影不离，有你做伴她们格外开心——我觉得打扰到你们彼此之间相处的愉悦感觉是不太合适的，还是等她们快要离开沼泽居因而你也有必要离开时再说。"

"现在她们三天后就要走了。"我说。

"是呀，她们一走我就要回到莫尔顿的牧师住所去，汉娜随我走，这所老房子要关闭。"

我等了一会儿，以为他会继续他首次提出的话题，但他似乎已另有所思。他明显走了神，忘了我和我的事。我不得不把他拉回出于需要已成为我最迫切最关心的话题。【名师点睛：圣·约翰总是一副心事重重的样子，对人物形象的刻画从细节可以体现出来。】

"你想到了什么工作，里弗斯先生？我希望这次的拖延不会给寻找工作增加难度。"

"哦，不会。因为这项工作只决定由我来提供，你来接受。"

他又不吱声了，仿佛不愿再继续说下去。我有些不耐烦了，——两

简·爱

个不安的动作以及一个急切而严厉的眼神落在他脸上，向他表达了同语言一样有效，但省却了不少麻烦的情感。

"你不必急于听到，"他说，"坦率告诉你吧，我没有什么合适的或是挣钱的工作可以建议。我解释之前，请回忆一下，我明明白白地向你打过招呼，要是我帮你，就好比一个瞎子在帮一个跛子。我很穷，因为我发现偿还了父亲的债务后，父亲留给我的全部遗产就只有这个摇摇欲坠的田庄，庄后一排枯萎的杉树，前面一片长着紫杉和冬青灌木的荒土。我出身卑微，里弗斯是个古老的名字。但这个族的三个仅存的后裔，两个在陌生人中间依赖他人为生，第三个认为自己是远离故土的异乡人——活着和死了都是如此。是的，他认为，必然认为这样的命运是他的光荣，他盼望有朝一日摆脱尘世束缚的十字架会放在他肩上，那位自己也是最卑微一员的教会斗士的首领会传下号令：'起来，跟着我！'"

圣·约翰像布道一样说着这些话，语调平静而深沉，脸部发红，目光炯炯。他继续说：

"既然我自己也贫穷卑微，我只能向你提供贫穷卑微的工作，你甚至可能认为这很低俗——因为我现在知道你的举止属于世人所说的高雅；你的情趣倾向于理想化；你所交往的至少是受过教育的人——但我认为凡是有益于人类进步的工作都不能说低俗。越是贫瘠和没有开垦的土地，基督教徒越是要承担去那儿开垦的使命——他的劳动所挣得的报酬越少，他的荣誉就越高。【名师点睛：通过圣·约翰的这番话我们可以得知他的理想和使命感，他的心中怀有无私的大爱，他想要为需要帮助的人带去福音。】在这种情况下，他的命运就是先驱者的命运，传播福音的第一批先驱者就是使徒们——他们的首领就是耶稣，他本人就是救世主。"

"嗯！"他再次停下时，我说，"说下去。"

他没有继续说下去，而是悠闲地瞧了瞧我，似乎在读着我的面容。

我的五官和脸部的线条就像是一本书上的文字。他仔细打量后所得出的结论，部分地表露在后来的谈话中。

"我相信你会接受我提供的职位，"他说，"而且会干一阵，尽管不会永久干下去，就像我不会永久担任英国乡村牧师这狭隘的，使人越来越狭隘的——平静而神秘的职位。因为你的性格也像我的一样，有一种不安分的东西，尽管本质上有所区别。"

"请务必解释一下。"他再次停下来时，我催促道。

"好吧。你会听到这工作多么可怜——多么琐碎——多么束缚人。我父亲已去世，我自己也就独立了，所以我不会在莫尔顿久待。我很可能在一年之内离开这个地方，但我还在时，我要竭尽全力使它有所改进。两年前我来到这儿，莫尔顿没有学校，穷人们的孩子没有努力上进和追求希望的途径，我为男孩子们建立了一所学校。现在我有意为女孩子开设第二所学校。我已租了一幢楼用于这个目的，附带两间破屋作为女教师的住房。她的工资为三十镑一年，她的房子已安上家具，虽然简陋，但已够用。那是奥利弗小姐做的好事，她是我教区内唯一的一位富人奥利弗先生的独生女。奥利弗先生是山谷中制针厂和铁铸厂的业主。这位女士还为一个从济贫院来的孤儿付教育费和服装费，条件是这位孤儿得协助教师，干些跟她住所和学校有关的琐碎事务，因为教学工作不允许女教师亲自来过问。你愿意做这样一位教师吗？"

他的问题问得有些匆忙。他似乎觉得这个建议会让我发怒，或者被轻蔑地拒绝。他虽然可以做些猜测，但不完全了解我的思想和感情，无法判断我会怎样看待自己的命运。说实在的，这工作很低下——但提供了住所，而我需要一个安全的避难所。这工作沉闷乏味——但比之富人家庭的女教师，它却是无拘无束的。而替陌生人操劳的恐惧像铁钳一样夹住了我的心。这个工作并不丢脸——不是不值得——精神上也并不低下，我下定了决心。【名师点睛：简·爱在考虑了一番利弊关系后，认可了这份会带给她自由感的工作。】

433

简·爱

"谢谢你的帮助,里弗斯先生,我十分愿意接受这份工作。"

"可是你能理解我的意思吗?"他说,"这是一所乡村学校。你的学生都只是穷苦女孩。编织、缝纫和读、写、算你都要教。你自己的技艺能有什么用处呢?"

"留着它们等有用时再说,它们可以保存下来。"

"那你知道你要干的事了?"

"我知道。"

这时他笑了,不是苦笑,也不是伤心的笑,而是十分满意并深为感激的笑容。

"你什么时候开始履行职务?"

"我明天就到自己的房子去,要是你高兴,下周就开学。"

"很好,就这样吧。"

他立起身来,穿过房间,一动不动地站着再次看着我。他摇了摇头。

"你有什么不赞成呢,里弗斯先生?"我问。

"你不会在莫尔顿待得很久,不,不会的。"

"为什么?你这么说的理由是什么?"

"我从你的眼睛里看到了。你的眼神中没有那种想要在此安度一生的意思。"

"我没有雄心。"

他听了"雄心"两个字吃了一惊,便重复说:"不,你怎么会想到雄心?谁雄心勃勃呢?我知道自己是这样。但你怎么发现的?"

"我在说我自己。"

"嗯,要是你并不雄心勃勃,那你是——"他打住了。

"是什么呢?"

"我正要说多情,但也许你会误解这个词,然后会不高兴。我的意思是:人类的爱心和同情心在你的身上表现得很强烈。我确信你不会满意自己长期处于一种孤寂的状态去度过自己的闲暇时光,你的工作时间都用在一件没有激情的单调劳动上,"他又强调着补充说,"就像我不会满足于住在这里,埋没在沼泽地里,封闭在大山之中——上帝赐予我的天性与此格格不入,上天所赋予的才能会被断送——会弄得一无用处。这会儿你听见了我如何自相矛盾了吧。我自己讲道时说要安于自己卑贱的命运,只要为上帝效劳,即使当砍柴工和汲水人也心甘情愿——而我,上帝所任命的牧师,几乎是焦躁不安地咆哮着。哎呀,爱好与原则总得想个办法统一起来。"

他走出了房间。短短的一小时之内,我对他的了解胜过于以前的一个月。不过他仍使我无法理解。【名师点睛:简·爱在和圣·约翰谈论一番后,对约翰有了更深刻的了解,约翰是一个有雄心的人,他并不满足于现状,他心中怀有更广阔的爱和奉献,这也为下文的情节发展埋下伏笔。】

随着告别的日子的临近,黛安娜和玛丽也越来越伤心,情绪越来越低沉了。她们都想表现出一副同往常一样的模样,但是内心的忧愁是无法完全克制或是被掩盖的。黛安娜说,这次离别与以往所经历的截然不同。就圣·约翰来说,那可能是一去几年,也很可能是一辈子。

"他会为他长期形成的决定而牺牲一切,"她说,"但天性的爱恋与感情却更加强烈。圣·约翰看上去文文静静,简,但是他的躯体里隐藏着一种热情。你可能认为他很温顺,但在某些事情上他可以冷酷得像死人一样。最糟糕的是,我的良心几乎不容我说服他放弃自己苛刻的决定。当然我也绝不能为此而责备他。这是正当、高尚、符合基督教精神的,但使我心碎。"说完,眼泪一下子涌上了她漂亮的眼睛。玛丽低着头干着自己的活儿。

"现在我们已经没有了父亲,很快就要没有家,没有哥哥了。"她喃喃地说。

这时候发生了一个小小的插曲,仿佛也是天意,要证实"祸不单行"的格言,伤心之中因眼看到手的东西又失掉而更添恼怒。圣·约翰走过窗前,读着一封信,他走进房间。

简·爱

"我们的舅舅去世了。"他说。

两位姐妹怔住了，既不感到震惊，也不表示惊奇。在她们的眼睛里这消息显得很重要，但并不使人痛苦。【名师点睛：从对两位姐妹细致的神态描写中我们可以得知，她们对舅舅没有太多的感情。】

"死了？"黛安娜重复说。

"是的。"

她带着搜索的目光紧盯着她哥哥的脸庞。"那又怎样呢？"她低声问。

"那又怎样，死了？"他回答，面部像大理石一样毫无表情，"那又怎样？哎呀——没有怎样。自己看吧。"

他把信扔到她膝头。她眼睛粗略地扫了一下，把它交给了玛丽。玛丽默默地细读着，后来又把信还给了她哥哥。三人彼此你看我、我看你，都笑了起来——那是一种凄凉、忧郁的笑容。

"阿门！我们还能活着。"黛安娜终于说。

"不管怎么说，这并没有使我们变得比以前更糟糕。"玛丽说。

"只不过它强行使人想起本来可能会出现的景象，"里弗斯先生说，"而同实际的景象形成有些过分鲜明的对照。"

他折好信，锁进抽屉，又走了出去。

几分钟内没有人开腔。黛安娜转向我。

"简，你会对我们和我们的秘密感到奇怪，"她说，"而且会认为我们心肠太狠，像舅舅这样一位近亲去世了，我们居然没有太多情绪。但是我们从来没有见过他，也不知道他。他是我们母亲的兄弟。很久以前我父亲和他曾有过争吵。听从他的建议，我们父亲把大部分资产冒险投入一桩生意，后来毁了他的买卖。彼此都责备对方。他们怒气冲冲地分别了，从此没有和好。我舅舅后来又投资了几家使他财运亨通的企业。他似乎积攒了两万英镑的财产。他一直单身，除了我们也没有近亲，另外有一个关系比我们要离得远些的亲戚。我的父亲一直希望他会把遗产留给我们，以弥补他的过失。这封信通知我们，他已把每个子儿都给了另外一位亲戚，只留下三十畿(jī)尼[一种英国货币]，由圣·约翰、黛安娜和玛丽三人平分，用来购置三枚丧戒。当然他有权按他高兴的去做，但是收到这样的消息总归会使我们有些扫兴和失望。玛丽和我都会认为各得一千英镑是很富有的了，而这样一笔钱对圣·约翰所要做的好事也是很可贵的。"

这番解释以后，这个话题也就扔到了一边，里弗斯先生和他的妹妹也没有再提起。第二天，我离开沼泽居去莫尔顿。第三天，黛安娜和玛丽告别这里去遥远的B城。一周后，里弗斯先生和汉娜去了牧师住宅，于是这古老的田庄就被废弃了。

Z 知识考点

1.简·爱在这个与世隔绝的家中感受到了巨大而永久的魅力，这里有_____的屋顶、_____的窗子、_____的小径和_____的大路。还有_____的花园。

2.简·爱和谁的关系最好？　　　　　　　　　　　（　　）

　A.圣·约翰　　　　B.黛安娜　　　C.玛丽

3.圣·约翰为简·爱找的工作是什么？

_____

_____

Y 阅读与思考

1.你对圣·约翰有了哪些更多的了解？

2.简·爱为什么接受了这份工作？

3.他们为什么对自己舅舅的离世没有太多感觉？

简·爱

第三十一章

乡村学校

> **M 名师导读**
>
> 简·爱在莫尔顿总算是好好安顿下来了，虽然条件不是很好，但是自由温馨。在这里，她又认识了奥利弗小姐，可圣·约翰对待奥利弗小姐的态度却有些奇怪。

我朝思暮想的家呀——我终于找到了一个家——一间小屋。房间的墙壁已粉刷得雪白，地板铺了沙子。房间内有四把漆过的椅子，一张桌子，一个钟，一个碗橱。橱里有两三个盘子和碟子，还有一套荷兰白釉蓝彩陶器茶具。楼上有一个面积跟厨房一般大小的房间，里面有一个松木床架和一个衣柜，虽然很小，盛放我为数不多的衣物绰绰有余。尽管我的和蔼可亲、慷慨大方的朋友，已经为我增添了一些必要的衣服。

这会儿正是傍晚时分，我给了当我女仆的小孤女一个橘子，打发她走了。我独自坐在火炉旁。今天早上，村校开学了。我有二十个学生，但只有三个能读，没有人能写能算。有几个能编织，少数几个会一点缝纫，她们说话地方口音很重。眼下我和她们很难听懂对方的语言。其中有几个学生很没礼貌，十分粗野，难以管教，同时又很无知。但其余的却容易管教，愿意学习，透露出一种令人愉快的气质。我决不能忘记，这些衣衫褴褛的小农民，像最高贵血统的后裔一样是有血有肉有情感的，天生的美德、雅致的智慧、善良的情感，都可能在她们的心田里发芽。我的任务是帮助这些萌芽茁壮成长，当然在尽责时我能获得某种愉快的感觉。【名师点睛：简·爱相信再卑微的人，内心也会有良好的品德，她所要做的就是让这些孩子们心存善良，拥有美德。】但我并不期望从展现在我面前的生活中尝到多大乐趣。不过要是我调整自己的心态，尽力去做，它也会给我以足够的报酬，让我一天天生活下去。

今天上午和下午，我在那间空空荡荡的、简陋不堪的教室中度过了几个小时，我问自己难道没有得到一些快乐、安心或是知足的感觉吗？为了不自欺欺人，我得回答——没有。我觉得有些孤寂，我感到——是呀，自己真愚蠢——我感到有失身份。我怀疑我所跨出的一步不是提高而是降低了自己的社会地位。我对周围见到和听到的无知、贫穷和粗俗略微有点失望。但别让我因为这些情感而痛恨和蔑视自己。我知道这些情感是不对的——这是一大进步。我要努力驱除这些情感。我相信明天我将部分地战胜它们；几周之后或许完全征服它们；几个月后，我会高兴地看到进步，看到学生们大有进展，于是满意就会取代厌恶了。

同时，也让我问自己一个问题——到底怎样才算是比较好的呢？——经不住诱惑听凭欲念摆布，不作痛苦的努力——没有搏斗——落入温柔的陷阱，在覆盖着陷阱的花丛中沉沉睡去。在南方的气候中一觉醒来，置身于享乐别墅的奢华之中，至今住在法国，做了罗切斯特先生的情妇，一半的时间因为他的爱而发狂——因为他会——哦，不错，他暂时会很爱我。他确实爱我——再也没有谁会这么爱我了。我永远也看不到有谁会对美丽、青春、优雅如此虔敬了——因为我不会对任何其他人产生这样的魅力。他非常喜欢我，为我感到自豪——而其他人是谁也做不到的——可是我会在哪儿漫游，我会说什么，尤其是我会有什么感觉呢？【名师点睛：简·爱的内心始终惦念着罗切斯特，她在两种截然不同的生活方式中徘徊迷茫着。】我问，在马赛愚人的天堂做一个

简·爱

奴隶，一会儿开心得浑身发烧，头脑发昏，一会儿因为羞愧和悔恨而痛哭流涕，是这样好呢，还是在健康的英国中部一个山风吹拂的角落，做一个无忧无虑、老老实实的乡村女教师好呢？

是的，我现在感到，自己坚持原则和法规，蔑视和抑制狂乱时刻缺少理智的冲动是对的。上帝指引我做了正确的选择，我感谢上帝的指引！

黄昏时分，我站了起来，向门边缓缓走去，想看看在这个收获季节里的夕阳，看看小屋前面静悄悄的田野，这片田野和学校距离村庄有半英里。鸟儿们正唱着它们最后的一曲。

微风和煦，露水芬芳。

当我这么瞧着远方的时候，我觉得内心很快乐，而且我惊异地发觉自己不一会儿竟哭起来了——是因为厄运硬把两情相依的我与主人拆开，是因为我再也见不到他了，还是因为绝望的忧伤和极度的愤怒——我离开的后果——这些也许正拉着他离正道越来越远，失去了最后改邪归正的愿望。一想到这里我从黄昏可爱的天空和莫尔顿孤独的溪谷转过脸来——我说孤独，那是因为在山弯里，除了掩映在树丛中的教堂和牧师住宅，以及另一头顶端住着有钱的奥利弗先生和他的女儿的溪谷庄园，再也看不见其他建筑了。【名师点睛：之前简·爱希望能生活在僻静的地方，如今却因为内心的忧伤与思念，对眼前这番空旷的景象产生了深深的孤独感。】我蒙住眼睛，把头靠在房子的石门框上。但不久那扇把我的小花园与外边草地分开的小门附近，传来了轻轻的响动，我便抬起头来。一条狗——不一会儿我看到是里弗斯先生的猎狗卡罗——正用鼻子推着门。圣·约翰自己抱臂靠在门上，他双眉紧锁，严肃得近乎不快的目光盯着我，我把他请进了屋。

"不，我不能久待，我不过给你捎来了一个小包裹，是我妹妹们留给你的。我想里面有一个颜料盒，一些铅笔和纸张。"

我走过去将礼物收了下来，这是一件值得欢迎的礼品。我走近他时，我想他在用严厉的目光审视着我。毫无疑问，我脸上明显有泪痕。

"你发觉第一天的工作比你预料的要难吗？"他问。

"没有！相反，我想过一段时间，我便能同我的学生们愉快地相处。"

"可是也许你的居住条件——你的房子——你的家具——使你大失所望？说真的是够寒碜的，不过——"我打断了他：

"我的小屋很干净，经得起风雨；我的家具很好，用起来也方便。我所看到的只能使我感到幸运，而不是沮丧。我绝不是这样一个傻瓜和享乐主义者，居然对缺少地毯、沙发、银盘而懊悔不已。更何况五周前我一无所有——我当时是一个弃儿、一个乞丐、一个流浪者。现在我有了熟人，有了家，有了工作。我惊异于上帝的仁慈，朋友的慷慨，命运的恩惠。我没有感到苦恼。"【名师点睛：简·爱是一个懂得知足和感恩的人，所以她能够珍视和感激现在所拥有的一切。】

"可是你不觉得孤独是一种压抑吗？你身后的小房子黑咕隆咚，空空荡荡。"

"我几乎还没有时间来欣赏一种宁静感，更没有时间为孤独感而显得不耐烦。"

"很好。我希望你体会到了你自己所说的这种满足，不管怎么说，你健全的理智会告诉你，像罗得的妻子那样犹犹豫豫，畏首畏尾，还为时过早。我见到你之前你遭遇到了什么，我无法了解，但我劝你要坚决抵制回头的诱惑，坚守你现在的事业，至少要做很长的一段时间。"

"那正是我要做的。"我回答。圣·约翰继续说：

"要控制意愿，改变天性并不容易，但从经验来看是可以做到的。上帝给了我们一定的力量来创造自己的命运。我们的精力需要补充而又难以如愿的时候——我们的意志一意孤行，要走不该走的路的时候——我们不必因食物不足而挨饿，或者因为绝望而止步。我们只要为心灵寻找另一种养料，它就会像诱人的禁果那样滋养，也许还更为清醇。要为敢于冒险的双脚开辟出一条路来，虽然更加坎坷，却同命运将我们堵

441

简·爱

塞的路一样直，一样宽。

"一年以前，我也非常痛苦，觉得当牧师是一大错误。千篇一律的职责乏味得要命，我热烈向往世间更活跃的生活。向往经历更激动人心的劳作——向往艺术家、作家、演说家的命运，只要不当牧师，随便当什么都可以。是的，一个政治家、一个士兵、一个光荣事业的献身者、一个沽名钓誉[用某种不正当的手段捞取名誉]者，一个权力欲很强的人的一颗心，在牧师的法衣下跳动。我认为我的生活是悲惨的，必须加以改变，否则我得死去。经过一段痛苦挣扎的时期，光明降临了，宽慰降临了。我那原本狭窄的生活，突然间扩展成一望无际的平原——我的能力听到了上天的召唤，起来，全力以赴，张开翅膀，任意飞翔。上帝赐予我一项使命，要做就要做得好，技巧和力量，勇气和雄辩能力，士兵、政治家和演说家的最好品质都是必不可少的，因为一个出色的传教士都集这些于一身。

"我决心当个传教士。从那一刻起我的心态起了变化，镣铐熔化了，纷纷脱离我的官能，留下的不是羁绊而是擦伤的疼痛——那只有时间才能治愈。其实我父亲反对我的决定，但自他去世以后，我已没有合法的障碍需要排除。一些事务已经妥善处理，莫尔顿的后继者也已经找到。一两桩感情纠葛已经冲破或者割断——这是与人类弱点的最后斗争，我知道我能克服，因为我发誓我一定要克服它——我要离开欧洲去东方。"

他说这话的时候用的是奇怪、克制却又强调的口吻。说完抬起头来，不是看我，而是看着落日。我也看了起来。他和我都背朝着从田野通向小门的小径。在杂草丛生的小径上，我们没有听到脚步声，此时此刻此情此景中，唯一让人陶醉的声音是潺潺的溪流声。因此当一个银铃般的欢快甜蜜的嗓音响起来时，我们都吃了一惊。

"晚上好，里弗斯先生，晚上好，老卡罗。你的狗比你先认出了你的朋友呢，我还在底下田野上，它就已经竖起耳朵，摇着尾巴来了，而你到现在还把背向着我。"

确实如此。尽管里弗斯先生刚听到那音乐般的声调时很吃惊,仿佛一个霹雳在他头上撕裂了云层似的。但就是对方把话说完了,他还是保持着说话人惊吓了他时的姿势,胳膊靠在门上,脸朝西。最后他从容地转过头来,我似乎觉得他旁边出现了一个幻影。【写作借鉴:运用比喻的修辞手法和生动的动作描写,将里弗斯听到声音后大吃一惊的样子表现得淋漓尽致。】离他三尺远的地方,有一个穿着纯白衣服的形体——年轻而优美的形体,线条丰满且很美。

这人弯下腰去抚摸卡罗时,抬起了头,把长长的面纱扔到后头,于是一张如花的美妙绝伦的面孔,映入了他的眼帘。美妙绝伦是说重了一点,但我不愿收回这个词,或者另加修饰。眼前的这张面容很好地证明了英格兰温和气候所能塑造的最可爱的容貌以及英格兰湿润的风、雾蒙蒙的天空所能催生、庇护的最纯正的玫瑰色和百合色的结合。不缺一丝妩媚,不见任何缺陷。这位年轻姑娘面部匀称娇嫩,眼睛的形状和颜色就跟我们在可爱的图画上看到的无异,又大又黑又圆,眼睫毛又长又浓,以一种柔和的魅力围着一对美丽的眼睛。画过的眉毛异常清晰。白皙光滑的额头给色泽与光彩所形成的活泼美增添了一种宁静。脸颊呈椭圆形,鲜嫩而滑润。嘴唇也一样鲜嫩,红彤彤的十分健康,外形非常可爱。整齐而闪光的牙齿,没有缺点,小小的下巴上有一个小小的酒窝。浓密的头发成了一个很好的装饰。【写作借鉴:细腻具体的外貌描写,将一个长相柔和且极富魅力的英国女性面孔展现在读者眼前。】总之,合在一起所能勾画出的所有优点都是属于她的,我瞧着这个漂亮的家伙,不胜惊讶,一心为之赞叹。大自然显然出于偏爱创造了她,忘记给予她通常吝啬的后母会给的小礼,而授予了她外祖母会给的慷慨恩赐。

圣·约翰·里弗斯对这位人间天使有什么想法呢?我看见他向她转过脸去并瞧着她时,自然而然地提出了这个问题,我也一样自然地

443

▶ 简·爱

从他的面部表情上寻找这个问题的答案。他已把目光从这位仙女身上移开，正瞧着长在门边的一簇不起眼的雏菊。

"是个可爱的傍晚，不过你一个人外出有些太晚了。"他一面说，一面用脚把没有开的雪白的花头踩烂了。

"哦，我下午刚从 S 市回来（她提了一下相距大约二十英里的一个城市）。爸爸告诉我你已经开办了一所学校，新的女教师已经来了，所以我用完茶后戴上草帽跑到山谷来看她了。就是她吗？"她指着我问。

"是的。"圣·约翰说。

"你觉得自己会喜欢莫尔顿吗？"她问我，语调和举止里有着一种直率而幼稚的单纯，虽然有些孩子气，却讨人喜欢。

"我希望我会这样，我也很想这么做。"

"你发现学生像你预料的那么专心吗？"

"十分专心。"

"你喜欢你的房子吗？"

"很喜欢。"

"我布置得好吗？"

"真的很好。"

"选了爱丽丝·伍德来服侍你，不错吧？"

"确实这样。她可以管教，也很能干。"（那么我想这位就是继承人奥利弗小姐了。她似乎既在家产上又在那些天生丽质上得到了偏爱！我不知道她出生的时候碰上了什么行星的幸运组合呢？）

"有时我会上来帮你教书，"她补充说，"这样时常地来看看你，也可以让我换换口味，而我喜欢换口味。里弗斯先生，我待在 S 市的时候非常愉快。昨天晚上，或者说今天早晨，我跳舞一直跳到两点。那，那个——自从骚乱以后，那个团一直驻扎在那里，而军官们是世上最讨人喜欢的人，他们使我们所有年轻的磨刀制剪商相形见绌[和同类的

444

事物相比较，显出不足]。"

我好像觉得圣·约翰先生的下唇突了出来，上唇卷起了一会儿。这位哈哈笑着的姑娘告诉他这些情况时，他的嘴看上去紧抿着，下半个脸异乎寻常的严肃和古板。他还从雏菊那儿抬起眼来凝视着她。这是一种没有笑容的、搜索探寻的、意味深长的目光。【名师点睛：从圣·约翰刻意的表情中我们可以猜出，他对奥利弗小姐的感情似乎没有那么简单。】她再次一笑，算是对他的回答。笑声很适合她的青春年华，她那玫瑰色的面容，她的酒窝，她那晶莹的眸子。

圣·约翰默不作声地、十分严肃地站着时，她又开始抚摸起卡罗来。"可怜的卡罗是喜欢我的，"她说，"它对朋友不严肃，不疏远。而且要是它能说话，它是不会不吭声的。"

她的姿态天生优美，在这位年轻而又严峻的狗主人面前弯下了她的腰，轻轻拍了拍卡罗的脑袋。此时我看见这位主人的脸上泛起了红晕，他严肃的目光已经被突如其来的火花所替代，闪烁着难以克制的激情，他的脸也越来越红。作为一个男子，他看上去几乎像她作为一个女人那么漂亮。他的胸部一度起伏着，仿佛那颗巨大的心对专横的约束感到厌倦，已经违背意志地扩展起来，强劲有力地跳动了一下，希望获得自由。但他把它控制住了，我想就像一位坚定的骑手勒住了腾起的马一样。对她那种饱含温情的友好表示，他既没用语言也没通过动作来回答。【名师点睛：圣·约翰的心中已经燃起了对奥利弗小姐的爱意，但是他却将这颗起伏跳动的心控制住了。他这样做到底是为什么？】

"爸爸说你现在不来看我们了，"奥利弗小姐抬起头来继续说，"你简直成了溪谷庄园的陌生人了。你愿意同我一起回去看看他吗？"

"今晚不去了，罗莎蒙德小姐，今晚就不去了。现在这个时候去打扰奥利弗先生是不合时宜的。"圣·约翰回答。

"不会不合时宜的！我觉得现在正是时候，这是爸爸最需要有人

简·爱

陪伴的时刻。工厂一关,他便没事可干了。好吧,里弗斯先生,你可一定得来。你干吗这么怕羞,这么忧郁?"她自己做了回答,填补了他的沉默所留下的空隙。

"我倒忘了,"她大叫起来,摇着美丽的、头发卷曲的脑袋,仿佛对自己感到震惊,"我实在是昏头昏脑,太粗心大意了!一定得原谅我。我倒是忘了你有充分的理由不愿跟我闲聊。黛安娜和玛丽已经离开了你,沼泽居已经关闭,你那么孤独。我确实很同情你,一定要来看看爸爸呀。"

"今晚不去了,罗莎蒙德小姐,今晚不去了。"

圣·约翰先生几乎机械地说着那句话,只有他知道拒绝对方需要花费多大的勇气。

"好吧,要是你那么固执,我就只能离开你了,我可不要再这么待着,露水已开始降落了,晚安!"

她伸出手来,他只碰了一碰。"晚安!"他重复道,声音低沉,而且像回音那么沉闷。

她转过身去,但过了一会儿又回过身来。

"你身体好吗?"她问。她难怪会提出这个问题来,因为他的脸色像他的衣服那么苍白。

"很好。"他宣称,随后点了点头离开了大门。她走一条路,他走的是另一条路。她像仙女一样轻快地走下田野时,两次回头盯着他;而他坚定地大步走过,根本没回头。

别人受苦和做出牺牲的情景,使我不再只对自己的受苦和牺牲在意了。黛安娜·里弗斯曾说她的哥哥"冷酷得像死人一样",一点儿也不夸张。

Z 知识考点

1.简·爱任教的这所学校开学了,她有_____个学生,但只有三个_____,_____能写能算。学生们的口音很重,以至于简·爱和她们_____。其中有几个学生没有礼貌,十分_____,同时又很_____,简·爱说服自己要让_____、_____、_____在学生们的心中发芽。

2.谁来看望简·爱和圣·约翰了? (　　)
　A.黛安娜　　　B.汉娜　　　C.奥利弗小姐

3.奥利弗小姐有着怎样的外貌?(从文中摘取)
_____
_____

Y 阅读与思考

1.为什么简·爱内心会觉得孤寂?

2.圣·约翰心中的抱负是什么?

3.圣·约翰对奥利弗小姐的态度如何?

447

简·爱

第三十二章
古怪牧师

M 名师导读

简·爱逐渐开始适应和享受在乡村学校的快乐生活。一次偶然的机会,奥利弗小姐看到了她的画,她非常惊讶并希望简·爱可以为她绘一幅肖像。圣·约翰到访时看到了这幅肖像,简·爱趁机与他展开了更多交心的谈话。

我继续为积极办好乡村学校竭尽全力。起初确实困难重重。尽管我使出浑身解数,还是过了较长的一段时间才了解我的学生以及她们的天性。她们完全没有受过教育,使我觉得这些人笨得无可救药。粗粗一看,个个都是呆头呆脑的,但不久我便发现自己错了。就像受过教育的人之间是有区别的一样,她们之间也有区别。我了解她们,她们也了解我之后,这种区别很快便不知不觉地扩大了。一旦她们对我的语言、习惯和生活方式不再感到惊讶,我便发现一些神态呆滞、目光迟钝的乡巴佬蜕变成了头脑机灵的姑娘,很多人亲切可爱很有礼貌。【名师点睛:人与人之间当不了解的时候会很自然地产生一些偏见,当接触更多后就能够发现对方身上很多的优点。】我发现她们中间不少人天性就懂礼貌,自尊自爱,很有能力,赢得了我的好感和敬佩。这些人不久便很乐意把工作做好,保持自身整洁,按时做功课,养成斯斯文文、有条有理的习惯。在某些方面,她们进步的速度甚至快得让人吃惊,我真诚愉快地为此感到骄傲。另外,我本人也开始喜欢上几位最好的姑娘,她们也喜欢我。学生中有几个农夫的女儿,差不多已经长成了少女。她们已经会读、会写、会缝,于是我就教她们语法、地理和历史的基本知识,以及更精细的针线活。我还在她们中间发现了几位可贵的人物——这些人渴求知识,希望上进——我在她们家里一起度过了不少愉快的夜晚。而她们的父母(农夫和妻子)对我很殷勤。我乐于接受他们纯朴的善意,并以尊重他们的情感来作为回报——对此他们不一定会随时都感到习惯,但这既让他们着迷,也对他们有益,因为他们眼看自己提高了地位,并渴望无愧于所受到的厚待。

我感觉自己成了附近地区的宠儿。无论我什么时候出门,都能听到到处都在向我亲切地打招呼,他们总是满脸笑意地向我表示欢迎。生活在众人的关心之下,即便是劳动者的关心,也如同"坐在阳光下,既宁静又舒心"。内心的恬静开始萌芽,并在阳光下开放出花朵。可是,读者呀,让我全都告诉你吧,在平静而充实的生活中——白天为学生做出了高尚的努力,晚上心满意足地独自作画和读书——之后我常常匆匆忙忙地进入了夜间奇异的梦境,多姿多彩的梦,有骚动不安的、充满理想的、激动人心的,也有急风骤雨式的——这些梦有着千奇百怪的场景,充满冒险的经历,揪心的险情和浪漫的机遇。梦中我依旧一次次遇见罗切斯特先生,往往是在激动人心的关键时刻。随后我感到投入了他的怀抱,听见了他的声音,遇见了他的目光,碰到了他的手和脸颊,爱他而又被他所爱。于是又重新燃起在他身边度过一生的愿望,像当初那么强烈,那么火热,随后我醒了过来。【名师点睛:简·爱的心中从未停止过对罗切斯特的想念,可见她的爱有多么深沉!】于是我想起了自己身在何处,处境如何。接着我颤颤巍巍地从没有帐幔的床上爬起来。沉寂的黑夜目睹了我绝望的颤抖,听见了我内心怒火的喷发。到了第二天早上九点,我按时开学,平心静气地为一天的例行公事做好准备。

罗莎蒙德·奥利弗遵守诺言常来看我。她一般是在早上遛马时到

简·爱

学校里来，骑着她的小马慢跑到门口，后面跟了一位骑马的随从。她穿了一套紫色的骑装，一顶亚马逊式黑丝绒帽很有风度地戴在从脸颊一直披到肩的卷发上，很难想象世上还有比她的外貌更标致的人了。然后她会走进土里土气的房子，穿过被弄得眼花缭乱的乡村孩子的队伍。她总是在里弗斯先生上教义问答课时到。我猜想这位女来访者的目光，锐利地穿透了年轻牧师的心。一种直觉向他提醒她已经进来了，即使他没有看到，或者视线正好从门口转开时也是如此。而要是她出现在门口，他的脸就会熠熠生光，他那大理石一般的五官尽管不松弛，但难以形容地变了形。恬静中流露出一种受压抑的热情，要比肌肉的活动和目光的顾盼所显现的强烈得多。

当然她知道自己的魅力。其实他倒没有在她面前掩饰自己所感受到的魅力，因为他没法掩饰。他似乎不是用嘴巴，而是用哀伤而坚定的目光在说："我爱你，我知道你也爱我。我不是因为毫无成功的希望而保持缄默。要是我奉献这颗心，我相信你会接受它，但是这颗心已经摆到神圣的祭坛上了，周围燃起了火，很快它会成为焚化的供品。"

而在这之后，她会像一个失望的孩子，脸上一片愁容，阴沉的乌云遮盖了她平日里的活泼开朗。她会急忙从他那里抽出手来，使一会儿性子，从他既像英雄又像殉道者的面孔前转开。她离开他时，圣·约翰无疑愿意不顾一切地跟随她、叫唤她，留她下来，但是他不愿放弃进入天国的机会，也不愿意为她的一方爱情乐土，而放弃踏进真正的、永久的天堂的希望。此外，他无法把他的一切集于自己的个性之中，——流浪汉、追求者、诗人和牧师——集中于一种情感的局限之内。他不能——也不会——放弃布道的战场，去追求溪谷庄园的宽敞与宁静。尽管他守口如瓶，但我有一次还是大胆地闯进了他内心的密室，因而从他本人那儿了解到了这些秘密。【名师点睛：圣·约翰是个非常固执的人，他的想法在心中根深蒂固近乎偏执，他对待爱情的方式太过自私。】

奥利弗小姐经常造访我的小屋，使我无比荣幸。我了解了她的全

450

部性格，她既无秘密，也从没有遮掩。她爱卖弄风情，但并不冷酷；她苛刻，但并非自私得一钱不值；她从小受到宠爱，但并没有被完全惯坏；她性子急，但脾气好；爱慕虚荣（这也难怪，镜子里随便瞟一眼都照出了她的可爱），但并不装腔作势；她出手大方，却并不因为有钱而自鸣得意；她头脑机灵，相当聪明，快乐活泼而没有心机。总之，她很迷人，即使是像我这样同性别的冷眼旁观者，也觉得如此。但她并不能使人深感兴趣，或者留下难以磨灭的印象。同圣·约翰的妹妹们比较，她属于一种截然不同的头脑，但我仍像喜欢我的学生阿黛勒那样喜欢她；所不同的是，我们会对自己看护和教育的孩子，产生一种比对同样可爱的成年朋友亲近的感情。

　　她心血来潮，对我产生了好感。她说我像里弗斯先生（当然只不过她宣布"没有他的十分之一漂亮，尽管你是个整洁可爱的小个子，但仍是个天使"）。然而我像他那样为人很好，聪明、冷静、坚定。她断言，作为一个乡村女教师，我天性是个怪人。她确信，要是我以前的历史给透露出来，一定会成为一部有趣的传奇。

　　一天晚上，她照例像孩子一样好奇，一面冒失却有分寸地问这问那，一面翻着我小厨房里的碗橱和桌子的抽屉。她看到了两本法文书，一卷席勒的作品，一本德文语法和词典。随后又看到了我的绘画材料，几张速写，其中包括用铅笔画的一个小天使般的小姑娘、我的一个学生的头像和取自莫尔顿溪谷及周围荒原的不同的自然景色。她先是吃惊得发呆，随后是兴奋得激动不已。

　　"是你画的吗？你懂法文和德文？你真可爱——真是个奇迹！你比S城第一所学校的教师画得还好。你愿意为我画一张让我爸爸看看吗？"

【写作借鉴：通过神态和语言描写，表现出奥利弗小姐在得知简·爱有如此优秀的绘画本领后的激动，展现了一个活泼天真的少女形象。】

　　"很乐意。"我回答。一想到要照着这样一个完美、容光焕发的模特绘画，我的内心便有一种艺术家掩盖不住的喜悦之情。那时她穿了深

451

简·爱

蓝色的丝绸衣服，裸露着胳膊和脖子，唯一的装饰是她栗色的头发，以一种天然卷曲所有的不加修饰的雅致，波浪似的从肩上披下来。我拿了一张精致的卡纸，仔细地画了轮廓，并打算享受将它上彩的乐趣。由于当时天色已晚，我告诉她得改天再坐下来让我画了。

她把我的情况向她父亲做了详细的报告，结果第二天晚上奥利弗先生居然亲自陪着她来了。他高个子，五官粗大，已近中年，头发灰白。身边那位可爱的女儿看上去像一座古塔旁的一朵鲜花。他是一个沉默寡言的人，可能还有些自负，但是对我却十分客气。罗莎蒙德的那张速写画使他兴致很高。他嘱咐我一定要把它完成，还特别邀请我第二天去溪谷庄园住一个夜晚。

于是我便去了，发现这是一所宽敞漂亮的住宅，充分显现了主人的富有。我待在那里时罗莎蒙德一直很高兴。她父亲也显得和蔼可亲，茶点以后与我们交谈时，他用充满感激的语言，对我在莫尔顿学校所做的一切表示满意。还说就他所见所闻，担心我在这个地方大材小用，会很快离去干一项更合适的工作。

"真的！"罗莎蒙德嚷道，"她那么聪明，做一个名门家庭的女教师绰绰有余，爸爸。"

我想——与其到国内哪个名门家庭，远不如在这里。奥利弗先生说起了里弗斯先生——说起了里弗斯的家庭——肃然起敬。他说在附近地区，这是一个古老的名字，这家的祖上都很有钱，整个莫尔顿一度属于他们。甚至现在，他认为这家的代表要是乐意，仍可以同最好的家庭联姻。他觉得这么好、这么有才能的一个年轻人竟然决定出家当传教士，实在可惜。那等于抛弃了一种很有价值的生活。<u>那么，看来罗莎蒙德的父亲不会在她与圣·约翰结合的道路上设置任何障碍。奥利弗先生显然认为青年牧师的良好出身、古老的名字和神圣的职业是对他缺乏家财的足够补偿。</u>【名师点睛：奥利弗先生的一番话直截了当地表明了他对里弗斯家族的满意，只要圣·约翰能够放弃单调的传教士生活，他愿意把女儿嫁给他。]

那天是十一月五日，一个假日。我的小用人帮我清扫了房子后离开了，对一个便士的酬劳十分满意。我周围窗明几净[形容房间干净明亮]，一尘不染——擦洗过的地板，磨得锃亮的炉格和擦得干干净净的椅子。我把自己也弄得整整齐齐，现在整个下午我想怎样过就怎样过了。

翻译几页德文占去了我一个小时。随后我拿了画板和画笔，开始了更为容易却也更加惬意的工作，完成罗莎蒙德·奥利弗的小画像。头部已经画好，剩下的只是给背景着色，给服饰画上阴影，再在红润的嘴唇上添一抹胭脂红——头发这儿那儿再画上一点柔软的卷发——把天蓝的眼盖下睫毛的阴影加深一些。我正全神贯注地描着画上有趣的细节，突然一阵急促的敲门声响了起来，门开后圣·约翰·里弗斯先生走了进来。

"我来看看你是如何度假的，"他说，"但愿没有开始什么胡思乱想吧？没有，那很好，每当你绘画的时候便不会感觉寂寞。你瞧，尽管到目前为止，你依然好好地在工作，我还是不大相信，我带来了一本书给你晚上打发时间。"他把一本新出版的书放在桌上——一部诗；是那个时代——现代文学的黄金时代常常赐予幸运的公众一本货真价实的出版物。

唉！我们这个时代的读者却没有那份福气。不过拿出勇气来！我不会停下来控诉或者发牢骚。我知道诗歌并没有死亡，天才并未销声匿迹，财神爷也没有把两者征服，把他们捆绑起来或者杀掉，总有一天两者都会表明自己的存在、风采、自由和力量。强大的天使，稳坐天堂吧！当肮脏的灵魂获得胜利，弱者为自己的毁灭恸哭时，他们微笑着。诗歌被毁灭了吗？天才遭到了驱逐吗？没有！中不溜儿的人们，不，别让嫉妒激起你这种想法。不，他们不仅还活着，而且统治着，拯救着。没有他们无处不在的神圣影响，你会进地狱——你自己的卑微所造成的地狱。

简·爱

我激动地翻阅着《玛米昂》[英国诗人、小说家司各特〔1771-1832〕所写的长诗，发表于1808年]动人的篇章（因为《玛米昂》的确如此）时，圣·约翰俯身仔细地看我的画。他蓦地惊跳起来，挺直了高大的身子。他什么也没有说，我抬头看他，他避开了我的目光，我很清楚他的想法，能直截了当地看出他的想法。【名师点睛：圣·约翰在看到简·爱画的是奥利弗小姐后"蓦地惊跳起来"，简·爱以为奥利弗小姐对他有很大的触动，所以准备和他好好聊一下。】

"他那么坚定不移和一味地自我控制，"我想，"实在是对自己太苛刻了。他把每种情感和痛苦都锁在内心——什么也不表白，不流露，不告诉。我深信，谈一点他认为不应当娶的可爱的罗莎蒙德，会对他有好处。我要使他开口。"

我先是说："坐一下，里弗斯先生。"可是他照例又回答说他不能逗留。"很好，"我心里回答，"要是你高兴，你就站着吧，但你还不能走。我已经下定了决心，寂寞对你我而言都是不好的。我倒要试试，看我能不能发现你内心的秘密，在你大理石般的胸膛找到一个孔，从那里我可以灌进一滴同情的香油。"

"这幅画像不像？"我直率地问他。

"像？像谁呀？我没仔细看。"

"你看了，里弗斯先生。"

他被我直率得有些突然和奇怪的发问弄得差点跳了起来，愣愣地看着我。"哦，那还算不了什么，"我心里嘟哝着，"我不想因为你这一点点的生硬态度而罢休。我准备付出巨大的努力。"我继续讲道："你看得很仔细很清楚，但我不反对你再看一遍。"我站起来把画放在他手里。

"一张画得很好的画，"他说，"色彩柔和清晰，是一张很优美、很恰当的画。"

"是呀，是呀，这我都知道。不过像不像呢？这像谁？"

他不再犹豫，回答说："我想可能是奥利弗小姐。"

"当然。而现在，先生，为了奖励你猜对了，我答应给你创作一幅精细准确的复制品，要是你答应这个礼物是可以接受的。我不想把时间和精力花在一件你认为毫无价值的东西上。"

他继续审视着这张画。他看得越久就把画捧得越紧，同时也似乎越想看它。"是很像！"他自言自语道。【写作借鉴：细节的动作描写，展现出圣·约翰心中对奥利弗小姐的珍爱，但是这份感情在他心中藏得太深了。】

"眼睛画得很好。颜色、光线、表情都很完美。它微笑着！"

"保存一张复制品会使你感到安慰呢，还是会伤你的心？请你告诉我。当你在马达加斯加，或者好望角，或者印度，在你的行囊中有这样的纪念品，对你是一种安慰呢，还是一看见就激起你令人丧气和难受的回忆？"

这时他偷偷地抬起眼来。他犹犹豫豫、忐忑不安地看了我一眼，再次细看起这幅画来。

"我是肯定要的，不过这样做是不是审慎或明智，那就是另外一回事了。"

既然我已弄明白罗莎蒙德真的喜欢他，她的父亲也不大可能反对这门亲事，我——我对自己的观点并不像圣·约翰那样得意扬扬——我心里完全倾向于主张他们的结合。在我看来，如果他能获得奥利弗先生的大笔财产，他便可以用这笔钱做更多的事情，这比在热带的太阳底下耗费才能和力气要好得多。想着可以这么劝说他，我此刻回答说：

"依我看来，立刻把画中的本人娶走，才是更明智和有见识的决定。"

这时候他已静静地坐下来了，把画放在面前的桌子上，双手支撑着额头，深情地反复看着这张画。我发觉他对我的大胆放肆没有发怒也不吃惊。我甚至还看到，那么坦率地谈论一个他认为不可触碰的话题——听这个话题任意处理——已使他开始感到是一种新的乐趣——一种出乎意料的宽慰。沉默寡言的人常常要比性格爽朗的人更需要直率地讨论他们的感情和不幸，看似最严酷的禁欲主义者毕竟也是人。

简·爱

大胆和好心"闯入"他们灵魂的"沉寂大海",常常等于是赋予他们最好的恩惠。【名师点睛:沉默寡言者对于拐弯抹角的话会比较抵触,但若是直抵他们内心深处的话题,反而会让他们逐渐打开心扉。】

"她非常喜欢你,我敢说,"我站在他椅子背后说,"她的父亲尊重你;此外,她是个非常可爱的姑娘——没有太多的想法。但你有才能使你们两个想出管用的办法。你应当娶她。"

"那么说,她喜欢我?"他问。

"当然,胜过爱任何人。她不断谈起你,没有比这个更喜欢或者更愿意谈及的话题了。"

"很高兴听你这样说,"他说,"很高兴,再谈一刻钟吧。"他真的取出手表,放在桌上掌握时间。

"可是继续谈有什么用?"我问,"你也许正在浇铸反抗的铁拳,或者锻造新的链条把自己的心束缚起来。"

"别想这些严酷无情的东西了。要想象我让步了,被感化了,就像我正在做的那样。人类的爱像是我心田里新开辟的喷泉,不断上涨,甜蜜的洪水四溢,流淌到了我仔细而辛劳地开垦出来的田野——这里辛勤地播种着善意和自我克制的种子。现在这里泛滥着甜美的洪水——稚嫩的萌芽已被淹没——可口的毒药腐蚀着它们。此刻我看到自己躺在溪谷庄园休息室的睡榻上,在我的新娘罗莎蒙德·奥利弗的脚跟前。她用那甜甜的嗓音同我在说话——用被你灵巧的手画得那么逼真的眼睛俯视我——她那珊瑚色的嘴唇朝我微笑着——她是我的——我是她的——眼前的生活和过眼烟云般的世界对我已经足够了。嘘!别张嘴!——我欣喜万分——我神魂颠倒——让我平静地度过我所规定的时间。"

我满足了他。手表嘀嗒嘀嗒地响着,他的呼吸时紧时慢,我默默地站着。在一片寂静中,时间过去了一刻钟。他拿起手表,放下画,立起来,站在壁炉边。

"行啦，"他说，"在那一小段时间中我已沉溺于痴心妄想了。我把脑袋靠在诱惑的胸口，心甘情愿地把脖子伸向她花一般的枷锁。我尝了她的酒杯，枕头还燃着火，花环里有一条毒蛇，酒有苦味，她的承诺是空的，建议是假的。这一切我很清楚。"

我惊诧莫名地瞪着他。【名师点睛：圣·约翰的做法十分古怪，不仅使简·爱觉得诧异，读者也同样感觉莫名其妙，他居然把自己对于爱的追求和陶醉用时间的枷锁圈住。】

"不过，这件事情也的确很奇怪，"他接着说下去，"我那么狂热地爱着罗莎蒙德·奥利弗，说真的怀着初恋般的全部热情，而恋上的对象绝对漂亮、优雅、迷人——与此同时，我又有一种宁静而不偏不倚的感悟，觉得她不会是个好妻子，不适合做我的终身伴侣。婚后一年之内我便会发现，接踵而来的是终身遗憾。这我非常明白。"

"奇怪，真奇怪！"我禁不住叫了起来。

"我内心的某一方面，"他说下去，"对她的魅力深为敏感，但另一方面对她的缺陷，印象也很深。那就是她无法对我所追求的产生共鸣——不能为我所做的事业与我携手同行。难道罗莎蒙德会是一个能吃苦的人，一个劳动者，一个女信徒吗？难道罗莎蒙德会是一个传教士的妻子？不！"

"不过你可以不当传教士，你可以放弃那个工作。"

"放弃！什么——我的职业？我的神圣的天职？我为天堂里的大厦在世间所打的基础？我要成为那一小群人的希望？这群人把自己的一切雄心壮志同那桩光荣的事业合而为一，那就是提高他们的种族——把知识传播到无知的领域——用和平代替战争——用自由代替束缚——用宗教代替迷信——用上天堂的愿望代替入地狱的恐惧。难道连这也得放弃？它比我血管里流的血还珍贵。这正是我所向往的，也是我的目标。"【名师点睛：圣·约翰将事业看得比自己的生命还重要，如此深的执念也注定了他和奥利弗小姐不可能在一起的结局。】

简·爱

他沉默了好长一会儿后，我说："那么奥利弗小姐呢，难道你就不关心她的失望和哀伤了？"

"奥利弗小姐向来有一大群求婚者和献殷勤的人围着她转，不到一个月，我的形象会从她心坎里抹去，她会忘掉我，很可能会跟一个比我更能使她幸福的人结婚。"

"你说得倒够冷静的，不过你内心很矛盾、很痛苦，你日渐消瘦。"

"不，要是我瘦了一些，那是我为悬而未决的前景担忧的缘故——我的离别日期一拖再拖。就是今天早上我还接到了消息，我一直盼着的后继者，三个月之内无法接替我，也许这三个月又会延长到六个月。"

"无论何时，奥利弗小姐一走进教室你就颤抖，脸也涨得通红。"

他脸上再次呈现出了惊叹的神情。他想象不到一个女人居然敢于这么同一个男人说话。至于我，这一类交谈我非常习惯。我与很有头脑、言语谨慎、富有教养的人交际的时候，不管是男人还是女人，我非要绕过缄默的传统防卫工事，踏进奥秘的门槛，在心坎的火炉边上找到一个位置才肯罢休。

"你的确有与众不同的独到见解，"他说，"胆子也很大。你的精神中有一种勇气，你的眼睛有一种穿透力。可是请允许我向你保证，你在一定程度上误解了我的情感。你把这些情感想象得比实际的要深沉、要强烈，你给了甚于我正当要求的同情。我在奥利弗小姐面前脸红、颤抖时，我不是怜悯自己，而是蔑视我的弱点。我知道这是不光荣的，它只不过是肉体的冲动，而不是灵魂的震撼。那灵魂坚如磐石，牢牢扎在骚动不安的大海深处。你知道我是怎样的人，一个冷酷无情的人。"

我疑惑地笑了笑。

"你用突然袭击的办法掏出了我的心里话，"他继续说，"现在就任你摆布了，剥去用基督教义来掩盖人性的缺陷那件血染的袍子，我本是个冷酷无情而又野心勃勃的人。只有各种天生的情感会对我产生永久的力量。我的向导是理智而并不是情感，我的雄心无休无止，我要比别人爬得高做得多，我的欲望永不能满足。我尊崇忍耐、坚持、勤勉和才能，因为这是人要干大事业、出大名的必要条件。我兴趣十足地观察了你的经历，因为我认为你是勤勤恳恳、有条有理、精力充沛的女人的典范，倒并不是因为我对你所经历的或正在受的苦深表同情。"

【写作借鉴：通过语言描写展现人物性格，圣·约翰的态度有些高傲。】

"你会把自己打扮成一位异教徒哲学家。"我说。

"不，我与自然神论的哲学家不同，我有信仰，我信奉福音。你用错了修饰语。我不是异教徒哲学家，而是基督教哲学家——一个耶稣教派的信徒。作为他的信徒，我信仰他纯洁、宽厚、仁慈的教义。我主张这样的教义，发誓要为之传播。我年轻时就信仰宗教，于是宗教培养了我最初的品格——它已从小小的幼芽，自然的情感，长成浓荫蔽日的大树，变成了慈善主义，从人类真诚品质的粗糙野生的根基上，相应长出了神圣的公正感。把为可怜的自我谋求权力和名声的雄心，变成为扩大主的王国、为十字架旗帜获得胜利的大志。宗教已为我做了很多，把最初的天性磨炼成最好的品质，修建并培养了更好的天性。但是它却无法根除天性，天性也不可能根除，直到'这必死的变成不死的时候'。"

说完，他拿起放在桌上我画板旁的帽子，又一次看了画像。

"她的确可爱，"他喃喃地说，"她不愧为世界上最好的玫瑰，真的。"

"我能不能画一张这样的像送给你呢？"

"干吗？不用了。"

他拿过一张薄薄的纸盖在画上，这张纸是我平时绘画时怕弄脏画纸作为垫手用的。他在这张空白纸上究竟看到了什么，我无法判断。但某种东西引起了他的注意。他猛地捡起来，看了看纸边，随后瞟了我一眼，那眼神古怪得难以形容，而且不可理解，似乎摄取并记下了我的体态、面容和服饰的每个细节。他一扫而过，犹如闪电般迅速和锐利。【写作借鉴：连贯的神态描写和动作描写，圣·约翰一定是发现了什么，作者在这里设下了疑问，引起读者的阅读兴趣。】他张开嘴唇，很

459

简·爱

想说什么，但话到嘴边又咽了回去。

"怎么回事？"我问。

"没什么。"他回答，又把纸放下。我见他麻利地从纸边上撕下一小条，放进了手套，匆匆忙忙点了点头。"下午好。"就消失得无影无踪了。

"嗨！"我用那个地区的一个短语嚷道，"这可绝了！"

我仔细看了看那张纸，但除了我试画笔色泽所留下的几滴暗淡的污渍，我什么也没看到。我把这个谜琢磨了一两分钟，但无法解开。我相信这无关紧要，便不再去想它，不久也就忘了。

Z 知识考点

1.简·爱在乡村学校生活得越来越适应，她成了附近地区的宠儿。她觉得自己_____开始萌芽，并在阳光下_____。但是晚上她经常会进入_____的梦境，有着_____的梦，梦中她一次次遇见_____。

2.简·爱为谁绘了一幅肖像？　　　　　　　　　　（　　）
　A.圣·约翰　　　B.奥利弗先生　　　C.奥利弗小姐

3.每当圣·约翰布道时看到奥利弗小姐，他有什么样的反应？

_____

_____

Y 阅读与思考

1.奥利弗先生为什么会愿意自己的女儿嫁给圣·约翰？

2.奥利弗小姐的性格是怎样的？

3.圣·约翰怎么看待自己每次见到奥利弗小姐后的不自然？

第三十三章

一笔财富

M 名师导读

在一个风雪交加的夜晚,圣·约翰前来看望简·爱,并且带着心中的一个大秘密。原来他和简·爱是表兄妹关系,而简·爱继承了一笔不小的财富。他们两人在这笔财产的分配上产生了分歧。

圣·约翰先生走后不久,天开始下雪了,风刮了整整一夜。第二天刺骨的狂风又带来茫茫大雪,到了黄昏,雪积山谷,道路几乎不通。我关了窗,把一个垫子挂在门上,免得雪从门底下吹进来,整了整火,在炉边坐了近一个小时,倾听着暴风雪低沉的怒吼。我点了根蜡烛,取来了《玛米昂》,开始读了起来——

　　残阳照着诺汉那城堡峭立的陡壁,
　　美丽的特威德河又宽又深,
　　契维奥特山孑然独立;
　　气势雄伟的塔楼和城堡的主垒,
　　两侧那绵延不绝的围墙,
　　都在落日余晖中闪动着金光。

我立刻沉浸在诗韵之中,忘掉了暴风雪。

突然,我听见一声响,心想一定是风摇动着门的声音。不,是圣·约翰·里弗斯先生,从呵气成霜的暴风雪中,从狂风怒吼着的黑暗中走来,拉开门闩,站在我面前。遮盖着他高高身躯的斗篷,像冰

▶ 简·爱

川一样一片雪白。我几乎有些惊慌了，在这样的夜晚，我不曾料到会有穿过积雪封冻的山谷，前来造访的客人。

"一定有什么坏消息吧？"我问，"出了什么事吗？"

"没有，你那么容易受惊！"他回答，一边脱下斗篷，挂在门上。他冷冷地推了推进来时被他弄歪了的垫子，跺了跺脚，把靴子上的雪抖掉。

"我会把你干净的地板弄脏的，"他说，"不过你得原谅我一回。"随后他走近火炉。"说真的，我好不容易到了这儿，"他一面在火焰上烘着手，一面说，"有一堆积雪让我陷到了腰部，幸亏雪很软。"

"可是你干吗要来呢？"我忍不住问。

"这么问客人是不太礼貌的，不过既然你问了，我就回答，纯粹是想要同你聊一会儿。不会出声的书，空空荡荡的房间，我都厌倦了。此外，从昨天起我便有些激动不安，像是一个人听了半截故事，急不可待地要听下去一样。"【名师点睛：圣·约翰婉转地表达了他到访的目的是为了听完剩下的半截故事，他究竟知道了什么呢？】

他坐了下来。我回想起他昨天奇怪的举止，真的开始害怕他的理智会受到影响。然而要是他神经错乱了，那他的错乱还是比较冷静和镇定的。当他把被雪弄湿的头发从额头捋到旁边，让火光任意照在苍白的额角和脸颊上时，我从来没有看到过他那漂亮的面容，像现在这样酷似大理石雕像了。我发现这张脸上被工作和岁月清晰地刻下了辛劳和忧愁的痕迹，我的内心觉得有些悲哀。我等待着，盼着他会说一些我至少能够理解的事，但这会儿他的手托着下巴，手指放在嘴唇上，他在沉思默想。我的印象是，他的手跟他的脸一样消瘦。我心里涌起了一阵也许是不必要的怜悯之情，感动地说话了：

"但愿黛安娜或玛丽会来跟你住在一起，你孤单单的一个人，而你对自己的健康又那么不注意。"

"一点也没有，"他说，"关键时我会照顾自己的，我现在很好。你看见我什么地方不好啦？"

他说这话的时候心神不定，神情淡漠，表明我的关心在他看来是没有必要的。

他依然慢悠悠地把手指移到上嘴唇，依然那么睡眼蒙眬地看着闪烁的炉格，像是有什么要紧的事儿要说。我立刻问他是不是感到有一阵冷风从他背后的门吹来。

"没有，没有。"他有些恼火，回答得很简洁。

"好吧，"我沉思起来，"要是你不愿谈，你可以保持沉默，我就不打扰你了，我看我的书去。"

于是我剪了烛芯，继续细读起《玛米昂》来。不久他开始动弹了，我的眼睛立刻被他的动作所吸引。他只不过取出了一个山羊鞣（róu）皮面皮夹子，从里面拿出一封信来，默默地看着，然后又把它折起来，放回原处，又一次陷入了沉思。

面前站着这么一个不可思议的人，想要看书也看不进去。而在这种不耐烦的时刻，我也不愿当哑巴。他要是不高兴，尽可拒绝我，但我要同他交谈。【名师点睛：圣·约翰始终没有打开话题，可是简·爱明显感觉到他的心里藏着一些要紧的事，于是她决定主动开始交谈。】

"最近接到过黛安娜和玛丽的信吗？"

"自从一周前我给你看的那封信后，没有收到过。"

"你自己的安排没有什么变动吧？该不会传召你离开英国的时间比你预期的要早一些吧？"

"说实话恐怕不会。这样的机会太好了，不会落到我头上。"我至此毫无进展，于是便掉转枪头——决定谈学校和学生了。

"玛丽·加勒特的母亲好些了，玛丽今天早上到校里来了，下星期我有四个从铸造场来的新学生——要不是这场雪今天该到了。"

"真的？"

"奥利弗先生支付其中两个学生的学费。"

463

简·爱

"是吗？"

"他打算在圣诞节请全校的客人。"

"我知道了。"

"是你的建议吗？"

"不是。"

"那么是谁的？"

"他女儿的，我想。"

"是像她建议的，她心地善良。"

"是呀。"

谈话停顿了下来，再次出现了空隙。时钟敲了八下。钟声把他惊醒了，他分开双腿，站直了身子，把脸转向我。【写作借鉴：运用动作描写，预示着圣·约翰终于决定开始讲述一件很重要的事情，推动情节的发展。】

"把你的书放一会儿吧，过来坐在火炉旁。"他说。

我一直有些茫然和纳闷，于是就答应了他。

"半小时之前，"他接着说，"我曾说起急于听一个故事的续篇。后来想了一下，还是让我扮演叙述者的角色，让你转化为听众比较好办。开场之前，我有言在先，这个故事在你的耳朵听来恐怕有些陈腐，但是过时的细节从另一张嘴里吐出来，常常又会获得某种程度的新鲜感。至于别的就不管了，陈腐也好，新鲜也好，反正很短。

"二十年前，一个穷苦的牧师，与一个有钱人的女儿相爱。她爱上了他，而且拒绝所有亲友的劝告，嫁给了他。结果婚礼一结束他们就同她断绝了关系。两年不到，这对夫妻不幸双双去世。静静地躺在同一块石板底下（我见过他们的坟墓，它在××郡的一个人口稠密的工业城市，那里有一个煤烟一般黑且面目狰狞的老教堂，四周被一大片墓地包围着，那两人的坟墓已成了墓地人行道的一部分）。他们只留下了一个女儿，她一生下来就落入了慈善事业的膝头——那膝头像我今晚陷进去几乎不能自拔的积雪一样冰冷。慈善把这个没有朋友的小东西，送到母亲的一位有钱亲戚那里。被孩子的舅妈，一个叫作（这会儿我要提名字了）盖茨黑德的里德太太收养着——你吓了一跳——听见什么响动了？我猜想不过是一个老鼠，爬过毗邻着的教室的大梁。这里原先是个谷仓，后来我整修改建了一下，谷仓向来是老鼠出没的地方。说下去吧。里德太太把这个孤儿养了十年，她们相处的情况我就不太清楚了，因为从来没听人谈起过。不过十年之后，她把孩子转送到了一个你知道的地方——恰恰就是罗沃德学校，那儿你自己也住了很久。她在那儿的经历似乎很光荣，像你一样，从学生变成了教师——说实话，我觉得你的身世和她的有很多相似之处——她离开那里去当家庭教师。在那里，你们的命运又再次靠拢，她担当起教育某个罗切斯特先生的被监护人的职责。"

"里弗斯先生！"

"我能猜出你的心情，"他说，"但是克制一下吧，我差不多要结束了。听我把话讲完吧。【名师点睛：圣·约翰已经基本知道了简·爱的全部身世，此时他的心情也非常激动，不允许话语被打断。】关于罗切斯特先生的为人，我只知道一件事，那就是他宣布要同这位年轻姑娘体面地结为夫妇。可是就在圣坛上她知道他有一个妻子，虽然精神失常，但还活着。他以后的举动和建议纯粹只能凭想象了。后来有一件事必须得问问这位家庭女教师时，才发现她已经走了——谁也不知道什么时候走的，去了什么地方，怎么去的。她是夜间从桑菲尔德出走了的。她可能会走的每一条路都去查看过了，但一无所获。这个郡到处都搜索过，但没有得到一丁点儿她的消息。可是要把她找到已成了刻不容缓的大事，各家报纸都登了广告，连我自己也从一个名叫布里格斯先生的律师那儿收到了一封信，通报了我刚才说的这些细节，难道这不是一个稀奇古怪的故事吗？"

"你就是想告诉我这点吧，"我说，"既然你知道得那么多，你当然能够告诉我——罗切斯特先生的情况怎么样？他怎样了？他在哪儿？

465

> 简·爱

在干什么？他好吗？"【名师点睛：简·爱一连串的追问表明她内心对罗切斯特深深的担忧和思念。】

"我对罗切斯特先生的情况一无所知，这封信除了说起我所提及的诈骗和非法的意图，从没有谈到他。你还是该问一问那个家庭女教师的名字——问问非她不可的那件事本身属于什么性质。"

"那么没有人去过桑菲尔德府吗？难道没有人见过罗切斯特先生？"

"我想没有。"

"可是他们给他写过信吗？"

"那当然。"

"他说什么啦？谁有他的信？"

"布里格斯先生说，他的请求不是由罗切斯特先生，而是由一位女士回复的，上面签着'艾丽斯·费尔法克斯'。"

一时我觉得心冰冷了，最怕发生的事很可能已成事实。他很有可能已经离开了英国，走投无路之时，轻率地跑到欧洲大陆上以往常去的地方。他在那些地方能为他巨大的痛苦找到什么麻醉剂呢？为他如火的热情找到发泄对象吗？我不敢回答这个问题。哦，我可怜的主人——曾经差一点成为我的丈夫——我经常称他"我亲爱的爱德华！"的人。

"他一定是个很坏的人。"里弗斯先生说。

"你不了解他，别乱说。"我异常激动地说。

"好吧。"他心平气和地答道，"其实我心里想的倒不是他。我要结束我的故事。既然你没有问起家庭女教师的名字，那我得自己说了——慢着——我这儿有——看到要紧的事儿，完完全全用白纸黑字写下来，往往会更使人满意。"

他再次慢条斯理地拿出那个皮夹子，从一个夹层抽出一张以前匆忙撕下的那个破破烂烂的纸条。我从纸条的质地和蓝一块青一块红一块的污渍认出来，这是被他抢去、原先盖在画上那张纸的边沿。他站起来，把纸条递到我眼前，我看到了用黑墨水笔写下的"简·爱"两个字——无疑那是我无意中留下的笔迹。【写作借鉴：前后照应，此处解答了圣·约翰之前拿走的那个让他无比震惊的东西是什么，行文思路严谨缜密。】

"布里格斯写信给我，问起了一个叫简·爱的人，"他说，"广告上寻找一个叫简·爱的。而我认得的一个人叫简·爱略特——我承认，我产生了怀疑，直到昨天下午，疑团解开，我才有了把握。你承认真名，放弃假名吗？"

"是的——是的——不过布里格斯先生在哪儿？他也许比你更清楚罗切斯特先生现在的情况。"

"布里格斯在伦敦。我甚至怀疑他是否真的知道罗切斯特先生，他感兴趣的不是罗切斯特先生。同时，你捡了芝麻忘了西瓜，不问问布里格斯找你干什么。"

"嗯，他找我干什么？"

"他是要告诉你，你的叔父，住在马德拉群岛的爱先生辞世了。他已把全部财产留给你，现在你富有了。"

"我？富有了？"

"不错，你富有了——一个真正的女继承人。"

紧接着是一阵沉默。【名师点睛：圣·约翰到访的所有事情基本已经说完了，简·爱的身份暴露，并且他们两人之间似乎存在一些其他的关系。】

"当然你得证实你的身份，"圣·约翰马上接着说，"这应该是件好办的事情。随后你可以立即获得所有权，你的财产投资在英国公债上，布里格斯掌管着遗嘱和必要的文件。"

这里偏偏又翻出一张新牌来了！读者呀，刹那之间从贫困升迁到富裕，总归是件好事——好是很好，但并不能突然一下就被理解或欣赏。此外，生活中还有比这更惊心动魄、更让人销魂的东西。现在这件事很实在、很具体，丝毫没有理想的成分。它所联系着的一切实实

▶ 简·爱

在在、朴朴素素，它所体现的也完全一样。你一听到自己得到一笔财产，不会一跃而起，高呼万岁！而是开始考虑自己的责任，谋划正经事儿。称心满意之余倒生出某种重重的心事来了——我们克制自己，皱起眉头为幸福陷入了沉思。

此外，遗产、遗赠这类字眼伴随着死亡、葬礼一类词。我听到我的叔父，我唯一的一位亲戚去世了。打从知道他存在的一天起，我便怀着有朝一日要见他的希望，而现在，是永远别想见他了；而且这笔钱只留给我。不是给我和一个高高兴兴的家庭，而是我孤孤单单的本人。这笔钱很有用，而且独立自主是件大好事——是的，我已经感觉到了——那种想法涌上我的心头。

"你终于抬起头来了，"里弗斯先生说，"<u>我以为美杜莎</u>[希腊神话中的蛇发女怪，望着谁，谁就会化作石头]<u>已经瞧过你，而你正变成石头——也许这会儿你会问你的身价值多少？</u>"【写作借鉴：运用反问的修辞手法，加强语气，也强调了简·爱得到的遗产不是一笔小数目。】

"我的身价是多少？"

"哦，少得可怜！当然不值一提——我想他们说两万英镑——但那又怎么样？"

"两万英镑！"

又是一件惊人的事情，我原来以为四五千。这个消息让我惊呆了好一会儿。我从没有听到过圣·约翰先生的笑声，这时他却大笑起来。

"嗯，"他说，"就是你杀了人，而我告诉你，你的罪行已经被发现了，也不会比你刚才更惊呆了。"

"这是一笔很大的款子——你不会弄错了吧？"

"一点也没有弄错。"

"也许你把数字看错了——可能是两千？"

"它不是用数字，而是用字母写的——两万。"

我再次觉得自己像一个胃口不大的人，独自坐在足可供一百个人

468

用餐的盛宴面前。这时里弗斯先生站起来，披上了斗篷。

"要不是这么个风雪弥漫的夜晚，"他说，"我会叫汉娜来同你做伴。你看上去太可怜了，不能让你一个人待着。不过汉娜这位可怜的女人，不像我这样善于走积雪的路，腿又不够长。因此我只好让你独自哀伤了。晚安。"

正在他提起门闩时，一个念头蓦地掠过我的脑海。

"再待一分钟！"我叫道。

"怎么？"

"我不明白为什么布里格斯先生会为我的事写信给你，或者他怎么知道你，或者想到你住在这么一个偏僻的地方，怎么会有能力帮助他找到我呢？"

"哦，我是个牧师，"他说，"而那些奇奇怪怪的事往往需要求助牧师来解决。"门闩又一次咯咯响了起来。

"不，我并没有觉得满意！"我嚷道，其实他那么匆忙而不做解释的回答，不但没有消除我的好奇心，反而更刺激了它。

"这件事非常奇怪，"我补充说，"我得再了解一些。"

"改天再谈吧。"

"不行，今天晚上！今天晚上！"他从门边转过身来时，我站到了他与门之间，弄得他有些尴尬。

"如果你不把所有的事情都告诉我的话就别想走！"我说。

"我还是不马上说出来为好。"

"你要讲！——一定得讲！"

"我情愿让黛安娜和玛丽告诉你。"

当然，他的反复拒绝把我的焦急之情推向了高潮：我必须得到满足，而且不容拖延。我把这告诉了他。

"不过我告诉过你，我是个铁石心肠的男人，"他说，"很难被说服。"

"而我是个铁石心肠的女人——无法被搪塞过去。"

469

▶ 简·爱

"那么,"他继续说,"我很冷漠,对任何热情都无动于衷。"

"而我很热,火要把冰融化。那边的火已经化掉了你斗篷上所有的雪,由于同样原因,雪水淌到了我地板上,弄得像踩踏过的街道。里弗斯先生,正因为你希望我宽恕你毁掉我砂石厨房的弥天大罪和不端行为,那你就把我想知道的告诉我吧。"【写作借鉴:对话描写,表现了简·爱刨根问底、据理力争的性格。她对整件事情的来龙去脉充满好奇,以至于在两个人的对抗中简·爱明显占了上风。】

"那么好吧,"他说,"我让步了,被你滴水穿石的恒心所折服。另外,有一天你势必得知道,早知晚知都一样。你的名字是叫简·爱吗?"

"当然,这个问题刚才就已经解决了。"

"你也许没有想到我与你同姓?我施洗礼时被命名为圣·约翰·爱·里弗斯?"

"的确没有!现在可记起来了,我曾在你不同时间借给我的书里,看到你名字开头的几个字母中有一个E,但我从来没有问过它代表什么。不过那又怎么样?当然——"

我停住了。我不能相信自己会产生这样的想法,更不用说用言语表达出来。但是这想法闯入了我脑海——它开始具体化——顷刻之间,变成了确确实实可能的事情。种种情况凑合起来了,各就各位,变成了一个有条有理的整体,一根链条。以前一直是一堆没有形状的链环,现在被一节节拉直了——每一个链都完好无缺,链与链之间的联结也很完整。圣·约翰还没有再开口,我凭直觉就已经知道是怎么回事了。不过我不能期望读者也有同样的直觉,因此我得重复一下他的说明。

"我母亲的名字叫爱,她有两个兄弟,一位是牧师,他娶了盖茨黑德的简·里德小姐;另一个叫约翰·爱先生,生前在马德拉群岛的沙韦尔经商。布里格斯先生是爱先生的律师,去年八月写信通知我们,舅父已经去世,说是已把他的财产全部留给那个当牧师的兄弟的孤女。

由于我父亲同他之间一次永不能宽恕的争吵，他忽视了我们的存在。几周前，布里格斯又写信来，说是那位女继承人失踪了。一个随便写在纸条上的名字让我找到了她。其余的你都清楚了。"他又要走，我用背顶住门。

"请务必让我也说一说，"我说，"先让我喘口气，认真想一下。"【名师点睛：简·爱在听完圣·约翰的讲述后的状态我们可想而知，她现在既震惊又欢喜。】我停住了，他站在我面前，手里拿着帽子，看上去十分镇静。我接着说：

"你的母亲是我父亲的姐妹？"

"是的。"

"那么是我的姑妈了？"

他点了点头。

"我的约翰叔父是你的约翰舅舅了？你，黛安娜和玛丽是他姐妹的孩子，而我是他兄弟的孩子了？"

"没有错。"

"你们三位是我的表兄表姐了。我们身上一半的血都流自同一个源泉？"

"我们的确是表兄妹，对。"

我细细打量着他。我似乎觉得眼前这个哥哥，是一个值得我骄傲的人，一个我可以爱的人。还有两个姐姐，我在一开始接触到她们的时候，就对她们身上所散发的品质感到羡慕。那天我跪在湿淋淋的地上，透过沼泽居低矮的格子窗，带着既感兴趣而又绝望的痛苦复杂的心情，凝视着这两位姑娘，原来她们竟是我的近亲。而这位发现我险些死在他门槛边的年轻庄重的绅士，也是我的血肉之亲。对孤苦伶仃的可怜人儿来说，这是个何等重大的发现！其实这就是财富！——心灵的财富！——一个纯洁温暖的感情矿藏。【名师点睛：简·爱此刻心中的激动和兴奋可想而知，她一直是孤苦无依的，但是现在她拥有了三位亲

简·爱

人!】这是一种幸福,光辉灿烂,生机勃勃,令人振奋!——不像沉重的物质礼物:其本身值钱而受人欢迎,但它的分量又让人感到压抑。这会儿我突然兴奋得拍起手来——我的脉搏跳动着,我的血管震颤了。

"哦,我真高兴,我真高兴!"我叫道。

圣·约翰笑了笑。"我不是说过你捡了芝麻丢了西瓜吗?"他问,"我告诉你有一笔财产时,你非常严肃。而现在,为了一件不重要的事,你却那么兴奋。"

"你这话究竟什么意思呢?对你可能无足轻重,你已经有妹妹,不在乎多一个表妹。但我没有亲人,而这会儿有了三个亲戚——如果你不愿算在内,那就是两个——降生到我的世界中来,已完全长大成人。我再说一遍,我很高兴!"

我快步走过房间,又很快地停了下来,脑中接二连三地涌进了一堆事情,快得我无法承受、理解和梳理的想法,压得我几乎喘不上气来,那就是我可以做什么,能够做什么,会做什么和应当做什么,以及要赶快做。我看着空空的墙,它仿佛是天空,密布着冉冉升起的星星——每一颗都照耀着我奔向一个目标或者一种欢乐。那些救了我性命的人,直到如今我还毫无表示地爱着,现在我可以报答了。身披枷锁的,我可以使他们获得自由;东分西散的,我可以让他们欢聚一堂。我的独立和富裕也可以变成是他们的,我们不是一共四个吗?两万英镑平分,每人可得五千——不但足够,而且还有余。公平对待,彼此的幸福也就有了保障。此刻财富已不再是我的一种负担,不再只是钱币的遗赠——而是生命、希望和欢乐的遗产了。【名师点睛:在简·爱心中,财富根本不算什么,她更渴望拥有亲情,渴望亲人们都能够幸福。】

这些想法突然向我的灵魂袭来时,我的神态如何,我无从知道。但我很快觉察到里弗斯先生已在我背后放了一把椅子,和和气气地要我坐在上面。他还建议我要镇静。我对这种暗示我束手无策、神经错乱的做法嗤之以鼻，把他的手推开，又开始走动起来。

"明天就写信给黛安娜和玛丽，"我说，"叫她们马上回家来，黛安娜说要是有一千英镑，她们俩就会认为自己很有钱了，那么要有了五千英镑，就很富有了。"

"告诉我哪儿可以给你弄杯水来，"圣·约翰说，"你真需要清醒一下，那样你的情绪会逐渐平静下来。"

"胡说！这笔遗赠对你会有什么影响呢？会使你留在英国，诱使你娶奥利弗小姐，像一个普通人那样安顿下来吗？"

"你神经错乱，头脑糊涂了。是我太突然地告诉你这个消息，让你兴奋得失去了自制。"

"里弗斯先生！你弄得我很有些不耐烦了。我很清醒，反而是你误解了我的意思，或者不如说有意误会我的意思。"

"也许要是你解释得再详细一点，我就更明白了。"

"解释！需要什么解释？你不会不知道，两万英镑，在一个外甥、两个外甥女和一个侄女之间平分，各得五千。我所要求的是，你应当写信给你的妹妹们，告诉她们每个人所得的财产。"

"你的意思是你所得的财产？"

"我已经谈了我对这件事的想法，我不可能有别的想法。我不是一个极端自私、盲目不公和忘恩负义的人。此外，我想要有一个家，有亲戚。我喜欢沼泽居，想住在沼泽居，我喜欢黛安娜和玛丽，要与她们相依为命。五千英镑对我有用，也使我高兴；两万英镑会折磨我、压抑我。何况尽管在法律上属于我，在道义上不该属于我。那么我就把完全多余的东西留给你们。不要再反对、再讨论了，让我们彼此同意，立刻把它决定下来吧。"

"这种做法是出于一时的冲动，你得花几天时间考虑这样的事情，你的话才可以算数。"

"哦，要是你怀疑我的诚意，那很容易，你看这样的处理公平不

简·爱

公平？"

"我确实看到了某种公平，但这违背习惯。此外，整笔财产的权利属于你，我舅舅通过自己的努力挣得这份财产，他爱留给谁就可以留给谁。最后他留给了你。公道毕竟允许你留着，你可以心安理得地认为它完全属于你自己。"

"对我来说，"我说，"这既是一个十足的良心问题，也是个情感问题。我得迁就我的情感。我难得有机会这么做。即使你争辩、反对、惹恼我一年，我也不能放弃已经见了一眼的无上欢乐——那就是分出一部分来报答你们对我的恩德，为我自己赢得终身的朋友。"

"你现在是这样想的，"圣·约翰回答，"因为你不知道拥有财富或者因此而享受财富是什么感受；你还不能想象两万英镑会使你变得怎样的举足轻重，会使你在社会中获得怎样高的地位，以及会为你开辟怎样广阔的前景。你不能——"【名师点睛：简·爱希望通过这笔钱报答之前的恩情，并收获家人的亲情，但是圣·约翰的想法更现实一些，他们之间产生了分歧。】

"而你，"我严肃地打断了他，"你根本无法想象我多么渴望兄弟姐妹之情。我现在必须，也一定要有，你不会不愿接受我承认我，是吗？"

"简，你渴望的亲属关系和家庭幸福，不需要通过你所设想的途径来实现。你可以嫁人。"

"又乱说！嫁人！我不想嫁人，永远不嫁。"

"那说得有些过分了，这种鲁莽的断言证实了你兴奋过度。"

"我说得并不过分，我明白自己的心情。结婚这种事儿我连想都不愿去想。没有人会出于爱而娶我，我又不愿意当作金钱买卖来考虑。我不要陌路人——与我没有共同语言，格格不入，截然不同的人。我需要亲情，需要那些我对他们怀有充分的同胞之情的人。请再说一遍你愿做我的哥哥。你一说这话，我就很满意很高兴，请你重复一下，要是你能够真诚地重复的话。"

"我想我可以。我明白我总是爱着我的妹妹们，我也明白我的爱是建立在什么基础上的——对她们价值的尊重，对她们才能的钦佩。你也有原则和思想。你的趣味和习惯同黛安娜与玛丽很相近。有你在场我总感到很愉快。在与你交谈中，我早已发现了一种有益的安慰。我觉得可以自然而轻易地在我心里留出位置给你，把你看作我的第三个和最小的一个妹妹。"

"谢谢你，这句话令我今晚很满足。现在你还是走吧，因为要是你再待下去，也许会用某种不信任的顾虑再惹我生气。"

"那么学校呢，爱小姐？现在我想要关门了吧。"

"不，我会一直保留女教师的职位，直到你找到代替我的人。"

他满意地笑了。我们握了手，他告辞了。【名师点睛：圣·约翰露出了难得的笑容，说明他想试探的问题已经得到了满意的回答，为下文情节的发展埋下了伏笔。】

我不必再细述为了按我的意愿解决遗产问题所做的斗争和进行的辩解。我的任务很艰巨，但是因为我下定了决心——我的表兄妹们最后看到，我要公平地平分财产的想法已经无法改变了。还因为他们在内心一定感到这种想法是公平的；此外，也一定意识到他们如果处在我的位置，也一样会做我希望做的事——最后他们让步了，同意把事情交付公断。被选中的仲裁人是奥利弗先生和一位能干的律师。两位都与我的意见不谋而合。我终于实现了自己的主张，转让的文书也已拟成：圣·约翰、黛安娜、玛丽和我，各自拥有一笔可观的财产收入。

知识考点

1.圣·约翰的母亲叫作_____，她有两个兄弟，一位是_____，他娶了盖茨黑德的_____；另一个叫_____，生前在_____的沙韦尔经商，他把他的财产全部留给了_____。

▶ 简·爱

2.简·爱得到了多少遗产？　　　　　　　　（　　）
　A.一万英镑　　　B.两万英镑　　　C.三万英镑
3.圣·约翰是如何知道简·爱的真实姓名的？
_____
_____

Y 阅读与思考

1.圣·约翰与简·爱谈话为什么要故意卖关子？
2.简·爱为什么想要和家人平分财产？
3.圣·约翰不同意简·爱分出财产是因为什么？

第三十四章

表兄求婚

M 名师导读

　　一年一度的圣诞节到了,简·爱迎来了亲人们的回归,他们度过了一个愉快温馨的节日。在这之后,圣·约翰竟然向简·爱求婚了,原因是希望可以有一个伴侣一同去东印度传教,简·爱却并不愿接受这样的安排。

　　当一切都准备就绪的时候,圣诞节已经快要来临了,普天下人的假日就要到来。于是我关闭了莫尔顿学校,并注意不让自己空着手告别。交上好运不但使人心情愉快,而且出手也格外大方。我们把大宗所得分些给别人,是为自己克制不住的激动找一个宣泄的出口。我早就愉快地感到,我的很多农村学生都喜欢我。离别时,这种感觉得到了证实。她们的感情很强烈,也很外露。我发现自己确实已在她们纯朴的心灵中占据了一个位置,我深为满意。我答应以后每周都去看她们,在学校中给她们上一小时课。

　　里弗斯先生来了——看到现在这些班级的六十个学生,在我前面鱼贯而出[游鱼首尾相接连,一个挨一个陆续而出],看我锁上了门——这时我手拿钥匙站着,跟五六个最好的学生,特别地说了几句告别的话。这些年轻姑娘之正派、可敬、谦逊和有知识,堪与英国农民阶层中的任何人媲美。这话很有分量,因为英国农民同欧洲的任何农民相比较,毕竟是最有教养、最有礼貌、最为自尊的。打从那时起,我见

477

▶ 简·爱

过一些农民和农妇，比之莫尔顿的姑娘，就是最出色的也显得无知、粗俗和糊涂。

"你觉得自己这段时间的努力得到回报了吗？"她们走了以后，里弗斯先生问，"你觉得在自己风华正茂的岁月，做些真正的好事是一种快乐吗？"

"毫无疑问。"

"但是你现在只辛苦了几个月，如果你的一生致力于提高自己的民族的事业，岂不是很值得吗？"

"是呀，"我说，"但我不能永远这么干下去。我不但要培养别人的能力，而且也要发挥自己的能力。现在就得发挥。别让我再把身心都投进学校，我已经摆脱，一心只想度假了。"【名师点睛：简·爱此刻只想回到沼泽居，好好布置准备一番，与她的家人们度过一个欢快的圣诞节。】

他神情很严肃："怎么啦？你突然显得那么急切，这是什么意思？你打算干什么呢？"

"要活跃起来，要尽我所能地活跃起来，首先我得求你让汉娜走，另找别人服侍你。"

"你要她吗？"

"是的，让她同我一起去沼泽居。黛安娜和玛丽一周之后就回家，我要把一切都收拾得整整齐齐，迎接她们的到来。"

"我理解。我还以为你要去远游呢。不过这样也好，汉娜跟你走。"

"那么通知她明天以前做好准备。这是教室的钥匙。明天早上我会把小屋的钥匙交给你。"

他拿了钥匙。"你高高兴兴地歇手了，"他说，"我不太能够理解你此刻的轻松心情，因为我不知道你放弃这项工作后，要找什么工作来代替。现在你生活中的目标、目的和雄心是什么？"

"我的第一个目标是清理（你理解这个词的全部力量吗？），把沼泽居从房间到地窖清理一遍；第二个目标是用蜂蜡、油和数不清的布头把房子擦得锃亮；第三个目标是按数学的精密度来安排每一件椅子、桌子、床和地毯，然后我要差不多耗尽你的煤和泥炭，把每个房间都生起熊熊的炉火来。最后，你妹妹们预计到达之前的两天，汉娜和我要大打鸡蛋，细拣葡萄干，研磨调料，做圣诞饼，剁肉馅饼料子，隆重操持其他烹饪习俗。对你这样的门外汉，连语言也难以充分表达这番忙碌。总之，我的目的是下星期四黛安娜和玛丽到家之前，把一切都安排得妥妥帖帖。我的雄心就是在她们回来的时候，给予她们最理想最隆重的欢迎。"

圣·约翰微微一笑，仍不满意。

"眼下说来这都不错，"他说，"不过认真地说，我相信第一阵快活的冲动过后，你的眼界不会局限于家人的亲热和家庭的欢乐。"

"这是人世间最美好的东西。"我打断了他说。

"不，简，这个世界不是享乐的天地，别去想把它变成这样，或者变成休憩的乐园，不要懈怠懒惰。"

"恰恰相反，我的意思是要大忙一番。"

"简，我暂时谅解你，给你两个月的宽限，充分享受你新职位的乐趣，也为最近找到亲戚而陶醉一番。但以后，我希望你能够把眼光放得长远一些，不要光盯着沼泽居和莫尔顿，盯着姐妹圈子，盯着自己的宁静，盯着文明富裕所带来的肉体享受。我希望到那时你的充沛精力会再次让你不安。"【名师点睛：简·爱的满心欢喜和迎接家人的激动心情，在圣·约翰看来都是不可认同的，他在这时依旧在表达人们的神圣职务。当然，他扫了简·爱的兴致。】

我惊讶地看着他。"圣·约翰，"我说，"我认为你这样说就有些太不尽如人意了！我本来希望可以像一位女皇那样事事满意，但是你却非要把我弄得心神不宁！你安的什么心？"

"我的用心是要使上帝赋予你的才能发挥作用，有一天他肯定会对此严加盘问的。简，我会密切而焦急地注意你——我提醒你——要竭

479

▶ 简·爱

力抑制你对庸俗的家庭乐趣所过分流露的热情。不要那么苦苦依恋肉体的牵累，把你的坚毅和热诚留给一项适当的事业，不要将它浪费在平凡而短暂的事情上。听见了吗，简？"

"听见了，就仿佛你在说希腊文。我觉得我有充分理由感到愉快，我一定会愉快的。再见！"

我在沼泽居很愉快，也干得很起劲。汉娜也一样，她看着我在一片混乱的房子里忙得乐不可支，看着我那么扫呀、摔呀、清理呀、烧呀，忙个不停，简直看得入了迷。真的，过了那么一两天最乱的日子后，我们很高兴将制造的一片混乱逐渐变得很有秩序。在此之前我上了S城，购买了一些新家具，我的表兄表姐们全权委托我，只要我高兴，可以对房间的布置随意改动，并且拿出一笔钱来派这个用场。普通的起居室和寝室我大体保持原样，因为我知道，黛安娜和玛丽又一次看到朴实的桌子、椅子和床，会比看到最时髦的款式更愉快。不过还是很有必要去增添一些新意，使她们回家的时候看到一种我所希望的生气。添上深色漂亮的新地毯、新窗帘，几件经过精心挑选的、古色古香的瓷器和铜器摆设，还有新床罩、镜子和化妆台上的化妆盒等，这一目的便达到了，它们看上去鲜艳而不耀眼。一间空余的客厅和寝室，用旧红木家具和大红套子重新布置了一下。我在过道上铺了帆布，楼梯上铺了地毯。一切都完成以后，我想在这个季节里沼泽居是室内光亮舒适的典范，而外面是寒冬枯叶、荒芜凄凉的景象的标本。【名师点睛：简·爱十分用心地将家里重新布置了一番，她十分享受这个过程，从未感受过热闹家庭气氛的她此刻内心既激动又满足。】

盼望的星期四终于来了，估计她们天黑时到家。黄昏前楼上楼下都生了火，厨房里清清爽爽。汉娜和我都穿戴好了，一切都已收拾好。

圣·约翰先到，我请求他等房子都布置好了再进去。说真的，光想想四壁之内又肮脏又琐碎的样子，足以吓得他躲得远远的。他看见我在厨房里，照管着正在烘烤的茶点用饼，便走近炉子问道："你是不是终于对女仆的活儿感到满意了？"作为回答，我邀请他陪我全面察看一下我劳动的成果。我好不容易说动他到房子里去走一走，他也不过是往我替他打开的门里瞧了一瞧。他楼上楼下转了一圈后说，准是费了很大一番劳累和麻烦，才能在那么短的时间内带来如此可观的变化。但他只字未提住处面貌改变后给他带来了什么样的愉快心情。

他的沉默让我觉得很扫兴。我想也许这些变动扰乱了他所珍惜的某些往事的联想。我问他是不是这么回事，当然语气有点儿灰心丧气。

"一点儿也没有。相反，我认为你悉心考虑了每种联想。说真的，我担心你在这上面花的心思太多了，不值得。譬如说吧，你花了多少时间来考虑布置这间房间？——随便问一下,你知道某本书在哪儿吗？"

我把书架上的那本书指给他看。他取了下来，像往常一样躲到窗子凹陷处，读了起来。

此刻，我不太满意这种举止。读者朋友，圣·约翰确实是个好人，但我开始觉得他说自己冷酷无情时，他说的是真话。

人的美德和人生的欢乐对他没有吸引力——平静的享受也不具魅力。他活着纯粹是为了向往——当然是向往优秀伟大的东西。但他永远不会休息，也不赞成周围的人休息。当我瞧着他白石一般苍白平静的高耸额头——瞧着他陷入沉思的漂亮面容时，我立刻明白他很难成为一个好丈夫，做他的妻子会是一件非常折磨人的事情。我恍然领悟到他对奥利弗小姐之爱的实质是什么。我同意他的看法，这不过是一种感官的爱。我理解他怎么会因为这种爱给他带来的狂热影响而鄙视自己，怎么会希望扼杀和毁灭它，而不愿相信爱会为他们带来幸福和光明。我明白他是一块大自然可以从中雕刻出英雄来的材料——基督教徒和异教徒英雄——法典制定者、政治家、征服者。他是可以寄托巨大利益的坚强堡垒，但是在火炉旁边，却总是一副冰冷笨重的样子，阴郁沉闷，格格不入。【名师点睛：从简·爱的想法中我们也能够更加了解圣·约翰这个人，他的内心果真冰冷如铁，或者他将自己内心的火热藏

简·爱

得极深，在他心中只有对职业的追求才是最重要的。】

"这间客厅不是他的天地，"我沉思道，"喜马拉雅山谷或者南非丛林，甚至瘟疫流行的几内亚海岸的沼泽，才有他的用武之地。他可以放弃宁静的家庭生活。家庭不是他活动的环境，在这里他的官能会变得迟钝，难以施展或显露。在充满斗争和危险的环境中——显示勇气，发挥才能，考验韧性的地方——他才会像一个首领和长官那样说话和行动。而在火炉边，一个快乐的孩子也会比他强。他选择传教士的经历是正确的——现在我明白了。"

"她们回来啦！她们回来啦！"汉娜砰地打开客厅门高声嚷着。与此同时，老卡罗高兴地吠叫起来。我跑了出去，此刻天已经黑了，但听得见嘎嘎的车轮声。汉娜立刻点上了提灯。车子在小门边停了下来，车夫开了门。刹那之间我的面孔便埋进了她们的帽子底下，先是触碰了玛丽柔软的脸，随后是黛安娜飘洒的卷发。她们大笑着——吻了吻我——随后吻了汉娜，拍了拍卡罗，卡罗乐得差点发了疯。她们急着问是否一切都好，得到肯定的回答后，便匆匆进了屋。【写作借鉴：运用平铺直叙的叙述方式，展现出简·爱与姐妹俩团聚时的温馨画面。】

从惠特克劳斯到这里的长途颠簸让她们的四肢都僵硬了，夜间温度太低，寒气也把她们给冻坏了。但是见了令人振奋的火光，她们便绽开了愉快的笑靥(yè)。车夫和汉娜忙着把箱子拿进屋的时候，她们问起了圣·约翰。这时圣·约翰从客厅里走了出来，她们俩立刻搂住了他的脖子。他平静地给每个人一个吻，低声地说了几句欢迎的话，然后像避难一样钻进了客厅。

我点了蜡烛好让她们上楼去，但黛安娜得先周到地叮嘱车夫，随后两人在我后面跟着上楼。她们对房间的整修和装饰，对新的帷幔、新的地毯和色泽鲜艳的瓷花瓶都很满意，慷慨地表示了感激。我感到很高兴，我的安排很符合她们的喜好，我所做的为她们愉快的家园之行增添了生动的魅力。

那是个可爱难忘的夜晚，兴高采烈的表姐们，又是叙述又是议论，滔滔不绝，她们的畅谈掩盖了圣·约翰的沉默。看到妹妹们，他由衷地感到高兴，但是她们闪烁的热情、流动的喜悦都无法引起他的共鸣。黛安娜和玛丽的归来让他感到十分愉悦，但是随之而来的喧闹、喋喋不休却让他觉得有些厌烦。

我明白他希望宁静的第二天快点到来。用完茶点后一个小时，欢乐达到了极致，这时却响起来一阵敲门声，汉娜进来报告说："一个可怜的少年来得真不是时候，要请里弗斯先生去看看她的母亲，她快要死了。"

"她住在哪儿，汉娜？"

"一直要到惠特克劳斯呢，差不多有四英里路，一路都是沼泽和青苔。"

"告诉他我就去。"

"先生，我想你还是别去的为好，天黑以后走这样的路是非常糟糕的，整个沼泽地都没有路，而且今天晚上的天气这么恶劣——风从来没有刮得那么大，你还是传个话，先生，明天上那儿去。"

但他已经在过道上了，披上了斗篷，没有反对，没有怨言，便出发了，那时候已经九点。他到了半夜才回来，尽管四肢冻僵，身子疲乏，却显得比出发时还愉快。他完成了一项职责，做了一次努力，感到自己有克己献身的魄力，自我感觉好了不少。【名师点睛：通过具体的事例来体现圣·约翰的性格特点，只有奉献才能够让他获得满足感。】

我担心接下来的一整周他会很不耐烦。那是圣诞周，我们不干正经事儿，沉浸在家庭的欢闹之中。荒原的空气，家里自由自在的气氛，生活富裕的曙光，对黛安娜和玛丽的心灵，犹如起死回生的长生不老药。从上午到下午，从下午到晚上，她们都欢天喜地的。她们总能谈个不休，她们的交谈机智、精辟、富有独创性，对我的吸引力很大。我喜欢倾听，喜欢参与，胜过干一切别的事情。圣·约翰对我们的说

简·爱

笑并无非议,但避之不迭[非常想避开,但是却躲不开]。他很少在家,他的教区大,人口分散,访问不同地区的贫苦人家,便成了每天的例行公事。

一天早晨吃早饭的时候,黛安娜有些闷闷不乐,过了一会儿她问道:"你的计划没法改变吗?""没有改变,也不可能改变。"便是哥哥的回答。他接着告诉我们,他离开英国的时间是在明年。

"那么罗莎蒙德·奥利弗呢?"玛丽问。这句话似乎是脱口而出的,因为她说完不久便做了个手势,仿佛要把它收回去。圣·约翰手里捧着一本书,吃饭时看书是他不合群的习惯——他合上书,抬起头来。

"罗莎蒙德·奥利弗,"他说,"要跟格兰比先生结婚了。他是弗里德里克·格兰比爵士的孙子和继承人,是 S 城家庭背景最好、最受人尊敬的居民之一,我是昨天从他父亲那儿听到这个消息的。"

他的妹妹们相互看了看,又看了看我。我们三个人都看着他,他像一块玻璃那样安详。

"这门婚事订得很仓促,"黛安娜说,"他们甚至没有认识彼此太长的时间。"

"但有两个月了。他们十月份在 S 城的一个乡间舞会上见的面。可是,眼下这种情况,从各方面看来这门亲事都是称心合意的,没有什么障碍,也就没有必要再拖延了。等到弗里德里克爵士出让给他们的 S 城那个地方整修好,可以接待他们了,他们就结婚。"

这次谈话后我见圣·约翰独自待着时,很想问问他,这件事是不是使他很伤心,但他似乎不需要什么同情。因此,我不但没有冒昧地再有所表示,反而为自己以前的冒失而感到羞愧。此外,我已疏于同他交谈,他的冷漠态度再次结冰,我的坦率便在底下凝固了。他并没有信守诺言,对我以妹妹相待,而是不断地显出那种小小的令人寒心的区别,丝毫没有要慢慢亲热起来的意思。总之,<u>自从我被认作他的亲人,并同住一屋后,我觉得我们间的距离,远比当初我不过是乡村</u>

女教师时大得多。当我记起我曾深得他的信任时，我很难理解他现在的冷淡态度。【名师点睛：简·爱觉得自己与圣·约翰的距离越来越远，他们没有共同的理念，所追求和所珍爱的目标也不同，这为两人接下来的分开埋下伏笔。】

在这种情况下，他突然从趴着的书桌上抬起头来说话时，我不免有些惊讶了。

"你瞧，简，仗已经打过了，而且获得了胜利。"

我被这样的说话方式吓了一跳，没有立即回答。但犹豫了一阵子后，说道：

"可是你确信自己不是那种为胜利付出了重大代价的征服者吗？如果再来一仗岂不会把你毁掉？"

"我想不会。要是会，也并没有太大的关系。我永远也不会应召去参加另一次这样的争斗了。争斗的结局是决定性的，现在我眼前的这条道路已经清扫干净了，为此我要对上帝表示感谢！"说完，他回到了自己的文件和沉默中去了。

我们彼此间的欢乐（即黛安娜的、玛丽的和我的）渐渐地趋于安静了。我们恢复了平时的习惯和正常的学习，圣·约翰待在家里的时间更多了，与我们一起坐在同一个房间里，有时一坐几小时。这时候玛丽绘画；黛安娜继续她的《百科全书》阅读课程（使我不胜惊讶和敬畏）；我苦读德文；他则思索着自己神秘的学问，就是某种东方语言，他认为要实现自己的计划很需要把它掌握。

他似乎就这么忙着，坐在自己的角落里，安静而投入。不过他的蓝眼睛习惯于离开看上去稀奇古怪的语法，转来转去，有时会出奇地紧盯着我们，一旦和别人的目光相交，便会马上收回去，但不时又回过来搜索我们的桌子。我感到纳闷，不明白其中的含义。我也觉得奇怪，虽然在我看来每周一次上莫尔顿学校是件小事，但他每次必定要不失时机地表示满意。更使我不解的是，要是某一天天气不好，落雪

简·爱

下雨，或者风很大，他的妹妹们会劝我不要去，而他必定会无视她们的关心，鼓动我不管天气多么恶劣都要去完成使命。

"简可不是那种你们说的弱者，"他会说，"她会顶着山风，暴雨，或是几片飞雪，比我们谁都不差。她体格健康又富有适应性——比很多身强力壮的人更能忍受天气的变化。"

我回到家里，虽然有时风吹雨淋，疲惫不堪，但从不敢抱怨，因为我明白一嘀咕就会惹他生气。无论何时，你坚韧不拔，他会为之高兴；反之，则特别恼火。【名师点睛：圣·约翰的固执观念也影响着周围人的生活，因此简·爱抑制住内心的不满，还是希望和家人和平相处。】

一天下午，我请假待在了家里，因为我确实感冒了。他的妹妹们代我去了莫尔顿，我坐着读起席勒的作品来。他在破译鸡爪一样的东方涡卷形字体。我换成练习翻译时，碰巧朝他的方向看了下，发觉自己正处于那双蓝眼睛的监视之下。它彻彻底底地，一遍遍地扫视了多久，我无从知道。他的目光锐利而冷漠，刹那之间我有些迷信了——仿佛同某种不可思议的东西坐在一个屋子里。

"简，你在干什么？"

"学习德语。"

"我想要你放弃德语，改学印度斯坦语。"

"你不是当真的吧？"

"完全当真，我会告诉你为什么。"

随后他继续解释说，印度斯坦语是他目前正在学习的语言，学了后面容易忘记前面。要是有个学生，对他会有很大帮助，他可以向他一遍遍重复那些基本知识，以便牢记在自己的脑子里。究竟选我还是他的妹妹们，他犹豫了许久。但选中了我，是因为他看到我比任何一位都坐得住。我要不要帮他的忙呢？也许我不必做太久的牺牲，因为离他远行的日子只有三个月了。

圣·约翰这个人不是轻易就可以推辞掉的。你会觉得他的每个想法，不管是痛苦的，还是愉快的，都是刻骨铭心，永不磨灭的。我同意了。黛安娜和玛丽回到家里，前一位发现自己的学生转到了她哥哥那里，便大笑不已。她和玛丽都认为，圣·约翰绝对说服不了她们走这一步。他平静地答道：

"我知道。"

<u>我逐渐发现他是位有耐心、克制而又很严格的老师。他对我有很多期望，而一旦我满足了他的期望，他又会以自己的方式表示赞许。他渐渐产生了一种可以支配我的力量，而我也觉得自己的躯体不再自由。他的赞扬和注意比他的冷淡更有抑制作用。只要他在，我就再也不能谈笑自如了，因为一种纠缠不休的直觉，提醒我他讨厌轻松活泼（至少表现在我身上时）。我完全意识到只有态度严肃，干着一本正经的事才合他的心意，因此凡是他在场的时候，就不可能有别的想法了。我觉得自己置身于一种使人僵化的魔力之中。</u>【名师点睛：简·爱越来越觉得和圣·约翰的相处非常不自由，她像是受到了控制一样，无法自如地做自己，这令她很烦恼。】

他说"去"，我就去；他说"来"，我就来；他说"干这个"，我就去干这个。但是我不喜欢被这样奴隶式的管制，我多么希望他能够像以前那样无视我的存在。

一天夜里，到了就寝时间，他的妹妹和我都围着他站着，同他说声晚安。他照例吻了吻两个妹妹，又照例把手伸给我。黛安娜正好在开玩笑的兴头上（她并没有痛苦地被他的意志控制着，因为从另一个意义上说她的意志力也很强），便大叫道：

"圣·约翰！你过去总把简叫作你的第三个妹妹，不过你并没有这么待她，你应当也吻她。"

她把我推向他。我想黛安娜也是够惹人恼火的，一时心里乱糟糟的很不舒服。我正这么心有所想并有所感时，圣·约翰低下了头，他那希腊式的面孔，同我的摆到了一个平面上，他的眼睛穿心透肺般地

487

简·爱

探究着我的眼睛——他吻了我。世上没有大理石吻或冰吻一类的东西，不然我应当说，我的牧师表哥的致意，属于这种性质。可是也许有实验性的吻，他的就是这样一种吻。他吻了我后，还打量了我一下，看看有什么结果。结果并不明显，我肯定没有脸红，也许有点儿苍白，因为我觉得这个吻仿佛是贴在镣铐上的封条。从此以后，他再也没有忽略这一礼节，每次我都严肃庄重、默默无言地忍受着，在他看来似乎又为这吻增加了魅力。【名师点睛：从"忍受"一词可以看出，简·爱对这种心灵相距甚远而肌肤却无比亲切的礼节方式非常反感。】

　　至于我，每天都希望多讨一点他的喜欢。但是这么一来，我越来越觉得必须抛却一半的个性，扼杀一半的才能，强行改变原有的情趣，强迫自己去从事缺乏禀性来完成的事业。他要把我提携到我永远无法企及的高度。每时每刻我都为渴求达到他的标准而受着折磨。这是不可能实现的，就像要把我那不规则的面容，塑造成他标准的古典模式，也像要把他的海蓝色泽和庄重的光彩，放进我那不可改变的青色眼睛里。

　　然而，现在使我动弹不得的也不全是他施加给我的支配意识。最近我总是很容易就表露出伤心的样子，一个腐朽的恶魔端坐在我的心坎上，吸干了我幸福的甘泉——这就是忧心恶魔。

　　读者朋友，你也许认为在地点和命运的变迁中，我早已经忘掉了罗切斯特先生。说真话，一刻也没有忘记。我仍旧日夜思念着他，因为这不是阳光就能驱散的雾气，也不是风暴便可吹没的沙造人像。这是刻在碑文上的一个名字，注定要像刻着它的大理石那样长存。无论我走到什么地方，我都希望能知道他的情况。

　　在莫尔顿的时候，我每晚一踏进那间小屋便惦记起他来；这会儿在沼泽居，每天晚上一走进自己的卧室，我的心就因为他而起伏不定。

　　为了遗嘱的事我不得不写信给布里格斯先生时，问他是不是知道罗切斯特先生目前的地址和健康状况。但就像圣·约翰猜想的那样，他对他的情况一无所知。我随后写信给费尔法克斯太太，请她谈谈有关他的情况。我原以为这一步肯定能达到我的目的，确信会早早地得到她的回音。两个星期过去了，还是没有收到回信，我万分惊讶。而两个月过去了，日复一日的邮件到来，却没有我的信，我便深为忧虑了。【名师点睛：简·爱的信仿佛石沉大海再无回音，她的内心也觉得无比绝望，为下文她答应了圣·约翰的求婚做了铺垫。】

我再次写了信，因为第一封有可能是丢失了。新的希望伴随着新的努力而来，像上次一样闪了一下光，随后也一样摇曳着淡去了。我没有收到一行字一句话。在徒劳的企盼中半年已经过去，我的希望幻灭了，随后便觉得真的堕入了黑暗。

风和日丽的春天，我无意消受。夏天就要到了，黛安娜竭力要使我振作起来，说是我的面容总是病恹恹的，希望陪我到海边去。圣·约翰表示反对，他说我不应该如此散漫，而应该多找一些事情干。我眼下的生活太无所用心，需要有个目标。我想大概是为了补缺，他进一步延长了我的印度斯坦语课，并更迫切地要我去完成。我像一个傻瓜，从来没有想到要反抗——我无法反抗他。

一天，我正准备开始功课的时候，心情却低沉到了极点。我的无精打采是一种强烈感受到的失望所引起的。早上汉娜告诉我有我的一封信，我下楼去取的时候，心里几乎十拿九稳，该是久盼的消息终于来了。但我发现不过是一封无关紧要的短简，是布里格斯先生的公务信。我痛苦地克制自己，但眼泪夺眶而出。【名师点睛：再一次的满心期待却换来失望，简·爱再次受到了沉重的打击，她的悲伤萦绕在心头难以散去。】而我坐着细读印度文字难辨的字母和华丽的比喻时，泪水又涌了上来。

圣·约翰把我叫到他旁边去读书，但我的嗓子不争气，要读的词语被啜泣淹没了。客厅里只有他和我两人，黛安娜在休息室练习弹唱，玛丽在整理园子——这是个晴朗的五月天，天清气爽，阳光明丽，微风阵阵。我的同伴对我这种情绪并未表示惊奇，也没有问我是什么缘

简·爱

故,他只是说:

"我们休息几分钟吧,简,等你平静下来再说。"我止住了哽咽,而他镇定而耐心地坐着,靠在书桌上,看上去像个医生,用科学的眼光观察着病人的险情,这种险情既在意料之中又是再明白不过的。我止住了哽咽,擦去了眼泪,嘟哝着说是早上身体不好,又继续我的功课,并终于完成了。圣·约翰把我的书和他的书放在一边,锁了书桌,说:

"好吧,简,你得去散散步,同我一起去。"

"我去叫黛安娜和玛丽。"

"不,今天早上我只要一个人陪伴,这个人就是你。穿上衣服,从厨房门出去,顺着通往沼泽谷源头的路走,我马上会赶来的。"

我不知道有什么可以折中的办法。在与同我自己的性格相左的那种自信冷酷的个性打交道时,我不清楚在绝对屈服和坚决反抗之间,还有什么中间道路。我往往忠实地执行一种方法,有时终于到了似火山喷涌、一触即发的地步,接着便转变成执行另一种方法了。既然眼前的情况我无力反抗,而我此刻的心境又悲伤失落,我便审慎地服从了圣·约翰的指令,十分钟后,我与他并肩走在幽谷的野径上了。

微风从四面吹来,飘过山峦,带来了欧石楠和灯芯草的芳香。天空湛蓝湛蓝,小溪因为下过春雨而上涨,溪水流下山谷,充盈清澈,从太阳那儿借来了金光,从天空中吸取了蓝宝石的色泽。我们往前走着离开了小径,踏上了一块细如苔藓、青如绿宝石的柔软草地,草地上精细地点缀着一种白色的小花,并闪耀着一种星星似的黄花。山峦包围着我们,因为溪谷在靠近源头的地方蜿蜒伸到了山峦之中。【名师点睛:又是一个晴好的天气,在这种充满浪漫和诗意的天气里,总会发生些什么事。】

"让我们在这儿歇一下吧。"圣·约翰说,这时我们来到了一个岩石群第一批散乱的石头跟前。这个岩石群守卫着隘口,一条小溪从隘口的另一头飞流直下,形成了瀑布。再远一点的地方,山峦抖落了身上的草地和花朵，只剩下欧石楠蔽体，岩石作珠宝——在这里，山把荒凉夸大成了蛮荒，用愁眉苦脸来代替精神饱满——在这里，山为孤寂守护着无望的希望，为静穆守护着最后的避难所。

我坐了下来，圣·约翰坐在我旁边。他抬头仰望山隘，又低头俯视空谷。他的目光随着溪流飘移，随后又回过来扫过给溪流上了彩的明净的天空。他脱去帽子，让微风吹动头发，吻他的额头。他似乎与这个他常到之处的守护神在交流，他的眼睛在向某种东西告别。

"我会再看到它的，"他大声说，"在梦中，当我睡在恒河旁边的时候。再有，在更遥远的时刻——当我又一次沉沉睡去的时候——在一条更暗淡的小溪的岸边。"

离奇的话表达了一种离奇的爱：一个严峻的爱国者对自己祖国的激情！他坐了下来，在这半个小时中，我俩一句话也没有说。一阵沉默之后，他终于开始说了："简，六周以后我要走了，我已在'东印度人号'船里订好了舱位，六月二十日启航。"

"上帝一定会保佑你，因为你做的是他的工作。"我回答。

"不错，"他说，"那是我的光荣，也是我的欢乐。我是永不出错的主的一个奴仆。我出门远游不是在凡人的指引之下，不受有缺陷的法规的制约，不受软弱无力的同类可怜虫的错误控制。我的国王，我的立法者，我的首领是尽善尽美的主。我觉得奇怪，我周围的人为什么不热血沸腾，投到同一面旗帜下来——参加同一项事业。"【名师点睛：圣·约翰总是这样，有着高傲的自我光荣感，并喜欢把自己的意愿强加在别人身上。】

"并不是所有的人都具有你那样的毅力。弱者希望同强者并驾齐驱是愚蠢的。"

"我说的不是弱者，想到的也不是他们。我只同那些与那工作相配、并能胜任的人说话。"

"那些人数量并不多，而且很难发现。"

▶ 简·爱

"你说得很对，但一经发现，就要把他们鼓动起来——敦促和激励他们去做出努力——告诉他们自己的才能何在，又是怎么被赋予的——向他们耳朵传递上天的信息——直接代表上帝，在选民的队伍中给他们一个位置。"

"要是他们确实能胜任那工作，那么他们的心灵岂不第一个得到感应？"

我仿佛觉得一种可怕的魔力在我周围和头顶积聚起来。我战栗着，唯恐听到某些会立即召来释放能力的致命的话。

"那么你的心怎么说呀？"圣·约翰问。

"我的心没有说——我的心没有说。"我回答，内心觉得受到极大的惊吓。

"那我得替它说了，"他继续说，语调深沉冷酷，"简，跟我一起去印度吧，做我的伴侣和同事。"

溪谷和天空顿时旋转起来，群山也翻腾起伏：我仿佛听到了上天的召唤——仿佛像马其顿那样的一位幻觉使者已经宣布："过来帮助我们"，但我不是使徒——我看不见那位使者——我接受不到他的召唤。

"哦，圣·约翰！"我叫道，"怜悯怜悯我吧！"

我在向一个自以为在履行职责，不知道怜悯和同情的人请求。他继续说：

"上帝和大自然要你做一个伟大的传教士的妻子，他们给予你的不是肉体上的能力，而是精神上的禀赋。你生来是为了操劳，而不是为了爱情。你得做传教士的妻子——一定得做。你将是属于我的，我要你——不是为了取乐，而是为了对主的奉献。"【名师点睛：圣·约翰希望简·爱能够做他的伴侣，不是因为他心中对简·爱有爱意，而是认为简·爱是一个不错的陪伴者。】

"我不适合，我没有这种毅力。"我说。

他可能猜到了当他提起这件事的时候会遭到我的反对，所以并没有被我的话所激怒。说真的，他倚在背后的一块岩石上，双臂抱着放在胸前，脸色镇定沉着。我明白他早已准备好对付长久恼人的反抗，而且蓄足了耐心坚持到底——决心以他对别人的征服而告终。

"谦卑，简，"他说，"是基督美德的基础。你说得很对，你不适合这一工作。可谁适合呢？或者，那些真正受召唤的人，谁相信自己是配受召唤的呢？以我来说，不过是尘灰草芥而已，跟圣·保尔相比，我承认自己是最大的罪人。但我不允许这种个人的罪恶感使自己畏缩不前。我知道我的领路人，他公正而伟大，在选择一个微弱的工具来成就一项大事业时，他会借助上帝无穷的贮藏，为实现目标而弥补手段上的不足。像我一样去想想吧，简，像我一样去相信吧。我要你倚靠的是永久的磐石[原为一首基督教赞美诗的题目，后用来指耶稣和基督教]，不要怀疑，它会承受住你人性缺陷的负荷。"

"我不了解传教士的生活，也从来没有研究过传教士的工作。"

"听着，尽管我也很卑微，但我可以给予你所需要的帮助，可以把工作一小时一小时地布置给你，常常支持你，时时帮助你。开始的时候我可以这么做，不久之后（因为我知道你的能力）你会像我一样强，一样合适，不需要我的帮助。"

"可是我的能力呢——要承担这一工作，又从何谈起？我感觉不到灯火在燃烧——感觉不到生命在加剧搏动——感觉不到有个声音在劝诫和鼓励我。哦，但愿我能让你看到，这会儿我的心像一个没有光线的牢房，它的角落里铐着一种畏畏缩缩的忧虑——那就是担心自己被你说服，去做我无法完成的事情。"【名师点睛：简·爱向圣·约翰表明了自己内心的想法，她不愿意也无法胜任这件事情，并且和圣·约翰待在一起只会让她觉得压抑和束缚。】

"我给你找到了一个答案——你，听着，在与你刚刚接触的时候，我就开始注意你了。我研究你已经有十个月了。这段时间里我在你身上做了各种实验，我看到了什么，得出了什么启示呢？在乡村学校里，

493

▶ 简·爱

我发现你按时而诚实地完成了不合你习惯和心意的工作。我看到你能发挥自己的能力和机智去完成它。你能自控时，就能取胜。你知道自己突然发了财时非常镇静，从这里我看到了一个毫无罪过的心灵——钱财对你并没有过分的吸引力。你十分坚定地愿把财富分成四份，自己只留一份，把其余的让给了空有公道理由的其他三个人。从一个为牺牲而狂喜、拣起我所感兴趣的东西那种驯服性格中，从你一直坚持的孜孜不倦刻苦勤奋的精神中，从你对待困难那永不衰竭的活力和不可动摇的个性中，我看到了你具备我所寻求的一切品格。简，你温顺、勤奋、无私、忠心、坚定，你文雅而又勇敢。不要再不相信自己了，我对你已经万分信任。你可以掌管印度学校，帮助印度女人，你的协助对我是无价之宝。"

套在我头上的铁环紧缩了起来，说服在稳健地紧紧地步步逼近。我闭上眼睛，最后的几句话终于扫清了原先似乎已堵塞的道路。我所做的工作本来只是那么模模糊糊、零零碎碎，经他一说便显得简明扼要，经他亲手塑造便变得形态毕现了。他等候着回答。我要求他给我一刻钟思考，才能不再冒昧地答复他。【名师点睛：圣·约翰的求婚太过突然，简·爱心中茫然无措，她需要一些时间好好考虑一下。】

"非常愿意。"他回答道。一边站了起来，快步朝隘口走了一小段路，猛地躺倒在一块隆起的欧石楠地上，静静地躺着。

"我不得不承认，我可以做好他要我做的事，"我沉思起来，"如果能让我活命的话。但我觉得，在印度的太阳照射下，我活不了太久——那又怎么样呢？他又不在乎。我的死期来临时，他会平静而神圣地把我交付给创造了我的上帝。我眼前会遭遇的，我心里现在非常清楚。离开英国，就是离开一块亲切而空荡的土地——罗切斯特先生不在这里。而即使他在，同我又有什么关系呢？现在我就是要即便没有他也能够勇敢地活下去。没有比这么日复一日地苟延残喘更荒唐更软弱的了，仿佛我在等待不可能发生的情况变化，从而把我和他联结在一起。

当然（如圣·约翰曾说过的那样）我得在生活中寻找新的乐趣，来替代已经失去的。而他现在所建议的工作，岂不正是我所能接受、上帝所能赐予的最好的工作？从其高尚的目的和崇高的结果来看，岂不是最适合来填补撕裂的情感和毁灭的希望所留下的空白？我相信我必须说，是的——然而我浑身发抖了。哎呀！要是我跟着他，我就抛弃了我的一半。我去印度就是走向过早的死亡。而离开英国到印度和离开印度到坟墓之间的空隙，又是如何填补呢？我也看得清清楚楚。为了使圣·约翰满意，我会忙个不停，直到肌肉酸痛。我会使他满意——做得丝毫不辜负他的希望。要是我真的跟他去了——要是我真的做出他所怂恿的牺牲，那我会做得很彻底。我会把一切心灵和肉体——都扔到圣坛上，做出全部牺牲。他决不会爱我，但他会赞许我的做法。我会向他显示他尚未见过的能力和他从不表示怀疑的才智。不错，我会像他那样奋力工作，像他那样毫无怨言。

"如果是这样的话，我就有可能同意他的要求了，除了一条，可怕的一条，也就是他要我做他的妻子，而他那颗为丈夫的心，并不比那边峡谷中小溪泛起泡沫流过的阴沉的巨岩强多少。他珍视我就像士兵珍视一个好的武器，仅此而已。如果不用同他结婚，这倒不会让我有什么担忧。可是我能使他如愿以偿——冷静地将计划付诸实践——举行婚礼吗？我能从他那儿得到婚戒，受到爱的一切礼遇（我不怀疑他会审慎地做到）而心里却明白完全缺乏心灵的交流？我能忍受他所给予的每份爱是对原则的一次牺牲这种意识吗？不，这样的殉道太可怕了，我决不能承受。我可以作为他的妹妹，而不是他的妻子来陪伴他，我一定要这么告诉他。"【名师点睛：在没有罗切斯特消息的日子里，简·爱也失去了追求自我幸福的兴趣，她想着去一个遥远的地方，也不失为一种解脱，但是她无法容忍成为圣·约翰的妻子，因为他们没有任何心灵上的契合。】

我朝土墩望去，他躺在那里纹丝不动，像根倒地的柱子。他的脸

简·爱

朝着我，眼睛闪着警觉锐利的光芒。他猛地站起向我走来。

"我可以去印度，但是我要自由自在地去。"

"你的回答需要解释一下，"他说，"它不清楚。"

"你至今一直是我的表兄，而我是你的表妹，让我们这么过下去吧，你我还是不要结婚的好。"

他坚决摇了摇头："在这种情况下，表兄表妹是行不通的。如果你是我的亲妹妹，那便是另外一回事了，我会带着你，而不另找妻子。而现在的情况是，我们的结合要么非得以婚姻来奉献和保证，要么这种结合就不能存在。现实的障碍不允许有其他打算。你难道没有看到这一点吗，简？考虑一下吧——你坚强的理智会引导你。"

我的确考虑了。我的理智虽然平庸，却替我指出了这样的事实：我们并没有像夫妻那样彼此相爱，因而断言我们不应当结婚。于是我这么说。"圣·约翰，"我回答，"我把你当作哥哥——你把我当作妹妹，就让我们这么继续下去吧。"

"我们不能——我们不能，"他毅然决然地回答，"这不行。你已经说过要同我一起去印度。记住——你说过这话。"

"有条件的。"

"行啊——行啊。在关键的问题上——同我一起离开英国，在未来的工作中同我合作——你没有反对。你已经等于把你的手放在犁轭(è)[架在牛脖子上的器具]下了，你说话算数，不会缩回去。你面前只有一个目标——那就是该怎么样做好你的工作，把复杂的兴趣、情感、想法、愿望和目标弄得简单一些吧，把这些情绪都汇成一个坚定的目标：全力以赴，有效地完成伟大的主的使命。要这么做，你得有个帮手——不是一个兄长，那样的关系太松散，而是一个丈夫。我也不需要一个妹妹，妹妹任何时候都可以从我身边离开。我要的是妻子，我生活中能施予有效影响的唯一伴侣，一直维持到死亡。"

他说话的时候我颤抖着。我感觉到他的影响透入我骨髓——他捆住了我的手脚。

"别在我身上浪费时间了,找一个适合你的人吧,圣·约翰。找一个适合你的。"

"你的意思是一个适合我目标的,适合我天职的。<u>我再次告诉你,我不是作为微不足道的个人,一个带着自私自利观念的男人而要结婚的,而是作为一个为上帝工作的传教士。</u>"【名师点睛:圣·约翰再次强调了他希望简·爱做自己妻子的原因,他只是为了更好地完成他的职责使命。】

"那么我就把我的一生精力献给传教士,他所需要的就是这个而不是我的肉体本身。我对于他来说,无非等于是把果壳加到果仁上,而他并不需要果壳一类的东西:我要把它们保留着。"

"你不能也不应该这么做。你认为上帝会满意这样半心半意的献身吗?他会愿意接受这样不完整的牺牲吗?我所拥护的是上帝的事业,我是把你招募到他的旗帜下的。我不能代表上帝接受三心二意的忠诚,非得死心塌地不可。"

"唉!我会把我的心全部交给上帝,"我说,"你并不需要它。"

读者啊,我不能保证我说这句话的语气和伴随着的感情里,有没有一种克制的嘲弄。我向来默默地惧怕圣·约翰,因为我不了解他。他使我感到敬畏,因为我总是吃不准他。他身上有多少属于圣人,有多少属于凡人,我一直难以分辨。但这次谈话却给了我启示,在我眼皮底下展开着对他本性的剖析。我看到了他的错误,并有所理解。我明白,我坐在欧石楠岸边那个漂亮的身躯后面时,我是坐在一个同我一样有错的男人跟前。面罩从他冷酷和专横的面孔上落下。我<u>一旦觉得他身上存在着这些品质,便感到他并非完美无缺了,因而也就鼓起了勇气。我与一位同等的人在一起——我可以与他争辩——如果认为妥当,还可以抗拒。</u>

我说了最后一句话后,他沉默了。我立刻大胆地抬头去看他的面

简·爱

容。他的目光对着我，既惊讶，又露出了急切的探询之意。"她是在嘲弄？是嘲弄我吗？"这目光仿佛说，"那是什么意思呢？"

"别让我们忘记这是很严肃的事情，"过了一会儿，他说，"这是一件我们无论轻率地想，还是轻率地谈都不免有罪的事。简，我相信你说的把心交给上帝的时候，你是诚挚的。我就只要你这样。一旦你把心从你那儿掏出来，交给了上帝，那么在世上推进上帝的精神王国会成为你的乐趣和事业。凡能推动这一目标的一切，你都应该立即去做。你就会看到我们肉体和精神上的结合，将会对你我的努力有多大的督促！只有这种结合才能给人类的命运和设想以一种永久一致的特性。而且只要你摆脱一切琐细的任性——克服感情上的一切细小障碍和娇气——放弃考虑个人爱好的程度、种类、力量或是柔情——你就会立刻急于要达成这种结合。"【名师点睛：圣·约翰不停地将自己的想法强行灌输给简·爱，这种态度让人有一种强烈的压迫感，让人觉得窒息。】

"我会吗？"我简短地说。

我瞧着他的五官，它们漂亮匀称，但呆板严肃，出奇地可怕；我瞧着他的额头，它威严却并不舒展；我瞧着他的眼睛，它们明亮、深沉、锐利，却从不温柔；我瞧着他那高高的、威严的身子，设想我自己是他的妻子！哦！这绝对不行！做他的副牧师、他的同事，那一切都没有问题。但是，如果我要以那样的身份同他一起漂洋过海，在东方的日头下劳作；以那样的职责与他同赴亚洲的沙漠，钦佩和仿效他的勇气、忠诚和活力；默默地听任他的控制；对他根深蒂固的雄心一笑置之；区别基督教徒和一般人，对其中一个深为敬重，对另一个随意宽恕。毫无疑问，若是以这样的身份跟随着他，我会时常感到痛苦。我的肉体将会置于紧紧的枷锁之中，不过我的心灵和思想却是自由的。我仍然还可以转向没有枯萎的自我，也就是那未受奴役的自然的感情，在孤独的时刻我还可以与这种感情交流。在我的心田里有一个只属于我的角落，他永远到不了那里，情感在那里发展，新鲜而又隐蔽。【名师点睛：

在简·爱内心深处一直为罗切斯特留有一方角落，她无法忘记罗切斯特，因而也无法接受圣·约翰成为自己的丈夫】哪怕是他再严酷，也无法使它枯竭；哪怕他用勇士般的步伐踩踏，也无法将它踏倒。但是做他的妻子，永远在他身边，永远受到束缚，永远需要克制——不得不将天性之火压得很小，迫使它只在内心燃烧，永远不喊出声来，尽管被禁锢的火焰焚毁了一个又一个器官——这简直难以忍受。

"圣·约翰！"我想到这里，不自觉地大声说。

"嗯？"他冷冷地回答。

"我再重复一遍，我愿意与你一同前往，但是只能作为传教士伙伴的身份，而不能以妻子的身份。我不能嫁给你，成为你的一部分。"

"你必须成为我的一部分，"他沉着地回答，"不然整件事情只是一句空话。除非你跟我结婚，要不我这样一个不到三十岁的男人怎么能带一个十九岁的姑娘去印度呢？我们怎么能没有结婚却始终待在一起，——有时与外界隔绝，有时与野蛮种族相处？"

"很好，"我唐突地说，"既然这样，那还不如把我当成你的亲妹妹，或者是像你一样的男人，一个牧师。"

"谁都知道你不是我的亲妹妹。我不能那样把你介绍给别人，不然会给我们两人招来嫌疑和中伤。至于其他，尽管你有着男子活跃的头脑，却有一颗女人的心——这就不行了。"

"这行，"我有些不屑地肯定说，"完全行。我有一颗女人的心，但这颗心与你说的无关。对你，我只抱着同伴的坚贞，兄弟战士的坦率、忠诚和友情。如果还有别的，那就是新教士对圣师的尊敬和服从。没有别的了——请放心。"

"这就是我所需要的，"他自言自语地说，"我正需要这个。道路上障碍重重，必须一一排除。简，跟我结婚你绝不会后悔的。肯定是这样，我们一定得结婚，我再说一句，没有别的路可走了。毫无疑问，结婚以后，爱情会随之而生，足以使这样的婚姻在你看来也是正确的。"

简·爱

"我瞧不起你的爱情观。"我不由自主地说，一面站起来，背靠岩石站在他面前。"我瞧不起你所献的虚情假意，是的，圣·约翰，你那么做的时候，我就瞧不起你了。"【名师点睛：简·爱终于爆发了，她难以再容忍圣·约翰对她一而再、再而三的逼迫，这激怒了她心中神圣的爱情。】

他一面盯着我，一面紧抿着有棱角的嘴唇。他是被激怒了，还是感到吃惊，很难判断。他完全有能力控制自己的面部表情。

"我几乎没有料到会从你那儿听到这样的话，"他说，"我认为我并没有做过和说过让你瞧不起的事情。"

我被他温和的语调所打动，也被他傲慢镇定的神态所震慑。

"原谅我的话吧，圣·约翰。不过这是你的过错，我受到了刺激，所以说话的时候无所顾忌。你在跟我谈论一个我们俩的态度水火不相容的话题——一个我们决不应该讨论的话题。爱情这两个字本身就会挑起我们之间的争端——要是从实际出发，我们该怎么办呢？我们该怎么感觉？我亲爱的表兄，放弃你那套结婚计划吧——忘掉它。"

"不，"他说，"这是一个酝酿许久的计划，而且是唯一能使我实现伟大目标的计划。不过现在我不想再劝你了。明天我要离家上剑桥去，那里我有很多朋友，我想同他们告别一下。我要外出两周——在这段时间里，你好好考虑一下我的建议吧。别忘了，要是你拒绝，你舍弃的不是我，而是仁慈的上帝。通过我，上帝为你提供了高尚的职业，而只有做我的妻子，你才能从事这项职业；拒绝做我的妻子，你就永远把自己局限在自私闲适、一无所获、默默无闻的小道上。你簌簌发抖，担心自己被归入放弃信仰，成为比异教徒还糟糕的一类人！"

他说完从我那儿走开，再次眺望小溪，眺望山坡。

但这时候他把自己的感情全都闷在心里，我不配听它宣泄。我跟着他往家走的时候，从他铁板一样的沉默中，我清楚地知道他对我的态度。那是一种严厉、专制的个性，在预料对方能俯首帖耳的情形下，遭到了反抗——对一种冷静和不可改变的裁决表示了反对之后，以及在另一个人身上发现了自己无力打动的情感与观点之后所感到的失望。总之，作为一个男人，他本希望逼迫我就范。而只是因为他是一个虔诚的基督教徒，才这么耐心地忍住了我的执拗，给我那么长时间思考和忏悔。

那天晚上，他吻了妹妹们以后，认为忘掉同我握手比较好，便默默地离开了房间。尽管我对他没有爱情，却有深厚的友谊，我被他这种明显的冷落伤透了心。我心里难过，泪水涌上了眼睛。

"我看得出来，你们在荒原上散步时，你和圣·约翰吵过架了，简，"黛安娜说，"可是，追上他吧，他在过道里走来走去，等着你呢，你们会和好的。"

这种情况下，我没有多大的自尊。与其保持尊严，还不如保持愉快的心境好些，我跟在他后面跑过去，他在楼梯前站住了。

"晚安，圣·约翰。"我说。

"晚安，简。"他镇定地回答。

"那么握握手吧。"我加了一句。

他的手触碰我的手指时是多么冷，多么松弛呀！他对那天发生的事情很不高兴。热诚已无法使他温暖，眼泪也不能打动他了。同他已不可能达成愉快的和解——他没有激励人的笑容，也没有慷慨大度的话语。可是这位基督徒依然耐心而平静。我问他是否能原谅我时，他说他没有记恨的习惯，也没有什么需要原谅，因为根本就没有被冒犯过。【名师点睛：圣·约翰因为简的拒绝而不愿理睬简，但是在简的心中，她希望可以保持好和他亲人的关系，也想追求自己内心的安宁。】

他就那样回答了我，便离开了。我宁愿被他狠狠地打倒在地。

501

▶ 简·爱

Z 知识考点

1. 简·爱为了迎接姐妹们的归来，计划了一套准备工作。首先要把_____从房间到地窖清理一遍，然后用_____、_____和_____把房子擦得锃亮，接着要按_____来安排每一件家具，最后要让每间房子都_____。

2. 圣·约翰之前睡前都是以什么样的礼节和简·爱道晚安的？

（　　）

A.亲吻　　　B.拥抱　　　C.握手

3. 圣·约翰为什么让简·爱学习印度斯坦语？

_____

_____

Y 阅读与思考

1. 圣诞节快来临的时候，简·爱的心情如何？

2. 圣·约翰为什么想要简·爱作为他的妻子同他一起去东印度？

3. 简·爱为什么会瞧不起圣·约翰的爱情观？

第三十五章
答应表兄

M 名师 导读

简·爱的拒绝让她和圣·约翰的关系变得十分冰冷，经过一段时间的考虑，简·爱还是答应了圣·约翰的请求。在即将离开英国之前，简·爱沉睡的内心仿佛被唤醒，她决定去把自己心中的疑惑彻底解决。

第二天，他并没有像他说的那样去剑桥。他把动身的日子推迟了整整一周。在这段时间内，他让我感觉到了一个善良却苛刻、真诚却不宽容的人，能给予得罪了他的人多么严厉的惩罚。他没有过任何公开的敌对行为，也没有对我说一句责备的话，但是我心里却很明白，我已经得不到他的欢心了。

不是说圣·约翰怀着跟基督教不相容的报复心——也不是说要是他有这份能耐，就会伤着我一根头发什么的。以本性和原则而言，他超越了满足于卑鄙的报复。他原谅我说了蔑视他和他的爱情的话，但他并没有忘记这些话本身。只要他和我还活着，他就永远不会忘掉。我从他转向我时的神态中看到，这些话总是飘荡在我和他之间的空气中，无论什么时候我一开口，在他听来，我的嗓音里总有着这些话的味道，他给我的每个回答也回响着这些话的余音。

他并没有避免同我交谈，他甚至还像往常那样每天早晨把我叫到他书桌旁。我担心他心中的堕落者有一种秘而不宣，也不为纯洁的基

简·爱

督徒所欣赏的乐趣，表明他能多么巧妙地在一如既往的言论举动中，从每个行动和每句话里，抽掉某种曾使他的言语和风度产生严肃魅力的关心和赞许的心情。对我来说，他实际上已不再是有血有肉的活体，而是一块大理石。他的眼睛是一块又冷又亮的蓝宝石，他的舌头是说话的工具——如此而已。

这一切对我是一种恼人的折磨，细细的慢悠悠的折磨。它不断激起微弱的怒火和令人颤抖的烦恼，弄得我心烦意乱、神衰力竭。假如我是他的妻子，我觉得这位纯洁如没有阳光照射到的深渊的好人，不必从我的血管里抽取一滴血，也不会在清白的良心上留下一丝罪恶的痕迹，就能很快杀死我。【名师点睛：简·爱因为自己蔑视了圣·约翰的爱情观而有些自责，他们俩的关系到了冰点。面对圣·约翰的冷暴力，简·爱的内心饱受折磨。】我想抚慰他时尤其感到这点，我的同情得不到呼应。他并不因为疏远而感到痛苦——他没有和解的愿望。尽管我一串串落下的眼泪在我们一起埋头阅读的书页上泛起了水泡，他丝毫不为所动，就仿佛他的心确实是一块石头或金属。与此同时，他对其他妹妹们似乎更加热情了，唯恐我体会不出被冷落的滋味，我已经彻底被逐出了教门，他还要继续用爱的力量来刺激我。我相信他这么做不是因为恶意，而是对原则的维护。

他离家之前，我突然见到他在日落的园子里慢慢地散步。看着他的身影，我想起这个眼下虽然与我有些隔膜的人，曾经救过我的性命，又是我的近亲，心里便感动地打算做最后一次努力，来恢复友谊。我出门了，向他走去，他倚着小门站着，我立刻直截了当地说：

"圣·约翰，我心情非常烦恼，因为你还在生我的气，我们还是继续做朋友吧。"

"我想我们是朋友。"他一面无动于衷地回答，一面抬着头仰望着冉冉上升的月亮，我走近他时他就早已那么凝视着了。

"不，圣·约翰。我们俩之间已不再像是之前的朋友关系了。这你知道。"

"难道我们不是吗？这话可错了。就我来说，我并没希望你倒霉；而是愿你一切都好。"

"我相信你，圣·约翰，因为我深信你不会希望别人倒霉，不过既然我是你的亲戚，我就希望多得到一分爱，超过你施予一般陌路人的博爱。"

"当然，"他说，"你的愿望是合理的，我绝没有把你当作陌路人。"

这话说得沉着镇静，但也是折磨人的，令人灰心丧气。要是我迁就自尊和恼怒的苗头，我会立刻走掉。但是我内心有某种比那些感情更强烈的东西在活动。我十分敬佩表兄的才能和为人，他的友谊对我来说很宝贵，如果失去这份友谊，我的内心会非常难过。我不会那么快就放弃重新征服的念头。

"难道我们就要这样分别吗，圣·约翰？你就这么离开我去印度，不说一句更好听的话吗？"

他这会儿已完全不看月亮，把面孔转向了我。

"我去印度就要离开你吗，简？什么！你不去印度？"

"你说我不能去，除非嫁给你。"

"你不愿同我结婚！你坚持这个决定吗？"

读者呀，你可像我一样知道，这些冷酷的人能赋予他们冰一般的问题什么样的恐怖吗？知道他们一动怒多么像雪崩吗？一不高兴多么像冰海爆裂吗？【写作借鉴：运用比喻和反问的修辞手法，形象生动地展现出冷酷如圣·约翰这样的人生气时的心理状态。】

"不，圣·约翰，我不嫁给你，我始终坚持自己的决定。"

崩裂的冰雪抖动着往前滑了一下，但还没有塌下来。

"再说一遍，为什么拒绝我？"他问。

"以前我回答过了，因为你不爱我。现在我回答：因为你十分恨我。要是我跟你结婚，你会要我的命，现在就快要了我的命了。"【名师点睛：

▶ 简·爱

简·爱已经能够比较准确地揣测圣·约翰的心思，所以在回答问题的时候态度更加强硬。】

他的嘴唇和脸颊顿时煞白——很白很白。

"我会要你的命——我现在就在要你的命？你这些话很凶也不真实，不像女人说的。你根本就不应该这么说。这些话暴露了你心灵的一种不幸状态，应该受到严厉的惩罚，而且是不可饶恕的。但是人的职责是宽恕他的同胞，即使是宽恕他七十七次。"

这下可完蛋了。我原是希望从他的脑海里抹去以前的伤痕，却不料在它坚韧的表面打上了更深的印记，我已经把它烙到里面去了。

"现在你真的恨我了，"我说，"我要是继续和你谈论和解问题也没有意义了。我知道我已经成了你永久的敌人。"

这些话好似雪上加霜，因为触及事实而更加伤人。没有血色的嘴唇抖动着一下子抽搐起来。我知道我已煽起了钢刀一般的愤怒。我心里痛苦不堪。【写作借鉴：运用比喻的修辞手法，写出圣·约翰此时愤怒的状态，简·爱本来是求和的，结果却让两人的隔阂越来越大，她的心里很痛苦。】

"你完全误解了我的话，"我立刻抓住他的手说，"我不想让你难受或痛苦，真的，我绝没有这个意思。"

他苦笑着，非常坚决粗暴地把手抽了回去。"我想，现在你收回你的承诺，根本不去印度了，是吗？"在经历了很长一段时间的沉默后他说道。

"不，我要去的，只是当你的助手。"我回答。

接着又是一阵很长时间的沉默。在这间隙，天性与情理之间究竟如何搏斗着，我说不上来，他的眼睛闪着奇异的光芒，奇怪的阴影掠过他的面孔。他终于开口了。

"我以前曾向你证明，像你这般年纪的单身女人，陪伴像我这样的男人是荒唐的。我已把话说到这样的地步，我想你不会再提起这个打算了。很遗憾你居然还是提了——为你感到遗憾。"

我打断了他。类似这种具体的责备反而立刻给了我勇气。"你要通情理,圣·约翰!你近乎胡言乱语了。你假装对我所说的感到震惊,其实你并没有,因为像你这样出色的脑袋,不可能那么迟钝,或者自负,以至于误解我的意思。我再说一次,要是你高兴,我可以当你的副牧师,而不是你的妻子。"

他再次脸色煞白,但像以前一样,还是完全控制住了自己的感情。他的回答很有力却也很镇静:

"一个不做我妻子的女副牧师,对我绝不合适。在我看来是不可思议的。这么看来,你是不可能同我去了。但要是你的建议很诚心,那我去镇上的时候可以同一个已婚的教士说说,他的妻子需要一个助手。你有自己的财产,不必依赖教会的赞助,这样,你就不会因为失信和毁约而感到耻辱。"

读者们明白,我从来没有做过一本正经的许诺,也没有跟谁订下过约定。在这种场合,他的话说得太狠,太专横了。我回答:

"在这件事情上,并无耻辱可言,也不存在着失信和毁约。我根本没有丝毫去印度的义务,尤其是同陌生人。同你,我愿意冒很大的险,因为我佩服你,信任你。作为你的妹妹,我爱你。但我相信,不管什么时候去,跟谁去,在那种气候条件下我都无法存活太久。"

"哦,你怕你自己——"他噘起嘴说。

"我是害怕。上帝给了我生命不是让我虚掷的,而按你的意愿去做,我想无异于自杀。况且,我在决心离开英国之前,还要弄明白,留在这儿是不是比离开更有价值。"【名师点睛:简·爱不愿意去做违逆自己内心的事情,那样会使她无比痛苦,况且她对这里仍有眷恋,而这个眷恋无非就是罗切斯特了。】

"你这是什么意思?"

"解释也是徒劳的,在这一点上我长期忍受着痛苦的疑虑,如果不

507

简·爱

能通过什么方式来解决我的疑惑，我什么地方都不会去的。"

"我知道你的心向着哪里，依恋着什么。你所怀的兴趣是非法的、不神圣的，你早该将它抛弃了。这会儿你应当为提起它来而感到害臊。你是不是想着罗切斯特先生？"

确实如此，我默认了。

"你要去找罗切斯特先生吗？"

"我要清楚他怎么样了。"

"那么，"他说，"就让我在祷告中记住你，真诚地祈求上帝不让你永远地成为弃儿。不过上帝的眼光跟人的不一样，他的才真正起作用。"

他打开栅门，走了出去，快步走下峡谷，很快消失了。

我再次进入客厅的时候，发现黛安娜伫立在窗边，看上去心事重重的。

她个子比我高得多。她把手搭在我肩上，俯身端详起我的脸来。

"简，"她说，"现在你总是脸色苍白、焦躁不安，肯定是出了什么事了。告诉我，圣·约翰同你在闹什么别扭。我从这扇窗看了半个小时了。你得原谅我那么暗中监视你，但过了好久我还不知道是怎么回事。圣·约翰是个怪人——"【名师点睛：除了怪人圣·约翰以外，简·爱的其他姐妹是很关心她的，在她们那里，简·爱收获了真正的亲情。】

她顿了一下——我没有吱声，她立刻接着说：

"我这位哥哥对你的看法非同一般，我敢肯定。他早就对你特别注意和关心了，对别人可从来没有这样——什么目的呢？但愿他爱上了你——他爱你吗，简？"

我把她冷冰冰的手放在我发烫的额头上："不，黛，没有那回事儿。"

"那他干吗眼睛老盯着你——老是要你同他单独在一起，而且一直把你留在他身边？玛丽和我都断定他希望你嫁给他。"

"他确实是这样——他求我做他的妻子。"

黛安娜拍手叫好："这正是我们的愿望和想法呢！你会嫁给他的，

508

简，是吗？那样他就会留在英国了。"

"他才不会呢，黛安娜。他向我求婚只有一个意思，那就是为他在印度的苦役找个合适的伙伴。"

"什么！他希望你去印度？"

"不错。"

"简直疯了！"她嚷道，"我敢肯定，你在那里住不满三个月。你决不能去，你没有同意，是吧，简？"

"我已经拒绝嫁给他——"

"然后他就不高兴了？"她提醒说。

"很不高兴，我担心他永远不会原谅我。不过我提出作为他的妹妹陪他去。"

"那真是傻到极点了，简。想一想你要干的事吧——那将会是没完没了的劳累，身强力壮的人都会给累死，更何况你又那么弱。圣·约翰——你知道他——会怂恿你去干做不到的事情。你要是跟着他，就是再热的天气，他也不会让你歇口气。可惜就我所见，凡是他强求你做的，你都逼着自己去完成。你倒是有勇气拒绝他的求婚，我真感到惊讶，那么你是不爱他了，简？"

"不是把他当作丈夫来爱。"

"不过，他是个漂亮的家伙。"

"而我又长得那么平庸，你知道，黛。我们决不般配。"

"平庸！你？绝对不是。你太漂亮，也太好了，不值得那么活活地放到加尔各答[印度西孟加拉邦首府，它位于印度东部恒河三角洲地区]去烤。"她再次真诚地恳求我放弃同她兄长一起出国的一切念头。

"说真的我得这样，"我说，"因为刚才我再次提出愿意做他的副牧师时，他对我的不恭表示惊奇。他好像认为提议不结婚陪他去是有失体统，仿佛我一开始就不希望把他当成兄长，而且一直这么看他似的。"

"你怎么会说他不爱你呢，简？"

509

简·爱

"你应该听听他对这个问题的看法。他口口声声解释说他要结婚，不是为了他自己，而是为了他的圣职。他还告诉我，我生来就是为了劳作，而不是为了爱情。无疑这话也有道理。但在我看来，如果我生来不是为了爱情，那么随之而来，也生来不是为了婚配，这岂不是咄咄怪事。黛，一生跟一个男人拴在一起，而他只把我当作一样有用的工具？"【名师点睛：简·爱的心里非常清楚这是一场什么样的婚姻，这与她所追求的爱情大相径庭。】

"不能容忍——不通人情——办不到的！"

"还有，"我继续说，"虽然我现在对他有兄妹之情，但要是我被迫做了他妻子，我能想象，我对他的爱很可能会无可奈何，奇怪反常，备受折磨。因为他那么有才能，神态、举动和谈吐无不透出一种英雄气概。那样，我的命运就会悲惨得难以形容。他不会要我爱他，要是我依然有所表露，他会让我感到，那是多余的，他既不需要，对我也不合适。我知道他会这样。"

"而圣·约翰是个好人。"黛安娜说。

"他是一个好人，也是个伟人。可惜他在追求大目标时，忘掉了小人物的情感和要求。因此，微不足道的人还是离他远一点好，免得他在前进时把他们踩倒了。他来了，我得走了，黛安娜。"我见他进了园子，便匆匆上楼去了。【写作借鉴：通过对简·爱动作的细节描写，可以看出她现在对这个问题十分回避，她无法认同圣·约翰的想法，也不愿再与他加深矛盾。】

但是吃晚饭时我不得不再次与他相遇。用餐时他完全像平常那样显得很平静，我本以为他不会同我说话了，而且确信他已经放弃了自己的婚姻计划，但后来的情况表明，在这两点上我都错了。他完全以平常的态度，或者说最近习以为常的态度同我说话。他无疑是在求助圣灵来克制我在他心中引发的愤怒，现在的他肯定觉得又再一次宽恕了我。

祷告前的晚读，他选了《启示录》的第二十一章。倾听《圣经》中的话从他嘴里说出来始终是一种享受。在发表上帝的圣谕时，他优美的嗓音是最洪亮、最动听的，他的态度之高尚纯朴也最令人难忘。而今天晚上，他的语调更加严肃——他的态度更富有令人震颤的含义——他坐在围成一圈的家人中间（五月的月亮透过没有拉上窗帘的窗子，泻进室内，使桌上的烛光显得几乎是多余的了）。他坐在那里，低头看着伟大而古老的圣经，描绘着书页中的新天堂和新世界的幻境——告诉大家上帝如何会来到世间与人同住，如何会抹去人们的眼泪，并允诺不会再有死亡，也不会有忧愁或者哭泣，不会有痛苦，因为这些往事都已一去不复返了。

接着的一番话，他讲得让我出奇地激动，尤其是从他难以描述的声音的细小变化中，我感觉到，他在说这些话的时候，目光已经转向了我。

"得胜的，必承受这些伟业，我要做他的上帝，他要做我的儿子。"这段话他读得又慢又清楚，"唯有胆怯的，不信的……他们的下场，就在烧着硫黄的火湖里。这是第二次的死。"

从此，我知道圣·约翰担心什么命运会落在我头上。

他在朗读那一章最后几句壮丽的诗句时，露出一种平静而克制的得意之情，混杂着竭诚的渴望。这位朗读者相信，他的名字已经写在羔羊生命册上了，他盼望着允许他进城的时刻，那座城不用日月光照，地上的君王已将自己的荣耀光照，又有羔羊为城的灯。

在这章之后的祈祷中，他调动了全身的活力——他那一本正经的热情又复苏了，他虔诚地向上帝祈祷，决心要取胜。【名师点睛：从圣·约翰故意摘读的祷告词中，我们能够看出他是针对简·爱反抗他的计划而故意读给简·爱听的，他是想要控制简·爱的思想，使她屈服。】他祈求给弱者以力量；给脱离羊栏的迷路人以方向；让那些受世俗生活和情欲诱惑而离开正道者，关键时刻迷途知返。他请求，他敦促，他要求

511

简·爱

上天开恩，让他们免于火烙，真诚永远是庄严的。开始，我听着祈祷的时候，对他的真诚心存疑惑；接着，祈祷继续进行并声音越来越响时，我被它所打动，最后只剩满心的敬畏了。他真诚地感到他目的之伟大和高尚，那些听他为此祈祷的人也不能不产生同感。

祈祷之后，我们向他告别，因为第二天一早他就要出门。黛安娜和玛丽吻了他以后离开了房间，想必是听从他的悄声暗示的缘故。我伸出手去，祝他旅途愉快。

"谢谢你，简。我说过，两周后我会从剑桥返回，那么这段时间留着供你思考。要是我听从人的尊严，我不应该再提起你同我结婚的事情，但我听从职责，一直注视着我的第一个目标——为上帝的荣誉而竭尽全力。我的主长期受苦受难，我也会这样。我不能使你永坠地狱，变成受上天谴责的人。趁你还来得及的时候赶快忏悔吧，下决心吧。记住，我们受到吩咐，要趁白天工作——我们还受到警告，'黑夜将到，就没有人能工作了。'记住那些今世享福的财主的命运。上帝使你有力量选择好的福分，这福分是不能从你那儿夺走的。"

他说最后几个字时把手轻轻地放在我头上，话说得很真诚、也很委婉。说真的，他用的不是一个情人看女友的眼神，而是牧师召回迷途羔羊的那种急切慈祥的目光，或许更好些，是一个守护神注视着他所监护的灵魂的专注的目光。一切有才能的人，无论有无感情，无论是狂热者，还是追求者，抑或暴君——只要是诚恳的——在征服和统治期间都有令人崇敬的时刻。我崇敬圣·约翰——那么五体投地，结果这股冲击力一下子把我推到了我回避了这么久的问题上。我很想停止同他搏斗——很想让他意志的洪流急速注入他生活的海峡，与我的水乳交融。现在我被他所困扰，几乎就像当初我受到另一个人的不同方式的困扰一样，两次我都做了傻瓜，<u>在当时让步会是原则上的错误，而现在让步就会犯判断的错误</u>。【名师点睛：第一次如果让步，简·爱就会成为罗切斯特的情妇；这一次如果让步，简·爱就会去做自己根本不喜欢的事情。]所以此时此刻我想,当我透过时间这个默默不言的平静中介,回头去看那危机时,当初我并没有意识到自己的愚蠢。

我一动不动地站着,受着我的圣师的触摸。我忘却了拒绝——克服了恐惧——停止了搏斗。不可能的事——也就是我与圣·约翰的婚姻——很快要成为可能了。猛地一阵风吹过,全都变了样。宗教在呼唤——天使在招手——上帝在指挥——生命被卷起,好像书卷——死亡之门打开了,露出了彼岸的永恒。后来,为了那里的安全和幸福,顷刻之间这里什么都可以牺牲。阴暗的房间里充满了幻象。

"你现在就能决定吗?"传教士问。这语调显出特殊的温柔,他同样温柔地把我拉向他。哦,多么温柔!它比强迫要有力得多!我能抵御圣·约翰的愤怒,但是对于他的和善,我总是像芦苇一样柔顺。但我始终很清楚,要是我现在让步,有一天我照样会对我以前的叛逆感到懊悔。他的本性并没有因为这一小时的庄严祷告而改变什么,只不过是得到了一些升华。

"只要有把握,我就能决定,"我回答,"只要能说服我嫁给你的确是上帝的意志,那么我此刻就可以发誓嫁给你,不管以后会发生什么。"

"我的祈祷应验了!"圣·约翰失声叫道。他的手在我头上压得更紧了,仿佛我已经属于他了。他用胳膊紧紧地搂住我,几乎像是爱着我(我说"几乎"——我知道这中间的差别——因为我曾感受过被爱的滋味。但是像他一样,我已把爱置之度外,想的只是职守了)。我在疑云翻滚的内心同不明朗的态度斗争着。我诚恳地、深深地、热切地期望去做对的事情,也只做对的事情。"给我指点一下,给我指点一下道路吧!"我祈求上苍。至于后来发生的事情是不是激动的结果,读者可以自己判断。

整座房子寂静无声。因为我相信,除了圣·约翰和我自己,所有的人都熟睡了。那一根蜡烛幽幽将灭,室内洒满了月光。<u>我的心怦怦乱跳,我听见了它的搏动声</u>。突然一种难以言传的感觉使我的心为之

简·爱

震颤，并立即涌向我的头脑和四肢，我的心随之停止了跳动。这种感觉不像一阵电击，但它一样地尖锐，一样地古怪，一样地惊人。它来自我的感官，仿佛它们在这之前的最活跃时刻也只不过处于麻木状态。而现在它们受到了召唤，被惊醒了。感官苏醒了，充满了期待，眼睛和耳朵等候着，而肌肉在骨头上哆嗦。【名师点睛：当简·爱内心做了抉择之后，她的心中似乎对未来的方向更加清晰了，感官的苏醒仿佛在指引着她做些什么。】

"你听到什么啦？看见了什么？"圣·约翰惊讶地问。我没有看到什么，可是我清楚地听见一个声音在什么地方呼唤着——"简！简！简！"随后什么都听不见了。

"哦，上帝呀！那是什么声音？"我惊恐地喘着气。

我应该说："这声音是从哪里来的？"因为它的确不在房间里，也不在屋子里，也不在花园里；它不是来自空中，也不是来自地下，也不是来自头顶。这是那个声音，那个熟悉、亲切、记忆犹新的声音，爱德华·费尔法克斯·罗切斯特的声音。这声音痛苦而又悲哀，怪异而又着急。【名师点睛：原来在简·爱心中那个指引的方向就是去寻找罗切斯特，她始终放不下他。】

"我来了！"我叫道，"等着我！哦，我会来的！"我飞似的走到门边，向走廊里巡视着，那里漆黑一片，我冲进花园，里边空空荡荡的。

"你在哪儿？"我高声喊道。

沼泽谷另一边的山峦隐约地把回音传了过来："你在哪儿？"我倾听着。风在冷杉中低吟着，一切只有荒原的孤独和午夜的深沉。

"去你的迷信！"那幽灵黑魆(xū)魆地在门外紫杉木旁边出现时，我说道，"这不是你的骗局，也不是你的巫术，而是大自然的功劳。她苏醒了，虽然没有创造奇迹，却尽了最大的努力。"

我挣脱了跟着我并想留住我的圣·约翰，该轮到我处于支配地位了。我的力量在起作用，在发挥威力了。我告诉他不要再提问题，或是再发议论了。我只希望他离开我,我必须要一个人待着。他立刻听从了。只要下命令的时候魄力十足,别人总是听话的。我上楼回到卧室,虔诚地跪了下来,以我的方式祈祷着——不同于圣·约翰的方式。我从感恩中站起来——下定决心——随后躺了下来,并不觉得害怕,却受到了启发——焦急地盼着白昼尽快来临。

Z 知识考点

1. 在拒绝了圣·约翰后,简·爱和他的关系急剧下降,对简·爱来说,圣·约翰实际上不再是_____的活体,而是_____。他的眼睛是_____,他的舌头是_____。这对简·爱来说是一种_____,弄得她_____、_____。

2. 简·爱听见了谁的呼唤? ( )

　　A.圣·约翰　　B.罗切斯特　　C.费尔法克斯太太

3. 简·爱坚持以什么身份陪圣·约翰去东印度?

_____
_____

Y 阅读与思考

1. 在离开英国前,简·爱要解决什么疑问?

2. 圣·约翰是怎样说服简·爱的?

3. 文末所说的"白昼"意味着什么?

515

▶ 简·爱

第三十六章
故地重游

M 名师导读

简·爱听从了自己内心的呼唤,她决定在离开英国前回一次桑菲尔德府,但是眼前的场景却让她震惊,在她离开的日子里,这里发生了一场可怕的火灾,罗切斯特也残疾了。简·爱心中十分担忧,下定决心要去寻找罗切斯特。

白昼来临,拂晓时我便起身了。我忙了一两个小时,根据短期外出的需要,把房间、抽屉和衣橱里的东西做了安排。与此同时,我听到圣·约翰离开了房间,在我房门外停了一下,我担心他会敲门——不,他没有敲,但是却从门底下塞进来一个纸条,我拿起来一看,只见上面写着:

"昨晚你离开得太突然了。要是你再待一会儿,你就会把手放在基督的十字架和天使的皇冠上了。两周后的今天我回来时希望你已做出明确的决定。同时,你要留心并祈祷,愿自己不受诱惑。我相信,灵是愿意的;但我也看到,肉是软弱的。我会时时为你祈祷——你的圣·约翰。"

"我的灵,"我心里回答,"乐意做一切对的事情,我希望我的肉也很坚强,一旦明确上帝的意志,便有力量去实现它。无论如何,我的肉体是够坚强的,让我可以去探求、询问、摸索出路,驱散疑云,找到确然无疑的晴空。"【名师点睛:简·爱决心去探寻一番,而探寻的问题

必定就是她一直最想知道的：罗切斯特现在过得怎么样了？】

这天是六月一日。早晨，阴云低垂，凉气袭人，暴雨敲打着窗户。我看见前门开了，圣·约翰走了出去。透过窗子，我看到他走过花园，踏上雾蒙蒙的荒原，朝惠特克劳斯方向走去——他将在那里搭上马车。

"几小时之后我会循着你的足迹，表兄。"我想，"我也要去惠特克劳斯搭乘马车。在永远告别英国之前，我也有人要去探望和问候。"

离早餐还有两个小时。这段时间我在房间里轻轻地走来走去，不停地思考这件让我采取计划的事情。我回忆着我所经历的内在感觉，我能回想起那种难以言说的怪异。我回想着我听到的声音，再次像以前那样徒劳地问，它究竟从何而来。这声音似乎来自我内心——而不是外部世界。我问道，难道这不过是一种神经质的印象——一种幻觉？我既无法想象，也并不相信。它更像是神灵的启示。这惊人的震撼就像一场猛烈的地震，摇撼了保尔和西拉所在的监狱的地基，它打开了心灵的牢门，松开了锁链，——把心灵从沉睡中唤醒，它呆呆地战栗着，倾听着。随后一声尖叫震动了三次，冲击着我受惊的耳朵，沉入我震颤的心田，穿透了我的心灵。心灵既不害怕，也没有震惊，而是欢喜雀跃，仿佛因为有幸不受沉重的躯体支配，做了一次成功的努力而十分高兴似的。【名师点睛：简·爱意识到现在的想法都是源于被唤醒的内心，她终于愿意面对自己真实的感受，对于这样的抉择，她的内心也是欢喜的。】

"我不需要用太长时间，"我从沉思中回过神来后说，"我会了解到他的一些情况，昨晚他的声音已经召唤过我。信函问询已证明毫无结果——我要代之以亲自探访。"

早餐时，我向黛安娜和玛丽宣布，我要出趟门，至少要四天。

"一个人去吗，简？"她们问。

"是的，去看看，或者打听一下一个朋友的消息，我已为他担心好久了。"

简·爱

正如我明白她们在想的那样,她们本可以说,一直以为除了她们,我没有别的朋友,其实我也总是这么讲的。但出于天生真诚的体贴,她们没有发表任何议论,除了黛安娜问我身体是否确实不错,是否适宜旅行。她说我脸色苍白。我回答说没有什么不适,只不过内心有些不安,但相信不久就会好的。

于是接下来的安排就容易了,因为我不必为刨根究底和东猜西想而烦恼。我一向她们解释(现在还不能明确宣布我的计划),她们便聪明而善解人意地默许我悄然进行,给了我在同样情况下也会给予她们的自由行动的特权。

下午三点我离开了沼泽居,四点以后,我便已站在惠特克劳斯的路牌下,等待着马车把我带到日思夜想的桑菲尔德去。在荒山野路的寂静之中,我听到马车声从很远的地方传来。一年前的一个夏夜,我就是从这辆马车上走下来,就在这个地方——那么凄凉,那么无望,那么毫无目的!我一招手马车便停了下来。我上了车——现在已不必为一个座位而倾囊所有了。我再次踏上去桑菲尔德的路途,有一种信鸽终于要返回家园的愉悦感。

这是一段需要走三十六小时的旅程。星期二下午从惠特克劳斯出发,星期四一早,马车在路边的一家旅店院外停下,让马饮水。

旅店坐落在绿色的树篱、宽阔的田野和低矮的放牧小山之中(与中北部莫尔顿严峻的荒原相比,这里的地形多么柔和,颜色何等苍翠!),这番景色映入我眼帘,犹如一位十分熟悉的人的面容。不错,我了解这里景物的特点,我确信已接近目的地了。

"桑菲尔德离这儿有多远?"我问旅店侍马人。

"穿过田野走两英里就到了,小姐。"

"我的旅程马上要结束了。"我暗自想。我跳下马车,把身边的一个盒子交给侍马人保管,并交代我会回头再来提取,给足了马夫车钱,便启程上路了。<u>黎明的曙光照在旅店的招牌上,我看到了镀金的字母</u>

"罗切斯特纹章",心便猛烈地怦怦乱跳,原来我已来到我主人的地界。但转念一想,心又渐渐地平静了。【名师点睛:简·爱的内心因为逐渐靠近桑菲尔德府而激动不已,但是不知罗切斯特是否还在那里,简又一次陷入了忧伤中。】

"也许你的主人现在在英吉利海峡彼岸。况且,即使他就在你匆匆前往的桑菲尔德府,除了他还有谁也在那里呢?还有他发了疯的妻子,而你与他毫不相干。你不敢同他说话,或者前去找他。你劳而无功——你还是别再往前走吧,"冥冥中的监视者敦促道,"从旅店里的人那里探听一下消息吧,他们会提供你寻觅的一切情况,立刻解开你的疑团,走到那个人跟前去,问问罗切斯特先生在不在家。"

这个建议很明智,但我没办法迫使自己去实现。我非常害怕得到一个让我绝望的回答。延长疑虑就是延长希望。我也许能再见一见星光照耀下的府第。我面前还是那道台阶——还是那片田野,那天早晨我逃离桑菲尔德,急急忙忙穿过这片田野,不顾一切,漫无目的,心烦意乱,被一种复仇的愤怒跟踪着,痛苦地折磨着。哦,我还没决定要走哪条路,就已置身于这片田野之中了。我走得好快呀!有时候我就那样奔跑!我多么希望一眼就能看到熟悉的林子啊!我是带着怎样激动的心情在拥抱我所熟悉的一棵棵树木,以及穿插在其中的草地和小山啊!【名师点睛:这是简·爱内心的呼唤,她的心中充满着渴望,她是如此地热爱着这片土地,而这一切都是因为她深爱着罗切斯特。】

树林终于出现在眼前,白嘴鸦黑压压一片,呱呱的响亮叫声打破了清晨的寂静。一种莫名的喜悦激励着我,使我兴冲冲地往前赶路,穿过另一片田野——走过一条小径——看到了院墙——但后屋的下房、府第本身以及白嘴鸦的巢穴,依然隐而不见。"我第一眼看到的应是府第的正面,"我心里很有把握,"那个雄伟醒目的城垛会立刻扑入眼帘;那里我能认出我主人的那扇窗子,也许他会伫立窗前——他起得很早,也许他这会儿正漫步在果园里,或者前面铺筑过的路上。要是我能见

519

简·爱

见他该多好！——就是一会儿也好！当然要是那样，我总不该发狂到向他直冲过去吧？我说不上来——我不敢肯定。要是我冲上去了——那又怎么样？上帝祝福他！那又怎么样？让我回味一下他的目光所给予我的生命，又会伤害了谁呢？——我在呓语。也许此刻他在比利牛斯山或者南部风平浪静的海面上观赏着日出呢。"

我慢慢朝果园的矮墙走去，在拐角处转了弯，这里有一扇门，朝向草地，门两边有两根石柱，顶上有两个石球。从一根石柱后面我可以自由地四下观看，看到府宅的全部样貌。我小心地探出头去，希望能够看个明白，是不是有的窗帘已经卷起。从这个隐蔽的地方望去，城垛、窗子和府楼长长的正面、尽收眼底。

我这么观察着的时候，在头顶滑翔的乌鸦们也许正俯视着我。我不知道它们在想什么，它们一定认为刚才我还是那么小心胆怯，现在却渐渐大胆鲁莽起来。我先是窥视一下，随后久久盯着，再是离开我躲藏的角落，不经意走进了草地，突然在府宅正面停下脚步，久久地死盯着它。"起初为什么装模作样羞羞答答？"乌鸦们也许会问，"而这会儿又为什么傻里傻气，不顾一切了？"

读者呀，且听我解释。

一位情人发现他的爱人睡在长满青苔的河岸上，他希望看一眼她漂亮的面孔而不惊醒她。他悄悄地踏上草地，注意不发出一点声响，他停下脚步——想象她翻了个身。他往后退去，千方百计地不让她看到。四周安静得出奇。他再次往前走去，向她低下头去。她的脸上盖着一块轻纱。他揭开面纱，身子弯得更低了。这会儿他的眼睛期待着看到这个美人儿——安睡中显得热情、年轻和可爱。他的第一眼多么急不可耐！但他两眼发呆了：他多么吃惊！他又何等突然，何等激烈地紧紧抱住不久之前连碰都不敢碰的这个躯体，用手指去碰它！他大声呼叫着一个名字，放下了抱着的身躯，狂乱地直愣愣瞧着它。他于是紧抱着、呼叫着、凝视着，因为他不再担心他发出的任何声音，所做的任何动作会把她惊醒。他以为他的爱人睡得很甜，但却发现她早已死去了。【名师点睛：通过一对情人的故事告诉读者们，桑菲尔德府这个沉睡的爱人已经死了，究竟发生了什么？】

我带着怯生生的喜悦朝堂皇的府第看去,我看到了一片焦黑的废墟。

没有必要躲在门柱后面畏缩不前了，真的！——没有必要偷偷地眺望房间的格子窗，而担心窗后的动静！没有必要倾听打开房门的声音——没有必要想象铺筑过的路和砂石小径上的脚步声了。草地、庭院已踏得稀烂，一片荒芜。入口的门空空地敞开着。府第的正门像我一次梦中所见的那样，剩下了贝壳似的一堵墙，高高耸立，却岌岌可危，布满了没有玻璃的窗孔。没有屋顶，没有城垛，没有烟囱——全都倒塌了。

这里笼罩着死一般的沉寂和旷野的凄凉。怪不得给这儿的人写信，仿佛是送信给教堂过道上的墓穴，从来得不到答复。黑森森的石头诉说着府宅遭了什么厄运，一场火灾。但又是怎么烧起来的呢？这场灾难的经过如何？除了灰浆、大理石和木制品，还有什么其他损失呢？生命是不是像财产一样遭到了毁灭？如果是，谁丧失了生命？这个可怕的问题，眼前没有谁来回答——甚至连默默的迹象、无言的标记都无法回答。

我徘徊在断垣颓壁之间，穿行于残破的府宅内层之中，种种迹象表明，这场灾难不是近日发生的。我想，冬雪曾经飘入空空的拱门，冬雨打在没有玻璃的窗户上。在一堆堆湿透了的垃圾中，春意催发了草木，乱石堆中和断梁之间，处处长出了野草。哦！这片废墟的主人又在哪里？【写作借鉴：通过场景描写表现出此时桑菲尔德府的破败，也在读者心中埋下深深的疑问。】他在哪个国度？在谁的保护之下？我的目光不由自主地飘向了大门边灰色的教堂塔楼，我问道："难道他已随戴默尔·德·罗切斯特而去，共住在狭窄的大理石房子里？"

我必须找到答案，而除了旅店，别处是找不到的。于是不久我便

521

简·爱

返回那里。老板亲自把早餐端到客厅里来，我请他关了门，坐下来。我有些问题要问他，但等他答应之后，我却不知道从何开始了。我对可能得到的回答怀着一种恐惧感，因为刚才看到的荒凉景象，已经为一个悲惨的故事做好了一定的准备。老板看上去是位体面的中年人。

"我想你应该知道桑菲尔德府！"我终于开口了。

"是的，小姐，我曾经在那儿住过。"

"是吗？"不是我在的时候，我想。我觉得他很陌生。

"我是已故的罗切斯特先生的管家。"他补充道。

已故的！我觉得自己的脑袋被突然重重敲击了一下。

"已故的！"我透不过气来了，"他死了？"

"我说的是现在的老爷，爱德华先生的父亲。"他解释说。我又喘过气来了，我的血液也继续流动。他的这番话使我确信，爱德华先生——我的罗切斯特先生（无论他在何方，愿上帝祝福他！）至少还活着，总之还是"现在的老爷"（多让人高兴的话！）。我似乎觉得，不管他会透露什么消息，我都能够平静地倾听。我想，就是知道他在新西兰和澳大利亚，我都能忍受。

"罗切斯特先生如今还住在桑菲尔德府吗？"我问，当然知道他会怎样回答，但并不想马上就直截了当地问起他的确实住处。

"不，小姐，哦，不！那儿现在早已没有人住了，我想你对附近的地方很陌生。不然你早该听说去年秋天发生的那件事情。桑菲尔德府已经全毁了，大约秋收的时候烧掉的。一场可怕的灾难！那么多值钱的财产都毁掉了，几乎没有一件家具幸免。火灾是在深夜发生的，从米尔科特来的救火车还没有开到，府宅已经是一片熊熊大火。这景象真可怕，我是亲眼见到的。"

"深夜！"我咕哝着。是呀，在桑菲尔德府那是致命的时刻。"知道是怎么引起的火灾吗？"我问。

"他们猜想，小姐，他们是这么猜想的。其实，我该说那是确定无疑的。你也许不知道吧,"他往下说,把椅子往桌子边稍稍挪了挪,声音放得很低,"有一位夫人——一个疯子,关在屋子里?"【名师点睛:读到这里我们可以大致猜出来桑菲尔德府经历了什么事情,它被罗切斯特的疯妻子用火烧了。】

"我隐隐约约听到过。"

"她被严加看管着,小姐。好几年了,外人都不能完全确定有她这么个人在。没有人见过她。他们只不过凭谣传知道,府里有这样一个人。她究竟是谁,干什么的,却很难想象。他们说是爱德华先生从国外把她带回来的。有人相信,是他的情妇。但一年前发生了一件奇怪的事情——一件非常奇怪的事情。"

我担心这会儿要听我自己的故事了。我竭力把他拉回到正题上。

"这位太太呢?"

"这位太太,小姐,"他回答,"原来就是罗切斯特先生的妻子!被发现的方式也是十分奇怪的。府上有一位年轻小姐,是位家庭教师,罗切斯特先生与她相爱了——"

"可是火灾呢?"我提醒。

"我就要谈到了,小姐——爱德华先生爱上了她。用人们说,他们从来没有见到有谁像他那么倾心过。他死死地追求她。他们总是注意着他——你知道用人们会这样的,小姐——他倾慕她,胜过了一切。所有的人,除了他,没有人认为她很漂亮。他们说,她是个小不点儿,几乎像个孩子。我从来没有见过她,不过听女仆莉娅说起过。莉娅也是很喜欢她的。罗切斯特先生四十岁左右,这个家庭女教师还不到二十岁。你瞧,他这种年纪的男人爱上了姑娘们,往往就神魂颠倒了。是呀,他要娶她。"

"这部分故事改日再谈吧,"我说,"而现在我特别想要听你说说大火的事儿。是不是怀疑这个疯子,罗切斯特太太参与其中?"

"你说对了,小姐。肯定是她,除了她,没有谁会放火的。她由

523

▶ 简·爱

一个女人照应，名叫普尔太太——干那一行是很能干的，也很可靠。但有一个毛病——那些看护和主妇的通病——她私自留着一瓶杜松子酒，而且常常多喝那么一口。那也是可以原谅的，因为她活得太辛苦了。不过那很危险，酒和水一下肚，普尔太太睡得烂熟，那个像巫婆一般狡猾的疯女人，便从她口袋里掏出钥匙，开了门溜出房间，在府宅游荡，心血来潮的时候，什么荒唐事都做得出来。他们说，有一回差一点把她的丈夫烧死在床上。不过我不知道那回事。但是，那天晚上，她先是放火点燃了隔壁房间的帷幔，随后下了一层楼，走到原来那位家庭女教师的房间（不知怎么搞的，她似乎知道事情的进展，而且对她怀恨在心）——给她的床放了把火，幸亏没有人睡在里面。两个月前，那个家庭女教师就出走了。尽管罗切斯特先生拼命找她，仿佛她是稀世珍宝，但她还是杳无音信。他变得越来越粗暴了——因为失望而非常粗暴。他从来就不是一个性情温和的人，而失去她以后，就变得更加危险了。【名师点睛：通过旅馆老板的叙述，我们能够体会到罗切斯特对简深深的爱，他在失去简之后整个人都崩溃了。】他还喜欢孤身独处，把管家费尔法克斯太太送到她远方的朋友那儿去了。不过他做得很慷慨，付给她一笔终身年金，而她也是受之无愧的——她是一个很好的女人。他把他监护的阿黛勒小姐，送进了学校。与所有的绅士们断绝了往来，自己像隐士那样住在府上，闭门不出。"

"什么！他没有离开英国？"

"离开英国？哎哟，没有！他连门槛都不跨出去。除了夜里，他会像一个幽灵那样在庭院和果园里游荡——仿佛神经错乱似的——依我看是这回事。【名师点睛：罗切斯特始终不肯离开桑菲尔德府的原因可想而知，他一直在等简·爱，庭院和果园是他曾经向简·爱求婚的地方，这般深情不免让人心酸。】他败在那位小个子女教师手里之前，小姐，你从来没见过哪位先生像他那么活跃，那么大胆，那么勇敢。他不是像

524

有些人那样热衷于饮酒、玩牌和赛马，他也不怎么漂亮，但他有着男人特有的勇气和意志力。你瞧，他还是一个孩子的时候我就认识他了，至于我，但愿那位爱小姐，还没到桑菲尔德府就给沉到海底去了。"

"那么起火时罗切斯特先生是在家里了？"

"不错，他确实在家。上上下下都烧起来的时候，他上了阁楼，把仆人们从床上叫醒，亲自帮他们下楼来——随后又返回去，要把发疯的妻子弄出房间。那时他们喊他，说她在屋顶。她站在城垛上，挥动着胳膊，大喊大叫，一英里外都听得见。我亲眼见了她，亲耳听到了她的声音。她个儿很大，头发又长又黑，站在屋顶上，头发在火光中飘动。我亲眼看到，还有好几个人也看到了罗切斯特先生穿过天窗爬上了屋顶。我们听他叫了声'佩莎！'我们见他朝她走去，随后，小姐，她大叫一声，纵身跳了下去。刹那之间，她已躺在路上，粉身碎骨了。"

"死了？"

"死了！哦，完全断气了，摔在了石头上。"

"天哪！"

"你完全可以这么说，小姐，真吓人呐！"他打了个寒战。

"那么后来呢？"我催促着。

"唉呀，小姐，后来整座房子都夷为平地了，眼下只有几截墙还立着。"

"还死了其他人吗？"

"没有——要是真的死了也许还好些。"

"你这话是什么意思？"

"可怜的爱德华先生！"他情不自禁地叫道，"我从来没有想到会见到这样的事情！有的人说那是对他在妻子仍活着的时候却隐瞒婚姻想要再娶的惩罚。但对我来说，我是怜悯他的。"

"你说他还活着？"我叫道。

简·爱

"是呀,是呀,他还活着。但很多人认为他还是死了的好。"

"为什么?"我的血又冰冷了,"他在哪儿?"我问,"在英国吗?"

"哦——哦——他是在英国,他没有办法走出英国,我想——现在他是寸步难行了。"那是什么病痛呀?这人似乎决意吞吞吐吐。

"他全瞎了,"他终于说,"是呀,他全瞎了——爱德华先生。"【名师点睛:从简·爱急切的追问中我们得知了罗切斯特的现状,简·爱的内心再也按捺不住了。】

我担心更坏的结局,担心他疯了。我鼓起勇气问他造成灾难的原因。

"全是因为他的胆量,也可以说,因为他的善良,小姐。他一定要等所有的人都逃出去后才肯离开房子。罗切斯特夫人跳下城垛后,就在这时,轰隆一声,整座楼全都塌下来了。他从废墟底下被拖出来,虽然还活着,但伤势严重。一根大梁掉了下来,正好护住了他一些。不过他的一只眼睛被砸了出来,一只手被压烂了,因此医生卡特不得不将它立刻截了下来。另一只眼睛发炎了,也失去了视力。如今他又瞎又残,实在是束手无策了。"【名师点睛:罗切斯特的状况真是令人唏嘘不已,简·爱的心痛也是可想而知了。】

"他在哪儿?他现在住在什么地方?"

"在芬丁,他的一个庄园里。离这里三十英里,是一个非常荒凉的地方。"

"谁跟他在一起?"

"老约翰和他的妻子,别人他都不要。他们说,他的身体已经废掉了。"

"你有车吗?"

"我有一辆轻便马车,小姐,很好看的一辆车。"

"马上准备好车。要是你那位驿车送信人能在天黑前把我送到芬丁,我会付给双倍的车钱。"

Z 知识考点

1.简·爱出发前去桑菲尔德府,在黎明的曙光照在旅店的招牌上时,她看到了镀金的字母"_____",心里开始慌乱了。在还没有意识过来的时候,她发现自己已经身处_____之中,她期待着见到熟悉的桑菲尔德府,可是映入眼帘的却是死一般的_____和旷野的_____。

2.简·爱是从谁那里得知了桑菲尔德府发生的事情?　　(　　)

　A.费尔法克斯太太　　B.罗切斯特　　C.旅馆老板

3.简·爱在即将到达桑菲尔德府前心情如何?

_____

_____

Y 阅读与思考

1.桑菲尔德府发生了什么事?

2.罗切斯特现在的状况如何?

3.简·爱得知发生在桑菲尔德府里的事之后心情如何?

简·爱

第三十七章
重拾爱情

M 名师导读

简·爱迫不及待地奔向了罗切斯特所在的芬丁庄园,在这里她找到了一直在等待着她的罗切斯特,并义无反顾地投入了他的怀抱,他们两人终于重逢了。

芬丁庄园掩藏在林木之中,是一幢很古老的大楼,面积中等,建筑朴实,我早有耳闻。罗切斯特先生常常谈起它,有时还上那儿去。他的父亲为了狩猎购下了这份产业。他本想把它租出去,却因为地点不好,环境欠佳,一直找不到租户。结果除了两三间房子装修了一下,供这位乡绅狩猎季节住宿用,整个庄园空关着,也没有布置。

天黑以前,我来到了这座庄园。那是个阴霾满天、冷风呼呼、细雨霏霏的黄昏。我遵守约定,付了双倍的价钱,打发走了马车和马车夫,步行了最后一英里路。庄园周围的树枝长得十分茂密,即使我已经走得很近了,却依然看不到庄园的踪影。两根花岗石柱之间的铁门,才使我明白该从什么地方进去。进门之后,我便立即置身于密林的晦暗之中了。有一条杂草丛生的野径,沿着林荫小道而下,两旁是灰白多节的树干,顶上是枝丫交叉的拱门。我顺着这条路走去,以为很快就会到达住宅。谁知它不断往前延伸,逶(wēi)迤(yí)盘桓(huán)[盘旋曲折的样子],看不见住宅或庭园的痕迹。

我想自己搞错了方向,迷了路。夜色和密林的灰暗同时笼罩着我,我环顾左右，想另找出路。但没有找到，这里只有纵横交织的树枝、圆柱形的树干和夏季浓密的树叶——到处都没有出口。

我继续往前走去。这条路终于有了出口，树林也稀疏些了。我立刻看到了一排栏杆。随后是房子——在暗洞洞的光线中，依稀能把它与树木分开。颓败的墙壁阴湿碧绿。我进了一扇只不过上了闩的门，站在围墙之内的一片空地上，那里的树木呈半圆形展开。没有花草，没有苗圃。只有一条宽阔的砂石路绕着一小片草地，藏于茂密的森林之中。房子的正面有两堵突出的山墙。窗子很窄，装有格子，正门也很窄小，一步就到了门口，正如"罗切斯特纹章"的老板所说，整个庄园显得"十分荒凉"，静得像周日的教堂。只能听见附近落在树叶上的哗哗雨声。

"这儿会有生命吗？"我忍不住自言自语地说。

不错，的确存在某种生命，因为我听见了响动，狭窄的正门开了，田庄里就要出现某个人影了。尽管黄昏已经降临，天色变暗，我还是认出他来了，那不是别人，正是我的主人，爱德华·费尔法克斯·罗切斯特。【名师点睛：尽管天气昏暗，但是简·爱依然在如此陌生的环境中一眼看到了自己日日思念的罗切斯特。】

我停下了脚步，甚至不敢再有呼吸，站立着看他——仔细打量他，而不让他看见。哦，他看不见我。这次突然相遇，巨大的喜悦已被痛苦所制约。我毫不费力地压住了我的嗓音，免得喊出声来，控制了我的脚步，免得急乎乎冲上前去。

他的外形依然像以前那么健壮，腰背依然笔直，头发依然乌黑。他的面容没有丝毫改变或者消瘦。任何哀伤都不能在一年之中减弱他强劲的力量，或是摧毁他蓬勃的青春。但在他的面部表情上，他看上去绝望而深沉——令我想起受到虐待和身陷囹（líng）圄（yǔ）[身处困境或身受束缚]的野兽或鸟类，在恼怒痛苦之时，走近它是很危险的。一只笼中的鹰，被残酷地割去了金色的双眼，看上去也许就像这位失明的

简·爱

参孙。

读者呀，你们认为，他现在又瞎又凶的这副模样，我会害怕吗？——要是你认为我怕，那你太不了解我了。伴随着哀痛，我心头浮起了温存的希望，那就是很快就要胆大包天，去吻一吻他岩石般的额头和额头下冷峻的封闭的眼睑（jiǎn）。但时机未到，我还不想招呼他呢。

他下了一级台阶，一路摸索着慢慢地朝那块草地走去。他原先大步流星的样子如今哪儿去了？随后他停了下来，仿佛不知道该走哪条路。他抬起头来，张开了眼睑，吃力地、空空地凝视着天空和树荫。你看得出来，对他来说一切都是黑洞洞的虚空。他伸出了右手（截了肢的左臂藏在胸前），似乎想通过触摸知道周围的东西。但他碰到的依然是虚空，因为树木离他站着的地方有几码远。他歇手了，抱着胳膊，静默地站在雨中，这会儿下大了的雨打在他无遮无盖的头上。正在这时，约翰不知从哪里出来，走近了他。【写作借鉴：通过动作和神态描写，将罗切斯特失明后的生活描述出来，让读者清晰地感受到他的无力感。】

"拉住我的胳膊好吗，先生？"他说，"眼看将会有一场大雨降临，进屋好吗？"

"别打搅我。"他回答。

约翰走开了，没有瞧见我。这时罗切斯特先生试着想走动走动，却徒劳无功——他对周围的一切太没有把握了。他摸回自己的屋子，进去后关了门。

这会儿我走上前去，敲着门。约翰的妻子开了门。"玛丽，"我说，"你好！"

她吓了一跳，仿佛见了一个鬼似的。我让她镇静了下来。她急忙问道："真的是你吗，小姐，这么晚了还到这么偏僻的地方来？"我握着她的手回答了她。随后我跟着她走进了厨房，这会儿约翰正坐在熊熊的炉火边。我简单地向他们做了解释。告诉他们，我离开桑菲尔德后所发生的一切我都已经听说了。这回是来看望罗切斯特先生的。还请约翰到我打发了马车的大路上去一趟，把留在那儿的箱子去取回来。随后我一面脱去帽子和披肩，一面问玛丽能不能在庄园里过夜。后来我知道虽然不容易安排，但还能办到，便告诉她我打算留宿。正在这时客厅的门铃响了。

"你进去的时候，"我说，"告诉你的主人，有人想同他谈谈。不过别提我的名字。"

"我想他不会见你，"她回答，"他谁都拒绝。"

她回来时，我问他说了什么。

"你得通报姓名，说明来意。"她回答。接着去倒了一杯水，拿了几根蜡烛，把这些都放进托盘中。

"他就为这个按铃？"我问。

"是的，虽然他眼睛看不见，但天黑后总是让人把蜡烛拿进去。"

"把托盘给我吧，我来拿进去。"

我从她手里接过托盘，她向我指了客厅门。我手中的盘子抖了一下，水从杯子里溢出，我的心怦怦跳个不停。【写作借鉴：细腻的动作描写和心理描写，展现出简·爱此时心中的紧张，她终于要见到自己朝思暮想的人，这是令人激动的时刻。】玛丽替我开了门，并随手关上。

客厅显得很暗，一小堆乏人照看的火在炉中微微燃着。房间里的瞎眼主人，头靠着高高的老式壁炉架，俯身向着火炉。他的那条忠实的老狗派洛特躺在一边，离得远远的，卷曲着身子，仿佛担心自己会被别人不小心踩一脚。我一进门，派洛特便警觉地竖起了耳朵，随后汪汪汪、呜呜呜地叫了一通，跳了起来，向我蹿来。我把盘子放在桌上，拍了拍它，轻声地说："躺下！"

罗切斯特先生机械地转过身来，想看看那骚动是怎么回事，但他什么也没看见，于是便回过头去，叹了口气。

"把水给我，玛丽。"他说。

我端着现在只有半杯水的杯子，走近他，派洛特跟着我，依然兴

531

▶ 简·爱

奋不已。

"怎么回事？"他问。

"躺下，派洛特！"我又说。他没有把水端到嘴边就停了下来，似乎在细听。他喝了水，放下杯子。

"是你吗？玛丽？是不是？"

"玛丽在厨房里。"我回答。

他伸出了手，用力地在空中挥动着，但是没有碰到我。"谁呀，你是谁？"他问，似乎要用那双失明的眼睛来看——无效而痛苦的尝试！"回答我——再说一遍？"他专横地大声命令道。

"您要再喝一点吗，先生？杯子里的水被我泼掉了一半。"我说。

"谁？什么？谁在说话？"

"派洛特认得我，约翰和玛丽知道我在这儿，今晚我刚到。"我回答。

"天哪！我是在白日做梦吗？为什么我的内心升起了一种甜蜜的疯狂？"

"不是白日做梦——不是疯狂。先生，你的头脑非常健康，不会陷入白日梦；你的身体十分强壮，不会发狂。"

"这位说话人在哪儿？难道只是个声音？哦！我看不见，不过我得摸一摸，不然我的心会停止跳动，我的脑袋要炸裂了。不管是什么——不管你是谁——要让我摸得着，不然我活不下去了！"

他摸了起来。我抓住了他那只摸来摸去的手，双手紧紧握住它。

"就是她的手指！"他叫道，"她纤细的手指！要是这样，一定还有其他部分。"

这只强壮的手从我握着的手里挣脱了。我的胳膊被抓住，还有我的肩膀——脖子——腰——我被搂住了，紧贴着他。【名师点睛：罗切斯特的动作表现出他内心的急切，他迫不及待地想要确认眼前这个人是不是心中所想的简·爱。】

"你是简吗？这是什么？她的体形——她的个子——"

"还有她的声音,"我补充说,"她完完全全都在这里了,还有她的心。上帝祝福你,先生!我很高兴又在你身边了。"

"简!简!"他只是这样痴情地叫着。

"我亲爱的主人,"我回答,"我是简。我找到你了,我回到你身边来了。"

"真的?是她本人?我生龙活虎的简?"

"你碰到我,先生——你搂着我,搂得紧紧的。我并不是像尸体一样冷,像空气一般空,是不是?"

"我生龙活虎的宝贝!当然这些是她的四肢,那些是她的五官了。不过在经历了那番苦痛之后,我想我再也无法享受这些福分了。这是一个梦。我夜里常常梦见我又像现在这样,再一次贴心地按着她,吻着她——觉得她爱我,相信她不会离开我。"

"从今天起,先生,我永远不会离开你了。"

"永远不会!这个影子是这么说的吗?可我一醒来,总发觉原来是白受嘲弄一场空。我凄凉孤独——我的生活黑暗、寂寞、无望——我的灵魂干渴,却不许喝水;我的心儿挨饿,却不给喂食。温存轻柔的梦呀,这会儿你偎依在我的怀里,但你也会飞走的,像早已逃之夭夭的姐妹们一样。可是,吻一下我再走吧——拥抱我一下吧,简。"【名师点睛:在梦中失落太多次的罗切斯特此刻已经不能分辨这是梦境还是现实,可是哪怕怀中的简会再次离去,他也希望可以尽可能多地得到一些温柔。】

"那儿,先生——还有那儿呢!"

我把嘴唇紧贴着当初目光炯炯如今已黯然无光的眼睛上——我拨开了他额上的头发,也吻了一下。他似乎突然醒悟,顿时相信这一切都是事实了。

"是你——是简吗,你真的回到我身边来了?"

"是的。"

"你没有死在沟里,淹死在溪水底下吗?你没有憔悴不堪,流落在

533

简·爱

异乡人中间吗？"

"没有，先生。我现在完全独立了。"

"独立？这话怎么讲，简？"

"我在马德拉的叔叔去世后，留给我五千英镑。"

"哦，这可是实在的——是真的！"他喊道，"我决不会做这样的梦。而且，还是她独特的嗓子，那么活泼、调皮，又那么温柔，复活了那颗枯竭的心，给了它生命。什么，简，你成了独立的女人了？有钱的女人了？"

"很有钱了，先生。要是你不同意我与你一起生活，我可以紧靠着你的庄园建一幢房子，晚上你需要有人做伴的时候，你可以到我这里来，坐在我的客厅里。"

"可是你有钱了，简，不用说，如今你有朋友会照顾你，不会容许你忠实于一个像我这样的瞎眼残疾？"

"我同你说过我独立了，先生；而且很有钱，我自己可以做主。"

"那你愿意同我待在一起？"

"当然——除非你反对。我愿当你的邻居，你的护士，你的管家。我发觉你很孤独，我愿陪伴你——读书给你听，同你一起散步，同你坐在一起，伺候你，成为你的眼睛和双手。别再那么郁郁寡欢了，我亲爱的主人，只要我还活着，你就不会孤寂了。"

他没有回答，似乎很严肃——心不在焉。他长叹了口气，半张着嘴，仿佛想说话，但又闭上了。我觉得有点儿窘。也许我提议陪伴他、帮助他是自作多情；也许我太轻率了，超越了习俗。而他像圣·约翰一样，从我的粗疏[疏略；不精细]中看到了我说话不得体。其实，我的建议是从这样的思想出发的，就是他希望，也会求我做他的妻子。一种虽然并没有说出口，却十分肯定的期待支持着我，认为他会立刻要求我成为他的人。但是他并没有吐出这一类暗示，他的面部表情越来越阴沉了。我猛地想到，也许自己全搞错了，或许无意中充当了傻瓜。

我开始轻轻地从他的怀抱中抽出身来——但是他急忙把我抓得更紧了。
【名师点睛：简·爱的心中有对罗切斯特的愧疚，所以她担心自己突然的多情会让罗切斯特反感，但罗切斯特不在乎曾经有多么受伤，他紧紧地抓住了简·爱。】

"不——不——简，你一定不能走。不——我已触摸到你，听你说话，感受到了你在我身边时带给我的安慰——你甜蜜的抚慰。我不能放弃这些快乐，因为我身上已经没有留下什么了——我得拥有你。世人会笑话我——会说我荒唐、自私——但这无伤大雅。我的心灵在向你乞求，并希望得到满足，不然它会对躯体进行致命的报复。"

"好吧，先生，我愿意与你待在一起，我已经这么说了。"

"不错——不过，你理解的同我待在一起是一回事，我理解的是另一回事。也许你可以下决心待在我身边和椅子旁——像一个好心的小护士那样侍候我（你有一颗热诚的心，慷慨大度的灵魂，让你能为那些你所怜悯的人做出牺牲），对我来说，无疑那应当已经够了。我想我现在只能对你怀着父亲般的感情了，你是这么想的吗？来——告诉我吧。"

"你愿意怎么想就怎么想，先生。我愿意只当你的护士，如果你认为这样更好的话。"

"可你不能总是做我的护士，简。你还很年轻——将来你要结婚。"

"我不在乎是否结婚。"

"你应当在乎，简。如果我还是过去的我，我会努力使你在乎——可是——我现在只是一个失去光明的累赘！"

他又沉下脸来沉默了，相反，我却很高兴，一下子来了很大的勇气。最后几个字使我窥见了隐藏在他心中的疑虑，因为困难不在于我，所以我完全摆脱了刚才的窘态，更加活跃地同他攀谈了起来。【名师点睛：罗切斯特的心事在于他对自己身体缺陷的自卑，而并非对简·爱重新回来的冷淡，简·爱得知他的心事后内心很欢喜。】

"现在该有人来带领你步入正常人的轨道了，"我说着，扒开了他又

简·爱

粗又长没有理过的头发，"因为我知道你正蜕变成一头狮子，或是狮子一类的东西。你倒真有几分像田野中的尼布甲尼撒[古巴比伦的国王]。肯定是这样。你的头发使我想起了鹰的羽毛，不过你的手指甲是不是长得像鸟爪了，我可还没有注意到。"

"这只胳膊，既没有手也没有指甲，"他说着，从自己的胸前抽回截了肢的手，伸给我看，"只有那么一截了——看上去真可怕！你说是不是，简？"

"见了这真为你惋惜，见了你的眼睛也一样——还有额上火烫的伤疤。最糟糕的是，就因为这些，会让我想给你过分的爱抚，想萌生拼命把你照顾好的危险念头。"

"我想你看到我的胳膊和疤痕累累的面孔时会觉得厌恶的。"

"你这样想的吗？别同我说这种话，不然我会对你的判断说出不礼貌的话来。好吧，让我走开一会儿，把火生得旺些，把壁炉清扫一下。火旺的时候，你能辨得出来吗？"

"能，右眼能看到红光——一阵红红的烟雾。"

"你看得见蜡烛光吗？"

"非常模糊——每根蜡烛只是一团发亮的雾。"

"你能看见我吗？"

"不行，我的天使。能够听见你，摸到你已经是够幸运了。"

"你什么时间吃晚饭？"

"我从来不吃晚饭。"

"不过今晚你要吃一点。我饿了，我想你也一样，不过是忘了而已。"

我把玛丽叫了进来，让她马上把房间收拾得更加光彩整洁，同时也为他准备了一顿舒心的晚宴。我心情激动，晚餐时及晚餐后同他愉快而自在地谈了许多。跟他在一起，不存在那种折磨人的自我克制，不需要把欢快活跃的情绪压下去。和他相处的时候，我的内心非常自在，因为我觉得我们非常相配。我的一切言行似乎都抚慰着他，给他以新的生命。多么愉快的感觉呀！它唤醒了我全部天性，使它熠熠生辉。在他面前我才尽情地生活着。同样，在我面前，他才尽情地生活着。尽管他瞎了，他脸上还是浮起了笑容，额头显出了欢快，面部表情温柔而激动。【名师点睛：简·爱在罗切斯特面前才能做回自己，而罗切斯特也是一样，他们的心灵早已彼此相依。】

晚饭后他开始问我很多的问题，我上哪儿去了呀，在干些什么呀，怎么找到他的呀。不过我回答得很简略，那夜已经太晚，无法细谈了。此外，我不想去拨动那剧烈震颤的心弦——不想在他的心田开掘情感的新泉。我眼下唯一的目的是使他高兴。而如我所说的，他已经非常开心了，但反复无常。要是说话间沉默了一会儿，他会坐立不安，碰碰我，随后说："简，你是真真切切的人吗，简？你肯定是这样的吗？"【名师点睛：罗切斯特还没有适应这突如其来的惊喜，失去视力的他更加敏感，他害怕简·爱会再次离他而去。】

"我诚恳地相信是这样。罗切斯特先生。"

"可是，在这样一个悲哀的黑夜，你怎么会突然出现在我冷落的炉边呢？我伸手从一个佣工那儿取一杯水，结果却是你端上来的。我问了个问题，期待着约翰的妻子回答我，我的耳边却响起了你的声音。"

"因为我替玛丽端着盘子进来了。"

"我现在与你一起度过的时刻，让人心驰神迷。谁能料到几个月来我挨过了多少个黑暗、凄凉、无望的日子？什么也不干，什么也不盼，白天和黑夜不分。炉火熄了便感到冷，忘记吃饭便觉得饿。随后是无穷无尽的哀伤，有时就痴心妄想，希望再见见我的简。不错，我渴望再得到她远甚于内心对光明的渴望。【名师点睛：罗切斯特从未忘记简·爱，他日日夜夜陷在失去简·爱的悲痛中，他爱她胜过自己的一切。】简跟我待着，还说爱我，这怎么可能呢？她会不会突然地来，又突然地走呢？我担心明天我再也看不到她了。"

在他这样的心境中，给他一个普普通通、实实在在的回答，同他

537

▶ 简·爱

烦乱的思绪毫无联系，是再好不过了，也最能让他放下心来。我用手指摸了摸他的眉毛，并说眉毛已被烧焦了，我可以敷上点什么，使它长得跟以往的一样粗一样黑。

"无论你做了多少件对我有用的好事，这些都有什么用呢，慈善的精灵？反正在关键时刻，你又会抛弃我——像影子一般消失，你去了哪里并且是怎样去的，我一无所知。而且从此之后，我就再也找不到你了。"

"你身边有小梳子吗，先生？"

"干吗，简？"

"把乱蓬蓬的黑色鬃毛梳理一下。我凑近你细细打量时，发现你有些可怕。你说我是个精灵，而我相信，你更像一个棕仙[童话中夜间出来替人干苦活的精灵]。"

"我可怕吗，简？"

"很可怕，先生。你知道，你向来如此。"

"哼！不管你上哪儿待过一阵子，你还是改不掉那淘气的性子。"

"可是我同很好的人待过，比你好得多，要好一百倍。这些人的想法和见解，你平生从来没有过。他们比你更文雅，更高尚。"

"你究竟跟谁待过？"

"要是你那么扭动的话，我会把你的头发拔下来，那样我想你再也不会怀疑我是实实在在的人了吧。"

"你跟谁待过一阵子？"

"今晚别想从我的嘴里知道些什么了，先生。你得等到明天。你知道，我把故事只讲一半，会保证我出现在你的早餐桌旁把其余的讲完。顺便说一句，我得留意别只端一杯水来到你火炉边，至少得端进一个蛋，更不用说油煎火腿了。"

"你这个爱嘲弄人的丑仙童——算你是仙女生，凡人养的！你让我尝到了一年来从未有过的滋味。要是扫罗[是便雅悯支派的后人，是一位大能的勇士的儿子,所以在以色列甚有声望]能让你当他的大卫,那么不需要弹琴就能把恶魔赶走了。"

"瞧,先生,可把你收拾得整整齐齐、像模像样的了。这会儿我得离开你了。最近三天我一直在旅途奔波,想来也够累的。晚安!"

"就说一句话,简,你前一阵子待的地方只有女士吗?"【名师点睛:罗切斯特的这个问题让我们看到他内心的想法,他担心简·爱是否在离开的这段时间依旧对他忠心。】

我大笑着抽身走掉了,跑上楼梯还笑个不停。"好主意!"我快活地想道,"以后的日子里我有办法让他急得忘掉忧愁了。"

第二天一早,我听见他起来走动了,从一个房间摸到另一个房间。玛丽一下楼,我就听见他问:"爱小姐在这儿吗?"接着又问:"你把她安排在哪一间?里面干燥吗?她起来了吗?去问问是不是需要什么,什么时候下来?"

我一想到还有一顿早餐,便下楼去了。我轻轻地进了房间,他还没有发现我,我就已看到他了。说实在的,目睹那么生龙活虎的人沦为一个恹恹的弱者,真让人心酸。他坐在椅子上——虽然一动不动,却并不安分,显然在企盼着。如今,习惯性的愁容,已镌刻在他富有特色的脸庞上。他的面容令人想起一盏熄灭了的灯,等待着再度点亮——唉!现在他自己已无力恢复生气勃勃、光彩照人的表情了,不得不依赖他人来完成。我本想表现出一副开心无忧的模样,但是曾经的那个强者如今变成这副虚弱的样子,我的心碎了。不过我还是尽可能轻松愉快地跟他打了招呼:

"是个明亮晴朗的早晨呢,先生,"我说,"雨过天晴,你很快可以出去走一走了。"

我已唤醒了那道亮光,他顿时容光焕发了。【写作借鉴:运用神态描写,将罗切斯特内心的喜悦之情完全地展现出来。】

"哦,真的是你,我的云雀!上我这儿来。你没有走,没有飞得无

539

简·爱

影无踪呀？一小时之前，我能听到的世间美妙的音乐，都集中在简的舌头上，凡我能感受到的阳光，都汇聚在她的身上。"

听完他表达发自内心的对别人的依赖，我禁不住热泪盈眶。他仿佛是被链条锁在栖木上的一头巨鹰，竟不得不企求一只麻雀为它觅食。不过，我不喜欢哭哭啼啼，抹掉带咸味的眼泪，便忙着去准备早餐了。

大半个早上是在户外度过的。我领着他走出潮湿荒凉的林子，到了令人心旷神怡的田野。我向他描绘田野多么苍翠耀眼，花朵和树篱多么生机盎然，天空多么湛蓝闪亮。我在一个隐蔽可爱的地方，替他找了个座位，那是一个干枯的树桩。坐下以后，我没有拒绝他让我坐在他膝头上。【名师点睛：在一个明媚的好天气里，简·爱和罗切斯特将会展开一番谈话，他们会聊些什么呢？】

既然他和我都觉得紧挨着比分开更愉快，那我又何必要拒绝呢？派洛特躺在我们旁边，四周一片寂静。他正把我紧紧地搂在怀里时，突然嚷道：

"狠心呀，狠心的逃跑者！哦，简，我发现你离开桑菲尔德，而又到处找不到你，细看了你的房间，断定你没有带钱，或者可以当作钱使用的东西，我心里是多么难受呀！我送你的一根珍珠项链，原封不动地留在小盒子里。你的箱子捆好了上了锁，像原先准备结婚旅行时一样。我自问，我的宝贝成了穷光蛋，身边一个子儿也没有，她该怎么办呢？她干了些什么呀？现在讲给我听听吧。"

于是在他固执的催促下，我开始叙述去年的经历了。对于三天流浪和挨饿的情景，我只是轻轻地带过了，因为把什么都告诉他，只会增加他不必要的痛苦。但是我确实告诉他那么一点儿，也撕碎了他那颗忠实诚挚的心，其严重程度出乎我的预料。

他说我不应该两手空空地离开他，我应该把我的想法跟他说说。我应当同他推心置腹，他决不会强迫我做他的情妇。尽管他绝望时性情暴烈，但事实上，他爱我至深至亲，绝不会变成我的暴君。与其让我把自己举目无亲地抛向茫茫人世，他宁愿送我一半财产，连一个吻都不需要回报给他。他确信，我所忍受的比我说给他听的要严重得多。

"嗯，我受的苦再多，时间都不长。"我回答。随后我告诉他如何被接纳进沼泽居，如何得到教师的职位，以及获得财产，发现亲戚等，按时间顺序——叙述。当然随着故事情节的发展，圣·约翰·里弗斯的名字时常出现。我一讲完，这个名字便立即被他提了出来。【写作借鉴：这段话的描述使得文章情节起伏并有了新的高潮，从侧面可以看到简在罗切斯特心中的重要位置。】

"那么，这位圣·约翰是你的表兄了？"

"是的。"

"你常常提到他，你喜欢他吗？"

"他是个大好人，先生，我不能不喜欢他。"

"一个好人？那意思是不是一个体面而品行好的五十岁男人？不然那是什么意思？"

"圣·约翰只有二十九岁，先生。"

"还很年轻，就像法国人说的那样。他是个矮小、冷淡、平庸的人吗？是不是那种长处在于没有过错，而不是德行出众的人？"

"他十分活跃，不知疲倦，他活着就是要成就伟大崇高的事业。"

"但他的头脑呢？大概比较软弱吧？他本意很好，但听他谈话你会耸肩。"

"他说话不多，先生。但一开口总是一语中的。我想他的头脑是一流的，不易打动，却十分活跃。"

"那么他很能干了？"

"确实很能干。"

"一个受过良好教育的人？"

"圣·约翰是一个造诣很深、学识渊博的学者。"

541

简·爱

"他的风度，我想你说过，不合你的口味？——正经，一副牧师腔调。"

"我从来没有提起过他的风度。但除非我的口味很差，不然是很合意的。他的风度优雅、沉着，一副绅士派头。"

"他的外表——我忘了你是怎么样描述他的外表了——那种没有经验的副牧师，扎着白领巾，弄得气都透不过来；穿着厚底高帮靴，顶得像踏高跷似的，是吧？"

"圣·约翰衣冠楚楚，是个漂亮的男子，高个子，白皮肤，蓝眼睛，鼻梁笔挺。"

（旁白）"见他的鬼！——"（转向我）"你喜欢他吗，简？"

"是的，罗切斯特先生，我喜欢他。不过你以前问过我了。"

当然，我完全觉察出说话者的意思。嫉妒已经控制住了他，刺痛着他。这是有益于身心的，让他暂时免受忧郁的咬啮(niè)。因此我不想立刻降服嫉妒这条毒蛇。【名师点睛：简·爱向罗切斯特描述圣·约翰的时候有些故意渲染，她故意使罗切斯特感到嫉妒，因为她希望嫉妒可以让罗切斯特暂时走出忧郁。】

"可能你不愿意在我膝盖上坐着，爱小姐？"接着便是这有点出乎意料的话。

"为什么不愿意呢，罗切斯特先生？"

"你刚才所描绘的图画，暗示了一种过分强烈的对比。你的话已经巧妙地勾勒出了一个漂亮的阿波罗。他出现在你的想象之中——'高个子，白皮肤，蓝眼睛，笔挺的鼻梁'，而你眼下看到的是一个火神——一个地道的铁匠，褐色的皮肤，宽阔的肩膀，还又残又瞎。"

"我以前可从来没有想到过这点，不过你确实像个火神，先生！"

"好吧！你现在可以离开我了，小姐。但你走以前（他把我搂得更紧了），请你先回答我一两个问题。"

他顿了一下。

"什么问题，罗切斯特先生？"

接踵而来的便是这番盘问：

"圣·约翰还不知道你是他表妹，就让你做莫尔顿学校的教师？"

"是的。"

"你常常见到他吗？他有时候来学校看看吗？"

"每天如此。"

"他赞同你的计划吗，简？——我知道这些计划很巧妙，因为你是一个有才干的家伙。"

"是的，——他赞同了。"

"他会在你身上发现很多未曾预料到的东西，是吗？你身上的某些才艺不同寻常。"

"这些我不太清楚。"

"你说你的小屋靠近学校，他来看你过吗？"

"有时候会来。"

"晚上来吗？"

"来过一两次。"

他停顿了一下。【名师点睛：罗切斯特不停地追问显示出他内心的担忧，他想要对圣·约翰有更多的了解。】

"你们彼此的表兄妹关系发现后，你同他和他妹妹们又住了多久？"

"五个月。"

"里弗斯同家里的女士们在一起的时候很多吗？"

"是的，候客厅既是他的书房，也是我们的书房。他坐在窗边，我们坐在桌旁。"

"他书读得很多吗？"

"很多。"

"读什么？"

"印度斯坦语。"

543

简·爱

"那时候你干什么呢？"

"起初学德语。"

"他教你吗？"

"他不懂德语。"

"他什么也没有教你吗？"

"教了一点儿印度斯坦语。"

"里弗斯教你印度斯坦语？"

"是的，先生。"

"也教他妹妹们吗？"

"没有。"

"光教你？"

"光教我。"

"是你要求他教的吗？"

"没有。"

"他希望教你？"

"是的。"

他又停顿了一下。

"他为什么希望教你？印度斯坦语对你会有什么用处？"

"他要我同他一起去印度。"

"哦！这下我触及关键的问题了。他要你嫁给他吗？"

"他要我嫁给他。"

"这些都是虚构的，是你胡说八道来气我的。"

"请你原谅，这是真真切切的事实。他不止一次地求过我，而且在这点上像你一样丝毫不肯让步。"

"爱小姐，我再说一遍，你可以离开我了。这句话我说过多少次了，我已经通知你可以走了，为什么硬赖在我膝头上？"

"因为在这儿很舒服。"

"不，简，你在这儿不舒服，因为你的心不在我这里，而在你的这位表兄，圣·约翰那里了。哦，在这之前，我以为我的小简全属于我的，相信她就是离开我了也还是爱我的，这成了无尽的苦涩中的一丝甜味，尽管我们别离了很久，尽管我因为别离而热泪涟涟。我从来没有料到，我为她悲悲泣泣的时候，她却爱着另外一个人！不过，心里难过也毫无用处，简，走吧，去嫁给里弗斯吧！"【名师点睛：罗切斯特在得知圣·约翰向简·爱求婚后被嫉妒冲昏了头脑，他的内心受到了很大的打击，不过这正是简·爱想要的效果。】

"那么，甩掉我吧，先生，一把把我推开，因为我可不愿意自己离开你。"

"简，我一直喜欢你说话的声调，它仍然唤起新的希望，它听起来又那么真诚。我一听到它，便又回到了一年之前。我忘了你结识了新的关系。不过我不是傻瓜——走吧——。"

"我得上哪儿去呢，先生？"

"随便你吧——上你看中的丈夫那儿去。"

"谁呀？"

"你知道——那个圣·约翰·里弗斯。"

"他不是我丈夫，也永远不会是，他不爱我，我也不爱他。他爱（他可以爱，跟你的爱不同）一个名叫罗莎蒙德的年轻漂亮小姐。他要娶我只是觉得我适合当一名传教士的妻子，其实我是不行的。他不错，也很了不起，但十分冷峻，对我来说如同冰山一般冷。他跟你不一样，先生。在他身边，接近他，或者同他在一起，我都觉得不快乐。他没有迷恋我——没有溺爱我。在我身上，他看不到吸引人的地方，连青春都看不到——他所看到的只不过是他认为的那些有用之处罢了。那么，先生，我得离开你上他那儿去吗？"

我不由自主地哆嗦了一下，本能地把我亲爱的瞎眼主人搂得更紧了。他微微一笑。

简·爱

"什么，简！这是真的吗？这是你与里弗斯之间的真实情况吗？"

"绝对是真的，先生。哦，你不必嫉妒！我只想逗你一下，不想让你伤心。我认为愤怒比忧伤要好。不过要是你希望我爱你，你就只要瞧一瞧我确实多么爱你，你就会自豪和满足了。我整个心都是属于你的，先生，它属于你。"

他吻我的时候，内心深处的痛苦使他的脸又变得阴沉下来了。【名师点睛：罗切斯特的内心因为一时担忧一时欢喜而变得更加忧郁，他觉得自己力不从心，他的自卑让他不知如何回报简·爱对他的感情。】

"我烧毁了的眼睛！我伤残了的身体！"他遗憾地小声说。

我抚摸着他给他以安慰。我知道他心里想些什么，并想替他说出来，但我又不敢。他的脸转开的一刹那，我看到一滴眼泪从封闭着的眼睑滑下来，流到了富有男子气的脸颊上。我的心一阵难受。

"我并不比桑菲尔德果园那棵遭雷击的老栗子树好多少。"没过多久，他又说道，"那些残枝，有什么权利吩咐一棵爆出新芽的忍冬花以自己的鲜艳来掩盖它的腐朽呢？"

"你不是残枝，先生——不是遭雷击的老树，你碧绿而茁壮。不管你求不求，花草会在你根子周围长出来，因为它们乐于躲在你慷慨的树荫下。长大了它们会偎依着你，缠绕着你，因为你的力量给了它们可靠的支撑。"

他又一次笑了，我又给了他极大的安慰。

"你说的是朋友吗，简？"他问。

"是的，是朋友。"我迟疑地回答。我知道我的意思超过了朋友，但无法判断要用什么语言。他帮了我的忙。

"哦，简。可是我需要一个善良、体贴的妻子。"

"是吗，先生？"

"是的，对你来说是桩新闻吗？"

"当然，先前你对此什么也没说。"

"是一桩不受欢迎的新闻？"

"那就要看情况了，先生——要看你的选择。"

"你替我选择吧，简。我会顺从你的决定。"

"先生，那就选择最爱你的人。"

"我一定会选择我最爱的人，简。你肯嫁给我吗？"

"是的，先生。"

"一个可怜的苦命的瞎子，你要一辈子牵着手领他走。"

"是的，先生。"

"一个比你大二十岁的残疾，你要一辈子伺候他。"

"是的，先生。"

"当真，简？"

"完全是真的，先生。"

"哦，我的宝贝？愿上帝祝福你，报答你！"

"罗切斯特先生，如果我平生做过一件好事——如果我有过一个好的想法——如果我做过一个真诚而没有过错的祷告——如果我曾有过一个正当的心愿——那么现在我得到了酬报。对我来说，做你的妻子是世上最愉快的事了。"

"因为你乐意做出牺牲。"

"牺牲？我牺牲了什么啦？牺牲饥饿而得到食品，牺牲期待而得到满足。享受特权搂抱我珍重的人——亲吻我热爱的人——寄希望于我信赖的人。那能叫牺牲吗？如果说这是牺牲，那当然乐于做出牺牲了。"

"你要忍受我残缺的身体，简，无视我的缺陷。"

"我根本就不在乎，先生。现在我确实对你有所帮助了，所以比起当初你能自豪地独立自主，除了施主与保护人，什么都不放在眼里时，要更爱你了。"

"我向来讨厌要人帮助——要人领着，但从现在开始我觉得我不再讨厌了。我不喜欢把手放在用人的手里，但却十分开心能被简小小的

简·爱

指头牵着。我不喜欢用人不停地服侍我，而喜欢绝对孤独。但是简温柔体贴的照应却永远是一种享受。简适合我，可我适合她吗？"【名师点睛：罗切斯特享受简·爱的照顾与陪伴，但是却又害怕自己成为她的累赘。】

"你与我的天性十分相配。"

"既然如此，就不需要等了，我们要立刻结婚。"

他的神态和语气都很急切，他焦躁的老脾气又犯了。

"我们必须毫不迟疑地化为一体了，简。只剩下把证书拿到手——随后我们就结婚——"

"罗切斯特先生，我刚发现，日色西斜，太阳早过了子午线。派洛特实际上已经回家去吃饭了，让我看看你的手表。"

"把它别在你腰带上吧，珍妮特，今后你就留着，反正我用不上。"

"差不多下午四点了，先生。你不感到饿吗？"

"从今天算起第三天，该是我们举行婚礼的日子了，简。现在，别去管豪华衣装和金银首饰了，这些东西都一钱不值。"

"太阳已经晒干了雨露，先生。微风止了，天气很热。"

"你知道吗，简，此刻在领带下面青铜色的脖子上，我戴着你小小的珍珠项链。自从失去我最爱的宝贝后，我就戴上它了，作为对她的怀念。"

"我们穿过林子回家吧，这条路最阴凉。"

他顺着自己的思路去想，没有理会我。

"简！我想，你以为我是一条不敬神的狗吧，可是这会儿我对世间仁慈的上帝心怀感激。他看事物跟人不一样，要清楚得多；他判断事物跟人不一样，而要明智得多。我做错了，我会玷污清白的花朵——把罪孽带给无辜，要不是上帝把它从我这儿抢走的话。我倔强地对抗，险些咒骂这种处置方式，我不是俯首听命，而是全不放在眼里。神的审判照旧进行，大祸频频临头。我被迫走过死阴的幽谷，他的惩罚十分严厉，其中一次惩罚是使我永远甘于谦卑。你知道我曾对自己的力量非常自傲，但如今它算得了什么呢？我不得不依靠他人的指引，就像孱(chán)弱的孩子一样。最近，简——只不过是最近——我在厄运中开始看到并承认上帝之手。我开始自责和忏悔，情愿听从造物主。有时我开始祈祷了，祷告很短，但很诚恳。【名师点睛：罗切斯特回顾着自己的心路历程，他从高傲到如今的自卑，致使他对上帝产生了虔诚的信仰。】

"已经有几天了，不，我能说出数字来——四天。那是上星期一晚上——我产生了一种奇异的心情：忧伤，也就是悲哀和阴沉代替了狂乱。我早就想，既然到处都找不到你，那你可能已经死了。那天深夜——也许在十一二点之间——我闷闷不乐地去就寝之前，祈求上帝，可以立刻把我从这俗世上收去，那儿仍旧有希望与简相聚。

"我在自己的房间，坐在敞开着的窗边，清香的夜风沁人心脾。尽管我看不见星星，只是凭着一团模糊发亮的雾气，才知道有月亮。我盼着你，珍妮特！哦，无论是肉体还是灵魂，我都盼着你。我既痛苦而又谦卑地问上帝，我已经忍受了这么久的凄凉、痛苦和折磨，幸福与平静是不是快要来临了。我承认我所忍受的一切是应该的——我恳求，我实在无法忍受了。我内心的全部愿望不由自主地从我嘴中蹦出，化作这样几个字——简！简！简！"

"你大声说了这几个字吗？"

"我说了，简。谁要是听见了，一定会以为我在发疯，我疯了似的使劲叫着那几个字。"

"而那是星期一晚上，半夜时分！"

"不错，时间倒并不重要，随后发生的事儿才怪呢。你会认为我迷信吧——从气质来看，我是有些迷信，而且一直如此。不过，这回倒是真的——我现在说的都是我听到的，至少这一点是真的。"

"我大声叫着'简！简！简！'的时候，不知道哪儿传来一个声音，但听得出是谁的，这个声音回答道，'我来了，请等着我！'过了一会

简·爱

儿,清风送来了悄声细语——'你在哪儿呀?'

"要是我能够,我会告诉你这些话在我的心灵中所展示的思想和画面,不过要表达自己的想法并不容易。你知道,芬丁庄园深藏在密林里,这儿的声音很沉闷,没有回荡便会消失。'你在哪儿呀?'这声音似乎来自大山中间,因为我听到了山林的回声重复着这几个字。这时空气凉爽清新,风似乎也朝我额头吹来。我会认为我与简在荒僻的野景中相会。我相信,在精神上我们一定已经相会了。毫无疑问,当时你睡得很熟,说不定你的灵魂脱离了它的躯壳来抚慰我的灵魂。因为那正是你的口音——千真万确——是你的!"【名师点睛:罗切斯特的这段描述让我们想到了简·爱之前听到的呼唤,竟有如此奇幻的事情!他们的灵魂仿佛曾经相遇了!】

读者呀,正是星期一晚上——将近午夜——我也接到了神秘的召唤,而那些也正是我回答的话。我倾听着罗切斯特先生的叙述,我觉得这种巧合使人畏惧,令人费解,因而既难以言传也无法议论。要是我说出什么来,我的经历也必定会在聆听者的心灵中留下深刻的印象。但是这位饱受心灵折磨的人已经十分容易感到忧伤了,所以不需要再为他深沉的内心蒙上一层超自然的阴影了。于是我把这些衷情留在心里,反复思量。

"这会儿你不会奇怪了吧,"我的主人继续说,"那天晚上你出乎意料地在我面前冒出来时。我难以相信你不只是一个声音和幻象,不只是某种会销声匿迹的东西,就像以前已经消失的夜半耳语和山间回声那样。现在我感谢上帝,我知道这回可不同了。是的,我感谢上帝!"

他把我从膝头上轻轻地放下来,虔敬地从额头上摘下帽子,向大地低下了没有视力的眼睛,虔诚地默默站立,只有最后几句表示崇拜的话隐约可闻:

"我感谢造物主,在审判时还记得慈悲。我谦恭地恳求我的救世主赐予我力量,让我从今以后可以过一种更纯洁更幸福的日子!"

随后他伸出手让我领着,我握住了那只亲爱的手,在我的嘴唇上放了一会儿,让他挽住我的肩膀,我个子比他矮得多,所以既做支撑,又做向导。我们进了树林,朝家里走去。【名师点睛:两个人在夕阳下牵手同行,多么美好的一幅画面,给读者留下了一个浪漫的遐想,他们会有怎样的结局呢?】

Z 知识考点

1.芬丁庄园隐藏在_____,当简·爱来到这里时是个_____、_____、_____的黄昏。尽管天气很昏暗,但是她仍然一眼就认出了_____,他的外形依然_____,腰背依然_____,头发依然_____,但是他看上去_____而_____。

2.谁在雨天将罗切斯特扶回房屋中的?　　　　　　　(　　)

　A.简·爱　　　　B.约翰　　　C.玛丽

3.罗切斯特在刚知道简·爱到来时有什么样的反应?

_____

_____

Y 阅读与思考

1.简·爱为什么要故意使罗切斯特嫉妒?

2.罗切斯特在见到简·爱后,心中忧郁的根源在哪里?

3.你对他们重新在一起有什么看法吗?

551

▶ 简·爱

第三十八章
幸福美满

M 名师导读

简·爱的故事就快进入尾声了,她和罗切斯特过上了幸福的生活,身边的朋友和家人们也都收获了自己想要的生活。这真是一个圆满的结局!

读者啊,我与他结婚了。婚礼并没有大肆声张,到场的只有他和我,牧师和教堂执事。

我从教堂里回来,走进庄园的厨房时,玛丽在做饭,约翰在擦拭刀具,我说:

"玛丽,今天早上我和罗切斯特先生结婚了。"这位管家和她的丈夫都是不大容易动感情的规矩人,你什么时候都可以放心地告诉他们惊人的消息,而你的耳朵不会有被一声尖叫刺痛的危险,你也不会随之被一阵好奇的唠叨弄得目瞪口呆。玛丽确实抬起了头来,也确实盯着我看。她用来给两只烤着的鸡涂油的勺子,在空中停了大约三分钟,约翰忘了擦拭,手中的刀具停了同样长的时间。但是玛丽又弯下腰,忙她的烤鸡去了,只不过说:

"是吗,小姐?嗯,那毫无疑问!"

过了一会儿,她接着说:"我看见你与主人出去,但我不知道你们是上教堂结婚的。"说完她又忙着给鸡涂油了,而约翰呢,我转向他的时候,他笑得合不拢嘴。【名师点睛:从约翰和玛丽的动作及表情中我们

可以看出，他们很开心简·爱能和罗切斯特在一起。】

"我告诉过玛丽，事情会怎么样，"他说，"我知道爱德华先生（约翰是个老用人，他的主人还是幼子的时候他就认识他了。因此他常常用教名称呼他）会怎么干。我肯定他不会等得很久，也许他做得很对。我祝你快乐，小姐！"他很有礼貌地拉了一下自己的前发。

"谢谢你，约翰。罗切斯特先生要我把这给你和玛丽。"

我把一张五英镑的钞票塞进他手里。我没有再等他说什么便离开了厨房。不久之后我经过这间密室时，听见了这样的话：

"也许她比哪一个阔小姐都更配他呢，"接着又说，"虽然她算不上最漂亮，但也不丑，而且脾气又好。我觉得她长得还是比较好看的，谁都看得出来。"

我立即写信给沼泽居和剑桥，把我的情况告诉了他们，并详细解释了我为什么要这么干。黛安娜和玛丽毫无保留地对此表示赞同，黛安娜还说，等我过好蜜月，就来看我。

"她还是别等到那个时候吧，简，"罗切斯特先生听我读了她的信后说，"要不然她会太晚了，因为我们的蜜月的清辉会照耀我们一生，它的光芒只有在你我进入坟墓时才会消退。"【名师点睛：从罗切斯特的话语中我们感受到了他们感情的甜甜蜜蜜，这真让人欣慰。】

圣·约翰对这个消息的反响如何，我无从知道。我透露消息的那封信，他从来没有回复。但六个月后，他写信给我，却没有提及罗切斯特先生的名字，也没有提起我的婚事。他的信平静而友好，但很严肃。从那以后，他虽然来信的频率不多，但是还算比较按时，他祝我幸福，并相信我不是那种活在世上，只顾俗事而忘了上帝的人。

你没有完全忘记小阿黛勒吧，是不是呀，读者？我并没有忘记。我向罗切斯特先生提出，并得到了他的许可，上他安顿小阿黛勒的学校去看看她。她一见我便欣喜若狂的情景，着实令我感动。她看上去苍白消瘦，还说不愉快。我发现对她这样年龄的孩子来说，这个学校

简·爱

的规章太严格，课程太紧张了。我把她带回了家。我本想再当她的家庭教师，但不久却发现不切实际。现在我的时间与精力给了另一个人——我的丈夫。因此我选了一个校规比较宽松的学校，而且离家很近，我可以常常去探望她，有时还可以把她带回家来。我还留意让她过得舒舒服服，什么都不缺。她很快在新的居所安顿下来了，在那儿过得很愉快，学习上也取得了长足的进步。她长大以后，健全的英国教育在很大程度上纠正了她的法国式缺陷。她离开学校时，我发觉她已是一个讨人喜欢、懂礼貌的伙伴，和气，听话，很讲原则。她出于感激，对我和我家人的照应，早已报答了我在力所能及的情况下给予她的微小帮助。

我的故事已接近尾声，再说一两句关于我婚后的生活情况，粗略地叙述一下那些反复在我生活中出现名字的人的命运，我也就把故事讲完了。

如今，我结婚已经十年了。我认为自己很幸福——幸福得用语言难以表达，因为我完全是他的生命，他也完全是我的生命。

没有哪个女人比我跟丈夫更为亲近了，比我更绝对的是他的骨中之骨、肉中之肉了。我与爱德华相处，永远不知疲倦，他同我相处也是如此，就像我们对搏动在各自的胸腔里的心跳不会厌倦一样。结果，我们始终待在一起。对我们来说，在一起既像独处时一样自由，又像相聚时一样欢乐。我想我们整天交谈着，相互交谈不过是一种听得见、更活跃的思索罢了。他同我推心置腹，我同他无话不谈。我们的性格完全投合，彼此心心相印。【名师点睛：想必这是婚姻中最美好的状态了，彼此相依却毫无约束感，他们在一起收获了满满的幸福。】

我们结婚后的头两年，罗切斯特先生依然失明，也许正是这种状况使我们彼此更加密切——靠得更紧，因为当时我成了他的眼睛，就像现在我依然是他的右手一样。我确实是他的眼珠（他常常这样称呼我）。他通过我看大自然、看书。我毫无厌倦地替他观察，用语言来描述田野、树林、城镇、河流、云彩、阳光和面前的景色的效果，描述我们周围的天气——用声音使他的耳朵得到光线无法再使他的眼睛得到的印象。我不知疲倦地读书给他听，领他去想去的地方，干他想干的事。我乐此不疲，尽管有些伤心，却享受充分而独特的愉快——因为他要求我帮忙时没有痛苦地感到羞愧，也没有沮丧地觉得屈辱。他真诚地爱着我，从不勉为其难地受我照料。他觉得我爱他如此之深，能够照料他会让我觉得十分愉快。

第二年年末的一个早晨，我正在写一封由他口授的信时，他走过来低下头说：

"简，你脖子上有一件闪光的饰品吗？"

我挂着一根金表链，于是回答说："是呀。"

"你还穿了件淡蓝色衣服吗？"

"我确实穿了。"随后他告诉我，已经有一段时间，他原先遮蔽着一只眼的云翳已渐渐变薄，现在确信如此了。

他和我去了一趟伦敦，看了一位著名的眼科医生，最终恢复了那一只眼睛的视力。如今，他看得虽不是很清楚，也不能久读多写，但可以不必让人牵着手就能走路了。对他来说，天空不再空空荡荡，大地不再是片虚空。当他的第一个孩子放在他怀里时，他能看得清这男孩继承了他本来的那双眼睛——又大，又亮，又黑。那一刻，他又一次心甘情愿地承认，上帝仁慈地减轻了对他的惩罚。【名师点睛：罗切斯特恢复了一只眼的视力，并且他和简·爱的第一个孩子出生了！】

于是，我的爱德华和我都很幸福，尤其使我们感到幸福的是，我们最爱的人也一样非常幸福。黛安娜和玛丽都结了婚。我们双方轮流，一年一次，不是他们来看我们，就是我们去看他们。黛安娜的丈夫是个海军上校，一位英武的军官，一个好人。玛丽的丈夫是位牧师，是她哥哥大学里的朋友，无论从造诣还是品德来看，这门亲事都很般配。菲茨詹姆斯上校和沃顿先生同自己的妻

555

简·爱

子彼此相爱。

　　至于圣·约翰·里弗斯，他早已离开英国到了印度，走上了自己所规划的道路，依旧那么走了下去，没有谁会是比他更坚定不移、不知疲倦的先驱者了。他坚决、忠实、虔诚，他精力充沛、热情真诚地为自己的同类牺牲一切，他为他们开辟了艰辛的前进之路。他也许很严厉，也许很苛刻，也许还雄心勃勃，但他的严厉是武士大心[班扬《天路历程》中引导克里斯蒂安娜进天城的人]一类的严厉，大心保卫他所护送的香客，让他们免受亚玻伦[《圣经》中无底坑的使者，袭击不信上帝的人的蝗群的王]人的袭击。他的苛刻是使徒的那种苛刻，他代表上帝说："若有人要跟从我，就要舍己，背起他的十字架来跟从我。"他的雄心是高尚的主的精神的雄心，目的是能够在尘世得救者中名列前茅——这些人没有过错地站在上帝的宝座前面，分享耶稣最后的伟大胜利。他们被召唤，被选中，都是些忠贞不贰的人。

　　圣·约翰没有结婚，以后也不会了。他独自一人完全可以胜任辛劳，他的劳作就要结束了，他那光辉的太阳匆忙下沉。他给我的最后一封信，使我流下世俗的眼泪，也使我心里充满了神圣的欢乐。他提前得到了必定得到的酬报，那不朽的桂冠。我知道一只陌生的手随后会写信给我，说这位善良而忠实的仆人最后已被召安享受主的欢乐了。为什么要为此而哭泣呢？不会有死的恐惧使圣·约翰的临终时刻暗淡无光。他的头脑十分明晰，他的心灵无所畏惧，他的希望十分可靠，他的信念不可动摇。他自己的话就是一个很好的保证：

　　"我的主，"他说，"已经预先警告过我。日复一日他都更加明确地宣告，'是了，我快要来了，'我每分每秒愈发急切地回答，'阿门，我主耶稣，我愿你来！'"

（全书完）

Z 知识考点

1.简·爱和罗切斯特结婚了,他们的婚礼没有_____,到场的只有_____,_____。婚后的他们过得无比幸福,并且经常同_____来往。

2.阿黛勒被简·爱换到了一所怎样的学校? ( )
　A.离家很远　　B.校规宽容　　C.校规严格

3.他们为什么去伦敦看眼科医生?
_____
_____

Y 阅读与思考

1.你觉得简·爱是个怎样的女性?

2.罗切斯特收获了哪些上帝的恩赐?

3.在你看来,这本书为何要以圣·约翰作为结尾?

简·爱

尊严与爱
——《简·爱》读后感

难道就因为我一贫如洗、默默无闻、长相平庸、个子瘦小,就没有灵魂,没有心肠了?——你想错了!——我的心灵跟你一样丰富,我的心胸跟你一样充实!

——《简·爱》

在文学史上有许多的经典名著永不垂朽,《简·爱》就是其中的一部。它以一种不可抗拒的美感吸引了成千上万的读者,影响着人们的精神世界。

十九世纪英国文坛"勃朗特三姐妹"之一夏洛蒂·勃朗特的小说《简·爱》,以十九世纪早期英国偏远乡村为背景,用女主人公简·爱的视角以自叙的方式讲述了一个受尽摧残、凌辱的孤儿,如何在犹如人间地狱的孤儿院顽强地生存下去,成为一个独立、坚强、自尊、自信的女性的成长故事。

简·爱是个孤儿,从小寄养在舅妈家中,受尽欺凌。后来进了慈善学校罗沃德孤儿院,灵魂和肉体都经受了苦痛的折磨。也许正是这样才造就了简·爱无限的信心和坚强不屈的精神,她以顽强的意志凭借优秀的成绩完成了学业。为了追求独立生活,她受聘在桑菲尔德府任家庭教师。后来,身份低下的家庭教师简·爱遇到了男主人罗切斯特,因两人悬殊的社会地位、个性差异而产生了激烈的碰撞,也因两人志趣相同、真诚相爱而迸发出爱情的火花。这部书以鲜明独特的女性视角和叙事风格将这个故事娓娓道来,富有强烈的艺术感染力。特别是简·爱的独特个性和思想,一个不美、矮小的女人,拥有顽强的自尊心,深深地打动着读者的心。

十九世纪英国的文学作品中,爱情故事的女主人公都是些美丽温柔、高贵贤淑的女子。而简·爱,她"贫穷,低微,不美,矮小",但她拥有一颗智慧、坚强、勇敢的心灵,使那些外表美丽的女子在她面前黯然失色。更为可贵的是,简·爱并不因为自己的贫穷和外貌而自卑;相反,她坚定地认为:"我和你的灵魂是平等的。""我的心灵跟你一样丰富,我的心胸跟你一样充实!""我不是根据习俗、常规,甚至也不是血肉之躯同你说话,而是我的灵魂同你的灵魂在对话,就仿佛我们两人穿过坟墓,站在上帝脚下,彼此平等——本来就如此!"

也正因为如此,简·爱敢于去爱一个社会阶层远远高于自己的男人,更敢于主动向对方表白自己的爱情——这在当时的社会是极其大胆的。幸福不再是某个人、某个阶层的专利,它属于这个世界上的每一个人。只有两个相互对等的灵魂才能组成一份完整的爱情。后来,简·爱含着悲痛离开了罗切斯特,也是基于同样的理由,她决不能允许自己和一个有妇之夫结合在一起。那会是一份不完整的爱。如果她继续留在罗切斯特的身边,那她就不会是原来那个崇尚独立、平等的简·爱了。如果说简·爱的这次离去是由于无法改变的现实而不得不做出的一次理性选择的话,那么她最后的归来则是她出于坚持感情的追求的又一次理性选择。

简·爱藐视财富、社会地位和宗教威仪,她认为,"真正的幸福,在于美好的精神世界和高尚纯洁的心灵。"她的信念和行动展现出来的力量,深深打动了一代又一代读者的心,使生活在金钱万能的社会中的人们的灵魂得到净化。简·爱是一个对自己的思想

> 简·爱

和人格有着理性认识的女性、一个对自己的幸福和情感有着坚定追求的女性、一个不再只是盲从于男人和世俗要求的女性、一个对自己的价值和情感做出了独立判断的女性。夏洛蒂·勃朗特创造了一个前所未有的女性形象。简·爱发出了一个属于女性自己的声音——对于平等、独立、完整、自由的坚持和追求。

编　者
2021 年 3 月

参考答案

第一章

知识考点

1. 早餐室　伊丽莎
2. C
3. 因为他认为简·爱身份低微,不配和他们一起生活。再加上里德太太的溺爱和家庭原因导致他自私残忍的性格。所以,更加对简·爱不好,态度恶劣。

阅读与思考

1. 在简·爱父母去世后为了名声只能让简·爱寄住在自己家里,里德先生去世后,里德太太又和简·爱没有过于紧密的亲属关系,所以里德太太不喜欢简·爱。
2. 里德太太为人自私冷漠又偏心。在简·爱反抗约翰的殴打的时候,她不分青红皂白就把简·爱关进红房子,她的内心是十分冷漠的。

第二章

知识考点

1. 反抗约翰的殴打
2. C
3. 自己和里德太太及讨里德太太喜欢的人完全不同,她不顺从讨好里德太太,里德太太觉得她是个包袱。
4. 她看到了光影乱动,觉得是鬼魂,她想到里德先生要是活着一定会对自己很好。

阅读与思考

1. 简·爱起初觉得自己没有错,是里德太太偏心,所以不肯承认错误,在红房子里觉得害怕,想让里德太太放她出来所以请求宽恕。
2. 红房子导致她受到了严重的惊吓,使她生了一场大病,也为劳埃德先生建议她去罗沃德学校打下基础。

第三章

知识考点

1. 受到惊吓　精神长期受到压抑
2. 里德太太并不在意简,仆人们生了病,里德太太就找来药剂师,而她和自己的孩子生病了,就找来一位专业的医师。

阅读与思考

1. 在红房子的经历留给简无尽的伤痛,她被极端的痛苦折磨着,一直处在伤心中。
2. 药剂师认为,简当时精神不好,换换环境和空气会对她的病情有好处。

第四章

知识考点

1. 《儿童指南》
2. 他是个道貌岸然的伪君子,目中无人,狂妄自大(结合原文分析,有理即可)。

阅读与思考

1. 简单的伙食、朴素的衣服、不讲究的设备、勤劳艰苦的生活。
2. 里德太太害怕简出去说实话,影响她的名声。

第五章

知识考点

1. A

561

简·爱

2.在允许进行户外活动的时候,海伦在看书,简主动与她搭讪。

阅读与思考

1.半慈善性质的学校。

2.她既不哭泣,也不脸红,只是镇定而严肃地站在众目睽睽之下。

第六章

知识考点

1.四

2.BC

3.如果逃避会被赶出学校,使亲戚朋友羞愧。

4.善良、为他人着想、隐忍(结合原文言之有理即可)。

阅读与思考

1.彭斯在众人玩闹的时候看一本书,书名让简很感兴趣。

2.因为斯卡查德小姐并不喜欢彭斯,她看不到彭斯优秀的一面,反而揪着她的小错误不放。

3.两人的生长环境、家庭教育和人生观都不相同。

第七章

知识考点

1.饥饿

2.打破石板

3.C

4.海伦路过她时给了她一个鼓励的微笑。

阅读与思考

1.因为罗沃德的日子非常艰苦,简无法适应陌生的生活,所以简觉得时间漫长。

2.因为布罗克赫斯特先生会告诉学校的老师和同学,说她是个说谎者,她会失去"好孩子"的身份。

3.让简感到耻辱和难过,在短时间内一蹶不振,但同时也磨炼了简的意志。

第八章

知识考点

1.劳埃德先生

2.C

3.布罗克赫斯特先生又不是上帝,他甚至不是一个受人尊敬的大人物。这儿的人不喜欢他,他也从来不采取什么措施使人喜欢他。

阅读与思考

1.因为坦普尔小姐听了简的辩白后,写信给劳埃德先生求证,在全校师生面前证明了她的清白。

2.说明她相信简的清白,并且希望她给自己一个解释。

3.因为坦普尔小姐证明了她的清白,她想要在学校开始一段新的生活。

第九章

知识考点

1.贝茨先生

2.B

3.与后文罗沃德的悲惨景象形成对比,乐景衬托哀情。同时也交代罗沃德爆发疫病的原因。

4.一半是因为她机灵而有头脑,一半是因为她的神态使人感到无拘无束,她世事懂得比简多,能告诉简许多简喜欢听的事情,和她在一起,简的好奇心得到极大满足,她还能包容简的缺陷(从原文中找答案)。

阅读与思考

1因为简舍不得海伦,不想让她离开自己,即使离开之前,也想见她最后一面。

2.在简的睡梦中,海伦悄然去世,是不想让简特别难过,不想让年幼的孩子直面生离死别。

第十章

知识考点

1. 坦普尔小姐
2. A
3. 因为布罗克赫斯特先生显赫的地位和家世。

阅读与思考

1. 简想要改变一成不变的生活,坦普尔小姐离开罗沃德,让她仿佛一下子失去了支柱。
2. 贝茜看到了简写给里德太太的信,知道简即将离去,想在离别前看看简这些年近况如何。

第十一章

知识考点

1. C
2. 桑菲尔德太古老,人迹罕至,她不能过多地和仆人说话,她年岁渐长,无人与她交流。
3. 虽然那些大房间确有精致的家具,但孤独冷清,连我自己也从来不睡在里面的。
4. 简曾经拜一个法国太太为师学过法语,那时候她抓紧了一切机会和皮埃罗夫人交谈。在过去七年中每天都背诵一点法语,特别在语调上下功夫,尽可能模仿老师的发音。

阅读与思考

1. 简·爱觉得费尔法克斯太太平等的对待让自己很开心,同时也为下文她在桑菲尔德安逸的生活以及和罗切斯特先生的碰面打下基础。
2. 桑菲尔德府富丽堂皇,在山谷之间十分幽静。
3. 格雷斯是个古怪、冷酷而又充满神秘感的人。

第十二章

知识考点

1. 费尔法克斯太太　信
2. C
3. 线索作用,暗示陌生人身份,引出下文。
4. 让陌生人把手放在她的肩膀上,带着他走到他的马面前。

阅读与思考

1. 第一段(答案见文章)。
2. 她觉得罗切斯特先生的状况并不好,需要她的帮助。
3. 惊喜、开心。因为罗切斯特先生的到来会给简一成不变的生活增添许多有意思的事情。

第十三章

知识考点

1. B
2. 他是个严酷的人,既自负又多管闲事。
3. 一部分是他的天性,一部分是他有痛苦的心事折磨他,还有家庭原因。(结合原文,具体回答)

阅读与思考

1. 因为罗切斯特先生白天很忙,晚上遵循医生的叮嘱要早些休息。
2. 罗切斯特粗鲁地接待她可以使她不必拘礼,给她带来了方便;另外简觉得他的行为是很有趣的。
3. 说明他开始慢慢接受简的出现。

第十四章

知识考点

1. C
2. 可能是因为喝了酒的原因,晚饭后的心情比较愉快。
3. 承上启下的过渡作用(适当结合原文)。

阅读与思考

1. 因为罗切斯特先生肯定了简绘画的奇思妙想,觉得很有意思。
2. 罗切斯特先生试着和简谈论过去的事情和家庭,他开始慢慢接受简了。
3. 说明他开始敞开心扉接受简。

563

简·爱

第十五章

知识考点

1. 阿黛勒的母亲和人私奔,抛弃了她
2. C
3. "我冲到床榻边端起他的脸盆和水罐,举起来,把水泼向床和睡在床上的人,随之奔回我自己的房间,又取了我的水罐,重新泼向床榻。"
4. 要求简以后别提这件事,他自己会解决。

阅读与思考

1. 说明他觉得简是个倾诉的好对象。
2. 能说明简十分善良、机警。
3. 矛盾,想感谢简,却又不知如何开口,想告诉简事情原委,但怕她到外面跟别人说。

第十六章

知识考点

1. 主人是不大可能笑的
2. A

阅读与思考

1. 那只是一个名门绅士,一个精通世故的人对一个自己的属下,一个初出茅庐的人做出的暧昧表示。
2. 分别画自己和英格拉姆小姐的肖像画。
   承上启下的过渡作用。

第十七章

知识考点

1. 贵客即将在周四到来
2. A
3. 英格拉姆小姐和罗切斯特先生并肩策马回桑菲尔德。

阅读与思考

1. 傲慢无礼,目中无人(结合原文,言之有理即可)。

2. 会有和简一样的心情。
3. 说明他很在意简的心情。他已经开始慢慢爱上了简。

第十八章

知识考点

1. 她看上去太蠢了,不配玩任何这类的游戏
2. 她觉得梅森先生长相没有男子气概,没有理想,十分平庸。(结合原文分析即可)
3. 自负、傲慢、无礼。(结合原文)

阅读与思考

1. 英格拉姆小姐的外貌很美丽,让简感到自卑。
2. 阶级观念,这是由门第家世决定的。
3. 说明吉卜赛人说了一些让她很沮丧的话。

第十九章

知识考点

1. B
2. 他变得脸色惨白,他简直好像不知道自己在干什么。
3. 去客厅悄悄请他过来。
4. 简会一直陪着罗切斯特先生。

阅读与思考

1. 因为她觉得吉卜赛人的行为很古怪,她也并不相信算命一说。
2. 当她提到罗切斯特先生的时候。
3. 简再一次安慰了罗切斯特先生,加强她在他心中的地位。

第二十章

知识考点

1. 简　止血
2. B
3. 如果梅森说话使自己激动,会有生命危险的。
4. 梅森可能无意中一时失言,使他失去幸福。

阅读与思考

1.罗切斯特先生十分信任简。
2.为了救梅森先生,同时也希望帮助罗切斯特先生。
3.因为梅森先生离开了,就不会有人暴露出他的大秘密了。

第二十一章

知识考点

1.车夫罗伯特　盖茨黑德府　里德太太
2.C
3.赌博,和混混厮混在一起,被欺骗,最后自杀。
4.引起下文(结合原文回答)。

阅读与思考

1.里德太太记恨简对她说的那些话,不希望她过上好日子。
2.她是个十分冷酷、自私的人,理性到不近人情。
3.她在去世之前强烈要求见简,并且把那封信给她看,而且回忆起了她答应里德先生的承诺。

第二十二章

知识考点

1.上流社会一个年老力衰的有钱男子　修女修道院院长
2.C
3.简·爱想起了里德太太临终的时刻,看见了里德太太变了形象、没有血色的脸,听见了她出奇的走了样的声调。出丧的日子,还有棺材、柩车、黑黑的一队佃户和用人,寂静的教堂、庄严的仪式。随后她又想起了伊丽莎和乔治亚娜。看见一个是舞场中的皇后,另一个是修道院陋室的居士。

阅读与思考

1.简·爱的内心十分激动,虽然她拼命克制住内心的躁动,但是在见面的那一刻,她的表情和动作还是生动地反映出她抑制不住的兴奋。
2.在桑菲尔德府中,婚事没有被提及,也没有为这件大事在做准备;罗切斯特先生没有正面回答费尔法克斯太太的问题;罗切斯特先生是个熟练的骑手,却从没有去造访英格拉姆小姐。
3.因为简·爱知道罗切斯特先生可能即将结婚了,她内心的不舍加大了对罗切斯特先生的爱意,并且似乎这个消息是不真实的,简·爱内心因为有了期待而更加笃定。

第二十三章

知识考点

1.罗切斯特　爱尔兰康诺特的苦果村
2.B
3.罗切斯特的心中也是对简·爱充满非常热烈且诚挚的爱意。

阅读与思考

1.简·爱在得知这个消息以后心情十分绝望和难过,她再也抑制不住内心的爱意和不舍,向罗切斯特表达了自己的痛苦和依恋。
2.因为罗切斯特想要先试探和了解一下简·爱对自己的感情。
3.在简·爱看来,爱情应该是纯粹的灵魂与灵魂的结合,是圣洁真诚的,而财富、外貌这些东西不应该使爱情变得卑微或者虚伪。

第二十四章

知识考点

1.简·罗切斯特　享受实实在在的幸福　珠宝　不自然　很古怪
2.B
3.费尔法克斯太太认为罗切斯特家族的人都很高傲,罗切斯特的父亲很看重金钱,而罗切斯特本身也是十分谨慎的,简·爱在年龄、地位和财产上都与罗切斯特不相符。

简·爱

阅读与思考

1. 简·爱认为珠宝这些东西并不能使一个人变得高贵或者美丽，只是徒有外表罢了。

2. 因为在罗切斯特看来，嫉妒是为达到目的可以利用的最好同盟军，他希望简·爱心中产生嫉妒的情绪，以此可以与他更热烈地相爱。

3. 因为约翰·爱曾想收养她成为继承人，简·爱希望可以拥有一些自己的财产，她认为如果自己能为罗切斯特提供一笔财富，那么罗切斯特给予她的东西，她会比较心安理得地接受。

第二十五章

知识考点

1. 凄凉的废墟　蝙蝠　猫头鹰　头巾　一个不知名的孩子　一匹马的奔驰声　倒塌了从膝头滚下　失去平衡跌了下来

2. B

3. 因为简·爱的内心十分担忧，出去迎接罗切斯特会让她减少几分担心，并且在简·爱看来爱是互相付出，她不能够心安理得地坐在火炉旁边，而让罗切斯特在风雨中奔波。

阅读与思考

1. 简·爱的内心很复杂，既有对婚礼准备的激动，也有对新生活将要到来的喜悦，除此之外，她还因为一场奇怪的"梦"而产生了一些古怪焦虑的念头。

2. 那个人的脸没有血色，一副凶相，有一双骨碌碌转动的红眼睛，五官黑乎乎的，鼓鼓的，让简·爱想到了德国幽灵——吸血鬼。

3. 首先，罗切斯特对简·爱身边出现了这样的危险人物而感到深深的担忧；其次，罗切斯特心中似乎隐藏着一些秘密，他怕简·爱有所察觉和顾虑。

第二十六章

知识考点

1. 布里格斯律师　梅森先生　发疯了　歇斯底里地叫喊　猛烈地反抗　怨愤而凄惨

2. C

3. 她没有暴怒，没有大声吵闹，没有哭泣，心中十分平静。

阅读与思考

1. 罗切斯特有一个发疯了的妻子，被他关在桑菲尔德府的一间房子里。

2. 他在嘲笑命运的糟糕，苦笑自己始终得不到想要的幸福。

3. 简·爱想到了未来生活的渺茫，所有的期望都破灭，她决定要离开罗切斯特了。

第二十七章

知识考点

1. 芬丁庄园　森林中心

2. B

3. 罗切斯特觉得简·爱是一个斯文、稚气、固执的小姑娘，并且在压到简·爱娇柔的肩膀时他觉得有一种新鲜的活力和意识流进了躯体。

阅读与思考

1. 因为罗切斯特的父亲为了使家产保持完整，决定把一切财产都给罗切斯特的哥哥，所以需要一桩富有的婚事解决罗切斯特的生计问题。

2. 因为简·爱有着非常强的自尊心，她认为法规和准则是需要遵守的，是有价值的，不能因为个人的意愿而加以违背。

3. 简·爱的内心非常挣扎，对她而言离开罗切斯特就像送掉自己的性命般痛苦不堪，但是她为了恪守自己的原则而狠心离开，她的疼痛感更加刻骨铭心。

第二十八章

知识考点

1. 惠特克劳斯　村子里有没有裁缝或者做一般针线活的女人？　需不需要一个用人
2. B
3. 坚强的人,简·爱有着强大的意志力,自尊心很强,她在最落魄的时候也没有乞讨。

阅读与思考

1. 这家人很有涵养并且很有爱心,通过他们谈话的内容可以看出他们有几分学问,在简·爱进屋后他们很关心简·爱的身体状况,提供食物和牛奶,没有强迫简·爱马上说出自己的来历,并在最后收留了简·爱。
2. 因为简·爱不希望暴露自己的身份,也不希望罗切斯特找到她。
3. 首先因为简·爱的身体已经到了疲惫的极限,她无法再与疲劳做抗争了;其次,简·爱感受到了这一家人的涵养和爱心,她信任他们。

第二十九章

知识考点

1. 用人汉娜　把简·爱收留下来　一　长期劳累过度所致　一点也不漂亮
2. C
3. 家中的长辈都已经去世,家里的孩子们很爱学习,他们之间相处非常融洽,家庭氛围很温馨、和睦。

阅读与思考

1. 圣·约翰是一个非常敏锐的人,他的心思缜密并且深不可测。
2. 因为简·爱的修养和谈话内容,让汉娜体会到简·爱是一个有涵养的人,而并非是自己一直认为的无赖乞讨者。
3. 因为简·爱的性格是十分自尊自强的,另外圣·约翰一家人对她的关怀让她很受感动,她不愿意再继续做一个不劳而获的人。

第三十章

知识考点

1. 低矮　带格子　销蚀　古杉夹道　长着紫杉和冬青而呈黑色
2. B
3. 在一所为穷人的女孩子们办的学校中担任教师。

阅读与思考

1. 圣·约翰是一个心中有野心和抱负的人,他的心中怀有爱和奉献,他希望能帮助更多的人。
2. 首先,这份工作为她提供了住所,简·爱需要一个安全的避难所;其次,这份工作让简·爱觉得非常自由;最后,从精神层面来说,她认为这不是一份低贱的工作。
3. 因为他们的父亲曾经和舅舅一起投入一笔失败的买卖,彼此指责且再也没有和好,他们也从来没有见过这位舅舅,舅舅也没有为他们留下太多的遗产。

第三十一章

知识考点

1. 二十　能读　没有人　交流困难　粗野无知　天生的美德　雅致的智慧　善良的情感
2. C
3. 这位年轻姑娘面部匀称娇嫩,眼睛又大又黑又圆,眼睫毛又长又浓。画过的眉毛异常清晰。白皙光滑的额头给色泽与光彩所形成的活泼美增添了一种宁静。脸颊呈椭圆形,鲜嫩而滑润。嘴唇也一样鲜嫩,红彤彤的十分健康,外形非常可爱。整齐而闪光的牙齿,没有缺点,小小的下巴上有一个小小的酒窝。浓密的头发成了一个很好的装饰。

阅读与思考

1. 因为简·爱觉得自己所待的环境太过空旷,

对周围见到和听到的无知、贫穷和粗俗有一些失望，还有心中压抑着的对罗切斯特的思念和悲伤。

2. 他决心当一个传道士，冲破人类所有的弱点，去东方。

3. 圣·约翰在奥利弗小姐面前很刻意，话语也不多，但是脸上的表情又显示出他的内心已经跳动不已，他在努力克制自己内心的情感。

第三十二章

知识考点

1. 内心的恬静　开放出花朵　奇异　多姿多彩　罗切斯特

2. C

3. 他的脸就会熠熠生光，他那大理石一般的五官尽管不松弛，但难以形容地变了形。恬静中流露出一种受压抑的热情，要比肌肉的活动和目光的顾盼所显现的强烈得多。

阅读与思考

1. 因为里弗斯家族的名字是一个古老的名字，曾经非常富有，奥利弗先生很敬重这个家族。圣·约翰具备良好的出身、古老的名字和神圣的职业。

2. 奥利弗小姐是一个天真率直、出手大方、爱慕虚荣、头脑机灵的女孩。

3. 他认为每次的脸红是在蔑视自己的弱点，是不光荣的，只是肉体的冲动，他的内心坚守自己的职业使命。

第三十三章

知识考点

1. 爱　牧师　简·里德小姐　约翰·爱先生　马德拉群岛　那个当牧师的兄弟的孤女

2. B

3. 他拿走了简·爱原先盖在画上那张纸的边沿的一块纸片，纸上有简·爱的签名。

阅读与思考

1. 因为圣·约翰心中已经知道了事情的全部真相，他故意拖慢时间来引起简·爱的兴趣。

2. 因为简·爱认为亲情才是最重要的，她希望每个家人都能够感受到幸福，除此之外她还要报答之前的救命之恩。

3. 因为圣·约翰认为一笔不小的财富能够提高简·爱的社会地位，让简·爱拥有一个开阔的前景，他觉得简·爱的决定太过随意，不是深思熟虑后的想法。

第三十四章

知识考点

1. 沼泽居　蜂蜡　油　数不清的布头　数学的精密度　生起熊熊的炉火

2. C

3. 一方面是为了有一个学生，他可以向学生一遍遍重复基础知识以便自己记忆；另一方面是因为他想要简·爱和他一同前往东印度。

阅读与思考

1. 简·爱十分欣喜激动，她从来没有和家人一同度过圣诞节，为此她准备了很多，把家里重新布置了一番，备好许多食物，以便更好地迎接她的姐妹们的归来。

2. 因为他认为简·爱是一个非常好的帮手，有他所需要的品质，可以帮助他实现自己的职业使命。

3. 因为圣·约翰为了能够说服简·爱，他告诉简·爱爱情会在婚后随之而生，这让简·爱觉得十分虚假。

第三十五章

知识考点

1. 有血有肉　一块大理石　一块又冷又亮的蓝宝石　说话的工具　折磨　心烦意乱　神衰力竭

2.B

3.助手的身份,或者说是副牧师。

阅读与思考

1.简·爱要弄清楚罗切斯特目前的生活状况。

2.圣·约翰用《圣经》里的话迷惑了简·爱,让简·爱接受圣师的触摸;用温柔的话语试探,让简·爱觉得他的内心得到了升华,并且简·爱无法拒绝他温柔的方式。

3.简·爱终于打开了自己的内心,让心中的思念重见光明,白天一到,她便要去追寻心中所呼唤的人了。

第三十六章

知识考点

1. 罗切斯特纹章　曾经逃跑的田野　沉寂凄凉

2.C

3.她心中有着莫名的喜悦和激动,整个人处于很兴奋的状态。

阅读与思考

1.罗切斯特的疯妻子拿了用人普尔太太口袋里的钥匙,将桑菲尔德府烧了,昔日壮观的府邸如今已经变成了残垣断壁。

2.罗切斯特站在楼顶时,楼房塌了,他的一只眼睛被砸伤,一只手被压烂并做了截肢,另一只眼睛因为发炎也失去了视力。

3.简·爱十分着急和担忧,她急忙询问罗切斯特的住所,想要尽快赶到他的身边。

第三十七章

知识考点

1. 林木之中　阴霾满天　冷风呼呼　细雨霏霏　罗切斯特　健壮　笔直　乌黑　绝望　深沉

2.B

3.他非常激动,紧紧抱住了简·爱,但是他的内心很怀疑,他怕这一切都是虚幻的梦境。

阅读与思考

1.因为简·爱想逗一下罗切斯特,她希望嫉妒可以暂时驱散他心中的忧郁,她认为愤怒比悲伤要好一些。

2.罗切斯特对自己残破的身躯和失明的双眼感到自卑,他对回报简·爱的感情感到力不从心。

3.开放性作答。

第三十八章

知识考点

1. 大肆声张　罗切斯特和简·爱　牧师和教堂执事　黛安娜和玛丽

2.B

3.因为罗切斯特感觉遮盖眼睛的那一层云翳渐渐变薄,他能隐隐约约看到一些东西了。

阅读与思考

1.她是个性格坚强、朴实、刚柔并济、独立自主、积极进取的女性。她出身微贱,相貌平凡,但她并不以此自卑。她蔑视权贵的骄横,嘲笑他们的愚笨,显示出自立自强的人格和美好的理想。她有顽强的生命力,从不向命运低头,最后有了自己所向往的美好生活。

2.一只复明的眼睛,一个可爱的孩子,一份幸福的婚姻。

3. 对简·爱来说,圣·约翰是非常重要的亲人,虽然她不爱他,但对他却怀着深深的敬意。他在简·爱最无助绝望的时候帮助了她,而且他有执着的信念和坚强的意志。简·爱对没能跟他同去东印度而感到深深的愧疚,所以在作品的最后对他做了详细的交代,这同时也是对圣·约翰真诚的祝福与赞美。

569